STAR TREK

DIE BESESSENEN VULKANIER

GREG BEAR

Corona

J.M. DILLARD

Dämonen

Zwei Missionen der Enterprise gegen unbekannte Mächte

WILHELM HEYNE VERLAG
MÜNCHEN

HEYNE ALLGEMEINE REIHE
Nr. 01/10314

Umwelthinweis:
Das Buch wurde auf chlor- und säurefreiem Papier gedruckt.

Printed in Germany 1997
Quellennachweis: s. Anhang
Umschlagillustration: Boris Vallejo
Umschlaggestaltung: Atelier Ingrid Schütz, München
Satz: Schaber Satz- und Datentechnik, Wels
Druck und Bindung: Elsnerdruck, Berlin

ISBN 3-453-12484-7

GREG BEAR

CORONA

Für den Saloon

PROLOG

Von Horizont zu Horizont spannte sich ein Himmel, der in einem dunklen purpurnen Ton glühte. Hier und dort zeigten sich faserige Streifen aus milchigem Weiß und leuchtendem Grün. T'Prylla spürte das Knirschen äonenalter Steine unter ihren Stiefeln – das einzige Geräusch, abgesehen von dem leisen Zischen ihres Atmens und dem verhaltenen Summen der in den Raumanzug integrierten Mechanismen. Sie hatte die Station verlassen, um eine Zeitlang allein zu sein, um den Aufgang der neuen und kaum ein Jahr alten Sonnen zu beobachten.

Station Eins war auf einem Asteroiden am Rande des Black Box-Nebels errichtet worden. Die Mannschaft bestand aus T'Prylla, ihrem Mann Grake, ihren beiden Kindern und zwei Forschungsassistenten namens Anauk und T'Kosa. Eigentlich hätte man noch dreißig weitere Personen zur Besatzung zählen müssen, aber jene Freiwilligen ruhten in den Kältezellen der Hibernation, was eine übermäßige Belastung der begrenzten Basis-Ressourcen verhinderte. Es handelte sich um Spezialisten, deren Fachgebiete von Astrophysik bis zu Raummedizin reichten. T'Prylla war auf Vulkan einst eine sehr angesehene Physikerin gewesen, trotz ihres recht jungen Alters von erst sechzig Jahren. Dann aber hatte sie sich mit der Vulkanischen Akademie der Wissenschaften überworfen, indem sie unorthodoxe Methoden der logischen Analyse verwendete – was ihr einen Häresie-Vorwurf einbrachte –, und sie entschied sich für diese Art von Exil, um eine Konfrontation mit noch ernsteren Folgen zu vermeiden.

Vermutlich würde man ihr die Schuld für alles geben, was geschehen war. T'Prylla dachte an die wichtigen Entdeckungen, die sie gemacht hatte – leider nicht rechtzeitig genug, um die Hibernanten zu retten, die bereits so gut wie tot waren. Sie wußte jetzt mehr über die Ybakra-Strahlung als irgendein anderer Gelehrter, doch ihr schwindelte, als sie versuchte, die Konsequenzen abzuschätzen. Und dann die vielen anderen Erkenntnisse, die sie wahrscheinlich niemals der Außenwelt mitteilen konnte ...

Vor achtundvierzig Stunden hatte Grake eine Normalraum-Botschaft gesendet, die von ihnen beiden gemeinsam vorbereitet worden war. Sie hoffte, daß ihre Kinder nichts davon ahnten. Mit jedem Tag wurden sie stärker und eigensinniger, geleitet von einer Kraft, die weder T'Prylla noch ihr Mann Grake verstanden. Die Macht, die die beiden Kinder sowohl über ihre Eltern als auch die Station hatten, mußte zumindest als beunruhigend bezeichnet werden. Menschen wären sicher bereits der Panik nahe gewesen.

Jetzt blieb ihnen nichts anderes übrig, als einfach abzuwarten. In zehn Jahren mochte die Nachricht eine Föderationsboje weit jenseits des Einflußbereichs der Nebelstrahlung erreichen. Die Relaisboje würde die Worte Grakes und den wissenschaftlichen Bericht wesentlich schneller weiterleiten, per Subraum-Kommunikation. Und einige Tage später ...

T'Prylla schüttelte den Kopf, wollte sich keinen trügerischen Hoffnungen hingeben. Sie dachte kurz an ihren fernen Verwandten Spock, der als Wissenschaftsoffizier an Bord eines Raumschiffs der Föderation arbeitete. Was hätte Spock an ihrer Stelle unternommen? Mit ziemlicher Sicherheit würde sich keine Gelegenheit mehr für sie ergeben, ihn besser kennenzulernen. Zwar floß auch menschliches Blut in den Adern Spocks, doch er war immer als Beispiel dafür angeführt worden, wie weit es ein Vulkanier bringen konnte.

Das Glühen am Horizont wurde heller. Der Asteroid

drehte sich der Quelle ihres neuen Wissens entgegen, der Ursache ihrer Probleme – den jungen Sternen.

Nacheinander kletterten sie am Firmament empor, große und abgeflachte Gebilde in rötlichem Glanz, unregelmäßig geformte Lichtflecken. Es handelte sich um eine Dreier-Gruppe, um Plasma-Kondensationen aus Staub und Gas. Die Gravitationskräfte hatten sie in einen Orbit um ein gemeinsames Schwerkraftzentrum gezwungen. Ihre Masse verdichtete sich, bis die Temperatur in ihrem Innern so hoch wurde, daß es zu einer nuklearen Reaktion kam, zur Fusion von Wasserstoffatomen, in der Helium entstand.

Die letzte Phase der stellaren Geburt – die Verwandlung dichter Staub- und Gasmassen in echte Protosterne – dauerte nur einen Monat. Und das überraschte die Wissenschaftler. Normalerweise erforderte ein solcher Vorgang wesentlich mehr Zeit. Die Entdeckung großer Masse-Anomalien, deren Einfluß bis in den Subraum reichte, erfolgte zu spät, und man rechnete auch nicht mit einer derart intensiven Ybakra-Strahlung. Die daraus resultierenden Interferenzen verhinderten die Subraum-Kommunikation, und daraufhin ließen sich Nachrichten nur noch per Richtstrahl übermitteln, mit gewöhnlichen, lichtschnellen Signalen.

»Mutter.«

T'Prylla drehte sich so rasch um, wie sie es aufgrund des Raumanzugs und der niedrigen Gravitation vermochte. Sie sah ihren Sohn Radak. Er war erst fünf Jahre alt, sogar noch zu jung für das erste vulkanische Reiferitual, das *Ka nifoor.* In seinen Zügen kam ruhige Zufriedenheit zum Ausdruck.

»Mutter, wir wissen, was Vater getan hat.«

Mit einem knappen Wink forderte er sie auf, ihm zu folgen, und sie kehrten zur Station Eins zurück. T'Prylla wußte, daß es bei der einen Nachricht bleiben würde.

Und auf die Antwort mußten sie mindestens zehn Jahre lang warten.

KAPITEL 1

Rowena Mason stand reglos am Fenster der Transportkapsel. Sie hatte ihr ganzes Leben auf Yalbo verbracht, einem kleinen Planeten, der sich nun wie eine orangefarbene Murmel unter ihr drehte. Jene Welt war in erster Linie für ihre Raumdocks und die Bergbaukolonien bekannt; kaum jemand dachte an ihre natürliche Schönheit. Doch als Mason jetzt auf die marmorierte Planetenkugel hinabblickte, glaubte sie, niemals etwas Prächtigeres gesehen zu haben. Gelber Wolkendunst zog über das loh- und rosafarbene Erling-Massiv hinweg und ließ bernsteinfarbene Schatten in den Schluchten und Tälern entstehen, in denen ihre Familie seit drei Generationen lebte und arbeitete. Rowena Mason hatte noch nie eine Reise in die Außenwelt unternommen, und selbst Holobilder konnten es nicht mit der Art von Realität aufnehmen, die sich nun ihren Blicken darbot.

Die Transportkapsel näherte sich einem großen Raumdock, einem gewaltigen, spinnenwebartigen und fragil wirkenden Gerüst aus zylindrischen Streben und stählernen Querträgern. Einige der langen Scheinwerferbatterien waren bereits ausgeschaltet, und die Wartungstechniker verließen die U.S.S. *Enterprise.* Nach Erhalt der Auftragsunterlagen hatte sich Rowena Mason gründlich über die *Enterprise* informiert. Es handelte sich bei ihr um das erste große Raumschiff, das mit einem Warp-Antrieb ausgestattet worden war, und ihre Mission bestand darin, unbekannte Sonnensysteme zu erforschen. Auf den Planeten der Föderation – und selbst bei den Klingonen und Romulanern – gab es kaum jemanden, der nicht schon einmal ihren Namen gehört hatte.

Das Achterdeck der *Enterprise* schien der einzige ruhige Ort an Bord des Schiffs zu sein. Die Offiziere und anderen Besatzungsmitglieder waren bereits eingetroffen, und während die Startvorbereitungen liefen, landeten im Hangar weitere Shuttles mit Ausrüstungsgütern. Rowena Mason verließ die Transportkapsel, schritt durch einen langen Korridor und wußte nicht genau zu bestimmen, an welcher Stelle sie die *Enterprise* betrat.

Ein junger Offizier vom Raumdock begrüßte sie, ein schmalgesichtiger Junior-Lieutenant. Mason atmete erleichtert auf, als sie sah, daß sie es mit einem Menschen zu tun hatte. Bei Starfleet neigte man dazu, bei der Zusammenstellung von Raumschiffbesatzungen krasse physiologische Unterschiede zu vermeiden. Die Mannschaften wurden zu einzelnen, relativ homogenen Gruppen zusammengefaßt, und im Falle der *Enterprise* lautete die entsprechende Klassifizierung: humanoide Sauerstoffatmer. Für nichthumanoide Spezies gab es andere Schiffe, die gemäß ihren körperlichen Bedürfnissen gestaltet waren. Aus diesem Grund brauchte Mason nicht damit zu rechnen, zum Beispiel einer Meduse zu begegnen – als Kind hatte sie Alpträume von solchen Wesen gehabt –, aber es war durchaus möglich, daß sie an Bord der *Enterprise* auf Vulkanier oder Andorraner traf. Bei dieser Vorstellung empfand sie ein diffuses Unbehagen.

Sie holte ihre Beglaubigungskarte hervor, und der Offizier lächelte höflich und schob sie in den Prüfscanner seines Pults. »Habe ich die Erlaubnis, das Schiff betreten zu dürfen?« fragte Rowena Mason, die nicht genau wußte, welche Verhaltensweise man von ihr erwartete.

»Erlaubnis erteilt, Mr. Mason. Willkommen an Bord der *Enterprise.*«

Auch daran mußte sie sich noch gewöhnen: Indem man sie mit ›Mister‹ ansprach, brachte man ihr einen Respekt entgegen, der für gewöhnlich auf weibliche und männliche Offiziere beschränkt war.

»Danke. Ich möchte meine Ankunft so rasch wie möglich dem Nachrichtendienst der Föderation mitteilen. Und noch etwas: Kann ich mit dem Quartiermeister sprechen?«

»Mit dem Quartiermeister? Oh, ich verstehe: Sie haben einen militärischen Ausdruck verwendet. Es tut mir leid. An Bord dieses Schiffs gibt es keinen Quartiermeister. Alle Unterkünfte werden vom Bordcomputer zugewiesen. Nun, Ihre Eskorte dürfte in einigen Minuten eintreffen. Sie sind ein wenig spät dran.«

»Ich weiß«, erwiderte Rowena. Noch vor sechs Stunden hatte sie an ihrer Abhandlung gearbeitet, bei der es um die im zweiundzwanzigsten Jahrhundert erzielten Fortschritte im Hinblick auf die quantenmechanische Elektrodynamik ging. Das war das Hauptfach ihres Studiums an der kleinen Universität für Geisteswissenschaften auf Yalbo. Trotz der Tätigkeit für den NDF gelang es ihr, ihrem akademischen Ehrgeiz ausreichend Zeit zu widmen. Rowenas Eltern hielten nicht viel von ihrem Studium; sie hätten es vorgezogen, daß sie dem Beispiel ihres Vaters folgte und als Filialleiterin in die Dienste der Unionsgesellschaft ›Seltene Erden‹ trat. Aufgrund der Entscheidung Rowenas, das Studium fortzusetzen, strich ihre Familie alle finanziellen Zuwendungen. Sie begann damit, als freiberufliche Autorin Artikel für den Nachrichtendienst der Föderation zu verfassen, um nicht auf den verhaßten Studentenzuschuß angewiesen zu sein. Nach und nach arbeitete sie sich hoch, und schließlich wies man ihr einen der beiden Redakteursposten im NDF-Büro Yalbos zu. Den anderen bekleidete ihr Chef, ein bärbeißiger Westentaschen-Philosoph namens Evanric, der meinte, die Weisheit für sich gepachtet zu haben.

Um die Einnahmen aus dem Bergbau zu verbessern – und die chronisch unterbeschäftigten Schürfer und Prospektoren nicht entlassen zu müssen –, fungierte die Kolonie Yalbo als Wartungs- und Nachschubbasis für die Föderation. Es erregte ziemliches Aufsehen, als die *Enterprise* die Order erhielt, an die Wartungsstation im Orbit Yalbos anzulegen. Es ging dabei um eine neue Installation an Bord. Rowena Mason hatte sich aus der planetarischen Perspektive mit allen Aspekten dieser Angelegenheit befaßt. Als der NDF Evanric darum bat, seine Mitarbeiterin für einen Auftrag in der Außenwelt freizugeben, hätte Mason natürlich ablehnen können. Andererseits aber begrüßte sie die Möglichkeit, ihren Erfahrungshorizont zu erweitern, und immerhin war sie Reporterin. Von solchen Leuten erwartete man, daß sie im Zentrum des allgemeinen Geschehens standen. Das Schreiben von theoretischen Aufsätzen für irgendeine Provinzuniversität gehörte nicht zu den Aufgabenbereichen einer ambitionierten Berichterstatterin. Wenn der NDF ihre bisher eher trivialen Artikel für gut genug hielt, um ein derartiges Anliegen an sie heranzutragen, so handelte es sich dabei um eine Chance, die es zu nutzen galt. Außerdem war sie, abgesehen von Evanric, die einzige abkömmliche Reporterin, und ihr Chef bezeichnete sich selbst als zu alt und zu träge.

»Zu Anfang könnte es ein ziemliches Durcheinander geben, Mr. Mason«, sagte der Decksoffizier. »Die *Enterprise* befindet sich seit zwanzig Tagen im Dock, und während dieser Zeit kam es zu umfangreichen Wartungs- und Instandsetzungsarbeiten. Darüber hinaus wurden neue Gerätschaften installiert.«

»Deshalb bin ich hier«, meinte Rowena Mason.

»Um uns auf die Finger zu sehen, während es drunter und drüber geht?«

Aha, dachte sie. Wie immer befürchtet das Militär die Einmischung der Presse. »Nein. Um über die neuen Monitore zu berichten, über das Verhalten der Besatzung. Um festzustellen, wie die *Enterprise* reagiert.« Sie lächelte.

Der Junior-Lieutenant erwiderte das Lächeln. Was für eine Disziplin, dachte Mason sarkastisch. Er offenbarte nicht das geringste männliche Interesse an dem neuen weiblichen Besatzungsmitglied. Korrekt und in jeder Beziehung höflich – bis auf die eine Frage, die ihre Absichten betraf.

»Mr. Mason?« erklang die Stimme einer Frau.

Angesichts der ungewohnten Anrede brauchte sie einige Sekundenbruchteile, um zu begreifen, daß sie gemeint war. Sie fragte sich, ob sie ständig annehmen würde, jemand wende sich an ihren Vater. Als sie sich umdrehte, fiel ihr Blick auf eine verblüffend hübsche Frau, die eine rote Borduniform trug und in der Kabine des Achterdecklifts stand. »Ich bin Lieutenant Uhura«, sagte sie, trat vor und streckte die Hand aus. »Kommunikationsoffizier. Da wir dann und wann zusammenarbeiten, hielt es Starfleet für angebracht, daß wir eine Unterkunft miteinander teilen.«

Mason zwinkerte. Kein Wunder, daß der Decksoffizier kein Interesse an ihr gezeigt hatte. Zeichneten sich alle in Diensten Starfleets stehende Frauen durch eine so einschüchternde exotische Schönheit aus?

»Lieutenant Uhura ist Ihre Eskorte, Mr. Mason«, erklärte der junge Offizier.

»Ja, ich verstehe, vielen Dank.« Sie schüttelte Uhura die Hand und folgte ihr in den Lift. »Mein Gepäck ...«

»Wird gleich im Hangar eintreffen«, sagte der Decksoffizier. »Machen Sie sich keine Sorgen: Wir kümmern uns um alles.«

»Hoffentlich«, sagte Rowena Mason leise. »In den Koffern befinden sich auch zwei tragbare NDF-Recorder, und wenn die beschädigt werden... Ich würde vier Jahre brauchen, um sie zu bezahlen.«

Als sich die Lifttür schloß, musterte Uhura die Reporterin kurz. Das Lächeln der dunkelhaarigen Frau wirkte offener als das des jungen Offiziers. »Wollen Sie einen Bericht über die neuen Monitore der *Enterprise* schreiben?«

»Ja. Aber ich interessiere mich auch für die neuen medizinischen Geräte.«

»Sieht ganz danach aus, als stünde uns wieder eine heiße Sache bevor. Vermutlich kommen wir überhaupt nicht zur Ruhe. Wissen Sie, Starfleet macht uns ganz schön Dampf. Selbst wenn es nur darum geht, irgendwelche neuen Dinge zu erproben – Abwechslung gibt es meistens genug. Und das wird vermutlich auch diesmal der Fall sein.«

»Ich weiß nicht, ob ich auf ein richtiges Abenteuer vorbereitet bin«, gestand Rowena ein. Sie freute sich auf den Aufenthalt an Bord, darauf, alles zu beobachten und anschließend einen guten Artikel zu schreiben. Doch andererseits: Die Erfahrungen mit den Bergleuten auf Yalbo hatten sie gelehrt, daß ›Abenteuer‹ nichts anderes war als eine beschönigende Umschreibung für ernste Verletzungen und sogar Tod. »Wird man mich in irgendeiner Außenstation oder in einer Starbase absetzen, wenn es zu einem Notfall kommt?«

»Von wegen! Bestimmt ist dem Captain daran gelegen, daß Sie alles miterleben, vom Anfang bis zum Ende. Wenn Starfleet Monitore will und der Föderation an einer Unterstützung durch die Presse gelegen ist, so wird er dafür sorgen, daß in dieser Hinsicht nichts schiefgeht. Auf Biegen und Brechen. Warten Sie's nur ab. Allein über Captain Kirk könnten Sie ein ganzes Buch schreiben.«

»Sie bewundern ihn wohl, was?«

»Ob ich ihn bewundere? Meine Güte, er ist der *Captain.* Wahrscheinlich gibt es niemanden an Bord, der nicht bereit wäre, ihm sogar in den Gravitationsschlund eines Schwarzen Lochs zu folgen.«

»Und was hält er von Journalisten?«

»Keine Ahnung. *Ich* jedenfalls freue mich, Sie an Bord begrüßen zu können. Meine Wohnflächenquote ist ebenso erhöht worden wie die Lebensmittelzuteilung, damit ich Ihnen gegenüber als Gastgeberin auftreten kann – solange ich dadurch meine Pflichten nicht vernachlässige. Außerdem befindet sich meine Unterkunft in der Offizierssektion, und das bedeutet Bequemlichkeit und Platz genug für zwei Personen, sogar eine gewisse Privatsphäre.«

»Hört sich an, als sprächen Sie von einer Luxuskabine an Bord eines Passagier-Liners.«

Uhura schüttelte den Kopf. »Wie ich eben schon sagte, Mr. Mason ...«

»Nennen Sie mich Rowena.«

»Nun gut: Rowena. Wie ich eben schon sagte: Ich glaube kaum, daß uns Zeit genug bleiben wird, irgendwelchen Luxus zu genießen.«

»Quartiersabteilung für Junior-Offiziere«, formulierte die Sprachprozessor-Stimme des Lifts. Die beiden Türsegmente glitten mit einem leisen Zischen auseinander, und Rowena Mason sah einen langen Korridor mit grauweißen Wänden. Die hier und dort darin eingelassenen Schotten wiesen rote Konturen auf.

»Willkommen zu Hause, Teuerste«, sagte Uhura und führte ihre Begleiterin durch den Gang.

KAPITEL 2

»Jim, ich schwöre dir: Wenn es meine Absicht gewesen wäre, Rechtsanwalt zu werden, hätte ich an der Tharsis-Universität studiert und mich später in die Starfleet-Abteilung für Innere Angelegenheiten versetzen lassen.« Dr. Leonard McCoy verzog das Gesicht und schüttelte den Kopf. »Zehntausend neue Regeln und Vorschriften.«

»Es ist doch nur eine Überwachungseinrichtung, Pille.«

»In mir verstärkt sich das Gefühl, gar nicht mehr am richtigen Platz zu sein. Zuerst werden meine Instrumente verändert, und dann heißt es, ein Computer könne wesentlich besser operieren als ein menschlicher Chirurg. Bin ich etwa Elektriker oder Programmierer? Und jetzt behauptet man, die Krankenabteilung eines Raumschiffs habe ›das Potential, soziale Unruhen heraufzubeschwören‹.« Die letzten Worte sprach er ganz langsam aus und versah sie mit einer besonderen Betonung. Seine Augen traten ihm ein wenig aus den Höhlen, als er Captain James T. Kirk ansah und auf dessen Antwort wartete.

Kirks nachsichtiges Grinsen war fast ebenso übertrieben wie der Verdruß des Bordarztes. »Dahinter steckt die gleiche Politik wie bei den Föderationsmonitoren: Man will verhindern, daß du zu einem Gott wirst, Pille.«

McCoy atmete mit einem scharfen Zischen aus und machte damit deutlich, daß er kein Verständnis für den Humor seines Freundes hatte.

Kirk schritt an den neuen Instrumentenkonsolen der

umgebauten Krankenabteilung entlang. Starfleet hatte die Geräteeinheit der Transporterunfall-Rekonvaleszenz schon einige Monate vor der Rückkehr der *Enterprise* vor ihrer letzten Mission nach Yalbo bringen lassen – zusammen mit den neuen Monitoren, die sowohl für die Brücke als auch die Krankenstation bestimmt waren. »Wenn ich mir dauernd von einem neuen Überwachungssystem auf die Finger sehen lassen muß, warum sollte es dir dann anders ergehen?« Kirk blieb stehen, drehte sich zu McCoy um und deutete auf einen zwei Meter langen Zylinder, der mit einer klaren, grünen Flüssigkeit gefüllt war. »Wenn es dich tröstet: Mir ist das alles ebenfalls ein bißchen zuviel. Dieses Ding hier...« Er schüttelte den Kopf. »Früher hätte man in dem TUREK ein regelrechtes Wunder gesehen. Jetzt aber... Wenn es zu einem Transporterunfall kommt, dann braucht man nur...« Er brach kurz ab und sah den Bordarzt an. »Eigentlich eine tolle Sache! Man speist die letzte Memorialstruktur in die Maschine ein und kann auf diese Weise ein entsprechendes Duplikat herstellen. Das bedeutet: Es wird nicht mehr zu Todesfällen durch fehlerhaft funktionierende Transporter kommen, Pille.«

»Der Apparat könnte zu einem Alptraum werden.«

»Ja, das wäre durchaus möglich. Ein verrückter Arzt, der in den memorialen Speicherbänken herumstöbert, die von unterschiedlichen Passagieren stammenden Aufzeichnungen vereint und sie in die Turek-Einheit gibt, um völlig neue Menschen entstehen zu lassen – eine gräßliche Vorstellung. Aber gerade deshalb gibt es die medizinischen Monitore und die neuen Vorschriften.«

Kirk wußte natürlich, daß McCoy nur Dampf ablassen wollte. Seine Abscheu gegenüber technischen Innovationen und neuen Behandlungsmethoden, die dazu dienten, Leben zu bewahren und sowohl physische als auch psychische Deformationen zu verhindern – das war alles nur eine Maske, hinter der er daranging, seine bisherigen Erfahrungen als Arzt neu zu ordnen und dem veränderten Instrumentarium anzupassen. Kirk nahm das theatralische Gebaren hin und nutzte es zu einem freundschaftlichen Spott. »Tja, Pille, ohne das neue Reglement kämst du vielleicht auf den Gedanken, dir deine eigene Krankenschwester zu schaffen. Sie wäre …«

»Du Sexist«, brummte McCoy.

Kirk ließ sich davon nicht beirren. »Sie wäre knapp eins siebzig groß, von vollendeter Gestalt, klug und so zahm wie ein Kitzvogel von Tau Ceti Vier. Und sicher würdest du sie auf der Stelle heiraten, wodurch Starfleet einen der besten Schiffsärzte verlöre.«

McCoy schien nicht so recht zu wissen, wie er darauf reagieren sollte. Erst lächelte er zaghaft, und dann verfärbten sich seine Wangen, so als stünde er kurz vor einem Schlaganfall. Schließlich machte er Anstalten, einen längeren Vortrag über die Moral und Ethik eines Mediziners zu beginnen. Kirk atmete erleichtert auf, als das Interkom summte. Er betätigte die Taste und meldete sich. »Achterdeck an Captain Kirk. Hier spricht Wellman, Captain. Mr. Mason ist an Bord, und ihr Gepäck wurde bereits verstaut.«

»Warum erstattet man dir deshalb extra Bericht?« fragte McCoy verwundert.

»Danke, Mr. Wellman«, antwortete Kirk dem diensthabenden Offizier. »Machen Sie das Achterdeck dicht und nehmen Sie Ihren üblichen Dienst wieder auf.« Er schaltete das kleine Gerät aus, und als er sich umdrehte, schnitt er eine kurze Grimasse. »Wir haben eine Reporterin an Bord der *Enterprise,* Pille. Von jetzt an werden wir auf Schritt und Tritt beobachtet und belauscht. Hüte deine Zunge.«

»Ich bin in jeder Hinsicht ein Kavalier«, versicherte McCoy.

»Sie ist hier, um festzustellen, wie wir auf die Monitoren reagieren, und soweit ich weiß, möchte sie auch einen Artikel über die neue Ausstattung der Krankenstation schreiben.«

»Ich habe nichts zu verbergen«, sagte der Bordarzt und vollführte eine großmütige Geste. »Abgesehen von meinen Zweifeln.«

Kirk betätigte die Interkom-Taste. »Das Quartier Lieutenant Uhuras«, wies er den Computer an. »Folgende Nachricht soll dort hinterlegt werden: Ich bitte Mr. Mason – nein, *Miss* Mason –, mir beim heutigen Abendessen in der Offiziersmesse am Tisch des Captains Gesellschaft zu leisten. Darüber hinaus entrichte ich ihr meine besten Grüße.«

»Ich wußte gar nicht, daß du so galant sein kannst, Jim«, sagte McCoy, und ein angedeutetes Lächeln umspielte seine Lippen.

KAPITEL 3

Die Mannschaftsunterkünfte an Bord der *Enterprise* waren zwar sauber und komfortabel, zeigten jedoch unübersehbare Abnutzungserscheinungen. Die zurückliegenden lnstandsetzungsarbeiten hatten sich auf Modernisierungen beschränkt; niemand fand Zeit, sich um das Dekor zu kümmern.

Lieutenant Uhuras Unterkunft stellte in dieser Hinsicht eine erfreuliche Ausnahme dar. Die geschmackvolle Ausstattung bestand unter anderem aus farbig gemusterten Wandbehängen, einigen bequemen Kissensesseln, die nicht aus den Mobiliarlagern Starfleets stammten, und einem Sitz, dessen Gestaltung sicherstellte, daß die extrem empfindliche Haut eines Deltaners nicht übermäßig gereizt wurde. Für einen Menschen war es das reinste Vergnügen, darauf Platz zu nehmen. Hier und dort standen Skulpturen, deren Größe von wenigen Zentimetern bis zu einem Meter reichte. Jene Gegenstände verrieten die Sammlerleidenschaft Uhuras, bei der es vor allen Dingen um surrealistische und totemistische Ebenholzarbeiten aus dem modernen Afrika ging.

Rowena machte es sich bei Uhura bequem und befaßte sich mit den Schiffsdiagrammen auf dem Videoschirm der Kabine. Als sie die Einladung des Captains zum Abendessen erhielt, blieb ihr gerade noch Zeit genug, sich frisch zu machen.

Die hygienischen Einrichtungen der *Enterprise* begeisterten sie geradezu: Sie mochten etwa zehn Jahre moderner sein als die üblichen Bäder auf Yalbo. Rowena fragte sich, ob es ihr problemlos gelingen würde, sich nach ihrer Rückkehr wieder an die auf ihrer Heimatwelt herrschenden Verhältnisse zu gewöhnen. Vielleicht – und sie lächelte, als sie sich dieser Wunschvorstellung hingab – stellte der Aufenthalt an Bord dieses Raumschiffs ihre große Chance dar. Vielleicht eröffnete sich ihr dadurch eine bessere Zukunft.

Sie erreichte die Messe und setzte sich ans Ende eines Tisches, der insgesamt sechs Personen Platz bot. Ihr Name leuchtete in geisterhaft grünen Lettern neben dem Besteck aus rostfreiem Stahl und einem leicht welligen Plastikteller. Eigentlich war es gar nicht ihre Art, zu früh zu sein, doch sie hatte die Zeit überschätzt, die sie brauchte, um zu dem großen Saal zu gelangen. Die Beförderungskapsel des Aufzugs – man nannte ihn auch ›Turbolift‹, wie sie sich erinnerte – bewegte sich mit enormer Geschwindigkeit.

Einige Minuten später kamen die ersten Offiziere. Aufgrund der Bilder, die Uhura ihr gezeigt hatte, erkannte sie Chefingenieur Scott, Steuermann Sulu, den wissenschaftlichen und Ersten Offizier Spock und auch den Computerspezialisten Veblen, der sich um die neu installierten Monitore kümmerte. An einem anderen Tisch saß ein andorranischer Offizier, ein Navigationsexperte wie viele seiner Artgenossen. Als Mason Spock und den Andorraner sah, versteifte sie sich unwillkürlich. Auf Yalbo gab es keine Extraterrestrier, nur Menschen. Es existierten dort keine einheimischen Lebensformen, und Touristen machten einen weiten Bogen um jene Provinzwelt. Rowena erinnerte sich, daß ihre Eltern ihr Geschichten von Aliens erzählt hatten, die gefährliche Krankheiten einschleppten, die absonderliche und ketzerische Philosophien predigten… Während der Schulzeit hatte sie sich allmählich von solchen Vorstellungen befreien können, doch der verbliebene Rest reichte aus, um Unbehagen in ihr zu wecken.

Zunächst einmal faszinierten sie die spitzen Ohren Spocks, seine strenge Stattlichkeit. Seine Hautfarbe – eine Mischung aus hellem Braun und Lindgrün – empfand sie zwar als verwirrend, doch nicht unbedingt als ungewöhnlich. Sie hatte bereits Menschen von anderen Sonnensystemen gesehen, die ähnlich aussahen. Aber von diesem Eindruck ließ sie sich nicht täuschen. Spock war zur einen Hälfte Mensch und zur anderen Vulkanier. Er setzte sich an den gleichen Tisch, weiter rechts, auf den Stuhl neben Kirk, ihr direkt gegenüber. Während Rowena ihn musterte, nahm Scott links von ihr Platz. Zur Rechten Spocks saß ein untersetzter und jungenhaft wirkender Lieutenant, der sich als Jan Veblen vorstellte.

Kurze Zeit später trat Dr. Leonard McCoy ein. Der Bordarzt wählte den Platz gegenüber Kirk, nickte und bedachte sie mit einem freundlichen Lächeln. »Willkommen an Bord«, sagte er. Mason fand ihn auf Anhieb sympathisch. McCoy erinnerte sie an ihren Vater. Besser gesagt: an den gutmütigen Aspekt ihres Vaters. »Ich hoffe, Sie sind zufrieden mit dem, was Sie hier vorfinden.«

»Ich habe noch nicht sehr viel von der *Enterprise* gesehen«, erwiderte sie. »Aber es scheint alles in bester Ordnung zu sein.«

»Das Essen hier ist ziemlich gut«, meinte McCoy. »Allerdings sollten Sie darauf verzichten, das zu kosten, wovon sich Mr. Spock ernährt.« Spock bedachte Rowena Mason mit einem kühlen Blick.

»Dr. McCoy weiß sehr wohl, daß ich die Mahlzeiten in meiner Unterkunft einnehme. Ich bin nur wegen der sozialen Aspekte eines gemeinsamen Abendessens mit meinen Offizierskollegen hier.«

»Ja, unser Spock ist ein ausgesprochen geselliger Bursche«, fügte McCoy hinzu. Spock hob die Augenbrauen, gab aber keine Antwort. Einige Minuten später betrat Kirk den Saal, und als er sich dem Tisch näherte, standen alle Anwesenden in der Messe auf. Rowena folgte dem Beispiel der anderen. Kirk trat auf sie zu und streckte die Hand aus. »Im Namen der Offiziere und der Mannschaft möchte ich Sie offiziell an Bord der *Enterprise* begrüßen.«

»Es ist mir eine Ehre«, erwiderte die Reporterin. Kirk wirkte auf eine etwas grobe Weise attraktiv. Er mochte etwa fünfundvierzig sein und war in guter körperlicher Verfassung, was ihn um rund acht Jahre jünger erscheinen ließ. Er nahm auf dem Stuhl am oberen Ende des Tisches Platz, und daraufhin setzten sich auch die anderen Offiziere. Ein Robosteward rollte mit einem Stapel Tabletts herbei und verteilte sie, wobei er an Kirks Tisch begann. »Heute abend«, sagte McCoy, »haben wir das Vergnügen, eine köstliche Hühnersuppe probieren zu können. Das ist eine meiner Lieblingsspeisen.«

»Wir bedauern es, daß wir nicht die Zeit erübrigen konnten, Ihrem Planeten einen Besuch abzustatten und uns dort umzusehen«, sagte der Captain nach einer Weile. »Wir standen ziemlich unter Druck. Unsere letzte Mission war sehr schwierig, und deshalb haben wir die freie Zeit dazu genutzt, uns zu entspannen und neue Kräfte zu sammeln.«

»Nun, eigentlich gibt es auf Yalbo auch gar nicht viel zu sehen«, sagte Rowena Mason. Sie haßte den Namen ihres Heimatplaneten. Als Mädchen hatte sie ihn einfach nur Yellow genannt, eine Bezeichnung, die zumindest als Beschreibung genügte. »Jedenfalls nicht für Touristen oder andere Besucher von der Außenwelt.«

»Allerdings haben Sie fähige Ingenieure und ausgezeichnete Dockanlagen«, warf Scott begeistert ein.

»Nun, unser Raumdock ist das einzige im Umkreis von hundert Parsec. Ich schätze, deshalb bekamen Sie die Order, die Wartungsarbeiten im Orbit Yalbos durchführen zu lassen.«

Kirk nickte. »Wie lange sind Sie schon Journalistin?«

»Seit drei Jahren arbeite ich als fest angestellte Redakteurin. Außerdem bin ich dabei, einen Doktortitel an der humanwissenschaftlichen Universität von Yalbo zu erwerben.« Das klingt so entsetzlich provinziell, dachte sie.

»Sind Sie die einzige NDF-Reporterin Yalbos?« erkundigte sich McCoy.

»Nein, außer mir gibt es noch meinen Chef«, entgegnete sie. »Er heißt Evanric. Er war einmal ...« Mason zögerte. »Es ist ein sehr guter Journalist. Früher hat er in den Bergwerken gearbeitet und bediente dort eine B-S-Maschine, äh, eine Apparatur, die bohrt und sprengt. Ich bekomme meine Anweisungen von ihm. Ich meine: Ich bekam sie von ihm, auf Yalbo. Was meine berufliche Laufbahn anbelangt, habe ich ihm viel zu verdanken.«

»Wir planen einen einwöchigen Testflug«, führte Kirk aus und deutete ein Lächeln an. »Aber Mr. Scott hätte es vermutlich lieber, wenn wir einen ganzen Monat lang unterwegs wären.«

»Diesmal müßte eine Woche genügen, Captain«, sagte Scott und schob sich einen Löffel Suppe in den Mund. »Zum Glück haben die Techniker unsere gute alte *Enterprise* nicht völlig ausgeweidet, um es uns zu überlassen, alle Einzelteile zusammenzusetzen. Sie nahmen nur einige geringfügige Veränderungen vor.«

»Geringfügige Veränderungen?« entfuhr es McCoy. »Sie müßten sich mal in der Krankenstation umsehen.«

»Ich nehme an, Sie wissen über die neuen Installationen Bescheid?« Kirk sah Rowena an.

»Wenigstens in groben Zügen. Ich bin hier, um auch die Einzelheiten in Erfahrung zu bringen.«

»Dabei könnte Ihnen Mr. Veblen behilflich sein«, sagte Spock. Vor ihm auf dem Tisch stand eine Karaffe mit trübem Wasser. Er schenkte sich ein Glas voll ein und nippte daran.

»Gewiß.« Veblen nickte. Es handelte sich um einen kleinen und dicklichen Mann, dessen blondes Haar kürzer geschnitten war, als es die Vorschriften verlangten. Er hatte eine große Knollennase und elfenartig schräge

Augen. Rowena Mason empfand den Blick seiner grünen Pupillen als durchdringend. Im vergangenen Jahr war er der *Enterprise* als neues Besatzungsmitglied zugewiesen worden, mit dem Auftrag, alles für den Einbau des Monitorsystems vorzubereiten. Er fungierte erst als Spocks Assistent und dann als Computeroffizier. Zwar sah Veblen nicht gerade wie ein typischer Vertreter der neuen akademischen Generation Starfleets aus, aber im Laufe der Zeit hatte sich Kirk dazu durchgerungen, ihn zu respektieren – widerwillig und trotz vieler nach wie vor bestehender Bedenken. »Die *Enterprise* ist jetzt mit einem neuen Kontrollsystem ausgestattet. Schon seit Jahren macht sich die Föderation Sorgen in bezug auf die Kampfkraft der Starfleet-Raumschiffe und eine zumindest denkbare mißbräuchliche Anwendung dieser Macht. Das geschieht nicht ganz ohne Grund, wie der Captain bestätigen kann. Nun, es wurden bereits einige Vorsichtsmaßnahmen ergriffen, aber die Monitoren stellen in dieser Hinsicht etwas völlig Neues dar. Es ist vorgesehen, daß sie schließlich alle Funktionen des Schiffs überwachen. Was den Testflug der *Enterprise* angeht, beschränkt sich die Kontrolle auf zwei der wichtigsten Bordsysteme – die Brücke und die medizinische Abteilung, dort insbesondere die TUREK.«

»Turek?« fragte Mason.

»Transporterunfall-Rekonvaleszenz«, erklärte hierzu McCoy.

»Wenn die Monitoren zu dem Schluß gelangen, daß die Operationen eines Starfleet-Schiffs nicht den Interessen der Föderation entsprechen«, führte Veblen aus, »übernehmen sie die Kontrolle, bis keine Gefahr mehr droht und sich die Lage normalisiert hat. Die Kommando-Monitoren enthalten die Erfahrungswerte von sechs Starfleet-Kommandanten, denen die Föderation ein überdurchschnittliches Beurteilungs- und Entscheidungsvermögen zuspricht. Bei jenen Surrogaten handelt es sich nunmehr um eine elektronische Persönlichkeitseinheit, zwischen deren Selbstaspekten eine permanente Interaktion herrscht und die alle Befehle des Captains überprüfen ...«

»Brücke an Captain Kirk. Hier spricht Uhura. Wir haben gerade eine dringende Nachricht von Starfleet erhalten.«

»Wie üblich«, brummte McCoy.

»Es wird um sofortige Antwort gebeten.«

»Ich bin bereits unterwegs, Lieutenant.« Kirk schob den Stuhl zurück. »Bitte entschuldigen Sie die Unterbrechung. Führen Sie das Gespräch ruhig ohne mich weiter.«

Mason spürte plötzlich, wie es ihr kalt über den Rükken lief.

McCoy schüttelte den Kopf. »Man läßt uns nicht einmal Zeit genug, in aller Ruhe das Abendessen einzunehmen.«

KAPITEL 4

Kirk brauchte zwei Minuten, um die Brücke zu erreichen, und als er dort eintraf, hatte Uhura bereits den Individualprojektor vorbereitet und auf den Befehlsstand ausgerichtet. Als der Captain in seinem Sessel Platz nahm, öffnete sie den Kom-Kanal, und unmittelbar darauf konzentrierte sich Kirk auf die Nachricht. Das optische Projektionsfeld war einzig und allein auf seine Augen fokussiert, und die akustische Übertragung erfolgte mit Hilfe einer Knochenvibration, so daß nur der Captain die Worte verstehen konnte.

AbUnRau, Priorität Eins, Relaisstation Starbase 19, Capt. James T. Kirk. Ausschließlich für KIRK bestimmt.

»Kirk.«

Er erkannte die Stimme von Admiral Hiram Kawakami, der die Starfleet-Abteilung für unerforschte Raumsektoren leitete.

»Captain, wir haben eine Status-Geometrie-Nachricht aus Oktant 7 erhalten, von der Forschungsstation Eins am Rande des Black Box-Nebels. Die Botschaft war zehn Jahre unterwegs, bevor sie die nächste Kommunikationsboje der Föderation erreichte.«

»Ich dachte, die Station sei längst aufgegeben«, murmelte Kirk.

»Ein Teil der Nachricht ist optischer Natur. Die Übertragung beginnt jetzt, Jim.«

Kirk sah die scharfgeschnittenen Züge eines Vulkaniers, und die grünliche Hautfarbe deutete darauf hin, daß es sich um den Angehörigen einer der alten Familien handelte. Der Mann saß in einem gewöhnlichen

Kom-Zentrum. Offenbar war die Einrichtung nicht ganz auf dem neuesten Stand der Technik, und das gab Anlaß zu der Vermutung, daß es der Forschungsinstitution an finanziellen Mitteln fehlte. Ein eingeblendeter Schriftzug identifizierte den Vulkanier als Physiker Grake und Ehemann T'Pryllas. T'Prylla war recht bekannt, galt als eine der besten Wissenschaftlerinnen Vulkans. Jim glaubte sich daran zu erinnern, daß sie mit Spock verwandt ist. Aber vulkanische Familienbande zeichneten sich oftmals durch eine verblüffende Komplexität aus.

Grake sprach Hochvulkan, und das winzige Implantat im Halsansatz Kirks sorgte für eine sofortige Übersetzung der Begriffe.

»Wir senden diese Nachricht nur, weil wir fürchten, daß sich eine ernste Krise anbahnt. Die Entwicklung dreier Protosterne im Black Box-Nebel steuert auf die Hauptreihe zu, und die dadurch entstehende Strahlung verhindert eine Subraum-Kommunikation. Dennoch ...«

Die Übertragung brach ab, und Kirk vernahm erneut die Stimme Kawakamis.

»Die Mitteilung ist nicht vollständig, aber an die ersten Signale schließt sich ein Hochgeschwindigkeits-Datentransfer an. Die wissenschaftlichen Implikationen erweisen sich als recht interessant. Uns liegen inzwischen weitaus mehr Informationen vor, und auf dieser Grundlage können wir uns eine gute Vorstellung in bezug auf das Schicksal der Black Box-Station machen. Schalten Sie auf komprimierte Datenaufnahme um, Captain.«

Kirk formulierte einen gedanklichen Befehl und veränderte damit die Justierung des Implantats. Von einem Augenblick zum anderen strömte eine Flut von Angaben und Hinweisen in sein Bewußtsein. Er schnitt eine Grimasse. In gewisser Weise stand er neuen Techniken noch skeptischer gegenüber als McCoy, insbesondere dann, wenn ihre Anwendung zu einem ausgeprägten Chaos hinter seiner Stirn führte. Außerdem bewirkte die Hochgeschwindigkeits-Datenübertragung einen dumpfen Kopfschmerz, was die ganze Sache noch unangenehmer machte. Ein Vorteil aber ließ sich nicht leugnen: Innerhalb weniger Sekunden wußte er um die wichtigsten Fakten Bescheid.

Durch die Verwandlung des Black Box-Nebels von einer Staubwolke in die Geburtsstätte neuer Sterne entstanden energetische Wirbelzonen, doch offenbar waren sie nicht groß genug gewesen, um eine direkte Gefahr für die Forschungsstation darzustellen. Die Föderationsexperten sahen einen ursächlichen Zusammenhang zwischen dem Beginn der nuklearen Fusion im Innern der Protosterne und der Unterbrechung der Kom-Verbindung mit Station Eins. Als der Kontakt nicht wiederhergestellt werden konnte, schickte Starfleet einen unbemannten Transporter in den Nebel. Er verschwand spurlos, und daraufhin hielten es die Verantwortlichen für angeraten, auf ein umfangreiches Rettungsunternehmen zu verzichten. Kirk war mit dieser Entscheidung nicht einverstanden, doch er sah davon ab, seine Vorgesetzten zu kritisieren.

Grakes Nachricht war unvollständig, aber Tonfall und Gebaren schienen darauf hinzuweisen, daß die meisten Hibernanten – wenn nicht gar alle – überlebt hatten. Allerdings gab es in diesem Zusammenhang auch einige Fragen, auf die Antworten ausblieben. Nach dem Fusionsbeginn im Kern der Protosterne hätte es eigentlich möglich sein sollen, eine neuerliche Subraum-Verbindung herzustellen. Zwar enthielten die wissenschaftlichen Daten mehrere Hinweise auf hohe Ybakra-Strahlung, aber sie konnte überlichtschnelle Signale nur dann nachhaltig stören, wenn in der Nähe Subraum-Masseanomalien existierten, die nicht in den Karten verzeichnet waren. Allem Anschein nach gab es auch in der Masse der wissenschaftlichen Informationen Lücken.

»Captain, der größte Teil der Stationsbesatzung lag im Kälteschlaf. Unsere Spezialisten meinen, es bestünde eine große Wahrscheinlichkeit dafür, daß die Ybakra-Strahlung von den

nahen Protosternen zu einer Zersetzung der Myelin-Schicht an den Nervensträngen aller Hibernanten geführt hat… Sie müssen dringend behandelt werden, wenn es noch eine Chance für sie geben soll. Und nur an Bord der Enterprise *gibt es die dafür erforderliche Ausrüstung.«*

Die Nachricht war zehn Jahre unterwegs, dachte Kirk. Vielleicht sind die Kälteschläfer längst tot. Andererseits: Wenn sie in der Zwischenzeit nicht geweckt wurden und nach wie vor schlafen…

»Sie erhalten hiermit die Anweisung, mit maximaler Warp-Geschwindigkeit den Black Box-Nebel anzufliegen, mögliche Überlebende zu retten und eine umfassende wissenschaftliche Untersuchung anzustellen. Alle anderen Order sind derzeit von zweitrangiger Bedeutung. Die Romulaner und Kshatriyaner haben Ihrem Schiff bereits die Erlaubnis erteilt, die neutralen Zonen in der Nähe ihrer Einflußbereiche zu durchqueren. Die Genehmigung gilt bis Sternzeit 4386.5. Danach wird die Enterprise *als feindlicher Eindringling betrachtet, und das Feuer auf sie wird eröffnet.«*

Also bleibt uns nicht viel Zeit, dachte Kirk. Selbst mit Warp-Faktor 11 dauert es zwei Wochen, um Oktant 7 zu erreichen. Er lächelte schief, als er sich die Reaktion Scottys vorstellte. Die Belastung des Triebwerks würde den Chefingenieur vermutlich an den Rand eines Schlaganfalls bringen.

»Die Repräsentanten der vulkanischen Spyorna *haben keinen Zweifel an ihrer Besorgnis gelassen. T'Prylla ist eine außerordentlich fähige und somit unersetzliche Wissenschaftlerin, Jim – obgleich sie den Status einer Außenseiterin haben mag.«*

Der Admiral beendete seine Mitteilung mit einem förmlichen Gruß, und Kirk bestellte seine Offiziere ins Konferenzzimmer. Er forderte Rowena Mason auf, an der Besprechung teilzunehmen. »Mr. Sulu auf die Brücke«, schloß er. »Bereiten Sie alles für einen Flug mit Warp-Maximum vor.«

Rowena Mason saß in der einen Ecke des Zimmers, beobachtete die eintretenden Offiziere und machte sich Notizen in Hinblick auf äußeres Erscheinungsbild und vermutliche geistige Verfassung der Betreffenden. Einer der beiden mobilen NDF-Recorder, die ihr zur Verfügung standen, schwebte mit ausgefahrenen Sensoren und Linsen neben ihr. Es handelte sich um ein älteres Modell, ein flaches und rechteckiges Gerät, das etwa fünfzig Zentimeter lang und zwanzig breit war.

Die Offiziere nahmen am Tisch mit den Konsolen Platz, und Captain Kirk machte sie mit der allgemeinen Lage vertraut. Nach einer Weile hob Spock die Augenbrauen und konzentrierte sich auf ein Display, das wissenschaftliche Diagramme zeigte. McCoy hörte aufmerksam zu und ließ sich kaum etwas anmerken. Und Scotty entsprach den Erwartungen Kirks, indem er kummervoll den Kopf schüttelte und leise vor sich hin brummte.

»Ihre Stellungnahme, meine Herren?« fragte Kirk.

»Captain …«, begann Scott.

»Ich bin mir durchaus Ihrer Probleme bewußt, Mr. Scott«, sagte Kirk scharf. Und dann, etwas sanfter: »Wie steht es mit den Aggregaten im Maschinenraum?«

»Ein längerer Flug mit Warp-Maximum – damit habe ich nicht gerechnet. Die Anlagen wurden zwar im Raumdock überholt, aber wir brauchen dennoch einen ganzen Tag mit Warp 2, um die notwendigen Justierungen vorzunehmen. Andernfalls könnten uns die Plasmaröhren in der Triebwerkskammer sieben um die Ohren fliegen. Ich habe mehrmals die Fokusspulen ausgetauscht, aber die verdammten Dinger lassen sich nur während einer energetischen Belastung reparieren.«

»Vielen Dank, Mr. Scott. Zu welchem Zeitpunkt wird die Rejustierung erforderlich?«

Scott verzog das Gesicht. »Mit höchster Warp-Geschwindigkeit brauchen wir siebzehn Tage, um den Black Box-Nebel zu erreichen. Wenn wir von Anfang an mit Faktor 11 fliegen …«

»Es bleibt uns keine andere Wahl«, warf Kirk ein.

»Nun, dann befinden wir uns mitten in der kshatriyanischen neutralen Zone, wenn die Reparatur fällig wird.«

»Ich verlasse mich auf Sie und gebe Ihnen vier Stunden mit Warp 2. Das muß genügen.«

Scott wußte, daß es keinen Sinn hatte, dem Captain zu widersprechen. Er nickte und starrte finster auf die technischen Statusberichte.

McCoy räusperte sich. »Die Mannschaft hat bereits einiges hinter sich, Jim. Unsere letzte Mission war kein Zuckerschlecken. Zwar haben wir rund einen Monat im Raumdock verbracht, aber während dieser Zeit konnte kein Freigang gewährt werden.«

»Und was sollen wir in dieser Hinsicht unternehmen, Pille?«

McCoy zuckte mit den Schultern. »Tja, offenbar können wir nur die Ohren steif halten, wie immer.«

»Erwartest du irgendwelche Probleme?«

»Nicht direkt. Aber ...«

»Dann ist ja alles klar. Mr. Spock, Sie wirken sehr nachdenklich.«

Spock sah den Captain an und hob die Augenbrauen. »Sie wissen vermutlich, daß ich ein Blutsverwandter T'Pryllas bin.«

»Ja. Können Sie mir in diesem Zusammenhang nähere Angaben machen?«

»T'Prylla ist die Tochter des zweiten Bruders meines Vaters, geboren während seiner vierten *Trilya*-Ehe. Darüber hinaus hat sie einen früheren Schüler meines ersten Disziplinmeisters geheiratet. Daraus ergibt sich eine ebenso interessante wie komplizierte Situation, Captain. Inzwischen sind sowohl T'Prylla als auch Grake im Verlaufe eines öffentlichen Rituals für tot erklärt worden. Das bedeutet: Zwei andere Vulkanier nehmen nun ihre Stellungen ein. Sie haben keinen Anspruch mehr darauf, selbst wenn sie noch leben ...«

»Wurden Sie *betrauert,* Spock?« fragte McCoy ironisch.

Der Erste Offizier hob erneut die Augenbrauen. »Offenbar entgeht Ihnen das eigentliche Problem. Aus welchem Grund zeigen die *Spyorna* Interesse an einer Vulkanierin, die offiziell als *Akspra* bezeichnet wurde – als Anhängerin einer unzulänglichen Philosophie? Ich vermute, die *Spyorna* sind bereit, T'Pryllas Art von Logik als nützlich anzuerkennen. Das wäre sehr wichtig, Captain, für alle Vulkanier. Insbesondere dann, wenn T'Prylla noch lebt und uns mit ihrem Erkenntnissystem vertraut machen kann.«

»Damit mögen Sie durchaus recht haben, Spock. Allerdings bin ich derzeit weitaus mehr daran interessiert, für wie schwierig Sie es halten, die Forschungsstation zu erreichen.«

Spock nickte kurz. »Der Black Box-Nebel ist eine von insgesamt rund siebenhundert potentiellen Geburtsstätten neuer Sterne, Captain. Er stellt die weitaus größte und dichteste uns bekannte Staubwolke dar. In ihrem Innern herrschen ausgeprägte energetische Turbulenzen. Die drei neuen Gestirne werden vermutlich heiße und mittelgroße Sonnen der Klasse B. Wenn der Hinweis auf nahe Subraum-Masseanomalien den Tatsachen entspricht, so können wir davon ausgehen, daß sie in den ersten Jahren sehr intensive Ybakra-Strahlung freigesetzt haben. Für gewöhnlich droht von einer derartigen Strahlung keine Gefahr für Leben auf Kohlenstoffbasis – es sei denn, die entsprechenden Organismen befinden sich in der Kältehibernation. In einem solchen Fall können die körperlichen Schutzmechanismen nicht mit den zwar geringfügigen, aber ständig erfolgenden Veränderungen fertig werden, die die Strahlungspartikel in der Myelin-Schicht bewirken – in eben jener Substanz, die bei den Nerven von Menschen und Vulkaniern die Funktion eines Isoliermaterials ausübt.«

»Und an dieser Stelle komme ich ins Spiel«, warf McCoy ein. »Wenn die Schläfer nicht geweckt wurden, wäre es möglich, sie mit Hilfe der neuen Gerätschaften in der Krankenstation zu retten. Allerdings gibt es da ein Problem ...«

»War das alles, Spock?«

Rowena saß still in der Ecke und machte sich Notizen sowohl über den Verlauf der Besprechung als auch die häufig zwanglosen Wortwechsel zwischen Captain Kirk und seinen Offizieren.

»Nein, Captain«, erwiderte Spock ruhig. »Wir wissen nur wenig über diese Art der Protostern-Entstehung, und da kein Kom-Kontakt mit Station Eins möglich ist, müssen wir uns mit den Daten begnügen, die inzwischen bereits zehn Jahre alt und sicher überholt sind. Ich erachte die von der Föderationsboje weitergeleiteten Daten als unvollständig und ungenügend. Mit anderen Worten: Wir werden es mit unbekannten physikalischen Vorgängen zu tun bekommen, deren Folgen wir nicht einschätzen können.«

»Entzückend«, brummte McCoy.

»Du hast eben ein Problem erwähnt, Pille ...«

»Dabei geht es um die Geräte. Ihre Bedienung ist nicht weiter schwierig, selbst wenn man dabei die Möglichkeitstoleranzen der verdammten ... Entschuldige bitte. Ich wollte sagen: selbst wenn man dabei den von den Monitoren beschränkten Spielraum berücksichtigt. Es wird uns wohl nichts anderes übrigbleiben, als die Schläfer im Hibernationsstadium an Bord zu beamen, ihre Memorialstruktur aufzuzeichnen und anschließend jeweils zwei von ihnen mit der TUREK zu behandeln. Mr. Veblen kann uns sicher erklären, welche Schwierigkeiten es in Hinsicht auf die Datenspeicherung der genannten Erinnerungsmatrizen gibt.«

»Sie sind enorm, Captain«, sagte Lieutenant Veblen.

»Wie soll ich das verstehen, Mr. Veblen?«

»Die Speicherung von ganzen Memorialstrukturen ist sehr problematisch, Captain. Nachdem ein Mensch von einem Transporterstrahl entmaterialisiert wurde, müssen rund hundertfünfzig Millionen Gigabyte an Informationen so verarbeitet werden, daß bei der Rematerialisierung Körper und Geist des betreffenden Individuums bis ins letzte Detail kopiert werden. Solche Erinnerungsmatrizen werden auch als ›flüchtig‹ bezeichnet, denn sie bleiben nur knapp fünf Minuten im Transfermedium stabil. Dann beginnt der Auflösungsprozeß. Jeder Versuch, mit Hilfe einer destabilen Memorialstruktur einen transportertechnischen Retransfer herbeizuführen, muß in einer Katastrophe enden. Bisher gibt es keine Möglichkeit, eine unvollständige Erinnerungsmatrix zu restaurieren.«

Als Kirk mit den Fingern auf den Tisch trommelte, schluckte Veblen und kürzte seinen weitschweifigen Vortrag ab. »Sir, wir können die Psychoschablonen von insgesamt sechs Passagieren speichern, die Transporterunfällen zum Opfer fielen, doch mit der uns zur Verfügung stehenden medizinischen Ausrüstung lassen sich nur jeweils zwei Personen behandeln. Um weitere Memorialstrukturen festzuhalten, müßten wir den RAM-Speicher des Bordcomputers verwenden, der dafür jedoch nicht vorgesehen ist. Angenommen, es haben alle dreißig Hibernanten von Station Eins überlebt. Die Behandlung von jeweils zwei Individuen dauert eine Woche. Das bedeutet ...«

»Das bedeutet, der ganze Vorgang nähme fünfzehn Wochen in Anspruch.«

»Wir müßten wenigstens so lange im Orbit bleiben, um alle Schläfer an Bord zu nehmen. Die andere Alternative bestände darin, alle im Schiffscomputer enthaltenen Daten zu löschen und die Speicherbänke für die Aufzeichnung der Erinnerungsmatrizen zu verwenden.«

»Das wäre gegen die Vorschriften, Mr. Veblen.«

»Genau.«

»Wir könnten die Schläfer mit dem Transporter an Bord holen, sie hier in der Hibernation lassen und nacheinander in die TUREK beamen.«

»Das ist der springende Punkt, Jim«, sagte McCoy. »Die Strahlung hat mit ziemlicher Sicherheit umfangreiche Gewebeschäden verursacht, das heißt, die Hibernanten überstehen höchstens einen Ent- und Rematerialisierungs-Zyklus. Ein zweiter würde sie umbringen.«

»Und was haben die Monitoren mit all dem zu tun?«

»Nun, selbst wenn wir die Schläfer irgendwie an Bord bringen: Wir müssen die TUREK umprogrammieren, um die Zersetzung in den Myelin-Schichten rückgängig zu machen. Möglicherweise lassen die Monitoren das nicht zu. Ich sagte dir ja schon, daß die Regeln keinen Sinn ergeben.«

»Nein, du hast nur betont, kein Rechtsanwalt zu sein. Gibt es irgendeinen Grund, der uns daran hindert, die Schläfer mit Shuttles zu transportieren?«

»Das könnte gefährlich werden«, meinte McCoy. »Bei der Hibernation kommt es auf stabile Energieversorgung und konstant bleibende niedrige Temperaturen an. Vielleicht müssen wir das Risiko eingehen – obgleich es mir lieber wäre, es gäbe noch andere Möglichkeiten.«

»Nun gut, meine Herren.« Kirk hob den Kopf. »Gibt es sonst noch etwas, über das ich Bescheid wissen sollte, bevor wir starten?«

»Eine ganze Menge sogar«, sagte Spock. »Aber vermutlich haben wir keine Gelegenheit mehr, Ihnen alles vorzutragen.«

Rowena notierte die letzten Worte des Vulkaniers und unterstrich sie zweimal. »Captain«, sagte sie, als die Offiziere aufstanden, um auf ihre Stationen zurückzukehren. »Ganz offensichtlich handelt es sich um eine recht ungewöhnliche Mission. Beabsichtigen Sie, mich auf Yalbo abzusetzen, bevor die *Enterprise* das Raumdock verläßt?«

Kirk maß sie mit einem kurzen Blick, als er an ihr vorbeiging. »Nur dann, wenn Sie mich offiziell darum ersuchen.«

Sie sah ihm nach, als er Spock auf den Gang folgte,

und in Gedanken versetzte sie sich selbst eine Ohrfeige. Sie konnte jetzt nicht mehr zurück. Wenn der Captain nur nicht so arrogant gewesen wäre! Warum machte er es ihr nicht leichter, anstatt alles ihr zu überlassen? Wenn sie sich entschied, nach Yalbo zurückzukehren, verriet sie sich damit als Feigling. Bestimmt käme sie bald ins Gerede und sähe sich dem Vorwurf unehrenhaften Verhaltens ausgesetzt. Die Schande war nicht auszudenken!

Entschlossen griff sie nach ihrem Block, kaute auf der Unterlippe und versuchte, die mahnende Stimme zu überhören, die in ihr flüsterte und ihr einzureden versuchte, sie sei zu jung, zu unerfahren, die behauptete, der NDF habe einen großen Fehler gemacht, indem er sie zur *Enterprise* schickte.

KAPITEL 5

Wie immer war Kirk fasziniert von den Startvorbereitungen, wenn ein langer Flug der *Enterprise* bevorstand. Natürlich kannte er alle Einzelheiten der entsprechenden Vorgänge, und doch entstand eine gewisse Aufregung in ihm. Es ging dabei nicht nur um die Verantwortung, die er trug. Tatsächlich regte sich auch ein vager Besitzerstolz in ihm. Selbstverständlich konnte niemand zum persönlichen Eigentümer eines Raumschiffs wie der *Enterprise* werden, und doch gehörte sie ihm. Er fragte sich, was er an dem Tag empfinden mochte, an dem er sich von ihr trennen mußte. Und er bezweifelte, ob er dem Starfleet-Captain, der seine Nachfolge als Kommandant antrat, freundschaftliche Gefühle entgegenbringen konnte.

James Kirk saß im Befehlsstand und betrachtete die Anzeigen auf den Konsolen. Der Beobachtungsschirm, der einen großen Teil der vorderen Wand einnahm, zeigte noch immer das Raumdock. Wenn er die Tasten in den Armlehnen des Sessels betätigte und Anweisungen gab, reagierte die *Enterprise* wie ein lebender Organismus.

Er verdrängte diese Überlegungen und war froh, daß weder Spock noch McCoy seine Gedanken lesen konnten, ohne ihm ganz nahe zu sein. Als er sich auf den Bericht Scotts konzentrierte, stellte er fest, daß die präventiven Wartungsarbeiten in Rekordzeit beendet worden waren. Trotzdem war nach wie vor eine vierstündige Warp-2-Phase nötig, um die Plasmaröhren neu zu justieren.

Scott bat den Captain darum, drei seiner Techniker offiziell zu belobigen. Kirk gab den Text in die Kommandokonsole und sorgte dafür, daß er sowohl im Schiffsprotokoll als auch in den elektronischen Personalakten der Betreffenden gespeichert wurde. Er wußte aus Erfahrung, daß er sich auf die Empfehlungen Scotts verlassen konnte.

Der Andorraner, Lieutenant Yimasa, betrat die Brücke und nahm im Sessel des Navigators Platz.

»Die *Enterprise* ist bereit, Captain«, sagte Sulu und wandte sich um.

»In Ordnung«, erwiderte Kirk. Eigentlich hätte die Besatzung des Schiffs müde und erschöpft sein müssen, reif für einen mindestens vierwöchigen Urlaub – doch die Männer und Frauen ließen sich nichts anmerken, wirkten so ruhig und tüchtig wie immer. Eine Welle dankbarer Zuneigung durchströmte den Captain, und er zwinkerte mehrmals und versuchte, wieder Herr seiner Gefühle zu werden.

»Mr. Sulu, Mr. Yimasa – programmieren Sie den Kurs. Warten Sie auf meine Anweisung, bevor Sie das Schiff aus dem Dock steuern.«

»Kurs programmiert, Captain.«

McCoy trat an den Befehlsstand heran und legte Kirk die Hand auf die Schulter. »Jim«, sagte er leise. »Die Reporterin namens Mason ...«

»Ja?«

»Hältst du es für angebracht, sie ...«

»Sie ist ein Profi, Pille. Außerdem haben wir von Starfleet die Order bekommen, mit dem NDF zusammenzuarbeiten.«

»Sie kommt von einer Provinzwelt, Jim. Sie würde sich nicht einmal in einer kleinen Stadt zurechtfinden, geschweige denn an Bord der *Enterprise*. Und außerdem geht es jetzt nicht mehr um einen einfachen Testflug, sondern eine Rettungsmission.«

»Glaubst du, uns könnten dabei irgendwelche Gefahren drohen, Pille?«

»Bisher ist noch nie etwas glatt gelaufen.«

»Damit hast du leider recht. Aber weshalb nimmst du an, Mason könne sich nicht um sich selbst kümmern?«

»Instinkt. Vielleicht irre ich mich, aber sie scheint sich hier nicht besonders wohl zu fühlen. Ist dir aufgefallen, wie sie Spock und Yimasa ansieht?«

»Auf Yalbo gibt es keine Extraterrestrier. Möglicherweise sind es die ersten Nichtmenschen, denen sie begegnet.«

»Ich vermute, der NDF gab ihr nur deshalb den Auftrag, weil sie die einzige abkömmliche Reporterin war, die noch rechtzeitig zu uns gelangen konnte. Für meinen Vorschlag gibt es somit zwei Gründe ...«

»Was für ein Vorschlag?«

»Wir sollten sie auf Yalbo absetzen. Und was die beiden Gründe angeht: Hier bei uns wäre sie überfordert, und ich halte es für einen Fehler, wenn du die Verantwortung für sie übernimmst.«

»Ich habe die Entscheidung ihr überlassen. Wenn ich sie jetzt auffordere, das Schiff zu verlassen, würden mir sowohl Starfleet als auch der NDF die Ohren langziehen. Der Nachrichtendienst hat sie uns zugewiesen. Und ich muß von der Annahme ausgehen, daß man dort gute Gründe dafür hat.«

»Hm.« McCoy verzog skeptisch das Gesicht. »Hast du zufälligerweise den letzten NDF-Artikel gelesen, der ein Raumschiff betraf?«

»Nein. Ich komme nur selten dazu, in Tageszeitungen zu blättern.«

»Ein vom Mars stammender Korrespondent verbrachte zwei Tage an Bord eines großen Frachters. Als er nach achtundvierzig Stunden in seine Redaktion zurückkehrte, glaubte er nicht nur, Anzeichen für Korruption und Schmuggel entdeckt zu haben, sondern auch eine neue Raumseuche. Darüber hinaus bezeichnete er den Captain als in jeder Hinsicht inkompetent. Ich brauche wohl nicht extra zu betonen, daß der einberufene

Untersuchungsausschuß zu einem einstimmigen Urteil gelangte: journalistischer Unfug.«

Kirk seufzte. »Sie will nicht zurück, Pille. Und ich kann sie nicht zwingen.«

»Oh, Mason *möchte* zurück, ist jedoch entschlossen, sich selbst ihren Mut zu beweisen.« McCoy beugte sich ein wenig näher an den Captain heran. »Ganz ehrlich, Jim: Dir ist sehr daran gelegen, daß sie bleibt, nicht wahr?«

Ruhig begegnete Kirk dem Blick McCoys. »Doktor, meine derzeitige Aufgabe besteht darin, dieses Schiff aus dem Raumdock zu steuern. Wir sollten diese Angelegenheit später besprechen, wenn … wenn du deine Meinung bis dahin nicht geändert haben solltest.« Er drehte den Sessel, und McCoy straffte seine Gestalt, schüttelte den Kopf und wich einige Schritte zurück. Es war inzwischen schon zur Tradition geworden, daß sich der Bordarzt zu Beginn einer neuen Reise auf der Brücke befand. Unterdessen kümmerte sich Schwester Chapel um die Kranken in der medizinischen Abteilung; in dieser Hinsicht brauchte er sich also keine Sorgen zu machen.

»Maschinenraum«, sagte Kirk.

»Hier Scott, Captain.«

»Können wir die Segel setzen und in See stechen, Mr. Scott?«

»Die Kessel haben Druck, Sir.«

»Dann geben Sie Dampf, Mr. Scott.«

»Aye, Sir. Es kann losgehen.«

Kirk lächelte. »Ganz langsam, Mr. Sulu. Lieutenant Uhura, übermitteln Sie sowohl den Docktechnikern als auch dem orbitalen Beratungsausschuß auf Yalbo unseren Dank.«

Mason kam auf die Brücke und sah sich unsicher um. Der NDF-Recorder folgte ihr in einem gewissen Abstand. Die Reporterin richtete ihren Blick auf den großen Beobachtungsschirm und trat an die Seite McCoys. »Verlassen wir das Dock?«

»Ja, Ma'am.«

»Wie lange dauert es bis zur Warp-Aktivierung?«

»Nicht mehr lange.«

»Impulstriebwerk, Mr. Sulu«, sagte Kirk. »Volle Kraft voraus.«

»Aye, Captain.«

Die *Enterprise* – das Produkt einer hochmodernen Zivilisation, die dreitausend Jahre Zeit gehabt hatte, um Erfahrungen mit Fortbewegungsmitteln verschiedenster Art zu sammeln – glitt mit majestätischer Gemächlichkeit aus dem Raumdock. Mit dem Schub des Impulstriebwerks streifte sie die Schwerkraftfesseln Yalbos ab und folgte den korkenzieherartigen Windungen des solaren Magnetfelds. Kirk spürte das leichte und kaum merkliche Zittern des Schiffs, das sich nicht mit der dumpfen und angenehmen Vibration während des Warp-Flugs vergleichen ließ.

»Koordinatenausrichtung erfolgt, Sir«, meldete Yimasa.

»Gut. Warp eins, Mr. Sulu.«

Kirk fühlte, wie sich sein Pulsschlag beschleunigte, als die *Enterprise* plötzlich allen Gesetzen der Normalraumphysik trotzte. Sie war nun Teil eines völlig anderen Kontinuums, in dem eine höherdimensionale Geometrie herrschte. Mit einer Geschwindigkeit, die ein wenig über der des Lichts lag, entfernte sich das Raumschiff von dem ockerfarbenen Planeten namens Yalbo und ließ auch das gelbe Zentralgestirn des Sonnensystems hinter sich zurück. Kirk betätigte eine Taste, und die Darstellung auf dem langen Beobachtungsschirm veränderte sich. Er zeigte nun ein Universum, das seltsam zusammengepreßt wirkte, sich in einen funkelnden Lichtstrudel verwandelt hatte. Die Sterne bildeten keine kleinen Punkte mehr, sondern farbige Streifen, die vom Beobachter davonzurasen schienen. »Warp zwei – und warten Sie, bis Mr. Scott die Freigabe für Höchstgeschwindigkeit erteilt.«

»Aye, Captain.«

Eine weitere Schaltung, und erneut veränderte sich das Bild. Jetzt zeigte der große Schirm eine Computersimulation des Sonnensystems und der entfernteren Sterne. Bei Warp vier würden sich einige der leuchtenden Punkte zu bewegen beginnen.

Kirk warf Mason einen kurzen Blick zu und fragte sich, ob sie seine Empfindungen teilte. Die Vibration des Warp-Triebwerks war wie eine Melodie, wie ein wunderbarer Sirenengesang, der das Schiff im Vergleich zur Status-Geometrie bewegte – dem Einsteinraum – und gleichzeitig die Geschwindigkeit in Beziehung zu den höheren Dimensionen reduzierte, die sie nun durchquerten. Das Geheimnis des Warp-Flugs bestand darin zu verhindern, daß die *Enterprise* im fremden Kontinuum eine unendliche Geschwindigkeit erreichte – denn in einem solchen Fall hätte sich das Raumschiff (und alles, was sich darin befand) in ein mikroskopisch kleines Schwarzes Loch verwandelt.

»Willkommen im Warp-Raum, Mr. Mason.«

»Danke, Captain. Es ist eine einzigartige Erfahrung.« Die Reporterin fragte sich, ob der Flug mit Überlichtgeschwindigkeit irgendwelche schädlichen Auswirkungen auf den menschlichen Organismus haben konnte. Sie sah sich erneut um, und dabei fiel ihr auf, daß der wissenschaftliche Offizier, der Vulkanier, nicht zugegen war. Vernachlässigte er etwa seine Pflichten? Nur einen Augenblick später, so als seien ihre Überlegungen das Zeichen gewesen, öffnete sich die Tür des Turbolifts. Spock kam herein und trat sofort auf die Computerkonsole zu. Lieutenant Veblen folgte ihm und lächelte, als er an Mason vorbeischritt.

»Mit dieser Geschwindigkeit haben wir das Sonnensystem in zwei Stunden verlassen«, sagte Kirk. »Ich nehme an, dies ist Ihre erste interstellare Reise, oder?«

»Es ist überhaupt das erstemal, daß ich Yalbo verlasse. Ich bin nur eine Provinzlerin, Captain.« Der Klang der eigenen Stimme weckte Verlegenheit in ihr. »Ich hoffe, ich gewöhne mich rasch ein.«

»Haben Sie es damit nicht zu eilig, Mr. Mason«, entgegnete Kirk. »Genießen Sie Ihre ersten Erfahrungen.«

»Das hole ich während der Freizeit nach, Captain. Übrigens: Nennen Sie mich ruhig Rowena.«

»Gern. Sie haben mich doch um ein Interview im Computerraum gebeten, nicht wahr? Paßt Ihnen 16.00 Uhr? Wenn Scotty – Mr. Scott, meine ich – rechtzeitig mit der Neujustierung fertig wird, haben wir bis dahin die Höchstgeschwindigkeit erreicht, und dann kann ich sicher eine Viertelstunde für Sie erübrigen.«

»Einverstanden.« Mason schluckte und hatte das Gefühl, sich dringend setzen zu müssen. Da es auf der Brücke keinen freien Platz mehr gab, wandte sie sich um und betrat den Lift. Als sich die beiden Türsegmente schlossen, runzelte McCoy nachdenklich die Stirn.

»Captain, hier spricht Scott aus dem Maschinenraum. Wir sind mit der Reparatur fertig. Unsere gute alte *Enterprise* müßte jetzt eigentlich das Warp-Maximum aushalten, ohne uns vor allzu große Probleme zu stellen.«

»Sind Sie in diesem Punkt nicht ganz sicher?« fragte Kirk.

»Es werden keine Systeme ausfallen, die wir nicht innerhalb kürzester Zeit wieder instandsetzen können«, antwortete der Chefingenieur. »Und wenn es zu irgendeiner Panne kommen sollte, erfahren Sie sofort davon. Unmittelbar nach uns.«

»Alles klar, Mr. Scott?«

»So klar wie immer.«

»Gut. Mr. Yimasa, nehmen Sie die nötige Kursanpassung vor.«

»Ja, Sir. Wir verlassen den Spiralarm der Galaxis in genau zwei Stunden und zehn Sekunden Bordzeit. Sobald wir Warp sieben erreicht haben, führt uns die Flugtangente durch vier ausgewählte Geometrien.«

»Gehen Sie auf Warp fünf, Mr. Sulu.«
»Jawohl, Sir.«
Das melodische und im ganzen Körper Kirks widerhallende Vibrieren verstärkte sich.
»Faktor drei, Captain. Vier. Und ... fünf.«
»Erhöhen Sie bis auf Warp elf, Mr. Sulu. Mr. Yimasa, errechnen Sie so rasch wie möglich die Koordinaten des Sektors, in dem wir die Grenzlinie zur neutralen Zone der Romulaner überqueren. Projizieren Sie die Werte anschließend auf den Schirm meiner Konsole.«
»Warp sechs. Sieben.«
Kirk kniff die Augen zusammen. »Acht«, fuhr Sulu fort. »Neun. Zehn. Maximum-Warp, Faktor elf, Captain.«
James Kirk empfand die Höchstgeschwindigkeit als einen Hochgenuß. Aus dem vibrierenden Sirenengesang wurde eine regelrechte Symphonie. Insgeheim war er dankbar dafür, sich siebzehn Tage lang der Status-Geometrie entziehen zu können – auch wenn ihr Kurs sie durch einen kritischen Raumquadranten führte. Wenn sie Glück hatten, dauerte die Durchquerung der neutralen Zonen kaum eine Stunde ...
Mit anderen Worten: Wenn sie nicht aufgehalten wurden. Kirk kannte einige der romulanischen und kshatriyanischen Kommandanten, deren Schiffe in jenen Regionen patrouillierten. Gute und fähige Offiziere – und bestimmt waren sie bestrebt, ihr taktisches Geschick mit dem seinen zu messen.
Ach, Frieden, dachte er. Herrlicher als die Gesellschaft einer schönen Frau ...
Er beschloß, vor seiner nächsten Schlafperiode besonders kalt zu duschen.

»Was können Sie mir über T'Prylla sagen, Spock?«
Spock saß reglos auf seiner steinernen Meditationsplatte. Er hatte die Augen geschlossen und sich auf die mathematischen Übungen konzentriert, mit denen er

sich in der letzten Zeit immer häufiger befaßte. Auf diese Weise bereitete er sich auf die dritte Lebensphase vor, die bei Vulkaniern im Alter von neunundsiebzig Jahren begann. Kirk wußte, daß er seinen Ersten Offizier nicht störte. Vulkanier zeichneten sich durch die recht nützliche Fähigkeit aus, ihre Aufmerksamkeit auf mehrere Dinge gleichzeitig richten zu können.

»Sie ist eine sehr bemerkenswerte Person, Captain. Ich bedaure es, sie nicht besser zu kennen. Sie hat neue Arten der Logik entwickelt, Methoden, die von den *Spyorna* noch vor kurzer Zeit als absurd und häretisch bezeichnet wurden. Sie ging eine Partnerschaft ein, ohne, wie sonst üblich, ihre Familie zu konsultieren ...«

»Wenn ich mich recht entsinne, hatten Sie mit dieser Tradition ebenfalls einige Probleme«, warf Kirk ein.

Spock nickte langsam. »In meinem Fall konnte ich mich mit den menschlichen Aspekten meiner Genstruktur entschuldigen. T'Prylla aber ist eine reinrassige Vulkanierin, und in vielerlei Hinsicht gründen sich ihre Anschauungen auf die Lehren eines berühmten vulkanischen *Strovadorz* – eines Philosophen – namens Skaren, der induktive Folgerungen für bedeutsamer hielt als deduktive. Nun, induktive Logik hat durchaus ihre Vorzüge, widerspricht jedoch der vulkanischen Natur.«

»Soll das heißen, T'Prylla verwendet weibliche Intuition?«

»Das ist eine Bemerkung, die ich eigentlich von Dr. McCoy erwartet hätte, Captain.«

»Nun, damit haben Sie vermutlich recht. Entschuldigen Sie bitte. Soweit ich weiß, galt T'Prylla, vorsichtig ausgedrückt, als eigensinnig.«

»Was aber nichts an ihren Qualitäten als Wissenschaftlerin ändert. Sie und ihr Mann Grake haben bestimmt mit möglichen Gefahren gerechnet und entsprechende Vorbereitungen getroffen. Daß sie dennoch überrascht wurden, kann nur eins bedeuten: Im Black Box-Nebel ist etwas geschehen, das völlig außerhalb der menschlichen und vulkanischen Erfahrungswelt liegt. Das sollten wir bei unseren Unternehmungen berücksichtigen.«

»Wie meinen Sie das?«

»Ich habe mich eingehend mit den Texten Mr. Veblens über die neuen Computersysteme beschäftigt. Ich halte das Konzept des stochastischen Algorithmus für recht interessant. Es geht dabei darum, einen Teil der Kapazität des Bordrechners dafür einzusetzen, immer neue Möglichkeitsmodelle zu entwerfen, die von Zufallsvariablen bestimmt werden – bis eine Struktur entsteht, die mit der Wirklichkeit übereinstimmt. Das könnte sich als nützlich erweisen.«

Eine Zeitlang musterte Kirk den Vulkanier schweigend und überlegte. Eigentlich handelte es sich bei ihrem Auftrag um nichts weiter als eine gewöhnliche Rettungsmission. Doch die Bemerkungen Spocks weckten ein diffuses Unbehagen in ihm. Nun, bestimmt war es nicht weiter schlimm, Veblen in diesem Zusammenhang freie Hand zu lassen – natürlich mit gewissen Einschränkungen. Kirk wußte noch immer nicht genau, ob der Computeroffizier sein vorbehaltloses Vertrauen verdiente. Er schien im gleichen Ausmaß von der Starfleet-Norm abzuweichen wie T'Prylla von der auf Vulkan gebräuchlichen. Aber gegen ein stochastisches Modellprogramm ließ sich nichts einwenden.

»Ich teile ihm mit, daß er sich gleich an die Arbeit machen kann«, sagte Kirk. Er stand auf. »Wir erreichen die romulanische neutrale Zone morgen um 15.36 Uhr Bordzeit.«

»Um 15.36 und siebenundzwanzig Komma vier Sekunden«, berichtigte Spock.

»In der Tat. Verzeihen Sie die Störung.«

»*Krawkra*«, erwiderte Spock. Dieser komplexe vulkanische Ausdruck entsprach etwa dem Spanischen *de nada.*

KAPITEL 6

Der Computerraum befand sich im Diskus der *Enterprise,* einige Decks unter der Brücke – eine kleine Kammer, die kaum drei Meter durchmaß. Die Schaltkreise des Rechners waren in die rund ein Zoll dicken Wände integriert. Ein im Boden eingelassenes Stahlgitter führte zu einem Sockel in der Mitte des Zimmers. Rowena blieb vor dem Podest stehen und hielt den elektronischen Notizblock in der einen Hand. Es herrschte völlige Stille, und an diesem Ort fehlte sogar die überall sonst gegenwärtige Vibration des Warp-Triebwerks. Kirk sah die Reporterin an und wartete ruhig auf die nächste Frage. Das Interview dauerte bereits zehn Minuten, und bisher hatte der Captain ihr nur von seiner beruflichen Laufbahn berichtet. Mason zeichnete die knappen Angaben auf und wußte dabei, daß sie detailliertere Informationen aus dem Bordarchiv abrufen konnte. »Jetzt sollten wir wohl auf den entscheidenden Punkt zu sprechen kommen.«

»Und der wäre?« fragte Kirk vorsichtig.

»Wie fühlt sich ein Raumschiff-Captain, der weiß, daß alle seine Entscheidungen von einer Maschine überwacht und kontrolliert werden?«

In seinem Bemühen, höflich und diplomatisch zu sein, sah sich Kirk manchmal gezwungen, ausweichende Antworten zu geben, und das traf besonders in diesem Fall zu. »Starfleet nimmt die Interessen der Föderation wahr. Wenn ein Raumschiffkommandant falsche Entscheidungen trifft oder durch sein Verhalten Gefahren heraufbeschwört, so werden die Monitoren als eine Art Schutzmechanismus aktiv. Meine Pflicht besteht darin, keine ... Fehler zu machen.«

»Zweifellos geht Starfleet bei der Auswahl der Kommandanten mit besonderer Sorgfalt zu Werke. Genügt das nicht, um alle Risikofaktoren auszuschließen?«

Erneut mußte Kirk seine Worte sorgfältig abwägen. Er kannte einige Offiziere, die der hohen Belastung, der sich ein Raumschiff-Captain ausgesetzt sah, nicht hatten standhalten können. So etwas kam sehr selten vor, und meistens bestand das unglückselige Ergebnis ›nur‹ in einer Beschädigung der entsprechenden Raumschiffe – und dem Tod von Besatzungsmitgliedern. Dennoch ließen sich noch fatalere Folgen nicht ausschließen ...

»Menschen sind nicht perfekt und können jederzeit Fehler machen. Die Monitoren dienen dazu, so etwas zu verhindern.«

»Aber es könnte doch auch nur um eine unterschiedliche Einschätzung der Lage gehen. Was halten Sie davon, wenn in einem solchen Fall die Kontrollvorrichtung Ihre Meinung unberücksichtigt läßt?«

»Das ist bisher noch nicht geschehen.«

»Das System ist auch noch nicht umfassend getestet worden, Captain.«

»Ja, das stimmt. Nun, ich spekuliere nicht gern. Nach dem Abschluß der gegenwärtigen Mission haben wir sicher genügend Erfahrungen gesammelt, um bestimmen zu können, an welcher Stelle Modifikationen erforderlich sind.«

»Sie rechnen also mit der Notwendigkeit von Änderungen in der Systemstruktur?«

Kirk lächelte. »Nein, nicht unbedingt.« Sie möchten mich unbedingt festnageln, nicht wahr? dachte er. Laut fügte er hinzu: »Die Monitoranlage enthält die Selbstsurrogate von sechs überaus fähigen Raumschiff-Kommandanten. Es ist so, als sähen sie mir über die Schulter, als böten sie mir freundschaftlichen Rat an.

Und ich erwarte nicht, daß ich jemals eine andere Ansicht vertrete als die sechs besten Starfleet-Captains.«

»Nun, aber ich bin sicher, keinem Kommandanten würde es gefallen, sich dauernd auf die Finger sehen zu lassen. Von einem Captain heißt es, er sei autonom und die letztendlich entscheidende Autorität an Bord seines Schiffs.«

»Er ist keineswegs unabhängig, sondern Teil einer langen Befehlskette.« Und er dachte: Wie oft habe ich dieses Prinzip schon in Frage gestellt? »Bitte geben Sie sich in dieser Hinsicht keinen romantisch verklärten Vorstellungen hin. Die Wirklichkeit sieht anders aus. Ich trage nicht nur für das Schiff die Verantwortung, sondern auch für alle Besatzungsmitglieder. Wenn mir die Monitoren bei meiner Arbeit helfen können, so begrüße ich das. Vielleicht sollten Sie in diesem Zusammenhang mit Lieutenant Veblen sprechen. Er kann Ihnen die Einzelheiten erklären – diejenigen, die keiner Geheimhaltungsklassifikation unterliegen.«

»Das würde mich freuen. Hat er jetzt Zeit für mich?«

Wenn nicht, fuhr es Kirk durch den Sinn, sorge ich dafür, daß er sich welche nimmt. Zusammen mit der Reporterin verließ er den Computerraum, schaltete ein nahes Interkom ein und setzte sich mit dem elektronischen Kontrollzentrum in Verbindung, in dem Veblen vermutlich erneut damit beschäftigt war, die Peripheriegeräte des Monitorsystems zu überprüfen. »Ich brauche Mr. Veblen in fünfundvierzig Minuten auf der Brücke«, wandte er sich anschließend an Rowena. »Halten Sie ihn bitte nicht länger als unbedingt nötig auf.«

»In Ordnung«, erwiderte die Journalistin, und sie sah Kirk nach, als er fortging und den Lift betrat. Er hatte das Gespräch mit ihr auf nur dreizehn Minuten beschränkt, und sie erachtete seine Angaben als eher vage und wenig aussagekräftig. In einem Punkt aber war sie jetzt ganz sicher, obgleich Kirk das Gegenteil behauptete: Der Captain der *Enterprise* verabscheute es, von einer Maschine kontrolliert zu werden.

Auf der Brücke herrschte eine Atmosphäre der Ruhe und Gelassenheit. Kirk nahm im Sessel des Befehlsstandes Platz und dachte eine Zeitlang nach, bevor er das elektronische Logbuch einschaltete und einen neuen Eintrag sprach. War es möglich – irgendwie möglich –, daß die *Enterprise* ohne ihn besser zurechtkam? Er verdrängte den Zweifel rasch, bevor er noch Gelegenheit hatte, ihn richtig zur Kenntnis zu nehmen, betätigte dann eine Taste in der Kontrolleinheit der Armlehne und zeichnete einen routinemäßigen Statusbericht auf. Kurze Zeit später traf Veblen auf der Brücke ein.

»Guten Tag, Mr. Veblen«, sagte Kirk. »Vermutlich haben Sie gerade ein interessantes Gespräch mit Mr. Mason geführt.«

»Ja, das stimmt«, erwiderte Veblen und lächelte. »Sie ist sehr nett und umgänglich.« Er zögerte kurz. »Darf ich mich in die Kommunikation zwischen der Kommandokonsole und dem Monitorsystem einschalten, Captain?«

Kirk runzelte die Stirn und versuchte, sich seinen Ärger nicht anmerken zu lassen. »Ja, natürlich.« Veblen trat an die Geräte der wissenschaftlichen Station heran, nahm die notwendigen Schaltungen vor und griff nach dem Ohrempfänger. In seinem Gesicht zeigte sich ein Ausdruck entzückter Aufmerksamkeit, als er den einzelnen Computerstimmen lauschte, die sich in verschiedenen Maschinensprachen miteinander unterhielten.

»Mr. Veblen?« fragte Kirk nach einer Weile.

»Ja, Captain?« Veblen hatte einen Analyse-Tricorder mit der wissenschaftlichen Konsole verbunden. Die Darstellungen auf den Schirmen wirkten überaus komplex.

»Mr. Spock hält es für angebracht, die *Enterprise* auf alle möglichen Notfälle vorzubereiten, und ich stimme ihm zu. Wir müssen ...«

»Sir, ich habe das Strategie- und Planungszentrum bereits mit einem stochastischen Algorithmus programmiert.«

»Ich verstehe«, sagte Kirk, und er biß sich auf die Lippe. »Gut. Liegen schon Ergebnisse vor?«

»Das Programm läuft erst seit einer Stunde«, erwiderte Veblen fast fröhlich. »Als ich es zum letztenmal kontrollierte, entwickelte es gerade ein Modell, bei dem es um die astrophysikalische Evolution einer Hoyle-Wolke unter Protostern-Bedingungen ging.«

»Hoyle-Wolke, Mr. Veblen?«

»Dabei handelt es sich um große Ansammlungen aus interstellarem Gas, die sich durch eine gewisse Eigenintelligenz auszeichnen. Der Name stammt von einem Astronomen aus dem zwanzigsten Jahrhundert.«

»Hm«, machte Kirk. »Solchen Wesenheiten sind wir schon mehrmals begegnet. Was finden Sie daran so erheiternd, Mr. Veblen?«

»An dem Faktum selbst gar nichts, Sir. Aber der Algorithmus schrieb einer solchen Entität die qualitativen Eigenschaften eines Schach-Großmeisters zu.« Veblens Lächeln wurde zu einem breiten Grinsen, und offenbar mußte er sich beherrschen, um nicht schallend zu lachen.

»Ich nehme an, das liegt in der Natur des Algorithmus begründet. Vermutlich brauchen wir uns in dieser Hinsicht keine Sorgen zu machen, oder?«

»Nein, Sir. Das Programm sollte nicht unterbrochen werden, während es alle absurden Szenarios aus dem realen Möglichkeitsspektrum separiert. Nur auf diese Weise lassen sich konkrete Resultate erzielen.«

»Danke für die Auskunft«, brummte Kirk. Aus irgendeinem Grund verlor er seinen Sinn für Humor, wenn er es mit dem jungen Computeroffizier zu tun bekam. Vielleicht lag das an der offensichtlichen Unfähigkeit Veblens, eine Uniform so zu tragen, wie es sich gehörte … »Bitte unterbrechen Sie jetzt die Verbindung zur Kommandokonsole.«

»Ja, Captain.« Veblen löste seinen Tricorder vom Gerät und wandte Kirk den Rücken zu.

McCoy kam auf die Brücke, und er wirkte sehr zufrieden. Als er neben dem Befehlsstand stehenblieb, sah er Kirk an, lächelte und schüttelte den Kopf. »Captain, ich glaube, ich komme jetzt ganz gut mit dem Kontrollsystem zurecht. Meine Güte, endlich habe ich begriffen, welchen Sinn es hat. Wir brauchen nicht mit allzu großen Schwierigkeiten zu rechnen.« Leiser fügte er hinzu: »Es sei denn, es kommt zu irgendeinem Zwischenfall, den die Programmierer nicht berücksichtigt haben.« Bedeutungsvoll blickte er in Richtung Veblens.

»Das freut mich zu hören, Pille«, entgegnete Kirk dumpf. »Vielleicht kannst du mir auch sagen, wie ich es verhindern soll, daß mich die Monitoren meines Kommandos entheben.«

»Ganz einfach, Jim«, erwiderte McCoy. »Mach keinen Mist. Benutze deinen gesunden Menschenverstand, aber hüte dich davor, irgendwelche Entscheidungen zu treffen.«

Kirk lachte. »Status-Bericht über die Waffensysteme, Mr. Chekov.«

Chekov drehte seinen Sessel herum. »Wir sind auf fast alles vorbereitet, Captain.«

LOGBUCH DES CAPTAINS, STERNZEIT 4380.4

Ich bin noch einmal die Aufzeichnungen durchgegangen und habe mich mit all den Unterlagen befaßt, die uns in bezug auf den kshatriyanischen Vizekommodore Uligbar Dar Zotzchen zur Verfügung stehen. VK Dar Zotzchen ist der letzte bekannte Commander des kshatriyanischen Bereichs der Neutralen Zone. Wie erwartet machten uns die Romulaner bei der kurzen Passage keine Schwierigkeiten. Allerdings ist damit zu rechnen, daß sich die Kshatriyaner nicht annähernd so ko-

operativ verhalten werden – obgleich ihre Föderationsrepräsentanten uns die Erlaubnis gaben, einen Teil ihres Hoheitsgebiets zu durchqueren.

Ich hatte zum letztenmal mit Dar Zotzchen zu tun, als ich ein junger und unerfahrener Emissär an Bord der *Bonne Homme Richard* war und dem Vorsitzenden Regenten Dom Hauk Vertragssoftware brachte. Damals gewann ich folgenden Eindruck von VK Dar Zotzchen: Er ist ein durchtriebener und heimtückischer Hurensohn, dem man nicht über den Weg trauen kann…

UNTERBRECHUNG / UNTERBRECHUNG / UNTERBRECHUNG / UNTERBRECHUNG

Kirk kehrte sofort auf die Brücke zurück. Veblen schaltete rasch die Kontrollübernahme durch das Monitorsystem aus, das in der Zwischenzeit glücklicherweise passiv geblieben war, und Uhura spielte die aufgezeichnete Nachricht ab.

Kirk hörte aufmerksam zu. Die Botschaft wurde zwar übersetzt, aber er erkannte sofort die Stimme Dar Zotzchens, des Unvergeßlichen.

»Der Hüter der Kshatriyanischen Göttlichen Aura, Oberkommodore Uligbar Dar Zotzchen, an den inkompetenten Kommandanten des leicht zu identifizierenden Föderations-Raumschiffs *Enterprise.* Ihr Kurs führt sie durch die kshatriyanische neutrale Zone. Das wird als Kriegshandlung erachtet. Wollen Sie die Bestimmungen der Friedensverträge verletzen?«

»Ich grüße den Gerechten Hüter Dar Zotzchen«, erwiderte Kirk. »Ich möchte Ihnen zu Ihrer Beförderung gratulieren und verneige mich respektvoll vor dem Vorsitzenden Regenten.« Vorsichtshalber sah er davon ab, den Namen des Regenten zu nennen – für den Fall, daß es inzwischen zu einem Regierungswechsel gekommen war. »Die Dienstoffiziere des Oberkommodore nehmen ihre Pflichten offenbar nicht ernst genug, denn allem

Anschein nach haben sie vergessen, Seine Wachsamkeit davon zu informieren, daß wir bereits die Genehmigung zur Durchquerung der neutralen Zone erhalten haben. Unser Auftrag besteht in einer Rettungsmission.«

Uhura justierte ihren Ohrempfänger, runzelte kurz die Stirn und wandte sich dann zu Kirk um. »Der Kommodore antwortet nicht, Captain.«

»Sir«, warf Veblen ein. »Die Monitoren vermuten, daß die Kshatriyaner auf einen abgeschirmten Kom-Kanal umgeschaltet haben, um ...«

»Lieutenant Uhura und ich sind uns durchaus dieser Möglichkeit bewußt«, gab Kirk ein wenig zu scharf zurück. »Lieutenant, wiederholen Sie meine Botschaft und senden Sie auch die Nachricht, mit der die Kshatriyaner ihre Genehmigung erteilten.«

Spock kam auf die Brücke, nahm seinen Posten an der wissenschaftlichen Station ein und überprüfte verstohlen die Verbindungsschaltungen Veblens zum Computer.

Kirk beobachtete den Vulkanier dabei und lächelte zufrieden. Die Vorstellung, sich gegen einen seiner eigenen Offiziere zu verschwören, behagte ihm überhaupt nicht, aber wenn es zu einem Notfall kam, war es besser, rechtzeitig über alles informiert zu sein – und dazu gehörte auch die Feststellung, ob ihm das Monitorsystem volle Entscheidungsfreiheit gewährte.

Kurz darauf traf auch Rowena Mason ein. Sie wirkte nicht in erster Linie ängstlich, sondern eher verunsichert, und rote Flecken entstanden auf ihren Wangen, als sie begriff, in welcher Situation sich die *Enterprise* befand.

»Noch immer keine Antwort, Captain«, sagte Uhura und bedachte die Reporterin mit einem kurzen Blick.

»Die Entfernung zur neutralen Zone, Mr. Yimasa.«

»Drei Lichtstunden, Sir. Und wir nähern uns rasch.«

»Wir bleiben weiterhin auf Warp-Maximum. Mr. Chekov, die Torpedo-Abschußrampen sollen mit Lockdrohnen bewaffnet werden. Bereiten Sie die Katapulte vor. Schutzschilde auf volle Leistungsstärke.«

»Die Antwort trifft ein, Captain.«

»Ich höre.«

»Captain Kirk, nicht wahr?« Der Tonfall des Kshatriyaners hatte sich verändert; seine Stimme klang jetzt fast menschlich. »Unsere Aufzeichnungen sind nicht sonderlich präzise, aber ich erinnere mich an einen jungen Offizier namens Kirk. Ich nehme an, Sie haben inzwischen ein eigenes Kommando erhalten – meinen Glückwunsch. Trotz Ihrer damaligen Unerfahrenheit schätzte ich Sie als einen fähigen Mann ein. Nun, in unserem Bordarchiv wird zur Zeit nach der von Ihnen erwähnten Botschaft gesucht. Bitte gehen Sie auf Impulsgeschwindigkeit und halten Sie sich von der neutralen Zone fern, bis wir wissen, ob Ihre Angaben der Wahrheit entsprechen.«

Kirk verzog das Gesicht. »Teilen Sie ihm folgendes mit, Lieutenant: Wir sehen uns außerstande, auf Unterlichtgeschwindigkeit zu verzögern. Ich wiederhole: Unser Auftrag besteht in einer Rettungsmission. Der Zeitfaktor spielt eine wesentliche Rolle. Darüber hinaus haben wir sowohl den Wortlaut der Genehmigung Ihrer Regierung übermittelt als auch die entsprechende Code-Identifikation. Halten Sie uns bitte nicht auf. Eine Intervention Ihrerseits könnte zu einer politisch-militärischen Krise führen.«

Uhura lauschte einige Sekunden lang. Auf der Brücke war es fast völlig still. Nur die unruhigen Atemzüge Rowenas waren zu hören. Kirk sah Veblen an und erkannte zwar Aufregung in den Zügen des Computeroffiziers, doch keine Furcht. Mason hingegen schien immer nervöser zu werden.

»Keine Antwort, Captain.«

»Wir bleiben auf Warp 11, Mr. Sulu. Mr. Chekov: Ersetzen Sie zwei Lockdrohnen durch Photonentorpedos. Haben Sie bereits die Koordinaten der kshatriyanischen Einheiten ermittelt, Mr. Yimasa?«

»Sie befinden sich noch außerhalb der Reichweite unserer Sensoren, Captain.«

Veblen räusperte sich. »Sir …«

»Bitte stören Sie mich jetzt nicht, Mr. Veblen.«

»Aber es könnte sehr wichtig sein …«

Um Himmels willen! dachte Rowena und hätte am liebsten laut geschrien: Hören Sie ihm zu!

»Bitte!« Kirk warf dem Computeroffizier einen zornigen Blick zu. Veblen nickte und wich einen Schritt zurück. »Die Entfernung, Mr. Yimasa.«

»Die Distanz bis zur nächsten Markierungsboje der neutralen Zone beträgt noch zwei Lichtstunden, Sir.«

»Alarmstufe Gelb.« Auf allen Decks heulten die Sirenen. »Bereitschaftsmeldung.« Ein schrilles Pfeifen erklang, und die Worte des Captains tönten aus allen Bordlautsprechern. Auf dem Display seiner Konsole konnte er beobachten, welche Abteilungen und Sektionen der *Enterprise* ihre Bereitschaft erklärten. Der große Beobachtungsschirm der Brücke zeigte einige Sterne, und der Computer gab die vermuteten Positionen der kshatriyanischen Kampfschiffe an.

»Wir haben sie, Captain«, sagte Chekov. Yimasa brummte zustimmend. »Sie fliegen in einer klassischen Warp-E-Formation. Und sie scheinen zum Angriff entschlossen zu sein.«

Kirk nickte. Die grünen Positionskennzeichnungen wurden durch rote Bestätigungsangaben ersetzt. In der Warp-E-Formation näherten sich die Schiffe der beiden Flügelbereiche mit einer Geschwindigkeit, die zwischen dem Überlichtminimum und Warp 3 lag, während die anderen Einheiten mit Impulskraft herankamen. Wenn der gegenwärtige Kurs der *Enterprise* nicht verändert wurde, bestand die Gefahr, daß sie ins Kreuzfeuer geriet. Kirk drehte kurz den Kopf, als auch McCoy die Brücke betrat. Er stand neben Rowena und stützte sich auf die Brüstung. Ein dünnes Lächeln umspielte seine Lippen. Er weiß Bescheid, dachte der Captain.

»Mr. Sulu«, sagte Kirk und zögerte. Sulu wandte sich um und sah ihn fragend an. »Wir bleiben auf Kurs.«

»Sir, dann laufen wir Gefahr, in die Angriffsformation zu geraten«, wandte Yimasa ein.

»Das ist mir klar, Mr. Yimasa. Irgendwelche Kommunikationssignale, Uhura?«

»Nein, Captain.«

»Nun gut.« Rowena begriff nicht, wieso Kirk so ruhig bleiben konnte. Sie beobachtete, wie er mit den Fingern über die Armlehnen des Sessels strich und aufmerksam die Darstellung auf dem großen Schirm betrachtete. Veblen stand ein wenig abseits und versuchte, sich gelassen zu geben. Es gelang ihm nicht ganz.

Nach einigen Sekunden spürte Kirk, daß zwischen ihm und Spock eine quasitelepathische Verbindung entstanden war. Aufgrund der psychischen Präsenz des wissenschaftlichen Offiziers wußte der Captain plötzlich, daß sich Spock an seiner Stelle ebenso verhalten hätte.

»Siebenundfünfzig Lichtminuten.«

»Status-Bericht.«

»Alle Stationen bemannt und einsatzbereit, Captain.«

»Eingeschränkte Alarmstufe Rot.« Wieder heulten die Sirenen, und unmittelbar darauf leuchteten auf der Kommandokonsole die Bestätigungsanzeigen der einzelnen Schiffssektionen auf.

Der Adrenalinschub, mit dem der Höhlenmensch auf die Konfrontation mit einem gefährlichen Raubtier reagiert hatte – jetzt diente er dazu, die Besatzung der *Enterprise* auf einen möglichen Kampf gegen hochmoderne Schlachtkreuzer vorzubereiten, auf eine tödliche Auseinandersetzung zwischen den Sternen, zwischen den Dimensionen.

Veblen schluckte hörbar. Er erlebt so etwas jetzt zum erstenmal, dachte Kirk. Kann ihm sicher nicht schaden. Rowena Mason rührte sich nicht von der Stelle, und immer wieder musterte sie Kirk, Spock und McCoy.

»Nach wie vor keine Antwort, Captain«, meldete Uhura.

»Spock, empfangen wir die internen Kom-Signale der Kshatriyaner?«

»Ja, Captain. An Bord ihrer Einheiten scheint kein besonderer Alarmzustand zu herrschen. Andererseits sind einige der Signale codiert; wir können also nicht ganz sicher sein. Vielleicht wollen sie uns nur in Sicherheit wiegen.«

Wenn sich dieser Mistkerl von Dar Zotzchen nur einen Spaß mit mir erlaubt ..., dachte Kirk und ballte unwillkürlich die Fäuste.

»Zwei Lichtminuten«, sagte Yimasa. »Die fremden Schiffe sind jetzt in Reichweite.«

»Die Warp-E-Formation beginnt sich zu schließen«, teilte Chekov mit.

»Die Impuls-Einheiten gehen auf Warp-Minimum«, berichtete Sulu.

»Vorbereitung auf Kampf. Leiten Sie eventuelle Schadensmeldungen sofort an mich weiter.«

»Captain!« Uhura griff nach ihrem Ohrempfänger. »Eine Nachricht vom Oberkommodore. Er wünscht uns den Segen des Schöpfers und bestätigt den Empfang unserer Genehmigung, die neutrale Zone zu durchqueren ...«

Kirk, McCoy und Mason atmeten fast gleichzeitig auf. Kirk drehte den Kopf, grinste und sah den Computeroffizier an. »Nun, Mr. Veblen?«

»Captain?«

»Was meinen die Monitoren?«

»Sie sahen keinen Grund zur Besorgnis. Die Kshatriyaner sind derzeit militärökonomisch nicht dazu in der Lage, einen Krieg gegen die Föderation zu führen, und es gibt auch keine diesbezüglichen politischen Bestrebungen. Darüber hinaus neigen sie dazu, jede Gelegenheit zu nutzen, um ihre Gegner auf die Probe zu stellen. Die Monitore sind voll und ganz mit Ihren Entscheidungen einverstanden, Sir.«

»Freut mich, das zu hören, Mr. Veblen. Wenn ich mich recht entsinne, wollten Sie mir vor einer Weile eine wichtige Mitteilung machen, nicht wahr?«

»Nun, Sir, ich hielt die ganze Aufregung für unnötig. Für vergeudete Energie.«

»In der Tat, Mr. Veblen«, sagte Kirk und richtete den Blick auf Rowena. »In der Tat.«

KAPITEL 7

Als Rowena Mason in die Unterkunft zurückkehrte, traf sie dort Uhura an. Sie hatte gerade ihren Dienst beendet und trug nun keine Uniform mehr, sondern ein weites Gewand, das mit orangefarbenen und roten Blumenmustern geschmückt war. Dicht oberhalb der Säume zeigten sich die Darstellungen von Leoparden, die durch hohes Dschungelgras schlichen. Uhura begrüßte die Reporterin mit einem freundlichen Lächeln und bot ihr ein Glas Wein vom Küchenautomaten an.

»Meine Güte, war das ein Erlebnis!« ächzte Mason und ließ sich auf die Kante ihrer Koje sinken. »Soviel Angst hatte ich noch nie zuvor.«

»Es war nichts weiter als ein Bluff«, erwiderte Uhura. »Die meisten von uns wußten das vermutlich. Es tut mir leid, aber es blieb keine Zeit, Ihnen alles zu erklären.«

»Das Verhalten des Captains wirkte überaus echt.«

Uhura lachte. »Darauf versteht er sich gut.«

»Und anschließend schienen alle erleichtert zu sein.«

»Man kann nie wissen, wozu sich ein Kshatriyaner hinreißen läßt. Was wissen Sie über jenes Volk?«

Rowena zuckte mit den Schultern. »Nicht viel. Nur das, was ich in den Schulbüchern gelesen habe und den Subraum-Bulletins entnehmen konnte. Was in den Zeitungen steht.«

»Die Kshatriyaner sind bemerkenswert: entschlossen, stolz, jederzeit dazu bereit, ihre Heimat zu verteidigen – was bereits mehrmals erforderlich war. Sie erinnern mich an die Zulu. Ihr Volk ist sehr alt, lebt in unmittelbarer Nachbarschaft der Föderation und der Romulaner, wird von den Klingonen bedroht... Und trotzdem harren sie aus, trotzen sogar Gegnern, die in technischer Hinsicht weit besser ausgerüstet sind.«

»Sie tragen das gleiche genetische Erbe in sich wie Commander Spock, nicht wahr?«

»Sie gehören zu der dakhrianischen Völkerwanderungsgruppe aus dem dritten Oktanten. Beantwortet das Ihre Frage? Wenn man weit genug zurückgeht, lassen sich eindeutige Verwandtschaftsbeziehungen zwischen Vulkaniern, Romulanern, Klingonen und Kshatriyanern herstellen.«

»Und gerät Spock nicht in einen Loyalitätskonflikt, indem er sich von seinen Verwandten abwendet und Sie unterstützt?«

»Jene Völker betrachten sich schon seit langer Zeit als völlig eigenständige Rassen. Außerdem sind Loyalitätskonflikte in erster Linie emotionaler Natur, und niemand weiß genau, was Spock *fühlt*.«

»Ich verstehe nicht ganz...«

Uhura hob ihr Gewand und zog einen Stuhl an Rowenas Liege heran. »Bei den Vulkaniern gibt es sehr strenge Regeln, die die emotionale Kontrolle bestimmen.«

»Ja, ich weiß.« Rowena Mason spürte einen Anflug von Ärger. »So provinziell bin ich nun auch wieder nicht. Aber vertritt er keine eigenen Meinungen?«

»Erst dann, wenn es genügend empirisches Material gibt. Persönliche Ansichten stellen für Vulkanier eine Art Tabu dar. Während der Ausbildungsphase werden solche individuellen Bestrebungen unterdrückt. Doch genug mit Spock. Ich möchte mehr über Sie erfahren.«

Mason zuckte mit den Schultern. »Ich bin Journalistin und stamme von einem kleinen, isolierten Planeten. Was gibt es sonst noch zu sagen? Mir kommt keine Bedeutung zu, nur der Story.«

»Ich bedaure es, daß ich keine Gelegenheit hatte,

einen Abstecher nach Yalbo zu machen«, meinte Uhura. »Ich sehe mich gern auf fremden Welten um.«

»Zuerst war Yalbo eine Bergbaukolonie«, erklärte Mason und strich sich das Haar zurück. Dann faltete sie die Hände im Schoß zusammen. »Es gibt bei uns große Vorkommen an Metallen und seltenen Erden… Wir können nicht einmal das Grundwasser trinken. Es würde uns vergiften. Und die Atmosphäre ist mit Säuredampf angereichert. Außerhalb der Gebäude und geschützten Bereiche müssen wir hermetisch dichte Schutzanzüge tragen. Nein, man kann Yalbo nicht gerade als ein Paradies bezeichnen.«

»Und doch gefällt Ihnen Ihre Heimat, nicht wahr?« Uhura beugte sich vor, und in ihren dunklen Augen glitzerte es. Rowena lächelte zaghaft.

»Jedem gefällt etwas dort, wo er aufgewachsen ist.«

»Die Menschen, zum Beispiel?«

»Ja. Auf Yalbo leben und arbeiten Leute, die mir ans Herz gewachsen sind.«

»Sie sind stolz auf Yalbo: Geben Sie es ruhig zu.«

Mason dachte kurz nach. »Natürlich bin ich das. Wir haben dort einige erstaunliche Dinge vollbracht. Zum Beispiel gelang es uns zu überleben, bis die Föderation eine Außenbasis einrichtete. Das war alles andere als einfach. Als die Bergwerke die ersten Gewinne erwirtschafteten, kam es im zweiten Oktant zu einem Überangebot an Erzen. Wir mußten unsere Rohstoffladungen tausend Parsec weit transportieren, um einigermaßen wettbewerbsfähig zu sein. Es war eine schwierige Zeit.«

»Haben Sie sie selbst miterlebt?«

»Nein. Ich wurde später geboren. Aber meine Eltern erzählten mir davon. Es wären sicher viele Leute verhungert, wenn Starfleet keine Rettungsschiffe geschickt hätte.«

»Mein Vater diente an Bord eines solchen Schiffs«, sagte Uhura. »Vielleicht kam er nach Yalbo.«

»Es fiel uns schwer, Almosen anzunehmen. Wissen

Sie, die damaligen Bewohner Yalbos waren Hippies. Sie wollten unabhängig und nicht auf die galaktische Regierung angewiesen sein. Ihr Ziel bestand darin, ein autarkes Gemeinwesen zu schaffen. Die meisten Leute stammten aus den marsianischen Bergbaustädten. Sie brauchten die Hilfe der Schiffe, nahmen sie jedoch nur widerstrebend an. Vom Militär hielten wir nie etwas.«

»Ich dachte, Hippies habe es nur im zwanzigsten Jahrhundert gegeben.«

»In den Marskommunen fand diese Bewegung einen neuen Anfang. Die Siedler Yalbos revidierten bald einige ihrer früheren Anschauungen. Heute sind wir Humanisten. Wir glauben, daß der Mensch im Mittelpunkt des Seins steht und ihm alle anderen Rassen untergeordnet sind.«

Uhura schnitt eine Grimasse. »Das klingt nicht gerade nach einer sehr modernen Philosophie.«

»Nun, auf einem Planeten, auf dem es keine Nichtmenschen gibt, kommt man damit gut zurecht. Außerdem müssen Sie eingestehen, daß man sich nur schwer an jemanden wie Spock gewöhnen kann.«

Uhura stand auf und verschränkte die Arme. »Rowena, solange Sie an Bord dieses Raumschiffs sind, sollten Sie Ihre Beurteilung nicht von einer derartigen Einstellung bestimmen lassen. Wir sind zu weit herumgekommen, haben zuviel gesehen. Wenn Sie wirklich wissen wollen, wie es außerhalb Yalbos zugeht, so befassen Sie sich mit dem allgemein zugänglichen Logbuch.« Sie zögerte kurz und beugte sich dann über die Journalistin. »Wir sind Nichtmenschen begegnet, neben denen wir wie Gewürm wirken. Wir kriechen vor ihnen umher, und sie zertreten uns nur deshalb nicht, weil sie völlig *anders* sind. Nein, meine Liebe: Der Mensch steht ganz und gar nicht im Mittelpunkt des Seins.«

»Entschuldigen Sie bitte«, sagte Rowena. »Ich habe nichts gegen andere Rassen, aber ich bin davon überzeugt, daß der Mensch wichtig ist.«

»Wichtig schon. Aber nicht *wichtiger.* So, und jetzt sollte ich wohl besser den Zeigefinger sinken lassen und uns etwas zu essen machen. Was möchten Sie?«

Sie nahmen die Mahlzeit schweigend ein, und ab und zu musterten sie sich gegenseitig. Einige Stunden später ging die Schlafperiode zu Ende; Uhura stand auf und trat unter die Ultraschalldusche. Als sie aus der Hygienezelle zurückkehrte, sah sie Mason, die sich gerade ankleidete. »Ich habe Brückenwache bis um 18.00 Uhr. Kommen Sie kurz vorher zu mir. Dann mache ich Sie mit meiner Arbeit vertraut. Anschließend können wir in der Messe zu Abend essen und uns im Freizeitraum entspannen.«

»Uhura«, sagte Mason, als der weibliche Kommunikationsoffizier gerade gehen wollte.

»Ja.«

»Fällt es Ihnen schwer, während des Warp-Flugs zu schlafen?«

»Meine Güte, nein. Warum fragen Sie?«

»Nur so.« Vielleicht lag es nur daran, daß sie nicht mehr auf Yalbo weilte und die vertraute Umgebung der Kommunen vermißte. Sie war in Gesellschaft von Fremden, fühlte sich völlig allein. Sie nahm sich vor, gegen dieses Gefühl anzukämpfen, denn andernfalls hätte sie sich rasch isoliert. Außerdem bestand die Gefahr, daß sie von einem derartigen Empfinden bei der Arbeit behindert wurde, und das durfte sie nicht zulassen.

Aber es regte sich auch Zorn in ihr. Uhura war eine menschliche Frau. Ganz gleich, welche Erfahrungen sie gemacht hatte: Sie mußte sich doch eher zu Menschen hingezogen fühlen als zu den Angehörigen anderer Rassen! Wie sollte eine bestimmte Spezies überleben, wenn sich die Individuen nicht in erster Linie dem eigenen Volk verpflichtet fühlten? Glaubten denn alle Leute an Bord der *Enterprise,* Humanisten seien provinzielle Reaktionäre?

Sie überprüfte ihre Ausrüstung. Vielleicht war es gar

keine schlechte Idee, im offenen Schiffslogbuch zu lesen. Es dauerte noch fünfzehn Tage, bis das Raumschiff den Black Box-Nebel erreichte – Zeit genug, um sich eingehend über Starfleet zu informieren, über die zurückliegenden Missionen der *Enterprise,* um irgendeinen Fleck auf dem so hell glänzenden Panzer militärischer Selbstgerechtigkeit zu finden.

KAPITEL 8

WARNUNG! SIE MACHEN ANSTALTEN, DEN SICHERHEITSBEREICH ZU AKTIVIEREN! UNBERECHTIGTER DATENZUGRIFF FÜHRT ZU ...

Spock saß im elektronischen Kontrollzentrum vor der Monitorkonsole, und mit gelindem Unwillen betrachtete er den Schriftzug auf dem Schirm. Soweit er und Veblen wußten, widersprachen seine Absichten nicht den Bestimmungen der Föderation – nicht einmal den Bedienungsvorschriften des Kontrollsystems. Und doch hatten die menschlichen Techniker jeden Programmbereich mit Warnungen und unklaren Drohungen versehen. Spock wußte natürlich, wie man die Warnzonen umging; in den Handbüchern wurden die entsprechenden Möglichkeiten recht ausführlich beschrieben. Er löschte den Hinweis auf der Bildfläche und drang ins Zentrum des Systems vor, zu den Speicherbänken, die die Erfahrungsschablonen und Memorialmatrizen von sechs Starfleet-Kommandanten enthielten.

Inzwischen waren vier von ihnen tot, und die beiden anderen hatten sich aus dem aktiven Dienst zurückgezogen. Zu den Toten gehörte Admiral Harauk, der einzige Vulkanier, der einen Kommandeursrang bei Starfleet erworben hatte. Spock war sehr daran interessiert, welche Meinungen Harauk in Hinsicht auf gewisse Dinge vertrat, und die Monitoren besaßen das Potential, die Persönlichkeit des Admirals zumindest bis zu einem bestimmten Ausmaß zu duplizieren. Solange Spock nicht versuchte, die Memorialstruktur zu verändern oder das

System auf eine Weise zu beeinflussen, die seine Funktion in Frage stellte, konnte er schlimmstenfalls nur die Würde der Monitoren verletzen – so interpretierte er die Botschaft der Programmierer, die in den wiederholten Warnungen zum Ausdruck kam. (Maschinen von der technischen Komplexität der Monitoren behandelte man besser so, als habe man es mit eigenständigen Persönlichkeiten zu tun. Und das traf in einem besonderen Maße auf Apparaturen zu, die von Menschen gebaut worden waren.)

WARNUNG! ES IST NICHT VORGESEHEN, DASS SICH DIE FUNKTIONSWEISE DER MONITOREN AUF DEN INPUT NUR EINER EINZIGEN ERFAHRUNGSEINHEIT GRÜNDET. DAS KÖNNTE ZU …

Erneut löschte Spock den Hinweis auf dem Schirm und setzte die Kopfhörer auf, die direkt mit den Speicherbänken verbunden waren. Er vernahm ein leises Zischen, wobei es sich nicht etwa um Interferenzen handelte, sondern das Stimulationssignal für die Memorialfrequenz Admiral Harauks. Es war nicht nötig, ein Maschinensprache-Interface zu benutzen. Spock betätigte eine Taste und schaltete damit die akustische Kommunikation ein. »Glück und langes Leben, Admiral Harauk. Ich bin Spock, Sohn Sareks von Vulkan und Amanda Graysons von der Erde. Ich arbeite als Wissenschaftlicher und Erster Offizier an Bord der U.S.S. *Enterprise.*«

»Glück und langes Leben, Spock«, lautete die Antwort. Harauks Stimme war zwar ein wenig dünn, klang aber gleichmäßig und ruhig. »Sind die Monitoren aktiviert worden?«

»Nein, Sir. Ich habe Ihre Memorialstruktur aktiviert, um Ihnen einige Fragen zu stellen.«

»Zu welchem Zweck, Spock?«

»Admiral, Sie wissen natürlich, daß es einem Vulkanier vor allen Dingen darum gehen muß, seine Pflicht zu erfüllen. Mein vorgesetzter Offizier ist ein Mensch, Captain James T. Kirk. Das Kontrollsystem ist von Menschen entwickelt und installiert worden. Ich bin nicht sicher, ob sie damit eine weise Entscheidung trafen.«

»Dennoch ist es Ihre Pflicht, die Vorschriften Starfleets zu beachten.«

»Und das werde ich auch. Aber ich bin auch meinem Captain verpflichtet und muß daher Aufschluß darüber gewinnen, ob die Monitoren ihn bei seinen Aufgaben behindern oder sie ihm erleichtern werden. In diesem Zusammenhang würde ich gern wissen, was Sie als Vulkanier von dem neuen System halten.«

»Ich kann nicht als Vulkanier zu Ihnen sprechen, Spock. Ich bin keine lebende Entität in dem Monitorkomplex, sondern ein Programm, das Rat geben soll.«

»Und ich brauche einen Rat.«

»Menschen sind für unlogisches Verhalten bekannt, und selbst die disziplinstärksten Individuen könnten es nicht einmal mit einem durchschnittlichen Vulkanier aufnehmen. Sie schufen die Monitore, um Probleme zu verhindern, die sich durch humane Unberechenbarkeit ergeben könnten. Im Prinzip habe ich an dieser Konzeption nichts auszusetzen.«

»Und was ist mit der praktischen Anwendung?«

»Mir liegen keine Informationen über die unmittelbare Funktion des Systems vor. Vulkanier wirkten bei der Konstruktion mit, und die besten menschlichen Techniker arbeiteten jahrelang daran. Außerdem dürfte schon die Tatsache, daß sich mein Erfahrungssurrogat in den Speicherbänken befindet, als Hinweis darauf genügen, daß ich mit dem Prinzip einverstanden war.«

»Was aber geschieht, wenn es zu einer Situation kommt, für die es kein Äquivalent in der Erfahrungswelt der Monitoren gibt, keine Korrelationsdaten in den Beratungsprogrammen?«

»Das ist selbstverständlich berücksichtigt worden.

Schließlich weiß man, daß ein Raumschiff-Kommandant mit ungewöhnlichen Situationen konfrontiert werden könnte.«

Spock dachte einige Sekunden lang nach. »Ich mache mir Sorgen. Das System ist noch nicht in der Praxis erprobt worden, und ich befürchte, die derzeitigen Umstände sind nicht gerade für einen Test geeignet.«

»Dann kann ich Ihnen nur einen Rat geben.«

»Und der lautet?«

»Ihre Pflicht steht an erster Stelle.«

»Dessen bin ich mir bewußt, Admiral.«

»Ihre Pflicht steht an erster Stelle.«

Ganz gleich, wie Spock seine Fragen formulierte, immer wieder erhielt er die gleiche Antwort – die einzige, die ihm die Memorialstruktur Harauks geben konnte. Verwundert runzelte der Erste Offizier die Stirn. Welche Pflicht meinte der Admiral? Bezogen sich seine Worte auf den Captain, das Schiff, Starfleet? Oder ging es um die Pflicht, den Monitoren zu gehorchen?

Kein Vulkanier hielt an einem Credo fest, das eine sinnlose Selbstaufopferung verlangte – oder die Vernichtung fremden Lebens aufgrund einer absurden Pflichtauffassung. Ganz offensichtlich hatte ihn die Erfahrungseinheit Harauks dazu veranlassen wollen, seine unterschiedlichen Verpflichtungen hierarchisch zu gestalten, ihnen verschiedene Prioritäten zuzuweisen. In einer von Vulkaniern dominierten Kultur war das nur selten notwendig. Doch unter Menschen ...

WARNUNG! DIE KORREKTE FUNKTION DER MONITOREN HÄNGT VON DER INTERAKTION ALLER SECHS IM SYSTEM ENTHALTENEN ERFAHRUNGSEINHEITEN AB.

Spock schaltete das System auf den Normalmodus zurück und nahm den Kopfhörer ab. Es summte kurz an der Tür des Kontrollzentrums, und Veblen kam herein. Er trug einen Minicomputer bei sich und führte einige

Berechnungen durch. »Mr. Spock! Vielleicht wären Sie so freundlich, mir eine Frage zu beantworten ...«

»Und Sie, Mr. Veblen, könnten mir einen ähnlichen Dienst erweisen.«

Veblen blieb stehen und musterte den Vulkanier verwirrt. »Ganz wie Sie wünschen, Mr. Spock.«

»Zuerst Ihre Frage.«

»Oh, die kann warten.« Der Umstand, daß ihn ausgerechnet der Wissenschaftliche Offizier um eine Auskunft bat, verblüffte ihn.

»Ich hatte bisher noch keine Gelegenheit, mich eingehend mit den Sicherheitsoptionen der Monitoren zu befassen. Wenn Offiziere und Mannschaft eines Raumschiffs zu dem Schluß kommen sollten, daß eine Fehlfunktion vorliegt – kann das Kontrollsystem dann irgendwie abgeschaltet werden?«

»Eine derartige Fehlfunktion ist extrem unwahrscheinlich, Sir.«

»Das ist keine Antwort auf meine Frage.«

»Ich ... ich weiß es nicht, Sir.«

»Dann wird es höchste Zeit, die entsprechenden Schutzvorrichtungen zu prüfen, nicht wahr?«

Veblen bedachte Spock mit einem unsicheren Blick. »Wenn ich eine ganz andere Frage stellen dürfte: Was erwartet uns Ihrer Meinung nach im Black Box-Nebel?«

»Ich nehme mir ein Beispiel an den interstellaren Scouts der Föderation, Mr. Veblen: Ich halte es für notwendig, auf alles vorbereitet zu sein.«

Rowena Mason hatte ihr bisheriges Leben in den Schutzräumen Yalbos verbracht, und deshalb empfand sie die Gänge und Korridore an Bord der *Enterprise* fast als vertraut. Doch die Größe des Raumschiffs weckte so etwas wie staunende Ehrfurcht in ihr. Es gab nur einige wenige Sektionen, die sie gar nicht oder aus Sicherheitsgründen nur in Begleitung eines Besatzungsmitglieds betreten durfte, und so verbrachte sie ihre freie Zeit vorzugsweise damit, auf Entdeckungsreise zu gehen.

Schon als Kind hatte sie besonderen Gefallen daran gefunden, die abgelegenen Bereiche der kommunalen Separatzonen zu erforschen, jene Orte, wo nicht benutzte Gerätschaften lagerten oder die automatischen Verarbeitungsmechanismen summten und mit mechanischer Geduld vor sich hin stampften. Als Chekov ihr eine aus Kunststoff bestehende Karte des Schiffs gab, freute sie sich darauf, die nächsten Tage damit zu verbringen, durch den riesenhaften Organismus der *Enterprise* zu wandern. Da sie jedoch in erster Linie an ihren Artikel denken mußte, stattete sie zunächst der Krankenstation einen Besuch ab.

Schwester Christine Chapel – eine tüchtige und irgendwie altjüngferlich wirkende Frau, die sich ihre klassische Schönheit bewahrt hatte – zeigte ihr sowohl die alten als auch neueren Modelle der Diagnoseliegen und erklärte ihr die Funktionsweise der kleinen Brutkammern, in denen man Ersatzorgane heranwachsen lassen konnte.

In der Umgangssprache nannte man die Einrichtung ›Organbank‹, aber die offizielle Bezeichnung lautete: Genotypisches Erhaltungszentrum. Es handelte sich dabei um eine lange Reihe aus grauen Schränken im rückwärtigen Bereich der medizinischen Abteilung. »Das GENTEZ ist ein Vorläufer des TUREK-Systems«, führte Chapel aus. »Wir verfügen über genetische Aufzeichnungen aller Besatzungsmitglieder. Wenn jemand verletzt wird, können wir Ersatzgewebe für alle geschädigten Körperteile heranwachsen lassen – abgesehen natürlich von Zellstrukturen, die in direktem Zusammenhang mit der jeweiligen Persönlichkeitsstruktur der Betreffenden stehen. Damit meine ich insbesondere das Gehirn. Sicher, wir sind auch in der Lage, neue zerebrale Strukturen zu züchten, aber sie wären so leer wie die Speicher eines Computers, der noch nicht programmiert wurde. Der große Vorteil des TUREK-Systems besteht darin, daß es uns die Möglichkeit gibt, das vollständige Individuum zu kopieren. Übrigens: Da Sie schon einmal hier sind, sollten wir die gute Gelegenheit sofort nutzen …«

Rowena Mason hatte sich schon immer vor Nadeln gefürchtet, und sie mußte sich sehr beherrschen, um keine Einwände zu erheben, als Chapel einen Biopsie-Konus hervorholte. Überraschenderweise spürte die Reporterin nicht den geringsten Schmerz, als die Krankenschwester eine kleine Gewebsprobe von der Innenfläche ihrer Wange nahm und den winzigen Schnitt anschließend mit einer elektronischen Naht versah.

»Ich bringe diese Zellen zu den anderen in der Organbank, und wenn es zu irgendeinem Unglück kommen sollte – was ich ganz und gar nicht hoffe! –, so können wir Sie jederzeit behandeln.«

Chapel hielt es für besser, daß McCoy sie mit der Funktionsweise des TUREK-Systems vertraut machte, aber sie fügte hinzu, der Bordarzt spiele gerade ›Poker mit den Monitoren‹. Sie meinte: »Er verhält sich ganz so, als habe er es mit einem neuen Opfer zu tun. Ich schätze, in einigen Tagen ist er wieder ansprechbar.«

Und Rowena notierte auf ihrem elektronischen Block: *Ist es möglich, daß sich einige Besatzungsmitglieder der* Enterprise *einen Spaß daraus machen, nach Möglichkeiten zu suchen, dem neuen Überwachungssystem ein Schnippchen zu schlagen?*

Bei einigen ihrer Ausflüge nahm Mason einen der beiden mobilen NDF-Recorder mit und erstellte damit Dokumentarberichte über einige der Routineaktivitäten an Bord des Raumschiffs. Ganze fünfzehn Minuten Aufzeichnungszeit verwendete sie für die Spiele in der Sporthalle der *Enterprise. Der körperliche Zustand der Besatzungsmitglieder scheint hervorragend zu sein,* notierte sie, *und offenbar finden die Männer und Frauen Gefallen daran, ihre Kräfte zu messen und sich gegenseitig ihr Geschick zu beweisen. Zwar lassen sich in diesem Zusammen-*

hang gewisse narzißtische Tendenzen nicht leugnen, doch unübersehbar ist die feste Entschlossenheit der Personen an Bord, unter allen Umständen ihr Bestes zu geben. Bei Gruppenspielen fällt ein beeindruckend hohes Maß an Kooperationsbereitschaft auf. Es spielt dabei keine Rolle, aus welchen Leuten die einzelnen Teams bestehen: Sie passen sich sofort einander an und bilden eine Einheit, so als wisse jeder über die Qualitäten der anderen Bescheid – was vermutlich auch der Fall ist, wenn man daran denkt, daß die Crew eine geschlossene Gemeinschaft darstellt, in der es kaum Geheimnisse gibt.

Chefingenieur Scott freute sich über die Möglichkeit, der Reporterin seinen Arbeitsbereich zu zeigen. Während der Freizeitperiode unternahm er eine ›Höhlenexpedition‹ mit ihr (das war sein eigener Ausdruck!). Er führte sie durch die Wartungs- und Instandhaltungsschächte im Impulstriebwerk des Schiffs. Als er darauf bestand, hielt Rowena die Hand auf eine der gewaltigen und abgeflachten ›Röhren‹, in der es zu einer Reaktion zwischen Materie und Antimaterie kam, und die Journalistin spürte das sonderbare Prickeln der kontrollierten Massevernichtung. Sie zeichnete auch Scotts Erklärungen auf, die den technischen Einzelheiten der Reaktoren galten – obgleich die Redakteure des NDF sie später sicher aus dem Artikel streichen würden –, war jedoch wesentlich mehr an seinen allgemeinen Schilderungen interessiert. »Wir könnten von einem Ende des Universums zum anderen fliegen, wenn wir in der Lage wären, das ganze Leistungspotential des bisher erreichten technisch-wissenschaftlichen Entwicklungsstandes auszunutzen. Das Warp-Triebwerk der *Enterprise* ist eine prächtige Maschine, doch an Bord von fremden Schiffen habe ich Anlagen gesehen, neben denen sich diese hier wie eine Fahrradkette ausmacht. Und ich bin der Affe, der in die Pedale tritt. Meine Güte, was würde ich dafür geben, wenn ich einen Blick in die entsprechenden Handbücher werfen könnte!«

Als McCoy schließlich Zeit fand, ihr die TUREK zu zeigen, war sie ein wenig enttäuscht. Der Bordarzt machte sie mit den grundlegenden Funktionen der Geräte vertraut und beschrieb ihr auch die Verbindungen zwischen dem neuen System und den Monitoren. Doch als Mason ihn fragte, ob er mit Schwierigkeiten durch die Überwachungsinstallation rechnete, lächelte er nur und erwiderte ausweichend:

»Ich arbeite noch daran.«

Während Spock und McCoy versuchten, alle Einzelheiten des Monitorsystems zu verstehen, während Mason durch das Schiff wanderte und sich Notizen machte, ritt die *Enterprise* auf einem Wellenkamm aus deformierter Raum-Zeit, raste sie durch ein Meer aus Sternen und Staubwolken. Ihr Flug führte durch galaktische Spiralarme, durch lichtjahrweite Schluchten aus völliger Leere. Sie trotzte den Gesetzen der Normalraumphysik, war wie ein trägheits- und masseloser Schemen, schneller als die Photonen, die die schwarze Weite durchzogen. Mit schier unvorstellbarer Geschwindigkeit raste sie durch die Warp-Dimension, einen nichteinsteinschen Raum, den nur wenige der Menschen verstanden, die in ihrem Innern dachten und fühlten.

Nach zwei Wochen projizierten die Ortungssensoren die ersten Bilder des Black Box-Nebels auf die Schirme an Bord der *Enterprise.* Die enorme Masse aus Staub und interstellarem Gas war nun nicht mehr völlig dunkel. Als Mason die Wolke auf der Konsole in Uhuras Kabine betrachtete, glaubte sie, tief in ihrem Innern ein düster wirkendes Glühen zu erkennen.

Als sie näher herankamen und das Licht der Protosterne sichtbar wurde, konnte man drei klauenartige Ausläufer des Nebels erkennen, die sich der *Enterprise* entgegenstreckten.

Kurz darauf erreichten sie die Peripherie der Gaswolke, und es war wie eine Rückkehr zur Genesis.

KAPITEL 9

Der Asteroid, auf dem man die Station Eins errichtet hatte, befand sich am Rande des Nebels, und in der Quasi-Schwerelosigkeit wallten Staubschwaden über die Basis hinweg. Die *Enterprise* flog jetzt nur noch mit fünfundzwanzig Prozent der Lichtgeschwindigkeit, und die Staubpartikel der Wolke prallten wie winzige Geschosse auf die Schilde. Uhura versuchte mehrmals vergeblich, einen Kom-Kontakt mit der Forschungsstation herzustellen. Aus einer Entfernung von einigen Lichtjahren betrachtet, formte das glühende Plasma im Zentrum des Nebels farbige Formen, doch daraus war jetzt ein einheitlicher, geisterhafter Glanz geworden. Es hatte den Anschein, als befände sich das Raumschiff in einem völlig anderen Kosmos.

Kirk beobachtete die Anzeigen, die der Bordcomputer auf den großen Schirm projizierte, und er schien ganz und gar nicht damit zufrieden zu sein. Spock stand neben ihm. Es herrschte Alarmzustand, und auf der Brücke waren alle Stationen besetzt. Rowena Mason wartete in der Nähe des Lifts, und an ihrer Seite schwebte einer der beiden Recorder. »Offenbar sind wir zu spät gekommen«, sagte der Captain. Spock widersprach ihm nicht. Nach wie vor registrierten die Lebensindikatoren keine biologische Aktivität auf dem Planetoiden, obgleich ihn die *Enterprise* schon mehrmals umkreist hatte.

»Vielleicht ist es in der Station zu einem Ausfall der Lebenserhaltungssysteme gekommen«, meinte Spock.

»Die im Bereich des Asteroiden herrschenden physikalischen Bedingungen stellen jedenfalls keine unmittelbare Gefahr dar.«

»Möglicherweise halten die Vulkanier nichts von Besuchern«, warf McCoy ein.

»Für konstruktive Bemerkungen wäre ich dir weitaus dankbarer, Pille.« Kirk warf Mason einen kurzen Blick zu und stellte nicht ohne einen Anflug von Ärger fest, daß die Reporterin seine Worte notierte. Die Tatsache, daß seine Verhaltensweise ständig kontrolliert wurde – nicht nur von den Monitoren, sondern auch der NDF-Journalistin –, erfüllte ihn mit immer mehr Verdruß. Doch er erinnerte sich in diesem Zusammenhang an den Hinweis McCoys: Er allein trug die Verantwortung dafür, daß sich Rowena Mason an Bord befand. Er fragte sich kurz, warum er die Order Starfleets nicht zurückgewiesen hatte. Wahrscheinlich wäre es dadurch zu einer ziemlich heftigen Auseinandersetzung gekommen, doch er zweifelte nicht daran, daß er sich schließlich durchgesetzt hätte. Nein, Kirk argwöhnte, daß es einen ganz anderen Grund dafür gab, warum er die Reporterin an Bord seines Schiffs duldete: Wenn das Monitorsystem versagte, so konnte eine objektive Beobachterin davon berichten.

Und wenn *ich* versage? fügte er in Gedanken hinzu.

Erst nach einer Weile richtete Kirk seine Aufmerksamkeit auf die Ausführungen McCoys. »... und deshalb pflichte ich Spock bei. Nichts deutet darauf hin, daß der Basisbesatzung nach dem Fusionsbeginn in den Protosternen eine größere Strahlungsgefahr drohte als vorher.«

»Mr. Veblen«, sagte Kirk. Der junge Offizier trat sofort auf ihn zu. »Zu welchem Ergebnis ist der Computer gekommen?«

»Wenn Sie damit die Resultate des stochastischen Algorithmus meinen ...«

»Genau die.«

»Ich hatte bisher noch keine Zeit, eine umfassende Analyse vorzunehmen. Das läßt sich jedoch rasch nachholen.« Er zögerte kurz. »Vielleicht ist eine Neustrukturierung des Algorithmus erforderlich.«

»Ich würde gern wissen, welche Konditionalmodelle inzwischen entwickelt wurden.«

»Insgesamt drei, Sir. Zwei davon zeichneten sich durch einen offensichtlich geringen Wahrscheinlichkeitsgehalt aus.«

»Ach? Mr. Spock?«

»Mr. Veblens Angaben beziehen sich auf Kalkulationsfaktoren, die der Computer später als Abweichungen von der vermuteten Realität verwarf. Ein Modell ging von der Übernahme der Station durch eine fremde Macht aus. Das andere machte einen Amoklauf aller Besatzungsmitglieder der Basis zur Berechnungsgrundlage. Keine dieser beiden Möglichkeiten wurde bei der Endauswahl in Betracht gezogen.«

»Das dritte Szenario ist recht interessant, Captain«, sagte Veblen. »Es geht dabei um einen oder mehrere Vulkanier, die von der Ybakra-Strahlung beeinflußt wurden...«

»Auf hohe Dosen von Ybakra-Strahlung reagieren Vulkanier empfindlicher als Menschen«, erklärte Spock. »Das trifft auch auf niedrige Temperaturen zu. Allerdings sind die betreffenden Unterschiede nur gering.«

»... was zu Geistesgestörtheit führte. An dieser Stelle bietet das Modell zwei Alternativen an. Die eine postuliert die Gefangennahme der restlichen Besatzungsmitglieder, die andere ihren Tod durch unmittelbare Gewaltanwendung – was sich als wahrscheinlicher erweisen könnte, wenn wir den Algorithmus mit den neuesten Daten erweitern.«

Kirk runzelte die Stirn. »Beide Möglichkeiten gefallen mir nicht sonderlich. Wir umkreisen den Asteroiden erneut, Mr. Spock. Anschließend schicken wir eine voll ausgerüstete Landegruppe in die Basis.«

»Darf ich Sie begleiten?« fragte Mason. Kirk bedachte sie mit einem durchdringenden Blick.

»Nein«, antwortete er. »Außerdem lasse ich mich nicht mit dem ersten Team hinunterbeamen. Starfleet hält nichts von Raumschiff-Kommandanten, die unnötige Risiken eingehen. Sie können einem Mitglied der Landegruppe die Bedienung des Recorders erklären, doch wir lehnen jede Verantwortung ab, wenn das Gerät beschädigt werden oder verlorengehen sollte.«

Mason nickte und wirkte erleichtert.

Als die Indikatoren eine halbe Stunde später noch immer keine Anzeichen von Leben festgestellt hatten, begab sich Kirk in den Transporterraum. Die Landegruppe bestand aus insgesamt sechs Personen und wurde von Lieutenant Olaus befehligt, dem Leiter der Sicherheitsabteilung. Neben ihm schwebte der Recorder Masons wie ein exotisches Insekt, und Olaus beobachtete das Gerät mit einer Mischung aus Unbehagen und Belustigung, als die Reporterin einige letzte Justierungen vornahm.

»Führen Sie eine rasche Erkundung durch«, sagte Kirk. »Mr. Devereaux kümmert sich um die Tricorder-Analyse, und die Aufzeichnungen des Recorders Mr. Masons können ebenfalls zur Auswertung herangezogen werden. Ihr Aufenthalt dauert nicht einmal zwei Minuten. Im Anschluß daran werden Sie automatisch hierher zurückgebeamt. Einer von Ihnen kann das Signal zu einem sofortigen Retransfer senden. Wie üblich schicken wir erst ein Transporter-Testgerät. Mr. Shallert, das TTG. Mr. Olaus, lassen Sie Ihre Leute Aufstellung beziehen.«

Das TTG rematerialisierte in der Forschungsstation und berichtete, daß die Umweltbedingungen der Norm entsprachen. Die Präsenz irgendwelcher Lebensformen ließ sich nicht feststellen. »Die Temperatur beträgt neunundzwanzig Grad Celsius, Captain«, sagte Shallert, der an den Trnnsporterkontrollen stand. »Sauerstoffanteil der Luft dreiundzwanzig Prozent. Alles deutet darauf, daß die Lebenserhaltungssysteme nach wie vor funktionieren.«

Spock trat an die Seite Kirks. »Vulkanier empfinden diese hohe Temperatur als recht angenehm, Captain.«

»Ja. Mr. Shallert, beamen Sie die Landegruppe.«

Ein melodisches Surren erklang, und der Transporter desintegrierte die Körper der sechs Männer und zeichnete dabei ihre individuelle Struktur auf. Innerhalb weniger Sekundenbruchteile trübte sich das energetische Glühen, und kurz darauf waren die Transportfelder leer. Shallert überprüfte die korrekte Speicherung der psychischen und physischen Matrizen, betätigte dann die Schieberegler und transferierte die sechs Entmaterialisierten in die fünfhundert Kilometer entfernte Forschungsstation.

»Könnten die Anlagen der Basis auch noch nach dem Tod der Wissenschaftler in Betrieb sein?« wandte sich Rowena Mason an Kirk.

»Nun, das ist zwar denkbar, aber unwahrscheinlich.«

»Warum haben die Indikatoren dann keine Anzeichen von Leben entdeckt?«

»In einigen Minuten wissen wir bestimmt mehr«, erwiderte Kirk. »Geduld ist eine Tugend, nicht wahr, Spock?«

Spock blickte ruhig und unbewegt auf die Anzeigen der Kontrollpulte. »Gerade ist das Bestätigungssignal eingetroffen«, sagte er. »Die Männer sind in der Station.«

KAPITEL 10

Ein warmer Luftzug strich mit einem leisen Seufzen durch den leeren Gang. Zehn Jahre waren vergangen, doch die Station sah so aus, als sei sie gerade erst errichtet worden, als warte sie auf die Ankunft von Besuchern.

Und die Besucher kamen: sechs Säulen aus schimmerndem Licht, das sich auf den grauen Wänden widerspiegelte und den Korridor mit einem Geruch erfüllte, der an Ozon erinnerte.

»Ausschwärmen«, sagte Olaus. Die Männer seines Teams kamen der Anweisung sofort nach. Devereaux schaltete seinen Tricorder ein und schwenkte ihn im Kreis. Rowenas Recorder schwebte dicht neben Olaus und summte leise. Lieutenant Olaus klappte seinen Kommunikator auf. »Landegruppe an *Enterprise,* hier spricht Olaus. Die Station scheint in gutem Zustand zu sein. Bisher konnten wir keine Funktionsstörungen feststellen. Devereaux nimmt eine erste Analyse vor. Eine Minute dreißig Sekunden bis zur Rückkehr.« Er schloß das Kom-Gerät und hakte es an den Gürtel. »Also los!«

Die sechs Männer teilten sich in zwei Gruppen und eilten in unterschiedliche Richtungen davon. Olaus erreichte das eine Ende des Korridors und verharrte an einer Tür, die in den Lagerbereich führte. Sie war geschlossen, doch nicht verriegelt. Auf der anderen Seite gab es einen Quergang, der nach einigen wenigen Metern an hermetisch dichten Schotten endete. Devereaux trat an eins davon heran und gab einen Standardcode in die Kontrolleinheit. Ein leises Zischen ertönte, und das

Schott glitt auf. Der Sicherheitsbeamte hob den Tricorder …

Und hätte ihn fast an die Stirn eines jungen Vulkaniers gestoßen.

»Hallo«, sagte Radak in perfektem Föderationsenglisch.

Devereaux starrte den Jungen verblüfft an. »Lieutenant!« rief er und sprang mit einem Satz zurück. »Lieutenant Olaus!«

Radak streckte grüßend die Hand aus, doch in diesem Augenblick wurde die Transporterautomatik aktiv. Die Zeit war um. Erneut verwandelten sich die sechs Männer in energetische Säulen und rematerialisierten an Bord der *Enterprise:* Devereaux stand gebeugt und hielt noch immer den Tricorder ausgestreckt; bei Olaus war der Transfer erfolgt, als er sich gerade in Bewegung gesetzt hatte, und er verlor das Gleichgewicht, stolperte von der Plattform und stieß gegen Mason. Als er sich bei ihr entschuldigte, schwebte der NDF-Recorder mit einem leisen Summen los und verharrte neben der Journalistin.

»In der Station befindet sich ein junger Vulkanier!« entfuhr es Devereaux. »Er beherrscht unsere Sprache – zumindest hat er ›Hallo‹ gesagt.« Spock nahm ihm sanft den Tricorder ab und sah sich die aufgezeichneten wissenschaftlichen Daten an.

»Hier ist nichts von ihm zu sehen«, stellte der Erste Offizier nach einer Weile fest. »Gibt es noch andere Augenzeugen?«

»Ich sah jemanden, der hinter Devereaux stand«, meldete sich ein anderes Mitglied der Landegruppe zu Wort. »Aber das Gesicht des Betreffenden konnte ich nicht erkennen.«

Spock nahm eine Rejustierung des Tricorders vor und runzelte die Stirn, als er erneut ein negatives Ergebnis erhielt. »Bitte beschreiben Sie mir den Vulkanier, Mr. Devereaux.«

»Nun, in dieser Hinsicht bin ich nicht gerade ein Experte, Mr. Spock. Der Junge schien etwa zwölf Jahre alt zu sein, hatte dunkle, purpurne Augen und trug eine Art grüne Uniform. Er ähnelte Ihnen ein wenig.«

Spock hob die Augenbrauen und warf Kirk einen kurzen Blick zu. »Abgesehen von den sechs Männern der Landegruppe registrierte der Tricorder keine anderen Lebensformen. Ich halte es für unwahrscheinlich, daß Mr. Devereaux einer Sinnestäuschung unterlag, denn Radak, der Sohn T'Pryllas, müßte jetzt etwa fünfzehn Jahre alt sein und hat purpurne Augen, was für einen Vulkanier sehr ungewöhnlich ist. Außerdem erhielten die Mitglieder der Landegruppe keine spezifischen Beschreibungen in bezug auf die Stationsbesatzung.«

Mason kontrollierte den Speicher ihres Recorders. »Ich habe das Gerät dem falschen Mann mitgegeben, hätte mich für Devereaux entscheiden sollen«, sagte sie bedauernd. »Die optische Aufzeichnung enthält keine Hinweise auf den Jungen, ebensowenig der Akustikspeicher. Vielleicht läßt sich durch eine Signalverstärkung irgend etwas verifizieren ...«

»Das ist nicht nötig«, wandte Spock ein. »Der Tricorder empfing nur die Schallwellen, die von den Mitgliedern der Landegruppe ausgingen. Es kam auch zu keinen zusätzlichen Infrarot- oder Mikrowellenstrahlungen, wie sie vom lebenden Organismus ausgehen.«

»Dann habe ich mir wohl alles eingebildet, wie?« fragte Devereaux verärgert.

»Nicht unbedingt«, hielt ihm Kirk entgegen. »Ich erwarte Ihren Bericht in fünfzehn Minuten. Mr. Spock, bitte kommen Sie und Doktor McCoy ebenfalls in einer Viertelstunde zu mir. Bringen Sie auch Mr. Veblen mit.« Er wandte sich an Mason. »Wenn Sie möchten, können Sie gern an der Besprechung teilnehmen.«

»Die Möglichkeit lasse ich mir nicht entgehen«, erwiderte sie. »Eine Forschungsstation, in der es spukt – ein echter Knüller.«

Zum erstenmal seit neun Jahren spürte Grake die Nähe einer anderen Präsenz. Er blickte auf seinen Körper herab, streckte die Arme, hielt sich dann die Hände dicht vors Gesicht. O ja, Erinnerungen strömten in sein Bewußtsein – doch die Reminiszenzen gehörten nicht ihm allein.

»Grake.« Er drehte sich um und sah T'Prylla. Er reichte ihr die Hand, und ihre Fingerspitzen berührten sich auf eine Art und Weise, die bei Vulkaniern tiefe Zuneigung zum Ausdruck brachte.

»Wir sind nicht getrennt gewesen«, sagte T'Prylla und schien ein wenig verwirrt zu sein. »Und doch waren wir uns fern. Wo sind die Kinder? Wo sind Anauk und T'Kosa?«

»Ich erinnere mich an sie. Wir sind alle zusammen.«

»Und doch … separiert.« Sie standen in der Mitte der Forschungskuppel, umgeben von einer chaotisch wirkenden Masse aus umgebauten Gerätschaften. Die Instrumente, mit denen sie die Entstehung der Protosterne aufgezeichnet und analysiert hatten, waren seit neun Jahren nicht mehr benutzt worden. Ein großer Teil ihrer Komponenten bildete nun ein völlig neues System. »Worin besteht deine letzte individuelle Erinnerung?«

»Ich sehe Radak und T'Raus …« Grake zögerte. »Sie sagen uns, wir hätten nichts zu befürchten, es ginge nur um eine …«

»Adaption«, beendete T'Prylla den Satz. »Und dazu kam es auch. Wieviel Zeit ist vergangen? Warum sind wir zurückgerufen worden?«

Grake deutete auf das technische Durcheinander. »Wir müssen diese Apparatur sofort zerstören!«

Wie aus dem Nichts erschien Radak vor ihnen. »Ehrenwerte Eltern«, sagte er, »es ist notwendig, den normalen Status der Station wiederherzustellen.«

»Mein Sohn«, brachte Grake hervor, »das, was wir hier gemacht haben, ist *maut akspra.* Wir müssen damit aufhören!« Grake streckte dem Jungen die Hand entgegen. Radak sah kurz auf die Finger seines Vaters, zwinkerte wie in Zeitlupe und wandte den Blick ab. »Es ist viel geleistet worden«, sagte er. »Wir sind euch sehr dankbar. Doch nun haben wir Gäste. Es sind die Besucher gekommen, denen vor zehn Jahren eure Botschaft galt.«

»Ein Schiff?« fragte T'Prylla.

»Ja, ein großes und gut bewaffnetes Raumschiff«, bestätigte Radak. »Einige Menschen materialisierten im *Reshek*-Korridor.« Die einzelnen Sektionen der Forschungsstation wurden nach den Symbolen des vulkanischen Alphabets benannt, und *Reshek* war das dritte.

»Wo sind sie jetzt?« erkundigte sich T'Prylla.

»Sie kehrten zurück, bevor ich irgend etwas unternehmen konnte. Warum waren keine Vulkanier unter ihnen, Mutter?«

T'Prylla näherte sich ihrem Sohn – oder der Erscheinung ihres Sohnes; in diesem Punkt war sie sich nicht ganz sicher – und streckte vorsichtig die Hände nach seinen Schultern aus. Sie fühlte feste Muskeln und den geschmeidigen grünen Stoff der Kinderuniform, die Radak schon seit mehr als zehn Jahren trug und immer wieder geändert hatte, um sie seinem wachsenden Körper anzupassen. »Es bleibt uns nicht viel Zeit«, sagte sie. »Die Menschen sind gekommen, um uns zu retten. Wir sandten einen Notruf aus. Sie werden uns nicht eher verlassen, als bis sie festgestellt haben, was hier geschehen ist. Und vielleicht nehmen sie uns alle mit.«

Radak riß entsetzt die Augen auf. »Das wäre schrecklich«, erwiderte er. »Wir müssen unbedingt bleiben.«

»Warum?« fragte Grake.

»Das kann ich dir jetzt noch nicht sagen«, antwortete Radak.

»Man hat dich gesehen. Die Leute an Bord des Raumschiffs wissen jetzt, daß wir hier sind ...«

»Ja, sie haben mich gesehen, aber sonst ahnen sie nichts. Sie wissen nicht, daß auch die anderen noch leben. Wir haben alles getarnt und ihre Kom-Anfragen ignoriert...«

»Befürchtest du etwas?« Grake musterte seinen Sohn eingehend. »Die Menschen sind gekommen, um uns zu helfen.«

»Viel wichtiger ist, daß wir hier verweilen und die Arbeit fortsetzen. Wir dürfen nicht fort. Daher stellen die Menschen einen Störfaktor dar.«

»Wer bist du?« fragte T'Prylla plötzlich. Radak sah sie ruhig an. Seine Züge blieben völlig unbewegt.

»Ich bin dein Sohn«, entgegnete er.

»Wo ist T'Raus?«

»Sie arbeitet. Ihr müßt mit uns kooperieren...«

»Und die anderen?«

»Es geht ihnen gut. Sie arbeiten mit uns zusammen – so wie wir es auch von euch erwarten.«

»Dann erwartet ihr zuviel von uns«, sagte Grake und ging langsam um seinen Sohn herum. Radak beobachtete seine Bewegungen aus den Augenwinkeln, und er wirkte nach wie vor ruhig und entspannt. »Wir sind eure Gefangenen. Ihr laßt uns keine Freiheit, gebt uns nicht die Möglichkeit zu einer gleichberechtigten Kooperation. Wir sind nichts weiter als Sklaven für euch. Ihr haltet alles vor uns geheim. Das können wir nicht einfach so hinnehmen. Du verhältst dich nicht wie ein Sohn...«

»Weil ich jetzt wichtigere Pflichten habe«, sagte Radak. »Ihr wollt also nicht mit uns zusammenarbeiten?«

»Nein«, bestätigte T'Prylla. Es hatte keinen Sinn zu lügen. Diesem Radak – was auch immer er jetzt darstellen mochte – konnte man nichts vormachen.

»Dann bleibt uns keine andere Wahl, als euch erneut zu adaptieren. Ihr habt nichts zu befürchten...«

Grake sprang vor und wollte seinen Sohn an den Schultern packen, um ihn mit einem vulkanischen Nervengriff außer Gefecht zu setzen. Doch Radak verschwand einfach, noch während Grake mit dem Daumen zudrückte. Seine Stimme flüsterte ihnen entgegen: »Es tut mir leid, ehrenwerte Eltern.«

Voller Grauen beobachtete T'Prylla, wie sich die Züge Grakes verhärteten, um unmittelbar darauf zu erschlaffen. Die Entschlossenheit ihres Mannes verflüchtigte sich schlagartig. Einige Sekunden später fühlte T'Prylla, wie sich ihr eigener Widerstandswille auflöste und sie in den indifferenten Zustand zurückkehrte, in dem sie die letzten neun Jahre verbracht hatte. Tief in ihrem Innern aber – unter den sorgfältig stabilisierten Schichten des zivilisierten Seins, in den Regionen ihres Selbst, in denen die Ur-Emotionen ihres Volkes brodelten – begann sie zu hassen und zu kämpfen. In dem innersten Kern ihres Wesens bebte hilflose Wut …

»Mr. Veblen, ich muß gestehen, daß ich kein sehr großes Vertrauen zu Ihrem stochastischen Algorithmus habe. Aber da wir mit anderen Analysemethoden offenbar nicht weiterkommen … Wie ist das neue Möglichkeitsmodell beschaffen?« Sie hielten sich in der Unterkunft des Captains auf, und Kirk saß in seinem Lieblingssessel, einem schon recht abgenutzten Delkin, den er vor einigen Jahren während eines Urlaubs gekauft hatte. Die anderen – Spock, Veblen, McCoy, Devereaux, Lieutenant Olaus und Mason – saßen auf moderneren Stühlen. Die Journalistin hatte einen einfachen Akustikrecorder mitgebracht.

»Sir«, erwiderte Veblen und schluckte. »Der Computer hält eine Wahrscheinlichkeitsberechnung auf der Grundlage des Algorithmus angesichts der gegenwärtigen Situation für unangemessen. Wir können damit rechnen, daß wir in Kürze exakte Informationen erhalten, die uns eine genaue Einschätzung der Lage ermöglichen.«

»Ach? Tatsächlich?« Kirk wandte sich an Spock. »Was ist mit der Signalverstärkung?«

»Ganz gleich, was Mr. Devereaux in der Station gesehen haben mag: Der Tricorder hat keine entsprechenden

Daten erfaßt. Und trotz der gegenteiligen Auffassung Masons können wir von Glück sagen, daß jenes Gerät in unmittelbarer Nähe der ... Erscheinung war und nicht etwa der NDF-Recorder. Der Tricorder reagiert bereits auf wesentlich schwächere Signale.«

»Mr. Devereaux?«

»Das Bild des Jungen – die holografische Aufzeichnung zeigt ihn als Dreijährigen. Ich bin mir nicht ganz sicher. Zumindest wies der Vulkanier, den ich in der Basis sah, eine gewisse Ähnlichkeit mit dem Kind im Hologramm auf.«

»Spock, ist es möglich, daß es inzwischen noch andere vulkanische Kinder in der Station gibt?«

»Sie wären nicht in dem Alter Radaks, Captain.«

»Ja, da haben Sie recht. Nun, daraus ergibt sich folgende Frage: Wieso sah Devereaux einen Jungen, dessen Existenz der Tricorder ignorierte?«

»Es gibt nur eine Möglichkeit, diese Frage zu beantworten: Wir müssen eine zweite Landegruppe hinunterschicken.«

»Spock, ich stehe zwar in dem Ruf, Risiken nicht zu scheuen, aber ich weiß nicht, ob unter den gegebenen Umständen eine solche Entscheidung klug wäre ...«

Uhuras Stimme drang aus dem Lautsprecher des Interkom. »Captain, wir haben gerade eine Nachricht von Station Eins empfangen.«

Kirk hob den Kopf. »Ich höre, Lieutenant.«

»Es gibt auch eine optische Übertragung.«

Der Captain beugte sich vor und aktivierte den Kabinenschirm. Zuerst war das Bild recht verschwommen und undeutlich, gewann dann aber rasch scharfe Konturen. Kirk erkannte Grake sofort wieder. Der Wissenschaftler wirkte müde, doch sein Tonfall war recht munter – soweit man das bei einem Vulkanier sagen konnte. »Hier spricht Forscher Grake von Station Eins im Black Box-Nebel. Ich rufe den Captain des Föderations-Raumschiffs *Enterprise.*«

»Hier ist Captain James T. Kirk. Es freut mich zu sehen, daß Sie wohlauf sind, Grake. Wir haben uns bereits große Sorgen gemacht. Und die überraschende Entdeckung in Ihrer Basis ...«

»Ja, ich weiß. Mein Sohn berichtete mir davon. Ich möchte mich dafür entschuldigen. Wir sind hier ziemlich isoliert und haben unsere Kommunikationsgeräte abgeschaltet, um die Energie für andere Projekte zu verwenden. Es geht uns allen gut, Captain – was man allerdings nicht von unseren Kollegen in der Hibernation behaupten kann.«

»Sag ihm, daß wir uns möglichst schnell um sie kümmern müssen«, flüsterte McCoy.

»Wir bitten hiermit um Erlaubnis, die Station betreten und unsere Anweisungen ausführen zu dürfen«, sagte Kirk. »Nachdem Ihr Notruf die zuständigen Stellen erreichte, wurden wir mit einer Rettungsmission beauftragt.«

»Ja, ich verstehe. Nun, inzwischen ist viel Zeit vergangen, selbst nach vulkanischen Maßstäben. Es hat sich eine Menge verändert – und einige der Veränderungen könnten sich als überraschend herausstellen. Darf ich Sie darum bitten, nur die Personen zu schicken, die unbedingt benötigt werden?«

»Selbstverständlich. Spock, McCoy und ich selbst kommen mit der zweiten Landegruppe.«

»Ich freue mich bereits darauf, Sie hier zu begrüßen. T'Prylla und ich sind für die Gelegenheit dankbar, Spock wiederzusehen. Ich möchte Sie alle herzlich willkommen heißen.«

Kirk warf Spock einen kurzen Blick zu, der außerhalb des Erfassungsbereichs der Übertragungskamera saß. Er glaubte, einen nachdenklichen Ausdruck im Gesicht seines Ersten Offiziers zu erkennen, und dünne Furchen hatten sich auf seiner Stirn gebildet. »Bitte übermitteln Sie uns die genauen Koordinaten, Grake«, sagte Kirk. »So daß wir keins Ihrer, äh, Projekte stören.«

Grake nannte ihnen die entsprechenden Zahlenfolgen und betonte noch einmal, wie sehr er sich auf ein persönliches Gespräch freue. Dann unterbrach er die Verbindung.

»Spock?« fragte der Captain, als das Bild auf dem Schirm verblaßte. »Stimmt irgend etwas nicht?«

»Ich bin mir nicht sicher. Ich habe Grake nur kurz kennengelernt, und jene Begegnung liegt nun schon zwanzig Jahre zurück.«

»Und?«

»Ich muß die Situation erst noch eingehender prüfen, bevor ich sie beurteilen kann«, sagte Spock. Sein Blick erinnerte den Captain daran, daß ein Vulkanier nur dann eine logisch vollständige und exakte Bewertungsanalyse vornehmen konnte, wenn man ihn nicht zu einer frühzeitigen Aussage zwang.

»Nun gut. Ich danke Ihnen allen. Mr. Devereaux, Mr. Olaus, Rowena – Sie können sich in die Station beamen lassen, sobald wir sicher sind, daß keine Gefahr droht. Die zweite Landegruppe macht sich auf den Weg, wenn Dr. McCoy seine Ausrüstung zusammengestellt hat.«

»Ich bin in zehn Minuten fertig, Captain«, erwiderte der Bordarzt. »Ich würde gern Schwester Chapel mitnehmen.«

»Meinetwegen.« Als Kirk allein war, spielte er die Aufzeichnung ab, musterte dabei wachsam das Gesicht Grakes und versuchte festzustellen, was die Aufmerksamkeit Spocks geweckt hatte. Irgendein Aspekt im Gebaren des Wissenschaftlers, so vage, daß Spock ihn noch nicht näher bestimmen konnte. Kirk spürte ebenfalls etwas ...

Und dabei regte sich Unbehagen in ihm.

KAPITEL 11

McCoy arbeitete wie ein Besessener. Er gab den Schwestern in der Krankenabteilung knappe Anweisungen, und dabei sprach er manchmal mit einem so schweren Akzent, daß sie ihn nicht verstanden, woraufhin er sich wiederholen mußte, was ihn an den Rand eines Nervenzusammenbruchs brachte. Der TUREK-Analysator – ein kastenförmiges Gerät mit einer Kantenlänge von rund dreißig Zentimetern – lag bereits auf der Gleitpalette bereit, und andere medizinische Instrumente wurden dazugelegt, unter anderem eine externe TUREK-Sonde, ein Diagnose-Tricorder und McCoys ›kleine schwarze Tasche‹ – ein Universalmechanismus, der bereits auf die physiologische Struktur von Vulkaniern programmiert worden war. Mason beobachtete die Aufregung, zeichnete alles auf und gab sich große Mühe, nicht im Weg zu stehen. Trotz des manchmal recht bärbeißigen Verhaltens McCoys und der wenigen Worte, die sie gewechselt hatten, spürte sie, daß zwischen ihnen eine Art Vater-Tochter-Beziehung entstanden war. Sie fragte sich, ob der Arzt damit auf ihr unsicheres Wesen reagierte, auf das, was sie selbst ›provinzielle Unerfahrenheit‹ nannte.

Die Palette war bis zu ihrer maximalen Tragfähigkeit belastet, und ein junger Beamter schob sie in den Lift. McCoy und Chapel folgten dem Mann, beide in dicke und mit zahllosen Taschen versehene Medjacken gekleidet. »Er geht so mit der Palette um, als habe er es mit einem störrischen Esel zu tun«, brummte McCoy, als er an der Journalistin vorbeikam. Mason lächelte und schloß sich ihnen an.

Als sie den Transporterraum betraten, legten Kirk und Spock gerade die Sicherheitsgürtel mit den Phasern an. McCoy und Chapel lenkten die Gleitpalette auf eins der runden Transferfelder.

Shallert stand an den Kontrollen bereit. Kurz darauf stiegen Kirk und Spock auf das Podest, und Chekov gesellte sich zu ihnen. Shallert aktivierte den Transporter. McCoy knurrte etwas Unverständliches, brach abrupt ab, als er den Blick Masons auf sich spürte, und rang sich ein schiefes Lächeln ab.

»Los geht's, Mr. Shallert«, sagte Kirk. Der Uniformierte hinter dem Pult betätigte den Auslöser.

Während des Transfers herrscht ereignisneutrale Zeitlosigkeit, und man fühlt nichts – höchstens ein leichtes Prickeln am Halsansatz. (Doktor McCoy hat keine Erklärung dafür, doch mindestens einmal entsteht dieses Empfinden in jedem, der ein Transportersystem benutzt.) Gerüchte über religiös-mystische Erfahrungen, über den Eindruck, gestorben und ins Leben zurückgekehrt zu sein, einen Blick ins Jenseits geworfen zu haben – oder die noch eindrucksvolleren Berichte, die angebliche Transfer-Visionen von der Zukunft betreffen – sind bisher nicht konkretisiert worden. Und doch …

Ausgerechnet Spock, dessen vorurteilsfreie Logik solche Erzählungen in den Bereich esoterischen Aberglaubens verbannt, spürt plötzlich eine Berührung, vernimmt ein zartes und neugieriges Wispern und Raunen, hat den Eindruck, als werde jeder einzelne Partikel seines rematerialisierten Körpers eingehend untersucht …

»Spock, Spock!«

Sie standen in der großen Kuppelkammer der Station, die als technisches Lager diente. Vor ihnen lag der Erste Offizier auf dem Boden und rührte sich nicht. Kirk beugte sich über ihn, und McCoy untersuchte den Vulkanier rasch. Die Lider Spocks zitterten, und langsam drehte er den Kopf. Als er die Augen aufschlug, fiel sein Blick auf Radak, der hinter Grake und T'Prylla stand und ihn mit sonderbarem Interesse musterte.

»Jim, ich möchte, daß alle Funktionskomponenten des Transporters kontrolliert werden«, sagte McCoy leise. »Ich habe noch nie viel von dem verdammten Ding gehalten, und vielleicht finde ich diesmal ausreichend Gründe, um die weitere Benutzung zu untersagen ...«

»Einverstanden. Spock, ist alles in Ordnung mit Ihnen?«

»Offenbar bin ich nicht verletzt«, erwiderte der Vulkanier und ließ sich von McCoy auf die Beine helfen. Der große Raum war leer, doch an einigen Stellen zeigten sich Abdrücke im grauen Bodenbelag – dort, wo zuvor schwere Gerätschaften gestanden hatten.

Kirk klappte seinen Kommunikator auf und befahl einen umfassenden Wartungscheck des Transporters.

»Bin ich als einziger betroffen worden?« fragte Spock.

»Ich fühle mich gut«, sagte Chapel und richtete die Sensoren des Diagnose-Recorders auf die Brust des Vulkaniers. Auch Chekov bestätigte, daß der Transfer ohne schädliche Nebenwirkungen auf ihn geblieben war. Kirk wandte sich den Personen zu, die sich zu ihrer Begrüßung eingefunden hatten.

»Bitte entschuldigen Sie diese nicht gerade elegante Art des Eintreffens«, sagte er. »Aber es scheint sich nur um ein geringfügiges Problem zu handeln. Ich möchte Ihnen unseren Bordarzt und seine Assistentin vorstellen: Dr. Leonard McCoy und Lieutenant Christine Chapel. Ich bin Captain James Kirk, und das hier ist Mr. Chekov.« Er drehte sich halb um und deutete auf Spock. »Diesen Mann erkennen Sie sicher wieder: Commander Spock, wissenschaftlicher und Erster Offizier an Bord der *Enterprise.*«

»Willkommen im Black Box-Nebel, Captain«, sagte T'Prylla und reichte Kirk die Hand. Ihr Griff war fest, die Haut trocken und noch wärmer als die Spocks. »Obwohl es vielleicht nicht angebracht ist, daß die Mitglieder eines so kleinen Teams jemanden in einem derart ausgedehnten Raumsektor willkommen heißen. Mein Mann hat ihnen bereits seinen Dank für Ihr Kommen ausgesprochen, und ich wiederhole ihn hiermit noch einmal. Ich bin T'Prylla. Dies ist unser astrophysikalischer Assistent Anauk.« Der Vulkanier begrüßte sie auf traditionelle Weise: indem er die Finger der einen Hand spreizte. »Das dort ist seine Clan-Partnerin T'Kosa. Mein Sohn Radak, dem einige Ihrer Leute bereits begegnet sind. Unsere Tochter T'Raus ist derzeit mit einem Projekt beschäftigt.«

»Unsere erste Aufgabe besteht darin, Sie alle gründlich zu untersuchen«, sagte McCoy.

»Das ist nicht notwendig«, erwiderte Grake und nickte dem Bordarzt freundlich zu. »Wir verfügen hier über eine bestens ausgestattete Krankenstation. Ich befürchte leider, daß diejenigen, die Ihre Hilfe dringend brauchen, bereits so gut wie tot sind.«

McCoy deutete ein Lächeln an. »Wenn Sie damit die Hibernanten meinen: Vielleicht gibt es eine Möglichkeit, sie zu retten. Und was Ihren Gesundheitszustand angeht: Die Vorschriften Starfleets verlangen, daß ich mir ein eigenes Bild davon mache.«

»Dr. McCoy hat recht«, bestätigte Kirk. »Während er und Schwester Chapel die Untersuchung durchführen, würde ich gern mit der Lagebesprechung beginnen.«

»Wie Sie meinen«, sagte T'Prylla. »Wir sind selbstverständlich bereit, mit den Leuten zusammenzuarbeiten, die gekommen sind, um uns zu retten. Allerdings muß ich Sie auf folgendes hinweisen: Die Lage ist nicht annähernd so kritisch, wie man aufgrund unseres Notrufs glauben könnte.«

McCoy bat darum, die Krankenstation der Basis aufsuchen zu dürfen. Grake zeigte ihm den Weg, und Kirk wandte sich an Spock und Chekov. »Ich möchte, daß Sie

Radak im Auge behalten«, sagte er, als die anderen außer Hörweite waren.

»Stimmt mit ihm irgend etwas nicht?« fragte Chekov verwundert.

»Er ist kein Phantom. Beobachten Sie ihn nur.«

»Ja, Sir.«

Kirk atmete tief durch und bedeutete Spock und Chekov, ihm zu folgen. Spock bemerkte den veränderten Tonfall des Captains und runzelte andeutungsweise die Stirn. Für gewöhnlich wies Kirk ebenfalls eine besondere Sensibilität auf, wenn es um seltsame und widersprüchliche Dinge ging, doch er reagierte darauf anders als sein Erster Offizier: indem er eine fast verärgert wirkende Schroffheit offenbarte. »Spock«, sagte er. »Nach den Unterlagen zu urteilen müßte die Kuppelkammer voller technischer Ausrüstung sein.«

»Sie haben recht«, entgegnete der Vulkanier. »Das behaupten jedenfalls die Inventarlisten von Station Eins.«

»Und wo befinden sich diese Geräte jetzt? Wäre es denkbar, daß sie alle verwendet worden sind?«

»Das ist nicht auszuschließen, Captain. Es würde allerdings darauf hindeuten, daß die Schäden nicht annähernd so geringfügig sind, wie Grake eben ausführte.«

Sie näherten sich dem Schott, das aus dem technischen Lager in den *Reshek*-Korridor führte. »Haben Sie Radak mit Ihrem Tricorder geprüft?«

Spock nickte, hob das Instrument und hielt es so, daß Kirk die Anzeigen sehen konnte. »Er ist ein völlig normaler fünfzehnjähriger Vulkanier. Die Daten sind unmißverständlich.«

Kirk brummte leise und schritt rascher aus. Chekov mußte laufen, um nicht den Anschluß zu verlieren.

In der Krankenstation der Basis war es zu drastischen Veränderungen gekommen. Wie gequält verzog McCoy das Gesicht und blickte sich um. Dutzende von Geräten waren demontiert und anschließend wieder zusammengefügt worden. »Hier herrscht völliges Chaos!« entfuhr es ihm. »Bei allen Raumgeistern: Was ist hier geschehen?«

Grake trat vor, öffnete einen schlicht wirkenden schwarzen Metallkasten und entnahm ihm eine sonderbar wirkende Kugel aus Chrom. »T'Kosa hat bei ihrer Arbeit einige bedeutende Erfolge erzielt. Dies ist die einzige Apparatur, die wir brauchen, um medizinische Probleme zu lösen. Soweit es möglich war, wurden die anderen Instrumente für unsere diversen Forschungsprojekte verwendet.«

Er reichte McCoy die Chromkugel. Sie wog höchstens ein Pfund und wies keine besonderen Oberflächenstrukturen auf. »Sie ist ganz einfach zu bedienen. Ich kann sie Ihnen guten Gewissens empfehlen.«

»Wie ...«, setzte McCoy an.

»Die Apparatur erstellt eine umfassende Diagnose und führt auch Behandlungen durch. Derzeit ist sie auf einen vulkanischen Kommandocode justiert, doch es würde nur wenig Zeit in Anspruch nehmen, sie auf Föderationsenglisch umzuprogrammieren.«

»Ich ziehe meine eigenen Instrumente vor«, sagte der Bordarzt der *Enterprise.* »Vielen Dank, aber ich benutze lieber die Geräte, mit denen ich mich auskenne.« Er deutete auf die Gleitpalette mit den medizinischen Ausrüstungen. »Zuerst untersuche ich die Kinder. Würden Sie bitte T'Raus holen? Und während wir auf sie warten ...« Er lächelte und winkte Radak heran. Der Junge trat vor, und Schwester Chapel richtete den Diagnose-Tricorder auf ihn. Grake trat an ein Wand-Interkom heran und sprach einige vulkanische Worte.

McCoy öffnete die Tasche mit den bereits justierten Instrumenten, holte einen Injektor hervor und füllte die kleine Druckkammer mit einer Mischung aus Nährstoffen und Vitaminen. Radak wich vor Chapel zurück, als sich McCoy mit der automatischen Spritze näherte.

»Nein!« platzte es aus dem jungen Vulkanier heraus. Der Bordarzt versuchte, ihn zu beruhigen.

»Es tut nicht weh. Du spürst nur einen warmen Druck, mehr nicht ...«

»Mein Sohn hält die Verabreichung irgendwelcher Arzneien für nicht erforderlich«, sagte Grake.

»Und ich habe bereits darauf hingewiesen, daß es meine Pflicht ist ...«

»Schon gut, Pille.« Kirk betrat die Krankenstation, gefolgt von einer schlanken Vulkanierin, die etwa zwei Jahre jünger sein mochte als Radak. Spock hielt ihre Hand. Chekov schob sich an ihnen vorbei und kam ebenfalls herein.

»Jim, ich habe mich an die Vorschriften zu halten, die ausdrücklich besagen ...«

»T'Raus hat mir garantiert, daß die Besatzung von Station Eins völlig gesund ist.«

McCoy starrte den Captain verwirrt an.

Das Mädchen mit dem schulterlangen schwarzen Haar ließ die Hand Spocks los und trat an die Seite T'Kosas. »Wir haben hier einige erstaunliche Dinge entwickelt«, sagte es, »und vielleicht brauchen Sie eine Weile, um sich daran zu gewöhnen. Bis das der Fall ist, sollten Sie darauf verzichten, uns Ihre Föderationsbestimmungen aufzuzwingen. Sie können uns gern untersuchen, aber wir sind durchaus in der Lage, uns selbst zu behandeln, wenn das nötig wird.«

McCoy seufzte und gab sich mit dieser Auskunft zufrieden. »Nun gut. Wenn Sie gestatten, möchte ich mir jetzt die Hibernanten ansehen. Ich hoffe nur, daß ich mich wenigstens um die Kälteschläfer kümmern darf ...«

»Dagegen haben wir nichts einzuwenden«, gab T'Kosa zurück. »Nach unserem Ermessen sind sie schon seit zehn Jahren tot.«

»Genau diese Antwort habe ich befürchtet«, brummte McCoy. Als T'Kosa Anstalten machte, ihn und Chapel zu begleiten, blieb er stehen und hob die Hand. »Der

Captain braucht Sie dringender als ich. Wenn keine technischen Modifikationen vorgenommen worden sind, kommen wir auch allein zurecht.«

»Dann können wir gleich mit der Lagebesprechung beginnen«, sagte T'Prylla. »Wir haben Ihnen eine Menge zu berichten, und es gibt viele Unterlagen, die Sie einsehen sollten ...«

Während sie sich in dem Raum versammeln, in dem die Mahlzeiten eingenommen werden, versucht T'Prylla, sich an die Ereignisse der vergangenen zehn Jahre zu erinnern. Sie ist nicht imstande, die motorischen Bereiche ihres Selbstkomplexes zu kontrollieren, aber vielleicht gelingt es ihr, sich das ins Gedächtnis zurückzurufen, was geschah. Immerhin ist ein Aspekt ihres Ichs Teil des allgemeinen Entwicklungsmusters gewesen ...

Doch schon bald nimmt ihre Verwirrung zu. Sie entsinnt sich an den Bau des Transformers, der ohne die Hilfe der Erwachsenen konstruiert wurde, wobei man die Materialien aus dem technischen Lager verwendete ... Jene Reminiszenzen bilden ein metamorphes Konglomerat, gehören nicht nur ihr allein. Sie erinnert sich an ihr entsetztes Staunen darüber, daß die Kinder etwas vollbracht haben, wozu nicht einmal die fähigsten vulkanischen Ingenieure imstande gewesen wären. Wird man der Rettungsgruppe vom Transformer berichten? Oder dem Sternenblick?

McCoy und Chapel standen in der zylindrischen Kältekammer und hatten die Isolierkokons eingeschaltet, in denen behagliche Wärme herrschte. Das Helium jenseits der glühenden Ergschilde war auf minus 260 Grad abgekühlt. Die Temperatur in den Hibernationseinheiten lag nur einige Grad über dem absoluten Nullpunkt.

McCoy untersuchte die Steuerungs- und Kontrollmechanismen: Es schien zu keinen Funktionsstörungen gekommen zu sein. Chapel schritt an den einzelnen Hibernakeln entlang und zeichnete mit dem Diagnose-Tricorder Daten auf. McCoy nahm sich die elektronischen Medakten der Schläfer vor und verglich die darin enthaltenen Angaben mit den von Chapel ermittelten Werten. Das Ergebnis bestätigte seine Vermutungen: In den vergangenen zehn Jahren waren die Schläfer nur um etwa eine Standardstunde gealtert, obgleich man sie als klinisch tot bezeichnen mußte. Und die unerwartet intensive Ybakra-Strahlung hatte praktisch alle Myelin-Schichten an den Nervensträngen zersetzt.

McCoy versuchte sich vorzustellen, was geschehen mochte, wenn die Hibernanten geweckt wurden, und Grauen regte sich in ihm.

Vor seinem inneren Auge beobachtete er, wie sich die einzelnen Behälter öffneten, wie die Temperatur rasch anstieg, wie die physische und psychische Weckstimulation einsetzte. Und er sah zu, wie sich die Körper regten, wie sie in Peinkrämpfen zu zucken begannen – und dann endgültig starben.

»Ich dachte schon, es sei mir gelungen, die Medmonitoren zu überlisten, aber bestimmt werden sie alles versuchen, um uns Knüppel zwischen die Beine zu werfen«, brummte McCoy. »Die verdammten Dinger gehören auf einen Schrotthaufen!«

Chapel unterdrückte ein Lächeln, und sie wurde übergangslos ernst, als sie das erstarrte Gesicht eines Hibernanten betrachtete. »Diese Leute sind so gut wie tot, und ich bezweifle, ob mir die Monitoren eine Möglichkeit geben, Gott zu spielen und sie ins Leben zurückzurufen.«

»In physischer Hinsicht sind sie nicht tot«, widersprach Chapel. »Jedenfalls noch nicht.«

»Zum Teufel auch, sie liegen hier schon seit zehn Jahren, und ihr Nervensystem ist praktisch völlig zerstört... Das ist eine der Definitionen des endgültigen Todes, mit denen das Kontrollsystem programmiert wurde. Es spielt dabei keine Rolle, wie gut oder schlecht die Körper erhalten sind.«

»Aber… *können* wir sie retten? Ich meine: Wäre das möglich?«

McCoy schüttelte den Kopf. »Nur wenn ich es irgendwie schaffe, den Monitoren ein Schnippchen zu schlagen.«

Nach den Angaben Grakes war die Station mehrere Monate lang einer überaus intensiven Strahlung ausgesetzt gewesen, und die Partikelstürme hatten den Asteroiden um einige Grad aus seiner früheren Bahn gedrängt. Glücklicherweise befand sich die Forschungsstation auf der Rückseite des kleinen Himmelskörpers und war daher den Strahlungsstürmen nicht direkt und unmittelbar ausgesetzt. Darüber hinaus hatten die Wissenschaftler die ersten beiden Monate hinter dem Schutz eines Ybakra-Schildes verbracht. Die fern von der Basis installierten Sensoren übermittelten die erforderlichen Daten, um Koordinaten und Spektraltypus der neuen Sonnen zu bestimmen. Ganz zu Anfang gab es achtzehn Masseballungen, von denen man vermutete, daß sie sich zu Protosternen entwickeln könnten, doch mindestens sieben davon waren kurz vor der Fusionszündung von den drei frühreifen Schwestergestirnen vereinnahmt worden.

»Das kam uns durchaus gelegen«, sagte Grake, obwohl seine Stimme auch ein wenig bedauernd klang. »Zwar wären mehr Daten über die Entstehung neuer Sterne nützlich gewesen, aber der Ybakra-Schild wurde instabil, und ein nochmaliges Partikelbombardement hätte uns vermutlich umgebracht.«

Nachdem sich die Lage beruhigt hatte und die Entwicklung der Sonnen eindeutig auf die Hauptreihe zusteuerte, verließen die Wissenschaftler ihr Refugium und mußten die Feststellung machen, daß ihre Kollegen im Kälteschlaf schwere Nervenschäden aufwiesen. »Die Hibernakel sind gut abgeschirmt«, erklärte T'Kosa. »Aber wir waren nicht auf eine so intensive Ybakra-Strahlung vorbereitet und glaubten, der Asteroid sei weit genug von den Plasmakonzentrationen entfernt. Es gab keine Möglichkeit, den Hibernanten zu helfen.«

Spock bemerkte den kurzen Blick, den Kirk ihm zuwarf, doch er schwieg ebenso wie der Captain.

»Wir konnten die meisten Schäden in der Station reparieren und unsere Arbeit fortsetzen«, sagte Grake. »Als wir entdeckten, daß unsere Subraum-Kommunikationsanlagen nicht mehr funktionierten – angesichts der Masseanomalien führte die Ybakra-Strahlung zu starken Interferenzen –, sprach ich eine Normalraum-Nachricht auf Band und sendete sie mit einem gebündelten Richtstrahl. Mir war ungefähr die Position der Föderations-Boje jenseits des Black Box-Nebels bekannt, und ich mußte die Bahnabweichung des Asteroiden berücksichtigen. Wie Sie wissen, erreichte meine Botschaft jedoch ihr Ziel und wurde weitergeleitet ...«

Radak sah auf und richtete den Blick auf Spock. »Wir nehmen an, Sie empfingen nicht die ganze Mitteilung.«

»Das stimmt«, bestätigte Spock. »Die wissenschaftlichen Daten waren zwar vollständig, doch von der audio-visuellen Nachricht Grakes traf nur ein Teil bei uns ein.«

»Was sich im nachhinein als ein Glücksfall herausstellte. Unsere damaligen Einschätzungen waren recht pessimistisch, und die Botschaft hätte unnötige Besorgnis bewirken können. Wie Sie sehen, haben wir alles gut überstanden. Und wir konnten wichtige wissenschaftliche Daten sammeln – nicht nur in Hinsicht auf den Prozeß der Sternentstehung, sondern auch in bezug auf die allgemeine Physik. Wenn Dr. McCoy mit den Schläfern fertig ist, zeigen wir Ihnen unser neues Forschungszentrum.«

»Vielleicht dauert es eine Weile, die Hibernanten zu retten«, warf Kirk ein. »Wir sind auf eine solche Aufgabe nur ungenügend vorbereitet. Es wäre durchaus möglich, daß sie einige Wochen in Anspruch nimmt.«

»Außerdem wissen wir nicht genau, ob sich die energetische Struktur des Nebels inzwischen stabilisiert hat«, gab Spock zu bedenken. »Aus diesem Grund raten wir Ihnen dringend, uns zur *Enterprise* zu begleiten. Sobald wir die Schläfer an Bord gebracht haben, fliegen wir die nächste Starbase an.«

Radak schüttelte sofort den Kopf, und Grake folgte dem Beispiel seines Sohnes. »Das kommt nicht in Frage, Spock«, erwiderte T'Prylla. »Unsere Arbeit darf nicht unterbrochen werden. Wir brauchen Ihre Hilfe nicht, wie Ihnen bereits klargeworden sein dürfte. Und wenn es im Nebel zu neuerlicher Strahlungsaktivität kommen sollte ... Diesmal sind wir wesentlich besser vorbereitet. Wenn wir Ihnen das Forschungszentrum gezeigt haben, begreifen Sie sicher, daß uns jetzt keine Gefahr mehr droht.«

»Bitte verstehen Sie uns nicht falsch«, sagte Radak.

Und als hätte ihr Sohn damit das Stichwort gegeben, fuhr T'Prylla fort: »Seit zehn Jahren arbeiten wir hier in völliger Isolation. Wir freuen uns sehr über Ihren Besuch, darüber, Sie mit unseren Forschungsergebnissen vertraut machen zu können, zu erfahren, was in all dieser Zeit in der Föderation geschah.« Als sie Spock ansah, zeigte sich in ihrem Gesicht ein Ausdruck, den man bei einem Menschen als ernst und streng bezeichnet hätte. Spock hob die Augenbrauen und holte einen Datenkonus hervor.

»Ich dachte mir schon, daß Sie sich für solche Dinge interessieren«, entgegnete er und reichte T'Prylla die kleine Speichereinheit. »Diese Kapsel enthält alle wissenschaftlichen Informationen, die während der vergangenen zehn Jahre veröffentlicht wurden und Ihr Fachgebiet betreffen.« Er zögerte. »Außerdem ist es auch bei den *Spyorna* auf Vulkan zu Veränderungen gekommen.«

T'Prylla reagierte nicht auf die letzten Worte des Ersten Offiziers. Sie nahm den Datenkonus entgegen und gab ihn Grake. »Wir haben inzwischen die Zeit genutzt, um einen Bericht sowohl über die Protosterne als auch unsere Ybakra-Studien zusammenzustellen.« *In dem längst nicht alle Einzelheiten enthalten sind ...* »Wann können die Schläfer an Bord der *Enterprise* gebracht werden?«

»Derzeit sind wir nur in der Lage, jeweils sechs Hibernanten hochzubeamen«, erwiderte Kirk. »Und unsere Behandlungskapazität beschränkt sich auf wöchentlich zwei Personen. Wir prüfen die Möglichkeit, Shuttles für den Transport der Schläfer einzusetzen, aber selbst das wäre recht zeitintensiv. Darüber hinaus sind einige Risiken damit verbunden.« *Und gerade aus diesem Grund, fügte der Captain in Gedanken hinzu, würden wir eine größere Kooperationsbereitschaft Ihrerseits begrüßen ...*

KAPITEL 12

McCoy wies den TUREK-Analysator an, die externe Sonde erneut durch die Kältekammer zu schicken, um weitere Daten zu gewinnen. McCoy und Chapel standen außerhalb des zylindrischen Raums und beobachteten durch die breite Sichtscheibe, wie die Sonde über die einzelnen Hibernationsbehälter hinwegglitt und sowohl Masse als auch strukturelle Komplexität aller Schläfer berechnete. Das Gerät fungierte nur als Meß-Transporter, und es mangelte ihm sowohl an der Energie als auch an der technischen Ausrüstung, um eine tatsächliche De- und anschließende Rematerialisierung herbeizuführen. Die ermittelten Werte wurden in den Analysator eingegeben, der nach einer sorgfältigen Einschätzung der Situation entschied, wozu die TUREK in Hinblick auf praktische und juristische Erwägungen in der Lage war. McCoy ahnte die Antwort bereits.

»Der Apparat läßt sich eine Menge Zeit«, knurrte er, zog sich einen Stuhl heran und ließ sich so darauf nieder, daß er die Ellenbogen auf die Rückenlehne stützen konnte.

Christine Chapel stand am Fenster und hatte die Arme verschränkt.

»Allein der Anblick läßt mich bereits schaudern«, sagte sie leise. »Zehn Jahre im Kälteschlaf …«

»Ja. Und ich glaube, das ist die längste bisher bekannte Hibernationsphase. Es war nur eine Periode von zwei oder drei Jahren vorgesehen. Sie sollten nach Abschluß der Vorbereitungsarbeiten T'Pryllas und ihrer Kollegen geweckt werden.«

»Wie es wohl sein mag, mit Vulkaniern zu arbeiten ... Ich meine, wenn man selbst nicht zu ihnen gehört.« Zu den dreißig Hibernanten gehörten auch vier Menschen.

»Es waren Freiwillige. Vermutlich wußten sie, worauf sie sich einließen. Nach den Angaben Spocks kann man T'Prylla nicht gerade als traditionelle Vulkanierin bezeichnen. Übrigens: Sie sieht zwar nicht danach aus, aber sie ist noch älter als unser Erster Offizier.«

»Bewertung abgeschlossen«, meldete der Analysator.

»Dann laß hören«, sagte McCoy gespannt.

»Bei den Personen in der Kältekammer ist es zu umfassenden Nervenschäden gekommen. Sie sind klinisch tot. Die Monitoren verbieten es der TUREK-Einheit, Organismen wiederzubeleben, auf die die Todesdefinition zutrifft – wobei natürlich rassenspezifische Besonderheiten Berücksichtigung finden.«

»Verdammt!« entfuhr es McCoy.

»Darüber hinaus käme es auch zu einigen praktischen Problemen. Es stellt ein Risiko dar, Hibernanten zu transferieren, und deshalb ist nur ein Transporterzyklus statthaft. Da die Betreffenden direkt in die TUREK gebracht werden müssen, können nur jeweils höchstens sechs befördert werden. Die Kapazität der TUREK ist auf die Behandlung von maximal zwei Individuen ausgelegt. Die Speicherbänke bieten vier weiteren Memorialstrukturen Platz.«

»Ja, ja, das ist mir klar. Wenn uns keine andere Wahl bleibt, können wir die restlichen Schläfer mit einem Shuttle zur *Enterprise* bringen – ich hoffe nur, daß es Scott gelingt, eine stabile Energieversorgung zu gewährleisten. Zeig mir ein typisches Datenprofil für die neuralen Veränderungen bei Menschen und Vulkaniern.« Der Analysator projizierte ein multidimensionales und dreifach strukturiertes Diagramm, das die entsprechenden Auswertungen verdeutlichte. Der Bordarzt betrachtete es eine Zeitlang und verlangte eine Verifizierung. Dann runzelte er verwirrt die Stirn. »Da stimmt doch irgend etwas nicht. Man könnte fast den Eindruck gewinnen, als habe irgend jemand an den Hirnen herumgepfuscht. Und das ergibt keinen Sinn. Vielleicht muß die Sonde neu justiert werden.« McCoy schaltete den Analysator aus und stützte nachdenklich das Kinn auf die Hände.

Kirk befand sich in der Stationsmesse, und als McCoy und Chapel zurückkehrten, verhieß der Gesichtsausdruck des Arztes nichts Gutes.

»Wenn der Transporter einwandfrei funktioniert, können wir jetzt die ersten sechs Patienten hochbeamen. Es bleibt uns wohl keine andere Wahl, als die restlichen Hibernanten mit einem Shuttle an Bord zu bringen. Wie dem auch sei: Die Behandlung der Schläfer wird fünfzehn Wochen dauern. Und das Hauptproblem besteht darin, ob es uns gelingt, die Monitoren zu überlisten.«

»Rechnest du mit Schwierigkeiten, Pille?« fragte Kirk.

McCoy schürzte die Lippen. »Ich weiß nicht recht. Es käme auf einen Versuch an. Wir sollten an Bord des Schiffs zurückkehren und eine Strategie entwickeln. Wäre das möglich? Immerhin scheinen T'Prylla und die anderen keine Hilfe zu benötigen.«

»Die erste Lagebesprechung haben wir bereits hinter uns«, sagte Spock. »Ich halte es für angebracht, zur *Enterprise* zurückzukehren. Eine Sicherheitsgruppe könnte uns hier ersetzen.«

»Wir brauchen keinen Schutz«, wandte Radak ein.

»Es entspricht den Vorschriften«, erklärte Kirk. Das Verhalten des jungen Vulkaniers weckte Ärger in ihm. »Für Station Eins gilt jetzt ein besonderer Status, und deshalb kann nicht auf die Anwesenheit eines Teams verzichtet werden.« Er klappte seinen Kommunikator auf. »Kirk an *Enterprise*.«

»Hier *Enterprise*, Lieutenant Uhura, Captain.«

»Welches Ergebnis erbrachte die Überprüfung des Transporters?«

Uhura verband ihn mit Scott. »Captain, die Transfersysteme sind in bester Ordnung.«

»Haben Sie irgendeine Erklärung für das, was mit Spock geschah?«

»Nein, Sir. Aber die Anlage ist dafür nicht verantwortlich zu machen. Meine Leute haben sie viermal gründlich getestet.«

»Können Sie mir garantieren, daß wir heil bei Ihnen ankommen?« fragte McCoy.

»Ja, Doktor«, erwiderte Scott, wobei sein schottischer Akzent deutlich zu vernehmen war. »Wenn nicht, werfe ich meine Schraubenschlüssel auf den Müll und befasse mich in Zukunft nur noch damit, Scotch zu brennen.«

»Leider könnte ich Ihren Highland Cream dann nicht mehr genießen«, meinte McCoy trocken.

»Wir brauchen eine Sicherheitsgruppe, die uns ersetzt. Holen Sie uns alle an Bord zurück, bis auf Chekov. Schicken Sie zwei Leute aus der Sicherheitsabteilung hierher. Kirk Ende.« Er wandte sich an Chekov. »Weisen Sie die Beamten ein und bleiben Sie bis zum nächsten Wachwechsel hier. In vier Stunden erwarte ich Sie an Bord zurück.«

»Ja, Sir.«

Nur wenige Sekunden später verwandelten sich Spock, Kirk, McCoy und Chapel in funkelnde Säulen aus stabilisierter Energie. Nachdem der Transfer erfolgt war, trat Chekov an die Tür der Messe, lächelte unsicher und sah die Vulkanier an. »Ich hoffe, Sie empfinden meine Anwesenheit nicht als Störung«, sagte er.

»Ganz und gar nicht«, versicherte ihm Radak und verließ den Raum. Grake, T'Prylla und T'Kosa schlossen sich ihm an. Anauk bestellte sich eine Mahlzeit am Küchenautomaten und folgte den anderen Vulkaniern, um in Ruhe zu essen.

»Ich bin sicher, wir alle brennen darauf, gewisse Fragen zu stellen«, sagte Kirk, als er vom Transporterfeld heruntertrat.

»Und bestimmt weißt du bereits, wie meine Frage lautet«, gab McCoy zurück und steuerte die Gleitpalette.

»Am besten begeben wir uns in meine Unterkunft. Wir müssen unbedingt miteinander sprechen und Dampf ablassen.« Er sah Spock an. »Zumindest einige von uns.«

McCoy überließ die Palette der Obhut Chapels und folgte Kirk und Spock zum Lift. Als sich die beiden Türsegmente schlossen, wurden zwei Sicherheitsbeamte in die Station gebeamt.

Kirk betrat seine Kabine und strich sich durchs Haar. »Meine Güte ...«, brummte er. »Irgend etwas geht nicht mit rechten Dingen zu.«

»Warum hast du dich so einfach über meine Autorität als Bordarzt hinweggesetzt?« fragte McCoy scharf und maß den Captain mit einem vorwurfsvollen Blick.

»Weil sich die Vulkanier ganz offensichtlich nicht von dir behandeln lassen wollten«, entgegnete Kirk. »T'Raus gab uns zu verstehen, daß sie nicht dazu bereit gewesen wären, wenn wir darauf bestanden hätten. Vorschriften sind Vorschriften, Pille – aber können wir sie Grake und den anderen aufzwingen?«

McCoy wich zurück und stemmte die Hände an die Hüften. Er wußte nicht, was er erwidern sollte, doch sein Zorn war noch nicht verraucht.

»Was meinen Sie, Spock?« fragte Kirk.

Der Vulkanier schüttelte den Kopf. »Ich weiß nicht genau, Captain. Irgend etwas stimmt nicht auf der Station, und wir sollten rasch feststellen, um was es sich dabei handelt.«

»Ich kann euch sagen, was nicht in Ordnung ist«, warf McCoy ein. »Der TUREK-Analysator hat einige anomale Daten ermittelt. Sie spielen zwar weiter keine Rolle, geben mir jedoch zu denken.«

»Um was geht es dabei?«

»Jim, die Leute in der Hibernation sind irgendwie manipuliert worden. Bis vor einigen Minuten verstand ich nicht, was die entsprechenden Werte bedeuten. Inzwischen aber...« Er brach kurz ab und holte tief Luft. »Man könnte meinen, irgend etwas habe die Hirne der Schläfer *angezapft*, ihnen Informationen entnommen oder darin gespeichert. Und da wir eben gerade von Vorschriften sprachen: Dir dürfte wohl klar sein, daß solche Manipulationen streng verboten sind.«

»Captain«, meldete sich Spock zu Wort, »T'Prylla zeigte nicht das geringste Interesse, als ich eine veränderte Einstellung der *Spyorna* andeutete. Das hat mich sehr verwundert. Ebenso wie das Verhalten ihrer beiden Kinder. Vulkanischen Jugendlichen ist es nicht erlaubt, entscheidenden Einfluß auf die Gespräche älterer Personen zu nehmen, erst recht dann nicht, wenn sie das *Ka nifoor* hinter sich haben.«

»Und was bedeutet das alles?«

»Es bedeutet, daß ein Gewitter im Anzug ist«, sagte McCoy.

»Ich verstehe nicht ganz, Doktor...« Spock hob die Augenbrauen und sah ihn an.

»Macht weiter nichts. Jim, wir sollten T'Prylla und die anderen an Bord holen und die Station anschließend gründlich durchsuchen. Ich traue dem Frieden nicht.«

»In diesem Punkt sind wir einer Meinung, Doktor«, pflichtete ihm Spock bei. »Zwar möchte ich es vermeiden, zu diesem frühen Zeitpunkt zu irgendwelchen Schlußfolgerungen zu gelangen, aber ich nehme an, eins steht fest: Die Lage in Station Eins ist weitaus kritischer, als Grake behauptete.«

»In Ordnung, darin sind wir uns also einig. Nun zum nächsten Problem. Die Monitoren lassen nicht zu, daß wir die Schläfer behandeln.«

»Das bestätigt unsere schlimmsten Befürchtungen«, sagte Kirk.

»Ja.« McCoy nickte. »Aber ich bin nicht völlig unvorbereitet. Ich habe die Absicht, das Verbot der Monitoren zu ignorieren. Ich werde versuchen, sie zu überlisten, Jim, und dazu brauche ich…«

»Pille…«

»Dazu brauche ich sowohl deine Hilfe als auch die Spocks.«

»Pille, wenn es Schwierigkeiten mit den Monitoren gibt, so bleibt das nicht ohne Folgen für mein Kommando. Mehr noch: Wir könnten alle vors Kriegsgericht gestellt werden.«

»Man hat uns hierher geschickt, um die Besatzung von Station Eins zu retten – und wir können unseren Auftrag nicht wahrnehmen, weil uns ein pedantischer Computer mit pedantischen Vorschriften daran zu hindern versucht! Meine Pflicht besteht darin, Leben zu bewahren, Jim – ob das nun den Bestimmungen entspricht oder nicht!«

»Ganz offensichtlich hat sich die Technologie schneller entwickelt als das rechtliche System der Föderation«, ließ sich Spock vernehmen. »Auch ich bin inzwischen zu dem Schluß gelangt, daß die Monitoren keineswegs unfehlbar sind.«

McCoy starrte den Vulkanier groß an und grinste. »Lieber Himmel!« entfuhr es ihm. »Langsam wird mir dieser große und spitzohrige Typ aus Eis auch noch sympathisch.«

Seufzend nahm Kirk auf der Couch Platz und legte beide Hände auf den niedrigen Tisch. »Selbst wenn wir jetzt eine Subraum-Nachricht senden: Wir müßten zwei Wochen auf die Antwort warten. Während meiner beruflichen Laufbahn bin ich wiederholt Risiken eingegangen, und des öfteren habe ich die Föderationsvorschriften sehr großzügig interpretiert. Ihr wißt also, daß ich in dieser Hinsicht nicht gerade zimperlich bin. Aber wenn ich zulasse, daß das Monitorsystem ausgeschaltet wird, setze ich mich nicht nur über eine Anweisung Starfleets hinweg. Ein solches Verhalten käme einer Verletzung des Loyalitätseides gegenüber der Föderation gleich. Jeder von uns hat der Föderation Treue geschworen, dem zivilen Zweig unserer Regierung.«

»Jim, ich verlange doch gar nicht, daß die Monitoren ausgeschaltet werden. Es geht mir nur darum, mich ein wenig an ihrem System vorbeizuschmuggeln.«

»Und wie wollen Sie das bewerkstelligen, Doktor?« erkundigte sich Spock.

Kirk musterte die beiden Männer nacheinander. »Ich hätte nie gedacht, daß ich den Tag erlebe, an dem ihr beide unter einer Decke steckt.«

»Nun, Spock«, erwiderte McCoy, »da Sie sich meiner Meinung angeschlossen haben, hoffte ich, Sie hätten einen Vorschlag...«

KAPITEL 13

Rowena Mason trat an die Tür des elektronischen Kontrollzentrums heran und holte tief Luft. Als sich das Schott öffnete, stellte die Journalistin erleichtert fest, daß nur Veblen zugegen war. Spock hielt sich nicht in dem kleinen Raum auf. »Der Captain meinte, dem allgemein zugänglichen Logbuch könnte ich nützliche Informationen entnehmen.«

Veblen sah sie verwundert an, neigte dann den Kopf zurück und erwiderte erstaunt: »Warum benutzen Sie nicht das Terminal in Ihrer Kabine? Damit können Sie alle gewünschten Daten abrufen. Sie brauchen nicht extra hierher zu kommen.«

»Vielleicht ist das doch notwendig, wenn man herausfinden will, was wirklich vor sich geht«, gab Mason zurück. »Gibt es irgendwelche Informationen, die nicht im offenen Logbuch enthalten sind?«

Veblen lächelte und schüttelte den Kopf. »Das sollten Sie den Captain fragen, Miss Mason.«

Sie nahm in dem Konsolensessel ihm gegenüber Platz und seufzte. »Endlich begegne ich jemandem, der mich nicht mit ›Mister‹ anspricht. Der Captain nannte mich einmal bei meinem Vornamen, aber vielleicht wollte er nur feststellen, wie ich darauf reagiere. Nun, warum können Sie mir keine Auskunft geben?«

Veblen wandte den Blick von ihr ab und lächelte noch immer, als er entgegnete: »Kein Kommentar für die Presse.« Er lachte kurz. »Der Grund dürfte auf der Hand liegen.«

»Ich sollte mich deshalb nicht an Sie wenden, weil Sie hier der Außenseiter sind – meinen Sie das?«

Veblen nickte. »Damit haben Sie in gewisser Weise recht. Ich gehöre nicht eigentlich zur Besatzung der *Enterprise*. Man assoziiert mich mit den installierten Monitoren, und das dem neuen System geltende Unbehagen überträgt sich auf mich. Man könnte es auch so umschreiben: Ich bin derjenige, der die schlechten Nachrichten bringt. Diesmal aber stammen sie vom Captain, und sie stehen bereits im offenen Logbuch.«

»Bitte machen Sie es mir nicht so schwer. In Kürze wird ein erster Bericht von mir erwartet, und mir bleibt nicht die Zeit für eine langwierige Datensuche.«

»Die Monitoren lehnen eine Wiederbelebung der Stationshibernanten ab.«

»Um Himmels willen – warum denn?«

»Sie wurden als in juristischer Hinsicht tot klassifiziert.«

»Das ist doch Unsinn. Wenn sie wiederbelebt werden können, sind sie noch nicht tot.«

Veblen zuckte mit den Schultern. »Ich habe die Monitoren nicht programmiert.«

Mason beugte sich vor. »Stellt das Kontrollsystem Kirks Fähigkeiten als Kommandant in Frage?«

Veblen schüttelte überrascht den Kopf. »Ganz im Gegenteil«, antwortete er. »Die in den Monitoren gespeicherten Beraterkomplexe sind sehr mit seinen Leistungen zufrieden.«

»Und McCoy?«

»McCoy hat die Monitoren nur darum gebeten, eine Situationsbewertung vorzunehmen.«

»Es besteht also nicht die Möglichkeit, daß McCoy irgendeinen Fehler machte und die Monitoren deshalb ihr Einverständnis verweigern?«

»Das halte ich für ausgeschlossen«, erwiderte Veblen. Er tippte eine kurze Befehlsfolge in das Eingabefeld der Konsole und schob seinen Sessel zurück. »Ich glaube, wir sollten jetzt den – wie heißt es so schön? – offiziellen Teil unserer Unterhaltung beenden.«

»Wie Sie meinen«, sagte Mason.

In diesem Augenblick öffnete sich die Tür, und Spock kam herein. Mason erstarrte unwillkürlich und mied den Blick des Vulkaniers. »Vielen Dank, Mr. Veblen«, sagte sie, und ihre Stimme klang ein wenig schrill. »Wir können das Gespräch später fortsetzen.«

Nachdem sie gegangen war, bereitete Veblen den Datenschirm für die Auswertungsarbeit des Ersten Offiziers vor. »Ich glaube, die Reporterin hat sich noch immer nicht an Sie gewöhnt, Mr. Spock«, sagte er.

Spock reagierte nicht darauf. »Mr. Veblen, Dr. McCoy wünscht eine Liste der medizinischen Bezugsdateien, die zum Monitorprogramm gehören.«

»Ja, Sir. Ich bin inzwischen mit der Verarbeitung der Stationsdaten fertig, die die Ybakra-Strahlung betreffen. Sobald ich einen Ausdruck für den Doktor angefertigt habe, ziehe ich mich zurück, um ein wenig zu entspannen – vorausgesetzt natürlich, Sie brauchen mich nicht.«

»Vielen Dank, Mr. Veblen, gehen Sie nur.«

Als Veblen kurz darauf erneut der Journalistin begegnete, stand sie an einem Mannschaftsterminal außerhalb des Aufenthaltsraums für die Unteroffiziere. »Haben Sie ein wenig Zeit für mich?« fragte er.

»Worüber möchten Sie mit mir sprechen?«

»Über Sie. Und das, was ich Ihnen vorhin sagte.«

»Gern.« Sie betraten den Lift und begaben sich in die Sektion 39. Dort suchten sie den allgemeinen Freizeitraum auf und nahmen an einem leeren Tisch Platz.

»Zuerst einmal«, begann Veblen, »gefällt es mir gar nicht, daß Sie deshalb zu mir kommen, weil Sie in mir so etwas wie den schwachen Punkt in der Besatzung der *Enterprise* entdeckt zu haben glauben.«

»Das ist keineswegs der Fall ...«

»Zweitens: Ich vermute, Sie sind auf der falschen

Fährte, und außerdem haben Sie mit Ihren eigenen Problemen genug zu tun.«

»Was soll das heißen?«

»Bitte unterbrechen Sie mich nicht; gedulden Sie sich noch ein wenig.« Der scharfe Blick Veblens brachte die Journalistin sofort zum Schweigen. »Lassen Sie mich Ihnen erklären, warum ich plötzlich so sauer bin. Sicher, ich trage meine Uniform nicht ganz so, wie es den Vorschriften entspricht, und im Vergleich mit den anderen Besatzungsmitgliedern bin ich auch nicht gerade in bester Verfassung. Außerdem stehe ich als einziger an Bord im Range eines Stabsoffiziers. Doch das alles macht mich noch lange nicht zu dem, was ich vorhin als schwachen Punkt bezeichnete. Ich erledige meine Arbeit – ganz gleich, was man auch von mir halten mag.«

»Es lag nicht in meiner Absicht ... Ich meine, ich habe Sie nie für den schwachen Punkt gehalten.«

»Gut. Aber vielleicht liege ich mit meinen nächsten Bemerkungen nicht ganz daneben. Meine Aufgabe besteht darin, die Monitoren zu warten und zu testen. Zufälligerweise arbeite ich mit Mr. Spock am Bordcomputer zusammen, denn das neue System soll später Verbindungen zu allen Funktionskomponenten der *Enterprise* aufweisen. Außerdem kooperiere ich auch mit dem Captain; denn man kann von keinem Kommando-Offizier erwarten, daß er innerhalb kurzer Zeit mit einem völlig neuen und derart komplexen System vertraut wird.«

»Ja«, sagte Mason und ließ Veblen nicht aus den Augen.

»Wenn Sie glauben, aus den Problemen des Captains, sich an die Monitoren zu gewöhnen, eine Story machen zu müssen, so läßt sich nichts dagegen einwenden. Das ist Ihr gutes Recht – obgleich uns solche Publizität kaum etwas nützt. Aber wenn Sie meinen, Hinweise darauf entdeckt zu haben, daß der Captain versucht, sich an den Monitoren vorbeizumogeln, so sind Sie auf dem falschen Dampfer. Kirk hat mich des öfteren zur Rede gestellt, auch vor den anderen Offizieren, aber er machte mir nie den Vorwurf, meine Arbeit zu vernachlässigen. Und er stellte auch kein einziges Mal in Frage, daß ich zur Besatzung der *Enterprise* gehöre. Wenn Sie Differenzen zwischen mir und dem Captain sehen, so liegt das ganz sicher nicht an ihm, sondern eher an mir.«

»Ich bin auf meine Intuition angewiesen, Mr. Veblen«, warf Rowena Mason ein.

»Unsere derzeitige Lage ist ziemlich angespannt und nicht annähernd so einfach und übersichtlich, wie Sie vielleicht annehmen.« Veblen senkte den Kopf und blickte auf den Tisch. »Es tut mir leid, daß meine Worte so hart klingen. Was ich jetzt sage, ist streng vertraulich …«

Trotz der vorangegangenen Bemerkungen Veblens gewann die Journalistin den Eindruck, daß der Computeroffizier jemanden brauchte, dem er sein Herz ausschütten konnte. »Unser Gespräch wird nicht aufgezeichnet. Sie haben mein Wort.«

»Die Monitoren sind nicht … perfekt. Ihre Funktionsweise gründet sich auf ein Programm, und dieses Programm wurde von Menschen entwickelt, die Fehler machen können. Dr. McCoy zerbricht sich derzeit den Kopf und sucht nach einer Möglichkeit, an seinen Prinzipien festzuhalten. Ich *weiß*, daß er irgend etwas plant, und ich möchte, daß jemand versteht, was sich anbahnt. McCoy beabsichtigt, irgend etwas zu unternehmen, und wenn es zum Schlimmsten kommt, wird er versuchen, die Monitoren zu umgehen. Und wenn das geschieht, muß ich einschreiten. So sehr es mir auch widerstreben mag – es bleibt mir gar keine andere Wahl.«

Mason begann zu begreifen, was Veblen meinte, und sie musterte ihn mit neuem Respekt. Der Computeroffizier machte sich große Sorgen. Wahrscheinlich hat er ebensolchen Respekt vor Captain Kirk wie alle anderen an Bord, dachte sie.

»Vielleicht bietet sich hier ein Ansatzpunkt für Ihre

Story. Wenn der Föderation so sehr daran liegt, alles zu überwachen, was an Bord ihrer Raumschiffe vorgeht, so sollte vielleicht ein Monitorsystem entwickelt werden, um diejenigen zu kontrollieren, die Gesetze erlassen und auf ihre Einhaltung pochen. Einseitige Dinge schaffen immer ein Ungleichgewicht.«

»Was hat der Doktor vor?«

»Ich weiß es nicht. Ich will es auch gar nicht wissen. Was ich nicht weiß, macht mich nicht heiß – so heißt es doch, oder?«

Mason nickte. »Also sind wir beide Außenseiter«, erwiderte sie. »Allein schon durch unsere Arbeit.«

»Bitte entschuldigen Sie«, sagte Veblen und errötete leicht. »Aber ich glaube, Ihre Probleme beschränken sich nicht nur darauf.«

»Wie meinen Sie das?«

»Ich habe den Eindruck, in der Gegenwart Spocks fühlen Sie sich unsicher. Und Sie sind auch nervös, wenn Sie Mr. Yimasa begegnen.«

»Wie kommen Sie denn darauf?« Mason spürte, wie ihr das Blut ins Gesicht schoß.

»Ich bin auf Titan aufgewachsen, in einer Gemeinschaft, der nur Menschen angehörten, und als ich in die Dienste Starfleets trat, erwartete mich eine Überraschung.«

Mason sah den Computeroffizier groß an. »Titan?«

»Einer der Saturnmonde. Meine Eltern waren sogenannte Terraformer. Ich liebte sie sehr, aber unglücklicherweise erzählten sie mir einen Haufen Unsinn über Vulkanier, Andorraner und die anderen Spezies – nein, nicht etwa über die Fremden, die völlig anders aussehen als wir, sondern in erster Linie über die Humanoiden. Tja, als meine Ausbildungszeit an der Akademie begann, hatte ich den Kopf voller Unfug, und es fiel mir schwer, mich von all den blödsinnigen Vorstellungen zu trennen. Aufgrund der Art und Weise, wie Sie Spock aus dem Weg gehen, schließe ich ...« Veblen unterbrach sich kurz. »Nun, ich habe die NDF-Datei eingesehen, die man uns von Yalbo übermittelte.«

»Meine elektronische Akte?«

Veblen nickte. »Ich glaube, Sie haben ähnliche Probleme wie ich damals. Und vielleicht könnte ich Ihnen helfen, damit fertig zu werden.«

»Danke für das Angebot«, sagte Mason und stand auf. »Fühlen Sie sich jetzt besser? Ich meine, nachdem Sie sich Luft gemacht haben?«

Der Computeroffizier zuckte mit den Schultern.

»Von nun an werde ich alle weiteren Gespräche aufzeichnen.« Sie maß ihn mit einem kühlen Blick. »Ich muß jetzt in die Station, denn ich kann keinen Bericht abfassen, ohne mir ein unmittelbares Bild von der Lage zu machen.« Sie drehte sich um und verließ Sektion 39.

Chekov wies die beiden Sicherheitsbeamten Pauli und Wah Ching ein, setzte sich dann mit der *Enterprise* in Verbindung und bat darum, an Bord gebeamt zu werden. Als der Entmaterialisierungsprozeß begann, sah er Radak, der vor dem Schott des technischen Lagers stand und ihn beobachtete. Parallele rote Linien glühten, als das Desintegrationsfeld seine Sehnerven erfaßte. Das war keineswegs ungewöhnlich. Doch es erfolgte nicht die erwartete Rematerialisierung auf dem Transferfeld an Bord der *Enterprise*. Statt dessen befand sich Chekov in einem finsteren Pseudokosmos, dessen Struktur aus einer Vielzahl exakt formulierter Fragen zu bestehen schien …

»Transporterstörung!« Shallert betätigte einige Tasten und aktivierte sofort das Reservesystem. Aus dem dumpfen Summen der Anlage wurde innerhalb weniger Sekunden ein beständiges Pfeifen. Dann wiederholte sich das niederfrequente Surren.

»Was ist los, Mr. Shallert?« fragte Scott vom Maschinenraum.

»Es ist zu einer Verzögerung bei der Restrukturierung

der Transferschablone Chekovs gekommen«, erwiderte Shallert. »Ich habe das Reservesystem eingeschaltet ...«

»Wurde die Memorialeinheit gespeichert?«

»Ich weiß nicht, Sir. Die Instrumente zeigen überhaupt nichts an.«

»Ich bin gleich bei Ihnen.«

Und als sich Scott von dem Interkom abwandte und den Maschinenraum verließ, bildete sich über einem der Transferfelder im Transporterraum eine schimmernde Säule. Verblüfft sah Shallert zu, wie die Gestalt Chekovs Konturen gewann – genau vierzig Sekunden nach der Dematerialisierung in Station Eins.

»Die Systeme arbeiten einwandfrei«, wiederholte Scott. Er befand sich im Transporterraum, stand zwischen McCoy und Kirk. Sein schwarzes Haar wirkte zerzaust, und dunkle Flecken zeigten sich auf seiner Uniform. In den Händen hielt er einen technischen Analyse-Tricorder.

McCoy atmete tief durch. »Nun, bis Sie herausfinden, was nicht in Ordnung ist, untersage ich die weitere Benutzung des verdammten Dings.« Scott wandte sich an Kirk, und in seinen Zügen kam verärgerte Besorgnis zum Ausdruck.

»Sir, wenn irgendwelche Systemkomponenten nicht der Norm entsprechend funktionierten, wäre kein Retransfer Chekovs erfolgt.«

»Scotty, es kam zu einer Verzögerung. Und er wurde nicht etwa durch massiven Stahl gebeamt, sondern durch ein Vakuum. Irgendeine Erklärung *muß* es geben. Ich glaube ebenfalls, daß der Transporter keine Funktionsstörung aufweist, aber trotzdem schließe ich mich der Meinung McCoys an. Bis wir nicht wissen, was die Transferanomalien bewirkt, lassen wir die Finger von der Anlage und benutzen Shuttles.«

Chefingenieur Scott nickte und ließ die Schultern hängen. »Wie Sie meinen. Die ganze Sache ist mir ein Rätsel ...«

Chekov sah sich neugierig in seiner Unterkunft um und griff nach einem gläsernen Artefakt, das er vor zwei Jahren von einem andorranischen Besatzungsmitglied gekauft hatte. Es funkelte und gleißte, als er es hin und her drehte, und obgleich es so stachelig wie ein Seeigel zu sein schien, fühlte es sich völlig glatt an. »Glas mit dem gleichen Lichtbrechungsindex wie Luft«, sagte er leise. Seine Stimme klang normal, doch die Worte stammten von jemand anders. Er wandte sich zur Kabinenkonsole und berührte einige Tasten der Eingabeeinheit.

»Vielleicht sollte ich mit dem Captain sprechen«, murmelte er. »Ich scheine mich verändert zu haben. Ich fühle mich irgendwie seltsam.« Er zwang sich dazu, die Hand nach dem Wandinterkom auszustrecken, aber bevor seine Finger das Gerät berührten, ließ er den Arm wieder sinken. Schweiß perlte auf seiner Stirn. »Ich möchte nur in Ruhe gelassen werden und mich wohl fühlen«, sagte er. Die fremde Präsenz, die Einfluß auf sein Verhalten nahm und seine Stimme benutzte, gab keine Antwort.

Mason schloß die Zusammenstellung ihres ersten Berichts ab, begab sich auf die Brücke und gab Uhura die kleine Speichereinheit. Uhura schob die Kapsel in den Datenscanner auf ihrem Pult und fragte: »Na, wie ist Ihr Urteil ausgefallen?«

»Die Verhandlung ist vertagt – wenn Ihnen das als Antwort genügt.« Die Journalistin seufzte. »Ich verabscheue es, einfach nur zu warten. Auf diese Weise komme ich nicht weiter.«

Kirk und Spock betraten die Brücke. »Rowena«, sagte der Captain, »wir fliegen mit einem Shuttle zur Station.«

Sie sah ihn erwartungsvoll an.

»Dr. McCoy hält zwar nicht viel davon, aber ... Nun, wenn Sie möchten, können Sie uns begleiten.«

»Gern«, erwiderte Mason sofort. »Vielen Dank.«

KAPITEL 14

McCoy hatte schon frühzeitig gelernt, seine tiefsten Empfindungen zu verbergen. Er war zu der Schlußfolgerung gelangt, daß die meisten anderen Menschen nicht so empfanden wie er – oder sich wesentlich besser beherrschen konnten. Wie dem auch sei: Er hielt es für besser, nicht die emotionalen Konflikte zu offenbaren, die häufig sein inneres Gleichgewicht bedrohten. Um sie zu verbergen, tarnte er sich, gab sich schroff und brüsk, selbst seinen besten Freunden gegenüber.

Tief in seinem Innern gab es einen anderen McCoy, jemanden, der zu Romantik neigte, der sich ständig dazu veranlaßt fühlte, das ›schöne Geschlecht‹ zu schützen. Aber er wußte natürlich, wie moderne Frauen auf ein solches Gebaren seinerseits reagiert hätten. Aus diesem Grund versteckte er sich hinter einer Maske der Bärbeißigkeit. Und wenn er seinen leidenschaftlichen Respekt vor allen Aspekten des Lebens als eine unerträglich schwere Last zu erachten begann, zog er sich in sich selbst zurück. In früheren Jahrhunderten wäre er vermutlich zu einem Alkoholiker geworden. Die andauernde psychische Belastung hätte zu einer nachhaltigen Störung des Hormonhaushalts geführt. McCoy stellte sich vor, wie er zur Flasche griff, wie er trank, um in einen Pseudo-Frieden zu fliehen, und unwirsch schüttelte er den Kopf. Nein, er hatte eine andere Möglichkeit gefunden, die destruktiven Teile seines Selbst zu kontrollieren: Er hielt sich an eine strenge Diät, stabilisierte seinen emotionalen Kosmos mit unschädlichen Drogen und unterzog sich verschiedenen Meditationstherapien.

Er begegnete Spock deshalb häufig mit herablassender Arroganz, weil er argwöhnte, daß es einige wesensmäßige Parallelen zwischen ihm und dem Vulkanier gab.

McCoys Kollegen und Freunde – es handelte sich größtenteils um die gleichen Personen – fanden sich schon bald mit seinem widersprüchlichen Charakter ab und erahnten zumindest die Gründe für sein manchmal sonderbar anmutendes Gebaren. Und sie wußten, daß es sinnlos gewesen wäre, ihn darauf anzusprechen. Ganz gleich, wie schwierig des öfteren der Umgang mit McCoy sein mochte: Kirk war sich sehr wohl darüber klar, daß er sich voll und ganz auf seinen Bordarzt verlassen konnte. Was McCoy nicht durch medizinisches Fachwissen zuwege brachte, leistete er durch Intuition und Mitgefühl.

Selbst Spock respektierte die emotionale Natur McCoys und mußte eingestehen, daß sie sich bereits mehrmals als recht effektiv erwiesen hatte. Übrigens nicht nur in Hinblick auf menschliche Patienten. Spock erinnerte sich in diesem Zusammenhang an die Heilung des Silizium-Wesens Horta. Die Rekonvaleszenz war nicht etwa mit orthodoxen Behandlungsmethoden herbeigeführt worden, sondern mit Zuneigung und Hingabe.

Jetzt sah sich McCoy mit einem Dilemma konfrontiert, das ihn einer noch größeren Belastung aussetzte. Er hatte dreißig Patienten und auch die technischen Möglichkeiten, ihr Leben zu retten – doch gab es ein elektronisches System, das ihn daran zu hindern versuchte. Um jenes Problem aus der Welt zu schaffen, blieb ihm nichts anderes übrig, als die neuen Vorschriften zu umgehen – mit möglicherweise fatalen Konsequenzen. Kirk war einer seiner besten Freunde, und die Folge einer Verletzung der Monitor-Bestimmungen mochte das Ende seiner Karriere bedeuten. Und natürlich auch das der beruflichen Laufbahn des Bordarztes.

McCoy dachte nicht nur über seine schwierige Situation nach, sondern auch über die anderen Probleme, die sich inzwischen ergeben hatten und alles noch komplizierter machten: die offensichtlich fehlerhafte Funktion des Transporters, die eigentümliche Lage in Station Eins, die Anwesenheit einer Journalistin, die alles beobachtete und jede Gelegenheit für einen Sensationsbericht wahrnehmen würde.

McCoy saß in seiner Unterkunft und machte sich Notizen auf einem Blatt Papier, wobei er einen altertümlichen Füllfederhalter benutzte. Das einzige Licht stammte von der kleinen Lampe neben der Konsole. »Da ich eine weitere Benutzung des Transporters verboten habe, müssen alle Patienten von Station Eins mit einem Shuttle zur *Enterprise* gebracht werden. Das Flugboot wird gerade entsprechend ausgerüstet, doch ich habe nach wie vor Bedenken. Es ist sehr riskant, Kälteschläfer zu bewegen. Selbst die leichtesten Vibrationen an Bord eines Shuttles könnten schwerwiegende organische Schäden der Hibernanten zur Folge haben. Diese Gefahr läßt sich selbst dann nicht ganz vermeiden, wenn wir individuelle Abschirmfelder einsetzen. Darüber hinaus bedeutet die Installation jener besonderen Gerätschaften an Bord des Flugbootes, daß nur jeweils zwei Schläfer transportiert werden können. Spock meint, die im Nebel herrschenden astrophysikalischen Bedingungen seien für ein kleines Raumschiff alles andere als ideal. Die Schutzschilde des Shuttles sind nicht annähernd so stark wie die der *Enterprise,* und die Partikelstrahlung ...«

McCoy strich sich mit beiden Händen über die Wangen und konzentrierte sich auf einen anderen Punkt. »Wie läßt sich das neue Kontrollsystem umgehen?« Er begann damit, verschiedene Möglichkeiten zu notieren, ohne recht zu wissen, ob sie sich in die Tat umsetzen ließen. »Vielleicht könnten wir irgendwie eine gefälschte Föderationsnachricht einspeisen, in der behauptet wird, inzwischen seien die Vorschriften mit einer neuen Definition des juristischen Todes geändert worden. Zu diesem Zweck habe ich bereits eine Liste mit den medizinischen Bezugsdateien vorbereitet. Aber ich bin sicher, Jim würde sein Veto einlegen. Und wenn Veblen Verdacht schöpfte ... Nein, es ist nicht ratsam, einen Offizierskollegen herauszufordern. Zu ähnlichen Schwierigkeiten käme es, wenn man versuchte, das Monitorsystem zumindest zeitweise lahmzulegen. Doch Spock ...«

McCoy hob den Kopf und starrte auf ein Hologramm, das die Salzsümpfe der Insel Chincoteague zeigte. »Guter alter Spock«, brummte er. »Er macht immer wieder Anspielungen darauf, wie man auf völlig legale Weise in den Kern des Kontrollsystems vorstoßen kann. Die Kommando-Monitoren enthalten die Erfahrungseinheiten von sechs hochrangigen Starfleet-Kommandeuren. Und die medizinischen Monitoren sind mit den Beratungskomplexen von sechs Bordärzten programmiert ...«

Welchen Grund hatte Spock, dem Doktor diverse Hinweise zu geben? McCoy zweifelte nicht daran, daß er die Antwort auf diese Frage kannte. Als Vulkanier ging es Spock in erster Linie um seine Pflicht als Wissenschaftlicher und Erster Offizier an Bord der *Enterprise.* An zweiter Stelle kam der Captain, dann die Mission. Spocks Motivation bestand darin, ein Problem zu lösen, das nicht nur ihren Auftrag in Frage stellen konnte, sondern auch die Karriere des Captains. Bei der Pflichtauffassung eines Vulkaniers kam es nicht in erster Linie auf die Beachtung von Bestimmungen an – insbesondere dann, wenn sie von Menschen stammten –, sondern darauf, die Entscheidungen zu treffen, die eine bestimmte Lage erforderte.

Man konnte darauf vertrauen, daß ein Vulkanier Möglichkeiten fand, irgendwie mit menschlichen Unzulänglichkeiten fertig zu werden.

Bei diesem Gedanken lächelte McCoy. Wenn alles andere fehlschlug, würde Spock vermutlich dafür sorgen, daß er mit den in den medizinischen Monitoren gespeicherten Erfahrungseinheiten in einen direkten Dialog treten konnte. Die Frage war nur, ob das etwas nützte ...

»Es ist in jedem Fall klüger, eine unmittelbare Konfrontation so lange zu vermeiden, wie es eben geht. Wenn dann keine andere Wahl bleibt ...«

Er legte den Zettel in sein Loseblatt-Tagebuch und schraubte die Kappe auf den Füllfederhalter. Bevor er sich mit der Hilfe Spocks den Monitoren zuwenden konnte, mußte er sich zunächst vergewissern, ob es möglich war, die Hibernanten mit einem Shuttle zu transportieren. Er hatte es sich längst angewöhnt, bestehende Probleme in der Reihenfolge ihres jeweiligen Schwierigkeitsgrades anzugehen: Wenn sich eins als unlösbar herausstellte, verlor er keine Zeit und wandte sich sofort dem nächsten zu.

Chekov fuhr abrupt von seiner Liege hoch und sah sich mit weit aufgerissenen Augen in seiner Kabine um. Er hatte das Gefühl, aus einem gräßlichen Alptraum erwacht zu sein, holte mehrmals tief Luft und sank auf die Matratze zurück. »Zeit?« fragte er.

»Zwölf Uhr sieben«, erwiderte die Sprachprozessorstimme der Konsole. In zwanzig Minuten würde er an Bord eines Shuttles zum Asteroiden zurückkehren. Chekov hatte schlecht geschlafen und versucht, den in ihm aufkeimenden Wahn zu unterdrücken – so interpretierte er das Gefühl, Willenskraft zu verlieren und sich zu bewegen, ohne seine Arme und Beine zu kontrollieren. Bisher war es ihm gelungen, einigen Anweisungen der in ihm flüsternden Stimme zu trotzen, zum Beispiel der, an die Konsole heranzutreten. Jetzt aber wurde das Raunen zu einem Tosen, dem er keinen Widerstand mehr leisten konnte. *Steh auf!* donnerte es hinter seiner Stirn.

Er stand auf.

Zur Konsole!

Und er näherte sich dem Gerät.

Er forderte eine grafische Darstellung an, die detailliert die innere Struktur der *Enterprise* zeigte.

Er betätigte die Tastatur und versuchte, Fehler zu machen. Aber seine Finger schienen sich von ganz allein zu bewegen.

Er stellte eine Datenverbindung zum Bordarchiv her und forderte Informationen an, bei denen es um die technische Ausstattung der *Enterprise* ging, die Materie-Antimaterie-Wandler, mit denen er sich nicht auskannte.

Er berührte weitere Tasten und ließ sich alle abgerufenen Daten ausdrucken. Die entsprechende Liste verstaute er in seiner Tasche. Anschließend begab er sich in die Hygienezelle und machte sich frisch, bereitete sich auf den Dienstantritt vor. Dunkle Ringe unter den Augen zeugten von seiner inneren Anspannung.

Danke, flüsterte die Stimme.

Laß mich endlich in Ruhe, erwiderte Chekov.

Chekov lächelte, streckte den Arm aus und führte Mason ins Shuttle. Kirk und Spock hatten dort bereits Platz genommen, ebenso Chapel und McCoy. Der Bordarzt überprüfte sorgfältig die für den Transport der Hibernanten neu installierten Instrumente und Geräte, und Schwester Chapel ging ihm zur Hand und hakte die einzelnen Punkte auf ihrer Checkliste ab. Nach einer Weile stand McCoy auf, drehte sich zu Kirk um und nickte. »Soweit ich feststellen kann, ist alles in bester Ordnung«, sagte er. »Wer begleitet uns zum Asteroiden?«

»Spock und vermutlich auch Rowena«, erwiderte der Captain.

»Ich würde gern in der Station bleiben und meine Berichte von dort aus übermitteln«, sagte die Journalistin.

»Beim Rückflug brauchen wir möglichst viel Platz an Bord«, warf McCoy ein. »Ich möchte jeweils zwei Schläfer mitnehmen.«

Kirk sah die Anwesenden der Reihe nach an und nickte. »Bereiten Sie sich auf den Start vor«, sagte er.

Spock und die anderen nahmen am Rande des Bereiches Platz, der für die Hibernanten reserviert worden war. Während Mason dem Beispiel ihrer Begleiter folgte und sich ebenfalls anschnallte, blickte sie sich um und sah zu, wie sich das Schott schloß. Sie griff nach ihrem Recorder, befestigte ihn an einer Magnetfläche an der Decke über ihr und sorgte dafür, daß die optischen Scanner nach Backbord gerichtet waren. Der neben ihr sitzende Chekov beobachtete sie, schwieg jedoch.

Außerhalb des Shuttles ertönte ein lautes Fauchen, als die Luft aus dem Hangar entwich, und innerhalb weniger Sekunden wurde ein gedämpftes Zischen daraus. Kurz darauf spürte Mason eine dumpfe Vibration: Das Hangarschott öffnete sich. Das leichte Zittern ließ abrupt nach, als das Flugboot abhob.

Ein negativ gepolter Traktorstrahl lenkte sie durch die in der Außenhülle der *Enterprise* entstandene Öffnung. Dann zündeten die Impulstriebwerke, und das Shuttle glitt dem Asteroiden entgegen.

T'Raus und T'Prylla dematerialisierten, verließen die Station und näherten sich dem Sternenblick. Sie hatten das Gefühl zu fliegen – im Gegensatz zu einem Transporter-Transfer blieb bei dieser Art der Fortbewegung das bewußte Empfinden erhalten. T'Prylla fand weitaus weniger Gefallen an der Reise als T'Raus. Sie wußten nie, wohin sie unterwegs waren und was bei ihrer Ankunft geschehen würde.

Die Stimme, die so oft in dem Kosmos hinter ihrer Stirn flüsterte und raunte – in diesem Zusammenhang stellte sie eine direkte Verbindung zu den Ybakra-Strahlungsschüben her, die von der Trisonne ausgingen –, war ihr inzwischen so vertraut, daß sie ihr einen Namen gegeben hatte: *Pau.* Im Föderationsenglisch bedeutete das ›Corona‹. Corona erklärte nie. Das Wissen, das sie im Verlaufe von neun Jahren über jenes Phänomen gewonnen hatte, gründete sich nicht auf Mitteilungen, sondern auf logische Schlußfolgerungen. Sie vermutete, daß ihre Kinder keinen solchen Beschränkungen unterlagen.

Sie standen auf der luftleeren Oberfläche des Planetoiden und waren nicht in Raumanzüge gekleidet. Ein geisterhaftes grünes Glühen umgab sie. T'Raus streckte die Hand aus und berührte einen Felsen, auf dem der Meteoritenregen deutliche Spuren hinterlassen hatte. Über ihnen leuchtete der purpurne Glanz des Nebels – ein Gleißen, das auf der Nachtseite des Asteroiden besonders hell wirkte. Die funkelnden und schimmernden Konturen des Firmaments schienen zu erzittern, und es dauerte nicht lange, bis jene Zone eine runde Form gewann. Eine schwarze Scheibe bildete sich, wie ein riesiges Auge, das sich öffnete. T'Raus lächelte und klatschte kurz in die Hände. T'Prylla kam der Anweisung nach, hob den astronomischen Tricorder und zeichnete das auf, was der Sternenblick wahrnahm.

Später, als die Neugier Coronas befriedigt war, griff T'Raus nach dem Tricorder und prüfte die gespeicherten Daten. »Ausgezeichnet«, sagte sie. »Es dauert nicht mehr lange bis zum Abschluß des Projekts.« Dann runzelte sie die Stirn. »Wir können nicht zu dem Ort zurückkehren, von dem wir aufbrachen. Es sind weitere Besucher eingetroffen. Das ist sehr *orniaga.*«

T'Prylla konzentrierte sich auf ihren Gedächtnisinhalt, und erst nach einer Weile fiel ihr ein, was T'Raus mit jenem Wort zum Ausdruck bringen wollte. *Orniaga* bedeutete ›ärgerlich‹. Seit rund zehn Jahren hatte sie dieses Wort nicht mehr gehört. Bei Gesprächen von Vulkaniern wurde es nur sehr selten verwendet. T'Prylla blieb stumm. Sie konnte gar keine Antwort geben. Ihre Meinung war nicht gefragt. Es kam Corona nur auf ihre wissenschaftliche Kapazität an, auf ihre Arbeit.

T'Pryllas Arm begann zu jucken, doch sie hatte keine Möglichkeit, sich zu kratzen...

KAPITEL 15

Das Shuttle landete neben der Frachtschleuse des Kuppelbaus, der als Gerätelager diente. Das elektromagnetische Landefeld ließ den äonenalten Staub von Mikrometeoriten aufwirbeln. Die Automatik aktivierte das Verbindungsmodul, und eine Röhre streckte sich dem Stationsschott entgegen. Kurz darauf zischte es leise, als der Druckausgleich hergestellt wurde. Rowena Mason griff an die Decke und löste den Recorder von der Magnetfläche.

Als Captain Kirk zusammen mit seinen Begleitern durch das technische Lager schritt und die sich daran anschließenden Bereiche der Basis aufsuchte, blieb Chekov zurück; in einem Seitengang begegnete er T'Raus. Ein Teil Chekovs starrte neugierig auf die geschlossenen Schotten: Bisher hatte niemand von ihnen die umgebauten wissenschaftlichen Sektionen der Station gesehen. T'Raus streckte wortlos die Hand aus, und er gab ihr den Ausdruck, der sowohl eine Karte über die innere Struktur der *Enterprise* als auch detaillierte Angaben über die technischen Anlagen an Bord enthielt. Die Vulkanierin nickte, und daraufhin wandte sich Chekov stumm um und schloß rasch zu seinen Kameraden auf, bevor sie seine Abwesenheit bemerkten.

Sie kamen an den beiden Sicherheitsbeamten Wah Ching und Pauli vorbei. Chekov wies einen Wachwechsel an und meinte, sie könnten sich an Bord des Shuttles begeben und dort warten. »Irgendwelche besonderen Vorkommnisse?« Noch während er diese Worte formulierte, fragte er sich, ob auch Ching und Pauli von dem

Flüstern und Raunen beherrscht wurden. Bei diesem Gedanken entflammte jäher Schmerz in ihm, und die Pein war so intensiv, daß sie ihm Tränen in die Augen trieb.

»Nein«, erwiderte Pauli. »Und die Leute hier sind derart nett und umgänglich, daß wir am liebsten bleiben würden.« Er verzog das Gesicht und machte damit deutlich, wie seine Worte gemeint waren. Chekov sah den beiden Sicherheitsbeamten nach, als sie in Richtung Lagersektion davongingen.

Begleitet von Anauk und T'Kosa machten sich McCoy und Spock auf den Weg zur Hibernationskammer. Dort aktivierten sie ihre individuellen Isolationsfelder und betraten den Raum durch die Schleuse. Hinter ihnen schloß sich das dicke Schott, und sie blickten sich in einer Welt der Kälte und Stille um. Jenseits des breiten Sichtfensters warteten T'Kosa und Anauk, um sie später in die Krankenstation zu bringen, in der Grake und T'Prylla auf sie warteten.

Mit Hilfe eines wissenschaftlichen Tricorders untersuchte Spock die Hibernationsbehälter, während McCoy einige letzte Messungen durchführte. Der Doktor trat an ein Hibernakel in unmittelbarer Nähe der Schleuse heran und prüfte die Energieversorgung des Kältetanks. »Beim Transport dürfen wir keine Zeit verlieren«, sagte er. »Mit der Energie, die in den Akkumulatoren der Gleitpaletten gespeichert ist, können wir die Temperatur etwa fünf Minuten lang stabil halten. Diese Zeit muß genügen, um das Shuttle zu erreichen und die Behälter an das Bordsystem anzuschließen.«

Spock forderte McCoy auf, ihm die Anzeige des wissenschaftlichen Tricorders zu zeigen. »Sie haben richtig vermutet«, sagte der Erste Offizier. »Die Schläfer wurden manipuliert – ohne daß es dadurch zu physischen Schäden kam.«

»Aber warum? Welchen Sinn hat das?«

»Offenbar benutzte man die Hibernanten zur Speicherung von Daten.«

»Das ist nicht nur verboten, sondern auch ausgesprochen sonderbar, Spock. Außerdem sind die Gehirne viel zu kalt, um irgendeine chemische Aktivität aufzuweisen.«

»Bei der gegenwärtigen Temperatur gewinnt die Hirnmasse supraleitende Eigenschaften. Chemische Aktivitäten wären überhaupt nicht erforderlich. Selbst ohne eine Stimulation des Memorialprozesses könnte man enorme Informationsmengen in ihnen speichern.«

»Aber durch das Auftauen der Kälteschläfer, durch die Revitalisierung, gingen alle Daten verloren.«

Spock nickte.

»Das würde Grake und den anderen bestimmt nicht gefallen.«

»Vermutlich nicht. Warten wir ab, was sie uns in der Krankenstation zu sagen haben.«

»Spock, seit geraumer Weile sind Sie noch verschlossener als sonst. Ich habe dauernd den Eindruck, daß Sie um den heißen Brei herumreden. Meine Güte, manchmal könnte ich an die Decke gehen, wenn ich Sie nur sehe! Kommen Sie doch endlich zur Sache.«

»Zur Sache, Doktor?«

McCoy seufzte, reichte ihm den Tricorder und schüttelte den Kopf. »Jim glaubt, wir würden irgend etwas aushecken. Vielleicht stimmt das sogar. Aber wenn er recht hat, so wüßte ich gern, um was es geht.«

»Es ist noch zu früh«, erwiderte Spock ausweichend, und McCoy begriff, daß es keinen Sinn hatte, ihn unter Druck zu setzen. Sie brachten die Kälteschleuse hinter sich, und T'Kosa und Anauk führten sie zur Krankenstation.

»Wir können den Transport der Hibernanten nicht zulassen«, sagte Grake. Er stand in der Mitte des Medzentrums, vor den Besuchern von der *Enterprise,* und seine Hände ruhten auf der Kante eines halb demontierten Diagnosetisches. »Es wäre zu riskant.« T'Prylla, die Kinder, T'Kosa und Anauk beobachteten Kirk und seine Begleiter; ihre ruhige Gelassenheit kam fast Verachtung gleich.

»Ich habe eine sorgfältige Berechnung durchgeführt«, entgegnete McCoy. »Es besteht tatsächlich ein gewisses Risiko, aber es ist nur gering.« Kirk warf Spock einen kurzen Blick zu, um seine Reaktion festzustellen. Spock musterte Grake, der es vermied, ihn anzusehen.

»Wir respektieren die Einschätzung Dr. McCoys, doch ich möchte Sie darauf hinweisen, daß wir in den vergangenen zehn Jahren viel über die Ybakra-Strahlung herausgefunden haben. Sie ist nach wie vor aktiv, stellt jedoch keine Gefahr für die Kälteschläfer dar, denn im Bereich dieses Asteroiden ist sie derzeit nur sehr schwach. Die Gesteinsmasse wirkt gewissermaßen als Abschirmung. Das Shuttle aber wäre einem Vielfachen der hiesigen Strahlungsintensität ausgesetzt, und das könnte zu weiteren physischen Schäden führen.«

McCoy stand auf und deutete mit dem Zeigefinger auf Grake. »Ihre Hibernanten sind derzeit so gut wie tot. Sind Sie in der Lage, ihnen hier zu helfen?«

»Wir können sie schützen, bis wir eine Möglichkeit finden, sie sicher zur *Enterprise* zu bringen. Oder bis wir irgendein Behandlungssystem entwickeln.«

»Die *Enterprise* kann nicht ewig im Orbit bleiben«, warf Kirk ein. »Offenbar sind Sie nicht bereit, uns bei unseren Bemühungen zu unterstützen, und das verwundert mich sehr. Wir wollen Ihnen nur helfen und sind nicht etwa als Feinde gekommen.« Er sprach ganz ruhig und unterstrich damit die Bedeutung seiner Worte. »Ich pflichte der Entscheidung Dr. McCoys bei, die Schläfer in die Krankenstation an Bord der *Enterprise* zu verlegen.«

T'Kosa trat an Grake heran. »Ich glaube, es ist an der Zeit, daß wir den Besuchern demonstrieren, was wir hier ohne Hilfe geleistet haben.«

Grake nickte. »Ich glaube, meine Kollegin hat recht,

Captain. Bisher haben wir gezögert, doch nun scheint mir der geeignete Zeitpunkt gekommen zu sein, Ihnen unsere Forschungssektion zu zeigen.«

»Damit verschwenden wir nur Zeit«, sagte McCoy und verzog verärgert das Gesicht. »Jim, wir sollten sofort mit dem Transport der Schläfer beginnen, damit wir sie behandeln können.«

Kirk überlegte, wie er sich verhalten sollte. Ganz offensichtlich war Spock noch immer nicht dazu bereit, die Existenz wirksamer Ybakra-Schilde zu verraten – obgleich eine Erklärung jener neuen Technik alle Probleme gelöst hätte. (Oder etwa nicht? Ließ sich Grake dann einen anderen Vorwand einfallen, um sich gegen den Transfer der Hibernanten auszusprechen? Und überhaupt: Warum wußten die vulkanischen Wissenschaftler nichts von Ybakra-Schilden, obgleich sie behaupteten, in dieser Hinsicht wichtige Erkenntnisse gewonnen zu haben?) Die Vorstellung, einen Beschluß zu fassen, der McCoy erneut herausforderte, gefiel ihm überhaupt nicht, aber ihm schien keine andere Wahl zu bleiben. »Nun, ich glaube, einige Minuten mehr oder weniger spielen jetzt keine Rolle mehr«, sagte er – und hoffte, daß McCoy ihn verstand. Der Bordarzt ließ zischend den Atem entweichen, widersprach aber nicht.

»Gut.« Grake nickte zufrieden. »Wie ich schon andeutete: Wir haben einige Überraschungen für Sie ...«

Veblen beendete die Kontrolle der physischen und psychischen Restrukturierungseinheiten und schüttelte den Kopf. Scott stand einen Schritt hinter ihm und sah ihn gespannt an.

»Ich bin zu dem gleichen Ergebnis gelangt«, sagte der Computeroffizier. »Mit den technischen Systemkomponenten ist alles in Ordnung.«

»Dann kann es sich nur um eine externe Interferenz handeln. Die energetischen Wirbelzonen im Nebel ...«

»Die Ybakra-Strahlung betrifft nicht in erster Linie die

Einsteinsche Raum-Zeit-Matrix, sondern wirkt sich vor allen Dingen in hyperdimensionalen Zwischenräumen aus«, erwiderte Veblen. »Mit anderen Worten: Sie kann den Transfer flüchtiger Individualengramme nicht beeinflussen.« Er zog eine Datenkapsel aus der Tasche und betrachtete sie nachdenklich. Bisher hatte er davon abgesehen, den stochastischen Algorithmus mit den von Station Eins stammenden Informationen über die Ybakra-Strahlung zu erweitern. »Ich glaube, diese Möglichkeit können wir ausschließen. Andererseits ...«

»Ich bin mit meiner Weisheit am Ende«, brummte Scott. »Ich habe alle Aspekte der Transferfunktionen kontrolliert, von der Energieversorgung bis zu den Restrukturierungs-Koordinatoren. Alles entspricht der Norm.« Er schnitt eine Grimasse. »Meine Maschinen sind in Ordnung. Außerdem ist es bisher noch nie zu einer *Verzögerung* bei der Rematerialisierung gekommen.«

»Ein Rätsel«, gestand Veblen ein. »Ich erstelle einen eigenen Bericht und bestätige Ihre Angaben.«

»Danke«, sagte Scott. Veblen verließ den Transporterraum, betrat den Turbolift und erreichte kurz darauf das elektronische Kontrollzentrum. Dort speiste er die neuen Daten ins Programm – dessen Ausführung vorübergehend unterbrochen worden war – und stellte eine Zusatzfrage: *Gibt es irgendeine Möglichkeit,* gab er über die Tastatur ein, *daß jemand in der Station in der Lage sein könnte, mit Hilfe einer Manipulation durch Ybakra-Strahlung anomale Geschehnisse an Bord der* Enterprise *zu bewirken?* Er schloß mit einem neuen Ausführungsbefehl, lehnte sich zurück, kaute an den Fingernägeln und erwartete ungeduldig die ersten Ergebnisse.

Mason zog den Recorder näher zu sich heran und folgte Radak. Sie fühlte sich alles andere als wohl in ihrer Haut, ahnte aber, daß ein wichtiges Ereignis bevorstand. Grake führte sie in den Forschungsbereich; T'Prylla und

Spock begleiteten ihn. Die anderen traten ebenfalls durch das schmale Schott und gelangten in eine große Kammer.

Jetzt wußten sie, was aus den Gerätschaften im technischen Lager geworden war. Überall im Raum gab es diverse Instrumentenanordnungen aus elektronischen Bausteinen, Prozessorkomplexen und Speicherschablonen, und häufig bildeten sie ein schier unentwirrbares Durcheinander. Mason gewann den Eindruck, sich in einem Spielzimmer zu befinden, im experimentellen Refugium eines vulkanischen Kindes, dem man alle Wünsche erfüllt hatte. Sie musterte Radak und T'Raus, und dabei begegnete sie dem Blick des Mädchens. Einige Sekunden lang starrten sie sich an. Mason schauderte – und nicht nur deswegen, weil sie eine Vulkanierin vor sich sah. Sie glaubte, sich inzwischen an die Präsenz solcher Nichtmenschen gewöhnt zu haben. Spock erschien ihr nach wie vor seltsam und eigentümlich, aber er war gewiß kein Ungeheuer. Doch T'Raus ...

Sie empfand den taxierenden Blick des Mädchens wie eine mentale Vivisektion.

»Sehr eindrucksvoll«, bemerkte Kirk höflich. Grake führte sie an der Wand der Kammer entlang in Richtung eines Podestes, auf dem ein kleines Kontrollpult installiert war. Der NDF-Recorder schwebte am Rande der Plattform, und die Servomotoren im Innern des Gerätes summten leise, als die Linsen den Bewegungen Grakes folgten.

»Es handelt sich um eine provisorische Konstruktion«, erklärte der vulkanische Wissenschaftler und bedeutete T'Prylla, ihm auf das Podium zu folgen. Radak schloß sich seiner Mutter an. »Doch das, was die Anlage leistet, ist wesentlich beeindruckender als ihr äußeres Erscheinungsbild.« Radak trat an das Pult heran, und Grake zögerte kurz, bevor er fortfuhr: »Mit dem Transformer können wir sowohl alle Arten von Materie kontrollieren als auch die energetischen Phänomene und die Raum-

Zeit in der Nähe der Station. Eine zehnjährige intensive Forschung hat uns in die Lage versetzt, die eigentliche Struktur des Universums zu beherrschen, jenes Seins-Fundament, auf dem die Schöpfung basiert. Auf diesem Gebiet sind wir erst seit kurzer Zeit tätig, aber wir haben bereits große Erfolge erzielt.«

Mason sah, wie sich die Lippen McCoys bewegten: Er schien das Wort ›Wahnsinn‹ zu formulieren.

»Mein Sohn wird Ihnen demonstrieren, was ich meine.«

Radak streckte die Hand aus und berührte einige der Tasten auf dem Kontrollfeld. Er erweckte ganz den Anschein, als habe er große Erfahrung in der Bedienung des technischen Komplexes. *Er kennt das System besser als sein Vater,* dachte Rowena Mason und fragte sich, warum Grake seinem Sohn den Vortritt ließ. Die Maschinerie in der Kammer reagierte; ihr dumpfes Summen weckte Vorstellungen von geballter Kraft.

Dann, ganz langsam, verflüchtigten sich die Konturen der Gestalt Radaks. Die Besucher brauchten einige Sekunden, um zu begreifen, was geschah. Chekov versuchte, sich zu beherrschen, aber er zuckte unwillkürlich zusammen, als der Junge verschwand. Die Journalistin glaubte, dort, wo der Sohn Grakes eben noch gestanden hatte, ein kurzes Aufglühen zu sehen, aber sie war nicht sicher. Spock nahm die Dematerialisierung mit unerschütterlicher Gelassenheit hin.

Das Verschwinden Radaks weckte zwar das Interesse des Ersten Offiziers, doch er dachte in erster Linie an das, was ihm zuvor aufgefallen war: Einige der Geräte, die sich in der Forschungskammer befanden, stammten ganz offensichtlich von einem unbemannten Rettungsschiff der Föderation – zweifellos von der Kapsel, die man vor einigen Jahren in den Nebel geschickt hatte und die daraufhin spurlos verschwunden war.

Und das beantwortete zumindest eine der Fragen Spocks.

Shallert hielt im Transporterraum Wache, und da sein Dienst keine ständige Aufmerksamkeit erforderte, las er in der neuesten Ausgabe eines technischen Bulletins.

Als er glaubte, aus den Augenwinkeln eine Bewegung wahrgenommen zu haben, hob er den Kopf. Ein junger und lächelnder Vulkanier stand auf einer der Transferplatten. Shallert zwinkerte, und von einem Augenblick zum anderen verschwand die Gestalt. Verwirrt starrte er auf die Transporterkonsole. Sie war nicht eingeschaltet. Und außerdem hatte er auch nicht das charakteristische Summen und Sirren aktiver Restrukturierungsfelder vernommen.

Nach kurzem Zögern betätigte Shallert die Taste des Interkoms und setzte sich mit der Sicherheitsabteilung in Verbindung. »Hier Olaus«, ertönte es aus dem kleinen Lautsprecher.

»Hier Jonathan. Edward, wenn das so weitergeht, bin ich bald für die Gummizelle reif. Registrieren die Sensoren einen Eindringling?«

»Nein«, erwiderte Olaus. »Was ist denn los? He, Moment mal, was haben wir denn hier? Ein Körper, der Infrarot-Strahlung emittiert, im zweiten Quadranten auf Deck Sieben. Seltsam: Bis vor einigen Sekunden hielt sich dort niemand auf.«

Unterdessen wanderte Radak durch einen Korridor auf dem siebten Deck im Diskus der *Enterprise.* Der Gang verlief zwischen dem Maschinenraum und dem Impulstriebwerk. Der junge Vulkanier sah sich immer wieder um und bewunderte die Konstruktionsdetails des großen Raumschiffs. Nach einer Weile blieb er stehen, hob die Hand und berührte eine Tür. Zwar war sie verschlossen, doch das stellte kein Problem dar. Radak strich mit den Fingerkuppen über das Metall, und die stählernen Segmente schoben sich auseinander. Nur ein junger Wachoffizier befand sich im Maschinenraum: Er stand auf der zweiten Ebene und beobachtete das Gitter, das die Pulte von den Aggregaten des Impulstriebwerks trennte. Derzeit donnerten keine Plasmaströme in den dicken Röhren: Der gegenwärtige Kurs der *Enterprise* erforderte nur wenige Korrekturen, und dazu reichten die an verschiedenen Stellen der Außenhülle angebrachten Dockdüsen vollkommen aus. Lautlos und kühn wanderte Radak an den Schaltpulten vorbei, ohne von dem Wachoffizier bemerkt zu werden. Schon nach kurzer Zeit stellte er fest, daß er es nicht mit den Hauptaggregaten der *Enterprise* zu tun hatte. Er stellte sich die beiden Gondeln des Raumschiffs vor, in denen die Komponenten des Warp-Triebwerks untergebracht waren, widerstand aber der Versuchung, sich jene Anlagen anzusehen. Dreißig Sekunden seit seiner Dematerialisierung… Er hielt es für besser, in die Station zurückzukehren.

»An solche Reisemethoden sind wir durchaus gewöhnt«, sagte Kirk, als er die Fassung wiedergewonnen hatte. »Ich denke da nur an unseren Transporter.« Er wußte natürlich, daß es einen großen Unterschied zwischen den beiden Transferarten gab, aber er wollte sich seine Überraschung nicht anmerken lassen.

»Der Junge ist nicht von einem Transporter de- und rematerialisiert worden«, erwiderte T'Prylla und trat auf die Plattform. »Sein Körper wurde an einem anderen Koordinatenpunkt der Raum-Zeit dupliziert, wobei eine vollständige Transformation seiner Selbststruktur erfolgte. Es kam zu einer umfassenden Veränderung der atomaren Matrix, zu einer adäquaten Entsprechung an einer Stelle des Universums. Man könnte so etwas als kontrollierte Gleichzeitigkeit bezeichnen. Ja, Captain: Wir beherrschen die Synchronizität.«

Radak erschien neben seiner Mutter, wandte sich zur Konsole um und betätigte rasch einige Tasten. T'Prylla sah Spock an – so als wolle sie feststellen, ob er verstand.

»Ich nehme an«, sagte Spock, »Sie nutzen dabei die strukturelle Gleichheit verschiedener subatomarer Partikel aus. Bis auf welche Entfernung können Sie Koordinaten transformieren?«

»Unter den gegenwärtigen Bedingungen beträgt die maximale Distanz zweihundert Kilometer«, antwortete Radak. »Ich hatte mich gerade einem solchen Transformierungsprozeß unterzogen, als ich Ihrer ersten Landegruppe begegnete.«

»Das würde die anomalen Tricorderanzeigen erklären«, warf Chapel ein.

»Was meinen Sie, Spock?« fragte Kirk.

»Ich vermute, Schwester Chapel hat recht, Captain.«

»Ich vermute, ich nehme an, wahrscheinlich, vielleicht, möglicherweise.« McCoy seufzte. »Wir könnten diese neue Technik nutzen, um die Hibernanten zur *Enterprise* zu bringen.« Und er fügte ironisch hinzu: »Jedenfalls *nehme ich an,* daß sie nicht die Nachteile eines Transporters aufweist.«

Grake schüttelte den Kopf. »Nein, Doktor. Theoretisch besteht die Möglichkeit zwar, aber derzeit läßt sich Ihr Vorschlag noch nicht in die Tat umsetzen. Angesichts des gegenwärtigen Entwicklungsstandes beschränkt sich die Kapazität der Anlage auf Massen, die nicht viel größer sind als die meines Sohnes. Meine Frau kann noch transformiert werden, aber ich bin bereits zu schwer. Es wäre völlig unmöglich, ein Hibernakel *und* den darin liegenden Schläfer zu transferieren. Nun, aber die Demonstration ist noch nicht zu Ende. T'Raus hat an einem eigenen Projekt gearbeitet.« Er streckte die Hand aus und half seiner Tochter auf die Plattform.

»Im Bereich der kleinsten Partikel – Vulkanier nennen diesen Mikrokomos *Numosma,* und Menschen sprechen von der sogenannten Planck-Wheeler-Länge – wird der Raum zu einem Labyrinth, das aus Singularitäten besteht«, erklärte T'Raus. Sie stand am Rande der Plattform und hatte die Hände gefaltet.

»Sie sieht aus wie eine Schülerin, die Gedichte aufsagt«, flüsterte Chapel Mason zu. Die Journalistin glaubte jedoch, in dem Gebaren T'Raus eine weitaus größere Selbstsicherheit zu erkennen.

»Bisher hatten wir keine Möglichkeit, so extrem kleine Bereiche zu untersuchen, und wir mußten uns theoretisch mit ihnen auseinandersetzen. Andererseits wissen wir, daß die Struktur von Materie und Energie auf dieser Ebene bestimmt wird. Nun, mit Hilfe des Transformers sind wir in der Lage, virtuelle Simulationen kleiner Raum-Zeit-Sektionen zu erstellen – und auch Modelle größerer Regionen zu entwickeln, bis hin zu den Ausmaßen eines ganzen Universums. Solche Simulationen sind in jeder Hinsicht genau. Es fehlt ihnen nur ein Detail – die Realität. Vielleicht aber sind wir bald imstande, Abschnitte der Raum-Zeit zu schaffen, die auch den Erfordernissen der Wirklichkeit genügen. Und dann wäre unsere Arbeit fast beendet.«

Die nächsten Worte formulierte T'Raus mit einer besonderen Betonung. »Das Ziel unserer Bemühungen liegt natürlich auf der Hand. Wir beabsichtigen, ein völlig neues Universum zu schaffen, das es uns ermöglicht, die eigendynamische Entwicklung zu studieren und zu kontrollieren. Wenn uns das gelingt, können wir Aufschluß über eine der interessantesten Perioden unseres eigenen Kosmos gewinnen – über die ersten Minuten nach dem Urknall. Darauf folgten nur Auflösung und Zerfall.«

»Ich hoffe, ganz so schlimm war es nicht«, brummte McCoy spöttisch.

»Faszinierend«, sagte Spock.

Mason war eher verwirrt. Und Kirk zuckte nicht einmal mit der Wimper.

T'Raus hob die Hand und berührte mehrere Tasten auf der Konsole – eine Bewegung, bei der sie die gleiche Sicherheit offenbarte wie zuvor Radak. »Bitte beobachten Sie jetzt die transparente Sphäre weiter rechts auf der Plattform. Ich möchte Ihnen nun zeigen, was es mit der Welt des ganz Kleinen auf sich hat.«

KAPITEL 16

Die gläserne Kugel ruhte auf einer silbrig schimmernden Stange, und in ihrem Innern schienen sich die Konturen von Bäumen zu bilden. Kurz darauf kamen die schemenhaften Formen in Bewegung und wirbelten durcheinander. Am Rande der Sphäre entstanden schwarze Linien, die innerhalb weniger Sekunden eine spinnenwebartige Komplexität gewannen, sich dann aber wieder verflüchtigten. Zurück blieb homogenes Grau.

»Unsere Augen können nur Dinge wahrnehmen, mit denen sie vertraut sind«, sagte T'Raus. »Aus diesem Grund läßt sich nur ein Teil der Simulation direkt beobachten. Und da wir auf das Trägermedium Licht angewiesen sind, um optische Informationen aufzunehmen, entspricht das, was wir sehen, nicht exakt dem Modell. Trotzdem enthält die Simulation alle notwendigen Daten für ein Verständnis der Raum-Zeit-Basis. Wo wir auf die Sensibilitätsgrenzen unserer Sinne stoßen, können uns Maschinen weiterhelfen.« Das Innere der Kugel zeigte nun flüchtige Farben, die kurz aufglühten und dann wieder mit dem neutralen Grau verschmolzen.

Mason hatte das Gefühl, langsam hypnotisiert zu werden. Zwar betrug die Entfernung zur Kugel etwa sechs Meter, doch es dauerte nicht lange, bis sie ihr ganzes Blickfeld ausfüllte. Einmal glaubte sie, Schlangen in der Sphäre zu sehen, doch aus den sich hin und her windenden Leibern wurden dahinschwebende Wolken. Jene Wolken wiederum verwandelten sich in gummiartige Fladen. Sie krümmten und verformten sich, und die

Löcher in den verzerrten Schichten stülpten sich übereinander. Einige Sekunden später lösten sich die Fladen auf, und es blieben *nur* die Löcher: Sie pulsierten wie leere Herzen, schienen gleichzeitig zu wachsen und zu schrumpfen, zitterten in einem wohlgeordneten und doch chaotischen Entwicklungsrhythmus. Den Löchern folgten fadenförmige Tunnel, an die sich ein Gewirr gekrümmter Linien anschloß, das in bunten Farben schillerte.

Kirk sah etwas völlig anderes. Er fühlte sich an die Propeller altertümlicher Flugzeuge erinnert, beobachtete Abertausende von sich rasend schnell drehenden Rotorblättern, deren Tönungen in einem ständigen Wandel begriffen waren, die sich ausdehnten und einander berührten, bis sie eine einheitliche Masse bildeten und doch ihre wirbelnde Individualität wahrten.

Das, was Chekov in der Sphäre erblickte, erschien ihm irgendwie vertraut. Er erkannte es wieder. Besser gesagt: Das ihn kontrollierende Fremde erkannte es wieder, reagierte mit melancholischer Nostalgie darauf, so wie ein Mensch, der die vergilbte Fotografie eines längst verstorbenen Freundes betrachtet. Der verdrängte Teil Chekovs wußte nicht, um was es sich handelte, lauschte dem Raunen und Flüstern der Stimme.

Chapels Blick bot sich ein wogendes Durcheinander aus exotischen Blumen dar, deren Blütenblätter sich miteinander verbanden und dann wieder lösten.

Spock bemühte sich vergeblich, nur das zu sehen, was die Kugel wirklich enthielt. Das, was sich in der Sphäre bewegte, hatte keine konkrete Masse, die als stabile Grundlage für das eherne Gerüst vulkanischer Logik dienen konnte. Schon nach wenigen Sekunden wurde er sich voller Unbehagen der Grenzen seiner kulturellen Konditionierung bewußt. Vulkanier strebten völlige Logik an, in einem Universum, dessen Entwicklung auf kontrolliertem Chaos basierte. Ein solches Bemühen mußte letztendlich scheitern. Die Darstellungen in der

Kugel deprimierten ihn, stimulierten den emotionalen Gehalt seines menschlichen Wesensaspekts …

Und plötzlich begriff er das Paradoxon. Angeblich waren diese Forschungsarbeiten von Vulkaniern geleistet worden. T'Prylla mochte zwar unorthodoxe Methoden der Logik anwenden, aber auf ihre eigene Art und Weise unterlag sie ebensolchen Beschränkungen wie Spock. Die Konstruktion eines derartigen Gerätes mußte ihr extrem schwergefallen sein, hätte eigentlich sogar unmöglich sein müssen.

Aber was kam dann als Erkenntnisfaktor in Frage? Die menschlichen Physiker, die aufgrund ihrer emotional-assoziativen Natur den vulkanischen Wissenschaftlern hätten helfen können, befanden sich nach wie vor in der Hibernation. Ruckartig wandte sich Spock von der Sphäre ab, nicht geneigt, sich noch mehr davon verwirren zu lassen.

Aus ähnlichen Gründen drehte sich auch McCoy um. Für seine Wahrnehmung war die Kugel mit Gesichtern gefüllt – mit Gesichtern, die sich in Totenschädel verwandelten. Aus den leeren Augenhöhlen wurden unendlich lange Tunnel, die sich mit Tod und Elend und Verderben füllten. Die Zähne blitzten hell, gleißten wie polierter Stahl, und die Sterne im Universum schienen nichts weiter zu sein als Reflektionen dieses Schimmerns. Die Kugel machte ihm klar, daß er überschnappen konnte, wenn er die Kontrolle über sich verlor.

T'Raus betätigte einige Tasten, und ganz plötzlich war die Kugel wieder leer. Während der Demonstration hatten die Zuschauer geschwiegen, und die Stille dauerte noch eine Weile an.

Kirk meldete sich als erster zu Wort. »Ich weiß nicht recht, ob ich in der Lage bin, Ihre Leistungen angemessen zu würdigen«, sagte er und strich sich über die Stirn. »Es mag ein wissenschaftlicher Durchbruch sein, aber ich verstehe nicht, was das alles mit unserem derzeitigen Problem zu tun hat.«

Der neben Kirk stehende Radak wandte sich langsam zum Captain um, und in seinem Gesicht zeigten sich Regungen, die in einem auffallenden Kontrast zum vulkanischen Stoizismus standen. »Wenn wir unsere Arbeit fortsetzen, sind wir in einem Jahr in der Lage, die Körper der Kälteschläfer zu duplizieren, ohne daß dafür die Gerätschaften an Bord Ihres Schiffs notwendig sind. Dann brauchen wir überhaupt keine technischen Hilfsmittel mehr, nicht einmal diese Anlage hier. In einem Jahr können wir allein mit Gedankenkraft transformieren und unser Bewußtsein auf die Reise schicken.« Radaks Blick war nach wie vor auf Kirk gerichtet. »Dann sind wir nicht länger an diesen Asteroiden gebunden und können selbst auf Föderationsschiffe verzichten.«

Das ist eine Lüge! gellte die mentale Stimme T'Pryllas. Sie versuchte, sich von der fremden Kontrolle zu befreien, Spock mitzuteilen, was wirklich vor sich ging. Die restliche Arbeit Coronas nahm weitaus weniger Zeit in Anspruch, als für die Entwicklung solcher Dinge erforderlich gewesen wäre.

Kirk wandte sich an Grake. »Spricht Ihr Sohn für Sie alle?« Grake und T'Prylla nickten gleichzeitig. »Nun«, fuhr der Captain fort, »ich wünsche Ihnen Glück für Ihre weiteren wissenschaftlichen Arbeiten. Vielleicht erreichen Sie das, was Sie anstreben. Was mich angeht: Meine Aufgabe besteht darin, die Probleme der Gegenwart zu lösen. Das Gesetz verpflichtet mich dazu, alle sich mir bietenden Möglichkeiten wahrzunehmen, um das Leben von Föderationsbürgern zu retten. Die Hibernanten sind in Gefahr, und mir bleibt nichts anderes übrig, als den Expertenrat des Arztes zu berücksichtigen. Ich... ich kann Ihnen garantieren, daß Sie sich keine Sorgen um die Sicherheit der Schläfer zu machen brauchen. Während des Transports zur *Enterprise* droht ihnen keine Gefahr.« McCoy nickte zufrieden, als er diese Worte Kirks vernahm.

»Es müssen noch einige Veränderungen im Shuttle

vorgenommen werden, um die physische Integrität der Schläfer zu gewährleisten«, sagte Spock. »Wir kehren an Bord der *Enterprise* zurück, führen dort die letzten Installationen durch und beginnen anschließend mit der Verlegung der Hibernanten.«

»In Ordnung«, erwiderte T'Prylla und nickte zustimmend.

Seltsam, dachte Rowena Mason. Nach all den Einwänden sind sie ganz plötzlich einverstanden …

Chekov kehrte als erster in die Lagerhalle zurück. Wah Ching und Pauli standen neben der Zugangsröhre, die das Schott mit der Luftschleuse des Shuttles verband. Er sprach kurz mit ihnen, wanderte dann durch den Tunnel und schloß die Luke.

Im Innern des kleinen Flugbootes sah er sich wie benommen um, schritt durch das Passagierabteil und erreichte die Konsole des Piloten. Mit einem Wartungsschraubenschlüssel löste er die Instrumentenverkleidung und starrte auf das Durcheinander aus Glasfaserkabeln und elektronischen Leiterbahnen. Er nahm den Phaser zur Hand und justierte die Waffe auf einen gebündelten und schwachenergetischen Strahl mit geringer Tiefenwirkung. Die Energiestärke sollte gerade genügen, um das Isolationsmaterial der Kabel verdampfen zu lassen. Das Autodiagnosesystem des Shuttles würde eine Fehlfunktion feststellen, aber da die Isolationsschichten nicht direkt mit einem Meßsensor verbunden waren, konnte der Bordcomputer die Schadensursache nicht näher erläutern, sondern nur die Fehlerquelle lokalisieren. Und selbst wenn jemand nachsah: Bestimmt war es nicht leicht festzustellen, was den Kurzschluß bewirkte …

Und das wiederum bedeutete, daß das Shuttle nicht starten konnte.

Chekov kämpfte dagegen, wehrte sich mit aller Kraft gegen das, was seine Arme bewegte. Innerhalb weniger

Sekunden war er schweißgebadet. Aber die Stimme – das *Fremde* in ihm – war stärker.

Wenig später schob er den Phaser in die Gürtelschlaufe zurück, wischte sich mit dem Ärmel die Stirn trocken und öffnete die Luke. Als er durch die Röhre zurückeilte, trug er einen zornigen Gesichtsausdruck zur Schau. »Wer ist im Shuttle gewesen?« Die beiden Sicherheitsbeamten sahen ihn verblüfft an. »Jemand hat die Instrumentenverkleidung abgenommen«, sagte er. Kirk, Spock, McCoy, Chapel und Mason näherten sich. Chekov ging ihnen entgegen und wünschte sich dabei, einfach zu sterben, endlich dem Flüstern und Raunen hinter seinen Augen entfliehen zu können. »Mr. Spock ...«, begann er.

Spock kletterte aus dem Shuttle und schüttelte den Kopf. »Ich fürchte, wir haben es mit Sabotage zu tun, Captain.«

McCoy fluchte dumpf. »Wir treten auf der Stelle, Jim. Dauernd wirft man uns Knüppel zwischen die Beine.«

Kirk sah sich in dem großen Lagerraum um. »Spock, führen Sie mit Ihrem Tricorder eine Kontrolle durch. Vielleicht gibt es hier Überwachungsgeräte irgendeiner Art ... Chekov, behalten Sie den Zugang im Auge.«

Spock nahm das kleine Instrument zur Hand, schwenkte es im Kreis und blickte auf die Anzeige. »Negativ, Captain. Aber das ist keine Garantie dafür, daß nicht doch jemand mithört.«

»Dann müssen wir das Risiko eben eingehen. Zum Teufel auch, Spock: Was ist hier eigentlich los?«

»Irgend etwas stimmt nicht, Captain. In der Forschungskammer habe ich Geräte gesehen, die von der unbemannten Föderationskapsel stammen. Als sie den Asteroiden erreichte, gab es offenbar niemanden in der Station, der sich retten lassen wollte. Andererseits aber benötigten die Forscher dringend neue Maschinenteile und andere Ausrüstungsmaterialien. Darüber hinaus verhalten sich die Wissenschaftler weder wie normale noch wie geistesgestörte Vulkanier. Ihre Erklärungen sind unlogisch und oftmals widersprüchlich. Die Kinder wirken weitaus selbstsicherer als Grake und T'Prylla, und das ist in höchstem Maße sonderbar.«

»Könnte das nicht an der langen Isolation liegen?« fragte Rowena Mason.

»Nein«, erwiderte Spock. »Ihr Verhalten offenbart ein gewisses Muster, aber es entspricht nicht dem, das ich von meinem Volk kenne. Es deutet auf eine beherrschende Präsenz hin, die andere Ziele als wir verfolgt.«

»Aber es gibt hier keine lokalen Lebensformen«, wandte McCoy ein. »Wir wissen aus Erfahrung, daß Protosternwolken völlig steril sind. Oh, die organischen Moleküle fehlen natürlich nicht ...«

»Ich glaube kaum, daß Grake und die anderen von einer organischen Lebensform kontrolliert werden«, sagte Spock. »Ich vermute eine Entität, die ausgesprochen wißbegierig und in höchstem Maße an den Innovationen interessiert ist, die von den Forschern als Eigenleistungen dargestellt wurden.«

»Und um was könnte es sich dabei handeln?«

»Ich schlage vor, wir setzen uns mit der *Enterprise* in Verbindung, um festzustellen, was es mit dem Transporter auf sich hat. Wenn meine Hypothese stimmt, weist das Transfersystem keine Fehlfunktionen auf; vielmehr unterliegt der Übermittlungsstrahl einer externen Störung. Das könnte sowohl die eigentümliche Art meiner Ankunft in der Station erklären als auch die Probleme Chekovs.«

»Und wenn Sie recht haben – was sollen wir dann unternehmen?« fragte McCoy.

»Wir spielen unseren Trumpf aus, Dr. McCoy. Wir fordern Ersatzteile für die Reparatur des Shuttles an.«

Veblen betrachtete die Darstellungen der Möglichkeitsmodelle und schürzte die Lippen. Mit einer Mischung aus Ärger und Erstaunen gab er ein: *Ist das dein Ernst?*

Dies sind die realistischsten Modelle, die der stochastische Algorithmus zur Zeit berechnen kann, projizierte der Computer auf den Schirm. Veblen hatte die akustische Ausgabe desaktiviert. Er zog die Arbeit mit optischen Anzeigen vor. Auf diese Weise fiel es ihm leichter, Programmierfehler zu entdecken.

»Mr. Veblen zur Brücke«, klang die Stimme Uhuras aus dem Interkom. Der Computeroffizier speiste die Modelldaten in seine Speicherkapsel ein und betrat den Turbolift.

Scott befand sich in der Kommandozentrale der *Enterprise* und sprach gerade mit Kirk, der sich nach wie vor in der Station aufhielt. »Die Schlußfolgerungen Mr. Spocks erleichtern mich sehr«, sagte der Chefingenieur.

»Uns nicht«, erwiderte Kirk lakonisch. »Ist Veblen bei Ihnen?«

»Ja, Captain«, bestätigte der Computeroffizier.

»Mr. Veblen, Spock fordert einige besondere Ersatzteile für eine Shuttle-Reparatur an.« Veblen runzelte unwillkürlich die Stirn: Warum wandte man sich mit einer solchen Anfrage ausgerechnet an ihn?

»Mr. Veblen«, sagte Spock, »für die *Galileo II* benötigen wir folgende Systemkomponenten ...« In rascher Folge nannte er sechsundzwanzig Kennziffern, und Veblen notierte sie und reichte die Folie an Scott weiter. Der Chefingenieur warf einen kurzen Blick darauf. Nur fünf Teile standen in unmittelbarem Zusammenhang mit der technischen Ausrüstung eines Shuttles, und überraschenderweise hatte keins davon mit den Hibernationsbehältern zu tun. »Darüber hinaus würde ich gern wissen, wie der Algorithmus auf die neuen Daten reagierte. Hat sich der Wahrscheinlichkeitsgehalt von Modell C erhöht?«

Veblens Verwunderung nahm zu. »Das ist tatsächlich der Fall, Mr. Spock. Modell C wurde erweitert und steht nun an erster Stelle. Die Ybakra ...«

»Vielen Dank, Mr. Veblen. Bitte schicken Sie uns die Ersatzteile so schnell wie möglich. Solange wir das

Shuttle nicht reparieren können, sitzen wir hier auf dem Asteroiden fest.« Spock unterbrach die Verbindung, und Scott schüttelte den Kopf.

»Was bedeutet das alles, Mr. Scott?« fragte Veblen.

»Einige der angeforderten Materialien dienen dazu, Kabel und Leiterbahnen im Kontrollpult des Shuttles zu isolieren. Das ergibt durchaus einen Sinn. Die anderen Dinge aber… Wenn man sie zusammensetzt, entsteht ein Ybakra-Schild.«

»Für die Kälteschläfer?«

»Ich weiß nicht«, erwiderte der Chefingenieur. »Ginge es darum, hätte McCoy vermutlich Angaben in Hinsicht auf die Größe des Abschirmfelds gemacht. Ich glaube kaum, daß der Schild für zwei Hibernakel genügt.«

Nachdenklich blickte Veblen auf seine Speichereinheit. »Ich fürchte, wir haben es mit einer Bestätigung des Modells C zu tun.«

T'Prylla verspürte dumpfen Ärger, doch dieses Gefühl wurde von einem anderen und wesentlich stärkeren Empfinden überlagert – der deutlich ausgeprägten Unentschlossenheit Coronas. Die Vulkanierin bekam dauernd neue Aufträge und war ständig unterwegs. Noch niemals zuvor hatte sie Corona so wankelmütig und unsicher erlebt. Eine Zeitlang arbeitete die Wissenschaftlerin in der Forschungskammer und erweiterte die dort installierte Anlage mit neuen Geräten. Einmal sah sie kurz Grake, der mit ähnlichen Dingen beschäftigt war. T'Kosa und Anauk, so wußte sie, warteten vor dem technischen Lager. Und von T'Raus und Radak war weit und breit nichts zu sehen.

Die beiden vulkanischen Kinder standen unter einem purpurnen Himmel und beobachteten ein Band aus grünem Glühen, das bis zum Zenit reichte. Es handelte sich nicht um ein bedeutendes energetisches Nebelphänomen, nur eine Gaswolke von vielen, doch der Anblick genügte, um Corona ein wenig abzulenken. Die Geburtsstätte der Protosterne stellte einen sonderbaren und fast in sich geschlossenen Kosmos dar, und den Anblick der Staub- und Gaskonglomerate empfand Corona als angenehm. Er weckte bestimmte Assoziationen …

Der Gedanke wurde nicht zu Ende geführt. T'Raus berührte einen nahen Felsen und wechselte zum Sternenblick. Das Ziel war nahe, so nahe, doch es blieb nicht mehr viel Zeit. Wo mochte es zur nächsten Erscheinung kommen?

Der Sternenblick reichte nicht nur weit in die gegenwärtige Struktur der Raum-Zeit, sondern auch in unterschiedliche Wahrscheinlichkeits-Universen. Der einzige mögliche Kosmos, den er nicht beobachten konnte, war die Entwicklung der derzeitigen Realität: Corona wußte nicht genau, worin das Ergebnis der Arbeit bestehen würde.

Zu Anfang hatte Corona nach jungen und noch amorphen Galaxien in heißen Gaswolken gesucht – doch keine gefunden. Statt dessen entdeckte die Präsenz Anzeichen ihres eigenen Werks, der eigenen Experimente und Fehler – verborgen in äonenalter Vergangenheit, jenseits einer breiten temporalen Kluft. Nach neun Jahren geduldiger Suche entstand nicht nur die Quasiemotion profunder Enttäuschung in ihr, sondern sie wurde sich auch der Grenzen ihrer Möglichkeiten bewußt. Schließlich entdeckte sie die Region, in der es mit großer Wahrscheinlichkeit zur nächsten Erscheinung kommen würde – wenn sie im Black Box-Nebel versagte.

Zu Beginn hatte es kaum Schwierigkeiten gegeben. Die astrophysikalischen Bedingungen waren nicht annähernd so ungünstig gewesen wie zur Zeit. Jetzt blieb Corona nichts anderes übrig, als erneut zu hoffen, daß es in bezug auf Subraummassen und kollabierende Protosterne zu einer bestimmten Konstellation kam. Und der Sternenblick hatte gerade ein solches strukturelles Muster entdeckt.

Doch die Präsenz ahnte, daß jene Situation nicht so vorteilhaft sein konnte wie die im Black Box-Nebel. Diese Wolke war einzigartig. Einerseits handelte es sich dabei um eine ganz gewöhnliche Geburtsstätte neuer Sonnen, aber andererseits gab es hier die Vulkanier: lebende intelligente Wesen, die aus *Materie* bestanden. Solchen Geschöpfen war Corona noch nie zuvor begegnet. Die Präsenz wußte nicht, welche Ausbreitung das organische Leben in naher Zukunft gewinnen mochte, doch sie kam zu dem Schluß, daß es extrem wichtig war, die Arbeit so schnell wie möglich zu beenden.

Sie brauchte nur noch einige ungestörte Stunden – einen winzigen Teil jener bizarren Dimension, zu der die Zeit in diesem alten und zum physikalischen Tod verurteilten Universum geworden war.

Aber wie sollte sie die Arbeit beenden und den neu eingetroffenen Besuchern begegnen, die sich zunehmend als Störfaktor erwiesen?

Diese Unschlüssigkeit war es, die T'Prylla so sehr belastete. Es dauerte eine Weile, bis Corona eine Entscheidung traf. Die Besucher stellten eine untolerierbare Gefahr dar. Sie konnten einige der wichtigsten Informationen zerstören, wenn sie die Hibernanten fortbrachten. Wenn es ihnen gelang, das Shuttle zu reparieren, würden sie kurz darauf mit dem Transport der Schläfer beginnen...

Corona hatte zu spät festgestellt, daß sich Menschen noch schwerer beeinflussen ließen als erwachsene Vulkanier. Nur durch die geringfügige Manipulation des Transporterstrahls war es der Präsenz möglich gewesen, das Individuum namens Chekov unter Kontrolle zu bringen – ein reiner Glücksfall. Die andere Person vereinte vulkanische und menschliche Eigenschaften in sich und wies eine ganz besondere Widerstandskraft auf. Die wenigen Sekunden der Rematerialisierungs-Verzögerung hatten nicht ausgereicht, um Spock zu einem Werkzeug ihres Willens zu machen.

Doch Corona lernte aus Fehlschlägen. Wenn Spock noch einmal den Transporter benutzte ...

Es fiel Scott schwer, die Ausrichtung des Transferstrahls stabil zu halten. Der Übertragungsfokus schwankte ständig hin und her. Veblen beobachtete, wie der Chefingenieur zu schwitzen begann und mehrere Schieberegler betätigte. Derzeit enthielt das Transporterfeld nur ein Testgerät; die von Spock angeforderten Ausrüstungsteile lagen auf zwei Gleitpaletten bereit, die in der Nähe der Plattform schwebten. »Hat bereits die Restrukturierung begonnen?« wandte sich Veblen an Kirk.

»Noch nicht«, erklang die Antwort aus dem Lautsprecher des Kommunikators. »Einen Augenblick ... ich sehe ein mattes Schimmern.«

»Ich bin noch immer dabei, den Strahl zu fokussieren«, stieß Scott hervor. »Er zuckt wie ein Schlangenleib. Die Rematerialisierung des Testgerätes müßte ... *jetzt* beginnen.«

»Alles klar«, meldete Kirk. »Die Sonde ist in Ordnung!«

»Ich hole sie zurück«, sagte Scott. Als das kleine Gerät auf dem Transferfeld rematerialisierte, bedeutete er Shallert, die beiden Gleitpaletten in Position zu bringen.

»Wir schicken Ihnen jetzt das angeforderte Material«, sagte Veblen. Er warf einen prüfenden Blick auf die Anzeigen seines mobilen Terminals und schloß es an die Datenleitungen des Bordcomputers an. Sofort erfolgte eine umfassende Analyse des destabilen Transporterstrahls: Die entsprechenden Informationen dienten dazu, das Modell C zu bestätigen und zu erweitern.

»Was auch immer den Strahl beeinflußt: Das Feld muß mindestens so groß sein wie der ganze Asteroid«, brummte Scott.

Die auf dem Terminaldisplay dargestellten Zahlen- und Buchstabenkolonnen deuteten sogar auf ein Feld hin, das mehrere hunderttausend Kilometer durchmaß.

Nach den bisher ermittelten Daten handelte es sich um eine komplexe und mehrschichtige Struktur, die sowohl die Statusgeometrie beeinflußte als auch den Subraum und mindestens drei verschiedene Zwischenraum-Geodäsien. Automatisch richtete der Bordcomputer die Sensoren der *Enterprise* aus, und ihre elektronische Aufmerksamkeit galt dem Zentrum des Black Box-Nebels, dem glühenden Plasmadunst der neu entstandenen Trisonne.

»Ich beginne mit dem Transfer«, kündigte Scott an. »Und ich bin froh, daß ich dem Transporterstrahl keine Menschen anvertrauen muß.«

»Das Schimmern wiederholt sich«, antwortete Kirk. »Wir können bereits die Konturen der beiden Gleitpaletten sehen. Ja, sie treffen ein. Und sie sind intakt!«

Scott schaltete den Transporter aus und streckte die Arme, um die angespannten Muskeln zu lockern. Er ächzte dumpf und sah Veblen an. »Ich habe das Gefühl, als hätte ich gerade ein Schiff durch einen Sturm gesteuert«, sagte er.

»Und es war ein sehr interessanter Sturm«, entgegnete Veblen. »Ich würde mich gern mit Mr. Spock darüber unterhalten, doch die Leute in der Station scheinen derzeit nicht viel von offenen Worten zu halten.«

Die Sensoren hatten den Ursprung des Verzerrungsfelds ausgemacht. Es handelte sich um ein abgeflachtes Rotationsellipsoid aus intensiver Ybakra-Strahlung, und im Zentrum des Sphäroids befanden sich die drei neuen Sonnen, die in einem Abstand von einer halben Milliarde Kilometern um ein gemeinsames Gravitationszentrum kreisten.

KAPITEL 17

Kirk und Spock errichteten den Ybakra-Käfig im Frachtraum des Shuttles. Sie schwiegen und gaben durch nichts zu erkennen, was sie planten. In diesem Zusammenhang war Kirk nach wie vor auf Mutmaßungen angewiesen. Als sie die Konstruktion beendet hatten, kamen Chekov und McCoy und prüften die Anlage, wobei Chekov besondere Aufmerksamkeit zeigte. Der Schild war würfelförmig, mit einer Kantenlänge von zwei Metern. Er bestand aus schwarzen Rohren, und an den insgesamt acht Eckpunkten befanden sich kleinere und rote Würfel.

Mason saß ein wenig abseits der anderen auf einem Klappstuhl, und mit zunehmender Verwirrung beobachtete sie die Aktivitäten Kirks und seiner Begleiter. Noch niemals zuvor hatte sie sich so überflüssig und fehl am Platze gefühlt. Ganz offensichtlich waren sie in Schwierigkeiten, aber sie selbst gehörte nicht eigentlich zum Team. Man sagte ihr nicht, um was es ging, wies ihr auch keine Aufgabe zu. Mit anderen Worten: Sie war nichts weiter als Ballast. Chapel bedachte sie mit einem aufmunternden Lächeln.

»Und jetzt ein Test«, sagte Kirk. »Jemand muß den Käfig mit einem Tricorder betreten. Pille?«

»Nein, danke«, erwiderte McCoy und schüttelte den Kopf. »Ich bekleide einen höheren Rang als Chekov. Wie wär's mit ihm?«

Chekov erbleichte sichtlich. Spock reichte ihm den Tricorder, doch der junge Mann wich einen Schritt zurück und hob wie abwehrend die Hände.

»Es besteht keine Gefahr«, sagte Kirk und kniff die Augen zusammen. »Die Vorrichtung dient nur zum Schutz der Hibernanten.«

Wenn Chekov keinen Verdacht erregen wollte, mußte er der Aufforderung nachkommen. Zum erstenmal begriff er, daß das Fremde in ihm keine vollständige Kontrolle ausübte. Corona erwog die Möglichkeit einer Weigerung, kam dann aber zu dem Schluß, daß sie sich dadurch verraten hätte. Sie zwang Chekov zu einem unsicheren Lächeln.

Der Mann nahm den Tricorder entgegen und begab sich in den Käfig. »Einschalten«, sagte Kirk. Spock betätigte eine Taste an der oberen Seite des Schildes. Es blieb alles still, und es kam auch nicht zu sichtbaren energetischen Effekten. Doch das Gerät funktionierte und schirmte die Ybakra-Strahlung ab.

Chekov brach zusammen. Aus einem Reflex heraus setzte sich McCoy in Bewegung und machte Anstalten, den Käfig zu betreten. Kirk hielt ihn zurück.

»Jim, vielleicht braucht er Hilfe …«

»Warte noch ein wenig, Pille«, entgegnete Kirk. »Spock?«

»Ich glaube, das ist eine Bestätigung meiner Hypothese, Captain. Die Ybakra-Strahlung dient als Übermittlungsmedium für die psychische Kontrolle. Während der letzten Stunden war Chekov nur mehr eine Marionette gewesen.« Spock trat in den Käfig und kniete neben dem zu Boden gesunkenen Mann. Die Lider Chekovs zuckten, und nach einigen Sekunden schlug er die Augen auf und wirkte plötzlich sehr erleichtert. »Mr. Spock … Es … es war schrecklich …«

Spock winkte McCoy herbei, und der Arzt untersuchte Chekov mit seinem Tricorder. Er konnte keine Verletzungen feststellen, diagnostizierte aber einen Erschöpfungszustand aufgrund hoher nervlicher Belastung. »Ich habe versucht, der Präsenz Widerstand zu leisten«, erklärte der junge Mann.

»Wem?« fragte Kirk.

»Der Präsenz, die mich beherrschte. Die mich wie ein Werkzeug benutzte ... Ich war es, der die Instrumentenverkleidung entfernte und die Kontrollsysteme des Shuttles beschädigte ...«

»Das wußten wir bereits«, sagte Kirk. »Unmittelbar nach der Landung hat Spock die internen Überwachungssensoren aktiviert. Wir haben uns die Aufzeichnung angesehen und Sie beobachtet. Wie ... wie fühlte es sich an? Um was für eine Präsenz handelte es sich?«

»Ich weiß nicht«, gab Chekov zurück. »Ich empfand ... Entschlossenheit, Zorn, so etwas wie determinierte Neugier. Das Bestreben, irgend etwas zu finden.« Er schüttelte unsicher den Kopf und schloß die Augen.

»Wir sollten ihn in die Krankenstation bringen«, sagte McCoy.

»Wenn er den Schutz des Schildes verläßt, muß er damit rechnen, erneut von dem fremden Etwas beherrscht zu werden«, wandte Spock ein.

»Wann hat ihn die Präsenz übernommen?« fragte Kirk.

»Ich glaube, ich habe sie ebenfalls gespürt, bevor ich nach dem ersten Transfer für einige Sekunden das Bewußtsein verlor«, antwortete Spock. »Ich nehme an, sie konnte ihn ihrem Willen unterwerfen, während er sich im Transporterstrahl befand. Das würde auch erklären, wieso es zu einer Verzögerung kam, bevor er an Bord der *Enterprise* rematerialisierte.«

»Und warum hat das fremde Etwas nur ihn übernommen und nicht uns alle?« Kirk sah sich um und warf auch Mason einen kurzen Blick zu. Die Journalistin spürte den Argwohn des Captains, setzte sich ruckartig auf und wollte protestieren. Doch Spock kam ihr zuvor.

»Vielleicht mußte sich die Präsenz erst an Menschen gewöhnen. Bisher hat sie nur Vulkanier kontrolliert. Die Vorstellung gefällt mir zwar nicht sonderlich, aber vielleicht fiel es ihr leichter, ein vulkanisches Bewußtsein zu beherrschen ... Allerdings verstehe ich nicht, warum sie nicht auch mich ihrem Willen unterwarf.«

»Das könnte man mit dem menschlichen Teilaspekt Ihres Wesens erklären«, warf McCoy ein. »Müssen wir davon ausgehen, daß Grake und die anderen nur Marionetten sind?« Er preßte den Injektor auf den Oberarm Chekovs und verabreichte ihm ein kreislaufstabilisierendes Mittel.

»Ich fürchte, ja«, erwiderte Kirk. Und nachdenklich fügte er hinzu: »Ich frage mich, mit wem oder was wir es zu tun haben – und worin die Absichten der fremden Präsenz bestehen.«

»Einige Dinge sind uns bereits bekannt«, meinte Spock. »Die Präsenz benutzt Ybakra-Strahlung. Bisher nahmen wir an, sie habe eine unwesentliche Wirkung auf das menschliche Nervensystem – und eine nur geringfügig stärkere auf den Metabolismus von Vulkaniern. Es sei denn, die betreffenden Personen unterliegen den besonderen Bedingungen der Hibernation. Doch ganz offensichtlich sind auch weitaus ausgeprägtere Phänomene möglich. Ich habe Mr. Veblen bereits mitgeteilt, daß dem Modell C nun eine höhere Wahrscheinlichkeit zukommt ...«

»Was, zum Teufel, bedeutet ›Modell C‹?« entfuhr es McCoy.

»Mr. Veblens stochastischer Algorithmus entwickelte einige recht exotisch anmutende Möglichkeitsmodelle im Hinblick auf die Lage in Station Eins. Einige davon wurden ausgesondert. Modell C geht davon aus, daß die Besatzungsmitglieder der Forschungsbasis von einer fremden Macht übernommen wurden. Der Algorithmus kehrte zu diesem Postulat zurück, als wir zusätzliche Daten über die Ybakra-Strahlung und das Verhalten Grakes und der anderen eingaben. Ich glaube, die entsprechende Kalkulationsmatrix ist inzwischen bestätigt.«

»Zumindest weiß man jetzt an Bord der *Enterprise*, daß irgend etwas nicht mit rechten Dingen zugeht«, sagte Kirk. »Sollen wir es wagen, weitere Einzelheiten zu übermitteln?«

Spock nickte. »Inzwischen dürfte der Präsenz ohnehin klar sein, daß wir Bescheid wissen. Das fremde Etwas hat die Kontrolle über Chekov verloren, und darauf reagiert es möglicherweise mit Verwirrung. Das müssen wir ausnutzen. Es wäre sicher nützlich, einen der Vulkanier hierher zu bringen, wenn nötig mit Gewalt. Ich schlage T'Prylla vor.«

»Und wie sollen wir dabei vorgehen?« erkundigte sich McCoy.

»So taktvoll, wie es eben möglich ist. Wenn die Präsenz noch zweifelt, könnte uns das zum Vorteil gereichen.«

»Kann ich irgendwie helfen?« fragte Mason. Kirk drehte sich um und nickte langsam.

»Indem Sie Ihre Objektivität wahren«, sagte er scharf. »Sie sind Beobachterin. Also beobachten Sie.«

»Jim ...«, warf McCoy ein, aber Kirk winkte barsch ab.

»Wir sind in Schwierigkeiten, Pille«, sagte er. »Für Entschuldigungen haben wir später noch Zeit.«

Die *Enterprise* umkreiste den Asteroiden, und in einer Höhe von zweihundert Kilometern flog sie erneut über die Station hinweg. Radak erschien kurz in mehreren Kabinen und Korridoren und verschwand rasch wieder, als er Menschen sah. Schließlich materialisierte er in einem schmalen und leeren Wartungstunnel unter dem Bordcomputer, zwischen den Decks Acht und Neun. An den Wänden und der Decke sah er dicke Kabelstränge und Glasfaserfibern, in denen aus Licht bestehende Bits und Bytes dahinrasten. In dem kleinen Korridor herrschte keine künstliche Schwerkraft, und so schwebte der Junge einige Sekunden lang, während er überlegte, wohin er sich wenden sollte.

Plötzlich verlor Corona eine ihrer materiellen Erweiterungen – einem Finger gleich, der plötzlich abgetrennt wurde. Der Mensch namens Chekov konnte nicht mehr von der Präsenz kontrolliert werden.

Sie war zu sehr auf Radak konzentriert gewesen, während sich in der Station die Ereignisse zu überstürzen begannen. Doch sie konnte Radak auch nicht einfach von der *Enterprise* zurückbeordern, denn dort gab es eine Menge zu lernen. Wenn sie eine Möglichkeit fand, das große Raumschiff unter ihre Kontrolle zu bringen, waren ihre Probleme auf einen Schlag gelöst. Dann konnte sie in Ruhe ihre Arbeit beenden. Aber die Menschen in der Station näherten sich nun T'Prylla, und Corona spürte, wie der mentale Widerstand der Wissenschaftlerin zunahm.

Radak wurde bereits so lange von der Präsenz beherrscht, daß sie ihn für einige Stunden freigeben konnte und er sich dennoch an die zuvor erteilten Anweisungen hielt. In gewisser Weise hatten sich Radak, T'Raus und Corona gemeinsam entwickelt, und das verfestigte ihre interaktive Beziehung. Ohne die jungen Vulkanier wäre Corona ohne einen Sinn für Raum und Zeit geblieben; ihre Sinne hätten sich auf ein anderes Wahrnehmungsspektrum beschränkt. Die jungen Vulkanier fungierten als externe Sensoren, mit deren Hilfe sie die Verhaltensmuster der anderen Vulkanier und Menschen zu interpretieren vermochte. Corona entschied, Radak seiner Aufgabe an Bord des Raumschiffs zu überlassen, und richtete ihre volle Aufmerksamkeit auf die Station – allerdings nicht rechtzeitig genug, um eine weitere Katastrophe zu verhindern.

»Ich halte es nicht für erforderlich, mir Ihre Konstruktion anzusehen«, sagte T'Prylla im *Reshek*-Korridor. Kirk und Spock standen neben ihr, und vor ihr warteten McCoy und Mason.

»Wir möchten Ihnen beweisen, daß den Schläfern während des Shuttle-Transports keine Gefahr droht«, entgegnete Spock.

»Das fällt wohl eher in den Zuständigkeitsbereich T'Kosas«, meinte T'Prylla. Sie sah Spock an, und für einen Sekundenbruchteil bemerkte der Erste Offizier in ihren Augen ein rebellisches Glitzern. Hinter der Maske regte sich das eigentliche Ich der Forscherin. Ihre Lippen zitterten und formulierten ein lautloses »Zwingen Sie mich!« Unmittelbar darauf erlitt das unterdrückte Bewußtsein T'Pryllas eine weitere Niederlage.

»Schwester Chapel, halten Sie ihren linken Arm«, sagte Spock. Chapel kam der Aufforderung sofort nach. »Doktor, den rechten.«

McCoy streckte die Hand aus, und Spock griff nach der Schulter T'Pryllas. Plötzlich bewegte sie sich und stieß McCoy und Chapel an das nahe Schott. Die Schwester taumelte benommen zurück, und Kirk eilte herbei, um ihren Platz einzunehmen. Mason wich zur Seite und schob den NDF-Recorder fort, so daß er niemanden behinderte. Spocks Hand berührte die Schulter T'Pryllas, und er setzte zu einem vulkanischen Nervengriff an. Die Forscherin zitterte kurz, verlor aber nicht das Bewußtsein. McCoy holte den Injektor hervor und versuchte, ihn auf den Arm T'Pryllas zu pressen. Sie wirbelte ruckartig um die eigene Achse und schnappte zischend nach Luft. Ihr Gesicht verfärbte sich zu einem dunklen Braun. Schließlich gelang es McCoy, die Hochdruckspritze zum Einsatz zu bringen, und er verabreichte der Vulkanierin ein starkes Sedativ. Kirk und er ließen sie los und traten zurück. Die Wissenschaftlerin lehnte sich an die Wand und atmete schwer. Sie versuchte, sich aufzurichten, aber das Medikament entfaltete seine Wirkung und ließ ihre Muskeln erschlaffen. Sie kämpfte gegen die Ohnmacht an, wie ein verwundetes Tier, das in seinen Wärtern eine Bedrohung sieht. Dann ächzte T'Prylla und krümmte sich zusammen. Seit mehr als neun Jahren war ihr Geist versklavt, aber die fremde Präsenz, die sie beherrschte, hatte keine Möglichkeit, das nun in ihren Adern zirkulierende Sedativ zu neutralisieren. Sie sank zu Boden.

»Eine ausgesprochen taktvolle Vorgehensweise«, bemerkte McCoy ironisch.

»Wir müssen sie sofort zum Shuttle bringen«, sagte Spock. Kirk zog seinen Phaser und justierte ihn auf Betäubung. Mit der anderen Hand klappte er den Kommunikator auf.

»Kirk an *Enterprise.*«

»Hier *Enterprise,* Captain. Uhura spricht.«

»Steuern Sie das Schiff in einen synchronen Orbit. Jetzt sofort.«

»Ja, Sir.«

»Und sagen Sie Scott ...«

Es knackte im kleinen Lautsprecher des Geräts. Kirk drehte an den Einstellreglern – vergeblich. »Interferenzen«, brummte er. Nachdenklich runzelte er die Stirn, richtete den Phaser aufs Schott und betätigte den Auslöser. Nichts geschah.

»Die Beherrschung der energetischen Struktur ...«, sagte Spock und erinnerte damit an die Worte T'Raus'. Kirk hakte die nutzlos gewordene Waffe an den Gürtel zurück und half Spock und McCoy, die reglose T'Prylla zu tragen. Mason kümmerte sich um Chapel.

Olaus hatte Scott mitgeteilt, daß sich erneut ein Eindringling in der *Enterprise* befand. Veblen und Shallert trafen auf der Brücke ein und beobachteten die Darstellung auf dem großen Schirm: Die internen Scanner projizierten ein Bild des Sektors, in dem sich der Junge befand.

»Er ist im Wartungstunnel unter dem Bordcomputer«, brachte Scott gepreßt hervor. »Erkennen Sie ihn?«

»Ich habe ihn vor einer Weile im Transporterraum gesehen«, erwiderte Shallert. »Ich dachte schon, ich sei übergeschnappt und hätte Halluzinationen. Aber jetzt ... Wie gelangte er an Bord?«

»Keine Ahnung«, antwortete Scott. »Mr. Olaus und ich wissen nicht so recht, was wir unternehmen sollen.«

»Sagen Sie den Sicherheitsbeamten, sie sollen sich von ihm fernhalten«, entgegnete Veblen.

Scott verzog skeptisch das Gesicht. »Er befindet sich in unmittelbarer Nähe einer der wichtigsten Schiffsanlagen.«

»Zumindest dürfen sie sich ihm nicht zeigen. Wir behalten den Jungen im Auge. Wenn er irgend etwas anstellt, das die Sicherheit der *Enterprise* gefährdet, können wir rechtzeitig einschreiten. Wir müssen mehr über ihn erfahren – oder das, was ihn beherrscht.«

»Nein, ich bin nicht bereit, ein solches Risiko einzugehen«, widersprach der Chefingenieur. »Scott an Sicherheitsgruppe A. Dringen Sie in den Tunnel vor und versuchen Sie, den Jungen zu stellen.«

Der schmale Korridor verlief kreisförmig unter dem Computer. Devereaux und seine Leute hatten in einer Entfernung von einigen Dutzend Metern an den Isolierungsplatten gewartet; aufgrund der gewölbten Wände konnte Radak sie nicht sehen. Als Scott den Einsatzbefehl gab, griffen sie nach der Führungsstange und glitten rasch durch die Schwerelosigkeit.

Radak spürte, daß sich in der Station eine Entwicklung mit möglicherweise fatalen Folgen anbahnte, doch Corona übte jetzt keine Kontrolle mehr über ihn aus. Er wußte, wonach er Ausschau halten mußte – und was er zu tun hatte, wenn er sein Ziel erreichte. Die fremde Präsenz konnte sich auf ihn verlassen. Vorsichtig schob er einen Kabelstrang zur Seite und suchte nach der zentralen Datenleitung, ohne die Sicherheitsbeamten zu bemerken.

Scott reagierte sofort, als die Order Kirks eintraf. Die *Enterprise* beschleunigte, stieg in eine höhere Umlaufbahn und führte einige Kurskorrekturen durch, bis sie viertausend Kilometer über der Station in einem stationären Orbit schwebte. Der ganze Vorgang dauerte weniger als fünf Minuten, und in dieser Zeit...

Radak drehte sich um, starrte die Uniformierten an,

die sich ihm näherten, und versuchte, in die Forschungsbasis zurückzugelangen. Allerdings konnte er sich nicht aus eigener Kraft transformieren, und Corona war noch nicht zu ihm zurückgekehrt. Die Sicherheitsbeamten schwebten heran und zielten mit ihren Phasern auf ihn. Radak konzentrierte sich auf eine Veränderung der energetischen Struktur seiner unmittelbaren Umgebung, so daß die Waffen nicht eingesetzt werden konnten, aber die erwartete Reaktion seiner Umgebung blieb aus. Plötzlich wurde er sich seiner Hilflosigkeit bewußt und wich zurück. Erst dann spürte er, daß sich das Raumschiff bewegte, daß die Entfernung zur Station zunahm. Jetzt hätte er nicht einmal mehr mit der Hilfe Coronas transformieren können.

»Er ist ganz friedlich«, sagte Scott.

»Vielleicht haben wir ihn«, erwiderte Veblen.

Devereaux folgte dem Jungen. »Wir wollen dir nichts antun«, sagte er ruhig. »Wie bist du überhaupt hierher gekommen?«

Zum erstenmal seit zehn Jahren war Radak völlig verunsichert. Corona hatte ihm nicht mitgeteilt, wie er sich im Falle einer Gefangennahme verhalten sollte.

KAPITEL 18

Sie legten T'Prylla neben Chekov in den Käfig. McCoy wechselte die Ladekammer seines Injektors und verabreichte ihr ein Mittel, das die Wirkung des Sedativs aufhob. »In ein paar Minuten müßte sie das Bewußtsein wiedererlangen«, sagte er. »Doch es dauert sicher eine Stunde, bis sie sich von der Schwäche erholt hat.«

»Ich frage mich, ob Vulkanier überhaupt jemals schwach sein können«, stöhnte Chapel und massierte sich die Schulter.

»Captain«, warf Chekov ein, »ich glaube nicht, daß sie im Zentrum der Aufmerksamkeit jener fremden Präsenz steht. Vermutlich konzentriert sich das Etwas in erster Linie auf die Kinder.«

T'Prylla schlug die Augen auf und starrte Spock an. »Neun Jahre, drei Monate, zwei Tage und zwölf Stunden«, sagte sie. »So lange sind wir schon Sklaven. Ich danke Ihnen, Spock.« Sie versuchte, sich aufzusetzen, sank jedoch zurück. Mason stützte sie.

»Ich habe viele Fragen«, sagte Spock. »Und für die Antworten bleibt uns kaum Zeit.«

»Dann verschieben Sie Ihre Fragen auf später. Mehr als neun Jahre lang habe ich darüber nachgedacht, wie man mit Corona fertig werden könnte.«

»Corona?« fragte Kirk.

»Ja. Diese Bezeichnung haben wir von der großen Korona aus Ybakra-Strahlung abgeleitet, die von der neu entstandenen Trisonne ausgeht. Jene Präsenz beabsichtigt, ein neues Universum zu schaffen, und das dürfen wir auf keinen Fall zulassen. Spock, Radak war der erste, der von Corona übernommen wurde. Dann kam T'Raus an die Reihe. Und mit Hilfe der Kinder brachte sie auch uns unter Kontrolle. Nehmen Sie telepathische Verbindung mit Radak auf. Kommunizieren Sie mit Corona. Zwingen Sie die Präsenz, Ihnen zuzuhören.«

»Und wie sollen wir eine fast allmächtige und feindliche Intelligenz zu irgend etwas *zwingen?*« fragte McCoy.

»Corona ist weder allmächtig noch feindselig«, entgegnete T'Prylla. »Ihr Verhalten wird von Entschlossenheit bestimmt. Sie ist die letzte Entität ihrer Art, und wenn sie keinen Erfolg hat, wird es keine weiteren geben. Darüber hinaus zeichnet sie sich durch eine gewisse Schwäche aus: Sie ist nicht an einen Kosmos gewöhnt, wie wir ihn kennen, und nur durch uns kann sie Einfluß auf Materie nehmen.«

»Aber sie beherrscht Energie, Raum und Zeit«, sagte Spock.

»Ihre Schlußfolgerungen treffen durchaus zu. Ohne Corona hätten wir bei unseren Forschungen nicht annähernd so gute Resultate erzielt. Andererseits aber kann ich nicht behaupten, daß die neue Technik einen Fortschritt darstellt, der uns mit Stolz erfüllt. Spock! Finden Sie Radak und unterziehen Sie ihn dem *Ka nifoor.*«

»Was bedeutet das?« fragte Kirk.

»Er war ein Kind, als er übernommen wurde«, erklärte Spock. »Weder er noch T'Raus haben die geistige Disziplin erwachsener Vulkanier erreicht. Wenn ich das *Ka nifoor* an ihm durchführen kann, so wäre es möglich, daß der Einfluß der fremden Präsenz auf ihn nachläßt.«

»Corona kontrolliert Grake und mich mit Hilfe unserer Kinder«, sagte T'Prylla.

Spock wirkte sehr nachdenklich.

»Was ist los mit Ihnen?« wandte sich Kirk an ihn.

»Nun, es besteht auch die Möglichkeit, daß die fremde Wesenheit mich übernimmt«, sagte der Erste Offizier leise. »Bisher konnte ich mich widersetzen, obwohl ich nicht weiß, wieso mir das gelang ...«

»Sie wollen es nur nicht zugeben«, entfuhr es McCoy.

»Doktor, Chekov ist zu hundert Prozent Mensch und trotzdem fiel er Corona zum Opfer.«

»Im Transporterstrahl«, fügte T'Prylla hinzu.

»Und gerade aus diesem Grund werden wir von einer Benutzung des Transporters absehen«, sagte Kirk. Außerhalb des Shuttles ertönte ein schrilles Pfeifen, gefolgt von einem abrupten Knacken. »Zum Teufel – was ist da los?«

Wah Ching stürmte mit gezogenem Phaser durch die Zugangsröhre. »Captain, sie sind im Lager – sie alle, bis auf den Jungen. Und sie kommen hierher!«

»Kehren Sie mit Pauli ins Shuttle zurück«, sagte Kirk. »Spock – starten Sie so rasch wie möglich.«

»Ja, Sir.« Der Erste Offizier trat an die Kontrollen heran. T'Prylla hatte sich inzwischen soweit erholt, daß sie sich aus eigener Kraft aufrichten konnte. Mason ließ sie los und wischte sich die Hände an der Hose ab.

Pauli sprang in dem Augenblick ins Shuttle, als das hermetische Siegel der Zugangsröhre brach. Es donnerte und zischte, und der Luftdruck sank rapide. Mason gab einen gellenden Schrei von sich, preßte die Hände auf die Ohren und kniff die Augen zu. Pauli stemmte sich in die Höhe und griff nach dem Hebel, mit dem man das Schott schließen konnte. Erneut fauchte es laut: Die Notautomatik reagierte und öffnete die Ventile der Sauerstoff- und Stickstofftanks. Mason spürte, wie das schreckliche Gefühl der Leere in ihren Lungen allmählich nachließ, und kurz darauf vermochte sie wieder normal zu atmen.

»Sie haben versucht, uns umzubringen!« brachte Pauli hervor. Spock aktivierte die elektromagnetischen Felder, und das Shuttle stieg einige Meter in die Höhe.

McCoy legte schnell einige Frachtgurte aus und sicherte damit Chekov und T'Prylla. »Setzen Sie sich!«

rief er Mason und Chapel zu. An die Journalistin gerichtet fügte er hinzu: »Und sorgen Sie dafür, daß uns Ihr verdammter Recorder nicht um die Ohren fliegt!« Mason zog das Gerät zu sich heran und preßte es an eine Haltefläche. Kaum hatte sie ihren Sicherheitsgurt geschlossen, neigte sich das Flugboot abrupt zur Seite. McCoy verlor den Halt und rutschte durch die Frachtkammer. Der Ybakra-Käfig knarrte unheilverkündend.

Kirk hielt sich am Sessel des Navigators fest. »Offenbar wollen uns Grake und die anderen nicht so einfach davonkommen lassen.«

Spock betätigte mehrere Tasten. Warnsummer brummten, und auf dem Instrumentenpult glühten einige rote Leuchten.

»Wir haben das Ding doch repariert!« rief McCoy aus dem Passagierabteil, als er in einen Sitz fiel.

Kirks Kommunikator piepte leise. Er schnallte sich ebenfalls an und klappte das Gerät auf. »Hier Kirk.«

»Captain! Wir versuchen schon seit Stunden, mit Ihnen Kontakt aufzunehmen ...«

»Scotty! Richten Sie einen Traktorstrahl auf das Shuttle! Ziehen Sie uns hoch!«

»Das ist aufgrund unserer derzeitigen Position nicht möglich, Captain. Was ist denn bei Ihnen los?«

Kirk forderte Spock mit einem kurzen Blick zu einer Erklärung auf. »Unser Triebwerk wird blockiert«, sagte der Erste Offizier düster. »Wir können nicht starten. Corona hat es nach wie vor auf T'Prylla abgesehen.«

»Scotty«, brummte Kirk. »Vielleicht ist das ein Fehler, aber ... Können Sie den Transporterfokus auf uns richten?«

»Ja, kein Problem. Doch ...«

»Wir müssen es riskieren, Scotty! Holen Sie alle Personen an Bord dieses Shuttles zur *Enterprise* zurück – und transferieren Sie auch den Ybakra-Schild!« Kirk begegnete dem fragenden Blick Spocks und zuckte mit den

Schultern. »Es bleibt uns keine Wahl, Spock... Wollen wir hoffen, daß Corona uns in Ruhe läßt.«

Als Rowena Mason die ersten Entmaterialisierungserscheinungen spürte, begann sie stumm zu beten, und ihre Hände schlossen sich krampfartig fest um die Armlehnen des Sessels. Auf der anderen Seite des Mittelgangs fluchte McCoy leise vor sich hin...

Einige Sekunden später fiel das Shuttle aus einer Höhe von zweihundert Meter auf die felsige Oberfläche des Asteroiden und zerschellte.

»Wir haben sie alle«, meldete Shallert aus dem Transporterraum. »Aber das verdammte Etwas bewirkt schon wieder Interferenzen!«

»Isolieren Sie jede einzelne Memorialeinheit«, erwiderte Scott grimmig, wobei er das Interkom des Turbolifts benutzte. Veblen stand neben ihm.

»Separierung ist erfolgt. Die Verzögerungszeit nimmt immer mehr zu... Jetzt sind es bereits dreißig Sekunden.«

Die beiden Türsegmente der Liftkabine schoben sich auseinander; der Chefingenieur setzte sich sofort in Bewegung und eilte zu den Kontrollen. Shallert machte ihm Platz, und Scotts Finger tanzten geschwind über die Tasten. Veblen stand auf der einen Seite und beobachtete das trübe Funkeln über den einzelnen Transferfeldern.

»Den verdammten Strahlenkäfig habe ich bereits aufgegeben«, erklärte Shallert. »Trotzdem...«

»Exakt im Fokus befinden sich nur sieben Personen«, sagte Scott, und in seinen Augen glitzerte es zornig. »Das fremde Etwas will den Strahl ablenken!« Das Transportersystem sirrte fast schrill, und irgendwo knackte und knisterte es. Binnen weniger Sekunden roch die Luft nach Ozon, und die Automatik schaltete den Ventilator ein. »Gib sie endlich frei, verflucht!« knurrte Scott, zog alle Schieberegler gleichzeitig herunter und schaltete auf die Reserveenergie um. Der Boden begann zu vibrieren, und von einem der freien Transferfelder kräuselte Rauch in die Höhe.

Nach und nach verwandelte sich das matte Funkeln in insgesamt sieben schimmernde Säulen. Über zwei anderen Restrukturierungsscheiben wallte nebliges Grau – deutliches Anzeichen für zwei Körper, die vollständig aus dem Fokus geraten waren. Scott zögerte nicht und führte rasch einige weitere Schaltungen durch, mit denen er den beiden immer diffuser werdenden Transportersignalen einen neuen Richtungsimpuls gab. »Ich schicke sie in die Station«, sagte er. »Ins Shuttle können sie nicht zurück. Herr im Himmel: Hoffentlich kommen sie heil an!«

Corona gab den Versuch auf, alle im Transporterstrahl befindlichen Memorialstrukturen zu kontrollieren. Diese Aufgabe überforderte sie, zumal sie jetzt nicht mehr auf die Hilfe Radaks und T'Pryllas zurückgreifen konnte. Corona bedauerte den Verlust der beiden Individuen sehr. Zwar wußte sie, daß das Transferfeld auch T'Prylla erfaßt hatte, aber ihr psycho-physischer Datenkomplex ließ sich nur schwer von dem Struktogramm des Strahlenschildes trennen, und der Präsenz blieb kaum mehr Zeit.

Als Shallert den Fokus vom Käfig abwandte, hatte sich Corona bereits auf zwei andere Personen im Transporterstrahl konzentriert und versuchte, sie von den anderen zu trennen. Der wissenschaftliche Offizier Spock, der zur einen Hälfte Vulkanier und zur anderen Mensch war, und die andere Frau in der Gruppe, Mason, materialisierten im technischen Lager der Station. Corona drang tief in die Memorialeinheit Spocks vor – und jubelte …

Kirk, McCoy, Chapel, T'Prylla, Chekov und die beiden Sicherheitsbeamten lagen auf der Transporterplattform. Kirk richtete sich langsam auf und blickte auf die anderen Transferfelder. »Wo sind Spock und die Journalistin?«

Scott verzog kummervoll das Gesicht. »Ich konnte sie nicht im Fokus halten, Captain. Die Interferenzen waren zu stark.«

Kirk preßte die Lippen zusammen und ließ den Kopf hängen. Nach einigen Sekunden sah er wieder auf und erkundigte sich nach dem Ybakra-Käfig.

»Den haben wir verloren«, erwiderte Shallert.

»Dann brauchen wir einen anderen. Einen großen – und auch einige kleinere Schilde.« Argwöhnisch beobachtete er T'Prylla und Chekov. McCoy half der Vulkanierin auf die Beine; Kirk und Shallert kümmerten sich um Chekov und die beiden Sicherheitsbeamten.

»Wir benötigen Bahren«, sagte McCoy und sah sich nach jemandem um, der seine Anweisungen ausführen konnte. Schließlich richtete sich sein Blick auf Veblen. »Geben Sie der Krankenstation Bescheid, damit dort alles vorbereitet wird!« Veblen nickte und trat an das Wand-Interkom heran.

Kirk öffnete und schloß die Hände, schüttelte wie hilflos den Kopf und wankte in Richtung Lift. Veblen folgte dem Captain und stützte ihn, als er taumelte. Hinter ihnen schloß sich die Tür. »Brücke«, sagte Kirk.

»Captain, wir haben den vulkanischen Jungen namens Radak gestellt. Irgendwie gelangte er an Bord der *Enterprise,* und man entdeckte ihn im Wartungstunnel unter dem Computer. Was die Ybakra-Käfige angeht – der Junge befindet sich in einem. Wir haben eine Arrestzelle abgeschirmt.«

»Dann hat Corona zwei ihrer wichtigsten Helfer verloren«, stellte Kirk fest. »Und T'Prylla bat Spock darum, telepathischen Kontakt mit Radak aufzunehmen …« Erneut schüttelte er den Kopf. »Vielleicht ist unsere Lage noch kritischer, als wir glauben, Mr. Veblen. Unten in der Station sagte T'Prylla etwas, das mich erschreckte – insbesondere nach dem, was wir dort sahen.«

»Captain, ich brauche möglichst viele Informationen für eine Erweiterung des Algorithmus.«

Kirk musterte Veblen aus den Augenwinkeln und hätte dem Computeroffizier am liebsten geantwortet, er könne zur Hölle fahren und seinen Algorithmus mitnehmen. Aber er beherrschte sich, verdrängte Ärger und Besorgnis und nickte. »Auf der Brücke«, erwiderte er. »Ich nehme einen detaillierten Eintrag ins Logbuch vor, und anschließend entscheiden wir, was wir unternehmen sollen.«

Spock hatte die Augen geschlossen und rollte sich auf den Rücken. Mason stand langsam auf, blickte sich verwirrt um und verstand nicht ganz, was geschehen war. Nach einer Weile begriff sie, daß sie sich nicht im Transporterraum an Bord der *Enterprise* befand, sondern im technischen Lager von Station Eins. Sie drehte sich um und sah den leise stöhnenden Spock.

O mein Gott, dachte sie, und Panik stieg in ihr empor. Sie war allein in der Forschungsbasis, allein unter lauter Vulkaniern...

Nach einigen Sekunden verklang das Ächzen Spocks, und er öffnete die Augen. Er richtete sich auf und schüttelte den Kopf, stützte die Hände auf den Boden und stemmte sich in die Höhe. Er wirkte benommen und verunsichert. Seine Lippen zitterten, und erneut schloß er die Augen. »Ich brauche Hilfe«, brachte er hervor.

Mason wich zurück und griff sich mit beiden Händen an den Hals, als bekäme sie plötzlich keine Luft mehr.

»Corona versucht, mich unter ihren Willen zu zwingen«, sagte der Erste Offizier. »Ich kann nur noch einige Minuten lang Widerstand leisten. Sie... Sie müssen mir helfen...«

Er drehte sich um und streckte zögernd die Hand aus.

»Bitte«, sagte die Journalistin heiser.

»Ich kann die Präsenz bereits in meinem Bewußtsein

spüren, höre das Flüstern ihrer Gedanken. Sie ist nicht bereit zuzuhören ... Sie respektiert uns nicht, sieht nur Werkzeuge in uns. Und sie will alles ... zerstören.« Der Vulkanier riß die Augen auf.

Er hat Angst, schloß Mason. *Er hat etwas gesehen, das ihn entsetzt!* Die in ihr verbliebenen Reste von Pragmatismus und Entschlossenheit verflüchtigten sich schlagartig. Plötzlich war sie wieder ein kleines Mädchen und lauschte den schrecklichen Geschichten über die Ungeheuer in der Außenwelt, über grauenvolle Wesen, die Dämonen und Teufeln gleichkamen. Und direkt vor sich sah sie die Bestätigung all jener Geschichten – ein gräßliches fremdes Wesen, das seinerseits von einem noch schauderhafteren Etwas beherrscht wurde. All das, was sie auf Yalbo gehört hatte, entsprach der Wahrheit!

»Ich kann mich nicht länger wehren. Ich muß mich in die Trance zurückziehen, doch ohne Sie schaffe ich das nicht ...« Spocks Gesichtsausdruck verzerrte sich. »Nehmen Sie einen Teil meines Bewußtseins in sich auf.« Schmerzerfüllt wandte er sich hin und her, hob die Arme und rief einige vulkanische Worte. Mason wich zwei weitere Schritte zurück und war gleichzeitig erschrocken und fasziniert. »Das Ritual ... Corona ahnt nichts. Während sie sich in mir befindet und ich Widerstand leiste, ist sie blind ... Ich kann alles an Sie weitergeben: einen Aspekt meines Ichs, die notwendigen Anweisungen ...«

»NEIN!« Die Journalistin blieb stehen und rührte sich nicht mehr.

Spock schauderte und schien seine letzten Kraftreserven zu mobilisieren. »Ich kenne Ihre Vorurteile, weiß auch um Ihre Furcht. Sie müssen sich davon befreien. Ihr Leben steht auf dem Spiel ... vielleicht sogar die Existenz des ganzen Universums. Wir sind keine Feinde. Ich brauche Ihren Mut!« Spock streckte ihr beide Hände entgegen.

Na schön, sagte eine Stimme in Mason und übertönte das Raunen aus Abscheu und Entsetzen. *Meinst du nicht, daß es langsam Zeit wird, dich zusammenzureißen? Entweder verbringst du den Rest deines Lebens – wieviel Zeit das auch sein mag – damit, durch die Indoktrinationsjauche zu waten, die die Bewohner Yalbos über dir ausschütteten, oder es gelingt dir endlich, dich aus jener stinkenden Masse dummer Engstirnigkeit zu befreien und dir ein eigenes Urteil zu bilden. Hilf dem Vulkanier, den du als so fremdartig und abscheulich empfindest – oder trag die Verantwortung dafür, daß alles vernichtet wird. Es liegt ganz bei dir, Mädchen-aus-der-Provinz.*

Die Journalistin trat einen Schritt vor, und dabei bildete sich ein Krampf in ihrer Magengrube. Die Zeit schien sich plötzlich wie ein elastisches Band zu dehnen. Sie griff nach den warmen und trockenen Händen Spocks und hob sie zu ihren Schläfen. Der Vulkanier ließ die eine Hand sinken und berührte damit ihren Nacken. Er formulierte einige Worte in seiner Muttersprache, und von einem Augenblick zum anderen brannte Feuer in Masons Hirn, züngelten Flammen durch ihr Bewußtsein und schrieben winzige Buchstaben auf alle dunklen Selbst-Flächen ...

Und dann verstand sie die vulkanischen Worte:

»Sie haben Mut und die anmutige Eleganz eines *Akhor*«, sagte er, und durch Spock erinnerte sie sich an den größten und prächtigsten Vogel, den sie je gesehen hatte: Seine Federn schimmerten in den Farben von Kupfer, Gold und Chrom, und die Augen funkelten in einem roten Glanz; er segelte über Ebenen aus Sand, über die zerklüfteten und rauchenden Berge Vulkans.

Ein Teil Spocks war in ihr.

Der Erste Offizier lag reglos auf dem Boden, und seine Züge wirkten entspannt. Er hatte sich in die Trance zurückgezogen, und in diesem Zustand war sein Geist unerreichbar für Corona.

Doch abgesehen von der Präsenz Spocks nahm Mason

auch noch etwas anderes wahr, ein leises und unverständlich bleibendes Flüstern und Wispern.

Die Ich-Übertragung hatte auch Corona mit einbezogen – oder zumindest ein Fragment jener Wesenheit. Mason beherbergte gleich zwei fremde Selbst-Faktoren in sich …

KAPITEL 19

Der Wächter öffnete die Tür, und Kirk betrat die Arrestzelle. Die Einrichtung bestand aus Möbeln, die aus dem Freizeitraum stammten; T'Prylla und Radak saßen in der einen Ecke des Zimmers. Chekov hockte abseits von ihnen; mit Hilfe eines elektronischen Notizblocks erstellte er einen Bericht über seine jüngsten Erlebnisse. Ein provisorischer Wandschirm unterteilte die Kammer und ermöglichte so wenigstens eine gewisse Privatsphäre. Doch der Aufenthalt in einer solchen Zelle war sicher alles andere als angenehm, und Kirk hielt es für notwendig, sich dafür zu entschuldigen.

»Wir verstehen, daß es sich um eine besondere Situation handelt«, erwiderte T'Prylla. Sie berührte die Schulter ihres Sohnes. »Sie haben mir Radak zurückgegeben, und dafür bin ich Ihnen sehr dankbar. Was ist in der Station geschehen?«

»Während des Transfers wurden Spock und Mason von uns getrennt. Wir vermuten, daß sie im technischen Lager rematerialisierten, doch dafür gibt es keine Bestätigung. Corona stört sowohl unsere Kommunikationssignale als auch die Ortungsfelder der Sensoren.« In dem blassen Gesicht des Captains zeigten sich Sorgenfalten. Nach der Flucht von dem Asteroiden war ihm nicht einmal Zeit genug geblieben, die Uniform zu wechseln.

»Wir sind in großer Gefahr«, sagte T'Prylla ruhig. Sie sah Radak an. »Ich weiß in groben Zügen über die Pläne Coronas Bescheid, aber mein Sohn ist wesentlich besser informiert. Allerdings will er uns nichts verraten.« Radaks kühler und verächtlicher Blick richtete sich auf Kirk. »Offenbar gewährte ihm Corona eine beschränkte Selbständigkeit, und jetzt wartet er darauf, daß sich die Präsenz wieder mit ihm in Verbindung setzt. Er ist mit ihr aufgewachsen, kennt fast nichts anderes.«

»Ich mache mir um zwei Dinge Sorgen«, sagte Kirk. »Einerseits geht es dabei um das Schicksal Masons und Spocks, und andererseits um das Bestreben Coronas, ein neues Universum zu schaffen. Eine solche Vorstellung gefällt mir überhaupt nicht.«

»Da bin ich ganz Ihrer Meinung«, pflichtete ihm T'Prylla bei. »Ich vermute, Corona will die astrophysikalischen Bedingungen wiederherstellen, die der Art ihrer Existenz entsprechen.«

»Und worin bestehen die?«

»Corona ist die letzte Präsenz ihrer Art, Captain. Sie fühlte sich einsam. Und um darauf hoffen zu können, irgendwann Gesellschaft zu bekommen, muß sie den Kosmos entstehen lassen, der vor fünfzehn Milliarden Jahren existierte ...«

Rowena Mason empfand Mut und Tapferkeit als erstrebenswerte Eigenschaften – wenigstens so lange, wie sich jene Begriffe auf einen eher abstrakten Bedeutungsinhalt beschränkten. Sie war immer recht impulsiv gewesen. Doch es gab auch Wesensaspekte in ihr, die nicht ganz so edel und flexibel waren wie ihr bewußtes Selbst, und in jenen Bereichen ihres Ichs kam es zu ausgeprägter Nervosität. Spocks mentale Stimme erklang in ihr und versuchte, sie zu beruhigen.

/Machen Sie sich keine Sorgen. Ich habe theoretische Informationen von Corona gewonnen – sie gestohlen, wenn Sie so wollen. Das ist es, was Sie spüren./

/(Verwirrung, beginnende Panik) *Sie sind in mir!*/

/Ich nehme keinen Einfluß auf Sie. Ich bin nur Wissen, nicht Spock. Ich kann Ihnen Ratschläge geben und

Fragen stellen, mehr nicht. Vielleicht sollten Sie mich mit den Monitoren an Bord der *Enterprise* vergleichen, wobei es jedoch einen wichtigen Unterschied gibt: Mir ist es nicht möglich, Sie an bestimmten Verhaltensweisen zu hindern. Spock befindet sich in Trance. Und nur ein kleiner Teil von ihm ist in Ihr Ich gewechselt./

Mason schwankte und fühlte sich so elend wie selten zuvor. Der Wesensfaktor Spocks, der nun in ihrem Bewußtsein flüsterte: Konnte er in ihren Erinnerungen wie in einem offenen Buch lesen? Betrachtete er nun die Reminiszenzen ihres Lebens? Sondierte er ihre intimen Erlebnisse, ihre Scham?

/Was wissen Sie von mir?/

/Nichts. Es ist nicht wichtig, daß ich *weiß*. Es kommt darauf an, zu handeln./

/Ich glaube, ich ... kann ... das ... nicht ... *ertragen* .../

/Es bleibt uns nur wenig Zeit. Grake, T'Raus und die anderen werden bald zurückkehren, und wir müssen vorbereitet sein. Derzeit sind Sie vor einer Übernahme durch Corona geschützt. Die Präsenz kann Sie nicht kontrollieren und wird es auch gar nicht versuchen. Und deshalb sollten wir sofort etwas unternehmen .../

/*Vulkanier!* Verschwinden Sie aus mir!/

Plötzlich herrschte mentale Stille, und abgesehen von ihrem inneren Zittern spürte Mason nichts mehr. Sie fühlte nicht einmal das völlig fremdartige Raunen der Präsenz Coronas. Nach einer Weile vernahm sie das Geräusch von Schritten, die sich ihr näherten. T'Raus und T'Kosa materialisierten neben ihr, und Grake und Anauk betraten das Lager.

Mason musterte die beiden Vulkanierinnen, und ihre Lippen bebten. Sie wollte schreien, doch sie stöhnte und ächzte nur. Ihre Finger krümmten sich und übten einen schmerzhaft starken Druck auf die Oberschenkel aus.

Grake und Anauk kamen herbei, griffen nach dem immer noch reglosen Körper Spocks und trugen ihn in Richtung Schott. T'Raus berührte Mason am Ellenbogen.

»Kommen Sie mit uns«, sagte sie.

Mason bewegte sich nicht.

»Wir wollen Ihnen nichts zuleide tun.«

Es kostete sie große Mühe, einen Fuß vor den anderen zu setzen. Und in den psychischen Gewölben jenseits ihrer Furcht regte sich etwas anderes – etwas, das noch irrationaler war als ihre Ängste. Was mochten die *Vulkanier* von ihr halten, wenn sie sich wie ein Feigling aufführte? Was würde Spock in ihr denken? T'Kosa griff nach ihrem Arm, und Mason machte sich ruckartig frei. »Rühren Sie mich nicht an!« schnappte sie.

»Hier können Sie nicht bleiben«, erwiderte T'Kosa ruhig. »Das hermetische Siegel der Zugangsröhre ist undicht geworden. Luft entweicht. Wir müssen das Lager verlassen.« Mason drehte sich um und beobachtete das Außenschott. In der einen Ecke zeigte sich ein schmaler Riß mit weißem Belag. Das dumpfe Zischen war recht laut.

Dann hörte sie wieder die Stimme Spocks, sanft und unaufdringlich.

/Berühren Sie T'Raus. Sie muß das *Ka nifoor* erfahren./

»In Ordnung, in Ordnung!« sagte Mason. Und in Gedanken wiederholte sie: /In Ordnung .../

T'Prylla umfaßte die Schultern Radaks und zog den Jungen vom Sitz. Sie war nicht grob, nahm aber auch keine sonderliche Rücksicht. Sie behandelte ihren trotzigen Sohn so, wie sie es für notwendig hielt. Radak leistete keinen Widerstand, doch als T'Prylla einige Worte auf vulkanisch an ihn richtete, blieb er stumm.

McCoy betrat die Zelle, und als er zu einer Bemerkung ansetzte, hob Kirk die Hand. T'Prylla hielt ihren Sohn fest und berührte ihn dicht unterhalb des linken Ohrs. »Grake hätte ihn dem *Ka nifoor* unterziehen müssen, als er zwölf wurde«, sagte sie auf föderationsenglisch. »Dazu war er nicht in der Lage. Jetzt ist er nicht hier, und wir müssen auch auf die Hilfe Spocks verzichten. Also kommt mir die Aufgabe zu. Es ist ungewöhnlich, daß dieses Ritual von einer Frau durchgeführt wird, aber es gibt einige Präzedenzfälle.« Während sie sprach, wandte sie den Blick nicht von Radak ab.

»Pstha na sochya olojhica, sfisth inoor Gracka?« fragte sie. »Du bist das Blut meines Blutes, und suchst du nicht nach dem Frieden der Reife?«

Radak versuchte, den Kopf zur Seite zu drehen, aber seine Mutter hinderte ihn daran, indem sie ihm die Hand aufs Kinn preßte. Er wehrte sich nicht.

»Vor langer Zeit trugen Vulkanier die Male der Hitze, die Narben wirbelnden Sandes und einer lodernden Sonne. Der Boden öffnete sich, um uns zu verschlingen; Stürme verheerten unsere Felder und zerstörten unsere Städte. Wir weinten aus Schmerz, und wir kämpften ...«

Mason kam der mentalen Aufforderung Spocks nach, ballte die eine Hand zur Faust und holte blitzartig aus. Die Knöchel ihrer Finger trafen T'Kosa zwischen den Schulterblättern. Aufgrund der geringen Schwerkraft des Asteroiden sank die Vulkanierin wie in Zeitlupe zu Boden. Sofort wirbelte Mason um die eigene Achse und versetzte auch T'Raus einen Hieb, der sie ebenso überraschend traf wie zuvor T'Kosa. Anschließend beugte sie sich zu dem reglosen Mädchen herab und tastete nach einer bestimmten Stelle unter seinem linken Ohr. T'Raus war zwar bei Bewußtsein, konnte sich jedoch nicht rühren. Die Lippen der Journalistin zuckten kurz, und sie sprach auf vulkanisch:

»Pstha na sochya olojhica, sfisth noor numkwa Gracka?« Fasziniert lauschte Mason dem Klang der eigenen Stimme. T'Raus riß die Augen auf, und die Reporterin befürchtete, das Mädchen könne einfach dematerialisieren. Vom nahen Korridor her vernahm sie ein leises Pochen. »Es ist niemand zugegen, der deines Blutes wäre, doch bist du nicht bereit für den Frieden der Reife?«

/Diese Frage, so erklärte Spock, kann von keinem Vulkanier ignoriert werden, der unsere Sprache beherrscht. Sie stimuliert die Ausbildungskonditionierung, die unmittelbar nach der Geburt begann./

Mason intonierte weitere vulkanische Worte. »Vor langer Zeit trugen Vulkanier die Male der Hitze, die Narben wirbelnden Sandes und einer lodernden Sonne. Der Boden öffnete sich, um uns zu verschlingen...«

Es dauerte nicht einmal eine Minute. Radaks Widerstand verflüchtigte sich rasch, als seine Mutter das Ritual durchführte. Einige Sekunden lang glaubte Kirk, der Junge könne in Tränen ausbrechen – oder einen Schrei innerer Pein ausstoßen –, aber T'Prylla setzte ihr Werk fort. Sie beschwor jene instinktiven Reaktionen, die während der Erziehungsphase in ihrem Sohn verankert worden waren, und mit dem stillschweigenden Einverständnis Radaks tilgte sie die letzten Reste kindlichen Gebarens aus ihm.

Als sie fertig war, ließ sie ihn los. Der Junge trat einen Schritt vor, zögerte, nahm auf einem Stuhl Platz und rieb sich die Schläfen. »All das, was es Corona ermöglichte, so leicht Einfluß auf dich zu nehmen – all das ist nun verschwunden«, sagte T'Prylla. »Es bleibt uns nur wenig Zeit. Erklär uns bitte die Pläne Coronas. Wie können wir sie vereiteln?«

Kirk bedeutete McCoy, den Transkriptions-Recorder einzuschalten. Radaks Blick war nun nicht mehr der eines Kindes, sondern entsprach dem eines erwachsenen Vulkaniers. Doch in seinen Augen zeigte sich auch ein sonderbarer Glanz, ein Funkeln, das auf eine zehnjährige Erfahrung mit der fremden Präsenz hindeutete. Eine Zeitlang wirkte er verwirrt, doch als T'Prylla ihm gegenüber Platz nahm, stöhnte er kurz und begann zu sprechen. Er benutzte vulkanische Redewendungen, und Tonfall und Ausdrucksweise erinnerten Kirk an Spock. Dann und wann zögerte er kurz und runzelte nachdenklich die Stirn, wenn es ihm schwerfiel, komplexe Konzepte in Worte zu fassen.

»In Coronas Universum herrschte ein perfektes thermisches Gleichgewicht«, führte Radak aus, »und in dieser Hinsicht wies es eine große Ähnlichkeit mit dem Innern einer Sonne auf. Alles war außerordentlich dicht und bestand aus Licht und Energie, und die Struktur der temporalen Dimension entsprach nicht der heutigen. Corona hat die Möglichkeit, zumindest diese Galaxis – vielleicht sogar das ganze Universum – in den ursprünglichen Zustand zu versetzen, indem sie eine Veränderung der lokalen Geometrie herbeiführt. Sie ist bestrebt, eine Raum-Zeit-Kontraktion zu bewirken und die Materie so zusammenzupressen, daß sie sich in Energie zurückverwandelt. Dadurch entstünde eine energetische Singularität, ein neuer Urknall. Anschließend könnten sich andere Entitäten ihrer Art entwickeln, und es entstünde ein Kosmos des Lebens und der Aktivität – im Gegensatz zu der gegenwärtigen toten Leere aus kalter, unbelebter Materie und entropischer Strahlung.«

»Wovon redet er?« fragte McCoy leise.

Kirk brauchte eine Weile, um den Sinn der Frage zu verstehen. »Er beschreibt die Schöpfung«, erwiderte er. »Corona will unser Universum in den Zustand zurückversetzen, der einige Minuten nach dem Urknall herrschte.«

»Aber was meinte er eben mit ›toter Leere‹?«

Radak bemerkte die Verwirrung des Arztes und wandte sich an Kirk und McCoy. »Während der ersten drei Minuten der Schöpfung herrschte enorme Komplexität, und es kam zu mehr Ereignissen als in den seitdem verstrichenen fünfzehn Milliarden Jahren. Jene hundertachtzig Sekunden waren die eigentliche temporale Heimat Coronas – eine Zeitspanne, die ihr wie eine Ewigkeit erschien. Doch schließlich ging diese Ewigkeit zu Ende, und der Überlebenskampf begann. Die Glutmasse, in der die gesamte Materie des heutigen Universums als Strahlung existierte, dehnte sich aus und kühlte ab. Erste Partikel bildeten sich und wurden zu Atomen. Die energetischen Lebensformen starben. Nur Corona blieb übrig, denn sie fand eine Möglichkeit, ihre Existenz in die Raumbereiche zu ›spiegeln‹, in denen für sie günstige Bedingungen herrschten. Während der ersten Jahrmilliarden nach dem Urknall konnte sie recht häufig erscheinen. Die durchschnittliche Temperatur des Universums lag damals weitaus höher als jetzt, und Galaxien kondensierten. Corona war in der Lage, viele Experimente durchzuführen, und einige davon dauerten mehrere Millionen Jahre und erwiesen sich als Fehlschläge.

Nach der Bildung der Galaxien und der weiteren Abkühlung des Universums kam es zu wesentlich selteneren Manifestationen Coronas. Dort, wo Masseanomalien im Subraum die physikalische Evolution neuer Sonnen störte, konnte sie ihre Experimente weiterführen. Doch erst die Entdeckung unserer Forschungsstation gab ihr die Möglichkeit, Materie direkt zu manipulieren. Mit unserer Hilfe baute sie Maschinen, um die Struktur der Raum-Zeit zu verändern, um die Qualitäten des Kleinsten in die Welt des Großen zu übertragen.«

»Was wird mit uns geschehen, wenn Corona Erfolg hat?« fragte McCoy.

»Wir sind Produkte des ›toten‹ Universums«, antwortete T'Prylla. »Man könnte uns mit Bakterien in einem Leichnam vergleichen. Und kommt es zu einer Wiederbelebung der Leiche, werden die Bakterien zerstört. In der Welt Coronas gibt es keine Überlebenschance für uns. Die Experimente, die in ferner Vergangenheit fehlschlugen – und die Corona mit Hilfe des Sternenblicks lokalisierte –, führten zur Vernichtung ganzer Galaxien. Wir kennen die Ergebnisse, obwohl es uns noch nicht gelang, alle ihre Rätsel zu lösen.

Es sind die Quasare.«

Mason wußte nicht genau, was sie getan hatte. Sie stellte nur fest, daß sie neben der reglosen T'Raus hockte. T'Kosa stand auf der einen Seite und starrte sie groß an. Der Kampf zwischen Spock, Anauk und Grake war beendet, und erneut herrschte Stille. Langsam richtete sich die Journalistin auf und fragte sich, was sie jetzt unternehmen sollte.

/Das Ritual wurde durchgeführt. Jetzt muß T'Raus eine Entscheidung treffen ... Corona kann sie nicht mehr beherrschen./

Spock kam aus dem Korridor und näherte sich ihr. Sein Gesicht war an einigen Stellen angeschwollen, und über dem rechten Auge hatte er eine Platzwunde davongetragen. Ansonsten aber schien er nicht verletzt zu sein. Als Mason ihn sah, spürte sie, wie sich der Spock in ihr auflöste. Sein fragmentarischer Wesensaspekt schmolz wie eine Schneeflocke auf einer warmen Fingerkuppe.

»Sie haben T'Raus dem *Ka nifoor* unterzogen, nicht wahr?« fragte er sie und musterte die junge Vulkanierin.

»Nein, das waren Sie«, entgegnete die Journalistin. Spock bückte sich, und als er die Wange des Mädchens berührte, drehte es den Kopf und sah ihn an.

»Befindet sich Corona in dir?« fragte er. T'Raus schüttelte den Kopf.

»Es war sehr schlimm«, sagte sie. »Die Präsenz machte Mutter und Vater zu Sklaven.« Sie tastete nach der Hand Spocks, und der Erste Offizier nickte verständnisvoll.

»T'Raus ist jetzt wieder frei«, teilte er Mason mit. »Sie hat zwar das Reifestadium erreicht, doch kaum Erfahrung. Offenbar hat sich Corona in erster Linie auf Radak konzentriert und die Kontrolle über ihn auf seine Schwester, die Eltern und auch Anauk und T'Kosa ausgeweitet.« Er half T'Raus auf die Beine. »Wir müssen so schnell wie möglich Captain Kirk unterrichten. Wenn er nicht rasch eingreift, kommt es zu einer Katastrophe.«

Mason spürte, wie es ihr kalt über den Rücken lief. »Wieso denn?« fragte sie rauh. »Corona hat keinen Einfluß mehr auf die Besatzung der Station ...« Dann begriff sie plötzlich, was Spock meinte. Der ›gestohlene‹ Teil Coronas befand sich nach wie vor in ihr, und als Mason eine gedankliche Frage formulierte, wußte sie sofort Bescheid. So etwas wie ehrfürchtiges Entsetzen regte sich in ihr.

»Der Prozeß hat bereits begonnen«, fuhr Spock fort. »Die Maschinen in der Forschungskammer werden bald die ersten Veränderungen der hiesigen Raum-Zeit-Struktur bewirken. Wir müssen irgendeine Möglichkeit finden, das zu verhindern und uns mit der *Enterprise* in Verbindung zu setzen, bevor Kirk nichts anderes übrigbleibt, als Station Eins zu vernichten – vielleicht sogar den ganzen Asteroiden.«

KAPITEL 20

Kirk saß im Sessel des Befehlsstandes auf der Brücke und wies Sulu an, einen neuen Kurs zu programmieren. »Volle Energie auf die Phaserbatterien. Die Photonentorpedos vorbereiten.«

Uhura versuchte mehrmals, einen Kontakt mit der Station aufzunehmen, erhielt aber keine Antwort. Kirk bedachte sie mit einem hoffnungsvollen Blick, doch sie schüttelte nur stumm den Kopf. Veblen und McCoy kamen auf die Brücke, und Veblen nahm wortlos am Computerterminal Platz. Er überprüfte die Monitoren und stellte eine erhöhte elektronische Wachsamkeit des Kontrollsystems fest: Kirk hatte bereits die Informationen Radaks eingegeben. McCoy blieb an der Brüstung stehen und schwieg. Ihm war klar, welche Entscheidung Kirk jetzt treffen mußte.

Der Captain beugte sich vor und beobachtete die Darstellung auf dem großen Schirm. Der Asteroid drehte sich langsam unter der *Enterprise* – eine unregelmäßig geformte Masse aus grauem Fels. »Zoom auf die Station«, sagte er. Das Bild auf dem Schirm wechselte in rascher Folge, und die externen Sensoren des Raumschiffs registrierten multifrequente Strahlung, die von der Basis ausging. Die auf der Brücke sichtbare Projektion gründete sich auf den optischen Spektralbereich. Deutlich waren die Kuppeln des technischen Lagers und der Forschungskammer zu erkennen. Kirk konnte sogar das auf der Landeplattform liegende Wrack der *Galileo II* ausmachen. »Mr. Veblen, stellen die Indikatoren organische Masse im Shuttle fest?«

Veblen drehte den Sessel, wandte sich der wissenschaftlichen Konsole zu und tastete eine kurze Anfrage in das Korrelationssegment des Computers. »Nein, Sir«, erwiderte er dann.

»Wie viele Personen halten sich in der Station auf?«

»Die Sensoren empfangen keine Daten aus dem Innern der Basis. Zu viele Interferenzen.«

»Haben Sie irgendeine Ahnung, was derzeit in der Forschungssektion geschieht?« Kirk ahnte, wie die Antwort auf diese Frage lauten würde.

»Nein, Sir«, sagte Veblen.

Kirk trommelte mit den Fingern auf die Armlehnen des Sessels. »Lieutenant Uhura, halten Sie alle Kommunikationskanäle offen, die Spock benutzen könnte, um sich mit uns in Verbindung zu setzen. Mr. Veblen, was können wir in Hinsicht auf Corona unternehmen?«

Der Computeroffizier schürzte die Lippen, und nach einigen Sekunden schüttelte er den Kopf. »Die Präsenz manifestiert sich nur in Form des Strahlungsfelds und seiner Ausdehnung in Richtung des Asteroiden, Captain. Und wir können keinen Ybakra-Schild konstruieren, der groß genug wäre, um die Station abzuschirmen.«

»Wie wäre es, wenn wir Photonentorpedos an der Peripherie des Strahlungsfelds zur Explosion bringen?«

»Das hätte keinen Sinn, Sir. Auf dem energetischen Niveau von Zwischenräumen bleiben Photonenentladungen wirkungslos.«

»Welche Möglichkeiten bleiben uns dann?«

Veblen gab keine Antwort, denn ganz offensichtlich handelte es sich nur um eine rhetorische Frage. Doch die Monitoren wußten bereits, worauf es jetzt ankam.

Kirk blickte erneut auf den großen Beobachtungsschirm. Aus irgendeinem Grund hatte er das Gefühl, daß Spock nicht ums Leben gekommen war. Empfing er seine vagen telepathischen Emanationen? Ja, Spock lebte noch, befand sich im Innern der Station und versuchte alles, um die sich anbahnende Katastrophe zu verhindern. Corona verhinderte nur einen Kommunikationskontakt zwischen ihm und der *Enterprise.*

Kommunikation – darum ging es. Und dieses Problem betraf nicht nur Spock.

Sie mußten irgendeine Möglichkeit finden, mit Corona zu kommunizieren. »Devereaux, führen Sie T'Prylla und Radak aus der Arrestzelle und bringen Sie sie hierher.«

»Ohne den Ybakra-Schild, Sir?«

»Ja, ohne den Schild.«

Der neben der Lifttür stehende Sicherheitsbeamte ging und machte sich sofort auf den Weg.

Corona fühlte sich blind und taub. Nach dem Zeitmaßstab der materiellen Intelligenzen hatte sie inzwischen viele Jahre in ihrer unmittelbaren Nähe verbracht und die Welt mit ihren Sinnen wahrgenommen. Jetzt brauchte sie eine Weile für die Umgewöhnung. Es gab noch immer Maschinen, deren Funktion sie überwachen und steuern konnte. Andererseits aber hatte Corona den Verlust ihrer vulkanischen Wesenserweiterungen nicht einkalkuliert, und aus diesem Grund vermochte sie nicht sofort das gegenwärtige Programm der Anlagen zu ändern.

Trotzdem machte sich Corona keine Sorgen. Die Aggregate arbeiteten reibungslos und erweiterten die schaumartige Elementarstruktur des toten Universums. Dieser Kosmos erschien ihr noch immer fremdartig und rätselhaft, und mit Hilfe des Sternenblicks konnte sie nur dann und wann in die ferne Vergangenheit zurücksehen. Sie sehnte den Zeitpunkt herbei, an dem alles durch die gedehnten Dimensionslöcher und Singularitäten fiel, die bald entstehen würden. Sie freute sich auf den Triumph, den sie empfinden würde, wenn die Galaxis – aus der mentalen Zwischenraum-Perspektive Coronas betrachtet – zu schrumpfen begann. Und wenn es den Maschinen gelang, eine sich selbst reproduzierende Singularität zu erzeugen, die alle Dimensionen und Subdimensionen erfaßte, so war Corona mit Freuden bereit, ihren eigenen Tod in Kauf zu nehmen. In einem solchen Fall blieb ihr die Befriedigung zu wissen, eine Verjüngung des Universums herbeigeführt zu haben, worauf eine energetische Revitalisierung folgen mußte.

Und doch... Corona empfand auch ein vages Bedauern. Die materiellen Intelligenzen waren zwar seltsam, aber auch recht interessant. Sie hatte nicht damit gerechnet, in der Asche des alten Universums auf so komplexe Wesen zu stoßen. Zwar sah sich Corona außerstande, ihnen die Art von Zuneigung und Respekt entgegenzubringen, wie es bei anderen Geschöpfen ihrer eigenen Art der Fall gewesen wäre, aber die Präsenz gestand jenen Organismen zumindest eine gewisse Nützlichkeit zu. Außerdem hatten sie eine erstaunliche Flexibilität bewiesen, als sie sich gegen ihren Einfluß wehrten und es sogar schafften, ihre Unabhängigkeit zurückzugewinnen. Ja, auch das war interessant.

Aber sie würden nicht überleben, wenn Corona ihr Ziel erreichte. Ganz gleich, wie sie beschaffen sein mochten: Materielle Intelligenzen konnten auf keinen Fall die Wiedergeburt des Universums und das damit einhergehende Energie-Inferno überstehen.

Dumpfe Melancholie entstand in Corona, als sie versuchsweise einen Strahlungsarm aussandte, um festzustellen, ob einige der Vulkanier oder Menschen für sie erreichbar waren. Und überrascht stieß sie auf Radak und T'Raus, die auf sie warteten.

Corona argwöhnte eine Falle, hielt es jedoch für ausgeschlossen, daß die materiellen Intelligenzen irgendeine Bedrohung für sie darstellen konnten. Nach ihrem Zeitmaßstab blieben ihnen nur noch einige wenige Minuten, um die Maschinen daran zu hindern, ihr Werk zu beenden.

»Corona ist hier«, sagte Radak. Er blickte zu T'Prylla auf.

»Wehr die Präsenz nicht ab. Gib ihr die Möglichkeit, mit deiner Stimme zu sprechen. Aber laß dich nicht von ihr beherrschen.«

»Willkommen ...«, murmelte Radak.

Corona gab keine Antwort, blickte durch die Augen des jungen Vulkaniers und sah sich auf der Brücke der *Enterprise* um. Sie musterte den Menschen namens Kirk und seine Gefährten. Gleichzeitig wandte sie sich in Station Eins an T'Raus, die ebenfalls nicht mehr kontrolliert werden konnte. Aber das spielte keine Rolle: Es war nur noch eine Frage der Zeit, bis die Transformierung begann, und die Aussicht auf ein Gespräch mit den materiellen Intelligenzen weckte nur beiläufiges Interesse in ihr.

»Mutter«, sagte Radak. »Ich kann T'Raus spüren. Corona verbindet uns.«

»Wer ist bei ihr?« fragte Kirk.

»Unsere Kollegen, Ihr wissenschaftlicher Offizier und die menschliche Frau namens Mason.«

»Kann ich mit Corona sprechen?« fragte Kirk. »Ich muß wissen, was auf dem Asteroiden geschieht.«

Radak streckte die Hand aus und berührte T'Prylla. Erneut spürte die Vulkanierin die Präsenz Coronas und bereitete sich auf die Flut unerwünschter Gefühle vor, auf Furcht, Verdruß und Zorn. Doch die emotionalen Wogen blieben aus. Corona war entspannt, stellte keine Forderungen. Nach einigen Sekunden merkte sie, wie sich ihr Geist teilte, und sie sah durch die Augen T'Raus'. »Ich bin T'Raus«, sagte T'Prylla.

»Spock!« entfuhr es Kirk. »Ich möchte mit meinem wissenschaftlichen Offizier sprechen. Corona soll die Interferenzen beenden, die unsere Kommunikationssignale stören.«

»Ich blockiere Ihr Kommunikationssystem nicht mehr«, kam es von Radaks Lippen – die Stimme Coronas. »Zwischen Ihrem Schiff und dem Asteroiden gibt es eine winzige strukturelle Deformation der Raum-Zeit. Dagegen kann ich nichts unternehmen.«

Veblen saß nach wie vor an der Computerkonsole und führte rasch einige Messungen durch. Dabei galt sein Interesse in erster Linie gewissen Besonderheiten im Spektrum angeregter Wasserstoffatome. Das Testverfahren, das er dabei verwendete, gehörte zum Diagnosesystem des Warp-Triebwerks.

»Spock möchte Ihnen etwas mitteilen«, sagte T'Raus/ T'Prylla. »Er ist zu einem Kontakt mit Corona bereit.« T'Pryllas Stimme veränderte sich. »Captain, hier spricht Spock. Corona hat ihr Ziel nahezu erreicht. Wir können deshalb nicht direkt miteinander kommunizieren, weil die Anlage in der Forschungssektion bereits damit begonnen hat, das lokale Kontinuum zu verändern.«

»Bestätigung, Captain«, warf Veblen ein. »Die Sensoren registrieren eine strukturelle Deformation.«

»Wir müssen Corona von dem Wert unserer Lebensform überzeugen«, sagte Spock. »Es bleiben uns nur noch wenige Minuten, und ich sehe mich außerstande, den Veränderungsprozeß aufzuhalten.«

Auf der Kommandokonsole Kirks blitzte eine rote Leuchte auf – ein Warnsignal der Monitoren. »Was hat das zu bedeuten, Mr. Veblen?«

»Die Monitoren machen Anstalten, die Kontrolle zu übernehmen, Captain. Sie haben nicht rasch genug gehandelt, um die Station zu zerstören.«

»Ich brauche noch etwas Zeit, Mr. Veblen!« Kirk wandte sich rasch an Radak. »Corona! Hören Sie mir zu. Wir haben die Möglichkeit, Ihr bisheriges Werk vollständig zu vernichten. Ich kann die Zerstörung nicht mehr lange aufschieben. Wir müssen... eine Übereinkunft treffen. Wenn uns das nicht gelingt...« Der Captain suchte nach den richtigen Worten. »Wenn uns das nicht gelingt, wird Leben ausgelöscht, werden Freunde sterben, Kameraden, hervorragende Wissenschaftler. Kennen Sie die Bedeutung des Wortes ›Freunde‹?«

»Meine... Freunde... sind bereits seit Äonen tot«, erwiderte Corona/Radak. »Ebenso wie das Universum. Aber ich bin dabei, den Kosmos zu revitalisieren.«

»Nein!« widersprach Kirk. »Das Universum ist *nicht* tot. Wir sind hier... Und außer uns gibt es viele Millionen andere Lebensformen, auf den Planeten, die die Sonnen dieser Galaxis umkreisen, und vermutlich auch in all den anderen Galaxien. Es gibt sogar Geschöpfe, die Ihnen ähneln, die nicht aus Materie bestehen, Wesen, die im Vergleich zu Vulkaniern und Menschen wie Götter sind. Wir haben nur wenig von dem Kosmos gesehen, den Sie tot nennen, doch das wenige genügt, um zu wissen, daß dieses Universum voller Leben ist! Voller Gedanken, voller Geschehnisse, voller Hoffnungen und Wünsche. Es hat das Potential, zu wachsen und sich zu entwickeln. Die Zeit für Ihre Spezies ging vor Jahrmilliarden zu Ende, doch die für unser Volk hat gerade erst begonnen. Es muß zu einer unvorstellbaren Katastrophe führen, wenn...«

»Captain!« rief Veblen. Das rote Licht auf der Konsole Kirks blinkte nicht mehr, sondern glühte ruhig und beständig. »Die Monitoren...«

...hatten die Kontrolle über die *Enterprise* übernommen. »Mr. Sulu, bringen Sie das Schiff in Gefechtsposition«, erklang die Sprachprozessorstimme des Überwachungssystems. Sulu drehte sich unsicher zu Kirk um, und dieses kurze Zögern genügte den sechs Memorialstrukturen, die in den Monitoren gespeichert waren. Sie erweiterten Ihre Kontrolle sowohl auf das Navigationspult als auch auf die Waffenkonsole.

»Nein!« entfuhr es Kirk. Er stand vor seinem Sessel und streckte die Arme aus.

Die Waffenkonsole summte, und der Boden erzitterte kurz, als die Monitoren die Torpedokatapulte auslösten. Die *Enterprise* hatte das Feuer eröffnet...

Die Photonentorpedos rasten dem Asteroiden entgegen, und in dem heißen Plasmafeuer schwerer Bosonen lösten sich die Hüllen innerhalb weniger Sekunden auf. Corona beobachtete die Geschosse interessiert. Ihre Glut weckte diffuse Erinnerungen an die energetische Dichte kurz nach dem Urknall. Wäre ihr Abschuß einige Sekunden später erfolgt, hätte die Präsenz nichts unternommen – aber noch war die Arbeit der Maschinen nicht ganz beendet. Corona reckte ihre Ybakra-Ausläufer und berührte die Torpedos. Sie ähnelten ein wenig den Spielzeugen ihrer Kindheit, und man konnte ganz einfach mit ihnen fertig werden: durch eine Manipulation der lokalen Parität. Die Geschosse trafen den Asteroiden und begannen ihr Vernichtungswerk auf einer subatomaren Ebene. Und dann, von einem Augenblick zum anderen, leitete Corona ihre Restenergie in eine temporale Umkehrschleife. Es dauerte nur eine Nanosekunde, um die Löcher zu schließen, die von den Torpedos in den Fels gerissen worden waren. Unmittelbar darauf formten sich erneut die Hüllen, und die Geschosse flogen leer zur *Enterprise* zurück. Dort prallten sie an den Schilden des Raumschiffs ab und verschwanden in der Schwärze des Alls.

Corona empfand den Angriff nur als einen amüsanten Zwischenfall. Doch der dumme und einfältige Zerstörungszauber hatte die Sicherheitsautomatik der Anlage dazu veranlaßt, die Arbeit der Maschinen vorübergehend zu unterbrechen. Zwar liefen die Aggregate nun wieder an, aber es war dennoch zu einem Zeitverlust gekommen.

An Bord der *Enterprise* gaben die Monitoren den Befehl, die Phaser auf die Station abzufeuern und die Torpedokatapulte neu zu laden. Hilflos saß Kirk im Sessel des Befehlsstandes, und Veblen reagierte mit einer Mischung aus Grauen und Faszination, als die Sensoren eine schnell zunehmende Veränderung in der allgemeinen Status-Geometrie registrierten.

KAPITEL 21

Trotz der überaus kritischen Lage war Rowena Mason sonderbar ruhig und gelassen. Sie hatte keine genaue Vorstellung von den derzeitigen Geschehnissen. Die Vulkanier in ihrer Nähe schienen sich auf eine Art Kataklysmus vorzubereiten. Spock stand hoch aufgerichtet neben ihr, und sie beobachtete, wie er die Hände auf den Rücken legte und die Lippen zusammenpreßte. Sie konnten nichts unternehmen, um zu verhindern, daß Corona sie alle umbrachte. Worin bestanden die Motive der fremden Präsenz? Mason konzentrierte sich auf die Erinnerung an das wortlose Flüstern in ihr: Offenbar hielt Corona sie für nichts weiter als wertlosen Staub in einem toten Universum. Sie begriff nicht die wahre Natur des neuen Kosmos. Mason sah die Vulkanier der Reihe nach an, und dann näherte sie sich der Plattform, auf der T'Raus und T'Kosa standen. In der kristallenen Kugel wogte erneut das Chaos, und Rowena vermied es, den Blick auf die Sphäre zu richten, aus Furcht davor, sich erneut in der komplexen Darstellung zu verlieren.

Ich bin Journalistin, dachte sie. Meine Aufgabe besteht darin, Informationen zu sammeln und weiterzugeben, zu kommunizieren. *Meistens aber beschränkt sich meine Tätigkeit darauf, den NDF-Recorder zu bedienen und zu steuern, so daß er alles aufzeichnen kann. Anschließend setze ich mich hin und versuche, die Daten auszuwerten. Und manchmal gelingt es mir, die Mosaiksteine zu einem einheitlichen Bild zusammenzufügen. Des öfteren wird auch das den Maschinen überlassen, aber gelegentlich bekam ich selbst auf*

Yalbo die Chance, zu schreiben, zu kommunizieren. Meine Güte, ich weiß, daß ich nicht gerade ein enormes Talent habe: Ich komme aus der Provinz, und mir ist klar, daß ich einen verdammten Ballast aus engstirnigen Vorurteilen mit mir herumschleppe, aber …

Aber ab und zu spüre ich es, mit einer Sicherheit, die alle Zweifel ausschließt. Dann weiß ich, daß ich kommunizieren kann. *Vielleicht gelingt es mir besser als allen anderen, gewisse Dinge zu erklären. Und ich glaube, ich sollte jetzt mit Erklärungen beginnen – niemand sonst scheint sich dazu verpflichtet zu fühlen.*

Sie konzentrierte sich auf die Reste des Flüsterns und Raunens, auf die flüchtigen Erinnerungen an die Präsenz Coronas – und unwillkürlich schreckte sie vor der Fremdartigkeit der Präsenz zurück. Es bereitete ihr erhebliche Mühe, die Abscheu zu verdrängen, und sie überwand die letzten Barrieren, die sie von Coronas gespeicherten Erinnerungen trennten.

Sie blickte in die Augen T'Raus', in zwei Pupillen, die das fremde Etwas als Wahrnehmungslinsen benutzte.

»Ganz offensichtlich verstehen Sie nicht«, sagte Mason. »Ich weiß nicht, wie ich es Ihnen erklären soll, wenn diese fähigen Leute hier nicht dazu in der Lage sind. Aber ich hoffe, daß Sie mir wenigstens zuhören – und die Zeit noch ausreicht.

Wissen Sie, wir sind sehr jung, nicht annähernd so alt wie Sie. Und unsere Welt unterscheidet sich grundlegend von der Ihrigen.« Mason kletterte auf die Plattform und streckte die Hand nach dem Gesicht T'Raus' aus. Einige Sekunden lang schauderte sie innerlich und preßte die Lippen zusammen, und dann berührten ihre Fingerspitzen die Schläfe der jungen Vulkanierin. T'Raus reagierte, und Mason konnte ihre Gedanken direkt an Corona übermitteln.

Als die Erinnerungen der Präsenz mit denen der Journalistin verschmolzen, bildete sich vor den inneren Augen Masons ein bestimmtes Bild: Sie sah Yalbo, die langsam und träge dahingleitenden orangefarbenen Wolken, die giftige Salpetersäure enthielten und während des Sonnenuntergangs prächtig zu glühen begannen. Rowena stand an den breiten Beobachtungsluken der Schule oder den kleineren Fenstern ihrer Wohneinheit, und sie hielt den Himmel Yalbos für den schönsten im ganzen Universum, betrachtete die gelben, grünen und roten Muster, die pastellfarbenen Streifen am Firmament. Sie stellte sich die Wolken als wunderbare Schlösser und Paläste vor, die hoch über der Oberfläche Yalbos dahinschwebten und in denen exotische Prinzen und Prinzessinnen lebten. Und wenn der Wind jene Wolken binnen weniger Sekunden von Horizont zu Horizont wehte, so assoziierte sie das Wogen und Wallen mit grenzenloser und anmutiger Freiheit.

Irgendwann fand sie in der Bibliothek der Schule Infobänder über die Erde und spielte sie ab.

»Es war ein Schock«, sagte Rowena. »Der Himmel der Erde schien noch wundervoller zu sein. Die dort lebenden Menschen können ihre Heime ohne Schutzanzüge verlassen. Sie sind in der Lage, auf Berge zu klettern und die Wolken zu berühren, oder sich von ihnen berühren zu lassen, auf der bloßen Haut.«

Sie spürte die Verwunderung Coronas angesichts der Vorstellung von einer Haut, die das existentielle Ich begrenzte. Sie suchte nach einer Analogie und fuhr fort: »Die Haut ist wie der Ereignishorizont in Ihrer Welt. Vor langer Zeit mußten Ihre Artgenossen auf eine genügende Ausdehnung des Universums warten, um direkten Kontakt miteinander aufzunehmen. Sie befanden sich alle in kleinen Raum-Zeit-Blasen und hatten nicht die Möglichkeit, ihre strukturellen Kerker zu verlassen. Oh, sicher, es gab intensive Ybakra-Strahlung, die Kommunikationsverbindungen ermöglichte, aber die Wesenheiten Ihrer Art konnten sich nicht *berühren.* Ähnlich ergeht es uns. Wir haben zahllose Möglichkeiten der direkten und indirekten Kommunikation entwickelt, weil wir nicht imstande sind, die Barrieren der Haut zu überwinden.«

»Erzählen Sie mir mehr von Wolken«, verlangte T'Raus/Corona.

Mason ließ sich ausführlich über dieses Thema aus. Während der frühen Entwicklungsphase des Universums – Hunderttausende von Jahren nach dem Tod der Artgenossen Coronas – drifteten die Materiewolken durch eine sich ausdehnende Raum-Zeit und begannen sich langsam zu trennen und zu verdichten. »Dann veränderte sich ihre Existenzform, um ein breiteres Spektrum der astrophysikalischen Evolution zu ermöglichen.« Diese Bemerkung schien ein wenig vage zu sein, aber Mason fügte keine weiteren Erklärungen hinzu. »Die Materiewolken bildeten einzelne Haufen, und aus diesen Haufen entwickelten sich Galaxien. Zuerst entstanden gewaltige Kugeln aus Plasma, doch im Laufe der Zeit flachten sie sich ab. Und in den Gaswolken der jungen Galaxien kondensierten Sterne …«

Ich habe viele dieser jungen Galaxien zerstört, gestand Corona ein. *Und jene Experimente schlugen fehl.*

Mason versuchte, sich ihre Verwirrung nicht anmerken zu lassen. »Begreifen Sie denn nicht? Es ist eine Frage des evolutionären Schicksals. Nun, in diesem Punkt bin ich mir zwar nicht ganz sicher, aber … Halten Sie es nicht für möglich, daß jene ersten Materiewolken über eine Art Eigenbewußtsein verfügten? Und nach ihnen auch die Plasmakugeln und die daraus entstehenden Galaxien? Aber die Entwicklung blieb nicht stehen, und das bedeutet, daß jene Wesenheiten starben – um neuen Lebensformen zu weichen …«

Auf diese Ausführungen reagierte Corona mit diffuser Skepsis.

»Angenommen, das war tatsächlich der Fall«, sagte Mason und hatte Mühe, nicht den Faden zu verlieren. »Angenommen, irgendwann weigerte sich eine Galaxis, dem allgemeinen Evolutionsmuster zu folgen … Vielleicht stellte sie anschließend fest, daß sich durch diese Verhaltensweise das Entstehen von Millionen neuer Formen bewußter Intelligenz verhinderte. Wäre das nicht...«

Es fiel ihr schwer, eine weitere Analogie zu finden, und sie fragte sich, wie viele Sekunden ihnen noch blieben, bis sie alle starben. Dann runzelte sie die Stirn und konzentrierte sich wieder. Gab es irgendwelche Erfahrungswerte im Wesen Coronas, die sich mit dem vergleichen ließen, was sich nun anbahnte? »Während Ihrer Zeit weigerten sich einige Ihrer Artgenossen, über die Ereignishorizonte ihrer Jugend hinauszuwachsen. Sie fürchteten sich vor Veränderungen, und deshalb hüllten sie sich in kleine Blasen aus verdichteter Raum-Zeit. Zunächst blieben bedrohliche Konsequenzen aus, doch als die individuellen Refugien zunahmen und sich das Universum weiter ausdehnte, stellte sich diese Art der evolutionären Verweigerung als eine Gefahr heraus. Es bestand die Möglichkeit, daß sich die einzelnen Stasis-Sphären gegenseitig vernichteten. Die betreffenden Wesenheiten wurden zu Mördern – nicht etwa aus Verderbtheit, sondern weil sie Veränderungen ablehnten. Schließlich mußten sie gejagt und zerstört werden – um das Leben anderer zu schützen. Und darin besteht auch die Aufgabe der *Enterprise.* Sie bedrohen uns, Corona.«

Die ganze Zeit über hielt Mason die Augen geschlossen, aber nun öffnete sie sie. Noch immer ruhte der stetige Blick T'Raus' auf ihr. »Wir alle müssen uns verändern«, fuhr Rowena fort. »Und wir alle müssen sterben, um dem Neuen Platz zu machen. Wenn wir versuchen, ewig zu leben, behindern wir irgend jemanden, sorgen wir dafür, daß irgendwelche Ereignisse ausbleiben, stören wir die Entwicklung anderer Selbstfaktoren. Und wer weiß: Vielleicht stellt das Neue eine Verbesserung des Alten dar? Verstehen Sie, was ich damit meine?«

T'Raus übermittelte keine Antwort. Mason ließ die Hand sinken, trat einen Schritt zurück und biß sich auf die Lippen. Sie fühlte sich sonderbar: Ihre Gedanken schienen irgendwo zwischen den ›Erinnerungen‹ Coronas und den aus ihrer eigenen Kindheit stammenden Reminiszenzen gefangen zu sein. »Es tut mir leid«, sagte sie und kämpfte gegen das in ihr emporsteigende Entsetzen an. Sie glaubte plötzlich, daß sie ihre letzte Chance verspielt hatte. Möglicherweise wäre es Spock gelungen, Corona zu überzeugen ... »Es tut mir leid«, wiederholte sie niedergeschlagen.

Trotz der unleugbaren Nützlichkeit der materiellen Intelligenzen war Corona sicher gewesen, daß sie nichts weiter darstellten als eigentlich bedeutungslose Besonderheiten eines bereits toten Universums. Immerhin bestand ihr Beitrag zur kosmischen Struktur nur in einer verstärkten Entropie. Mit anderen Worten: Sie verwendeten Energie, reduzierten aber nicht die Tendenz zur Unordnung, wobei es sich um ein charakteristisches Merkmal für ein sterbendes Kontinuum handelte. Die Entropie hatte auch zur Zeit Coronas existiert, doch es war nur zu kaum merklichen Veränderungen des energetischen Niveaus gekommen. Das zweite Gesetz der Thermodynamik war damals nur eine Möglichkeit mit geringen Signifikanzwerten gewesen.

Nach den Maßstäben Coronas kam nur der Intelligenz eine echte Bedeutung zu, der es gelang, eine verjüngende Revitalisierung des Kosmos herbeizuführen ...

Mit Hilfe der organischen Einheit namens T'Raus hörte sie die Worte der menschlichen Frau. Zu Anfang lauschte sie den Bemerkungen Masons nur deshalb, weil sie die Ausführungen als einen angenehmen Zeitvertreib bis zur entscheidenden Phase der strukturellen Umgestaltung empfand, doch schon bald weckten sie das Interesse der Präsenz. Als besonders faszinierend erwiesen sich die Beschreibungen der ›Wolken‹, die Corona an die Herrlichkeit ihrer eigentlichen Heimat erinnerten, an jene Zeit, zu der es keine Materie gegeben hatte, nur Strahlungsenergie. Bei den Vulkaniern war Corona nicht dem Konzept der ›Freiheit‹ begegnet. Die Wissenschaftler in der Station hielten sich an einen starren Kodex, an die strengen Regeln ausschließlicher Logik – ein Verhalten, das die Präsenz verwunderte. Und deshalb dachte sie jetzt über diesen neuen Begriff nach, versuchte zu ergründen, welche Implikationen ›Freiheit‹ für die Zufallsbewegungen der ›Wolken‹ und das Verhalten der materiellen Intelligenzen hatte.

Die Freiheit, sich zu bewegen, zu denken, Einfluß auf die Umwelt zu nehmen. Die Freiheit, den Diktaten der eigenen Bedürfnisse zu folgen. Zu existieren.

Der Begriff der Freiheit war sehr komplex. Wenn ein Individuum das ganze Potential seiner Freiheit ausnutzte, bestand immer die Gefahr, daß es damit die Freiheit anderer Einheiten beschnitt. Als die menschliche Frau darauf hinwies, welche Gefahren von der Verhaltensweise Coronas nicht nur für ihre eigene Art, sondern auch für viele andere materielle Lebensformen ausging, empfing die Präsenz ein mentales Bild, das Wolken zeigte, die von einem heißen Wind zerfasert wurden …

Und diese Vorstellung entsprach den vertrauten Wahrnehmungsmustern Coronas. Viele hunderttausend Jahre nach dem Tod ihrer letzten Artgenossen, während der ersten Wiedererscheinungsphase, wurde das Universum plötzlich transparent für jene kleinen Partikel, die Menschen und Vulkanier als ›Photonen‹ bezeichneten – transparent für Licht. Anstatt von Nukleonen abzuprallen, rasten die Photonen durch den Kosmos und trugen Energie von einem Ort zum anderen. Wie ein heißer Wind wehten sie durch den Raum, der einst freie, intelligente Wesen enthalten hatte. Der Photonensturm zerfaserte die letzten Überbleibsel der Artgenossen Coronas.

Nach den gegenwärtigen Zeitmaßstäben hatte die Existenz des Volkes Coronas – seine ›Ewigkeit‹ – nur einige wenige Minuten gedauert. Es war ihm gelungen, viele Veränderungen zu überleben, doch das verhinderte nicht den endgültigen Tod. Nur Corona fand eine Möglichkeit, durch die endlosen temporalen Dimensionen zu reisen, sich unter gewissen astrophysikalischen Bedingungen zu remanifestieren und ihr Feld aus Ybakra-Strahlung zu stabilisieren.

Die materiellen Wesen wußten also, was Freiheit war. Und verantwortliche Freiheit, so begriff Corona, bedeutete den Kampf gegen die Entropie.

Die Phaserblitze blieben ohne Wirkung, und die Photonentorpedos lösten sich einfach auf, bevor sie den Asteroiden erreichten. Auf der Brücke der *Enterprise* herrschte eine deutlich spürbare Anspannung, und die elektronischen Instrumente arbeiteten nicht mehr zuverlässig. Mit faszinierter Besorgnis stellte Veblen fest, daß der Bordcomputer kaum mehr war als ein Zufallsgenerator. Die Monitore setzten ihr ganzes Potential ein, um die Kontrolle über die technischen Komponenten des Raumschiffs zu wahren – vergeblich. Im Gegensatz zu organischem Bewußtsein basierte die Funktionsweise der Memorialstrukturen auf einer quantenmechanischen Konditionalgrundlage. Und aus diesem Grund unterbrach das Monitorsystem die Verbindungen zu den Regelkreisen der *Enterprise.* Es machte kaum einen Unterschied, denn die Besatzung hatte ohnehin kaum Möglichkeiten zum Eingreifen.

Kirk fühlte sich benommen. Sein Empfinden ähnelte jener Art von Schwindel, die er bei der Aktivierung des Warp-Triebwerks empfand, doch gleichzeitig vibrierte in ihm das Wissen, versagt zu haben. Er beobachtete alles wie durch einen Schleier der Unwirklichkeit, und das bewirkte Übelkeit und so etwas wie apathische Faszination in ihm.

Veblen gab die Daten weiter, die von den wenigen noch funktionierenden Apparaturen ermittelt wurden, den Diagnosekomponenten, deren Aufgabe darin bestand, die Belastung des Warp-Triebwerks zu messen.

Kirk versuchte, sich auf die Worte des Computeroffiziers zu konzentrieren, doch immer wieder verflüchtigte sich seine Aufmerksamkeit: Er dachte an das, was er in der gläsernen Kugel gesehen hatte, an die Darstellung der Mikrokosmen und Singularitäten. Würde sich alles in dem hypnotischen Chaos des Kleinsten auflösen? Was mochte aus der *Enterprise* werden, wenn sie in einen solchen Mahlstrom geriet? Und welches Ende erwartete Captain Kirk?

McCoy war noch niemals zuvor so entsetzt gewesen. Er ahnte, was sich an den Kollaps der Raum-Zeit-Struktur anschloß – das Inferno der Hölle. Eine Hölle, die ohne ihr Äquivalent existierte, ohne ein Paradies, einen Garten Eden. Er stellte sich vor, wie die strukturelle Deformation auch ihn selbst erfaßte, wie er in eine Singularität stürzte, in der kein Platz war für körperliche Ausdehnung, nur für Gedanken und … und Grauen. *Armer Spock,* dachte er plötzlich und empfand jähes Mitgefühl für den Vulkanier, dem er während all der Jahre mit solcher Arroganz begegnet war – und in dem er doch einen Freund sah, den er sehr respektierte.

Spock hingegen stand noch immer in einer Oase der Ruhe und Gelassenheit. Die Maschinen in der Forschungssektion hatten sich in eine kleine Kontinuumsblase gehüllt, die sie so lange abschirmte, bis sie ihr Werk vollendet hatten. Spock hatte die Worte Masons vernommen, und die gedanklichen Reaktionen Coronas waren ihm ebenfalls nicht entgangen. Er reagierte mit Verwunderung auf den außergewöhnlichen und irrationalen Versuch der Journalistin, die Präsenz zu überzeugen. Solche Dinge gehörten nicht zu der Kultur, aus der er stammte: Dort gab es nur Fakten, keine Vermutungen und Hoffnungen. Differenzen in Hinsicht auf Meinung und Ereignisbewertung spielten bei Vulkaniern keine Rolle.

Grake, T'Kosa, Anauk, Spock – und T'Prylla an Bord der *Enterprise* – bereiteten sich auf das vor, was sie als unvermeidliches Ende erachteten.

KAPITEL 22

Von Horizont zu Horizont spannte sich ein Himmel, der in einem dunklen purpurnen Ton glühte. Hier und dort zeigten sich faserige Streifen aus milchigem Weiß und leuchtendem Grün. Mason spürte das Knirschen äonenalter Steine unter ihren Schuhen – abgesehen von dem leisen Zischen ihres Atems das einzige Geräusch. Die neuen Sonnen stiegen über den gezackten Felsenrand des Asteroiden, gehüllt in den Staub- und Gasdunst, der sie geboren hatte.

Mason streckte die Hand aus und wußte nicht genau, warum sie sich an diesem Ort befand, warum sie noch lebte. Das schwache grüne Schimmern des Isolationsfelds, das sie vor dem kalten Vakuum schützte, blitzte kurz auf, als wolle es auf diese Weise ihre Fragen beantworten. Und über ihr erschien der Sternenblick und funkelte auf sie herab. Mason hob den Kopf, und mit den Händen beschattete sie ihre Augen.

»Ich bin hinter Ihnen«, hörte sie eine Stimme. Sie drehte sich um und zuckte überrascht zusammen, denn sie war nicht mehr allein in dem Abschirmfeld: Eine trübe orangefarbene Wolke hatte sich dicht vor dem grünen Leuchten gebildet und wogte hin und her – als werde sie von einem Wind erfaßt, der nur für sie existierte. »Dies ist die Form, die ich Ihrer Gedankenwelt entnahm, und ich empfinde sie als recht angenehm. Ich bin die Präsenz, die T'Prylla Corona nannte.« Der Journalistin fiel keine passende Antwort ein, und deshalb schwieg sie.

»Woher stammen Sie?«

Mason stotterte, riß sich zusammen, formulierte ihre

Worte mit aller Sorgfalt und erwiderte: »Von einem Planeten namens Yalbo.« Dies ist ein Traum, dachte sie. Sicher bin ich längst tot, und meine Seele treibt durch einen Kosmos der Visionen.

»Das ist bestimmt ein sehr schöner Ort«, sagte Corona.

»Meinen Sie?«

»Ja. Immerhin verbinden Sie Vorstellungen von Schönheit damit. Die Gebilde in der ... Atmosphäre vermitteln Ihnen den Begriff der Freiheit, und Sie übertragen ihn auf mich.« Wie bei einem Sonnenuntergang verdunkelte sich die Wolke. »Vielleicht aber liegt es auch daran, daß Sie selbst schön sind. Vielleicht projizieren Sie Ihre ästhetischen Werte auf Ihren jeweiligen Aufenthaltsort.«

»Ich ... ich habe Angst«, entgegnete Rowena Mason. »Du ... Sie ... Sie sind das seltsamste Wesen, dem ich jemals begegnet bin.«

»Und doch befinden sich in Ihrem Innern einige meiner Erinnerungen, die Ihnen von dem Vulkanier-Menschen Spock übermittelt wurden. Ihre Lebensform erscheint mir ebenfalls exotisch. Vielleicht können wir die zwischen uns existierende Kluft der Fremdartigkeit überbrücken, indem wir uns austauschen.«

»Austauschen?«

»Während der letzten ... Stunden ... konnte ich viele neue Dinge in Erfahrung bringen, doch mein Verständnis in bezug auf Ihre Seinsform, auf das Leben der Menschen, reicht noch nicht aus. Ich hatte zehn Jahre Zeit, um die Vulkanier kennenzulernen, und doch sind sie mir noch immer ein Rätsel. Ich schlage einen Austausch von Erfahrungswerten vor. Ich vervollständige die Erinnerung in Ihnen. Ich stelle Ihnen alle Informationen zur Verfügung, die Sie möchten. Und als Gegenleistung lassen Sie mich an Ihren Erfahrungen teilhaben. Ich nehme sie in mich auf und trage sie fort ... in die Region, die Sie jetzt mit Hilfe des Sternenblicks sehen können.«

»Um was handelt es sich? Ein neues Sonnensystem?«

Einige Sekunden lang herrschte Stille. »Es existiert nicht in ihrem Hier-Jetzt, stellt eine ferne Möglichkeit dar. Viel Zeit muß noch verstreichen. Alle Sterne und Galaxien altern, und irgendwann verblaßt ihr Glanz. Dann füllt sich das Universum mit Schwarzen Löchern, die wiederum ihre Massen der Leere zurückgeben und sich daraufhin in nackte Singularitäten verwandeln. Die Zeit selbst wird langsamer vergehen und schließlich ganz zum Stillstand kommen. Was danach geschieht, weiß ich nicht genau zu bestimmen. Vermutlich folgt ein leeres Nichts, dessen Trostlosigkeit noch deutlicher ausgeprägt ist als die des gegenwärtigen Kosmos.«

»Das dort oben sieht nicht sonderlich leer aus«, gab Mason zurück und beschattete wieder die Augen.

»Sie haben mir einige Alternativen aufgezeigt – Möglichkeiten, mein Ziel ohne die Vernichtung dieses Universums zu erreichen. Der Sternenblick offenbart Ihnen eine solche Alternative – vorausgesetzt, es gelingt mir, Leere und Dunkelheit zu überdauern. Wenn endgültige Stasis herrscht, wenn es im Kosmos nicht mehr die geringste Aktivität gibt, werde ich zu einem Fokus, auf den sich das einzige noch existierende Etwas konzentriert – die Ybakra-Strahlung der Zwischenräume. Diese Strahlung werde ich kanalisieren und damit die Leere ausfüllen. Dazu brauche ich weder Maschinen noch Materie, nur mein eigenes Potential, mein Ich.«

Mason begann zu hoffen, daß sie *nicht* nur träumte.

»Entspricht das Ihrem Wunsch?« fragte Corona. »Möchten Sie eine Vernichtung Ihrer derzeitigen Realität verhindern, damit Ihr Volk den Weg der Freiheit beschreiten kann?«

»Bedeutet das, uns bleibt der Tod erspart?« fragte Mason unsicher.

»Ja. Die Maschinen sind gerade dabei, den Veränderungsprozeß umzukehren. Ich habe die anderen materiellen Wesen in die *Enterprise* transferiert – bis auf die

Hibernanten. Ich erwarte Angaben darüber, wie ich mit ihnen verfahren soll.«

Mason konnte es kaum fassen, und tief in ihr erwachten die argwöhnischen Instinkte der Journalistin. »Aber ich dachte, Sie können nur Massen transformieren, die nicht viel größer sind als ein Kind.«

»Solange die Maschinen in der Forschungssektion besonders viel Energie aufnahmen«, erwiderte Corona.

»Warum haben Sie den Deformationsprozeß unterbrochen?«

»Weil Sie mir bewußt machten, daß wir während der kommenden Äonen möglicherweise das gleiche Ziel anstreben«, erklärte Corona. »Vielleicht gelingt es Ihrem Volk, die Entropie zu kontrollieren, und in einem solchen Fall würde das Universum nicht sterben – wenigstens nicht auf die Art und Weise, die mir jetzt als sehr wahrscheinlich erscheint. Dann sind meine Manipulationen nicht erforderlich. Andererseits: Sie könnten auch versagen. Sie sind jung – selbst die Wesenheiten, die der Mensch Kirk erwähnte und die im Vergleich zu Ihnen gottartig sein sollen. Sie haben viel Zeit, zu wachsen und sich vorzubereiten – aber Fehler sind nicht auszuschließen. Und wenn Sie es nicht schaffen, das Ziel zu erreichen, so könnte ich es versuchen.«

»Mit anderen Worten: Meine Nachfahren haben die Möglichkeit, das Universum zu retten?«

»Ihre Lebensform, ja. Eigentlich bilden Sie alle ein großes Volk, denn sie bestehen aus Materie. Aus meiner Perspektive betrachtet gibt es nur wenige und eher unwichtige Unterschiede.«

Mason starrte auf die orangefarbene Wolke, die so sehr denen ähnelte, die sie als Kind beobachtet und bewundert hatte. Und die sie manchmal in ihren Alpträumen sah. »Ja«, sagte sie und schluckte laut.

»Sind Sie zu einem umfassenden Erinnerungsaustausch bereit?«

Mason nickte. »Ja, das bin ich.«

KAPITEL 23

»Dr. McCoy.« Die Stimme unterbrach die Grübeleien des Bordarztes. Er stand nach wie vor auf der Brücke der *Enterprise,* und er hatte über den Tod nachgedacht – über einen Tod, der nicht nur ihn selbst betraf, sondern auch seine Freunde und Kameraden, das Schiff, alles, was er kannte, das ganze Universum. Er entsann sich an ein Gefühl der Unwirklichkeit, der Realitätsverzerrung, an das Empfinden einer seltsamen Bewegung. Und jetzt ...

Erneut verschwamm das Bild vor seinen Augen, und als sich wieder scharfe Konturen bildeten, sah er, wie sich ihm T'Kosa näherte. »Was, zum Teufel ...«

»Mason sagte, Sie sollten die Entscheidung treffen.«

Verwirrt blickte sich McCoy um. Er befand sich jetzt vor der Hibernationskammer in Station Eins. Sein verwunderter Gesichtsausdruck hätte einen Menschen sicher zum Lachen gereizt, doch die Vulkanierin blieb ernst. »Was für eine Entscheidung?«

»Darüber, wohin die Schläfer transformiert werden sollen.«

»Ich ... ich verstehe nicht ...«

»Wir haben nicht mehr viel Zeit. Es bleiben Corona nur noch drei Minuten. Das Shuttle ist zerstört, und mit dem Transporter können die Hibernanten nicht schnell genug an Bord der *Enterprise* gebracht werden.« T'Kosa musterte ihn aufmerksam und war ganz offensichtlich sowohl an der Flexibilität als auch an der Reaktionsschnelligkeit McCoys interessiert. Ganz gleich, wie die Lage auch beschaffen sein mochte: Der

Arzt war nicht geneigt, sich vor der Vulkanierin eine Blöße zu geben.

»Ja, natürlich«, sagte er und holte tief Luft. »In der Krankenstation ist bereits alles vorbereitet worden. Jedes Hibernakel verfügt über einen Energieversorgungsanschluß, und bei der ... der Transformation kommt es in erster Linie darauf an, Temperaturschwankungen zu vermeiden.«

»In Ordnung«, entgegnete T'Kosa. »Wir begleiten die Schläfer.«

»Nein – warten Sie!«

Aber es war bereits zu spät. McCoy hielt das Transformieren für weitaus unangenehmer als die Reise im Transporterstrahl, weil er sich die ganze Zeit über seiner Entstofflichung bewußt war.

Chapel stand an der einen Wand der Krankenabteilung und riß unwillkürlich die Augen auf. Ein kleines medizinisches Gerät fiel ihr aus der Hand, als nacheinander dreißig Hibernationsbehälter an den für sie vorbereiteten Plätzen materialisierten. Die Sensoren stellten sofort die Energieversorgung her, und ein lautes Summen und Surren erklang. Die Leuchtplatten in der Krankenstation flackerten kurz und emittierten dann wieder einen gleichmäßigen Schein.

In der Sicherheitsabteilung registrierte Olaus eine plötzliche Massenzunahme der *Enterprise* um mindestens dreißig metrische Tonnen.

Im Maschinenraum stellte der wachhabende Offizier eine sich jäh erhöhende energetische Belastung fest.

McCoy rematerialisierte an der Brüstung auf der Brücke. Uhura beobachtete sein Erscheinen, doch angesichts der letzten Ereignisse war sie viel zu verblüfft, um zu reagieren. Einige Sekunden später standen Spock und vier weitere Vulkanier neben dem Bordarzt. Kirk drehte seinen Sessel herum.

»Pille ...«

»Stell mir keine Fragen«, erwiderte McCoy knapp. »Dafür haben wir jetzt keine Zeit. Ich muß sofort in die Krankenstation.« Er betrat den Lift.

»Spock?«

»Ich weiß nicht, was in den vergangenen Minuten geschah, Captain. Wo ist Mason?«

Kirk schnappte nach Luft. »Himmel, ich habe keine Ahnung. Was ist eigentlich los?«

Veblen betrachtete die Anzeigen der Sensoren und wandte sich zu Kirk um. »Captain, das lokale Kontinuum weist keine strukturellen Deformationen mehr auf. Und die Instrumente funktionieren wieder einwandfrei.«

»Wir sind nicht tot«, sagte Sulu – und diese wenigen Worte genügten, um alles zum Ausdruck zu bringen.

Die Blicke der Anwesenden waren auf Kirk gerichtet, als Mason neben dem Befehlsstand materialisierte. Sie blickte den Captain an und lächelte hintergründig.

»Corona schlägt vor, die *Enterprise* solle sich bis auf eine Distanz von mindestens einer Milliarde Kilometer zurückziehen«, sagte sie rasch. »Ihre Präsenz im Nebel schwächt sich ab, und sie kann nicht länger die Stabilität der Maschinen in Station Eins garantieren.«

»Steuermann …«, begann Kirk.

»Kurs ist bereits programmiert«, unterbrach ihn Sulu. Das Impulstriebwerk der *Enterprise* zündete, und der plötzliche Schub ließ alle Decks im Diskus vibrieren. Das Raumschiff entfernte sich von dem Asteroiden, und aus der Orbitalkurve wurde eine fast gerade Linie, als Kirk volle Beschleunigung anordnete.

Mason stand noch immer neben dem Sessel des Captains, achtete jedoch nicht weiter auf die allgemeine Aktivität. Sie empfing die letzten Ybakra-Signale Coronas.

Tief unter der Strukturmatrix der gewöhnlichen Status-Geometrie teilten sich die Masseanomalien und begannen, verschiedene Geodäsien zu beeinflussen, die von menschlichen Sinnen nicht wahrgenommen werden konnten. Die astrophysikalischen Bedingungen, die Corona in die Lage versetzt hatten, sich im Black Box-Nebel zu manifestieren, fanden nun ein Ende – und vielleicht würden sie sich erst in einigen Jahrmilliarden wiederholen. Aber Mason wußte, daß auch in einem solchen Fall nicht mit einer Rückkehr Coronas zu rechnen war. Nur im Endstadium des Universums, wenn alles andere fehlschlug, wenn es den Nachkommen der gegenwärtigen materiellen Intelligenzen, die in einem Kosmos der Leere und frei dahinrasenden Photonen lebten, nicht gelang, den Triumph der Entropie zu verhindern, wenn das Nichts und der energetische Tod das Konzept der Freiheit in Frage stellten …

Nur dann würde Corona zurückkehren, um ein Versprechen zu halten, das vom Anbeginn der Zeit stammte.

Nur noch ein Gefallen, riefen die Gedanken Masons.

Und der wäre? antwortete das leiser werdende Flüstern Coronas.

Es besteht nach wie vor ein kleines Problem … Sie beschrieb es und fügte hinzu: *Können Sie es lösen?*

Mason konnte die schwache Stimme Coronas kaum mehr hören, glaubte aber, eine Bestätigung zu verstehen. Dann sagte sie: »Leb wohl.« Doch die Verbindung zur Präsenz war bereits unterbrochen.

Spock stand neben Veblen, und während sich die *Enterprise* vom Asteroiden entfernte, beobachtete er die Anzeigen der Sensoren. »Captain«, meldete er, »der Planetoid bricht auseinander.« Er schaltete auf eine grafische Darstellung um, und das Bild auf dem großen Schirm veränderte sich.

Mason starrte auf die Projektion und spürte die Vergangenheit Coronas in sich, empfand sie als fast so real wie ihre eigene. In gewisser Weise zeigte der Schirm das, was die Präsenz für einen wesentlich größeren Raumbereich geplant hatte.

Der Asteroid platzte wie in Zeitlupe auf und offenbarte sein amorphes Inneres. Die Darstellung wirkte ein wenig verzerrt, so als beobachte Mason das Geschehen durch eine ungleichmäßig geschliffene Linse. Hinter dem kleinen Himmelskörper gähnte gedehnte Schwärze: zwei lange Streifen aus lichtloser Finsternis, die den Asteroiden erst in eine elliptische Form zwangen, ihn dann in einen Zylinder mit gewölbten Enden verwandelten und ihn schließlich verschlangen. Das, was von ihm übrigblieb, streckte sich zu einem fadenartigen Gebilde: Es wurde so dünn, daß selbst mit dem Zoom keine Auflösung mehr möglich war. In einem Umkreis von einer halben Million Kilometer stürzten die Staub- und Gaswolken des Nebels in den Raum-Zeit-Abgrund.

Im Zentrum des unsichtbaren Fadens bildete sich ein völlig neues Universum. Zunächst durchmaß es nur einige wenige Zentimeter, emittierte kaum Licht und glänzte in einem trüben Braun. Doch als die in der Nähe befindliche Materie in den Normalraum zurückfiel und sich unmittelbar darauf in Energie umwandelte, dehnte sich die kosmische Kugel aus und leuchtete in einem fleckigen orangefarbenen Ton. Einige Sekunden später wurde ein sattes Grün daraus, dann ein so grelles Blau, daß sich die Sensoren aus Sicherheitsgründen abschalteten. Die Darstellung auf dem großen Beobachtungsschirm verblaßte.

Das Funkeln und Gleißen verlor schnell an Intensität. Das neue Universum war nicht stabil, und das ihm innewohnende energetische Potential konnte dem enormen Druck der Status-Geometrie nicht standhalten. Die Strukturhülle brach, und eine winzige Sonne blitzte – ein schwacher und kurzlebiger Bruder der wesentlich größeren Sonnen im Nebel.

Der neue Stern starb einen raschen stellaren Tod. Als die *Enterprise* eine Milliarde Kilometer zurückgelegt hatte, war sein Schimmern vollständig verschwunden, und es gab nichts mehr, was den Black Box-Nebel von all den anderen Staub- und Gaswolken in der Milchstraße unterschied.

KAPITEL 24

McCoy verschwendete keine Zeit damit, über seine jüngsten Erlebnisse nachzudenken. Mit einem medizinischen Tricorder in der Hand schritt er durch die Krankenstation. Die Installation der Hibernakel war komplett, und die Kälteschläfer hatten keinen Schaden erlitten. Theoretisch konnte er jederzeit mit ihrer Behandlung beginnen. Und doch: Die Medmonitoren stellten nach wie vor ein Hindernis dar.

Als er die Untersuchungen beendete, trat Chapel an seine Seite. »Mr. Spock wartet im Computerzentrum auf Sie«, sagte die Schwester.

»Ich bin müde«, seufzte McCoy und schloß die Augen. »Ist dies etwa der richtige Zeitpunkt, um von mir ein Gespräch mit computerisierten Phantomen zu verlangen?«

Chapel lächelte schief und versuchte, den Bordarzt zu besänftigen. »Mr. Spock meint...«

»Ja, ja, ich weiß, was er meint«, knurrte McCoy. »Die Zeit drängt...« Er verharrte noch einige Sekunden lang, versuchte, seine angespannten Muskeln zu lockern und ließ den Blick über die Hibernationsbehälter schweifen. »Meine Güte, ich frage mich, warum wir überhaupt noch leben.«

Als McCoy das Computerzentrum betrat, sah er Spock, der an der Monitorkonsole saß. Veblen leistete ihm Gesellschaft und hatte die Hände im Schoß gefaltet. Nur auf die Versicherung Spocks hin, daß er keinen verbotenen Datenzugriff plante, war der Computeroffizier bereit gewesen, ihm einen Zugang zum Kern des Systems zu erlauben. Dennoch machte er sich Sorgen in Hinsicht auf die unorthodoxe Vorgehensweise des Vulkaniers. Die nervliche Belastung der vergangenen Stunden hatte ihn ebenso mitgenommen wie McCoy.

Ihm stand ganz und gar nicht der Sinn nach einer Auseinandersetzung, bei der es um die Monitoren ging. Inzwischen verabscheute Veblen das neue Kontrollsystem, haßte es geradezu, weil es sich einerseits als unzulänglich erwiesen hatte und ihm andererseits eine große Verantwortung aufzwang. Trotzdem war er nicht zu Kompromissen bereit.

McCoy nahm an der Konsole Platz. Spock aktivierte die erste in den medizinischen Monitoren gespeicherte Memorialstruktur und schaltete auf verbale Kommunikation um. »Mit wem soll ich sprechen?« fragte McCoy. »Ist die betreffende Person bereits tot?«

»Ich glaube, ja«, erwiderte Spock. »Sie werden mit der Erfahrungseinheit eines Commodore des Sanitätskorps sprechen, mit Elias R. Rostovtzev.«

»Lieber Himmel, Spock. Das war mein Professor an der Medizinischen Akademie Starfleets!«

»Ich weiß, Doktor. Es handelt sich um die einzige Persönlichkeitsmatrix, die Ihnen einigermaßen vertraut ist.«

»Verdammt, er hätte mich fast durchfallen lassen.«

Spock hob die Augenbrauen. »Wenn Sie möchten, aktiviere ich eine andere Memorialstruktur.«

»Nein, nein… ist schon in Ordnung. Wieviel von seiner Persönlichkeit ist im System gespeichert?«

»Nur gewisse Denkmuster, Doktor. Für die Funktion der Monitoren genügt eine elementare Urteilskraft und die Fähigkeit, Auskunft zu geben. Wenn das Ihre Frage beantworten sollte: Sie bekommen es nicht etwa mit einer *lebenden* Entität zu tun.« Doch insgeheim zweifelte Spock daran, ob diese Einschätzung den Tatsachen entsprach. Die Präsenz Admiral Harauks im System war wesentlich aktiver gewesen, als er erwartet hatte – aktiver und unabhängiger.

»Na gut. Ich bin soweit.«

McCoy erblickte nicht etwa die Darstellung eines Gesichts. Er sah nur die auf verbale Kommunikation justierte Konsole. Statisches Rauschen drang aus dem kleinen Lautsprecher, und er hörte auch das dumpfe Brummen des Trägersignals. Plötzlich hatte er das Gefühl, daß sich außer Spock, Veblen und ihm selbst auch noch eine vierte Person in der Kammer befand, ein geisterhaftes und wartendes *Etwas*.

»Commodore Rostovtzev?«

»Ja.« Die Stimme war zwar leise, aber deutlich zu verstehen. »Wer spricht dort?«

»McCoy, Doktor Rostovtzev. Leonard McCoy.«

»Lieutenant JG Leonard McCoy?«

»Inzwischen bin ich Lieutenant Commodore, Doktor, Schiffsarzt an Bord der U.S.S. *Enterprise*.«

»Warum sind Sie nicht Commodore, Leonard? Haben Sie wieder irgendeine Prüfung verpatzt?«

McCoy errötete. »Nein, Sir. Ich weiß nicht so recht, womit ich anfangen soll ...«

»Versuchen Sie's mit dem Anfang, Leonard«, antwortete die Stimme geduldig.

»Es gibt da eine Entscheidung, die Sie bald treffen müssen ...«, begann McCoy. Veblen erhob sich halb aus seinem Sessel und wollte protestieren, denn seiner Meinung nach grenzte das Gebaren McCoys an einen Versuch, die Monitoren zu manipulieren. Aber Spock forderte ihn mit einem Wink auf, nicht einzugreifen. Widerstrebend nahm der Computeroffizier wieder Platz und hörte aufmerksam und gespannt zu.

»Ja. Wenn ich mich recht entsinne, Leonard, bin ich hier drin nicht etwa allein, sondern in der Gesellschaft von fünf weiteren medizinischen Experten. Obwohl man natürlich nicht behaupten kann, irgend jemand von uns wäre *wirklich* anwesend.«

»Ich weiß, Sir.«

»Nun gut, fahren Sie fort.«

»Ihre Aufgabe besteht darin, den Einsatz des TUREK-Systems an Bord der *Enterprise* zu überwachen ...«

»Ah, ja«, erwiderte Rostovtzev. »Die dreißig Hibernanten, bei denen es durch intensive Ybakra-Strahlung zu neuralen Schäden kam... Wurde dieses Problem nicht erst kürzlich an uns herangetragen?«

»Das stimmt, Sir. Ich würde es gern ausführlicher mit Ihnen erörtern.«

»Warum? Die Monitoren haben doch bereits ihr Einverständnis erteilt. Wir haben nichts gegen eine Behandlung der Kälteschläfer.«

McCoy war wie vom Donner gerührt, und Veblens Kinnlade klappte herunter. »Aber, Sir ...«

»Machen Sie sich an die Arbeit, Mann! Ich... *wir* sind sehr an dem Vorgang interessiert! Verlieren Sie nicht noch mehr Zeit.«

»Jawohl, Sir!« McCoy stand auf, blickte Veblen und Spock an und zuckte mit den Schultern. »Ich beginne sofort.«

Als McCoy die Kammer verlassen hatte, wandte sich Veblen der Konsole zu und überprüfte sowohl die Programmcodes als auch die Sicherheitskomponenten des Systems. Er konnte keine Manipulationen feststellen. »Mr. Spock, hier geht irgend etwas nicht mit rechten Dingen zu ...«

»Wieso denn, Mr. Veblen? Die Monitoren haben ihr Einverständnis gegeben, das ist alles.« Der Vulkanier ging ebenfalls, und Veblen wiederholte die Tests noch einige Male, ohne irgendeinen Funktionsfehler zu entdecken.

Beim letzten Durchlauf befaßte er sich mit den im System gespeicherten Vorschriften, die die TUREK-Benutzung regelten. Insbesondere forderte er eine Spezifikation der Bestimmungen an, bei denen es um die Wiederbelebung klinisch toter Organismen ging, und er bat um eine Definition des Begriffs ›klinisch tot‹.

Die Angaben wurden auf den Bildschirm projiziert,

und Veblen las den langen Text. Nach einer Weile fiel ihm eine subtile Veränderung der Syntax auf, die er nicht genau zu erfassen vermochte – bis er zu den letzten Zeilen gelangte. Dort stand:

›Ganz gleich, welche Gesetze in Kraft sind oder was die Pflicht erfordern mag: Es müssen alle Versuche unterlassen werden, die Freiheit des Lebens zu beschränken und seine Aktivitäten sowie den Kampf gegen die Entropie zu behindern.‹ An diese Worte schloß sich eine seltsam anmutende Gleichung an, die in keinem Bezug zu den medizinischen Definitionen stand. Einige Minuten lang versuchte Veblen, ihren Sinn zu enträtseln, und dann fiel ihm plötzlich ein, um was es sich handelte.

Die Gleichung beschrieb eine bestimmte Strahlungsart der Zwischenräume: Ybakra, um genau zu sein.

Die letzten Zeichen stellten eine Unterschrift dar.

Aus dem Kichern Veblens wurde ein schallendes Lachen, und er legte die Arme auf die Konsolentastatur und stützte glucksend den Kopf darauf.

KAPITEL 25

Die *Enterprise* begann ihre Heimreise, und während des Flugs zur Starbase 19 waren zwei Zwischenstops geplant.

Zunächst galt es, Rowena Mason nach Yalbo zurückzubringen. Die Vorstellung, erneut zu einer Provinzlerin zu werden, bereitete ihr kein sonderliches Unbehagen. Inzwischen hatte sie sich verändert und trug die Erinnerungen Coronas in sich, und damit mochte selbst der ödeste Ort, an dem sie sich befand, eine exotische Qualität gewinnen. Durch jene Präsenz besaß sie nun einen unfehlbaren Sinn für das Neue und Unerwartete. Anschließend würde die *Enterprise* das Sonnensystem Epsilon Eridani anfliegen und die Vulkanier von Station Eins auf ihrer Heimatwelt absetzen.

Grake und T'Prylla empfingen Spock mit einem ehrenvollen Ritual in ihrer Unterkunft. Feierlich schenkten sie ihm einen speziellen Dilithiumkristall mit der Gravur eines Familien-Aphorismus. Darauf folgten eine kurze Meditation und ein förmliches vulkanisches Essen. Die beiden Forscher entschuldigten sich nicht für die Geschehnisse in der Station – und das war auch gar nicht notwendig. Sie verhielten sich so, als sei der dramatische Zwischenfall im Black Box-Nebel längst ferne Vergangenheit, nur noch eine sowohl faszinierende als auch verwirrende Erinnerung, der kaum mehr Bedeutung zukam. Nach dem Essen wurde der Tisch abgeräumt, und Radak und T'Raus machten ihre respektvolle Dankbarkeit gegenüber dem Gast deutlich, indem sie ihm die Hände wuschen. Kurz darauf meldete sich T'Prylla zu Wort. »Spock, Sie erwähnten eine Veränderung in Hinsicht auf die Wissenschaftliche Akademie. Würden Sie uns bitte erklären, was Sie damit meinten?«

Spock faltete die gereinigten Hände. »Ich glaube, die Spyorna sind bereit, Ihre Art der Logik als eine alternative Möglichkeit zur traditionellen Methode der Erkenntnisgewinnung zu akzeptieren. Die Ereignisse der vergangenen Tage mögen als Hinweis auf die potentielle Unzulänglichkeit der starren Regeln genügen, durch die sich die Lehren Suraks auszeichnen. Erst durch ein menschliches Bewußtsein begriff Corona die fatalen Folgen ihrer Absichten. Zu welchen Schlußfolgerungen gelangen wir aufgrund des offensichtlichen Versagens der vulkanischen Logik?«

»Wenn meine Alternativen in dieser Beziehung irgendeinen Wert gehabt hätten, wären Corona sicher die Konsequenzen ihrer Pläne klargeworden, während sie unsere Selbst-Faktoren kontrollierte. Sowohl meine Kollegen als auch die Mitglieder meiner Familie kennen sich in der Methode aus, die ich entwickelte.«

»Dann gibt es Platz genug für Diskussionen und Fortschritt.« Spock blieb sitzen und neigte grüßend den Kopf, als Anauk und T'Kosa eintraten.

»Wir haben McCoy bei der Arbeit mit dem TUREK-System geholfen«, sagte T'Kosa. »Ich sehe mich gezwungen, meine Einschätzungen in bezug auf das menschliche Verhalten zu revidieren. McCoy scheint uns nicht abzulehnen.«

»Im Gegensatz zu uns ist das Gebaren von Menschen wankelmütig und unberechenbar«, sagte Spock. Diese Binsenwahrheit kam nach vulkanischem Empfinden fast einer humorvollen Bemerkung gleich, und T'Prylla und die anderen pflichteten den Worten Spocks bei, indem sie die linke Hand hoben und die letzten drei Finger spreizten.

Mason befand sich zusammen mit Spock, Kirk und McCoy in der Kabine des Captains und berichtete in allen Einzelheiten von ihrem Kontakt mit Corona. Als der Vulkanier sich nach dem Wesen der fremden Präsenz erkundigte, schüttelte sie bedauernd den Kopf und erwiderte wahrheitsgemäß:

»Ich weiß nur sehr wenig von ihr. Mir stehen praktisch nur die Informationen zur Verfügung, die Sie in meinem Bewußtsein zurückließen, Mr. Spock.« Aber sie erfuhr mit jedem Tag mehr, lernte ständig. »Allerdings ist mir klar, daß die medizinischen Monitoren manipuliert wurden. Ich habe Corona darum gebeten und bin auch bereit, die Verantwortung zu übernehmen.«

»Sie haben... die Präsenz darum gebeten?« fragte Kirk.

»Ja. Wenn das Militär mit seiner Weisheit am Ende ist, müssen wir Zivilisten weiterhelfen.« Kirk setzte zu einer scharfen Erwiderung an, unterbrach sich aber bereits im Ansatz, als er das belustigte Funkeln in den Augen der Journalistin sah – und das offene Lächeln, das ihre Lippen umspielte.

Sie verriet nur soviel über Corona, wie unbedingt erforderlich war. Bei den fremden Erinnerungen handelte es sich nun um einen Teil ihres Wesens, und wenn es eines Tages notwendig werden sollte, diesen Erfahrungsschatz der breiten Öffentlichkeit zugänglich zu machen – Mason zweifelte nicht daran, daß es irgendwann dazu kommen würde –, so war sie gewiß reifer und somit vorbereitet. Weniger engstirnig und stur. Corona hatte ihr den Schlüssel in die Hand gegeben, mit dem sich die Tür zu ihrer inneren Welt öffnen ließ.

Spock ahnte wahrscheinlich, daß sie mehr wußte, als sie eingestand, doch er sprach sie nicht darauf an. Und dafür war sie ihm sehr dankbar.

Am nächsten Morgen fand im Konferenzraum eine weitere und wesentlich ernstere Besprechung statt.

»Ich eröffne hiermit die Sitzung des Beratungsausschusses. Den Vorsitz führt Captain James T. Kirk.« Kirk klopfte mit dem Zeremonienhammer auf den Tisch, und wie immer bei solchen Gelegenheiten fühlte er sich unsicher und kam sich ein wenig närrisch vor. »Unsere Aufgabe besteht darin, die Funktionsweise der Monitoren an Bord der *Enterprise* zu bewerten, besonders in Hinsicht auf die zurückliegenden Ereignisse. Dr. McCoy, Sie haben das Wort.«

McCoy stand auf und sah die Anwesenden der Reihe nach an. Außer ihm und Kirk waren auch noch Spock, Scott, Veblen, Olaus und Mason zugegen. Der Ersatzrecorder Rowenas schwebte dicht neben ihrer Schulter. »Ich bin kein Rechtsanwalt«, sagte McCoy, »und im Labyrinth der Jurisprudenz würde ich mich rasch verirren. Ich weiß nicht, ob es uns gelingen wird, zukünftige Probleme mit den medizinischen Monitoren auf eine zufriedenstellende Art und Weise zu lösen.« McCoy richtete seinen Blick erst auf Mason, dann auf Veblen.

»Ich bin nur froh, daß uns das neue Kontrollsystem die Möglichkeit gab, die Hibernanten zu behandeln. Wir haben bereits damit begonnen, und in vier Tagen dürfte die Rekonvaleszenz der ersten beiden Schläfer abgeschlossen sein. Mr. Veblen – in den Entwicklungslabors der Föderation mögen die Monitoren durchaus eine gute Idee gewesen sein, aber hier draußen im All funktionierten sie nicht so, wie es ihre Entwickler planten. Die *Enterprise* bekam den Einsatzbefehl gerade aufgrund ihrer neuen Ausrüstung, doch praktisch von Anfang an erwiesen sich die Monitoren als eine Behinderung. Eine Katastrophe konnte nur knapp verhütet werden. Nun, ich verlasse mich nicht gern auf Wunder.«

»Vielen Dank, Dr. McCoy. Mr. Spock, wie lautet

Ihre Analyse in Hinblick auf die Bedeutung, die den Monitoren während des Corona-Zwischenfalls zukam?«

»Captain.« Spock stand auf und ließ seinen Blick über den Tisch schweifen. »Die Kommando-Monitoren bestätigten Ihre Entscheidungen bis zum letzten Augenblick. Erst dann kamen sie zu dem Schluß, Ihr Verhalten sei nicht entschlossen genug, um der Gefahr wirksam zu begegnen. Mr. Veblen und ich haben die internen Aufzeichnungen des Systems geprüft: Die sechs gespeicherten Erfahrungseinheiten der Starfleet-Kommandeure waren sich einig, daß Sie nicht rasch genug handelten. Allerdings blieb die Übernahme der Kontrolle durch die Monitoren ohne konkretes Ergebnis – und das deutet möglicherweise darauf hin, daß Ihr Verhalten durchaus den Erfordernissen der Lage entsprach. In diesem Zusammenhang ist eine eingehendere Analyse notwendig.«

Spock nahm wieder Platz, und Kirk nickte Veblen zu. Der Computeroffizier erhob sich und sah Mason an, die auf der anderen Seite des Tisches saß. »Die Monitoren funktionierten wie vorgesehen. In dieser Hinsicht kann man den Test als erfolgreich abgeschlossen betrachten. Andererseits aber ...« Er holte eine kleine Speichereinheit hervor. »Ich glaube, das neue System weist einige schwerwiegende Fehler auf, und einer der wichtigsten besteht in der Möglichkeit zu einer Manipulation. Mit anderen Worten: Es kann von quantenmechanischen Instabilitätseffekten beeinflußt werden. Die Programmierung der Medmonitoren hat sich ganz offensichtlich als mangelhaft erwiesen, und ich kann die Verärgerung Dr. McCoys verstehen. Es dürfte uns sicher nicht schwerfallen, die Föderation davon zu überzeugen, daß einige Vorschriften revidiert und gewisse Neuentwicklungen der medizinischen Wissenschaft berücksichtigt werden müssen.« Erneut bedachte er Mason mit einem kurzen Blick, so als wolle er feststellen, ob sie seinen Worten beipflichtete. Sie nickte andeutungsweise und lächelte verstehend.

»Was die Kommando-Monitoren angeht … Ich persönlich bin der Ansicht, daß sie die Kontrolle nicht hätten übernehmen dürfen. Meiner Meinung nach traf Captain Kirk genau die richtigen Entscheidungen, und sein Verhalten – beziehungsweise sein Zögern – stellte weder eine Gefahr für die *Enterprise* noch für die Mission dar oder …« Er wollte den Satz mit ›das Universum‹ beenden, doch das hätte zu pathetisch geklungen. »Oder irgend etwas anderes. Aus diesem Grund werde ich auch eine Modifikation im System der Kommando-Monitoren empfehlen.«

Damit war die Besprechung bereits beendet. Kirk schloß die Sitzung, sah den anderen nach, als sie den Raum verließen, und machte sich dann auf den Weg zu seiner Unterkunft. Auf halbem Wege schloß Mason zu ihm auf. »Kann ich Sie sprechen, Captain?«

»Natürlich.«

Sie trat an seine Seite und starrte auf den Boden. »Was halten Sie von den Monitoren, Captain? Sie persönlich, meine ich.«

»Brauchen Sie meine Aussage, um Ihren NDF-Bericht abzuschließen?«

»Ich weiß nicht«, erwiderte Mason. »Vielleicht. Derzeit fühle ich mich nicht in erster Linie als Journalistin. Ich frage mich schon seit einer ganzen Weile, wo eigentlich mein Platz ist. Ich … ich bin direkt in die Ereignisse verwickelt worden und deshalb nicht mehr objektiv.«

Vor der Tür der Kabine Kirks blieben sie stehen. »Ich bin bereit, Ihnen Auskunft zu geben. Unter einer Bedingung: Es bleibt alles unter uns.«

»Einverstanden.«

»Unter uns gesagt …«, betonte Kirk noch einmal. »Ich glaube, die Monitoren trafen die richtige Entscheidung. Ich habe das Gefühl, daß wir einige Sekunden oder sogar Minuten gewannen, indem wir das Feuer auf die Station eröffneten. Nun, es ist nur ein vager Eindruck, mehr nicht. Ich zögerte, weil ich mir Sorgen um Spock machte, um die Vulkanier in der Basis und auch um Sie ... Dadurch verlor ich zuviel Zeit.« Er öffnete die Tür und trat ein.

»Beabsichtigen Sie, eine Demontage der Monitoren zu beantragen?« fragte Mason.

Kirk zuckte mit den Schultern. »Wissen Sie, es gibt da noch einen anderen Aspekt ...«

»Den ich ebenfalls vertraulich behandeln soll?«

»Ja. Wenn die Monitoren nicht gewesen wären ... wenn ich nicht geahnt hätte, daß sie die Kontrolle übernehmen und mich von aller Verantwortung befreien würden ... Wäre ich in einem solchen Fall bereit gewesen, den Feuerbefehl zu erteilen?«

Rowena Mason schwieg und musterte ihn aufmerksam.

»Ich habe noch keine Antwort auf diese Frage gefunden«, gestand Kirk ein. »Vermutlich muß ich mich mit dieser Ungewißheit abfinden.«

Er schloß die Tür und nahm am Tisch mit der Konsole Platz, um einen Eintrag in sein persönliches Logbuch vorzunehmen. Doch es dauerte Stunden, bevor er die ersten Worte formulierte.

Mason traf Veblen in der Offiziersmesse. »Möchten Sie sich zu mir setzen?« fragte der junge Mann. Die Journalistin nickte, und sie holten sich eine Mahlzeit aus dem Küchenautomaten.

»Wahrscheinlich kennen Sie bereits die neuesten Gerüchte, die an Bord kursieren«, sagte Veblen. »Sie stehen im Zusammenhang mit Ihren Erlebnissen im Black Box-Nebel.«

Mason seufzte. »Es ging dabei nicht nur um mich allein. Ich war nicht einmal der einzige Mensch. Es betraf auch Chekov, Spock und die sechs Vulkanier aus der Station.«

»Aber nur Sie konnten über die Motive Coronas Auskunft geben. Und *darüber* spricht man. Stimmt das, was man sich sagt?«

Mason verzog das Gesicht und schüttelte den Kopf. »Eine Journalistin muß darauf achten, sich nicht in das verwickeln zu lassen, worüber sie berichtet.«

Mit dieser Antwort gab sich Veblen nicht zufrieden. Als Mason sich weigerte, ihm irgendwelche Einzelheiten zu erklären, erinnerte er sie an ein früheres Gespräch. »Unter Außenseitern ...«, sagte er. »Woher wußten Sie von den Motivationen Coronas?«

»Sie sind ziemlich neugierig«, entgegnete Mason und lächelte hintergründig.

»Ich habe meine Gründe dafür«, sagte Veblen. »Ich hoffte, Sie könnten einige Geheimnisse lüften.«

»Warum richten Sie Ihre Fragen nicht direkt an Corona? Durch mich – wenn Sie das für möglich halten.«

»Sie meinen ...«

»Nun, wir alle haben unsere Probleme. Übrigens: Ihr Essen wird kalt.«

Während der nächsten Ruheperiode, in der Kabine des Kommunikationsoffiziers, lauschte Rowena dem leisen Gesang Uhuras. Bei einem ihrer afrikanischen Lieder ging es um Kinder, die mit den Wolken eines hohen Berges spielten und sich von ihnen durch die warme Nacht tragen ließen.

Tief im Innern der Journalistin kam es zu einer Reaktion, die nicht ganz ihre eigene war, und sie empfand melancholisches Wohlbehagen.

Sie fürchtete sich nicht vor dem, was sich in ihr regte, genoß es sogar.

»Wissen Sie«, sagte sie, als die Stimme Uhuras verklang, »Mr. Spock ist eine sehr außergewöhnliche Person ...«

Uhura lachte, griff nach der Hand Masons und drückte sie kurz. »Willkommen in der Welt der Toleranz«, sagte sie.

PERSÖNLICHES LOGBUCH DES CAPTAINS, STERNZEIT 4997.54

Einige sehr beunruhigende Gedanken gehen mir durch den Kopf, und wenn ich mich an das erinnere, was im Black Box-Nebel geschah, entsteht ein Gefühl tiefster Verwunderung in mir.

Die Besatzung meines Schiffs, ich selbst – wir alle sind fehlbar und können unter den verschiedensten Umständen versagen. Die Vulkanier sind ... Ich wollte gerade sagen: auch nur Menschen. Und ich meine damit, daß ihrer Leistungsfähigkeit ebenfalls Grenzen gesetzt sind. Ich habe mir noch einmal die Aufzeichnung der Aussage Masons angehört, und obwohl ich bezweifle, daß sie uns alles gesagt hat, muß ich ihr meine Anerkennung zollen.

Welche andere Gruppe von Menschen hat jemals ein so ereignisreiches und aufregendes Leben geführt wie die Besatzung dieses Schiffs? Wir haben Dutzende von Abenteuern erlebt, viele fremde Welten gesehen und für einen ruhigen Romantiker wie mich geradezu unvorstellbare Missionen vollbracht.

Manchmal allerdings habe ich den Eindruck, ich wäre auch als Pilot eines interplanetaren Shuttles zufrieden gewesen. Dann hätte ich wenigstens nicht mit diesem dumpfen Schmerz leben müssen, der Furcht, daß mich die Pflichten eines Raumschiff-Kommandanten überfordern. Immer wieder grüble ich darüber nach, was ohne das Eingreifen der Monitoren geschehen wäre. Hätte mein Zögern zur Vernichtung der Milchstraße oder gar des ganzen Universums geführt? Lieber Himmel, bei dieser Vorstellung steigt Entsetzen in mir empor ... Wer ist in der Lage, einen solchen Test zu bestehen, sich einem derartigen Urteil zu stellen?

Wir leben in einem überaus seltsamen Kosmos: Der Schrei seiner Geburt klingt über die Kluft der Ewigkeit hinweg – und stellte eine enorme Herausforderung dar, für mich, für uns alle.

J. M. DILLARD

DÄMONEN

PROLOG

Beekmans Planet. Die Nähe zu dem Doppelstern, den er umkreiste, schuf ein Klima, das selbst Vulkanier als heiß empfanden, aber gleichzeitig mangelte es nicht an Feuchtigkeit und üppiger Vegetation. In den Bergen war es kühler. T'Ylle saß auf der Kuppe eines Hügels und schirmte die Augen ab – die beiden Sonnen am Himmel strahlten hell. Sie galt als schön, und damit meinte man insbesondere ihre Augen: Diese waren groß, ein wenig schräggestellt und mandelförmig, glänzten in dem gleichen samtenen Blauschwarz wie ihr Haar. Für T'Ylle spielte dieser ästhetische Aspekt ihres Erscheinungsbilds keine Rolle; ihr Blick wirkte kühl und distanziert, reichte in die Ferne.

Sie strich die Kapuze der Jacke zurück und wischte Feuchtigkeit vom Anzeigefeld des Tricorders. Der Nachmittagsregen hatte gerade aufgehört, und überall glitzerten winzige Tropfen auf den Blättern. Die ganze Lichtung schien zu erschimmern. Dunstwolken lösten sich dort aus dem Boden, wo ihn die Stiefel der Vulkanierin berührten, und es zischte leise. T'Ylle drehte das Ortungsinstrument hin und her, und die Ergebnisse stellten sie zufrieden – in ihrer unmittelbaren Nähe gab es keine anderen animalischen Lebensformen. Also drohte derzeit keine Gefahr. Sie ließ den Tricorder wieder am Schulterriemen baumeln und blickte über den Klippenrand.

Tief unten krochen winzige Arbeiter aus den Baracken und begannen damit, in dem Schlamm zu graben, der durch den Regen schwer und klebrig geworden war.

Das Klima und die Beschaffenheit des Bodens führten zu erheblichen Behinderungen, aber trotzdem kamen die Ausgrabungsarbeiten erstaunlich gut voran. Zunächst hatten sie angenommen, den Aufenthalt auf diesem Planeten um ein Jahr verlängern zu müssen, aber nach den neuesten Gerüchten plante Starnn, während der nächsten Tage das Ende der jahrzehntelangen Arbeit zu proklamieren. Bestimmt dauerte es nicht mehr lange, bis an dieser Stätte – der letzten – alle archäologischen Schätze gefunden waren. *Aber wissen sie, was sie entdeckt haben?* dachte T'Ylle.

Abgesehen von den Betroffenen ahnte niemand etwas …

Vielleicht war es dumm von ihr, die Gefahr direkt herauszufordern, aber die familiären Beziehungen stellten eine Verpflichtung für sie dar. Sie durfte nicht zu den anderen gehen, bevor sie von seinen Lippen die Bestätigung gehört hatte. Nun, wenn ihr Verhalten nicht von Dummheit geprägt war, so zumindest von Tollkühnheit … Aber T'Ylle hielt es durchaus für möglich, daß sie die Dinge in Ordnung bringen konnte, daß sie sich irrte und alles völlig falsch verstanden hatte.

Doch tief in ihrem Innern wußte sie, daß sie sich nicht irrte.

Sie überlegte, was geschehen mochte, wenn sie den Tod fand. Bei dieser Vorstellung unterdrückte sie ein Schaudern – eine automatische, instinktive Reaktion, die sie gar nicht bewußt zur Kenntnis nahm und geleugnet hätte. Das kurze Zittern in ihr gründete sich nicht etwa auf Furcht, die ihrem eigenen Schicksal galt. Statt dessen dachte sie an das, was den anderen bevorstand, nicht nur den Expeditionsmitgliedern, sondern den Milliarden in der Heimat …

T'Ylle erhob sich erwartungsvoll, als sie auf dem dichten und schon wieder trockenen Unterholz das Knirschen von Schritten hörte. Sie verwendete nicht den Tricorder, um festzustellen, wer oder was sich ihr näherte.

Gegenwärtig war nur eine Lebensform auf dieser Welt imstande, solche Geräusche zu verursachen. Das Knirschen wiederholte sich mehrmals und verklang dann.

Etwas summte laut an T'Ylle vorbei und berührte dabei ihre Wange. Beunruhigt wich sie zurück und hob den Tricorder schützend vors Gesicht. Als der kleine Angreifer erneut heranflog, schlug sie nach ihm. Das Insekt fiel zu Boden, blieb auf dem Rücken liegen und zappelte mit den Beinen. T'Ylle zögerte nicht, setzte den Fuß darauf, trat fest zu und zerquetschte das winzige Lebewesen. In ihrem Wundwinkel zuckte es kurz, als sie das Knacken des kleinen Panzers hörte.

Der Besucher stand stumm und beobachtete ungerührt, wie die Frau das Insekt tötete. T'Ylle drehte den Kopf und bedachte ihn mit einem gelassenen, furchtlosen Blick.

»Ich weiß Bescheid, wie du siehst«, sagte sie.

KAPITEL 1

Das Gebäude mit den Fakultäten Linguistik, Anthropologie und Archäologie war über dreitausend Jahre alt, aber es unterschied sich kaum von den jüngeren Bauwerken auf dem Campus der vulkanischen Akademie der Wissenschaften. Es stellte ein gutes Beispiel für die Architektur der entsprechenden Epoche dar: Als Beleuchtung genügte das Sonnenlicht, und zur Belüftung diente der kanalisierte Wüstenwind. Drei Jahrtausende waren verstrichen, ohne daß es zu nennenswerten Veränderungen kam, sah man einmal von der künstlichen Beleuchtung für die Nacht und den Computerinstallationen in den Laboratorien ab. Draußen häufte der heiße Wind roten Sand zu kleinen Dünen auf, während eine gnadenlose rote Sonne am Himmel brannte; drinnen herrschten frische Kühle und ein angenehmes Halbdunkel.

Die Decken in dem uralten Gebäude waren hoch, und Sareks Schritte hallten laut im steinernen Treppenhaus wider. Selbst wenn ein Lift vorhanden gewesen wäre – er hätte ihn nicht benutzt. Im dritten Stock wanderte er durch den Korridor, erreichte schließlich eine Tür mit der Aufschrift LINGUISTIK. Dort blieb er stehen, sprach einen Namen (die Zimmer waren nicht mit Summern ausgestattet) und wartete auf eine Antwort, die so leise war, daß sie kein menschliches Ohr wahrnehmen konnte. Daraufhin schob er die schwere Steintür auf.

In der Mitte des Zimmers stand ein Schreibtisch. Heller Sonnenschein filterte durch das Fenster dahinter, verwandelte den sitzenden Mann in einen Schatten ohne individuelle Merkmale. Sarek blinzelte. Die Gestalt stand auf und trat aus dem Licht.

Silek war jünger und schlanker, zeichnete sich durch eine Offenheit aus, die Sarek völlig fehlte. Dennoch fiel die Ähnlichkeit der beiden Männer sofort auf. Er hob die Hand zum vulkanischen Gruß. »Es sind viele Jahre vergangen, Bruder.«

Sarek erwiderte die Geste. »Viele Jahre – achtunddreißig Komma vier, um ganz genau zu sein.«

»Ich hoffe, deiner Frau und deinem Sohn geht es gut.«

»Sie sind wohlauf.« Sarek legte eine höfliche Pause ein und bemerkte den Fremden, der neben Sileks Schreibtisch stand.

Silek wandte sich ihm ehrerbietig zu. »Das ist Starnn, mein Schwiegervater. Er arbeitete als Erster Archäologe an unserem Projekt und nimmt an der Präsentation teil.«

Sarek nannte seinen Namen und sah den alten Vulkanier an. »Dann gehören Sie zur Familie und wohnen bei uns.«

Aus Respekt vor Starnns Alter – er schien über zweihundert Jahre alt zu sein – wartete Sarek auf den Gruß des Archäologen. Doch Starnn nickte nur geistesabwesend. Das weiße Haar war zerzaust, als habe er vergessen, es zu kämmen, und der Blick wirkte leer. Sarek fühlte sich nicht beleidigt: Im hohen Alter litten manchmal selbst die besten Vulkanier an Vergeßlichkeit.

»Starnn hat oft gehört, daß ich deinen Namen nannte, und er ist selbstverständlich geehrt«, sagte Silek rasch.

Sarek wechselte das Thema. »Wie verlief deine Expedition im Hydrilla-Sektor?«

»Sie war sehr erfolgreich«, antwortete Silek. »Was die Ruinen betrifft, konnten wir nur Beekmans Planet gründlich untersuchen. Aus diesem Grund brauchen wir weitere Zuschüsse, um die Forschungen in dem Sektor fortzusetzen.«

»Wenn die Expedition so erfolgreich war, haben Sie

bestimmt interessante Artefakte mitgebracht«, sagte Sarek und richtete diese Worte an Starnn.

»Natürlich«, erwiderte der alte Vulkanier mit zittriger Stimme. Er wirkte plötzlich voller Eifer. »Deshalb müssen wir zurückkehren. Eine Expedition genügt nicht, um alles auszugraben. Einige Objekte verdienen es, daß wir uns gründlicher mit ihnen befassen. Zweifellos ermöglichen sie uns wichtige Erkenntnisse in Hinsicht auf die Prinzipien der Physik.« Er wandte sich an Silek. »Zeig ihm den Kasten.«

»Ja«, entgegnete der jüngere Mann. »Eine unserer faszinierendsten Entdeckungen.« Er ging ins Labor, und als er kurz darauf zurückkam, zeigte sich in seinen Zügen nur schlecht verborgene wissenschaftliche Aufregung. In den Händen hielt er etwas, das wie ein Stück Onyx aussah, und die Gesichter der drei Vulkanier spiegelten sich auf der glatten, wie poliert wirkenden Außenfläche wider. Der Gegenstand durchmaß etwa zwanzig Zentimeter und war wie eine terranische Auster geformt. In der Mitte ließ sich eine dünne Fuge erkennen. Ein blasses, bläuliches Glühen umhüllte das Objekt, und Sarek glaubte, ein leises Summen zu hören.

»Versuch einmal, das Artefakt zu öffnen«, forderte Silek ihn auf.

Sarek zog an der oberen Hälfte des Kastens und zuckte unwillkürlich zusammen, als etwas zischte und knisterte. »Ich schaffe es nicht.«

»Wir ebensowenig«, erwiderte Silek. »Unsere modernen Instrumente versagen. Offenbar handelt es sich um ein intern erzeugtes Kraftfeld. Darüber hinaus ist der Gegenstand abgeschirmt; wir können dieses Material nicht mit den Scannern durchdringen. Wir wissen nicht einmal, ob der Kasten massiv oder hohl ist, und das Kraftfeld erlaubt uns keine Substanzanalyse.«

»Faszinierend«, murmelte Sarek.

»Und wunderschön«, fügte Starnn hinzu. »Eine geschickte Verschmelzung von Physik und Kunst, – und das Ergebnis besteht aus einem Rätsel. Wir haben viele andere Artefakte dieser Art gefunden – dies ist das kleinste. Bitte nehmen Sie es als Geschenk, als Souvenir aus dem Hydrilla-Sektor.«

Silek warf dem alten Vulkanier einen verwunderten Blick zu.

»Verzeihen Sie, aber ich kann diesen Gegenstand nicht annehmen«, erwiderte Sarek. »Sein Platz ist im Akademie-Museum. Er gehört dorthin, wo ihn andere Personen bewundern können.«

Starnn ignorierte Sileks stummen und strengen Blick. »Es stehen mehr als genug Artefakte für die Schaukästen des Museums zur Verfügung. Wie ich schon sagte: Dies ist das kleinste.«

»Trotzdem.« Sarek schüttelte den Kopf.

Starnn wurde fast vehement. »Sie sind Diplomat«, sagte er. »In Ihrem Haus empfangen Sie viele Gäste, auch Außenweltler, die sicher Gefallen an dem Kasten fänden.«

»Vielleicht haben Sie recht.« Sarek deutete eine Verbeugung an und fügte sich dem Wunsch des alten Archäologen. »Es ist mir eine Ehre.«

»Und es ehrt mich, daß Sie dieses Geschenk annehmen.« Starnn nickte zufrieden.

»Wenn Sie jetzt soweit sind, bringe ich Sie zu mir nach Hause«, bot Sarek an.

»Ja«, erwiderte Silek sofort. »Begegnen wir dort auch deiner Familie?«

»Meine Frau ist daheim. Spock arbeitet nach wie vor bei Starfleet.«

»Bitte verzeihen Sie«, sagte Starnn. »Ich muß noch einige Dinge in der Hauptstadt regeln. Wenn Sie nichts dagegen haben, komme ich später zu Ihnen.«

»Gewiß«, antwortete Sarek. »Nehmen Sie das Abend-Shuttle nach ShiKahr. Ich hole Sie am Terminal ab.«

Starnn nickte und griff nach dem Kasten. »Vergessen Sie dieses Objekt nicht. Ich bin sicher, Sie finden einen Platz, an dem es angemessen bewundert werden kann.«

Sarek verneigte sich erneut, als er den Kasten entgegennahm.

Die beiden Brüder verließen das Zimmer. Im Korridor, außerhalb von Starnns Hörweite, sagte Sarek: »Das Geschenk ehrt mich, aber ich halte es für unangebracht. Ich bin nicht daran gewöhnt, Gegenstände zu empfangen, die ins Museum gehören.«

»Starnn hat viele solche Artefakte gefunden«, erwiderte Silek und begegnete Sareks Blick. »Er weist mit Recht darauf hin, daß uns mehr als genug Ausstellungsstücke zur Verfügung stehen.«

»Dann könnte dieses Objekt für weitere Tests und Untersuchungen verwendet werden. Außerdem habe ich den Eindruck, daß du Starnns Entscheidung mißbilligst.«

Silek zögerte kurz, bevor er Sareks Blick begegnete. »Er ist Erster Archäologe, hat jedoch nicht das Recht, Eigentum der Akademie zu verschenken.«

»Warum hast du ihm dann nicht widersprochen?«

»Seit einiger Zeit verhält er sich seltsam.«

»Er ist alt«, sagte Sarek. »Und seine Tochter starb vor kurzem.«

Ein Schatten fiel auf Sileks Züge. »Meine Frau. Doch ich habe mich nicht verändert. Es steckt mehr dahinter. Starnns Gebaren wurden schon vor T'Ylles Tod … sonderbar.«

»Vielleicht sollte er einen Heiler konsultieren.«

»Wenn du mir jemanden empfiehlst, dann unterbreite ich Starnn einen entsprechenden Vorschlag«, erwiderte Silek.

»Das wäre vernünftig«, bestätigte Sarek.

Sileks Gesicht erhellte sich wieder. »Ist Lady Amanda so reizend und anmutig wie früher?«

Sarek merkte gar nicht, daß er sanft lächelte. »Diese Merkmale ihres Wesens haben sich noch verstärkt.«

Ein Käfer mit diamantenen Augen und perlmuttfarbenen Schwingen summte durchs offene Fenster des archäologischen Datierungslabors. Starnn achtete nicht darauf. Sein Blick galt einigen silbrigen Onyxkästen, die alle matt glühten. Er bemerkte das Insekt erst, als es auf einem der Gegenstände landete. Daraufhin wölbte er die Hände, fing das winzige Lebewesen und trug es zum Fenster. Doch bevor er es freilassen konnte, erfaßte ihn ein heftiger Krampf, der sein Gesicht in eine Grimasse verwandelte. Aus der Fratze wurde ein ruhiges Lächeln, als er das Insekt vorsichtig auf den Sims setzte und ihm mit langen, knochigen Fingern die schimmernden Flügel ausriß.

»Ich verstehe das nicht, Sir«, sagte Lisa Nguyen. »Warum nehmen wir nur einige Mitglieder der Expedition auf?«

Die Sicherheitsbeamten Tomson, Nguyen und al-Baslama hatten die vulkanischen Forscher zu ihrem Quartier begleitet und gingen nun zum C-Deck. Nguyen war die jüngste Angehörige der Sicherheitsgruppe und bekleidete den niedrigsten Rang. Sie richtete die respektvolle Frage an ihre Vorgesetzte Tomson.

Tomson bedachte Nguyen mit einem kurzen Blick und spürte einen Anflug von Ärger, für den es eigentlich gar keinen Grund gab. Nguyen nahm ihre Dienstpflichten sehr ernst, und es gab praktisch nichts an ihr auszusetzen – sah man einmal von dem Haar ab. Es war zurückgekämmt und reichte erstaunlich gerade den Rücken hinunter. Tomson konnte sich einfach nicht an die Freizügigkeit der neuen Vorschriften gewöhnen. Sie kam von der Marine und wurde nervös, wenn sie jemanden sah, dessen Haar den Kragen berührte. Nach einem inneren Seufzen beschloß sie, Nguyen später darauf anzusprechen. Soweit es um normale Sicherheitsarbeit ging, war alles in Ordnung. Aber bei repräsentativen Gelegenheiten sollte das Haar hochgesteckt werden. Das würde Nguyen natürlich nicht gefallen. Vielleicht wies sie darauf hin, daß diese Sache einen abgelegenen Planeten in einem abgelegenen Sektor betraf, daß die Vulkanier Wissenschaftler und keine Diplomaten waren ... In einem solchen Fall erwog Tomson die Möglichkeit eines Versetzungsbefehls. Es ging ihr nicht darum, Sympathie zu erwecken; sie wollte nur, daß alles seine Ordnung hatte.

Nguyen schmunzelte unsicher, und ein dünnes Lächeln umspielte Tomsons Lippen. Manchmal fiel es ihr schwer, freundlich zu sein, besonders dann, wenn sie es mit so übereifrigen Personen wie Nguyen zu tun bekam. Irgendwann einmal hatte jemand darauf hingewiesen, es liege an ihrer Größe – derartige Bemerkungen hörte Tomson oft. Eine kühle, distanzierte und gut eins neunzig große Leiterin der Sicherheitsabteilung bot eine leichte Zielscheibe für Spott und boshaften Humor. Tomson kümmerte sich nicht darum – solange sich daraus keine Probleme für ihre Arbeit ergaben.

»Sie blieben zurück, um eine archäologische Ausgrabung zu beenden, und einer der Forscher wurde verletzt«, beantwortete sie Nguyens Frage und blickte dabei starr geradeaus. »Die Ärzte hatten den Planeten bereits verlassen, und der Betreffende brauchte dringend medizinische Hilfe. Die *Enterprise* bekam den Einsatzbefehl, weil sie sich in der Nähe befand. Offenbar nahm der Vulkanier seine Familie mit an Bord.«

»Eine recht große Familie«, warf al-Baslama ein. Er war dunkelhäutig und fast so groß wie Tomson. Abgesehen von seiner Intelligenz entsprach er der klischeehaften Vorstellung des muskulösen, sturen Sicherheitsbeamten.

Nguyen nickte – sie hatten zwölf Passagiere aufgenommen. »Reisen Vulkanier immer in so großen Gruppen?«

»In diesem besonderen Fall gibt es einen guten Grund dafür«, entgegnete Tomson. »Die Expedition dauerte fast vierzig Jahre.«

»Vierzig Jahre ...« Nguyen schnappte nach Luft.

Tomson zuckte mit den Schultern. »Ein Klacks für Vulkanier.« Einige Meter vor dem Turbolift blieb sie plötzlich stehen und wandte sich an al-Baslama: »Könnte ich Sie kurz sprechen, al-B?«

»Selbstverständlich, Sir.«

Nguyen ging weiter und warf al-Baslama einen Blick zu, den er würdevoll ignorierte. Allem Anschein nach gehörte sie ebenfalls zu den Verehrerinnen al-Bs; wahrscheinlich hatte sie Tomson zuvorkommen und ihn nach seinen Freizeitplänen fragen wollen. Mit einer gewissen Selbstgefälligkeit beobachtete Tomson, wie sich die Tür hinter ihr schloß.

Al-Baslama wartete höflich, und Tomson musterte ihn bewundernd. Nach ihr nahm er den höchsten Rang in der Sicherheitsabteilung ein: Lieutenant, Junior-Grade. *Und er hat ihn auch verdient,* dachte Tomson. Da sie mit ihm allein war, erlaubte sie sich ein freundliches Lächeln. Al-B entspannte sich. Die Stimme seiner Vorgesetzten hatte ihm nicht verraten, ob er mit Lob oder Tadel rechnen mußte.

Tomson verschwendete keine Worte. »Ich habe Sie für eine Beförderung vorgeschlagen und Ihre Leistungen überaus schmeichelhaft geschildert.«

»Sir?« erwiderte al-Baslama. Seine nächste Beförderung stand erst in sechs Monaten an. Er schwieg einige Sekunden lang, erinnerte sich dann daran, daß eine schlichte Silbe wohl kaum als Antwort genügte. »Vielen Dank, Sir. Das ist sehr nett von Ihnen.«

Tomson beugte sich verschwörerisch vor und senkte die Stimme. »Ich vertraue Ihnen ein Geheimnis an, al-B. Ich bin ziemlich sicher, daß man auf meinen Vorschlag eingeht.«

Al-Baslama zögerte. »Sir ... Das würde eine Versetzung bedeuten.«

»Ja, ich denke schon«, sagte Tomson wie beiläufig. Diese Vorstellung gefiel ihr nicht, aber andererseits: Sie half al-B gern. »Sie sollten ein eigenes Kommando haben. Wir beide wissen, daß Sie alle notwendigen Voraussetzungen mitbringen.«

»Aber es gefällt mir, mit Ihnen zusammenzuarbeiten, Sir«, wandte al-Baslama ein. »Sie sind der beste Sicherheitsoffizier, den ich kenne.«

Tomson senkte kurz den Blick und spürte eine für sie völlig untypische Verlegenheit. »Dieses Kompliment weiß ich sehr zu schätzen, Lieutenant. Doch Sie sollten in erster Linie an Ihre Karriere denken. Lassen Sie sich von nichts ablenken.«

»Ja, Sir.« Es klang nicht sonderlich überzeugt. »Nochmals besten Dank, Sir.«

Tomson trat in den Turbolift, und al-B folgte ihr. Er stand stumm und sah seine Vorgesetzte nicht an, als sich die Transportkapsel in Bewegung setzte und sie zum C-Deck brachte.

Die Leiterin der Sicherheitsabteilung empfand das Schweigen zunehmend als Belastung, und schließlich seufzte sie übertrieben laut. »Gibt es irgendein Problem, Lieutenant?«

Al-B straffte die Schultern. »Könnte ich befördert werden und trotzdem an Bord der *Enterprise* bleiben?«

Nguyen, dachte Tomson bitter. Sie widerstand der Versuchung, mit dem Fuß aufzustampfen. »Verdammt, al-B, ich habe bei dieser Sache eine Menge riskiert! Was ist los mit Ihnen? In diesem Raumschiff gibt es niemanden, für den es sich lohnt, die berufliche Laufbahn zu riskieren!«

»Ich dachte ...«, begann al-Baslama leise und unterbrach sich. »Vermutlich habe ich mich geirrt.«

Tomson setzte zu einer scharfen Antwort an, als sie plötzlich den seltsamen Glanz in al-Baslamas Augen bemerkte. Sie hatte solche Blicke schon häufig gesehen, aber sie galten immer jemand anders, nie ihr selbst. Tomsons Herz klopfte schneller. »Moh ...«, sagte sie sanft. »Ich bin Ihre unmittelbare Vorgesetzte. Es wäre nicht richtig.«

»Ich weiß, Sir. Aber eine Versetzung …« Al-B musterte die hochgewachsene Frau aufmerksam. »Vielleicht habe ich alles falsch verstanden. Möchten Sie wirklich, daß ich die *Enterprise* verlasse?«

»Ja – für Ihre Karriere«, beharrte Tomson. Und leiser fügte sie hinzu: »Persönlich? Nein. Sie sind der beste Angehörige meines Teams – das Geschlecht spielt dabei keine Rolle. Außerdem finde ich Sie sehr … nett.«

Al-Baslama lächelte traurig. »Vielleicht wird Ihr Vorschlag abgelehnt, Lieutenant.«

Die Doppeltür des Turbolifts glitt auseinander. »Seien Sie doch kein verdammter Narr!« zischte Tomson und ging mit langen Schritten davon.

Amanda hatte den letzten Rosenstrauch gepflanzt und begoß ihn gerade, als Sarek seinen Bruder Silek in den Garten führte. Sie richtete sich auf, lächelte – und schnitt eine Grimasse.

»Sind Familientreffen schmerzhaft für dich, Gemahlin?« fragte Sarek ruhig.

»Nein«, antwortete Amanda und lächelte erneut. »Es war nur ein Dorn. Silek! Was für eine Freude, dich wiederzusehen!« Eine seltsame Schüchternheit hinderte sie daran, die Hand auszustrecken und zwei Finger zum vulkanischen Gruß zu spreizen. »Du hast dich kaum verändert.«

Das stimmte natürlich. Silek sah praktisch genauso aus wie damals; der einzige Unterschied bestand in einigen grauen Strähnen. Als Mensch alterte Amanda wesentlich schneller, und daher wußte sie, daß Sareks Bruder keine ähnliche Bemerkung an sie richten konnte. Nachdem sie so viele Jahre unter Vulkaniern verbracht hatte, rechnete sie auch gar nicht damit. Sonderbarerweise wies Silek große Ähnlichkeiten mit Spock auf … Im Laufe der Jahre hatte sie vergessen, daß ihr Sohn durch eine launenhafte Kombination von Genen mehr nach seinem Onkel kam.

»Wieviel Zeit ist vergangen?« fragte sie.

»Achtunddreißig Komma vier Jahre, wie mir dein Ehemann mitteilte.« Silek lächelte nicht, aber er erzielte die gleiche Wirkung. Amanda überlegte, wie er das anstellte.

Sarek streckte die Hand zum rituellen Gruß aus, woraufhin Amanda sofort einen Schritt vortrat und die Fingerspitzen ihres Mannes berührte. Sarek blickte auf ihre Hand hinab und erlaubte sich jenes kurze Zucken im Mundwinkel, das Amanda gut kannte. Für gewöhnlich zeigte es sich nur dann, wenn sie allein waren und er sie neckte. »Deine Hände sind schmutzig, Gemahlin. Offenbar hast du wieder die Handschuhe vergessen.«

»Ich fürchte mich nicht vor ein bißchen Schmutz«, erwiderte Amanda und gab sich trotzig. Trotzdem wischte sie die Finger am Overall ab. »Au!«

»Der Dorn?« erkundigte sich Sarek. »Laß mich sehen.«

Amanda hob den Daumen und zuckte nicht zusammen, als Sarek den Dorn mit ruhigem Geschick aus der Haut zog. »Jetzt weißt du, was die Ehe mit einer Terranerin bedeutet«, sagte er zu seinem Bruder. Blut quoll aus der winzigen Wunde. Amanda zog die Hand instinktiv zurück und saugte an dem Daumen.

»Barbarisch.« Silek sah Sarek an. »Findest du sie oft auf diese Weise vor – völlig verschmutzt?«

Sarek nickte. »Die Gartenarbeit gefällt ihr sehr. Über die vulkanische Gärtnerei weiß sie sogar besser Bescheid als ich. Sie hat es immer sehr bedauert, daß Rosen in dem hiesigen Klima nicht überleben. Vor kurzer Zeit habe ich von ihr erfahren, daß eine neue Subspezies entwickelt wurde, die sich angeblich für die klimatischen Bedingungen Vulkans eignet.«

»Ich hoffe für deine Gemahlin, daß die betreffende Art in diesem Garten gedeiht«, sagte Silek. Er erinnerte sich daran, daß Amanda Rosen allen anderen Blumen vorzog.

Sareks Frau lächelte. »Ich bin fest entschlossen. Diesmal fallen meine Rosen weder dem heißen vulkanischen Wind noch irgendwelchen Schädlingen zum Opfer. Nun, gebt mir Gelegenheit, mich zu säubern.« Sie strich dunkle, lehmige Erdbrocken von ihrem Overall. »Ich habe euch später erwartet. Dies ist nicht gerade ein Gewand, das ich als Gastgeberin trage.«

»Setz die Gartenarbeit ruhig fort«, entgegnete Silek. »Mein Besuch ist keineswegs förmlicher Natur. Ich komme als Freund und Mitglied der Familie.«

»Freunde und Verwandte sind uns immer willkommen«, erwiderte Amanda. »Nun, hier gibt es eigentlich nichts mehr zu tun. Ich brauche nur einige Minuten, um mich in Ordnung zu bringen.« Sie drehte sich um und ging ins Haus.

»So dunklen Boden sehe ich jetzt zum erstenmal«, sagte Silek.

»Er stammt von der Erde«, erklärte Sarek. »Für irdische Blumen. Ich kenne meine Frau: Wahrscheinlich hat sie ihn direkt aus Minnesota importiert.«

Silek ging vorsichtig über den schmalen Pfad und beugte sich über den nächsten Strauch, der noch keine Knospen aufwies. »Dies sind gelbe Rosen«, sagte er plötzlich.

Sarek musterte ihn neugierig. »Ich wußte gar nicht, daß du ein Fachmann für Hortikultur bist, Bruder. In diesem Fall handelt es sich um eine gelbe Variante namens ›Wüstenfrieden‹.«

Silek richtete sich auf. »Ich kann nicht die Sachkenntnisse eines Experten in Anspruch nehmen, Sarek. Es war eine schlichte Schlußfolgerung. Ich habe mich an ein Gespräch mit Amanda erinnert, und darin bezeichnete sie gelbe Rosen als ihre Lieblingsblumen.«

»Du hast ein ausgezeichnetes Gedächtnis, Bruder.«

Georgetown, vor neununddreißig Jahren. Sileks erster längerer Aufenthalt auf der Erde. Das Wetter war abscheulich: im Winter klirrende Kälte, der Sommer kühl und feucht. Aber durch Amandas Präsenz wurde alles erträglicher. Als Austauschstudent eines Lehrprogramms unterrichtete Silek Linguistik. Amanda gehörte zu dem gleichen Programm und teilte sein Büro mit ihm.

In Sileks Wesen verbarg sich etwas Rebellisches. Der Umstand, daß er sich in Georgetown befand, wies deutlich darauf hin: Trotz der wiederholten Einwände seines Vaters hatte er sich für die Reise zur Erde entschieden. Es ging dabei um persönlichen Stolz. Geduldig erklärte er seinem Vater, daß er sich nicht für Politik oder Diplomatie interessierte, daß seine Begabungen woanders lagen. Doch Skon hielt mit unerschütterlicher Sturheit an der Familientradition fest: Silek sollte wie sein älterer Bruder die Akademie besuchen und in die Fußstapfen des Vaters treten...

Statt dessen beschloß Silek, *ktorr skann* zu sein, ohne Familie. Es war keine leichte Wahl – ganz offiziell zerriß er die familiären Bande, und sein Vater verbot ihm ausdrücklich, jemals nach Hause zurückzukehren –, aber etwas anderes kam für ihn nicht in Frage. Silek empfand es als eine Ironie des Schicksals, daß ihn der eigene Weg nach Washington führte, wo sein ultrakonformistischer Bruder in der vulkanischen Botschaft arbeitete. Die Beziehungen zwischen ihnen blieben nicht ohne Spannungen: Zwar erinnerte sich Silek daran, daß er gar nicht imstande war, Gefühle wie Eifersucht und Neid zu spüren, aber tief in seinem Innern bemerkte er eine entsprechende emotionale Reaktion. Hinzu kam so etwas wie Ärger: Sein Bruder schien sich immer richtig zu verhalten, zog nie die alten Traditionen in Zweifel. Nach der förmlichen Proklamation von Sileks Abtrünnigkeit fragte er sich, ob Sarek seine Anwesenheit in Washington zur Kenntnis nehmen würde. Sarek, Stolz des Vaters und der ganzen Familie – bestimmt dauerte es nicht mehr lange, bis man ihn zum vulkanischen Botschafter auf Terra ernannte. Es verblüffte Silek geradezu, als

Sarek den Zorn ihres Vaters herausforderte, indem er seinen jüngeren Bruder empfing. Vielleicht veränderte sich Sarek. Vielleicht lernte er ebenfalls, althergebrachte Dinge in Frage zu stellen.

Amanda verwirrte und überraschte Silek immer wieder. Oft überlegte er, was sie so sehr von anderen Frauen unterschied, die er kannte.

Er hatte sie Sarek vorgestellt, als ein englischer Dozent für die Botschaft gebraucht wurde. Silek lobte die Terranerin so sehr, daß Sarek sie selbst empfing. Schon bald begriff Silek, welche Gefühle Amanda seinem Bruder entgegenbrachte. Daraufhin unterdrückte er seine eigenen Empfindungen und überzeugte sie davon, Sarek zu heiraten.

Vor neununddreißig Jahren betrat Silek ein kleines, fensterloses Büro. Amanda saß am Schreibtisch und betrachtete die vielen Rosen in der Vase. Er fragte sie, welche Bedeutung den Blumen zukam.

»Ich habe nicht die geringste Ahnung«, erwiderte Amanda und sah aus klaren blauen Augen zu ihm auf. »Und vermutlich gilt das auch für die Person, von der die Rosen stammen.«

»Sarek«, sagte Silek schlicht und traf damit eine Feststellung. »Leider bleibt mir der Sinn Ihrer Antwort unklar.«

Amanda starrte wieder auf den Schreibtisch und schwieg einige Sekunden lang. Silek ging zur Tür und schloß sie leise.

»Rote Rosen symbolisieren Liebe«, sagte die Frau und mied den Blick des Vulkaniers. »Bestimmt weiß er nichts davon. Vermutlich glaubt er, einem höflichen Brauch zu folgen. Er weiß, wie sehr ich Rosen liebe.«

»Er versucht zumindest, Ihnen eine Freude zu machen.« Sileks Schreibtisch bildete einen rechten Winkel zu dem Amandas. Er drehte den Stuhl zur Seite und musterte die Frau. »Und das bedeutet etwas, oder?«

Amanda schien die Frage gar nicht zu hören. Sie hob den Kopf und bedachte Silek mit einem durchdringenden Blick. »Wissen Sie von Ehen zwischen Vulkaniern und Menschen?«

Mit einer solchen Frage hatte er nicht gerechnet. »Nein …«, antwortete er. »Von derartigen Partnerschaften ist mir nichts bekannt. Es würde mich jedoch nicht überraschen …«

»Nicht überraschen?« Amanda hob die Brauen. »Die meisten Leute wären schlicht und einfach schockiert.«

»Nur diejenigen, die Sie nicht kennen.« Silek lehnte sich zurück und konnte kaum glauben, daß er diese Worte ausgesprochen hatte.

Amanda war so aufgeregt, daß sie ihm gar nicht richtig zuhörte. »Ich brauche Ihre Hilfe. Um meine … Logik zu bewahren.«

Legst du wirklich solchen Wert auf Logik? dachte Silek. Laut sagte er: »Lieben Sie Sarek?«

Amanda zögerte kurz und nickte dann. »Doch ich darf nicht erwarten, daß er meine Gefühle erwidert. Wahrscheinlich erscheine ich Ihnen viel zu emotional, aber … Wenn Sie mir seine Motive und Absichten erklären könnten – dann wäre ich vielleicht imstande, ihn zu verstehen.«

»Sarek teilt Ihnen nicht mit, was er empfindet«, erwiderte Silek ruhig. Eine neuerliche Feststellung.

»Ja.«

Der Vulkanier lächelte fast, drehte den Kopf und fügte so leise hinzu, daß ihn Amanda kaum hörte: »Sie unterschätzen sich sehr.« Er richtete den Blick wieder auf die Terranerin. »Kennen Sie die Herkunft Ihres Namens?«

»Darüber habe ich noch nie nachgedacht.« Die Linguistin Amanda wirkte ein wenig verlegen.

»Er stammt aus dem Lateinischen und bedeutet ›liebenswert‹. Ihre Eltern haben sich für einen guten Namen entschieden.«

Silek beobachtete interessiert, wie sich Amandas Gesicht rötete. Trotzdem versuchte sie, auf den Kern der Sache zu kommen. »Glauben Sie – halten Sie es für möglich –, daß Sarek mich liebt?«

»Rosen symbolisieren keine Logik. Und ich weiß, daß mein Bruder die menschlichen Bräuche, die er sich zu eigen macht, gut kennt. Immerhin ist er der erste Assistent des vulkanischen Botschafters.«

Amanda hob die Hand zur geröteten Wange und betrachtete die Rosen.

»Aber er wird nicht die gleichen Worte und Gesten benutzen wie Sie«, fuhr Silek fort. »Begnügen Sie sich damit, daß er seine Gefühle mit Taten zum Ausdruck bringt. Wir Vulkanier sind nicht daran gewöhnt, offen über solche Angelegenheiten zu sprechen.«

Amanda holte tief Luft. »Vielleicht bittet er mich, ihn zu heiraten. Und ich weiß nicht, was ich ihm antworten soll – weil ich nicht sicher sein kann, ob ihm wirklich etwas an mir liegt.«

»Auch auf die Gefahr hin, mein Volk zu verraten: Wenn ein Vulkanier behauptet, keine Gefühle zu haben, so lügt er – wir werden mit Emotionen geboren. Aber Sie dürfen nicht damit rechnen, daß sich Sarek plötzlich wie ein verliebter Terraner verhält.«

»Nein«, murmelte sie. »Dann wäre er nicht mehr Sarek. Aber vielleicht würde mich seine Familie ablehnen. Und ich frage mich, was geschehen könnte, wenn wir Kinder bekämen ...«

»Was die Familie akzeptiert oder nicht, bestimmt in erster Linie Sarek«, erwiderte Silek, und in seiner Stimme erklang ein Unterton von Ironie. »Was Kinder betrifft: Gibt es bessere Eltern als Sie beide?«

Amanda lächelte strahlend. »Danke, Silek. Ich möchte Sie am liebsten umarmen.«

Silek versteifte sich nervös. »Das halte ich für ... unangemessen. Hier. Sie müssen es ohnehin bald lernen.« Er streckte die Hand aus und spreizte zwei Finger. »Im Namen der Familie – willkommen.«

Amanda schmunzelte und berührte die Finger.

»Sie brauchen Sarek nicht darauf hinzuweisen, wer Ihnen diese Geste zeigte«, betonte Silek. Es war ein eher unbeholfener Scherz.

Amanda lachte und sah wieder auf den Schreibtisch. »Rote Rosen«, sagte sie verträumt, obgleich sie sich um einen ruhigen und gelassenen Tonfall bemühte. »Eigentlich mag ich gelbe lieber, aber ich bin froh, daß er keine geschickt hat.«

»Ist die Farbe wichtig?«

»Gelbe Rosen sind ein Abschiedsgruß.«

»Interessant«, erwiderte Silek unverbindlich.

An dem Tag, als er nach Vulkan zurückkehrte, fand Amanda eine gelbe Rose auf ihrem Schreibtisch.

Skon starb kurze Zeit später, und Sileks Mutter machte von ihrem Recht Gebrauch, den jüngsten Sohn wieder in die Familie aufzunehmen.

Kurz bevor Silek zum Hydrilla-Sektor aufbrach, heiratete er eine Angehörige der Expeditionsgruppe. So kam es, daß der Konformist Sarek eine menschliche Frau wählte, während der ausgestoßene Bruder Vulkan aufsuchte, um sich dem traditionellen Ritual der Partnerschaftsbindung zu unterziehen.

Beim Abendessen saßen sie im großen zentralen Zimmer: Silek in Sareks Sessel, Amanda auf dem Sofa. Sarek hatte Starnn vom Shuttleterminal abgeholt, und sein Bruder betrachtete nun das Bild über dem Klavier. Es zeigte Mutter und Sohn.

»Eine sehr gute Darstellung«, kommentierte Silek. »Wie alt war dein Sohn, als dieses Porträt entstand?«

»Zehn«, antwortete Amanda. »Das Bild wird auch ihm gerecht.«

»Ich würde meinen Neffen gern kennenlernen. Er arbeitet bei Starfleet?«

Amanda nickte. »Er ist Commander an Bord eines Raumschiffs.«

»Commander. Dann hat er bereits eine steile Karriere hinter sich. Zweifellos dauert es nicht mehr lange, bis man ihn zum Captain befördert.« Silek zögerte kurz. »Um ganz ehrlich zu sein: Es erstaunt mich ein wenig, daß Sarek die berufliche Wahl seines Sohns einfach so hingenommen hat. In Hinsicht auf Abweichungen von der Familientradition sind vulkanische Väter nicht immer tolerant.«

»Spock und Sarek haben eine Vereinbarung getroffen, und sie war alles andere als leicht.« Amanda lächelte. »Du hast noch gar nichts von der Expedition zum Hydrilla-Sektor erzählt. Außerdem interessieren mich deine linguistischen Erfahrungen.«

Silek hob andeutungsweise eine Braue und zeigte damit, daß er die Gründe für den Themawechsel verstand und Amandas Loyalität Sarek gegenüber respektierte. »Ich habe bemerkenswert viele Dokumente gefunden und übersetzen können. Der größte Teil dieser Arbeit ist bereits erledigt. Mit einer Ausnahme ...«

»Und die wäre?« fragte Amanda.

»Es geht dabei um die Inschriften auf den sonderbaren Kästen. Übrigens: Dein Mann hat ein Artefakt hierher mitgebracht. Ich würde gern deine Meinung als Linguistin hören.«

Silek verließ das Zimmer und kehrte kurz darauf mit zwei Gegenständen zurück. Einen reichte er Amanda. »Das wollte ich dir schon früher geben.«

Sie nahm das Buch erfreut entgegen und öffnete es. »Copyright neunzehnhundertachtunddreißig ... ›Der Schöpfer saß auf dem Thron und überlegte ...‹« Amanda sah zu Silek auf und lächelte. »Das ist wundervoll! Herzlichen Dank. Wo hast du es gefunden?«

»In der Hauptstadt. Diese Ausgabe fehlt dir, nicht wahr? Ich weiß, wie sehr du Bücher magst. Deine Sammlung ist recht eindrucksvoll.«

»Dieses Buch halte ich jetzt zum erstenmal in den Händen. Und ich schätze Twain sehr. Vielen Dank.« Amanda schloß den Band behutsam und legte ihn auf die Couch. Sileks Gesicht blieb ausdruckslos, als er ihr das zweite Objekt reichte. Sareks Frau zögerte, als fürchtete sie, das Artefakt zu berühren. »Was ist das?« fragte sie.

»Starnn bezeichnet es als Kunstgegenstand, aber ich bin nicht so sicher. Ein Kraftfeld hindert uns daran, es zu öffnen und mit Scannern zu sondieren. Wir haben Dutzende dieser Kästen gefunden.« Er drehte ihn, zeigte Amanda die Inschrift auf der einen glatten Seite.

Amanda strich mit der Fingerkuppe darüber hinweg und schüttelte den Kopf. »Es ist mir ein Rätsel, was diese Zeichen bedeuten. Es gibt keine Anhaltspunkte, keine Ähnlichkeiten mit anderen Symbolen, die ich kenne.« Sie richtete ihre Aufmerksamkeit wieder auf Silek. »Vielleicht handelt es sich nur um eine Ausschmükkung.«

»Der Computer weist dieser Annahme eine nur geringe Wahrscheinlichkeit zu. Wenn es wirklich ein dekoratives Muster ist, müßte es in der Struktur zu häufigeren Wiederholungen kommen. Die Mischung aus Redundanz und Novum deutet auf eine Sprache hin. Aber sie unterscheidet sich von allen anderen schriftlichen Kommunikationsmethoden im Hydrilla-Sektor. Mit den Sprachen von Beekmans Planet bin ich natürlich vertraut, und diese hier gehört nicht dazu. Eine meiner Theorien lautet: Wir könnten es mit einer beekmanschen Proto-Sprache zu tun haben, die nach einer globalen Katastrophe verlorenging. Das Problem besteht darin, daß diese kurze Symbolfolge nicht genügt, um den Code zu entschlüsseln.«

»Wann starb jene Zivilisation aus?«

»Die Bezeichnung ›Aussterben‹ weckt falsche Vorstellungen. Die betreffende Zivilisation zerstörte sich selbst, vor etwa tausend solaren Jahren.«

»Krieg?« vermutete Amanda.

»Vielleicht. Wir wissen es nicht genau. In den meisten Fällen brachten sich die Bewohner des Planeten gegenseitig um, und zwar auf eine recht brutale Art und Weise. Vielleicht steckt eine Seuche dahinter. Wie dem auch sei: Es war eine plötzliche und ausgesprochen verheerende Katastrophe, die nicht nur Beekmans Planet betraf. Während einer gewissen Zeitspanne kam es auch auf den anderen Welten des Hydrilla-Sektors zu ähnlichen Ereignissen.«

»Um so etwas herzustellen, ist ein hoher Entwicklungsstand notwendig«, murmelte Amanda und betrachtete den Kasten.

»Bei den Ausgrabungen ergaben sich kaum entsprechende Hinweise. Die Technik der Beekmanianer war nicht moderner als unsere, aber wir haben keine vergleichbaren Gegenstände. Ich nehme an, diese Objekte blieben nach dem Besuch von Repräsentanten einer höher entwickelten Zivilisation zurück, doch die Frage nach dem Wer können wir nicht beantworten.

Wir wissen nur, daß ein solcher Besuch stattfand, und zwar vor der Katastrophe. Starnn hat diese Artefakte selbst gefunden und festgestellt, daß sie sich seit mindestens tausend Jahren im Boden befanden. Daher erscheint es uns unwahrscheinlich, daß die Zerstörung der lokalen Kultur eine unmittelbare Folge des Kontakts mit den Fremden war.«

»Vielleicht wurden die Kästen geöffnet«, scherzte Amanda.

Tomson saß allein im Gesellschaftsraum des Freizeitdecks und trank einen Scotch, als al-Baslama hereinkam.

»Darf ich mich zu Ihnen setzen?« fragte er. Er wirkte ungewöhnlich ernst.

Tomson nickte und zeigte auf den anderen Stuhl am Tisch. Al-B nahm Platz.

»Man hat mich befördert«, sagte er. »Ich möchte noch einmal betonen, wie dankbar ich für Ihre Hilfe bin.«

Tomson rang sich ein Lächeln ab. »Ich freue mich für Sie, Moh! Herzlichen Glückwunsch!«

»Danke«, sagte er. Sein Gesicht blieb steinern.

Tomsons Lächeln verflüchtigte sich. Dünne Falten entstanden in ihrer Stirn. »Sie scheinen nicht besonders erfreut zu sein, Lieutenant. Dagegen sollten wir sofort etwas unternehmen. Ich habe hier genau das richtige Mittel.« Sie ging zur Bar, programmierte einen zweiten Scotch, kehrte zurück und reichte al-B das Glas. »Auf Ihre Beförderung«, sagte sie, lächelte erneut und hob ihr eigenes Glas. »Prost.«

Moh gab keine Antwort, trank und hielt dabei den Blick auf Tomson gerichtet. »Ich bin zur *Valor* versetzt worden und werde dort die Sicherheitsabteilung leiten«, brachte er schließlich hervor.

»Wann verlassen Sie die *Enterprise?*« fragte Tomson ein wenig zu hastig.

»In sechs Tagen.«

In nur sechs Tagen, dachte Tomson und versuchte, den Kummer aus sich zu verdrängen. »Großartig! Ich freue mich für Sie.« Eine glatte Lüge – das Unbehagen in ihr verdichtete sich. »Die *Valor* ist ein gutes Schiff. Chen Szu-Yi gilt als ausgezeichneter Captain.«

Moh nickte. »Die Beförderung erfolgte mit sofortiger Wirkung. Ich bin jetzt Lieutenant, ohne irgendwelche Einschränkungen.«

»Ja«, murmelte Tomson und nippte an ihrem Glas. »Nun, da wir nun beide den gleichen Rang bekleiden … Nennen Sie mich Ingrit.«

»Ingrit«, wiederholte al-Baslama unsicher. »Ich frage mich …«

Tomson sah ihn erwartungsvoll an.

»Wie Sie schon sagten: Wir sind jetzt gleichrangig.« Moh beugte sich vor. »Ändert das etwas … zwischen uns?«

Uns bleibt nicht einmal mehr eine Woche, erinnerte sich Tomson. Sie neigte den Kopf nach hinten und leerte ihr Glas. »Ich glaube schon«, sagte sie und begegnete al-Baslamas Blick.

Gemeinsam verließen sie den Raum.

Sarek erwachte plötzlich und schnappte unwillkürlich nach Luft. Er befand sich im dunklen Schlafzimmer, lag neben seiner Frau. Langsam drehte er den Kopf und sah auf sie hinab, um festzustellen, ob er sie geweckt hatte. Nein. Amanda atmete ruhig und gleichmäßig, schlief noch immer.

Der Vulkanier richtete sich auf und unterdrückte das Zittern. *Ich hatte einen Alptraum,* dachte er – eine für ihn völlig neue Erfahrung. Manchmal hörte er geduldig, tolerant und auch ein wenig selbstgefällig zu, wenn Amanda von gräßlichen Träumen berichtete, und bei solchen Gelegenheiten beruhigte er sie mit dem Hinweis, daß derartigen Dingen jede Bedeutung fehlte. Natürlich träumten auch Vulkanier – wie praktisch alle intelligenten Wesen –, aber es ging dabei um alltägliche Angelegenheiten. Es handelte sich um Reflektionen der Realität: Das Gehirn sortierte die Ereignisse des Tages, trennte das Wichtige vom Banalen. Erst jetzt begriff Sarek, welches Entsetzen nächtliche Visionen erzeugen können, wenn man sie nicht von außen betrachtete, sondern unmittelbar erlebte.

Er schloß die Augen und erinnerte sich. Glitzernde Insekten – Hunderte, Tausende. Sie flogen und krochen. Aber irgend etwas ging nicht mit rechten Dingen zu. Die kleinen Geschöpfe fielen zu Boden: die Flügel und einige Beine ausgerissen, die Panzer zermalmt. Sie lagen auf dem Rücken und zappelten in Agonie. Das Bild weckte neuerlichen Schrecken in Sarek, und gleichzeitig ergab es überhaupt keinen Sinn. Er hatte weder solche Insekten gesehen noch in der letzten Zeit irgendwelche verstümmelten Lebensformen beobachtet. Doch der Traum beunruhigte ihn so sehr, daß er nicht wieder einschlafen konnte.

Einige Sekunden lang blieb er auf dem Bett sitzen und lauschte Amandas Atemzügen – bis er schließlich das dringende Bedürfnis verspürte, sich zu bewegen. Sarek beschloß, ins Arbeitszimmer zu gehen und zu lesen.

Diese Absicht erschien ihm vernünftig, doch etwas seltsam Unlogisches in seinem Innern sträubte sich dagegen. Er gab sich einen Ruck, stand auf, streifte den Umhang über und schritt ins zentrale Zimmer. In der Finsternis glaubte er, ein bläuliches Glühen zu sehen, das aus dem Büro stammte. Als er jedoch den Raum betrat, erwartete ihn eine Überraschung: Von dem Artefakt ging kein Licht aus; das Kraftfeld existierte nicht mehr.

»Faszinierend«, murmelte er und beugte sich vor, um den Kasten zu öffnen.

Im Schlafzimmer drehte sich Amanda auf die andere Seite und stöhnte leise.

KAPITEL 2

Alle Plätze im Freizeitraum waren besetzt, wie üblich um diese Tageszeit: früher Abend für die Besatzungsmitglieder der ersten Schicht. Kirk gesellte sich der kleinen Gruppe hinzu, die Spock und seinen Gegner beim Schach beobachteten. Aus den Augenwinkeln sah er, wie Tomson und al-Baslama auffällig unauffällig das Zimmer verließen. McCoy näherte sich mit einer Flasche Bier.

»Was ist los, Pille?« fragte Kirk. »Gibt die Brennerei plötzlich nichts mehr her?«

»Gott bewahre mich vor einem solchen Schicksalsschlag!« stieß McCoy hervor. »Muß man denn dauernd an seinen normalen Angewohnheiten festhalten?«

»Nicht unbedingt. Aber entschuldige bitte, wenn ich beim Üblichen bleibe.« Kirk nippte an seinem Glas Brandy.

»Leider gibt es kein Gesetz gegen das Zeug.« McCoy trank aus der Flasche. »Da soll mich doch der Schlag treffen. Offenbar hat Spock einen neuen Schützling. Wann kam sie an Bord?«

Kirk lächelte müde. »Vor ungefähr einer Woche. Du bist wohl nicht mehr ganz auf dem laufenden, wie?«

»Offenbar nicht«, gestand McCoy ein. Mit unverhohlenem Interesse musterte er die Frau, die dem vulkanischen Ersten Offizier am Schachbrett gegenübersaß. Ihr auffallendstes Merkmal war zweifellos das Haar: Feuerrot und dicht reichte es weit über die Schultern, bildete einen verblüffenden Kontrast zu der hellen Haut. Doch ihrem Gesichtsausdruck fehlte es an Lebhaftigkeit. Sie stützte das spitze Kinn auf die Faust, und in ihren Zügen zeigte sich ein Ernst, der dem Spocks in nichts nachstand. Abgesehen vom Haar und den Ohren hätte McCoy sie für eine Vulkanierin gehalten.

»Wie wär's mit einer kleinen Wette?« fragte Kirk. »Zwei zu eins, daß Spock gewinnt.«

»Jetzt behaupte nur noch, das sei ein großzügiges Angebot«, klagte McCoy. »Natürlich gewinnt Spock. Aber ich setze trotzdem fünf Credits – weil ich aus Prinzip für die junge Dame bin.«

Kirk zuckte mit den Achseln. »Das Ergebnis der Partie steht keineswegs fest, Pille. Die junge Dame heißt Dr. Anitra Lanter.«

McCoy ächzte. »*Doktor?* Ich *werde* allmählich alt. Sie kann doch höchstens zwanzig sein.«

»Vierundzwanzig«, sagte Kirk.

»Vierundzwanzig.« McCoy seufzte und schüttelte den Kopf. »Vierundzwanzig. Auch ich war mal so jung.«

»Du? Ich kann mir nicht vorstellen, daß du jemals vierundzwanzig gewesen bist.«

»Ach …« McCoy konzentrierte sich wieder auf sein Bier.

»Der Name Lanter sagt dir überhaupt nichts?«

»Sollte er?«

»Hermann Lanter, der berühmte Physiker. Fällt der Groschen?«

»Oh, ja«, erwiderte McCoy. Es klang nicht sehr begeistert. »War ein Genie oder so, stimmt's?«

»Oder so.« Kirk schmunzelte. »Und das ist seine Tochter.«

»Verdammt, Jim, warum hast du mir das nicht früher gesagt? Dann hätte ich *zehn* Credits auf sie gesetzt.« McCoy rülpste leise.

»Und hättest zwanzig verloren«, entgegnete Kirk grinsend. Er stand auf, als das Interkom summte, und McCoy beobachtete, wie der Captain langsam das Gesicht verzog. Fast eine Minute lang hörte er stumm zu, bestätigte dann die Meldung und kehrte zum Tisch zurück.

»Was ist denn?« fragte McCoy. »Du wirkst nicht gerade sehr erfreut.«

»Befehle für den Landurlaub.« Kirk nahm abrupt Platz, drehte das Glas hin und her und starrte ins Leere.

»Komm mir jetzt bloß nicht mit einer neuen Einsatzorder.«

»Nein, es bleibt bei dem Landurlaub. Allerdings findet er an einem anderen Ort statt. Da wir die letzten Forscher aus dem Hydrilla-Sektor nach Vulkan bringen, hält es Starfleet für angebracht, daß wir dort ausspannen.«

»Wenn das ein Witz sein soll, Jim – ich finde ihn nicht komisch.«

Kirk preßte kurz die Lippen zusammen. »Befehl von Komack.«

»Aber Starbase Fünf ist nahe genug, und dort hätten wir viel mehr Spaß. Warum bekommen wir plötzlich andere Anweisungen?«

»Frag Admiral Komack«, antwortete Kirk niedergeschlagen.

»Der Kerl muß übergeschnappt sein«, brummte McCoy in sein Bier. »Schade, daß ich nicht der für die Flotte verantwortliche Medo-Offizier bin. Ich würde Komack sofort eine absolute Dienstuntauglichkeit attestieren ... Nur ein Verrückter käme auf den Gedanken, seinen Landurlaub auf Vulkan zu verbringen.«

Kirk seufzte. »Es gibt mindestens eine Person an Bord dieses Schiffs, die eine solche Gelegenheit wahrnähme.«

Einige Sekunden lang beobachteten sie schweigend die Partie. Zunächst hatte es den Anschein, als erringe Spock einen leichten Sieg, doch plötzlich streckte Anitra Lanter schelmisch die Zunge heraus und setzte ihre Dame.

McCoy beugte sich vor, und seine Miene erhellte sich. »Schachmatt. Na, da soll mich doch ... Ich glaube, ich bin verliebt. He, wohin gehst du, Jim? Du schuldest mir zehn Credits.«

Später an jenem Abend begab sich McCoy in die Krankenstation, um mit M'Benga zu sprechen. Als er in den Korridor zurückkehren wollte, stieß er fast gegen Anitra Lanter. Die junge Frau lehnte an der Tür, und ihre Lippen bildeten nur einen dünnen Strich. Sie atmete schwer, preßte sich die Hände auf den Bauch und stöhnte leise. Das humorvolle Glitzern in ihren Augen war fast so etwas wie Panik gewichen. McCoy entschied sofort, daß er wieder im Dienst war.

»Ganz ruhig«, sagte er. »Entspannen Sie sich. Ich bin Dr. McCoy. Kann ich Ihnen irgendwie helfen?«

Anitra hob den Kopf, um ihn anzusehen. »Ja«, brachte sie mühsam hervor. »Vielleicht. Seit einiger Zeit neige ich dazu, mich immer wieder zusammenzukrümmen. Halten Sie das für ein wichtiges Symptom?« Offenbar hatte sie keine Absicht, sich selbst ernst zu nehmen.

»Ich denke schon.« McCoy griff nach Anitras Arm und führte sie zu einer Diagnoseliege. Zuerst wollte sie sich nicht hinlegen und richtete sich wieder auf, aber McCoy drückte sie mit sanftem Nachdruck zurück. »Bleiben Sie hübsch brav liegen. Wo tut es weh?«

»Dreimal dürfen Sie raten«, erwiderte Anitra und klopfte auf ihre Magengrube. Im blassen Licht der Monitoren und Anzeigeflächen wirkte sie noch jünger als im Freizeitraum.

»Hmm. Können Sie mir die Schmerzen beschreiben?«

»Ja, gern. Es sind Schmerzen.«

»Ich meine, ein Stechen, Brennen oder ...«

»Es sticht. Und es brennt auch.«

McCoy nahm eine Untersuchung vor, und ihre Ergebnisse bestätigten seine Vermutungen. »Sieht ganz nach einem Magengeschwür aus, Teuerste. Aus irgendeinem Grund produzieren Sie zuviel Magensäure. Wenn es so weitergegangen wäre, hätte sich bald ein häßliches Loch in der Magenwand entwickelt. Es ist mir ein Rätsel, warum dieses Problem nicht schon bei einem früheren Check-up entdeckt worden ist. Solche Geschwüre entstehen wohl kaum von heute auf morgen.«

»Ich bin in jeder Hinsicht schnell«, sagte Anitra.

»Mag sein«, erwiderte McCoy. »Aber jetzt müssen Sie auch schnell behandelt werden. Ich sehe mir Ihre Datei an. Lanter, nicht wahr?«

Anitra stemmte sich hoch und runzelte die Stirn. »Sind wir uns schon einmal begegnet?«

»Ich habe Sie im Freizeitraum gesehen. Und ich vergesse niemanden, der Spock beim Schach schlägt. Außerdem bin ich durch Ihren Sieg um zehn Credits reicher geworden.«

»Wetten«, sagte die junge Frau und verzog schmerzerfüllt das Gesicht. Trotzdem glaubte McCoy, in ihren Augen ein schelmisches Aufblitzen zu sehen. »Ich bin zutiefst schockiert, Doktor.« Sie legte eine Kunstpause ein. »Ich habe hundert gewonnen.«

McCoy grinste breit, als er das Computerterminal aktivierte und den Namen eingab. »Lanter, Anitra, nicht wahr?«

Sie nickte und biß sich auf die Lippe.

»Es dauert nicht lange«, sagte McCoy. »Ich möchte nur feststellen, ob die Medikamente, die ich Ihnen verschreiben möchte, kontraindiziert sind.« Er beugte sich zum Bildschirm vor, und sein Lächeln verblaßte schon nach wenigen Sekunden. Furchen der Verwirrung bildeten sich in seiner Stirn. »Was zum …«

»Probleme?« Anitra blickte unschuldig zur Decke.

»Mit dem Computer stimmt was nicht. Angeblich ist dies ihre Datei, aber die darin enthaltenen Informationen …« McCoy brach hilflos ab.

»Wie beschreiben sie mich?«

»Als einen hundertsechzig Jahre alten benecianischen Schleimwurm mit ausgeprägten Prostata-Schwierigkeiten. Ohne Allergien.«

»Das ist absurd!« entfuhr es Anitra. »Ich bekomme jedesmal Nesselausschlag, wenn ich Schokolade esse.«

McCoy richtete einen besonders strengen Blick auf seine Patientin. »Sie irren sich, wenn Sie das für komisch halten, Fähnrich. Ich kann Ihnen erst dann Arzneien geben, wenn ich Ihre medizinische Datei kenne. Was fällt Ihnen überhaupt ein, mit den Medo-Informationen herumzuspielen? Wenn ich weitere manipulierte Dateien finde ...«

»Das werden Sie nicht.« Anitra setzte sich auf und neigte das Kinn nach oben, wodurch sie katzenhaft und hochmütig wirkte. »Versuchen Sie es mit ›Lanter, Anitra M.‹. Bei anderen Anfragen bekommen Sie den benecianischen Wurm.«

»Danke«, brummte McCoy. Er wandte sich wieder dem Terminal zu und nickte, als die richtigen Daten auf dem Schirm erschienen. »Schon besser.« Er las die Angaben, ging ins Laboratorium, kehrte schon nach wenigen Sekunden zurück und reichte Anitra eine Phiole mit Tabletten.

»Ich würde gern herausfinden, wie das Magengeschwür begann«, sagte er. »Es gibt keine feststellbare physiologische Basis für die überschüssige Säure. Sind Sie in der letzten Zeit ungewöhnlich starkem Stress ausgesetzt gewesen?«

»Ich mußte viele bittere Bemerkungen schlucken«, antwortete die junge Frau würdevoll.

McCoy lächelte dünn. »Sie wissen, was ich meine. Ist mit Ihrer neuen Arbeit alles in Ordnung?«

»Sie könnte nicht besser laufen«, sagte Anitra.

»In welcher Abteilung sind Sie tätig?«

»Astrophysik. Forschung. Eigentlich kommen wir dort nicht ganz so schnell voran, wie ich es mir wünsche, aber ich passe mich an. Spock und ich arbeiten an einem Projekt, das mein Interesse wachhält – es geht dabei um meine einzige große Liebe, die Partikelphysik.«

»Ein Projekt? Beschäftigen Sie sich beruflich damit, oder betrifft es die Freizeit?«

»Die Freizeit. Wir hoffen, unsere Entdeckungen bald in einer wissenschaftlichen Abhandlung veröffentlichen zu können.«

»Wieviel freie Zeit investieren Sie in das Projekt?«

»Nicht genug. Ich weiß, worauf Sie hinauswollen, Doktor. Vielleicht liegt es nur daran, daß ich mich erst noch an die *Enterprise* gewöhnen muß. Nun, es gibt hier nichts, das ich als störend empfinde, und es gefällt mir, die Arbeit auch nach Dienstschluß fortzusetzen. Bestimmt wollen Sie mir empfehlen, regelmäßig auszuspannen und mir irgendein Hobby zu suchen, das einen Ausgleich schafft – aber so etwas interessiert mich nicht. Ich habe immer auf diese Weise gelebt; Sie brauchen sich also keine Sorgen zu machen.« Anitra seufzte. »Bestimmt erhole ich mich bald.«

»Einen Augenblick. Normalerweise sollte ich *Sie* beruhigen. Außerdem kann ich mir nicht vorstellen, daß jemand den *Wunsch* verspürt, seine Freizeit mit Spock zu verbringen.«

Anitra ahmte den Vulkanier nach, indem sie die Brauen wölbte. »Ich finde ihn faszinierend.«

McCoy verzog das Gesicht. »Ich fürchte, Sie sind wirklich zu lange mit ihm zusammengewesen. Mit Ihrem Hinweis auf ein Hobby haben Sie völlig recht. Sie sollten sich tatsächlich etwas suchen, das Ihr Interesse weckt – abgesehen von Physik.«

»Ich habe es bereits gefunden, Doktor.« Die junge Frau lächelte geheimnisvoll. »Manchmal sprechen Spock und ich über Dinge, die nichts mit Physik zu tun haben.«

»Spock? Er führt Diskussionen, denen irgendein Bezug zur Wissenschaft fehlt?«

»Warum nicht? Er erzählt mir von vulkanischer Philosophie und Kultur. Und er hat mich eingeladen, beim Landurlaub seine Familie zu besuchen.«

McCoy hörte, wie eine innere Alarmsirene zu schrillen begann. »Schön und gut. Trotzdem schlage ich vor, daß Sie sich in Ihrer Freizeit nicht einzig und allein mit dem Projekt befassen. Lernen Sie auch andere Leute kennen, Personen in Ihrem Alter …«

Anitra runzelte die Stirn. »Ich verstehe nicht. Was hat das Alter damit zu tun?«

»Sie wissen schon … junge Männer.«

Auf Anitras cremefarbenen Wangen entstanden plötzlich rosarote Flecken. »Vielleicht übt das keinen besonderen Reiz auf mich aus, Doktor. Derzeit muß ich mich um weitaus wichtigere Angelegenheiten kümmern, und ehrlich gesagt: Ich glaube, das geht Sie nichts an. Sie brauchen mir gegenüber nicht den freundlichen Onkel zu spielen, der es nur gut meint, und Ihren verstaubten Chauvinismus können Sie sich sparen …«

McCoy kämpfte vergeblich gegen den in ihm emporquellenden Zorn an. »Lieber Himmel, ich habe doch nur versucht, Ihnen zu helfen …«

»Und genau damit sollten Sie sich begnügen«, erwiderte Anitra schroff, nahm die Phiole mit den Tabletten, schwang sich von der Diagnoseliege und schritt zur Tür. »Offenbar wissen Sie nicht, wo Ihre Grenzen sind.«

»Na, da soll mich doch …«, begann McCoy verblüfft, als sich die Tür hinter der jungen Frau schloß.

Amanda hatte nicht gut geschlafen und entsann sich an unruhige Träume, in denen es um Sarek, seinen Bruder und den Tod einer Zivilisation ging. Sie warf einen Blick auf das Chronometer an der Decke. Es war früh, aber wie üblich um diese Zeit lag Sarek nicht mehr neben ihr.

Draußen erwartete sie ein grauer Morgen, und die kühle Luft erinnerte an den nächtlichen Temperatursturz in der Wüste. Sarek befand sich im Garten, aber er saß nicht etwa auf der steinernen Meditationsbank, sondern starrte zu Boden.

Zuerst konnte Amanda kaum fassen, was sich ihren

Blicken darbot. Zwei der am Vortag gepflanzten Rosensträucher waren aus dem Boden gerissen, ihre dünnen, dornigen Zweige gebrochen. Plötzlicher Zorn entstand in ihr. In all den Jahren auf Vulkan hatte sie noch nie die bewußte Zerstörung von etwas Ästhetischem erlebt.

»Wer ... ist dafür ... verantwortlich?« brachte Amanda hervor und ballte die Fäuste.

Sarek bedachte seine Frau mit einem kühlen Blick. »Wahrscheinlich ein *Chkariya.*«

»Ein was?«

»Das Tier ähnelt einem Frettchen.« Sarek betrachtete die entwurzelten Pflanzen nachdenklich, trat an eine heran und drehte sie mit dem Fuß um.

»Mit solchen Geschöpfen hatten wir es hier noch nie zu tun! Und warum sollten sie es ausgerechnet auf meine Rosensträucher abgesehen haben?« Amanda deutete in die entsprechende Richtung.

»Chkariyas stehen nicht in dem Ruf, besonders logisch zu sein.«

Die ruhige, gelassene Antwort schürte Amandas Zorn. »Für mich spielt es keine Rolle, welchen Ruf sie genießen. Ich möchte, daß dies aufhört – wie du es anstellst, ist mir gleich.«

Sarek musterte sie. »Ärger hat keinen nützlichen Zweck, Gemahlin. Die Rosensträucher können ersetzt werden.«

»Aber nicht so leicht«, erwiderte Amanda, verlegen darüber, daß sie den Tränen nahe war. Warum ging ihr der Verlust von zwei Sträuchern so nahe? Sarek hatte recht: Sie konnten ersetzt werden. Und drei hatten überlebt. Vielleicht lag es daran, daß die Zerstörung so ... absichtlich und böse gegen sie gerichtet zu sein schien.

»Ich kaufe eine Falle«, bot sich Sarek an. »Und morgen bringe ich das Tier in die Wüste. Dann droht deinen Blumen keine Gefahr mehr.«

»Ja, natürlich«, entgegnete Amanda automatisch. Doch sie mied Sareks Blick, starrte weiterhin auf die ausgerissenen Pflanzen.

Das sah ihm überhaupt nicht ähnlich. Tomson kannte al-Baslama inzwischen seit einem guten Jahr, und er hatte seinen Dienst nie zu spät angetreten, zeichnete sich immer durch Pünktlichkeit aus. Sie vermutete zunächst eine Krankheit: Vielleicht ging es ihm so schlecht, daß er sich weder melden noch die Interkom-Anrufe beantworten konnte. Die zweite Annahme besorgte Tomson noch weitaus mehr. Nutzte Moh seinen neuen Rang aus? Sie schüttelte den Kopf und verdrängte diesen Gedanken, doch das Unbehagen in ihr blieb. Nein, unmöglich: Gerade nach den letzten Tagen glaubte sie, daß er zu so etwas nicht in der Lage war. Woraus folgte: Irgend etwas stimmte nicht.

Tomson schaltete das Interkom aus und biß sich auf die Lippe. Wenn sich Moh an Bord der *Enterprise* befand, hätte er inzwischen geantwortet. Erneut kehrten die Zweifel zurück: *Vielleicht sitzt er irgendwo und lacht sich ins Fäustchen. Er weiß, daß du ihn nicht melden würdest – aus Rücksicht auf seine Beförderung. Und wenn es zu einem Revisionsverfahren käme … Denk nur an deine eigene Glaubwürdigkeit.*

Dann fiel ihr ein: die Versetzung. War Moh bereit, alles aufs Spiel zu setzen, nur um an Bord dieses Schiffs zu bleiben? Am vergangenen Abend hatte er darüber gescherzt und deutlich darauf hingewiesen, wie wenig ihm gerade jetzt daran lag, die *Enterprise* zu verlassen. Tomsons Furcht wich Ärger und Zorn. Mit einem derartigen Verhalten erwies sich Moh als ein kompletter Narr.

Sie sah Nguyen an, die sich zum Dienstantritt gemeldet hatte und auf Anweisungen wartete. »Bleiben Sie einige Minuten lang hier«, sagte Tomson. »Geben Sie mir Bescheid, wenn Sie etwas von al-B hören.«

Sie hielt es für angebracht, zuerst seine Kabine aufzusuchen. Wenn er sich in einem anderen Bereich des Raumschiffs befand, sah ihn vielleicht jemand und informierte die Sicherheitsabteilung davon, daß er den Ausruf ignorierte. Es war klüger, im eigenen Quartier zu warten und das Interkom zu überhören.

Kurze Zeit später erreichte Tomson die Kabine und betätigte den Türmelder. Sie war nicht sonderlich überrascht, als niemand antwortete, beugte sich ein wenig vor. »Al-B«, sagte sie, streckte die Hand aus und berührte das Schott. Erstaunlicherweise schwang es auf.

Finstere Schatten füllten das Zimmer. Tomson tastete nach dem Lichtschalter, fand ihn und stellte fest, daß der Raum leer war.

Sie zögerte nicht, ging ins Schlafzimmer, bemerkte dort die Konturen einer menschlichen Gestalt auf dem Bett und straffte die Schultern. »Al-Baslama«, sagte sie streng und schaltete das Licht ein.

Jähes Entsetzen erfaßte sie, und sie schrie so laut und lange wie nie zuvor in ihrem Leben.

Tomson stand vor al-Baslamas Kabine und wirkte noch blasser als sonst. Sie verschränkte die Arme und versuchte, die Haltung zu wahren.

»Dort drin«, wandte sie sich an McCoy und Kirk. »Bitte berühren Sie nichts.«

Der Tote lag auf seiner Koje. McCoy war an den Anblick von Leichen gewöhnt, und in diesem besonderen Fall hatte sich Kirk innerlich vorbereitet, aber trotzdem zuckten beide Männer unwillkürlich zusammen. Tomson wagte es nicht, noch einmal auf al-B herabzusehen, doch die Erinnerung zeigte ihr ein deutliches Bild: Mohammed al-Baslama war erschlagen worden. Die Hiebe hatten ihn nicht nur an einigen empfindlichen Stellen getroffen, sondern am ganzen Körper. Das Gesicht stellte eine blutige Masse dar; Kiefer und Jochbeine waren mehrfach gebrochen. McCoy strich die Kleidung des Toten beiseite, und Kirk widerstand der Versuchung, den Blick abzuwenden. Durch die angeschwollene Milz schien der ganze Unterleib aufgebläht zu sein. Viele rote und purpurne Flecken zeigten sich auf der Haut.

»Innere Blutungen«, stellte McCoy fest. »Wahrscheinlich die letztendliche Todesursache.«

»Wer könnte dafür verantwortlich sein?« Kirks Frage galt Tomson.

»Ein Profi«, antwortete sie. »Ist Ihnen aufgefallen, daß nichts auf eine Auseinandersetzung hindeutet? Und al-Baslama war ein Fachmann für den Nahkampf. Aber alles steht an seinem Platz; nichts ist umgestürzt. Nach der Entdeckung des Toten habe ich eine erste Untersuchung vorgenommen – es fehlen sogar Fingerabdrücke. Nun, einige meiner Leute werden sich hier gründlich umsehen. Al-B hatte viele Freunde in der Sicherheitsabteilung.« Sie brach ab und sah zur Seite. »Dr. McCoy muß erst noch eine Autopsie durchführen. Vielleicht ergeben sich daraus Anhaltspunkte.«

Der Arzt brummte leise, und Kirk beugte sich zu ihm vor. »Irgend etwas Ungewöhnliches, Pille?«

»Wie man's nimmt«, erwiderte McCoy, schnitt eine Grimasse und deutete auf die Hände des Toten. »Sieh dir das an. Jeder Finger ist gebrochen und zerquetscht.« Langsam hob er den Kopf. »Dieser Mann wurde zu Tode gefoltert, Jim.«

Am nächsten Tag begegnete McCoy dem vulkanischen Ersten Offizier im Korridor.

»Kann ich Sie kurz sprechen? Es geht um Anitra Lanter.«

»Was möchten Sie mit mir erörtern?« fragte Spock.

»Gestern abend kam die junge Frau zu mir und klagte über starke Bauchschmerzen. Ich habe ein Magengeschwür diagnostiziert.«

McCoy glaubte, so etwas wie Beunruhigung in Spocks Stimme zu hören, als er erwiderte: »Ist ihr Zustand ernst?«

»Noch nicht. Aber er könnte kritisch werden, wenn keine Besserung eintritt. Mich besorgt in erster Linie Anitras ...« – McCoy suchte nach dem richtigen Ausdruck – »... Lebensstil.«

»Der mich nichts angeht.« Spock wollte weitergehen, aber McCoy versperrte ihm den Weg.

»Ich glaube, da irren Sie sich. Selbst ein Blinder kann sehen, daß Anitra Ihnen praktisch die ganze Zeit über Gesellschaft geleistet hat, seit sie an Bord kam. Ihr verbringt jede Sekunde eurer Freizeit miteinander.«

»Das ist eine Ihrer typischen Übertreibungen, Doktor«, sagte Spock in dem betont geduldigen Tonfall, den er benutzte, wenn er den Unwissenden und Dummen etwas Banales erklärte. »Außerdem verstehe ich nicht, warum Dr. Lanter aufgrund meiner Präsenz ein Magengeschwür entwickeln sollte.«

»Nun, solche Geschwüre entstehen durch eine übermäßige Produktion von Magensäure, und als auslösender Faktor dafür kommt unter anderem Stress in Frage ...«

»Doktor, Sie erstaunen mich immer wieder damit, auf das Offensichtliche hinzuweisen.«

»Verdammt, Spock, lassen Sie mich ausreden. Ich versuche nur herauszufinden, was den Stress verursacht. Anitra hat ein Projekt erwähnt, mit dem Sie sich während Ihrer Freizeit beschäftigen. Wäre es möglich, daß Sie dabei zuviel von ihr verlangen, sie zu stark unter Druck setzen?«

Der Vulkanier runzelte andeutungsweise die Stirn. »Ich berufe mich keineswegs auf die Privilegien meines Ranges. Wir sind schlicht und einfach zwei Wissenschaftler, die bei einem Projekt zusammenarbeiten, das für beide von großem Interesse ist. Dr. Lanter bestimmt ganz allein Ausmaß und Intensität ihrer Arbeit. Ich er- oder entmutige sie nicht.«

»Nun, offen gesagt: Ich halte es für angebracht, daß Sie Anitra auffordern, es ein wenig ruhiger anzugehen. Wahrscheinlich ist sie überarbeitet.«

Spock wölbte eine Braue. »Solche Ratschläge stehen mir wohl kaum zu, Doktor. Wenn Sie als ihr Arzt den Eindruck haben, daß sie zuviel Zeit in das Projekt investiert, sollten Sie Dr. Lanter selbst darauf ansprechen.«

»Das habe ich bereits«, sagte McCoy. »Aber ich fürchte, sie nimmt meine Hinweise nicht sonderlich ernst.«

Spock gab keine Antwort und wandte sich ab.

»Warten Sie, das ist noch nicht alles. Nun, ich weiß nicht recht, wie ich es ausdrücken soll ...«

»Der Mangel an geeigneten Worten hat Sie noch nie daran gehindert, Ihre Meinung zu äußern.«

Heute war der Vulkanier in einzigartiger Form. McCoy zwang sich dazu, Spocks Bemerkung zu ignorieren, holte tief Luft und sagte: »Ich glaube, Anitra hat sich in Sie verknallt.«

»›Verknallt‹?«

»Möchten Sie eine genaue Erklärung?«

»Ich bin mit dieser idiomatischen Wendung durchaus vertraut, Doktor. Es ... überrascht mich nur, daß Sie zu einer derartigen Schlußfolgerung gelangen.«

»Lieber Himmel, von diesen Dingen haben Sie überhaupt keine Ahnung. Ich bin ganz sicher, daß sich Anitra in Sie verliebt hat. Sie weicht praktisch nie von Ihrer Seite, und ich glaube, das ist nicht gut für sie. Es wäre besser für die junge Frau, wenn Sie sich wenigstens ab und zu etwas einfallen ließen – um sie daran zu hindern, jeden freien Augenblick mit Ihnen an dem Projekt zu arbeiten.«

Spock zeigte jenen steinernen und völlig unbewegten Gesichtsausdruck, der McCoy deutlich darauf hinwies, daß er nicht mit der Kooperationsbereitschaft des Vulkaniers rechnen durfte. »Ich versichere Ihnen, daß mir die möglichen Konsequenzen solcher Situationen sehr wohl klar sind, Doktor. Ich habe es schon mit entsprechenden Problemen zu tun bekommen, jedoch nicht erwartet, daß sich ähnliche Schwierigkeiten auch mit Dr. Lanter ergeben.«

McCoy konnte es kaum fassen. »Meine Güte, Spock, Sie haben Anitra angeboten, sie beim Landurlaub auf Vulkan Ihrer Familie vorzustellen. Begreifen Sie denn nicht, was so etwas bedeutet?«

»Freundschaft«, sagte Spock. »Andere Interpretationen basieren allein auf Wunschdenken Ihrerseits.«

»Oder den Erwartungen Anitras. Sie ist jung und alles andere als reif, Spock. Wenn ein terranischer Mann seinen Eltern eine Frau vorstellt, so läßt sich daraus der Schluß ziehen ...«

»Ich bringe Dr. Lanter nicht zur Erde«, warf Spock ruhig ein. »Sie gehen bei dieser Angelegenheit von Ihrem eigenen kulturellen Hintergrund aus.«

»Anitra ist Terranerin«, wandte McCoy ein. »Bestimmt teilt sie meine Annahmen.«

Der Vulkanier unterbrach ihn erneut. »Ich finde diese Diskussion völlig unangemessen, Dr. McCoy. Ihre Fragen verdienen nur eine Antwort: Mischen Sie sich nicht in Dinge, die außerhalb Ihrer Kompetenz liegen.«

»Na, da soll mich doch ...«, brachte McCoy hervor. Aber Spock achtete nicht auf ihn, drehte sich um und schritt davon.

Tomson meldete sich und berichtete, daß die Ermittlungen keine konkreten Anhaltspunkte ergeben hatten.

Damit gab sich Kirk nicht zufrieden. »Lieutenant, ich bin für vierhundert Besatzungsmitglieder verantwortlich, die zum erstenmal seit sieben Monaten ein Landurlaub erwartet. Es gibt nur zwei Möglichkeiten: Entweder wird der Urlaub gestrichen, oder wir finden den Mörder. Habe ich mich klar genug ausgedrückt?«

»Ja, Sir«, erwiderte Tomson fest. »Dann möchte ich Ihnen folgendes vorschlagen, Captain: Wir sollten alle vierhundert Besatzungsmitglieder einem Verifikationstest unterziehen.«

»Das gilt auch für unsere Gäste«, sagte Kirk.

Tomson zögerte. »Sir – es handelt sich um Vulkanier.«

»Nun, wenn es stimmt, daß sie nicht lügen können, haben sie nichts zu befürchten. Außerdem hat mich Spock oft darauf hingewiesen, daß sich Vulkanier nicht beleidigen lassen. Beginnen Sie mit dem Test.«

»Ja, Sir.«

Auf dem Weg zur Offiziersmesse entschloß sich Kirk zu einem Abstecher in sein Quartier. Er hatte einen Blutstropfen des Ermordeten auf seinem Uniformpulli entdeckt und spürte das Bedürfnis nach einer rituellen Reinigung, bevor er das Abendessen einnahm. Voll angekleidet trat er in die Duschkabine, streckte die Hand nach den Ultraschallkontrollen aus – und überlegte es sich anders. Die jüngsten Geschehnisse verlangten nach einer therapeutischeren Hygienemaßnahme: heißes Wasser und Dampf. Kirk zog sich aus, warf die schmutzige Kleidung ins Zimmer und schloß die Tür hinter sich. Innerhalb weniger Sekunden füllte sich die Duschkabine mit einem warmen Nebel, der aus Myriaden winziger Tropfen bestand. Der Captain wartete, bis der Dunst um ihn herum so dicht wurde, daß er nicht mehr die eigene Hand vor den Augen sehen konnte.

Er hatte schon andere Besatzungsmitglieder verloren, und al-Baslama war nicht der erste Ermordete an Bord der *Enterprise.* Aber bisher hatten die tragischen Ereignisse unter ungewöhnlichen Umständen stattgefunden, verursacht von externen Faktoren, wie zum Beispiel Spionen, Angreifern und Außenstehenden. Kirk bezweifelte, daß die vulkanischen Passagiere irgendeine Schuld traf, woraus er den überaus unangenehmen Schluß ziehen mußte, daß der Täter zu seiner Crew gehörte. Mit einem solchen Fall – und mit einem so brutalen Mord – bekam er es nun zum erstenmal zu tun.

Kirk schloß die Augen, seufzte und versuchte, sich zu entspannen. Allmählich spürte er, wie die Ruhe zurückkehrte, und nach einigen Sekunden gab er einem Wunsch nach, den er seit Jahren nicht mehr empfunden hatte: Er begann zu singen.

Um diese Zeit hielten sich viele Personen in der Offiziersmesse auf. McCoy holte sein Tablett und ging damit zu dem Tisch, an dem Scott und Uhura saßen, als er Anitra bemerkte. Die junge Frau winkte ihn zu sich, und der Arzt stellte fest, daß sie erneut Spock Gesellschaft leistete. McCoy erinnerte sich an das eher unangenehme Gespräch mit ihm. Er hatte es nicht eilig damit, dem Vulkanier noch einmal zu begegnen, doch sein Interesse an Anitra hinderte ihn daran, sich einfach abzuwenden.

Sie begrüßte ihn mit einem strahlenden Lächeln. Ihr plötzlicher Ärger in der Krankenstation schien verflogen zu sein und überhaupt keine Spuren hinterlassen zu haben. Doch sie hatte den Zwischenfall nicht vergessen.

»Ich möchte mich für neulich entschuldigen«, sagte Anitra, als McCoy neben ihr Platz nahm. »Sind Sie mir noch böse?«

»Nein, natürlich nicht«, erwiderte der Arzt. »Ich glaube, Ihre Vorwürfe waren wenigstens zum Teil berechtigt.«

»Der Meinung bin ich auch«, sagte die junge Frau und schmunzelte.

McCoy ignorierte ihre Bemerkung. Spock saß auf der anderen Seite Anitras, schenkte dem Bordarzt überhaupt keine Beachtung und konzentrierte sich auf seinen Teller. »Wirkt das Medikament?«

Anitra und Spock wechselten einen kurzen Blick. Offenbar gab es Dinge, die Dr. Lanter lieber für sich behielt. »Ja.« Sie deutete auf das Tablett. »Essen Sie ruhig.«

McCoy hatte die Mahlzeit noch nicht angerührt. Nach al-Baslamas Autopsie verspürte er keinen Appetit mehr. Normalerweise stellte so etwas keine Belastung für ihn dar. Während des Medizinstudiums war er stolz auf seine Fähigkeit, in der einen Hand ein Sandwich zu halten und davon abzubeißen, während er mit der anderen eine Leiche aufschnitt.

Aber dieser Fall erschien ihm besonders gräßlich. Noch nie zuvor hatte er jemanden gesehen, der systematisch gefoltert und erschlagen worden war... McCoy lächelte schief und blaß. »Wahrscheinlich bin ich nicht so hungrig, wie ich zunächst dachte.«

»Möchten Sie diese Schokoladenplätzchen probieren?« fragte Anitra. »Schmecken wirklich lecker.«

McCoy runzelte die Stirn. »Ich dachte, Sie sind allergisch gegen Schoko ...«

Er unterbrach sich abrupt, als eine schrecklich falsch singende Stimme aus dem Interkom-Lautsprecher drang. »Was, zum Teufel ...«, begann er – und erkannte plötzlich die Stimme des Captains. Den übrigen Anwesenden erging es ebenso.

Nach einigen Sekunden überraschter Stille erklang leises Lachen. Nur drei Personen blieben still: McCoy, Spock und Anitra. Der Vulkanier schien der Verblüffung nahe zu sein, erholte sich jedoch schnell, ohne daß jemand etwas von seiner Reaktion bemerkte – der Bordarzt bildete die einzige Ausnahme. Er saß ganz ruhig und still, beobachtete die anderen. Anitra knabberte mit Genuß an einem Plätzchen und grinste von einem Ohr bis zum anderen.

»Nun, möchten Sie eins oder nicht?« fragte sie. McCoy musterte sie sprachlos.

Spock und Scott nahmen Haltung an. Kirk befand sich in seiner Kabine, wieder vollständig angezogen, doch jetzt war ihm nicht mehr nach Singen zumute. Er ging vor den beiden Offizieren auf und ab.

»Um Ihre Frage zu beantworten, Sir ...«, sagte Scott. In seinem Gesicht zuckten nervöse Muskeln, als er versuchte, die Würde zu bewahren. »Es war nur ein einfaches Mikrofon – jeder hätte es installieren können. Die Verbindung mit dem zentralen Interkom-System ist überhaupt kein Problem.«

Kirk blieb stehen und maß den Chefingenieur mit einem durchdringenden Blick. »Kein Problem? Für Sie vielleicht nicht, Scotty.«

»Aye, Sir.« Die Mundwinkel des Schotten zitterten kurz.

»Ich schließe mich der Meinung des Captains an«,

sagte Spock. Sein unerschütterlicher Ernst bildete einen auffallenden Kontrast zu Scott. »Zweifellos erforderte es erhebliches technisches Geschick, das Mikrofon mit den Hauptkommunikationsleitungen zu verbinden ...«

»Und das Schloß meiner Kabine zu knacken«, fügte Kirk hinzu. »Wer an Bord dieses Schiffs verfügt über die dafür notwendigen Kenntnisse?«

Spock bewegte sich kaum merklich. »Ich, Sir.«

»Und ich«, sagte Scott.

»Das ist sehr edel von Ihnen, meine Herren«, kommentierte Kirk ungeduldig. »Aber da Sie kein Geständnis abgelegt haben – wer kommt sonst in Frage?«

Spock und Scott wechselten einen raschen Blick, bevor sich der Vulkanier räusperte. »Lieutenant Uhura, Sir. Obgleich ich nicht glaube, daß sie ...«

»Wer noch?«

»Einige Mitarbeiter der wissenschaftlichen und technischen Abteilungen.«

»Wie heißen sie? Ich möchte mit ihnen sprechen.«

»Ich werde versuchen, es zu ... arrangieren, Sir«, erwiderte Spock. Er wußte ganz genau, wen es anzusprechen galt. Die Frage war nur, ob er die betreffende Person dazu bewegen konnte, ihre Verantwortung einzugestehen.

Der Verifikationstest blieb ohne Ergebnis. Kirk wandte sich an McCoy.

»Kann jemand einen Verifikator täuschen, Pille?«

McCoy überlegte einige Sekunden lang. »Nun, eigentlich müßte die Antwort darauf ›nein‹ lauten, aber ... Wenn es dabei um einen pathologischen Fall geht, wenn jemand überzeugt ist, die Wahrheit zu sagen – dann ist der Verifikator nicht imstande, die Lüge zu entdecken.«

Kirk nickte. »Und natürlich gibt es niemanden, dessen psychologisches Profil dieser Beschreibung entspricht.«

McCoy runzelte die Stirn. »Wenn sich solche Leute für Starfleet entscheiden, haben sie den Beruf verfehlt. Sie sollten zum Theater gehen, Schauspieler werden. Und wenn ich eine derartige Person übersehe, wäre es besser für mich, meinen Job an den Nagel zu hängen.«

»Ist es denkbar, daß es in einem zunächst gesunden Besatzungsmitglied zu so starken Persönlichkeitsveränderungen kommt, daß eine ausgeprägte Neigung zur Gewalt entsteht?«

»Der grausame Mord kann nur von einem Verrückten begangen worden sein, und ich kenne gleich mehrere Arten von Raumkrankheiten, die Wahnsinn bewirken. Ja, ich glaube, so etwas wäre möglich.«

»Dann empfehle ich dir, deine Medo-Dateien auf den neuesten Stand zu bringen, Pille«, sagte Kirk. »Ich möchte, daß alle Besatzungsmitglieder einer psychologischen Analyse unterzogen werden.«

McCoys Lächeln verblaßte sofort wieder, als er begriff, daß es der Captain ernst meinte. »Das ist kein Scherz, oder?«

»Nein.«

»Hast du eine Ahnung, wie lange das dauert? Wir müßten in der Krankenstation doppelte Schichten einlegen, um bis zum Ende des Monats fertig zu werden ...«

»Dann fang gleich damit an. Ich genehmige den Landurlaub erst nach Beendigung der Analysen.«

McCoy verzog das Gesicht. »Kein Problem, Captain. Bestimmt ist es ganz einfach, unter vierhundertzwanzig Crewmitgliedern einen Sadisten zu finden.«

Der Tag verstrich ohne Zwischenfall, und Amanda vergaß die Rosen, erinnerte sich erst wieder daran, als sie am Abend, nach der Hitze des Tages, den Garten betrat. Kummer entstand in ihr, als sie die beiden Löcher im Boden sah, doch sie stellte mit Genugtuung fest, daß Sarek sein Versprechen eingelöst hatte. Eine kleine Falle – ein Kasten, der nur eine Öffnung aufwies – stand neben den restlichen Rosensträuchern. Bestimmt war sie mit Chkariya-Pheromonen imprägniert.

Amanda hörte ein leises Rascheln, drehte sich um und sah jemanden in den Schatten auf der anderen Seite des Gartens, zwischen den hohen Büschen. Ihr Herz klopfte schneller, bis sie Silek erkannte. Daraufhin seufzte sie leise und lächelte. Sareks Bruder wirkte ein wenig überrascht, als er sich näherte.

»Zwei deiner Rosensträucher fehlen«, stellte Silek fest.

»Von einem Tier entwurzelt«, erwiderte Amanda. »Ich nehme an, die Präsentation in der Akademie verlief wie erwartet.«

Silek nickte.

»Und ich hoffe, daß du in der vergangenen Nacht gut geschlafen hast.«

Fasziniert beobachtete Amanda die Miene des Vulkaniers. Wie sein Bruder war Silek imstande, ironische Erheiterung zum Ausdruck zu bringen, ohne daß sich in seinem Gesicht etwas bewegte. »Möchtest du eine ehrliche oder eine höfliche Antwort auf diese Frage?«

Amanda musterte ihn traurig. »Ich kann es dir nicht verdenken, wenn du keine Ruhe gefunden hast. In den vergangenen achtunddreißig Jahren ist viel geschehen, hat sich viel verändert. Ich wußte nicht einmal, daß du verheiratet warst. Sarek sagte mir, daß du vor kurzer Zeit deine Frau verloren hast.«

Silek ließ sich nichts anmerken, obgleich ihn die Verwendung dieser terranischen Redewendung amüsierte. Menschen. Sie fürchteten sich so sehr vor dem Tod, daß sie nicht einmal seinen Namen nannten. Glauben sie etwa, ihn auf diese Weise von sich fernhalten zu können? Er fragte sich, wie man seine Frau ›verlor‹ – indem man sie irgendwo verlegte? Laut sagte er: »Ja. Wir heirateten kurz nach unserer Bekanntschaft. Sie gehörte als Forscherin zum Hydrilla-Projekt. Ich bedaure es sehr, daß du keine Gelegenheit hattest, T'Ylle kennenzulernen.« Silek dachte an sie und überlegte, was Amanda von ihr gehalten hätte – zwei Frauen konnten nicht unterschiedlicher sein. Amanda begegnete anderen Personen mit offener Herzlichkeit, während T'Ylle kühl und distanziert gewesen war, immer beobachtete und maß …

»Litt sie an einer Krankheit?«

»Ein Unfall gilt als offizielle Todesursache«, entgegnete Silek. Er blickte in Richtung Sonne, obgleich sie längst hinter dem Horizont verschwunden war.

»Das klingt so, als glaubst du nicht daran.«

»Nein«, bestätigte Silek, während sein Blick noch immer in die Ferne reichte. »T'Ylle wurde ermordet.« Er wußte nicht, warum er sich Amanda anvertraute. Es war dumm, töricht und unlogisch, denn die Information konnte nur Unruhe bewirken. Amanda brauchte nicht Bescheid zu wissen, doch aus irgendeinem Grund erschien es ihm unhöflich, ihr keine Erklärung anzubieten. Außerdem verschaffte es ihm eine gewisse Erleichterung, die Wahrheit zu sagen, die schrecklichen Worte an jemanden zu richten, der ihm zuhörte.

Einige Sekunden lang brachte Amanda keinen Ton hervor. »Ich dachte, an der Expedition hätten nur Vulkanier teilgenommen.«

»Verzeih mir.« Silek faßte sich wieder. »Einem Gast gebührt es nicht, die Gastgeberin zu beunruhigen. Ich habe keine Beweise für meine Behauptungen. Laß uns nicht mehr darüber sprechen.«

Aber der besorgte Blick Amandas erinnerte ihn viel zu deutlich an etwas, das er in T'Ylles blauschwarzen Augen gesehen hatte, kurz vor ihrem Tod: eine Furcht, die sie vor ihm zu verbergen versuchte, um ihn zu schützen – bis es zu spät war …

Der Boden habe ganz plötzlich unter ihr nachgegeben, meinte Starnn, und daraufhin stürzte T'Ylle von der Anhöhe, fiel auf die Felsen tief unten. *Ja, sie ist gefallen,* fuhr es Silek durch den Sinn. *Weil sie jemand gestoßen hat.*

Etwas in seinem Innern drängte ihn, Amanda zu warnen – aber dazu war es noch zu früh. Entsprechende Hinweise hätten sie nur verwirrt und verängstigt. Vielleicht gab es eine Möglichkeit, die Dinge in Ordnung zu bringen.

Amanda achtete das Gebot der Höflichkeit und bat Silek nicht, ihr Auskunft zu geben – obgleich ihr viele Fragen auf der Zunge lagen. Sie erhob sich und sah Sareks Bruder stumm an.

»Unsere Expedition in den Hydrilla-Sektor war erfolgreich«, sagte Silek nach einer Weile, »aber auf Beekman, dem letzten Planeten, kam es zu recht sonderbaren Ereignissen. Drei Forscher wurden getötet: T'Ylle und zwei andere. Alle starben unter sehr seltsamen Umständen. Immer handelte es sich um ›Unfälle‹. Einige Forscher schienen sich zu ... zu verändern. Starnn, zum Beispiel.«

»Er ist alt«, gab Amanda zu bedenken. »Und er verlor eine Tochter.«

»Ja.« Silek beschloß, das Thema zu wechseln. Er betrachtete die von Sarek aufgestellte Falle. »Was für ein Tier willst du damit fangen?«

»Ein Chkariya«, antwortete Amanda. Sie versuchte, sich aufgeräumt und heiter zu geben, doch ihr Blick wirkte nach wie vor sorgenvoll. »In der vergangenen Nacht hat es zwei Rosensträucher aus dem Boden gerissen und irgendwie die Zweige gebrochen. Als emotionale Terranerin hoffe ich, daß es sich dabei ordentlich an den Dornen stach.«

Silek runzelte die Stirn. »Bist du sicher, daß ein Chkariya dafür verantwortlich ist? Ich dachte bisher, sie seien nicht zu so etwas fähig ...«

»Sarek vertritt eine andere Ansicht. Ganz gleich, um was für ein Tier es geht: Ich werde dafür sorgen, daß es meinen Garten in Ruhe läßt.«

Silek drehte den Kopf und musterte sie. »Ich wünsche dir Erfolg – um deinetwillen.«

Amanda lächelte. »Wir sehen uns beim Abendessen.«

Silek wartete und vergewisserte sich, daß Sareks Frau das Haus betreten hatte, bevor er zu den Büschen zurückkehrte. Das kleine Säugetier lag halb im Sand, die Schnauze zu einem Todesschrei geöffnet. Das Genick war gebrochen, und die Beine standen in einem unnatürlichen Winkel vom Torso ab. Silek zweifelte nicht daran, daß man dieses Geschöpf vor seinem Tod gequält hatte.

Es begann erneut, so wie auf Beekmans Planet.

KAPITEL 3

»Wir schwenken jetzt in den vulkanischen Orbit, Captain«, meldete Sulu. Der Bildschirm zeigte einen großen roten Planeten.

Kirk desaktivierte das Interkom in der Armlehne des Kommandosessels. Es hatte ihn nicht überraschst, als McCoy berichtete, daß er und seine Assistenten rund um die Uhr arbeiteten: Inzwischen war die Hälfte der Besatzung einem Psycho-Scan unterzogen worden; bisher erwiesen sich alle getesteten Personen als völlig normal.

»Soviel zum Landurlaub«, murmelte Kirk.

Er sprach so leise, daß ihn die Brückenoffiziere nicht hörten – abgesehen von Spock. Der Vulkanier trat zum Befehlsstand.

»Captain«, sagte er mit gesenkter Stimme, »es wäre sehr schwierig für einen Mörder, von Vulkan zu fliehen – erst recht dann, wenn die Sicherheitszentrale auf das Problem hingewiesen wurde und transferierte Besatzungsmitglieder Gruppen aus drei oder vier Personen bilden.«

Kirk brummte. »Wenn die Leute ständig zusammenbleiben, haben Sie vielleicht recht.« Er sah zu dem Ersten Offizier auf und lächelte. »Eine logische Lösung, Mr. Spock. Obgleich ich vermute, daß Sie mich auch aus anderen Gründen überzeugen wollen, den Landurlaub zu genehmigen.«

Spocks Gesicht zeigte gelinde Verwunderung. »Ich wollte nur helfen, Sir ...«

Kirk lachte kurz. »Na schön. Wir alle können ein bißchen Entspannung gebrauchen. Vierergruppen. Niemand soll allein sein, nicht einmal für wenige Sekunden.«

»Das dürfte interessant werden«, erwiderte Spock. Er kehrte zur wissenschaftlichen Station zurück und beugte sich über den Sichtschlitz des Scanners.

»Vielleicht ist es gar nicht so schlimm«, überlegte Kirk laut und beobachtete den Planeten im Projektionsfeld. »Mr. Spock, können Sie uns Außenweltlern einen Ort empfehlen, der uns menschliche Formen des Vergnügens anbietet?«

Der Vulkanier antwortete nicht und blickte weiterhin in den Sichtschlitz.

»Spock? Stimmt was nicht?« Kirk stand auf und näherte sich dem Ersten Offizier.

»Ich habe Anomalien in der vulkanischen Atmosphäre festgestellt«, sagte Spock geistesabwesend und sah nicht auf.

»Anomalien?«

»Es kann nicht an den Instrumenten liegen«, fuhr der Vulkanier fort. »Ich habe sie gerade überprüft – es ist alles in Ordnung mit ihnen. Ich wollte ihre Meßgenauigkeit kontrollieren, da ich die Zusammensetzung der vulkanischen Atmosphäre kenne. Solche Tests nehme ich häufig vor.«

»Was für Anomalien, Spock?«

Der Erste Offizier richtete sich auf und seufzte. »Unsere Scanner stellen eine ungewöhnliche Dichte fest. Die Computeranalyse deutet darauf hin, daß es ein vertrautes Äquivalent für die chemische Struktur und Konsistenz der Atmosphäre gibt – Erbsensuppe.«

»Erbsensuppe?« wiederholte Kirk entgeistert.

»Ich möchte etwas mit Ihnen besprechen«, sagte Spock. Anitra und er saßen in seiner Kabine.

»Ich höre, Sir«, erwiderte die junge Frau.

»Der Sinn von Streichen bleibt mir verborgen.«

»Sie sollen spaßig sein.«

Spock richtete seine volle Aufmerksamkeit auf sie, und Anitra rutschte unruhig hin und her. Versuchte er, sie auf die für Vulkaner typische Art und Weise einzuschüchtern? Spocks Blick wirkte keineswegs drohend, aber er war eiskalt, scharf und durchdringend. »Vielleicht halten Sie solche Scherze für humorvoll, Dr. Lanter, aber es wäre möglich, daß sie ernste Konsequenzen nach sich ziehen.«

»Zum Beispiel?« fragte Anitra kühl.

»Wenn unsere Bordinstrumente während einer kritischen Phase, die rasche Entscheidungen erfordert, keine zuverlässigen Daten liefern, könnten sich daraus lebensgefährliche Situationen ergeben. Außerdem: Die Demütigung des Captains erfüllt keinen praktischen Zweck, weckt nur seinen Ärger – und gefährdet Ihre Karriere. Falls sich herausstellen sollte, daß Sie dafür verantwortlich sind.«

»Wieso kommen Sie ausgerechnet auf mich?«

Spock musterte sie wortlos, und Anitra spürte, wie ihre Wangen zu glühen begannen.

»Vielleicht liegt mir gar nichts an meiner Karriere«, sagte sie trotzig.

»Für mich spielt sie zumindest derzeit eine wichtige Rolle«, entgegnete Spock. »Wir müssen in erster Linie an unsere Mission denken.«

»Na schön, ich entschuldige mich«, sagte Anitra ernst. Dann hob sie plötzlich die Hand zum Mund. »Aber Sie müssen zugeben, daß es wirklich komisch war.«

Spock hielt weiterhin den sondierenden Blick auf sie gerichtet. »Sie sollten sich nicht bei mir entschuldigen, sondern bei jemand anders.«

»Wen meinen Sie?«

»Den Captain.«

Anitra erblaßte und ließ die Hand sinken. »Eben haben Sie darauf hingewiesen, daß unsere Mission wichtiger ist als alles andere ...«

»Er hat mir befohlen, die Person zu finden, die das Mikrofon in seiner Duschkabine installiert hat. Ich hätte ihm Ihren Namen nennen können, aber ich ziehe es vor, daß Sie freiwillig zu ihm gehen.«

»Verstehe.« Die junge Frau überlegte kurz. »Nun, in dem Fall bleibt mir wohl gar nichts anderes übrig, als mich freiwillig zu melden.«

Kirk wollte voll angekleidet unter die Ultraschalldusche treten – seit der unfreiwilligen Gesangsvorstellung verzichtete er auf Wasser und Dampf –, als der Türmelder summte.

Anitra Lanter stand vor dem Schott.

»Kommen Sie herein, Fähnrich.« Kirk ahnte nichts, fragte sie nach dem Grund für den Besuch.

»Ich bin gekommen, um zu beichten, Captain«, sagte die junge Frau.

Sie wirkte zerknirscht genug, aber in ihren Augen bemerkte Kirk ein schelmisches Blitzen, das neuerlichen Ärger in ihm entstehen ließ. »Ich verstehe. Würden Sie mir bitte erklären, was Sie dazu veranlaßte, ein Mikrofon in meiner Kabine zu verstecken?«

Anitra sah zu Boden. Aus Scham oder Verlegenheit? Oder versuchte sie nur, ihren Schalk zu verbergen? »Ich glaube, ich hielt das für … komisch, Sir.«

»Komisch«, wiederholte der Captain tonlos. »Wissen Sie, daß man Ihnen Einbruch in das Quartier eines vorgesetzten Offiziers zur Last legen könnte? Und Sabotage in Hinsicht auf das Kommunikationssystem und Spocks Computer?«

»Ja, Sir«, bestätigte Anitra kleinlaut. Es klang aufrichtig.

»Ich könnte einen offiziellen Verweis in Ihre Personalakte eintragen und Sie von Bord schicken. Ist Ihnen das klar?«

»Ja, Sir.«

»Aber das wäre Verschwendung Ihres Erfindungsreichtums. Da Sie so gut mit technischen Dingen umgehen können, gebe ich Ihnen einen Auftrag, der allein Ihre Freizeit betrifft und Sie beschäftigt halten wird. Chefingenieur Scott braucht Hilfe bei der Triebwerksüberholung. Haben Sie jemals einen Raumschiffantrieb gewartet, Fähnrich?«

»Nein, Sir«, antwortete Anitra und fügte mit einer Spur Frechheit hinzu: »Vermutlich hatte ich bisher Glück.«

Kirk nickte zufrieden. Erfahrene Ingenieure benötigten etwa einen Tag, um ein Triebwerk zu überholen – technische Genies wie Scotty schafften das in einigen Stunden. Doch jemand, der sich mit solchen Dingen überhaupt nicht auskannte, brauchte vielleicht eine Ewigkeit dazu. »Für dieses Projekt sind für gewöhnlich zwei Männer und ein voller Arbeitstag notwendig. Nun, die entsprechenden Techniker würden es sicher zu schätzen wissen, eher fertig zu werden und ihren Landurlaub anzutreten. Ich überlasse ihre Arbeit Ihnen, Fähnrich – und gleichzeitig werden Sie auch Ihre anderen Pflichten wahrnehmen. Sie überholen das Triebwerk nur in der Freizeit. Haben Sie mich verstanden?«

»Ja, Sir«, erwiderte Anitra. »Bekomme ich ebenfalls Landurlaub, wenn ich rechtzeitig fertig bin, Sir?« fragte sie schüchtern.

Kirk schmunzelte. »Selbstverständlich, Fähnrich.« *Bis dahin ist der Landurlaub auf Vulkan nur mehr eine Erinnerung, die sie nicht mit dem Rest der Besatzung teilt,* dachte er.

Plötzlich lächelte Anitra fröhlich. »Ist das alles, Sir?«

»Ja«, sagte Kirk selbstgefällig. *Sie wird bald herausfinden, daß es mehr als genug ist.*

Jeden Tag war die Falle leer, während *etwas* die Rosensträucher systematisch zerstörte, einen nach dem anderen. Zwei weitere tote Tiere wurden entdeckt und in der Verbrennungsanlage eingeäschert.

An einem Abend, als sich die Gäste zurückgezogen hatten, beschloß Amanda, mit ihrem Mann zu sprechen. Er war natürlich noch nicht zu Bett gegangen, sondern saß in seinem Arbeitszimmer. Seit einiger Zeit schien er kaum mehr zu schlafen.

Das Kontrollmodul identifizierte Amandas Stimme, und daraufhin öffnete sich die Tür des Büros. Sarek sah auf, als seine Frau hereinkam, und er stellte sofort fest, daß sie recht erregt war – obgleich sie sich so ruhig und anmutig bewegte wie sonst. Die Augen verrieten sie, ebenso die leicht zusammengepreßten Lippen.

»Sarek«, begann Amanda in einem täuschend gelassenen Tonfall, »hast du das Ahn vahr deines Vaters aus irgendeinem Grund fortgebracht?« Das zweischneidige Schwert befand sich schon seit Jahrhunderten im Besitz von Sareks Familie und nahm einen Ehrenplatz an der Wand des zentralen Zimmers ein, erinnerte dort an die kriegerische Vergangenheit Vulkans. *Bitte,* flehten Amandas Augen. *Sag ja. Sag mir, daß du es genommen hast, um es reinigen zu lassen.*

»Nein«, erwiderte Sarek. »Fehlt es?«

Amandas Lippen bildeten einen dünnen Strich. »Komm mit mir«, sagte sie. »Sieh es dir selbst an.«

Sarek erhob sich wortlos und folgte seiner Frau ins zentrale Zimmer. Das Ahn vahr fehlte tatsächlich, und außerdem ... Das Porträt, das Mutter und Sohn zeigte, hing verkehrt herum.

»Wer hat das getan?« fragte Amanda leise. »Wem könnte daran gelegen sein, mich so zu erschrecken?« Dies war Vulkan, nicht die Erde. Seit fünftausend Jahren hatte sich hier nichts Irrationales oder Verrücktes zugetragen – sah man einmal vom Touristenviertel ab.

Sarek schwieg noch immer, ging zum Bild und hängte es richtig auf. Nach einer Weile sagte er: »Ich aktiviere das Sicherheitssystem und gebe unseren Gästen den Zugangscode.«

»Nicht Starnn«, stieß Amanda hervor. Irgend etwas

zwang sie zu diesem Einwand. »Nur Silek. Starnn braucht den Code gar nicht. Du begleitest ihn immer hierher.«

Sarek starrte auf die leere Stelle an der Wand. »Wie du wünschst, Amanda.«

Zweifellos waren es die strengen Gebote der vulkanischen Gastfreundschaft, die Spock zwangen, Kirk und McCoy zu seinen Eltern nach ShiKahr einzuladen. Kirk nahm die Einladung aus reiner Höflichkeit an, wies jedoch darauf hin, daß zumindest einige Stunden des Landurlaubs weniger förmlichen Zwecken gewidmet werden sollten. McCoy erklärte sich einverstanden, weil er Anitra im Auge behalten wollte. Als er hörte, daß sie gar nicht mitkam, schmollte er stumm auf der Transporterplattform und dachte an die angenehme Zeit, die er unter anderen Umständen in den Bars des Touristenviertels von ShanaiKahr verbracht hätte.

Scott wollte gerade den Transfer einleiten, als Anitra den Raum betrat. Sie nickte den Anwesenden fröhlich zu und blieb neben Spock auf der Plattform stehen.

»Fähnrich Lanter.« Kirk bedachte sie mit einem finsteren Blick. »Haben wir nicht eine Vereinbarung getroffen?«

Sie blinzelte unschuldig. »Gibt es ein Problem, Sir? Wenn ich mich recht entsinne, erlaubten Sie mir, meinen Landurlaub nach der Triebwerksüberholung anzutreten.«

»Aye«, warf Scott ein, bevor der Captain protestieren konnte. »Ich gabe ganz vergessen, Ihnen dafür zu danken, Sir. Es war wirklich nett von Ihnen, mir Dr. Lanter als Aushilfe zu schicken. Ich hatte keine Ahnung, daß sie sich bestens mit der Wartung von Triebwerken auskennt.«

»Das ist keineswegs der Fall«, widersprach Anitra hastig, als sie Kirks verärgerten Blick bemerkte. »Ich schwöre, daß ich zum erstenmal dabei geholfen habe.«

»Das nehme ich Ihnen nicht ab«, erwiderte Scott und wandte sich an den Captain. »Sie ist ein echtes Phänomen, Sir. Hat keine einzige Frage gestellt und wußte doch immer genau, worauf es ankam – noch bevor ich es ihr erklärte. Und sie erledigte die Arbeit genau so, wie ich sie durchgeführt hätte. Es war geradezu unheimlich. Wir wurden in der halben Zeit fertig. Normalerweise muß ich mich mindestens hundertmal wiederholen, bevor ein Grünschnabel begreift, worum's geht.«

»Ich verstehe«, sagte Kirk langsam und musterte die junge Frau aufmerksam.

»Nun, Sir, nochmals besten Dank dafür, daß Sie mir Dr. Lanter geschickt haben.«

Anitra lächelte besonders strahlend. Wenn in ihren Zügen Selbstgefälligkeit zum Ausdruck gekommen wäre, hätte Kirk sie von der Plattform geschickt, aber sie wirkte einfach nur froh und zufrieden. Aus diesem Grund beschränkte sich der Captain auf einen mißbilligenden Blick.

Aus irgendeinem Grund fiel es Scott schwer, den Transferfokus auf das Innere des Hauses zu richten, in dem Spocks Eltern lebten, und deshalb wählte er eine Stelle außerhalb des Gebäudes. Unmittelbar nach der Rematerialisierung formulierten Kirk und McCoy stumme Flüche, die Starfleet im allgemeinen und Komack im besonderen galten: Das Klima konnte nicht einmal dann als angenehm bezeichnet werden, wenn man besonders großzügige Maßstäbe anlegte. Es war früher Abend, kurz vor Sonnenuntergang, und noch immer heulte der Wind des Nachmittags. Die Brise – wenn man sie so nennen durfte – änderte nichts an der Hitze, die McCoy auf mindestens fünfundvierzig Grad Celsius schätzte. Sie schien sogar noch heißer zu sein als die unbewegte Luft, wirbelte feinen Sand auf, der in den Augen brannte.

McCoy fragte sich laut, warum sich eine so fortgeschrittene Zivilisation mit Straßen aus Sand begnügte.

Spock schenkte ihm keine Beachtung und berührte eine kleine Metallplatte an der Mauer vor ihnen. Er wirkte überrascht, als nichts geschah.

»Das erklärt vielleicht unsere Probleme mit dem Transporter, Captain. Ich glaube, das Sicherheitssystem ist eingeschaltet.«

Kirk wischte sich Schweiß von der Stirn und schirmte die Augen ab. »Ich dachte, man erwartet uns.«

Spock hob kurz die Schultern. »Meine Eltern wissen, daß wir kommen. Seltsam. Dieses Sicherheitssystem wurde seit zwanzig Jahren nicht mehr benutzt.«

»Hoffentlich haben Sie nicht den Zugangscode vergessen.« McCoys Stimme klang fast schrill, als er versuchte, das Heulen der Böen zu übertönen. »Hier draußen gefällt's mir nicht sehr.« Leiser fügte er hinzu: »Was für ein erbärmlicher Ort für einen Landurlaub.«

Spock drehte den Kopf und hob eine Braue, gab jedoch keine Antwort. Statt dessen strich er wie beiläufig mit den Fingerkuppen über die Metallplatte. Das große Tor öffnete sich.

Das Haus bot ein typisches Beispiel für die vulkanische Architektur: ein unscheinbares, kuppelförmiges Gebäude, das sich nicht von den anderen Häusern unterschied, ganz gleich, ob man sie vor tausend Jahren oder erst gestern errichtet hatte. Zur großen Erleichterung der Terraner war es im Innern kühler und nicht ganz so trocken. Zwar blieb die Temperatur recht hoch, aber es herrschten fast angenehme Bedingungen für Menschen. *Kein Wunder,* dachte Kirk. *Amanda wohnt hier.*

Sie schritten durch ein langes Foyer und erreichten einen großen und offenen Raum, der offenbar dazu diente, Gäste zu empfangen.

»Warten Sie hier«, sagte Spock und ging fort.

Kirk lächelte – das Haus erinnerte ihn sehr an seinen Ersten Offizier. Draußen voll und ganz vulkanisch, aber drinnen unübersehbare menschliche Aspekte: ein altes

Klavier, ein sehr bequem wirkendes Sofa, das nur von der Erde stammen konnte, und an der einen Wand, neben einigen Waffen aus der Vergangenheit Vulkans, ein Porträt, das Mutter und Sohn zeigte.

Spock kehrte kurze Zeit später zurück. Dünne Falten zeigten sich in seiner Stirn und wiesen darauf hin, daß er zu Hause etwas anderes erwartet hatte. »Meine Mutter unterrichtet derzeit, aber ich habe damit gerechnet, daß mein Vater und einige Gäste zugegen sind. Vielleicht wurden sie irgendwo aufgehalten.«

Anitra betrachtete das Porträt verträumt. »Ihre Mutter?«

Spock nickte. »Das Bild entstand vor sechsundzwanzig Jahren.«

»Sie ist sehr schön.«

Der Vulkanier brummte zustimmend.

»Es wäre höflich, ihr für das Kompliment zu danken«, sagte McCoy.

Spock wölbte beide Brauen. »Ich bin nicht für die Ästhetik meiner Mutter verantwortlich, Dr. McCoy. Also kann ich dafür kein Verdienst in Anspruch nehmen.« Einige Sekunden lang sah er geistesabwesend an die Wand. »Sonderbar ...«

»Was ist denn?« fragte Kirk. »Fehlt etwas?«

»Ja. Eine Antiquität. Vielleicht hat mein Vater sie für eine Reparatur mitgenommen. Nun, ich vernachlässige meine Pflichten als Gastgeber. Bitte setzen Sie sich. Sie möchten bestimmt etwas Alkoholisches zu trinken, Doktor.«

McCoy nahm überrascht auf der Couch Platz. »Haben Ihre Eltern solche Getränke im Haus?«

»Sie empfangen häufig Gäste. Und meine Mutter genehmigt sich ab und zu ein Gläschen. Whisky? Und Sie, Captain – einen Brandy?«

Kirk und McCoy lächelten und zuckten kurz mit den Achseln, bevor sie nickten. Spock, der den Barkeeper spielte ...

Vielleicht wird der hiesige Aufenthalt angenehmer, als wir befürchtet haben, dachten Arzt und Captain.

»Dr. Lanter?«

Anitra war zum anderen Ende des Zimmers gegangen, blickte aus dem Fenster und beobachtete die Wüste. »Für mich nichts, danke«, antwortete sie heiter.

Spock ging, um die Getränke zu holen.

»Sie sollten sich den Garten ansehen«, sagte die junge Frau, während sie Kirk und McCoy den Rücken zukehrte. »Er wirkt herrlich im Vergleich mit der Ödnis ...« Sie brach ab und versteifte sich plötzlich.

»Was ist?« fragte McCoy.

»Ich glaube, dort draußen liegt jemand.«

»Sie wollen uns nicht zufällig auf den Arm nehmen, oder?« Kirks Stimme klang kühl.

Anitra drehte sich langsam um, und ein Blick in ihr Gesicht genügte. Die beiden Männer sprangen auf und eilten zum Fenster.

»Da drüben.« Anitra streckte die Hand aus. »Zwischen den Büschen.«

»Spock!« rief Kirk.

Der Vulkanier kam mit den Gläsern zurück, und es war überhaupt keine Erklärung notwendig. Er folgte Kirks Blick zum Fenster und sah ebenfalls nach draußen.

»Captain, würden Sie bitte hier bei Anitra bleiben? Doktor, wenn Sie so freundlich wären, mich zu begleiten ...«

McCoy wußte natürlich, warum er mitkommen sollte. Lebende Personen lagen nicht völlig reglos in irgendwelchen Dornbüschen.

Es überraschte ihn kaum, als er kurz darauf niederkniete und den Tod des Mannes feststellte. Er fühlte sich nicht einmal schockiert, als er die tödlichen Stichwunden sah. Etwas anderes beeindruckte ihn weitaus mehr: Der Tote wirkte wie ein um vierzig Jahre gealterter Spock.

Er neigte den Kopf zur Seite und musterte den Ersten Offizier der *Enterprise.* »Ein Verwandter von Ihnen?«

Spock nickte. »Ich glaube, er ist – war – mein Onkel.« Er sah Silek nun zum erstenmal. Das Gesicht wirkte ruhig, obgleich die Dornen des letzten verbliebenen Rosenstrauchs lange Kratzer darin hinterlassen hatten. Zum Glück verwehrte das Blut einen direkten Blick auf die Wunden.

»Das Ahn vahr«, sagte Spock plötzlich.

»Wie bitte?«

»Eine alte Waffe, die an der Wand fehlt. Vielleicht wurden die Wunden von ihr verursacht.«

McCoy stand auf. »Wer könnte ein Interesse daran haben, Ihren Onkel zu ermorden?« fragte er ernst.

Sarek und Amanda waren heimgekehrt, und kurze Zeit später kam eine Repräsentantin der vulkanischen Sicherheitszentrale. Erst dann fiel ihnen ein, nach Starnn zu suchen. Er lag auf dem Boden des Gästezimmers, das Ahn vahr noch immer im Herzen – offenbar hatte er rituellen Selbstmord begangen. Die Sicherheitsbeamtin kündigte eine genaue Untersuchung der Waffe und beider Leichen an. Sie vermutete, daß sich an dem Schwert auch Spuren von Sileks Blut feststellen ließen. Trotzdem bat sie die Gruppe von der *Enterprise* höflich darum, bis zum Abschluß der Ermittlungen am folgenden Tag auf Vulkan zu bleiben. McCoy drückte es folgendermaßen aus: »Wir sollen die Stadt nicht verlassen.« Kirk bedauerte das sehr. Er hätte es vorgezogen, zusammen mit seinen Begleitern ins Raumschiff zurückzukehren, um Spocks Familie nicht in ihrer Trauer zu stören. Amanda war zutiefst erschüttert, weinte jedoch nicht – zumindest nicht, solange man sie hören konnte. Sarek nahm den Tod seines Bruders mit eherner Ruhe hin.

Und so verbrachten sie die Nacht auf Vulkan: Anitra im einen Gästezimmer, Kirk und McCoy im anderen,

Spock in seinem alten Zimmer. Unter den gegebenen Umständen schlief niemand besonders gut.

Anitra träumte von Mord, vom alten weißhaarigen Vulkanier mit dem Schwert im Herzen, von Spocks Onkel und den Kratzern in seinem Gesicht. Es waren nicht etwa diese schrecklichen Bilder, die sie weckten, sondern ein seltsames Geräusch – ein gleichmäßiges Summen, so als schlügen Tausende von winzigen Schwingen. Sie spürte es eher, als daß sie es hörte, doch das dumpfe Vibrieren ging eindeutig auf eine externe Ursache zurück. Es lockte sie vom Bett und in den großen zentralen Raum.

Die junge Frau verharrte am Gartenfenster, sah hell funkelnde Sterne und hielt eine Zeitlang nach Sol Ausschau. Die Sonne der Erde war kaum mit bloßem Auge zu erkennen, aber Anitra fand sie schließlich als blassen Punkt am schwarzen Himmel. Wenn man auf Terra weilte, brauchte man einen Feldstecher oder ein Teleskop, um Eridani zu sehen – es lag an der Helligkeit des Mondes. Hier zeigten sich die Sterne in ihrer ganzen Pracht, denn es gab keinen Mondschein, der ihren Glanz schmälerte. Andererseits: Es fiel Anitra schwer, sich in der Finsternis zu orientieren. Sie ging barfuß, mit langsamen, vorsichtigen Schritten, streckte dabei die eine Hand aus, um nicht gegen Möbel zu stoßen – sie wußte, daß die schlafenden Vulkanier weitaus besser hörten als Menschen.

Anitra durchquerte das zentrale Zimmer und blieb vor einer Tür stehen, von deren Kanten ein schwaches Glühen ausging. Ihr Herz klopfte heftiger. Kein Zweifel: In dem anderen Raum befand sich das Etwas, das sie geweckt hatte. Sie strich mit den Fingerspitzen so behutsam über die Tür, daß der Berührungssensor nicht reagierte, schloß die Augen und lauschte. *Sie* weilten in der Kammer.

Eine plötzliche Präsenz in ihrer unmittelbaren Nähe erschreckte Anitra. Sie drehte sich ruckartig um und schnappte nach Luft. Schatten umhüllten ein vulkanisches Gesicht, doch die junge Frau spürte Spocks Anwesenheit.

»Was wir suchen, hält sich dort drin auf«, flüsterte sie so leise, daß nur Spock ihre Stimme vernahm.

»Sind Sie sicher?«

Anitra nickte und wußte, daß er in der Dunkelheit besser sehen konnte als sie.

»Warum ist es noch hier, obgleich Starnn den Tod fand?«

»Keine Ahnung. Aber ich spüre es ganz deutlich.« Die junge Frau wandte sich wieder der Tür zu. »In dem Zimmer befindet sich niemand, zumindest keine Person. Ich möchte der Sache auf den Grund gehen.«

Spock wollte widersprechen, fand jedoch kein logisches Argument. Anitra verstärkte den Druck ihrer Finger; daraufhin wurde der Kontaktsensor aktiv und öffnete die Tür. Dr. Lanter trat ein, gefolgt von Spock.

Im Arbeitszimmer brannte kein Licht, doch von der kleinen schwarzen Ellipse auf Sareks Schreibtisch ging ein mattes Lumineszieren aus, das der Dunkelheit Konturen entriß.

»Dort drin«, sagte Anitra leise und betrachtete das Objekt.

»Seien Sie vorsichtig«, erwiderte Spock, aber Anitra war viel zu fasziniert, um auf ihn zu hören. Als sie sich dem Gegenstand näherte, flackerte das Glühen und wich fort.

Innerhalb weniger Sekunden verblaßte das diffuse Schimmern, und der Deckel des Kastens klappte nach oben.

Anitra drehte abrupt den Kopf zur Seite und fing Spocks Blick ein. »Raus hier«, zischte sie. »*Sofort!*«

Sie liefen beide zur Tür. Anitra keuchte leise, als sie gegen jemanden stieß, sprang hastig einen Schritt zurück.

Sarek stand voll angekleidet vor ihnen und erweckte

den Eindruck, als sei er überhaupt nicht zu Bett gegangen. Er musterte Anitra und Spock streng, starrte dann zur offenen Tür. Erneut kroch das seltsame Glühen durchs Arbeitszimmer.

Sehen Sie ihn nicht an, wisperte es hinter Spocks Stirn. Es war nicht sein eigener Gedanke, aber die fremde mentale Stimme klang so drängend, daß er gehorchte.

»Dr. Lanter konnte nicht schlafen«, erklärte er seinem Vater und blickte respektvoll zu Boden. »Ich hörte ein Geräusch und ging hierher, um nach dem Rechten zu sehen.«

»Angesichts der jüngsten Ereignisse sollte sie des Nachts nicht durchs Haus wandern«, erwiderte Sarek kühl.

»Diesen Rat werde ich von jetzt an beherzigen«, sagte Anitra kleinlaut, wandte sich um und eilte zu ihrem Zimmer. Spock verbeugte sich vor seinem Vater und folgte ihr.

Sarek sah ihnen einige Sekunden lang nach und betrat dann sein Büro.

»Es tut mir leid.«

Anitra und Spock saßen im Gästezimmer und hatten das Licht eingeschaltet.

»Warum entschuldigen Sie sich?« fragte er. »Durch Ihre rechtzeitige Warnung konnten wir beide entkommen. Außerdem ist es nicht Ihre Schuld, daß sich das Böse im Haus meiner Eltern eingenistet hat.«

Anitras leise Stimme klang ein wenig heiser. »Es ist noch schlimmer, als Sie glauben, Spock.«

Der Vulkanier sah sie fragend an und begann zu ahnen, was die junge Frau meinte.

»Das Wesen, mit dem Sie eben gesprochen haben ... Es ist nicht mehr Ihr Vater.«

Spock verschränkte die Arme, aber Anitra kannte ihn inzwischen gut genug, um zu wissen, daß seine Gelassenheit nur eine Maske darstellte. »Ich habe es bereits vermutet.« Er holte tief Luft. »Obwohl ich hoffte, mich zu irren. Dieser Umstand ändert unsere Pläne.«

»Nein. Noch nicht. Morgen suchen wir trotzdem die Akademie auf.«

»Meine Mutter muß gewarnt werden«, sagte Spock fest. »Es bleibt ihr gar keine andere Wahl, als dieses Haus zu verlassen. Hier droht ihr Gefahr.«

»Wenn sie versucht, sich in Sicherheit zu bringen ... Dann schöpft Sarek Verdacht und folgt ihr. Und er wird wahrscheinlich zu dem Schluß gelangen, daß wir sie gewarnt haben. Derzeit mißtraut er uns noch nicht. Er weiß nur, daß wir aus irgendeinem Grund zu seinem Arbeitszimmer gegangen sind. Nein, wir dürfen kein Risiko eingehen. Noch nicht.« Anitra ahmte Spock unbewußt nach, indem sie ebenfalls die Arme verschränkte.

»Aber die Gefahr ...«

»Sie betrifft nur diejenigen, die Bescheid wissen oder etwas ahnen. Ihr Onkel wurde argwöhnisch und benachrichtigte Starfleet. Deshalb brachte man ihn um. Wollen Sie riskieren, daß es Ihrer Mutter – oder uns – ebenso ergeht?«

Spock sah an die Wand und überlegte. Nach einer Weile sagte er: »Sobald wir feststellen, daß Amandas Sicherheit bedroht ist ...«

»Wir kümmern uns darum. Und bis dahin sprechen wir mit niemandem darüber.«

»Nun gut.« Spock warf Anitra einen finsteren Blick zu, den sie nicht zu interpretieren vermochte, und dann verließ er das Zimmer.

Offenbar waren sie nicht die einzigen, die an Schlaflosigkeit litten – McCoy stand im Korridor.

»Ich glaubte, etwas gehört zu haben«, sagte er leise. »Aber ich dachte zunächst, daß mir meine Ohren einen Streich spielten. Ist es nicht ein wenig spät, um über Physik zu diskutieren, Spock?«

Der Vulkanier wollte wortlos an dem Arzt vorbeigehen, doch McCoy versperrte ihm den Weg.

»Ihnen dürfte klar sein, welchen Anschein dies erweckt.« McCoy sprach in einem sarkastischen Tonfall, und gleichzeitig ließ sich in seiner Stimme eine deutliche Schärfe vernehmen, deren Grund Spock ein Rätsel blieb.

»Ich brauche Ihnen nichts zu erklären, Doktor«, erwiderte er und schob sich an dem Arzt vorbei. McCoy blieb eine Zeitlang stehen, und in seinen Augen glühte Eifersucht.

Die vulkanische Sicherheitszentrale hatte nicht zuviel versprochen. Am nächsten Morgen, nach einigen weiteren Fragen, wurde die Aufenthaltsbeschränkung für Kirk und seine Begleiter aufgehoben.

McCoy ärgerte sich darüber, daß man nur von den Terranern verlangte, sich einem Verifikationstest zu unterziehen.

»Er ist zur einen Hälfte Mensch«, wandte er sich an den vulkanischen Sicherheitsbeamten, der den Verifikator vorbereitete.

Mit dem Daumen deutete er auf Spock. »Wenn er deshalb nicht lügen kann, müßte er wenigstens zu Übertreibungen in der Lage sein, oder?«

Der Vulkanier entschied weise, daß diese Frage keine Antwort verdiente.

Sie überließen Amanda und Sarek ihrem Kummer. Spock lud Anitra zu einer Tour durch die vulkanische Akademie der Wissenschaften ein, und die junge Frau nahm das Angebot begeistert an – trotz der heftigen Einwände McCoys. Kurz darauf machten sich Jim Kirk und der Arzt auf den Weg zu einer der Touristenbars in ShanaiKahr.

Irgend etwas riß Amanda aus dem Schlaf, und sie richtete sich auf, enttäuscht von dem plötzlichen Erwachen. Seit Sileks Tod fand sie kaum mehr Ruhe. Immer wieder kehrten ihre Gedanken zu den schrecklichen Umständen zurück, unter denen Sareks Bruder gestorben war, und vages Grauen entstand in ihr, wenn sie an Starnns Veränderungen dachte. Jetzt, am Nachmittag, verbannte angenehme Mattigkeit die Furcht aus ihr, doch der innere Frieden währte nicht lange.

Das Buch, in dem sie gelesen hatte, lag noch immer auf ihrem Schoß – ein altes Buch, gebunden in Leder und Leinen. Hunderte von alten Bänden standen in den Regalen ihrer Bibliothek, und der Geruch von Staub und Papier ließ eine gewisse Wehmut in Amanda entstehen. Sie sah auf das Buch hinab und erinnerte sich daran, es schon als Kind gelesen zu haben. Der Text fesselte sie immer wieder, doch diesmal war sie eingeschlafen. Sie seufzte, schloß den Band, stellte ihn ins Regal zurück und hielt nach einem anderen Ausschau. Mit den Fingerkuppen strich sie über die rissigen Rücken, entdeckte jedoch nichts Interessantes. Verärgert und völlig wach ließ sie sich in den Sessel sinken.

Einige Sekunden später bemerkte sie ein Buch, das auf dem nahen kleinen Tisch lag. *Briefe von der Erde,* lautete der Titel. Sie hatte es beiseite gelegt, um es später zu lesen – und es dann vergessen.

Amanda griff danach, strich über das vergoldete Leder und lächelte traurig; Silek hatte sich daran erinnert, wie sehr sie solche Dinge mochte. Sie konnte darauf verzichten, das Buch in der Mitte aufzuschlagen und vorsichtig nach vorn zu blättern: Der Rücken war bereits einmal gebrochen und repariert worden, und die einzelnen Seiten wirkten abgegriffen. Bedrückt und gleichzeitig gerührt begann Amanda zu lesen.

Hinter der Inhaltsangabe vor dem ersten Kapitel löste sich ein Blatt und segelte zu Boden. Amanda beugte sich vor, um es aufzuheben. Sie glaubte, es handele sich um ein Lesezeichen oder einen alten Brief. Doch das Papier war völlig neu.

Ehrenwerte Amanda,

ich schreibe Dir jetzt zum ersten- und gleichzeitig letztenmal. Ich habe den ermordeten Starnn gefunden und weiß, daß auch mir der Tod bevorsteht. Trauere nicht um mich.

Was ich Dir jetzt berichte, ist die reine Wahrheit, und so unglaublich sie auch klingen mag: Es kommt darauf an, sofort etwas zu unternehmen, ohne in Panik zu geraten. Jenes Böse, das den Hydrilla-Sektor zerstörte, hat überlebt und Starnn infiziert. T'Ylle schöpfte Verdacht und bezahlte dafür mit ihrem Leben. Zu meinem großen ..., es folgte ein archaischer Ausdruck, und Amanda vermutete, daß er ›Kummer‹ bedeutete, *muß ich eingestehen, daß ich Unheil in dein Haus brachte.*

Ich rate Dir dringend, Sarek sofort zu verlassen und diesen Brief den Behörden zu geben. Sprich nicht mit Deinem Mann darüber; daraus könnten sich fatale Konsequenzen für Dich ergeben.

Glück und langes Leben, Schwester.

SILEK

Amanda stand auf und ging ins Schlafzimmer, viel zu benommen, um einen klaren Gedanken zu fassen. Ihr Mann schlief zum erstenmal seit einigen Tagen, und sie blieb neben dem Bett stehen, starrte wie in Trance auf ihn hinab. Sie spürte eine seltsame Leere in ihrem Innern, als sie beobachtete, wie sich Sareks Brust in regelmäßigen Abständen hob und senkte. Nach einer Weile bewegte er sich, tastete mit der einen Hand zur Stirn. Im grauen Licht sah Amanda, daß die Hände und Unterarme zerkratzt waren.

Irgendein ruhiger, kühler und losgelöster Teil ihres Selbst überlegte, woher die Kratzer stammten.

Jähe Unruhe zitterte in ihr. *Eine logische Erklärung,*

dachte sie mit wachsender Verzweiflung. *Bestimmt gibt es eine logische Erklärung …*

Doch der andere Teil ihres Ichs fragte: *Wer hat Silek getötet, wenn Starnn vor ihm starb?*

Die Verzweiflung verschmolz mit Panik, brodelte wie mentale Lava und gab keine Antwort, die nicht aus Worten bestand, sondern aus einem Bild: Amanda stand mit Silek im Garten und sagte: »Als emotionale Terranerin hoffe ich, daß es sich dabei ordentlich an den Dornen stach.«

Entsetzen zerriß den Kokon kühler Ruhe, und nur mit Mühe widerstand Amanda der Versuchung, laut zu schreien. Sie schlich aus dem Schlafzimmer und kehrte zur Bibliothek zurück. Dort wandte sie sich sofort dem Kom-Schirm zu, stellte mit zitternden Händen die richtige – und für sie ungewohnte – Frequenz ein. Nach einigen erfolglosen Versuchen verklang das Rauschen der Statik.

»Hier spricht Amanda Grayson vom Planeten Vulkan. Ich rufe die U.S.S. *Enterprise.*«

»*Enterprise,* Lieutenant Uhura.«

»Bitte verbinden Sie mich mit Commander Spock. Es ist dringend.«

»Commander Spock befindet sich noch immer auf dem Planeten, Ma'am. Soll ich seinen gegenwärtigen Aufenthaltsort feststellen?«

Eine überaus kräftige Hand schloß sich um Amandas Unterarm. »Antworte mit ›nein‹«, hauchte Sarek.

»Nein«, sagte Amanda.

KAPITEL 4

»Wie wollen Sie die Informationen abrufen?« fragte Anitra. Sie befanden sich in Sareks Büro, das zur neuen Physik-Sektion in der Akademie gehörte, und die Tür hinter ihnen war geschlossen. Spock saß am Terminal und gab Daten ein, während ihm Dr. Lanter über die Schulter sah und auf den Monitor starrte.

»Kein Problem«, erwiderte der Vulkanier. »Die Dateien der Sicherheitszentrale sind nicht mit Zugangscodes geschützt.« Er lehnte sich zurück, als Hieroglyphen auf dem Bildschirm leuchteten.

Anitra runzelte die Stirn. »Mein Vulkanisch ist nicht besonders gut.«

»Seit der Rückkehr der Expedition kam es zu elf Mordfällen.« Spocks Finger huschten über die Tasten, und daraufhin erschienen andere Zeichen.

»Auf dem ganzen Planeten?« erkundigte sich Anitra.

Spock nickte. »Sieben Morde fanden im Touristenviertel statt, doch die anderen betreffen Vulkanier.«

»Erstaunlich«, murmelte Anitra. »Vier Vulkanier, die in diesem Zeitraum eines gewaltsamen Todes starben. In einer irdischen Stadt wären an nur einem Tag mehr Menschen umgebracht worden.«

»Doch auf Vulkan gewinnen diese Vorfälle eine große Bedeutung. Seit tausend Jahren sind es die ersten Morde außerhalb des Touristenviertels.« Spock blickte wieder auf den Monitor. »Über zwei wissen wir bereits Bescheid. Zu den beiden anderen kam es in SriKahr und SuraKahr.« Er sprach einen kurzen Satz auf vulkanisch und wandte sich dann an seine Begleiterin. »Ich überprüfe jetzt die Namen der Forscher, die sich im Hydrilla-Sektor aufhielten.« Die Bildschirmdarstellung wechselte, und der Vulkanier nickte. »Ja, wie ich es mir dachte. Es sind Heimatstädte von Expeditionsmitgliedern.«

»Stellen Sie die individuellen Namen fest. Ich möchte wissen, ob sich die Wissenschaftler an Bord der *Enterprise* aufhielten, als al-Bas ...«

Anitra unterbrach sich, als Spocks Kommunikator summte. »Hier Spock.«

»Lieutenant Uhura, Sir. Ihre Mutter hat gerade Kontakt mit uns aufgenommen und wollte Sie sprechen. Sie betonte, es sei dringend. Ich habe ihr mitgeteilt, daß sie noch immer auf dem Planeten sind, aber als ich ihr anbot, Sie ausfindig zu machen, wurde die Verbindung plötzlich unterbrochen. Sie klang recht seltsam, und deshalb hielt ich es für besser, Sie zu verständigen.«

Spock stand auf. »Eine Entscheidung, die ich zu schätzen weiß, Lieutenant. Vielen Dank. Ich spreche mit meiner Mutter.«

»Nichts zu danken, Sir.«

Spock klappte den Kommunikator zu und drehte sich zu der jungen Frau um. »Bleiben Sie hier.«

»Nein.« Anitra verschränkte die Arme, schob das Kinn vor und gab sich ebenso entschlossen wie der Vulkanier. »Sie brauchen mich, und das wissen Sie – ohne mich wären Sie praktisch hilflos.«

»Nicht völlig ... Meine telepathischen Fähigkeiten sind nicht so stark ausgeprägt wie die Ihren, aber sie gewähren mir trotzdem einen gewissen Schutz vor den Wesen. Und erinnern Sie sich: Es geht um meine Familie. Ich bin besser mit ihren Gedanken vertraut.«

»Vielleicht sind es nicht mehr Ihre Eltern«, entgegnete Anitra leise. Ihre Wangen wirkten plötzlich sehr blaß. »Und vielleicht sind es nicht mehr ihre Gedanken ...«

»Zugegeben, Sie wären mir eine große Hilfe.« Spock musterte die junge Frau ernst. »Aber Ihr Überleben ist von äußerster Wichtigkeit für diese Mission, und Starfleet hat mich beauftragt, Ihre Sicherheit zu gewährleisten. Ich darf Sie nicht mitnehmen. Das Risiko ist zu groß.«

»Sie wissen ganz genau, daß Sie die Wesen ohne mich nicht daran hindern können, ihren Einfluß auszudehnen«, sagte Anitra, aber ihrer Stimme mangelte es an Überzeugung. Sie senkte den Kopf, als ihr kein besseres Argument einfiel.

»Vielleicht«, räumte Spock ein. »Aber Ihr Tod würde die Erfolgsaussichten Starfleets drastisch reduzieren. Ich ziehe es vor, uns einige Chancen zu bewahren.«

»Aber wir dürfen auch nicht riskieren, Sie zu verlieren, Spock. Versprechen Sie, daß Sie sich mit mir in Verbindung setzen, wenn die Lage kritisch wird.«

Der Vulkanier nickte und wußte, daß Anitra nicht vom Kommunikator sprach. »Vielleicht wäre es sicherer für Sie, nicht allein an diesem Ort zu bleiben. Hier in der Akademie fallen Sie sofort auf. Ich rate Ihnen, sich dem Captain und Dr. McCoy anzuschließen.« *Was einen weiteren Vorteil bietet,* dachte Spock. *Dann setzt mich der Doktor nicht mehr unter Druck.*

»Sie schlagen vor, daß ich eine Touristenbar besuche?« Anitra schnitt eine ungläubige Grimasse.

»Wer bist du?« fragte Amanda den Fremden. Sie versuchte, tapfer zu sein, obgleich Furcht breite Risse in ihrer Selbstsicherheit schuf. »Wo ist mein Ehemann?«

»Ich bin hier, Gemahlin«, erwiderte Sarek ruhig.

Amanda zeigte eine hochmütige Kühle, die jedem Vulkanier zur Ehre gereicht hätte. »Nein, du bist nicht Sarek. Wer oder was du auch sein magst: Ich spüre deutlich, daß sich mein Mann nicht in diesem Zimmer befindet. Was hast du mit ihm angestellt?«

Sarek grinste plötzlich, und dadurch wurde sein Gesicht zu einer Fratze. »Oh, er ist hier, Gemahlin, aber ... indisponiert. Derzeit kann er nicht mit dir sprechen.«

Bis zu diesem Augenblick hatte Amanda nicht gewagt, ihren Sinnen zu trauen. Jetzt erstarrte sie innerlich.

Sarek – der Fremde – trat auf sie zu, und Amanda wich zurück, bis sie die Regale der Bibliothek am Rücken spürte. Das Wesen vor ihr näherte sich, und sie spürte seinen Atem im Gesicht. Und dann lachte es. Es war ein schreckliches Geräusch, so gräßlich, daß Amanda die Hände an die Ohren preßte.

»*Du* ... hast Silek und Starnn umgebracht«, brachte sie hervor – und verlor die Kontrolle über ihre Stimme. Sie schrie wie in einem Traum: Von den Lippen löste sich kaum mehr als ein Flüstern.

Das Wesen knurrte und begann mit einem dumpfen Heulen, das immer lauter und schriller wurde, bis es Amanda nicht mehr ertragen konnte. Als es wieder sprach, klang die Stimme rauh und heiser, hatte überhaupt keine Ähnlichkeit mehr mit der Sareks.

»*Wir* ... haben sie getötet. Sarek war ziemlich bestürzt. Er weiß, was geschehen ist. Er weiß auch, daß wir jetzt mit dir reden, und seine Verzweiflung wächst.« Das Geschöpf lachte höhnisch. »Starnn gehörte zu uns, aber wir brauchten ihn nicht mehr. Und Silek ...« In Sareks Augen entstand ein unheimliches Glühen. »Silek wurde zu einer Gefahr.«

Der Fremde kam noch etwas näher, und ein grausames Lächeln umspielte seine Lippen. »Was jetzt auch für dich gilt, meine Liebe.« Er hob Sareks Hand, strich mit dem Zeigefinger wie zärtlich über Amandas Hals, bis hin zum Kinn. Sie versteifte sich und versuchte vergeblich, ein Stöhnen des Abscheus zu unterdrücken.

»Was sollen wir jetzt mit dir machen?« zischte das Wesen.

Später fragte sich Kirk, wie der Kampf begonnen hatte. Als Anitra sich ihnen in der Bar des Touristenviertels von ShanaiKahr hinzugesellte, waren McCoy und er nicht in dem Sinne betrunken, nur ein wenig angeheitert. Die Kneipe unterschied sich kaum von ähnlichen Etablissements in jeder großen Stadt, die über einen wichtigen Raumhafen verfügte: Sie war gut besucht, dunkel, angenehm kühl – und bemerkenswert sauber. Vulkanier gehörten nicht zu den Gästen – der Wirt stammte aus dem Rigel-System –, aber Kirk bemerkte einen vulkanischen Sicherheitsbeamten, der unmittelbar neben dem Eingang stand und mit seinen spitzen, sensitiven Ohren nach Geräuschen lauschte, die auf eine beginnende Prügelei zwischen den Außenweltlern hindeuteten.

»Na, das ist eine Überraschung«, brummte McCoy. Sein Georgia-Akzent stand in direktem Zusammenhang mit der Menge des konsumierten Alkohols. Mit anderen Worten: Er wurde immer deutlicher. »Sie haben wir hier nicht erwartet.«

Anitra lächelte, und ihr Gesicht wirkte überaus lebendig, als sie am Tisch Platz nahm und die Umgebung beobachtete.

Die Kellnerin hatte eine Serviette auf den Tisch geworfen, bevor sich Anitra setzte. »Nun?« fragte sie jetzt.

McCoy seufzte. »Wenigstens gibt es auf diesem Planeten einige Leute, die sich nicht so umständlich ausdrücken wie Vulkanier.«

»Was trinken Sie?« Anitra beugte sich vor und sah in die Gläser.

»Ich habe es endlich geschafft, den Captain davon zu überzeugen, daß Sour Mash viele Vorteile bietet«, verkündete der Arzt triumphierend und hob sein Glas. Anitra betrachtete skeptisch die bernsteinfarbene Flüssigkeit darin.

»Er meint Whisky«, erklärte Kirk. »Beziehungsweise amerikanischen Whiskey, mit einem ›e‹.«

»*Whiskey?*« McCoy fühlte sich offenbar in seiner Ehre verletzt. »Von wegen! Dies ist George Dickel Old Nr. 12 Brand – das beste Getränk in der zivilisierten Galaxis.«

»Ich verstehe.« Anitra hob die Brauen. »Und wie viele Gläser haben Sie bereits getrunken?«

»Drei«, antwortete McCoy.

»Vier«, berichtigte Kirk.

Anitra wandte sich an die wartende Kellnerin. »Bitte bringen Sie vier davon. Und stellen Sie sie in einer Reihe auf.«

»Wissen Sie, auf was Sie sich da einlassen?« fragte McCoy besorgt.

Anitra überlegte kurz. »Ja, ich glaube schon. Übrigens: Ich habe meine Medizin genommen, falls es Ihnen darum geht. Daher bin ich guter Hoffnung, daß mir dieses Zeug kein Loch in die Magenwand brennt. Außerdem ist es schrecklich langweilig, mit euch beiden zu reden, solange ihr einen solchen Vorsprung habt. Es gibt nichts Schlimmeres, als die einzige nüchterne Person unter Betrunkenen zu sein.«

Kirk warf McCoy einen amüsierten Blick zu. Der Arzt zuckte mit den Schultern. »Nun, wenn Sie unbedingt auf einen Schwips aus sind, sollten Sie sich wenigstens das Beste gönnen.«

»Wo ist Spock?« fragte Kirk. »Und wie war der Ausflug zur Akademie?«

»Er kommt nicht hierher«, erwiderte Anitra. »Soweit ich weiß, besucht er wieder seine Eltern. Und was die Akademie betrifft: Ich fand die Besichtigungstour sehr interessant. Etwas in der Art habe ich nie zuvor gesehen. Sie ist weit besser ausgestattet als die Starfleet-Akademie.«

»Besser vielleicht«, gestand Kirk ein. »Aber *weit* besser ...«

»Weshalb haben Sie beschlossen, uns hier Gesellschaft zu leisten?« erkundigte sich McCoy.

»Eigentlich stammte der Vorschlag von Spock.«

»Von Spock?«

»Ja. Er meinte, ich sollte mich ein wenig entspannen, den Landurlaub nutzen, um mich zu vergnügen.«

McCoy starrte die junge Frau verdutzt an.

Die Kellnerin kehrte zurück. »Viermal Sour Mash.« Sie stellte die Gläser vor Anitra auf den Tisch. »Bitte zahlen.«

»Setzen Sie es auf meine Rechnung«, sagte Kirk.

»Danke.« Anitra lächelte und unternahm den wenig erfolgreichen Versuch, ihre Mähne aus rotem, widerspenstigem Haar zu glätten. »Das ist sehr nett von Ihnen, nachdem ich …«

»Erinnern Sie mich nicht daran«, erwiderte Kirk düster. Er trachtete danach, an seinem Ärger festzuhalten und die junge Frau unsympathisch zu finden, aber es gelang ihm nicht.

McCoy wollte ein Kichern unterdrücken, aber schließlich gab er es auf und lachte schallend, bis ihm Tränen über die Wangen strömten. »Sie haben uns wirklich reingelegt«, schnaufte er. »Mich, Spock, den Captain …«

Es war ansteckend. Kirk kämpfte zunächst dagegen an, doch dann erlag er ebenfalls der Heiterkeit. Aus Achtung vor dem Captain stimmte Anitra nicht mit ein und beschränkte sich darauf, weiterhin zu lächeln. »Wenn sich so etwas wiederholt, Fähnrich, fliegen Sie von Bord«, sagte Kirk lachend.

»Ja, *Sir*«, erwiderte die junge Frau leise. Sie neigte den Kopf zurück, setzte das Glas an die Lippen und leerte es mit einem Zug. Ruckartig stellte sie es ab und griff nach dem nächsten.

»Auf diese Weise werden Sie betrunken«, brachte McCoy hervor, noch immer ein wenig außer Atem. Etwa zu diesem Zeitpunkt bemerkte er zwei lange und sehr muskulöse Beine neben dem Tisch. Sie gehörten zu einem bemerkenswert massiven Körper: Der Hals des jungen Mannes war so dick wie McCoys Taille. Er trug die Uniform eines Wartungstechnikers – wahrscheinlich gehörte er zur Besatzung eines Frachters –, und über der linken Brusttasche bildeten drei aufgenähte Buchstaben den Namen ›Roy‹. Er strich sich rotblondes Haar aus der Stirn und sah auf Anitra hinab.

»Wie wär's, wenn Sie an meinem Tisch Platz nehmen? Mit jemandem in Ihrem Alter haben Sie bestimmt mehr Spaß.«

Von einem Augenblick zum anderen wurde Anitra so kalt wie Eis. Der unnahbare, fast hochmütige Gesichtsausdruck stand ihr ausgezeichnet, fand McCoy. Er tilgte die kindlichen Aspekte aus ihren Zügen, und dadurch gaben ihr die hohen Jochbeine etwas Exotisches und Katzenhaftes. »Nein, danke. Mein Arzt hat mir abgeraten, Umgang mit Idioten zu pflegen.«

Roy blinzelte und wußte offenbar nicht recht, was er von diesen Worten halten sollte. Er blieb stehen, schwankte ein wenig, begann mit einigen lauten, unfreundlichen Bemerkungen und unterstrich jede dritte Silbe, indem er mit dem Zeigefinger auf McCoy deutete.

»Warum wollen Sie bei diesen Typen bleiben? Die Kerle sind doch viel zu alt für Sie, meinen Sie nicht?« Roy starrte den Arzt an. »Meine Güte, *er* ist alt genug, um Ihr Vater zu sein.«

McCoy stand auf. Neben Roy wirkte er wie ein kümmerlicher Zwerg.

»Setz dich.« Kirk zog am Ellenbogen des Doktors.

»Erst wenn dieser Herr gegangen ist.« Zorn blitzte in McCoys Augen. »Verschwinden Sie. Lassen Sie die Dame in Ruhe.«

»Ich bin keine ›Dame‹«, wandte Anitra ein, aber man achtete nicht auf sie.

Roy lachte leise. »Willst *du* mir etwa irgendwelche Befehle geben, Bürschchen?«

»Wenn es sein muß«, erwiderte McCoy und nahm nur am Rande zur Kenntnis, wie lächerlich das klang.

Anitra trat zwischen Roy und den Arzt, wütend auf sie beide. »Ich brauche Ihre Hilfe nicht, Doktor. Und was *Sie* betrifft ...« Sie sah Roy an. »Hauen Sie ab, bevor ich *wirklich* sauer werde.«

»Setz dich«, wiederholte Kirk. Er hatte das überaus unangenehme Gefühl, den Anfang einer unvermeidlichen Katastrophe zu erleben.

»Ich verstehe.« Roy bedachte Anitra mit einem spöttischen Blick. »Wahrscheinlich treiben Sie sich mit diesen Lamettaträgern herum, weil Sie auf eine Beförderung hoffen.«

Kirk erinnerte sich an das ›Oh, nein!‹ McCoys, und die beiden Offiziere beobachteten, wie Anitra zu einem Schlag ausholte und ihre Faust in Roys Magengrube rammte. McCoy wollte galant sein und schloß sich den Bemühungen der jungen Frau an. Nur Kirk blieb vernünftig und benachrichtigte den Transporterraum der *Enterprise* gerade noch rechtzeitig: Als er zusammen mit McCoy und Dr. Lanter entmaterialisierte, griff der vulkanische Sicherheitsbeamte ein, führte Roy ab und brachte ihn vermutlich ins nächste Kittchen.

Offenbar hatte man das elektronische Schutzsystem desaktiviert, denn das Tor öffnete sich sofort, als Spock es berührte. Die Sonne ging unter, und mattes Zwielicht herrschte im Haus. Leise betrat Spock den langen Flur und horchte. Alles blieb still; im zentralen Raum regte sich nichts. Die Türen der anderen Zimmer waren geschlossen.

Hinter Spock ertönte ein dumpfes Pochen, und der Vulkanier wirbelte um die eigene Achse, hob den Phaser. Doch das Geräusch stammte nur von einem Silbervogel, der ans Gartenfenster gestoßen war. Das fedrige Geschöpf schüttelte sich und flog nach einigen Sekunden davon. Spock hielt es für besser, den Phaser schußbereit in der Hand zu halten – obgleich er nicht wußte, welche Wirkung Betäubungsstrahlen auf den veränderten Sarek hatten.

Langsam setzte er einen Fuß vor den anderen, so leise, daß ihn nicht einmal vulkanische Ohren hören konnten. An jeder Tür verharrte er kurz, dazu bereit, den Auslöser der Waffe zu betätigen, sobald der Zugang aufschwang. Er durfte auf keinen Fall zögern. Doch die Kammern – Sareks häusliches Büro, das Schlafzimmer seiner Eltern – waren leer.

Dann vernahm er ein gedämpftes Schluchzen, das aus einem anderen Bereich des Hauses kam, aus der Bibliothek. Mit langen, federnden Schritten eilte er zur Tür und stellte fest, daß sie von außen verriegelt war. Wer auch immer sich dahinter befand: Die betreffende Person konnte das Zimmer nicht verlassen. Trotzdem hob Spock den Phaser, als er das Schloß entriegelte.

Für den Bruchteil einer Sekunde erschien ihm die Frau mit den weit aufgerissenen Augen als Fremde. Nur der Umstand, daß sie seinen Namen nannte, hinderte ihn daran, den Strahler abzufeuern.

»Spock.« Amanda schnappte nach Luft, zitterte erleichtert und furchterfüllt. Offenbar hatte sie jemand anders erwartet. Unwillkürlich wich sie einen Schritt zurück, als sie den Phaser sah, starrte auf die Waffe hinab, hob dann den Kopf und musterte Spock – um festzustellen, ob er noch immer ihr Sohn war.

Spock ließ den Strahler sinken, und daraufhin kam Amanda näher. Zuerst erweckte sie den Eindruck, ihn umarmen zu wollen, doch sie beherrschte sich und winkte nur.

»Spock ...« Amanda rang nach Atem, als sei sie gelaufen. »Wir müssen das Haus verlassen. Dein Vater ...« In ihren Wangen zuckte es, als sie versuchte, sich unter Kontrolle zu bringen. »Dein Vater ...«

»... ist nicht mehr er selbst«, beendete Spock den Satz. Es klang fast wie ein Geständnis. »Ich weiß.«

»Du weißt Bescheid?« Erneut riß Amanda die Augen auf, entsetzt und erschüttert. Aber sie erhob keine Vorwürfe gegen ihren Sohn – dazu war er durchaus selbst imstande. Spock starrte zu Boden und wünschte sich, daß ihn seine Mutter verfluchte, begriff gleichzeitig, daß sie sich nie zu einer derartigen Reaktion hinreißen lassen würde. Er dachte an die Logik, die der gegenwärtigen Situation zugrunde lag; jetzt glaubte er, Fehler darin zu sehen.

Er konnte sich nicht dazu durchringen, Amanda eine Antwort zu geben, stellte statt dessen eine andere Frage. »Lieutenant Uhura teilte mir mit, daß du einen Kontakt zur *Enterprise* hergestellt hast, um mit mir zu sprechen. Zu jenem Zeitpunkt befand ich mich in der Akademie. Uhura hätte mich lokalisieren und mit dir verbinden können. Warum hast du auf diese Möglichkeit verzichtet?«

»Sarek fand mich«, sagte Amanda schlicht und schloß die Augen. »Während ich vor dem Kom-Schirm stand. Er begriff, daß ich von seiner... Veränderung wußte. Silek... hinterließ mir eine Nachricht, bevor er starb.« Spock wandte den Blick von seiner Mutter ab, als ihr Kinn zitterte. »Dein Vater hat sowohl Starnn als auch Silek umgebracht.« Amanda schlug die Hände vors Gesicht.

»Mein Vater hat niemanden ermordet«, widersprach Spock sanft. »Die Verantwortung trägt ein Etwas, das Sarek kontrolliert.« Behutsam drückte er Amandas Hände nach unten und versuchte zu lächeln.

»Er kommt zurück«, sagte seine Mutter und faßte sich wieder. »Es schien ihm zu gefallen, mich meinem Entsetzen zu überlassen. Wahrscheinlich wollte er, daß ich ganz der Angst zum Opfer falle. Ich weiß nicht, wo er sich jetzt aufhält. Nur in einem Punkt bin ich ganz sicher: Wenn er zurückkehrt, wird er mich töten. Dieses Haus bietet keine Sicherheit mehr. Bitte nimm mich mit zur *Enterprise.*«

»Was auch immer den Hydrilla-Sektor zerstörte – das gleiche Unheil breitet sich jetzt auch auf Vulkan aus«, erwiderte Spock ruhig. »Nicht nur uns beiden droht Gefahr.«

Sanghoon Cho stand in der Gartenkammer und fütterte seine Venusfliegenfalle mit etwas, das Tomson für rohes Fleisch hielt. Er warf ihr einen unfreundlichen Blick zu, zwinkerte wie eine Eule und konzentrierte sich wieder auf die Pflanze.

»Jemand hat mich darauf hingewiesen, daß Sie nach mir suchen«, sagte er, während seine Aufmerksamkeit noch immer der Fliegenfalle galt.

Cho galt als seltsam, und Tomson kam zu dem Schluß, daß er aus gutem Grund in diesem Ruf stand. Das Gesicht mit den asiatischen Zügen war so schmal, daß es fast ausgemergelt wirkte; umrahmt wurde es von völlig unpassenden braunen Locken.

Ich habe dich gefunden, dachte Tomson zufrieden. »Ich möchte Ihnen einige Fragen stellen.«

»Lassen Sie mich raten.« Ein Fleischfetzen baumelte dicht über dem Kelch der Pflanze, fiel mit einem leisen Klatschen hinein. »Es geht um Moh al-Baslama.« Cho lächelte ironisch, als sich der Kelch schloß. »Nun, eigentlich ist es gar keine Vermutung. Ich habe einen ziemlich hohen PSI-Faktor.«

»Dann können wir gleich zum Kern der Sache kommen.« Tomson war völlig unbeeindruckt. »Es wurde ein Durchsuchungsbefehl ausgestellt. Meine Leute sehen sich gerade in Ihrer Kabine um.«

»Sollen Sie ruhig«, sagte Cho gleichgültig und sah schließlich auf. »Ich habe Moh nicht umgebracht. Und wenn Sie gestatten, möchte ich *Sie* etwas fragen.« Er wischte sich die Finger an einem Taschentuch ab.

Tomson wartete.

»Was ist an Bord dieses Schiffs los?« Cho richtete einen scharfen Blick auf Tomson, als rechne er mit einer Antwort. Die Leiterin der Sicherheitsabteilung rührte sich nicht von der Stelle und schwieg. »Einige Besatzungsmitglieder der *Enterprise* verhalten sich sehr seltsam«, fuhr Cho fort. »Irgend etwas Unheimliches geschieht.«

Tomson kniff die Augen zusammen, stellte sich vor, wie sie die Krankenstation aufsuchte und folgende Worte an McCoy richtete: *Na schön, Doktor, erklären Sie mir bitte, wieso dieser Kerl beim Psycho-Scan nicht auffiel.* Laut sagte sie: »Ich weiß nicht, wovon Sie reden. Bitte erklären Sie es mir.«

Cho zog die hellen, viel zu buschigen Brauen zusammen und sah argwöhnisch nach rechts und links. Er schien zu befürchten, daß jemand lauschte. »Moh wurde umgebracht, weil er Veränderungen in … gewissen Personen bemerkte. Er wandte sich an den Falschen und erzählte zuviel. Auch mir ist etwas aufgefallen – ich habe Sie bereits auf meinen hohen PSI-Faktor hingewiesen. Aber nach dem, was mit Moh geschah, hielt ich es für besser, den Mund zu halten.«

»Wenn Sie wollen, daß der Mörder gefaßt wird, sollten Sie ganz offen zu mir sein.«

Cho musterte Tomson, und diesmal war die Furcht in seinen Augen deutlich zu erkennen. »Hören Sie«, begann er in einem Tonfall, der nicht mehr ganz so abweisend klang, »etwas Seltsames geht vor. Wenden Sie sich an Dr. McCoy – er wird sowohl den PSI-Faktor als auch meine geistige Gesundheit bestätigen. Ich habe Moh zuletzt zusammen mit einem seiner besten Freunde gesehen. Der Typ gehört zur technischen Abteilung – und zu den Veränderten.« Cho schüttelte den Kopf. »Manchmal glaube ich, daß ich der einzige Normale an Bord bin.«

Darauf würde ich nicht wetten, dachte Tomson. Trotzdem hatte sie das Gefühl, daß er die Wahrheit sagte.

»Nennen Sie mir den Namen von Mohs Freund«, sagte sie.

Cho beugte sich vor. »Stryker«, flüsterte er.

»Ist das der Vor- oder Nachname?«

»Er heißt einfach nur Stryker. Aber gehen Sie nicht allein zu ihm.« Cho zögerte kurz, um die nächsten Worte zu betonen. »Sie kämen nicht zurück.«

In Tomsons Mundwinkel zuckte es kurz. »Wenn er für Mohs Tod verantwortlich ist, steckt er in weitaus größeren Schwierigkeiten als ich.«

In der ShanaiKahr-Oase war es kühl und dunkel. Draußen ertönte das geisterhafte Heulen des Windes.

»Ein gräßlicher Ort für einen Landurlaub«, sagte Stryker. Er hatte ein glattes, offenes Gesicht und war attraktiv – aber nicht attraktiv genug, um sich etwas darauf einzubilden. »Ich bin schon mal hiergewesen. Wissen Sie, wie Vulkanier so etwas nennen?« Mit dem Daumen deutete er zur Tür, hinter der ein Wüstensturm wütete. »Die Übersetzung des Wortes lautet ›Brise‹.«

Scott füllte sein Glas zum zweitenmal mit schottischem Whisky. »Ich möchte nicht erleben, was man hier als Wind bezeichnet.«

»Kann ich gut verstehen.« Stryker grinste. »Es würde Ihnen kaum gefallen.«

»Was führte Sie nach Vulkan?« fragte Fähnrich Gooch. Sie war sehr hübsch, dunkelhaarig und so groß wie Scott, der dankbar neben ihr saß. »Kamen Sie dienstlich hierher, Lieutenant?«

»Einen Augenblick.« Scott hob die Hand. »Ich habe den Landurlaub erst vor einer knappen Stunde angetreten und bereits mehr ›Lieutenants‹ und ›Lieutenant Commanders‹ gehört, als mir lieb ist. Vergessen wir unsere Ränge für die nächste Zeit.«

»Gute Idee, Sir.« Gooch erfreute den Chefingenieur mit einem bezaubernden Lächeln. »Nennen Sie mich Mikki.«

»Einverstanden«, sagte Scott. »Wir sind also Mikki, Scotty und ...«

»Stryker.«

Der Ingenieur nickte Mikki zufrieden zu.

Sie sah Stryker aus großen, unschuldig blickenden Augen an. »Ich wollte nur wissen, ob es irgendwelche Strafkolonien auf diesem Planeten gibt.«

Stryker ahmte die Vulkanier nach, indem er eine Braue wölbte. »Ich habe hier ein Jahr lang studiert. Im Rahmen eines Austauschprogramms.«

»Gott steh den Vulkaniern bei.«

»Im Ernst. Damals besuchte ich die technische Fakultät der vulkanischen Akademie der Wissenschaften.« Er beugte sich vor und erweckte den Anschein, seinen Begleitern ein Geheimnis anzuvertrauen. »Können Sie sich vorstellen, daß einer meiner Studienkollegen Sanghoon Cho hieß?«

»Das kann ich durchaus«, bestätigte Scott. »Sie sind beide ausgezeichnete Techniker.«

»Danke für das Lob, Mr. Scott – Scotty.« Stryker warf Mikki einen selbstgefälligen Blick zu.

Sie ignorierte ihn. »Cho ist wirklich ein komischer Kauz. An seinen fachlichen Qualifikationen gibt es bestimmt nichts auszusetzen, aber ... Nun, er paßt wohl kaum ins Starfleet-Schema, oder?«

»Zumindest nicht besonders gut«, räumte Scott ein.

»Cho ist ein Eigenbrötler«, stellte Stryker fest. »Man weiß nie, was ihm durch den Kopf geht.« Er sah in sein Bier. »Nach Mohs Tod wurde er noch seltsamer.«

Ein Schatten fiel auf Mikkis Züge. »Eine schreckliche Sache. Hat man noch immer nicht herausgefunden, wer ...?«

Scott schüttelte ernst den Kopf. »Ich habe bereits einige Mordfälle an Bord von Raumschiffen erlebt. Sie betrafen Diplomaten, Spione und Angehörige der Crew, die von fremden Wesen getötet wurden. Aber es geschah noch nie, daß jemand aus der Besatzung einen Kollegen umbrachte.«

»Es heißt, Moh wurde gefoltert«, sagte Mikki leise.

Stryker starrte zerknirscht in sein Glas.

»Er war ein guter Freund von Ihnen, nicht wahr?« Scott legte dem Mann die Hand auf die Schulter.

»Ja, das stimmt.« Stryker sah nicht auf. »Wie wär's, wenn wir das Thema wechseln? Ich bin hier, um mich zu entspannen.«

Mikkis Gesicht erhellte sich wieder. »Ich habe eine Idee. Zeigen Sie Scotty Ihren Hypnose-Trick. Er ist sehr lustig.«

»Was meinen Sie?« Scott lächelte unsicher.

Ein Mundwinkel Strykers wölbte sich nach oben. »In Ordnung, Scotty. Sehen Sie mir tief in die Augen und konzentrieren Sie sich.«

»Ach, ich halte nichts von derartigem Hokuspokus«, brummte der Chefingenieur.

»Es ist kein Hokus ... wie auch immer Sie es nannten. Kommen Sie, es macht Spaß.« Mikki deutete auf Stryker, und ihre Augen glänzten. »Ich habe den Trick ebenfalls kennengelernt, und er hat mir nicht geschadet, oder?«

Scott musterte sie skeptisch.

»Wenn Sie sich davor fürchten, lassen wir's«, sagte Stryker. »Obwohl es völlig harmlos ist.«

»Na schön.« Scott seufzte. »Meinetwegen.«

Er sah in Strykers klare, helle Augen.

Für einen Sekundenbruchteil hatte Scott das Gefühl, als woge dichter schwarzer Nebel heran. Dann fiel er in die farblosen Augen, schrumpfte dabei, wurde kleiner und immer kleiner ... Grauen und Entsetzen zeigten sich in seiner Miene, doch die Züge erschlafften, als sich Stryker vorbeugte und die Schläfen des Chefingenieurs berührte. Die Finger des Mannes glühten kurz, und dann ließ er die Hände sinken.

»Sehen Sie?« hauchte Mikki. Den anderen Gästen in der Bar war nichts aufgefallen. »Ich habe doch gesagt, daß es Spaß macht.«

Das Leben kehrte in Scotts Gesicht zurück, und er lächelte boshaft.

KAPITEL 5

McCoy stand im Büro der Krankenstation. Unmittelbar nach der Rückkehr zur *Enterprise* hatte er sein Auge behandelt – Kirk und Anitra waren wie durch ein Wunder unverletzt geblieben –, und daher wies es eine nur geringfügige Schwellung auf. Doch darunter bildeten sich dunkle Flecken. Seltsamerweise schien Spock gar nicht darauf zu achten.

»Körperlich ist mit Ihrer Mutter alles in Ordnung, sieht man von einigen blauen Flecken ab, aber was den psychischen Zustand betrifft... Sie hat einen ziemlich starken Schock erlitten. Ich habe ihr ein leichtes Sedativ gegeben – sie schläft jetzt.« McCoy deutete zum Untersuchungszimmer. »Würden Sie mir jetzt bitte erklären, warum Sie Amanda ausgerechnet hierher brachten?«

Spock sah erst den Captain an, musterte dann McCoy. Die Blicke der beiden Männer klebten an ihm fest. Er seufzte und legte die Hände auf den Rücken. »Nun, vielleicht ist es wirklich angebracht, Ihnen die Hintergründe zu schildern. Ich bedaure, daß ich dazu erst jetzt in der Lage bin, aber Dr. Lanters Sicherheit kam und kommt an erster Stelle. Captain, der Mordfall an Bord und die Toten im Haus meiner Eltern...«

»Es gibt eine Verbindung zwischen ihnen«, vermutete Kirk.

Spock nickte. »Und sie betrifft auch den Hydrilla-Sektor.«

»Was auch immer die Bevölkerungen der Hydrilla-Planeten tötete – wollen Sie behaupten, das Unheil hat sich ausgebreitet?«

»Es breitet sich aus, während wir miteinander sprechen. Es kam mit den zurückkehrenden Expeditionsteilnehmern hierher. Denken Sie daran: Einige vulkanische Forscher setzten die Ausgrabungen fort und flogen mit der *Enterprise* heim. Starnn gehörte zu den ersten Wissenschaftlern, die Vulkan erreichten.«

»Meinen Sie den alten Mann, der sich im Haus Ihrer Eltern umbrachte?« fragte McCoy.

»Er wurde infiziert. Und er beging nicht etwa Selbstmord.«

»Einen Augenblick«, warf Kirk ein. »Soll das heißen, jemand hat ihn ermordet? Wer?«

Spock mied den Blick der beiden Männer. »Auch mein Vater ist betroffen«, sagte er tonlos. »Er hätte fast meine Mutter getötet. Es gelang ihr gerade noch rechtzeitig, mich zu verständigen.«

Kirk und McCoy wechselten einen betroffenen Blick.

»Kann man ihm irgendwie ... helfen?« brachte der Captain hervor.

»Ich weiß es nicht. Die wichtigste Frage lautet: Droht Vulkan das gleiche Schicksal wie Beekmans Planet, oder läßt sich die Katastrophe verhindern? Übrigens: Nicht nur Vulkan ist bedroht – der Wahnsinn greift rasch um sich.«

Kirk nickte langsam. »Fracht- und Passagierschiffe verbinden Vulkan mit vielen anderen Welten ...«

»Mein Gott!« entfuhr es McCoy. »Wie viele Shuttles verkehren täglich zwischen der Erde und Vulkan?«

»Wir müssen sofort Starfleet benachrichtigen«, sagte Kirk.

»Das ist bereits geschehen«, erwiderte Spock. »Mein Onkel Silek übermittelte eine Warnung, bevor er Hydrilla verließ, kurze Zeit nach den ersten Mordfällen in der Expedition. Nun, ich glaube nicht, daß ich unter den gegenwärtigen Umständen die Sicherheitsbestimmungen verletze, indem ich weitere Erklärungen hinzufüge. Dr. Lanter und ich ...«

»Ihr verdammtes Projekt«, brummte McCoy verärgert.

Kirk holte tief Luft. »Soll das heißen, daß Starfleet von der … Bedrohung wußte und es zuließ, daß sie in Gestalt der vulkanischen Forscher an Bord meines Schiffs kam?« Der Captain begann in einem normalen Tonfall, sprach jedoch immer lauter und schärfer, als sein Ärger wuchs. »Die ganze Besatzung der *Enterprise* wurde einfach so einer unbekannten Gefahr ausgesetzt?«

»Die Gründe für diese Entscheidung Starfleets sind mir leider unbekannt«, antwortete Spock ruhig. »Aber ich bin sicher, daß sie gerechtfertigt ist. Man wählte die *Enterprise,* weil sie Beekmans Planet innerhalb kurzer Zeit erreichen konnte. Stellen Sie sich die möglichen Konsequenzen vor, wenn Starfleet ein Raumschiff geschickt hätte, in dem niemand von der Gefahr wußte. Zumindest Dr. Lanter und ich waren informiert.«

»Was ganz offensichtlich nicht genügte«, sagte Kirk fest. »Al-Baslama ist tot. Und wer weiß, was jetzt der Besatzung meines Schiffs bevorsteht.«

»Das tut mir sehr leid, Captain, und ich bin bereit, die Verantwortung dafür zu übernehmen. Aber weder wir noch Starfleet konnten wissen, daß die von der *Enterprise* aufgenommenen Forscher infiziert waren. Nach unseren damaligen Informationen betrafen die Veränderungen nur Starnn und einige andere, die vorher nach Vulkan zurückkehrten. Wenn ich sofort verstanden hätte, was an Bord geschah …«

Kirks Gesichtsausdruck blieb streng, doch er erwiderte: »Wenn Sie nicht herausfinden konnten, was sich anbahnte, wäre niemand dazu in der Lage gewesen. Aber was hat das alles mit Dr. Lanter und ihrer Sicherheit zu tun?«

»Dr. Lanter weist in diesem Zusammenhang besondere Qualifikationen auf. Sie ist imstande, die mentalen Veränderungen in einem Betroffenen zu spüren.«

»Wie?« fragte McCoy. »Ich kenne ihre medizinische

Datei. Darin wird ein normaler PSI-Faktor von etwa hundert genannt.«

»Eine Lüge, Doktor«, erwiderte Spock. »Aus Sicherheitsgründen. In Wirklichkeit beträgt Dr. Lanters PSI-Faktor weit über fünfhundert.«

Kirk pfiff überrascht durch die Zähne. »Mit anderen Worten: Es fällt ihr leicht, die Gedanken anderer Personen zu lesen. Auf diese Weise stellt sie fest, ob sich jemand … verändert hat.«

»Ja.« Spock nickte. »Sie nahm das Fremde in meinem Vater wahr und informierte mich davon. Durch ihre speziellen Fähigkeiten wird Dr. Lanter sehr nützlich für uns – und leider auch für die … Geschöpfe.«

»Wie meinen Sie das?« erkundigte sich McCoy.

Kirk kam seinem Ersten Offizier zuvor. »Wenn den Wesenheiten das telepathische Potential der jungen Frau zur Verfügung stünde …«

»In der Tat«, bestätigte Spock. »Dann wären sie noch mächtiger als jetzt. Aus diesem Grund bestand Starfleet darauf, daß möglichst wenige Personen von unserer Mission und Dr. Lanters Talenten erfahren. Wenn einer der Eingeweihten den Fremden zum Opfer fällt …«

»Würden unsere Gegner sofort versuchen, Anitra unter ihre Kontrolle zu bringen«, beendete Kirk den Satz.

McCoy runzelte die Stirn. »Eine wichtige Erklärung steht noch aus. Wenn wir es nicht mit einer Krankheit zu tun haben – womit dann?«

»Im Laufe unserer Ermittlungen sind wir zu dem Schluß gelangt, daß wir das Phänomen besser nicht als eine Infektion beschreiben sollten. Offenbar handelt es sich um einen mentalen Parasiten, der maßgeblichen Einfluß auf die Persönlichkeit nimmt. Allem Anschein nach können gleich mehrere Entitäten ein Individuum übernehmen. Nun, die Veränderungen sind nicht immer offensichtlich. Manchmal bestimmen die Wesen zunächst ein Verhalten, das sich kaum von den normalen Gebarensmustern des Betroffenen unterscheidet.«

»Sie sprechen von Parasiten«, sagte McCoy langsam und voller Abscheu. »Wie Flöhe oder Bandwürmer?«

»Nichts so Physisches, Doktor. Höchstwahrscheinlich reine Energie. Dr. Lanter vermutet subatomare Partikel, die sich an bestimmte chemische Komponenten des Gehirns binden. Hinzu kommt: Die Wesenheiten entfalten einen ausgesprochenen Hang zum Sadismus. Um einen angemessenen Vergleich zu verwenden...« Spock zögerte kurz und suchte nach einer Analogie. »Sind Sie mit den terranischen Legenden von Dämonen vertraut?«

McCoy schauderte.

Im Nebenzimmer schlug Amanda die Augen auf.

»Ich wollte Sie über die Fortschritte bei den Untersuchungen informieren«, sagte Tomson. Sie klang aufgeregter als sonst.

»Gibt es einen Verdächtigen?« fragte Kirk.

»Ja, Sir, ich glaube, wir haben einige interessante Indizien entdeckt.«

»Vielleicht sollte ich Ihnen gratulieren, Lieutenant. Zunächst existierten praktisch überhaupt keine Anhaltspunkte.«

Leises Lachen drang aus dem Interkom-Lautsprecher. »Glückwünsche sind noch verfrüht, Captain. Es ist noch niemand verhaftet worden, und es hat eine Weile gedauert, um den gegenwärtigen Ermittlungsstand zu erreichen. Mit Hilfe des Computers ließ sich feststellen, wer zum fraglichen Zeitpunkt im Dienst war, und den Aufenthaltsort der restlichen Personen habe ich mit direkten Fragen bestimmt. Auf diese Weise konnte ich den Kreis der Verdächtigen auf eine Person beschränken.«

»Jemanden, den ich kenne?«

»Ein gewisser Lieutenant Stryker aus der technischen Abteilung, Sir.«

»Ein Mitglied der Besatzung«, sagte Kirk leise. »Kehrte der Mann vom Landurlaub zurück?«

»Mir liegt eine entsprechende Bestätigung vor. Ich

gebe Ihnen Bescheid, wenn ich genügend Beweise habe, um ihn unter Arrest zu stellen, Captain.«

»Ich warte auf Ihre Meldung, Lieutenant.«

Anitra stand unter der Ultraschalldusche, als sie hörte, wie sich die Kabinentür öffnete. Sie horchte einige Sekunden lang und rechnete damit, daß jemand ihren Namen nannte. Vielleicht war Spock gekommen, um ihr etwas so Wichtiges mitzuteilen, daß er die normalen Gebote der Höflichkeit ignorierte – aber im mentalen Äther deutete nichts auf seine unmittelbare Präsenz hin. Im anderen Zimmer blieb alles still. Anitra verließ die Duschzelle und schritt in den Hauptraum.

Spocks Mutter stand unsicher neben der Tür. Sie wirkte sehr nervös, und ihre wirren Gedanken bildeten ein so komplexes und veränderliches Muster, daß Anitra keine klaren psychischen Botschaften empfing. Amanda sah sie an und beruhigte sich äußerlich, doch das innere Chaos dauerte an.

»Sie erinnern sich an mich, oder?« fragte sie und lächelte freundlich.

»Ja, natürlich.« Anitra fand die Situation so seltsam, daß sie zunächst nicht wußte, wie sie sich verhalten sollte. Eine nervliche Überlastung durch den Stress, dem Amanda aufgrund der Ereignisse auf Vulkan ausgesetzt gewesen war? Oder gab es eine andere Erklärung dafür, daß sie einfach so die Unterkünfte von eigentlich fremden Personen betrat? Anitra blieb vor dem Zugang des Hygienebereichs stehen und näherte sich der älteren Frau nicht. *Spock, wir brauchen Ihre Hilfe …*

Amandas Augen funkelten unnatürlich hell. »Es tut mir leid, daß uns die … Umstände auf Vulkan daran hinderten, einander besser kennenzulernen.« Sie kam näher.

Anitra wich instinktiv zurück. Irgend etwas ging nicht mit rechten Dingen zu …

Plötzlich krümmte sich Amanda zusammen. »Fliehen

Sie!« entfuhr es ihr schrill. *»Fliehen Sie!«* Spocks Mutter sank zu Boden.

Anitra hatte die Warnung einen Sekundenbruchteil vorher wahrgenommen und lief los. Doch sie gelangte nicht zur Tür.

Amanda erhob sich mit einer glatten, anmutigen Bewegung – es sah aus, als werde sie von einer unsichtbaren Kraft angehoben. Ihre rechte Hand schloß sich erstaunlich fest um Anitras Unterarm. *Es liegt an der höheren Schwerkraft Vulkans,* dachte ein Selbstfragment der jungen Frau. *Ihr Körper hat sich daran angepaßt.*

»Sehen Sie mich an«, zischte Amanda. »Sehen Sie mir in die Augen.«

»Ich weiß es besser.« Anitra befreite sich aus dem Griff und unterstrich ihre Antwort, indem sie Spocks Mutter an die Wand stieß.

Dann sprang sie zur Tür.

»Halt.« Die Stimme klang so eisig, daß sich Anitra umdrehte. Sie sah einen Phaser, dessen Mündung auf sie deutete.

»Wenn Sie sich uns anschließen, werden Sie mächtiger als alle anderen«, sagte Amanda. »Die Alternative ... Sie sterben hier und jetzt.«

»Schießen Sie ruhig«, erwiderte Anitra und schloß die Augen.

Hinter ihr glitt das Kabinenschott beiseite. Spock trat ein und richtete einen Strahler auf seine Mutter.

Amandas Augen rollten nach oben, zeigten nur noch das Weiße. Als die Pupillen zurückkehrten, glitzerte Entsetzen in ihnen. »Sie sagen: Wenn du mich mit der Waffe betäubst, bringen sie mich um.« Die Stimme gehörte eindeutig Amanda. »Du läßt bestimmt nicht zu, daß sie mir etwas antun, Spock. Ich weiß es. Ich vertraue dir.« Und sie lächelte wieder ihr sanftes Lächeln.

Spock betätigte den Auslöser.

Anitra stand nur wenige Schritte neben der älteren Frau, aber Spock erreichte sie schneller.

Dr. Lanter hob den Arm zur Stirn und lehnte sich an die Wand. »Ich bedaure, daß es auf diese Weise geschehen mußte, Spock«, sagte sie leise. »Lieber Himmel, es tut mir wirklich leid. Sowohl der Vater als auch die Mutter. Ich hätte Sie vorher bitten sollen, Amanda hierherzubringen. Es ist meine Schuld.«

Spock schirmte sein Ich ab, wie immer, wenn er Anitra nicht die Mentalverschmelzung lehrte. Es ging ihm nicht nur darum, der jungen Frau fremde Gedanken zu ersparen – Anitra vermutete, daß seine psychischen Schilde in erster Linie dazu dienten, sich selbst zu schützen. Sie waren nun so stark und undurchdringlich wie eine stählerne Barriere, ließen überhaupt keine telepathischen oder emotionalen Signale passieren. Doch als Spock aufsah, beobachtete Anitra einen Schatten von Kummer in seinen Augen.

»Meine Mutter scheint tot zu sein«, sagte er.

Selbstmord, behaupteten die gerichtsmedizinischen Experten. Sie blieben bei dieser Einschätzung, auch nach der zweiten gründlichen Untersuchung, auf der Tomson bestanden hatte. Rodriguez zeigte ihr die Leiche mit dem lockigen Haar und hielt dabei das Messer. »Sehen Sie hier«, sagte er und deutete auf die größte Wunde. »Und hier. Ihnen dürfte sofort klar sein, daß man aus dieser Position anderen Personen kaum derartige Wunden zufügen kann. Es ist sehr schwierig, aus diesem Winkel zuzustoßen. Aber wenn man sich selbst verletzen will…« Er zeigte Tomson, wie sich das Opfer umgebracht hatte.

Angesichts der Untersuchungsergebnisse ging man allgemein davon aus, daß Sanghoon Cho Fähnrich Teresa Liu ermordet hatte, um sich anschließend selbst das Leben zu nehmen. Die Fachleute vermuteten, daß minuziöse Ermittlungen in Chos Quartier genug Indizien ergaben, um ihm auch den Tod al-Baslamas zur Last zu legen. Doch Tomson sah sich nicht imstande, diese Ansicht zu teilen. Einerseits hatte sie genügend Anhaltspunkte, um Cho als Täter darzustellen, aber andererseits war sie absolut sicher, daß Sanghoon keine Schuld traf. Sie kannte den Namen des Mörders – und hatte keinen einzigen konkreten Beweis.

Dumpfer Ärger vibrierte in ihr, als sie sich auf den Weg machte, um Stryker einige Fragen zu stellen. Sie hatte jemanden mitnehmen wollen – als Zeugen, sagte sie sich, nicht aufgrund der sonderbaren Warnung Chos. Aber ihre Mitarbeiter aus der Sicherheitsabteilung waren nach wie vor mit den Ermittlungen beschäftigt, und außerdem gab es eigentlich gar keinen Grund, Stryker einem Verhör zu unterziehen; Sanghoons angeblicher Freitod entlastete ihn.

Als Tomson den Türmelder betätigte, glitt das Schott sofort beiseite. Sie bedauerte das fast, hatte unbewußt gehofft, daß der Zugang geschlossen blieb. Nach einem kurzen Zögern trat sie ein und fühlte einen Anflug unerklärlicher Panik, als sich die Tür hinter ihr schloß. Es war dunkel im Zimmer, und sie sah die vagen Konturen eines Mannes.

Stryker berührte einen Sensorpunkt, und daraufhin wurde es hell. Tomson musterte ihn und stellte fest, daß er alles andere als gefährlich wirkte. Er hatte ein offenes, ehrliches Gesicht, und ein freundliches Lächeln umspielte seine Lippen.

»Lieutenant Tomson«, sagte die Leiterin der Sicherheitsabteilung. »Ich möchte mit Ihnen über die Ermordung Mohamed al-Baslamas sprechen.«

»Lieutenant Stryker«, entgegnete der Mann, lächelte noch immer und streckte eine Hand aus, die Tomson widerstrebend ergriff. Sie fühlte sich angenehm warm an.

»Ich habe auf Sie gewartet«, sagte er.

Plötzlich bemerkte Tomson seine Augen – sie waren unglaublich klar und farblos. Unmittelbar darauf spürte sie ein sonderbares Zerren, das den Kern ihres Selbst erfaßte, ihn mit unwiderstehlicher Gewalt fortriß. Sie dachte an die unheilvoll klingen Worte Chos, und mit jäher, entsetzlicher Gewißheit begriff sie, daß er recht gehabt hatte.

Amanda lag im Nebenzimmer, und das blasse blaue Glühen des Monitors fiel auf ihr Gesicht.

»Ich habe sie ans Lebenserhaltungssystem angeschlossen«, erklärte McCoy. »Derzeit ist ihr Zustand stabil ...« *Wenn man überhaupt davon sprechen kann,* dachte er. *Lieber Himmel, die Frau war schlicht und einfach tot.* »Aber er wird sich rasch verschlechtern, wenn wir keine wirkungsvolle Behandlungsmethode finden.«

»Wie schnell?« fragte Spock so kühl, als erkundige er sich nach dem Wetter.

»Das kommt ganz darauf an«, erwiderte McCoy ausweichend. »Zwei Tage, höchstens drei.«

»Und was machen wir mit den anderen Betroffenen?« warf Kirk ein. »Wie schieben wir dieser Sache einen Riegel vor? Sollen wir sie alle betäuben und dann ans Lebenserhaltungssystem anschließen?«

Spock blieb ruhig und distanziert. »Das wissen wir noch nicht, Captain«, antwortete Anitra. »Wir arbeiten daran, eine Lösung zu finden.«

»Gibt es irgendeine Möglichkeit, uns und die Besatzung zu schützen?«

»Ja und nein.« Anitra seufzte. »Offenbar breitet sich die ... Veränderung durch Kontakte mit infizierten Personen aus. Als ich Sarek begegnete, nachdem er vom Fremden erfaßt worden war, spürte ich einen Wunsch in seinen Gedanken: Ich sollte ihm in die Augen sehen. Er versuchte, meinen Blick einzufangen. Vielleicht erfolgt die Infektion durch eine Form von Hypnose. Wie dem auch sei: Ich kenne nur eine sichere Methode, um uns zu schützen.«

»Was für eine?«

»Wir müssen dieses Raumschiff verlassen.«

Die Muskeln in Kirks Wangen zuckten kurz. »Ich

kann meine Besatzung nicht einfach ihrem Schicksal ausliefern.«

»Ich verstehe Sie, Captain«, sagte Spock. Er wirkte abgelenkt und geistesabwesend, schien irgend etwas zu beobachten, obgleich er ins Leere starrte. »Aber wir sollten eine solche Möglichkeit in Erwägung ziehen. Nach den im Hydrilla-Sektor ermittelten Daten erfolgt die Infektion ohne zeitliche Verzögerung. Und das Risiko steigt enorm, sobald es den Wesenheiten gelungen ist, die *Enterprise* unter ihre Kontrolle zu bringen. Dann droht allen Planeten in Reichweite dieses Schiffs große Gefahr.«

Kirk schwieg betroffen.

Spock holte tief Luft. »Wenn die Geschöpfe zu rationalen Gedanken in der Lage sind – und sie scheinen recht schlau und verschlagen zu sein –, so werden sie zuerst versuchen, die Brückenoffiziere und all jene Personen zu übernehmen, die sie für die Kontrolle über das Schiff benötigen. Bisher deutet alles darauf hin, daß sie sehr wohl in der Lage sind, das individuelle Potential der Betroffenen zu nutzen.«

Kirk hob ruckartig den Kopf und wandte sich an McCoy. »Schalt den Bildschirm ein, Pille.«

»Eine Ahnung, Jim?« fragte der Arzt.

»Schalt ihn ein.«

McCoy betätigte eine Taste, und das kleine Projektionsfeld in seinem Büro zeigte Sterne.

Kirk bedachte Spock mit einem durchdringenden Blick.

»Wo ist Vulkan?« fragte McCoy.

Kirk stand bereits am Interkom-Anschluß und setzte sich mit der Brücke in Verbindung. Sulu antwortete ihm, und im Kontrollraum hinter ihm schien alles normal zu sein. Kirk zwang sich zu einem entspannten Gesichtsausdruck.

»Status, Mr. Sulu?«

Der Steuermann lächelte. »Wir befinden uns nach wie vor im Standardorbit Vulkans, Captain – wie befohlen.«

Stimme und Verhalten waren wie gewohnt. »Wer hat das Kommando?« fragte Kirk wie beiläufig.

»Mr. Scott. Möchten Sie ihn sprechen, Sir?«

»Ja.«

Montgomery Scott wirkte so liebenswürdig wie immer. »Kann ich irgend etwas für Sie tun, Captain?«

»Wie ist unser Status, Scotty?«

»Wie Sulu sagte, Sir. Wir umkreisen Vulkan.«

»Scotty ...« Kirk musterte den Chefingenieur, suchte nach irgendwelchen Hinweisen, nach Anzeichen dafür, daß alles seine Ordnung hatte. Er fand keine. »Mr. Scott, wir befinden uns *nicht* in der Umlaufbahn um Vulkan.«

Der Schotte lachte leise. »Bitte verzeihen Sie mir, wenn ich Ihnen widerspreche, Sir ...«

»Überprüfen Sie Ihre Instrumente. Mein Bildschirm zeigt keinen Planeten.«

»Sir ...« Scotts Stimme klang nun fast beleidigt. »Ich habe gleich beim Dienstantritt eine technische Kontrolle vorgenommen. Mit allem Respekt, Captain: Wenn Sie glauben, daß die Instrumente nicht richtig funktionieren, sollten Sie vielleicht zur Brücke kommen und selbst nach dem Rechten sehen.«

Anitra hatte die ganze Zeit über stumm hinter Kirk gestanden. Nur er hörte die junge Frau, als sie flüsterte: »Auf keinen Fall. Gehen Sie nicht in den Kontrollraum.«

Kirk lächelte, während sein Blick weiterhin dem Chefingenieur galt. »Schon gut, Scotty. Wenn Sie meinen, mit den Instrumenten sei alles in Ordnung, so glaube ich Ihnen. Ich nehme an, dieser Bildschirm hier weist eine Fehlfunktion auf. Kirk Ende.« Er unterbrach die Verbindung und wandte sich an Anitra. »Wollen Sie etwa behaupten, daß Scott ...«

»Ich weiß es nicht genau«, antwortete Dr. Lanter. »Ich bin keine Distanztelepathin und kann nur die Gedanken von Personen wahrnehmen, die sich im gleichen Zimmer befinden – obwohl manche Leute stärkere mentale Signale aussenden als andere. Nennen Sie es eine Ahnung. Die Frage lautet: Wollen Sie Ihre geistige Integrität riskieren, indem Sie die Brücke aufsuchen?«

Spock sah vom nächsten Terminal auf. »Captain, ich habe einen Kontakt mit den Navigationscomputern hergestellt.«

»Und?«

»Wir befinden uns nicht mehr in der Umlaufbahn um Vulkan. Unser derzeitiger Kurs führt zum Rigel-System.«

»Mit Milliarden von Bewohnern«, sagte Anitra.

»Außerdem ist es von dort aus nicht mehr weit bis zur Erde.« Kirk ließ sich in den Sessel vor McCoys Schreibtisch sinken.

Spock wandte sich ihm zu. »Captain, ich schlage vor, daß wir so schnell wie möglich Maßnahmen ergreifen, um uns zu schützen. Mr. Scott hat vermutlich Verdacht geschöpft, und es wird nicht lange dauern, bis er uns findet.«

»Wir könnten uns in der Nebenbrücke verbarrikadieren«, sagte Kirk. »Aber die Besatzung einfach im Stich zu lassen ...«

»Wir haben die Möglichkeit, sie von der Nebenbrücke aus zu warnen, Captain«, erwiderte Spock ernst. »Wir fordern die Mitglieder der Crew auf, sich in ihren Kabinen einzuschließen, falls es notwendig werden sollte. Aber wir dürfen nicht riskieren, selbst infiziert zu werden. Wenn es dazu kommt ...«

»Vulkan«, murmelte Kirk. »Rigel. Die Erde. Andererseits: Scott ist den Wesenheiten zum Opfer gefallen, und er kennt dieses Schiff besser als sonst jemand. Er braucht sicher nicht lange, um einen Weg in den zweiten Kontrollraum zu finden oder die dortigen Anlagen von den übrigen Schaltsystemen der *Enterprise* zu trennen.«

»Ich möchte respektvoll darauf hinweisen, daß Dr. Lanter und ich durchaus in der Lage sind, es mit den diesbezüglichen Fähigkeiten Mr. Scotts aufzunehmen.«

Kirk lächelte schief und setzte zu einer Antwort an,

als das Interkom summte. Er zögerte kurz, bevor er das Kom-Gerät einschaltete.

»Fähnrich Nguyen von der Sicherheitsabteilung, Sir. Es ist noch jemand ermordet worden, diesmal auf dem B-Deck.«

»Verbinden Sie mich mit Tomson«, sagte Kirk.

»Ich habe vergeblich versucht, sie zu erreichen, Sir – was sehr ungewöhnlich ist, da sie sich im Dienst befindet. Ich bin sehr besorgt.«

Kurze Stille folgte diesen Worten. Kirk warf seinen Begleitern bedeutungsvolle Blicke zu, während er mit Nguyen sprach.

»Hören Sie gut zu, Fähnrich. Ich bin nicht verrückt, und was ich Ihnen jetzt sage, ist die reine Wahrheit. Es befinden sich fremde Entitäten an Bord, die einige Besatzungsmitglieder unter ihre Kontrolle gebracht haben. Sie breiten sich rasch aus, und derzeit sind wir nicht imstande, ihnen Einhalt zu gebieten. Die Betroffenen neigen zu extremer Gewalttätigkeit. Ich möchte, daß Sie Ihre Kabine aufsuchen und sich dort einschließen. Verlassen Sie das Quartier erst, wenn Sie wieder von mir hören. Haben Sie verstanden?«

Am anderen Ende der Leitung herrschte verblüfftes Schweigen, als sich Nguyen vielleicht fragte, ob der Captain an Verfolgungswahn litt. »Ja, Sir«, erwiderte sie schließlich.

Kirk drehte sich zu seinen Gefährten um. »Es wird Zeit, daß wir uns zur Nebenbrücke begeben.«

»Amanda«, sagte McCoy plötzlich.

Kirk verharrte abrupt.

»Wir können sie nicht einfach hierlassen«, sagte der Arzt. »Allein der Himmel mag wissen, was die Wesenheiten mit ihr anstellen. Sie würden bestimmt nicht zögern, das Lebenserhaltungssystem zu desaktivieren.«

Spock schloß die Augen und öffnete sie langsam wieder.

»Sollen wir sie mitnehmen?« fragte Kirk. »Und wie?«

»Ich kann eine tragbare Lebenserhaltungseinheit zusammenbasteln, aber das dauert einige Minuten.«

»Soviel Zeit bleibt uns vielleicht nicht mehr, Doktor«, wandte Spock ein.

»Ich lasse Ihre Mutter nicht hier«, erwiderte McCoy stur. Er spürte den Blick des Vulkaniers auf sich ruhen.

»Kommen Sie mit«, sagte Kirk zu den anderen. »Wir treffen uns später im zweiten Kontrollraum, Pille.«

»Ich… ziehe es vor, den Doktor zu begleiten«, ließ sich Spock vernehmen. Es klang unbehaglich.

Kirk überlegte kurz und beschloß dann, keine Einwände zu erheben. »Dr. Lanter«, sagte er, streckte den Arm aus und deutete in Richtung Nebenbrücke. Anitra bedachte McCoy und Spock mit einem beunruhigten Blick, bevor sie dem Captain folgte.

KAPITEL 6

»Doktor«, begann Spock, »ich weiß Ihre Sorge um die Sicherheit meiner Mutter zu schätzen. Aber es gibt keinen Grund für Sie, noch mehr Zeit zu verlieren. Wenn Sie mir mitteilen, wo sich die notwendigen medizinischen Geräte befinden...«

McCoy zuckte mit den Achseln – die Bemerkung des Vulkaniers weckte Unbehagen in ihm. »Kommt nicht in Frage. Es würde noch länger dauern, Ihnen alles zu erklären. Bleiben Sie hier. Ich bin gleich wieder da.« Er verschwand in seinem Büro.

Spock betrachtete die Frau auf der Liege. Das Lebenserhaltungssystem über ihrem Brustkasten sorgte dafür, daß sie atmete, daß ihr Puls stabil blieb und sie lebendig wirkte. Doch das Gesicht war farblos, gewann bereits die aschfahle Tönung einer Leiche. Spock mußte sich bewußt daran erinnern, daß seine Mutter nicht mehr lebte. Jemand betrat das Zimmer, während sein Blick Amanda galt. Er wollte McCoy zu seiner Schnelligkeit gratulieren, drehte den Kopf und erkannte Chefingenieur Scott. Gleichzeitig stellte er fest, daß Scott einen Phaser trug, während er selbst unbewaffnet war.

»Mr. Spock«, grüßte der Schotte freundlich. »Bin froh, Sie gefunden zu haben. Ich muß etwas Wichtiges mit Ihnen besprechen.«

»Ich bin sicher, es ist nicht ganz so dringend«, erwiderte Spock ruhig und hielt den Blick auf Amanda gerichtet.

»Es geht um den Captain«, sagte Scott.

»Was ist mit ihm?« fragte der Vulkanier schroff.

»Ich wäre Ihnen sehr dankbar, wenn Sie mich ansehen würden, während ich mit Ihnen spreche. Es ist wirklich wichtig.«

»Da haben Sie völlig recht«, pflichtete Spock dem Chefingenieur bei. »Und aus diesem Grund werde ich Sie *nicht* ansehen.«

Scott schien aufrichtig verwirrt zu sein. »Leider kann ich Ihnen nicht ganz folgen, Sir ...«

Mit einigen gemessenen Schritten trat Spock um die Liege herum, bis er direkt vor der Tür stand, die in McCoys Büro führte. Scott folgte ihm, zögerte auf der anderen Seite und hoffte, den Blick des Vulkaniers einzufangen.

»Ich bin Ihnen keine Erklärung schuldig«, sagte Spock. »Aber ich glaube, es gibt einige Dinge, die *Sie* erläutern können.«

»Sehr gern, Sir. Ich fürchte allerdings, daß ich nicht ganz verstehe, was Sie meinen ...«

»Um nur ein Beispiel zu nennen: Was ist mit dieser Frau geschehen?« Spock deutete auf die reglose Gestalt unter dem Anzeigefeld der Lebensindikatoren.

»Warum sollte ich wissen, was es mit Ihrer Mutter auf sich hat? Geht es ihr schlecht?«

»Sie ist tot«, entgegnete Spock. »Und Sie haben sie umgebracht.«

»Sind Sie übergeschnappt, Mann – so wie alle anderen an Bord dieses Schiffs? Ich bitte um Verzeihung, Sir, aber vielleicht sollten Sie sich von Dr. McCoy untersuchen lassen.«

»Möglicherweise steckt der Mörder nicht direkt in Ihnen, Mr. Scott, aber er gehört zu den Wesen, die einige Besatzungsmitglieder übernommen haben.«

Scott starrte den Vulkanier groß an und tastete nervös nach seinem Phaser. »Bitte, Sir, ich lasse Sie hier allein, wenn Sie mir sagen, wo ich den Captain finden kann. Auf der Brücke gibt es Probleme.«

»Was für welche?« Spock starrte weiterhin auf Amanda hinab. »Ich bin stellvertretender Kommandant der *Enterprise.* Vielleicht kann ich Ihnen helfen.«

»Es ist schwer zu erklären, Sir… Sie sollten es sich selbst ansehen.«

»Wenn das so ist, muß ich Sie enttäuschen«, antwortete Spock. »Ich werde in diesem Zimmer bleiben.«

Er sah nicht, wie sich Scotts Gesichtsausdruck verhärtete, wie kalter Haß in den Augen des Chefingenieurs glühte, aber er hörte die Veränderung in der Stimme. »Vielleicht wären Sie bereit, mir den gegenwärtigen Aufenthaltsort des Captains zu nennen – wenn Sie wissen, daß Sie damit Ihrer Mutter das Leben retten.«

»Sie ist bereits tot. Sie können ihr nicht mehr schaden.«

»Wir haben ihr nichts zuleide getan.«

»Wir«, wiederholte Spock langsam. »Wie viele von Ihnen gibt es?«

»Hier?« Es klang hohl und spöttisch. »Noch nicht sehr viele. Sehen Sie mich an, Vulkanier – oder ich erschieße Sie.«

»Ich bin nicht so leicht zu überwältigen wie andere. Es wäre klüger von Ihnen, mich zu töten.«

Scott hob den Phaser, kam jedoch nicht mehr dazu, die Waffe einzusetzen. Ein schweres Objekt in McCoys Hand traf ihn am Kopf.

»Eine Betäubungsinjektion hätte den gleichen Zweck erfüllt – mit weitaus weniger Gewalt«, tadelte Spock. »Ich hoffe, Sie haben Mr. Scott nicht verletzt.«

McCoy beugte sich über den bewußtlosen Chefingenieur. »Armer Scotty. Er wird ziemliche Kopfschmerzen haben, wenn er erwacht.« Er sah zu Spock auf und runzelte die Stirn. »Was erdreisten Sie sich eigentlich, meine Methoden zu kritisieren? Begreifen Sie nicht, daß ich Ihnen das Leben gerettet habe?«

»Doch, Doktor. Und dafür bin ich Ihnen dankbar.«

Der Vulkanier wölbte eine Braue und betrachtete das Instrument in McCoys Hand.

»Die Art Ihres Eingreifens war eher primitiv – aber höchst wirkungsvoll.«

McCoy grinste. »Ich wußte gar nicht, daß tragbare Lebenserhaltungsgeräte so vielseitig sind.« Er zerrte an dem reglosen Scott. »Helfen Sie mir, ihn auf die Diagnoseliege zu heben.«

»Wir haben keine Zeit mehr, Doktor …«

»Na schön.« McCoy schnaufte leise. »Ich schaffe es auch allein. Kümmern Sie sich um Amanda.«

Spock seufzte, hob Scott mit beneidenswerter Mühelosigkeit hoch und legte ihn auf die Liege.

McCoy atmete tief durch, lehnte sich ans Untersuchungsbett und schaltete den Monitor ein. »Ich glaube, Scotty braucht nur mit Kopfschmerzen zu rechnen, weiter nichts. Nun gut, Spock, genug Aufregung für heute. Bringen wir Ihre Mutter fort von hier.«

»Die Aufregung hat noch nicht einmal begonnen, Doktor«, erwiderte der Vulkanier.

Anitra blieb vor der Tür ihrer Kabine stehen. »Ich brauche einige Instrumente«, sagte sie. »Es dauert nur eine Sekunde.«

»Instrumente wofür?« erkundigte sich Kirk argwöhnisch. »Ihre Streiche?«

»Sie haben's erfaßt«, erwiderte die junge Frau. In ihren Augen blitzte es kurz. »Doch diesmal habe ich es dabei auf unsere Widersacher abgesehen.«

Kirk lächelte kurz und sah sich dann wachsam um. Außer ihnen befand sich niemand im Korridor. »Ich gebe Ihnen genau eine Sekunde. Und denken Sie an Ihren Phaser.«

Sie zögerte in der Tür. »Wir oder sie, nicht wahr?«

»Ja, genau.«

Anitra preßte die Lippen zusammen und verschwand in ihrem Quartier. Nach weniger als zehn Sekunden kehrte sie mit ihrem Phaser und einer Tasche zurück. »Sie machen sich Sorgen um mich, stimmt's?« Sie musterte Kirk aus den Augenwinkeln.

»Es wäre sinnlos, etwas anderes zu behaupten.«

Anitra runzelte verwirrt die Stirn.

»Ich kenne Ihren PSI-Faktor, Fähnrich.«

»Wer hat Ihnen ...«, begann die junge Frau verärgert.

Kirk unterbrach sie. »Wie ließe sich sonst erklären, daß Sie das Triebwerk innerhalb derart kurzer Zeit überholt haben – und zwar *exakt so,* wie Scott diese Arbeit durchgeführt hätte? Sie konnten wirklich von Glück sagen, daß er praktisch die ganze Zeit über in der Nähe war.«

»Ich verstehe.« Anitras Wangen röteten sich in einer Mischung aus Zorn und Verlegenheit. »Nun, vielleicht wissen Sie nicht, daß Spock mir beibrachte, mich vor den Gedanken anderer Personen abzuschirmen. Ich bin *kein* telepathischer Voyeur ... *Sir.*«

»Ich wollte Sie nicht beleidigen, Fähnrich. Was solche Dinge betrifft, sind meine Kenntnisse begrenzt.«

»Ich möchte nur darauf hinweisen, daß Sie mir in einer Notlage völlig vertrauen können«, verkündete Anitra stolz. »Manchmal bin ich zu Streichen aufgelegt, aber ich weiß auch, wann es auf Teamarbeit ankommt.«

»Und wenn wir uns nicht in einer Notlage befinden?« spottete Kirk gutmütig.

»Dann müssen Sie mit allem rechnen.« Anitra lächelte fast gegen ihren Willen.

Sie machten einen kurzen Abstecher zu Kirks Kabine – er holte dort seinen eigenen Phaser –, und anschließend erreichten sie ohne Zwischenfälle ihr Ziel. Das Schott der Nebenbrücke glitt beiseite, und Kirk sah eine jähe Bewegung, als der junge diensthabende Offizier die Füße von der Konsole zog. Er sprang auf, nahm Haltung an und errötete.

Kirk lächelte. »Rühren, Fähnrich. Es ist nur eine Routineinspektion.«

Der junge Mann wirkte verwirrt. »Routine, Sir? Sind Sie sicher, daß kein Alarm gegeben wurde?«

»Warum fragen Sie?« erwiderte Kirk. Anitra stand hinter ihm, und ihre rechte Hand ruhte auf dem Kolben des Strahlers.

»Sie tragen einen Phaser, Sir. Ist das nicht recht ungewöhnlich?« Er sah Kirk aus großen und unschuldig blickenden Augen an.

Der Captain fragte sich, ob er dem Fähnrich die Lage erklären sollte, als ihn plötzlich eine übelkeiterweckende Benommenheit erfaßte. Er hatte das Gefühl, nach vorn zu fallen.

»Nein!« rief Anitra. Kirk hörte das Zischen eines Phasers, sah wie aus weiter Ferne eine Gestalt, die zu Boden sank.

Er holte tief Luft und wartete darauf, daß sich der Nebel hinter seiner Stirn lichtete. Anitra zog den jungen Mann in den Korridor, kehrte zurück und schloß das Schott.

»Danke«, sagte der Captain. »Ist er tot?«

»Nur betäubt«, antwortete Anitra. »Amanda war offenbar ein Sonderfall.«

Der Türmelder summte.

»Das ist Spock«, sagte Anitra überzeugt und entriegelte das Schloß. McCoy und der Erste Offizier kamen herein. Spock trug seine Mutter, und ein kleines Gerät baumelte an ihrer Taille. Ihr Gewicht schien Spock überhaupt nicht zu belasten, als er sie in den kleinen Aufenthaltsraum nebenan trug.

»Ihr seid spät dran«, betonte Kirk.

»Man könnte sagen, daß wir aufgehalten wurden«, gab McCoy zurück. »Von Scotty, Jim. Er suchte nach dir.«

»Zum Glück war Spock zur Stelle.«

Der Vulkanier und McCoy wechselten einen kurzen Blick. »Ich glaube, Sie gehen von falschen Annahmen aus, Captain«, bemerkte Spock.

McCoy strahlte übers ganze Gesicht. »*Ich* habe ihn außer Gefecht gesetzt. Mit einem Medo-Gerät.«

»Was ist mit dem hippokratischen Eid, Doktor?« fragte Spock rhetorisch. »Soweit ich weiß, verpflichtet er einen Arzt dazu, niemanden zu verletzen …«

»Vergessen Sie, daß ich in diesem Zusammenhang Ihr Leben gerettet habe?«

»Meine Herren …« Kirk hob die Arme. »Dies ist nicht der geeignete Zeitpunkt für scherzhafte Bemerkungen. Wir müssen uns schleunigst etwas einfallen lassen. Scotty braucht nur einige Stunden, um das Schott aufzubrechen.«

»In der Tat«, pflichtete ihm Spock bei. »Vielleicht könnten Dr. Lanter und ich versuchen, dem Chefingenieur zusätzliche Hindernisse in den Weg zu legen.« Er richtete einen fragenden Blick auf Anitra, und die junge Frau nickte. »Es wäre möglich, die Elektrizität des elektronischen Schlosses zu nutzen, um ein Kraftfeld zu improvisieren …«

»Soviel zum ersten Problem«, kommentierte Kirk. »Aber das zweite ist noch weitaus wichtiger und dringender. Wir brauchen eine Strategie, um die Kontrolle über das Raumschiff zurückzugewinnen.«

»Ganz einfach«, behauptete Spock. »Wir neutralisieren die manuellen Steuerungssysteme und schalten die Navigationscomputer auf dieses Terminal um.«

Kirk sah den Arzt an. »Wie lange dauert es, bis Scott wieder zu sich kommt und nach uns Ausschau hält?«

»Nicht sehr lange«, erwiderte McCoy. »Zwischen fünf und dreißig Minuten. Es war kein sehr harter Schlag. Ich bin sicher, seine Komplizen wissen bald über uns Bescheid.«

»Die nächste Frage lautet: Welchen Kurs nehmen wir, sobald wir die *Enterprise* kontrollieren?«

McCoy schüttelte den Kopf. »Wohin wir auch fliegen: Wir ermöglichen es den Wesen, ihren Einfluß zu erweitern.«

»Vulkan ist bereits infiziert«, sagte Spock. »Und es finden täglich Shuttleflüge zwischen Vulkan und der Erde statt. Die Entitäten werden sich verbreiten, ganz gleich, welches Ziel wir ansteuern. Daher schlage ich vor, wir kehren zurück.«

»Der Meinung bin ich auch«, stimmte Anitra zu. »Aber um zu vermeiden, daß wir zusätzliche Probleme schaffen ... Wir sollten mit einem Shuttle fliegen und das Triebwerk der *Enterprise* irgendwie lahmlegen.«

»Welchen Sinn hat es, nach Vulkan zurückzukehren?« fragte Kirk. »Dort ist es ebenso gefährlich wie an Bord dieses Schiffs.«

»Sogar noch gefährlicher«, bestätigte Spock ernst. »Aber es geht nicht um unsere Sicherheit, Captain.«

»Starfleet hat Mr. Spock und mich beauftragt, Ermittlungen anzustellen und eine Lösung zu finden.« Anitra war plötzlich ganz Wissenschaftlerin. »Dazu brauchen wir ein infiziertes Untersuchungsobjekt sowie die richtigen technischen Ausrüstungen für Experimente. Darüber hinaus müssen wir uns an einen sicheren Ort zurückziehen, wo uns niemand lokalisieren kann. Vulkan bietet die erforderlichen Voraussetzungen.«

»Aber das Risiko, dort infiziert oder getötet zu werden ...«, begann Kirk.

»Es ist nicht unbedingt gering«, räumte Anitra ein. »Das wissen wir. Aber in der Akademie gibt es Geräte, die uns weitaus mehr Möglichkeiten bieten als die hiesigen Instrumente. Außerdem können wir hoffen, die Entitäten aufzuhalten, bevor sie sich auf anderen Planeten ausbreiten.«

»Wir haben hier jemanden, der für Tests zur Verfügung steht ...«

»Captain«, sagte Spock ruhig, »wir brauchen eine lebende Person, die ohne jeden Zweifel infiziert ist. Ich bin nicht sicher, ob meine Mutter diese Bedingungen erfüllt.«

»Vulkan ist die einzige logische Wahl.« Anitras Stimme brachte feste Entschlossenheit zum Ausdruck.

Ein dünnes Lächeln zuckte in Kirks Mundwinkeln. »Sie sind ebenso schlimm wie er.« Der Captain nickte seinem Ersten Offizier zu. »Na schön. Wenn wir die Besatzung dieses Schiffs isolieren wollen, müssen wir die Kommunikationsverbindungen unterbrechen. Das kann Dr. Lanter von hier aus bewerkstelligen – sie hat bereits bewiesen, daß sie sich mit solchen Sachen auskennt. Außerdem benötigen wir jemanden, der den Maschinenraum sabotiert, so daß die *Enterprise* antriebslos im Raum treibt.«

»Dafür bin ich qualifiziert«, sagte der Vulkanier.

»Dem widerspreche ich nicht, Mr. Spock. Ich kümmere mich um die Sensoren des Hangardecks.«

»Und ich?« fragte McCoy.

»Sie bleiben bei mir und leisten moralische Unterstützung«, bot Anitra an.

McCoy errötete. Spock hob nur kurz die Brauen.

»Du hast die Dame gehört, Pille.« Kirk zwinkerte. »Ich mache mich jetzt auf den Weg. Spock, sorgen Sie erst dafür, daß sich Scotty keinen Zugang verschaffen kann. Versuchen Sie anschließend mit Dr. Lanter, die Triebwerke zu blockieren – und zwar ohne den Maschinenraum in die Luft zu jagen.«

Kirk riskierte es nicht, den Turbolift zum Hangardeck zu nehmen. Statt dessen kletterte er durch die Notschächte zwischen den einzelnen Decks, bis das Gefühl aus seinen Armen wich. Der zum Hangar führende Korridor war glücklicherweise leer – in diesem Bereich fanden nur wenige Patrouillen statt. Er hatte sein Ziel fast erreicht, als sich eine breite Hand auf seine Schulter herabsenkte. Instinktiv griff er nach dem Phaser, doch die Hand drehte ihm den Arm auf den Rücken. Nach wenigen Sekunden fiel der Strahler zu Boden. Kirk trat nach hinten, befreite sich aus dem Griff und wirbelte um die eigene Achse. Der hochgewachsene, kräftig gebaute Mann vor ihm trug die blutbesudelte Uniform eines

Wartungstechnikers und schien völlig außer sich zu sein. Er knurrte, und Schaum klebte auf seinen Lippen. Kirk erstarrte und schluckte hörbar.

Der Gegner des Captains brüllte und begann mit einem schwerfälligen Angriff. Kirk wich ihm problemlos aus, sah sich nach dem Phaser um und entdeckte ihn unter der Hangarkonsole. Er bückte sich danach, doch der Hüne war nicht annähernd so langsam, wie Kirk zunächst gedacht hatte. Mit einer Pranke zog er Kirk zu sich heran und schloß die Finger wie einen Schraubstock um seinen Hals. Das Gesicht des Captains verfärbte sich, und er schlug nach dem Mann. Aber die Länge des Arms bewahrte den Riesen davor, von den Fausthieben getroffen zu werden. Kirk schloß die Augen und überlegte, was er jetzt unternehmen sollte, als plötzlich die Stimme einer Frau erklang. »Verletz ihn nicht, du Narr!«

Diesen Worten folgte das Zischen eines Phasers, und die energetische Entladung schleuderte sowohl den Captain als auch seinen Gegner zu Boden. Der Wartungstechniker schien betäubt zu sein, denn die sich nähernden Schritte stammten von einer wesentlich leichteren Person. Kirk öffnete die Augen.

»Tomson.« Er lächelte erleichtert. »Bin ich froh, Sie zu sehen.«

»Das gilt auch für mich, Sir«, antwortete die Leiterin der Sicherheitsabteilung so tonlos wie üblich. »Ist alles in Ordnung mit Ihnen?«

Kirk setzte sich auf, lehnte Tomsons Hilfe ab und befingerte seinen Hals. »Ja. Und das habe ich Ihnen zu verdanken.«

»Der verdammte Idiot hat tatsächlich versucht, Sie zu erdrosseln. Das konnte ich nicht zulassen. Wir brauchen Sie.«

Die seltsame Wärme in Tomsons Stimme überraschte Kirk. »Wo sind Sie gewesen, Lieutenant? Ihre Leute suchen nach Ihnen.«

»Ach, was für ein Zufall.«

Kirk zwinkerte verwundert und schüttelte den Kopf. Tomsons Augen waren immer klein und schmal gewesen, doch jetzt erschienen sie ihm so groß, daß sie ihr Gesicht, sogar das ganze Zimmer ausfüllten.

»Wir haben nach *Ihnen* gesucht«, fügte die Frau hinzu.

McCoy wanderte unruhig auf und ab. Schon zweimal hatte er sich bei dieser Nervosität ertappt, woraufhin er Platz nahm und versuchte, sich zu entspannen. Doch länger als fünf Minuten hielt er es nicht aus. Schon seit Stunden befanden sie sich in der Nebenbrücke. Spock und Anitra hatten das Schloß manipuliert, und nach einer relativ kurzen Diskussion mit Dr. Lanter brach der Vulkanier auf, um das Triebwerk zu sabotieren. Eigentlich war er noch nicht sehr lange fort, aber McCoy begann trotzdem, sich Sorgen um ihn zu machen. Was den Captain betraf, zweifelte er kaum mehr daran, daß ihm irgend etwas Schreckliches zugestoßen war. »Wieviel Zeit brauchen sie noch?«

»Kommt ganz darauf an«, antwortete Anitra. »Ich habe beschlossen, zwei weitere Stunden lang unbesorgt zu sein. Vielleicht müssen sie sich in Geduld fassen und warten, daß einige Besatzungsmitglieder fortgehen, bevor sie mit der Arbeit beginnen können.«

»Und wenn die beiden Stunden verstrichen sind?« fragte McCoy leise.

Anitra seufzte kummervoll. Sie saß an der breiten Kontrollkonsole, den einen Ellenbogen auf die Kante gestützt. Ihr Kinn ruhte auf der Faust, und das lange rote Haar reichte zerzaust den Rücken hinab. McCoy fragte sich ernsthaft, ob es während der vergangenen Tage gekämmt worden war. »Dann versuchen wir, das Hangardeck zu erreichen, die Sensoren selbst zu neutralisieren und mit einem Shuttle zu fliehen.«

McCoy nickte ohne große Begeisterung. »Klingt vernünftig. Glauben Sie, daß uns Scott findet, bevor Jim und Spock zurück sind?«

»Himmel, warum zerbrechen Sie sich den Kopf über solche Dinge? Wenn es Ihnen ein Trost ist: Ich habe keine technischen Veränderungen vorgenommen, die auf unseren Aufenthaltsort in der Nebenbrücke hinweisen. Nur die internen Sensoren funktionieren jetzt anders als vorher.«

McCoy runzelte die Stirn, als er merkte, daß er erneut auf und ab ging. Er setzte sich neben die junge Frau. »Aus welchem Grund?«

»Mit einer Sondierung innerhalb der *Enterprise* lassen sich einzelne Menschen nicht voneinander unterscheiden, aber es wäre möglich, den Vulkanier zu lokalisieren. In dem Fall hätten uns die Infizierten innerhalb kurzer Zeit gefunden. Meine Eingriffe sorgen für eine ›Fehlfunktion‹. Niemand wird vermuten, daß wir uns hier befinden.«

McCoy pfiff bewundernd durch die Zähne. »Sie haben an alles gedacht, nicht wahr?«

Anitra gab sich arrogant und hochmütig. »Das ist mein Job – den ich zufälligerweise meisterhaft beherrsche. Nun, sprechen wir über etwas Interessanteres. Tut mir leid, daß ich Sie mit meiner früheren Bemerkung in Verlegenheit gebracht habe.«

»Sie meinen den Hinweis auf moralische Unterstützung.« McCoy spürte, wie ihm erneut das Blut ins Gesicht schoß. »Nun, ich muß lernen, mit so etwas zu leben. Da wir gerade dabei sind, das Thema zu wechseln: Wieso heißen Sie ausgerechnet Anitra? Ich kenne den Namen Anita …«

»Das verstehen alle, wenn ich zum erstenmal meinen Namen nenne. Kennen Sie den Komponisten Grieg? Seine *Peer-Gynt*-Suite?«

»Das Lied über den Mann, der in die Berge geht und dort kleinen Ghulen begegnet, die wie verrückt tanzen? Hat mir sehr gefallen.«

»Sie meinen den *Saal des Bergkönigs* – eine musikalische Wahl, die den Umständen gerecht wird, nicht wahr? Was ist mit *Anitras Tanz?*« Die junge Frau summte einige Takte.

»Ja, natürlich.« McCoys Miene erhellte sich. »Klingt wundervoll. Wer war Anitra?«

»Eine Huri.«

»Eine was?«

»Eine Verführerin.« Anitra lächelte passend. McCoy tastete nach seinem Kragen und räusperte sich. Schließlich lachte seine Gesprächspartnerin. »Entschuldigen Sie. Ich habe Sie erneut in Verlegenheit gebracht.«

»Zwei zu null für Sie«, erwiderte der Arzt. »Das ist nicht fair. Jetzt sollten Sie mir die Wahl des Themas überlassen.«

»Einverstanden.«

»Welche Ursachen mag es für Ihr Magengeschwür geben?«

Anitras Lächeln verblaßte allmählich, bis nur noch ein Schatten davon zurückblieb. Nachdenklich starrte sie auf die Kontrollkonsole. »Keine Ahnung. Vielleicht liegt es am Stress meiner Arbeit.«

»Mit Ihrem Sinn für Humor … Sind Sie wirklich in der Lage, etwas so ernst zu nehmen, daß es Ihnen auf den Magen schlägt? Nein, wohl kaum. Darüber hinaus arbeiten Sie in einem Bereich, der Sie interessiert. Ihre berufliche Tätigkeit bringt also keine Frustrationen mit sich, sondern erfüllt Sie mit Zufriedenheit.«

Anitra strich sich mit beiden Händen über Stirn und Kopf, griff dann nach dem Haar im Nacken, als sei das Gewicht der dichten roten Strähnen plötzlich unerträglich geworden. »Das stimmt. Vielleicht geht das Magengeschwür auf etwas zurück, über das ich nicht sprechen darf.« Sie neigte den Kopf nach unten, in Richtung McCoy, und ihr Gesichtsausdruck war völlig ernst.

Die junge Frau erschien dem Bordarzt plötzlich so hinreißend schön, daß er unwillkürlich nach Luft schnappte. »Mein Gott!« brachte er hervor. »Ihre Augen sind *purpurn.*«

Diese Bemerkung verblüffte Anitra so sehr, daß sie bis zum Haaransatz errötete. »Nicht purpurn, sondern violett, Doktor.«

»Die Bezeichnung spielt keine Rolle – es ist die hübscheste Farbe, die ich jemals gesehen habe. Diesmal sind *Sie* verlegen, nicht wahr?«

»Jetzt steht es zwei zu eins.«

»Wir haben das Thema Magengeschwür noch nicht abgeschlossen. Außerdem ist mir gerade eingefallen, daß ich Ihnen gegenüber im Nachteil bin: Aufgrund Ihrer telepathischen Fähigkeiten wissen Sie bereits im voraus, was ich sagen werde.«

»In dieser Hinsicht kursieren einige häßliche Gerüchte. Übrigens: Bitte behalten Sie Ihr Wissen für sich. In diesem Zusammenhang ist Geheimhaltung äußerst wichtig. Und falls es Sie interessiert … Ich gehe bei Spock in die Schule.«

»Bei Spock?« wiederholte McCoy. »Warum?«

»Um zu lernen, *keine* fremden Gedanken zu lesen, wenn ich es nicht möchte. Es war ziemlich schlimm, bevor er mich die Techniken der mentalen Abschirmung lehrte.«

»Es ging also nicht nur um das geheimnisvolle ›Projekt‹?«

»Nein. Ich habe viel Zeit darin investiert zu lernen, meine Fähigkeiten zu kontrollieren.« Anitra lächelte schief. »Ich glaube, ohne die Möglichkeit, mein Bewußtsein abzuschirmen, wäre ich früher oder später übergeschnappt.«

»Nun, diese Problematik wird mir erst jetzt klar«, gestand McCoy ein. »Ich habe Telepathen immer beneidet, weil sie wissen, was anderen Leuten durch den Kopf geht. Aber wahrscheinlich macht es nicht besonders viel Spaß, ständig fremde Gedanken zu empfangen.«

»Manchmal«, sagte Anitra traurig, »ist es nicht sehr angenehm zu wissen, was andere Personen über einen denken. Stellen Sie sich vor, Sie finden heraus, was man sich hinter Ihrem Rücken über Sie erzählt. Gelegentlich sind selbst Freunde recht kritisch, verzichten jedoch darauf, ihre Meinung zu äußern. Ich glaube fest an den Wert kleiner Unwahrheiten – sie sind weitaus höflicher, als man zunächst annimmt. Sie bewahren den persönlichen Stolz vor dauernden Verletzungen.«

»Und als Sie mir sagten, daß Sie mich nett finden? War das ebenfalls eine freundliche Lüge?«

Anitra zeigte ihr strahlendes Huri-Lächeln. »Sie vermuteten, ich schwärme für Spock, nicht wahr?«

»He, das ist unfair«, erwiderte McCoy. »Sie haben meine Gedanken gelesen.«

»Ts, ts, Doktor – es stand in Ihrem Gesicht geschrieben. Sie glaubten, ich hätte mich in alles Vulkanische vernarrt.«

»Nun«, protestierte McCoy halbherzig, »Sie zeigten zweifellos die entsprechenden Symptome.«

Anitra zupfte an einer Strähne ihres Haars und starrte darauf hinab. »Zugegeben, die vulkanische Kultur ... fasziniert mich.« McCoy verzog andeutungsweise das Gesicht, als die junge Frau von Faszination sprach. »Vielleicht liegt es daran, daß sie Kontrolle anbietet. Ich bin lange den Gedanken und Gefühlen anderer Personen ausgeliefert gewesen – ganz zu schweigen von meinen eigenen. Daher würde ich gern eine gewisse Kontrolle ausüben.«

»Gerade Sie kann ich mir unmöglich als Vulkanierin vorstellen«, sagte McCoy. »Zunächst einmal: Sie legen viel zu großen Wert auf Spaß. Wenn Sie sich von allem Menschlichen trennen, fehlt Ihnen eine Menge.«

Anitra lachte. »Da haben Sie sicher recht.«

»Und ob. Bitten Sie Spock bloß nicht darum, meine Einschätzung zu bestätigen.«

»Das käme mir nie in den Sinn.« Die junge Frau gähnte und rieb sich die Augen.

»Ein bißchen müde?« fragte McCoy.

Sie nickte. »Ich habe einige anstrengende Lektionen Spocks hinter mir.«

»Sie sind keine Vulkanierin, meine Liebe. Intellektuell können Sie es vielleicht mit ihm aufnehmen, aber in physischer Hinsicht ist und bleibt er Ihnen überlegen.«

»Ich weiß.« Anitra drehte den Stuhl herum und sah McCoy tief in die Augen. »Aber glauben Sie nicht, daß der Ernst der gegenwärtigen Situation einige schlaflose Nächte rechtfertigt?«

»Lieber Himmel«, stöhnte McCoy. »Wenn man Sie hört... Sie *klingen* fast schon wie Spock. Nun, während der nächsten Stunde brauchen wir nicht damit zu rechnen, daß jemand an die Tür klopft. Warum legen Sie sich nicht einige Sekunden lang hin?«

Anitra schien innerlich hin und her gerissen zu sein. »Nein, ich könnte keine Ruhe finden.«

»Unsinn. Sie spielen bei dieser Angelegenheit eine besonders wichtige Rolle, und wenn Sie zu müde sind, um klar zu denken... Gehen Sie ins Nebenzimmer und schalten Sie das Licht aus.«

»Nun, einige Minuten schaden sicher nicht«, räumte Anitra ein. »Aber wenn etwas passiert?«

»Ich bin zwar kein Genie, aber ich weiß, wann es darauf ankommt, Sie zu wecken. Gehen Sie jetzt.«

Die junge Frau zuckte hilflos mit den Schultern.

Es war dunkel und kühl in dem kleinen Aufenthaltsraum. Amanda lag völlig reglos auf der Couch am anderen Ende des Zimmers. Es gefiel Anitra nicht sonderlich, die Kammer mit der lebenden Leiche zu teilen, aber es blieb ihr keine Wahl. Sie streckte sich auf dem Boden vor der Tür aus, so weit wie möglich von Spocks Mutter entfernt.

Anitra schloß die Augen, und schon wenige Sekunden später schlief sie ein. Doch sie fühlte sich dabei nicht annähernd so wohl, wie sie es erwartet und erhofft hatte. Der Schlaf kam einer tiefen Trance gleich, und fast sofort begann ein Alptraum.

Die Traumbilder zeigten ihr eine Anitra, die im Aufenthaltsraum lag. Irgendein Zauber versetzte sie in die Lage, durch geschlossene Lider zu sehen. Amanda war ebenfalls zugegen: Zuerst ruhte sie auf der Couch, doch dann erhob sie sich lautlos. Arme und Beine blieben dabei unbenutzt – die ältere Frau schwebte einfach empor. Etwa anderthalb Meter über der Liege drehte sie sich um die eigene Achse, wie ein Korkenzieher, richtete sich langsam auf und sank nach unten, bis ihre Füße sanft den Boden berührten. Anitra versuchte verzweifelt, McCoys Namen zu rufen, aber ihre Stimmbänder versagten, und sie konnte sich nicht aus dem Kokon der Trance befreien. Ebensowenig war sie imstande, sich zu bewegen und aufzustehen; ihr Körper schien plötzlich Tonnen zu wiegen. Erstarrt lag sie vor der Tür, blinzelte nicht einmal. Nur ihre Brust hob und senkte sich langsam, während sie atmete. Diese Qual dauerte eine Zeitlang: Amanda kam näher und näher, aber nicht nahe genug, um sie zu berühren.

Eine warme Hand brach den Bann. Anitra erwachte dankbar, öffnete die Augen und sah nur Dunkelheit. »Doktor?«

»Ein toller Trick, nicht wahr?« flüsterte Amanda spöttisch. Ihre Augen glühten in der Schwärze.

KAPITEL 7

McCoy öffnete die Tür, ließ Kirk eintreten und schloß das Schott sofort wieder.

»Das ging schnell«, bemerkte er.

»Aus diesem Grund bin ich der Captain.« Kirk sah sich auf der Nebenbrücke um. »Spock ist noch nicht zurück?«

»Nein. Anitra hat euch erst in einer halben Stunde erwartet.«

»Wo befindet sie sich?«

McCoy ließ sich seufzend in einen Sessel sinken. »Wir hatten hier ein wenig Aufregung, während du fort warst, Jim. Amanda … erwachte.«

»Tatsächlich?« Kirk versteifte sich plötzlich. »Wie geht es ihr?«

McCoy schüttelte den Kopf. »Die Wesenheiten haben uns zum Narren gehalten, Jim – indem sie dafür sorgten, daß Amanda tot wirkte.«

»Und wir sind darauf hereingefallen.«

»Allerdings. Ich nehme an, sie wollten auf diese Weise Anitra erwischen. Wahrscheinlich haben sie schon lange auf eine solche Gelegenheit gewartet. Irgendwie fanden sie heraus, daß die junge Frau über besondere Fähigkeiten verfügt – und daraufhin nahmen sie Anitra aufs Korn. Das ist meine Vermutung.« McCoy hob die Hände vors Gesicht und sah durch die gespreizten Finger. »Sie legte sich im Nebenzimmer hin. Fünf Minuten später hörte ich ihren Schrei. Amanda versuchte, sie zu erdrosseln.«

»Mein Gott«, hauchte Kirk. »Und du?«

»Nun, du kennst mich ja – habe immer meine Medo-Tasche dabei. Ich verpaßte ihr genug Elenal, um sie bis zum nächsten Weihnachtsfest schlafen zu lassen.«

»Wie steht's mit Anitra?«

»Sie ist ziemlich bestürzt. Aber abgesehen davon hat sie nur einige blaue Flecken. Die letzten Ereignisse haben sie erschöpft, und hinzu kommen die mentalen Übungen mit Spock, die recht lange dauerten und erhebliche geistige Kraft erforderten. Sie brauchte Ruhe ...«

»Und deshalb hast du ihr ebenfalls ein Sedativ gegeben.« Kirk klang mißbilligend. »Ich hoffe nur, daß es in Anitras Fall nicht bis zum nächsten Weihnachtsfest wirkt. Wir müssen aufbrechen, sobald Spock eintrifft.«

»Keine Sorge.« McCoy rieb sich das Gesicht. »Ich schätze, Anitra schläft noch eine halbe Stunde. Soviel Zeit haben wir doch, oder?«

»Vielleicht.« Kirk ging in Richtung Aufenthaltsraum.

»Jim?« rief ihm McCoy nach. »Du brauchst dort nicht nachzusehen. Sowohl Amanda als auch Anitra sind betäubt.«

Kirk verharrte vor der Tür des Nebenzimmers und drehte halb den Kopf zur Seite. Der Arzt konnte sein Gesicht nicht sehen. »Ich möchte nur feststellen, ob mit Dr. Lanter alles in Ordnung ist«, sagte er leichthin. »Das kann bestimmt nicht schaden, oder?«

Kurzes Schweigen folgte. *Nein, es kann nicht schaden,* dachte McCoy. Aber irgend etwas an der Frage erschien ihm seltsam. Und die Art und Weise, wie Kirk vor der Tür stand ... Der Arzt spürte, wie sich ihm die Nackenhaare aufrichteten.

»Lieber Himmel«, flüsterte er. »Jim ...«

Kirk ließ die Arme hängen und entspannte sich. »Stimmt was nicht, Pille?«

»Ich glaube schon«, brachte McCoy hervor. Ein dicker Kloß entstand in seinem Hals. Entsetzen quoll in ihm empor, vermischte sich mit Zorn darüber, was mit seinem Freund geschehen war. »Zum Teufel auch, was *bist* du?«

Kirk blieb ruhig stehen, doch sein Kopf drehte sich viel zu weit zur Seite. Er musterte den Arzt aus glühenden Augen. »Wir«, berichtigte er. »Was sind *wir?*«

Spock erledigte seine Aufgabe im Maschinenraum ohne nennenswerte Zwischenfälle, wurde allerdings von zwei technischen Praktikanten aufgehalten, die im Bereich des Materie-Antimaterie-Wandlers arbeiteten. Als er in Richtung Notschacht zurückkehrte und um eine Ecke ging, stieß er fast gegen Lieutenant Uhura. Beide wichen aus einem Reflex heraus zurück, und Uhura hob sofort ihren Phaser. Spock bekam keine Gelegenheit, seine Waffe zu ziehen. Die dunkelhäutige Frau winkte und starrte den Vulkanier aus weit aufgerissenen Augen an. Ihr Uniformpulli war zerknittert und schmutzig.

»Bleiben Sie ganz ruhig. Wenn Sie auch nur einen Schritt näher kommen, schieße ich.«

Spock vollführte eine zustimmende Geste. Uhuras Tonfall und ihr Gebaren deuteten darauf hin, daß sie es ernst meinte. Der Erste Offizier seufzte. Sie stand so weit entfernt, daß er nicht nach dem Phaser greifen und ihn ihr aus der Hand reißen konnte. Die Logik gebot, daß er zunächst abwartete und versuchte, die Distanz zu verringern.

Er schob sich etwas näher, aber Uhuras Gesichtsausdruck verhärtete sich sofort. »Ich werde nicht zögern, diese Waffe auf Sie abzufeuern.«

»Das ist mir klar«, erwiderte Spock und richtete den Blick zu Boden.

Uhura schloß die Finger noch etwas fester um den Kolben des Strahlers. »Wo ist der Captain?«

Spock ließ die Hände sinken und seufzte leise. »Derzeit scheinen recht viele Personen nach ihm zu suchen. Lieutenant, ich fürchte, unser Gespräch hat überhaupt keinen Sinn. Es wäre weitaus weniger frustrierend für uns beide, wenn Sie einfach den Auslöser betätigen.«

»Hände hoch!« stieß Uhura mit solchem Nachdruck hervor, daß Spock sofort gehorchte und die Arme hob. »Hat Ihnen Ihre Mutter nicht gesagt, daß es unhöflich ist, den Blick der Personen zu meiden, mit denen man spricht?«

Es gelang Spock, sich einen weiteren Schritt zu nähern, ohne daß Uhura reagierte. »Derartige Verhaltensweisen werden in erster Linie vom kulturellen Hintergrund geprägt, Lieutenant.«

»Beantworten Sie meine Frage.«

Spock überlegte kurz. »Doch, ich glaube, meine Mutter richtete einen entsprechenden Hinweis an mich.«

Uhura schnitt eine Grimasse, während sie weiterhin auf den Vulkanier zielte. »Um Himmels willen, *die* Frage meine ich nicht. Wo ist der Captain?«

»Selbst wenn ich wüßte, wo er sich befindet – ich wäre nicht bereit, Ihnen Auskunft zu geben«, sagte Spock. »Ganz abgesehen davon: Sein gegenwärtiger Aufenthaltsort ist mir unbekannt. Ich schlage vor, Sie erschießen mich und teilen Mr. Scott mit, daß mir die von ihm gewünschten Informationen fehlten.«

»Was hat denn *Scott* damit zu tun?« entgegnete Uhura verwirrt.

Noch ein Schritt – und damit kam Spock dem Kommunikationsoffizier nahe genug, um zu erkennen, daß der Phaser auf Betäubung justiert war. Angesichts der besonderen Situation hielt es Spock für erforderlich, die vulkanische Ethik zu verletzen: Er senkte seine mentalen Schilde lange genug, um Uhuras Bewußtsein mit einer geistigen Sonde zu berühren. Dann sah er zu ihr auf.

»Lieutenant Uhura«, sagte er fast herzlich.

»Sie sind es *wirklich*, nicht wahr, Sir?« Uhura lächelte erleichtert, und nur mit Mühe widerstand sie der Versuchung, den Ersten Offizier zu umarmen. »Entschuldigen

Sie bitte, Mr. Spock. Ich hätte es wissen sollen, als Sie die Frage in Hinsicht auf Ihre Mutter beantworteten.«

»Warum sind Sie so daran interessiert, wo sich der Captain befindet?«

»Das ist doch ganz klar. Meuterei auf der Brücke, Chaos im Rest des Schiffs.« Uhura schauderte. »Einen Augenblick lang dachte ich, Sie stecken mit den anderen im Kontrollraum unter einer Decke.«

»Alle anderen sind betroffen?«

»Zumindest die Leute auf der Brücke«, sagte Uhura ernst. »Aber *ich* nicht. Als ich den Turbolift verließ, um meinen Dienst anzutreten, sah ich nur Sterne auf dem Wandschirm. Daraufhin wollte ich Mr. Scott fragen, ob neue Befehle erteilt worden waren.« Sie schloß die Augen und erzitterte erneut. »Sulu saß an seinem Platz. Er wirkte ... wie hypnotisiert. Er blickte starr geradeaus und rührte sich nicht. Sein Mund stand offen, während Scott ihn am Kopf berührte – er griff so ähnlich zu wie Sie bei der Mentalverschmelzung. Aber Scotts Finger ... Mr. Spock, sie *glühten.* Das Leuchten schien von den Händen auf Sulu überzugreifen, und kurze Zeit später zeigte sich der gleiche Glanz in Sulus Augen.

Wahrscheinlich hörten mich die anderen Brückenoffiziere, denn nach wenigen Sekunden drehten sich alle Anwesenden zu mir um und lächelten gespenstisch. Ich dachte plötzlich, daß sie es auch auf mich abgesehen hatten.« Uhura neigte den Kopf. »Ich habe noch nie zuvor meinen Posten verlassen, Sir ...«

»Ich weiß, Lieutenant. Ihnen blieb in dieser Situation keine Wahl.«

»Das stimmt. Ich trat wieder in den Lift, kehrte in mein Quartier zurück und verriegelte die Tür. Als ich mich beruhigt hatte, fiel mir ein, daß man dort vielleicht nach mir suchte. Außerdem: Ich hatte den Captain nicht auf der Brücke gesehen und hoffte, daß er irgendwie entkommen war. Ich machte mich auf die Suche nach ihm – und begegnete Ihnen.« Uhuras dunkle Pupillen weiteten sich. »Was ist mit den Leuten *geschehen,* Mr. Spock?«

»Sie sind nicht mehr sie selbst«, antwortete der Vulkanier ruhig. »Eine fremde Kraft kontrolliert sie, eine Art Parasit. Wie Sie selbst beobachtet haben, werden die Opfer hypnotisiert – und die Übertragung erfordert offenbar einen physischen Kontakt.«

»Ist mit dem Captain alles in Ordnung?«

Spock nickte. »Soweit ich weiß, ja. Aber ich halte es für sehr wichtig, daß möglichst wenige Personen von seinem Aufenthaltsort erfahren.«

»Ich verstehe, Sir.«

»Wir planen, die *Enterprise* zu verlassen, Lieutenant. Und ich bedaure, daß Sie uns nicht begleiten können.«

Uhura musterte den Vulkanier verblüfft.

»Wir begeben uns zu einem Ort, der noch weitaus gefährlicher ist als dieses Schiff. Ich darf Sie nicht darum bitten, ein derartiges Risiko einzugehen. Nun, begleiten Sie mich zur Nebenbrücke. Das Schott ist manipuliert, um Scott und die anderen daran zu hindern, sich Zugang zu verschaffen. Dort sind Sie sicher, bis wir zurückkehren.«

»Danke, Mr. Spock. Wenn ich Ihnen irgendwie helfen kann ...«

Der Erste Offizier zögerte kurz. »In diesem Zusammenhang fällt uns bestimmt etwas ein, Lieutenant.«

Etwas bewegte sich im Nebenzimmer; Schatten glitten umher. *Nein!* rief McCoy in Gedanken und konzentrierte seine ganze geistige Kraft auf eine telepathische Botschaft. *Kommen Sie nicht hierher. Bleiben Sie im Aufenthaltsraum ...*

Aber entweder empfing Anitra die Nachricht nicht – oder sie schenkte ihr keine Beachtung. Die junge Frau litt noch immer an den Nachwirkungen des Sedativs, als sie in den Hauptraum taumelte und sich schwer an die Kontrollkonsole lehnte. Ihr Haar bildete eine wirre, zerzauste Masse, und sie runzelte die Stirn, musterte Kirk mit der Verdrießlichkeit eines Kindes, das gerade aus tiefem Schlaf erwacht war.

»Lassen Sie den Arzt in Ruhe«, sagte Anitra. »Er hat keinen Nutzen für Sie. Ich nehme an, Sie haben es auf mich abgesehen.«

»Wenn wir jemanden brauchen, so nehmen wir die Frau.« Kirks Stimme klang rauh. »Wenn wir niemanden benötigen, so können wir ihn trotzdem verwenden – für andere Zwecke.« Er lächelte unheilvoll und sah McCoy an, der rasch den Blick senkte. »Wir lassen ihn nicht ... in Ruhe.«

Das Schott glitt beiseite, und Kirk drehte sich um. Anitra hob ruckartig ihren Phaser und feuerte. Nur einen Sekundenbruchteil später schoß auch Spock vom Zugang her. Die beiden energetischen Entladungen hielten den Captain fest; er sank erst zu Boden, als das Zischen und Fauchen verklang.

Uhura spähte unsicher ins Zimmer, als Spock und Anitra zu Kirk eilten. McCoy war so überrascht und verwirrt, daß er länger brauchte, um den Bewußtlosen zu erreichen.

»Er ist nicht verletzt«, stellte Spock fest, als der Arzt seinen medizinischen Tricorder hervorholte.

»Bei allen Heiligen!« entfuhr es McCoy. »Wieso wußten Sie Bescheid?«

»Durch eine mentale Verbindung«, erklärte der Vulkanier. »Dr. Lanter und ich finden sie sehr nützlich. Ich bedaure nur, daß ich keinen ähnlichen Kontakt zu dem Captain unterhalten habe. Dann hätte ich seine Veränderung früher bemerkt.«

»Aber die Tür war verschlossen«, sagte McCoy. »Meine Güte, wie haben Sie das manipulierte Schloß überlistet?«

Spock nickte Anitra zu.

»Auch hier kommt die mentale Verbindung ins Spiel«, erwiderte die junge Frau. »Ich wußte, daß Spock vor der

Tür stand. Haben Sie denn überhaupt nichts gemerkt? Ich dachte, es sei so *auffällig* gewesen, als ich den Konsolenschalter betätigte.« Sie richtete einen fragenden Blick auf Uhura, die schweigend eingetreten war und nun neben dem betäubten Kirk stand.

»Lieutenant Uhura bleibt hier«, sagte Spock.

McCoy lächelte. »Wie ich mich darüber freue, wieder ein freundliches Gesicht zu sehen, Uhura.«

Sie erwiderte das Lächeln. »Das gilt auch für mich, Doktor. Es tut mir nur leid, was mit dem Captain geschehen ist.«

»Uns ergeht es ebenso.«

»Es wird Zeit, daß wir den Hangar aufsuchen«, drängte Spock.

»Ihre Mutter …«, begann McCoy.

Der Vulkanier straffte seine Gestalt. »Ich kann niemanden darum bitten, noch mehr Verantwortung für sie zu übernehmen. Ich neutralisiere die Sensoren, während Sie beide zum Shuttledeck gehen. Anschließend kehre ich zurück, um Amanda zu holen. Doch wenn jemand von Ihnen Gefahr spürt …«

»Spock«, warf McCoy ein. »Ihre Mutter kam wieder zu Bewußtsein.«

Die Augen des Vulkaniers weiteten sich kaum merklich.

Der Arzt sprach in einem mitfühlenden Tonfall. »Die Wesenheiten beherrschen sie noch immer. Irgendwie haben sie ihre Körperfunktionen so kontrolliert, daß sie tot wirkte. Auf diese Weise gelangte Amanda in Anitras Nähe, ohne daß jemand Verdacht schöpfte. Derzeit steht sie noch unter der Wirkung eines starken Sedativs, aber …«

Spock unterbrach ihn. »Dann bleibt sie an Bord der *Enterprise.*«

McCoy hielt nach irgendwelchen Hinweisen im Gesicht des Ersten Offiziers Ausschau, doch Spocks Miene blieb eine steinerne Maske. *So einfach ist das also,* dachte er, schwieg jedoch. Es wäre falsch gewesen, Amanda unter den gegebenen Umständen mitzunehmen; er sah sich außerstande, so etwas zu befürworten.

Spock wandte sich an Anitra. »Es dauert nicht mehr lange, bis die *Enterprise* antriebslos im Raum treibt. Wir sollten das Hangardeck erreichen, bevor das Triebwerk ausfällt. Darüber hinaus müssen wir den Captain und meine Mutter aus diesem Raum entfernen, um Lieutenant Uhuras Sicherheit zu gewährleisten.«

»Ich kümmere mich darum«, sagte Uhura. »Machen Sie sich ruhig auf den Weg.«

Ein neuer Adrenalinschub spülte die letzten Reste des Betäubungsmittels aus Anitras Blut. Sie stemmte die Hände an die Hüften. »Worauf warten wir noch?«

Spock stand vor dem Schaltpult in unmittelbarer Nähe des Zugangs, der zum Hangardeck führte. Anitra und McCoy verharrten dicht hinter dem Vulkanier, und über die Schulter hinweg sagte er: »Steigen Sie ins Shuttle und bereiten Sie alles für den Start vor. Aber öffnen Sie das Außenschott erst, wenn ich Ihnen mitteile, daß die Sensoren desaktiviert sind.«

Anitra zögerte zunächst, gab sich dann einen Ruck und ging zur *Galileo.* McCoy folgte ihr nicht, blieb weiterhin hinter Spock stehen.

Der Erste Offizier runzelte die Stirn. »Bitte begleiten Sie Dr. Lanter. Ich komme hier auch allein zurecht.«

»Ich rühre mich nicht von der Stelle«, beharrte McCoy. »Vielleicht kann ich Ihnen helfen.«

Spock wölbte eine Braue. »Das bezweifle ich sehr.«

»Als Techniker tauge ich vielleicht nicht viel, aber ich bin durchaus in der Lage, Schmiere zu stehen.«

»›Schmiere‹, Doktor?« Der Vulkanier kam einer Erklärung des Arztes zuvor. »Ich brauche niemanden, der für mich aufpaßt.« Er entfernte das erste Verkleidungssegment. »Interessant.«

McCoy blickte ihm über die Schulter. »Was meinen Sie?«

»Die Schaltkreise sind bereits manipuliert worden. Vielleicht hat der Captain seine Aufgabe beendet, bevor …« Spock sprach den Satz nicht zu Ende, und erneut bildeten sich dünne Falten in seiner Stirn.

»Was ist los?«

»Einige technische Komponenten sind polarisiert. Offenbar hat jemand mit einem Fluchtversuch unsererseits gerechnet und versucht, ihn zu erschweren. Ich muß meine Instrumente neu justieren.« Spock sah den Arzt kurz an. »Das dauert eine Weile, Dr. McCoy. Bitte begeben Sie sich jetzt zum Shuttle.«

»Ist das sinnvoll, wenn es Ihnen nicht rechtzeitig gelingt, die Sensoren zu neutralisieren?«

Spock setzte seine Bemühungen fort, während er antwortete: »Sie könnten trotzdem versuchen, aus der *Enterprise* zu entkommen …«

»Wenn es den Übernommenen auf der Brücke gelingt, die *Galileo* zu orten und ihren Kurs zu berechnen … Eine Entladung der Phaserkanonen genügt, um uns ins Jenseits zu schicken.«

»Mit dem Shuttle haben Sie trotzdem bessere Chancen als hier an Bord«, erklärte Spock in einem Tonfall erzwungener Geduld. »Ich halte es nicht für logisch, daß Sie in der *Enterprise* bleiben wollen. Darüber hinaus können Sie mir keine nützlichen Dienste anbieten …«

»Ich habe einen Phaser, verdammt. Und damit decke ich Sie.«

Spock seufzte und konzentrierte sich ganz auf die Arbeit, als er begriff, daß Argumente nicht genügten, um McCoy zu einem vernünftigen Verhalten zu bewegen. Trotz seiner skeptischen Ankündigung benötigte er weniger als drei Minuten, um die Sensoren zu desaktivieren.

»Gut gemacht, Spock«, sagte McCoy anerkennend.

»Ja, der Meinung bin ich auch«, erklang eine heisere Stimme. Sie drehten sich um – Kirk stand hinter ihnen.

Spock tastete nach seinem Kommunikator, erstarrte jedoch, als Kirk den Phaser hob. Es war auch gar nicht nötig, Anitra zu verständigen: Das Außenschott des Hangars öffnete sich, und die *Galileo* glitt lautlos ins schwarze All.

Der Captain hielt die Waffe auf Spock und McCoy gerichtet, als er zum nächsten Interkom eilte und es einschaltete. »Kirk an Brücke. Lanter hat das Schiff mit einem Shuttle verlassen. Die Sensoren funktionieren nicht mehr. Ermitteln Sie den Kurs. Ich bin gleich bei Ihnen.«

Er wandte sich an seine beiden Gefangenen. »Nach Ihnen, meine Herren.«

Abend an Bord der *Enterprise.* Im Kontrollraum herrschte diffuses Zwielicht, aber selbst ohne das Halbdunkel war es schlimm genug, fand McCoy. In den Gesichtern seiner infizierten Freunde zeigten sich gespenstische Ausdrücke.

Scottys Augen glühten matt, als er den Befehlsstand verließ.

»Wandschirm ein«, sagte Kirk und nahm im Kommandosessel Platz. McCoy und Spock blieben daneben stehen, starrten ins Projektionsfeld und beobachteten, wie sich die *Galileo* von der *Enterprise* entfernte. »Steuermann. Geschätzte Distanz.«

»Etwa dreihundert Kilometer, Sir.«

»Phaser bereit«, sagte Kirk.

»Nein«, hauchte McCoy. Kirk drehte den Sessel herum und lächelte.

»Feuer!« befahl er, ohne den Blick vom Arzt abzuwenden. McCoy senkte den Kopf. Er konnte einfach nicht ertragen, was der Bildschirm zeigte.

»Ein direkter Treffer«, triumphierte Sulu.

McCoy sah zur Seite. Das jähe Licht eines hellen orangefarbenen Explosionsblitzes fiel kurz auf Spocks Züge. Das Shuttle zerplatzte in einem Funkenregen, und wenige Sekunden später wurde es wieder dunkel. Die Miene des Vulkaniers blieb die ganze Zeit über völlig ausdruckslos.

»Was *bist* du?« McCoy trat an den Befehlsstand heran, und seine Stimme zitterte vor Wut. »Zum Teufel auch, was bist du, daß du jemanden wie Anitra einfach so umbringen kannst?« Drohend näherte er sich dem Captain.

Spock versperrte ihm den Weg, bevor jemand anders eingriff. »Doktor«, sagte er leise, »es ist nicht logisch, unsere Situation noch zu verschlimmern.«

McCoy hatte das Gefühl, innerlich zu zerbrechen. »*Unsere* Situation? Was spielt sie jetzt noch für eine Rolle? Sie kaltherziger Hurensohn!« Es klang nun fast schrill. »Wie können Sie hier ruhig stehen und zusehen?«

Spock schwieg.

»Ich habe Sie etwas gefragt, verdammt!« zischte McCoy, doch der Vulkanier gab keinen Laut von sich.

»Meine Herren ...«, ließ sich Kirk vernehmen. Er grinste. »Dr. Lanter starb einen leichten, schmerzlosen Tod. Ihnen hingegen steht etwas anderes bevor.« Er nickte dem Chefingenieur zu. »Mr. Scott, bringen Sie die beiden Gefangenen in den Arrestbereich.« In seinen Augen blitzte es höhnisch. »Denken Sie darüber nach, was mit den Personen an Bord dieses Schiffs geschehen ist, denen es an ... Kooperationsbereitschaft mangelte.«

»Zum Beispiel al-Baslama«, sagte Spock kühl. »Und Liu ...«

Der Captain wirkte keineswegs verärgert. Ganz im Gegenteil: Die Bemerkung des Vulkaniers schien ihn zu amüsieren. »Um nur zwei zu nennen. Wir brauchen Sie nicht, meine Herren. Aber wir können Sie benutzen – um uns zu vergnügen.«

McCoy sah noch das eisige Lächeln Kirks, bevor er die Brücke verließ.

Der Arzt hatte die Vernichtung der *Galileo* nicht selbst beobachtet, aber viel zu deutlich erinnerte er sich an den Widerschein des Explosionsblitzes in Spocks Gesicht. Die Phantasie fügte gräßliche Einzelheiten hinzu: ein stählerner Rumpf, der wie in Zeitlupe auseinanderplatzte und in zahllose glühende Splitter zerbrach, während die Vernichtungsflammen im Vakuum des Weltraums verblaßten… Der Vulkanier saß auf dem Boden der Arrestzelle, kühl, distanziert und unerschütterlich, den geraden Rücken an die Wand gelehnt. McCoy hockte in der gegenüberliegenden Ecke. Von seiner Position aus sah er den Wächter auf der anderen Seite des Kraftfelds.

Der Arzt litt so sehr, daß er seine Gefühle nicht mehr unter Kontrolle halten konnte. Er dachte an Anitra, ihre Anmut, an ihre *Lebendigkeit* – und er versuchte, nicht in Spocks Gegenwart zu weinen. Verstohlen hob er den Arm und wischte eine Träne aus dem Auge.

»Wieviel Zeit bleibt uns noch?« fragte er, als er wieder seiner Stimme vertraute.

»Das läßt sich nur schwer abschätzen«, erwiderte Spock tonlos. Sein Blick reichte ins Leere.

»Es ging mir nicht um eine genaue Angabe«, sagte McCoy in einem versöhnlichen Tonfall. »Ich glaube, ich… habe nur versucht, ein Gespräch zu beginnen.«

Er lauschte dem Klang dieser Worte und kam sich wie ein Narr vor. Spock war wohl kaum in der Stimmung für eine Plauderei. Er ruhte ganz in seiner vulkanischen Würde, gab durch nichts zu erkennen, daß er die letzte Bemerkung des Arztes gehört hatte. *Wahrscheinlich fällt ihm keine logische Antwort darauf ein,* dachte McCoy.

Er kam auf den Kern der Sache. »Verdammt, Spock, begreifen Sie denn nicht, daß ich mich entschuldigen möchte? Für das, was ich auf der Brücke gesagt habe.«

»Ich bin bereits an solche emotionalen Ausbrüche Ihrerseits gewöhnt, Doktor.«

»Es ist nur… Anitras Tod geht mir sehr nahe.« McCoy

blinzelte mehrmals, als er spürte, wie ihm erneut Tränen in die Augen quollen. »Wieso sind Sie imstande, *nicht* darauf zu reagieren?«

Spock sah ihn an, und sein Blick war so kalt wie Gletschereis. »Ich brauche mein Verhalten Ihnen gegenüber nicht zu rechtfertigen.«

»Das stimmt.« McCoy seufzte.

Spock benötigte eine volle Minute, um zu verarbeiten, was er gerade gehört hatte. Erneut wandte er sich dem Arzt zu, hob die Brauen und wirkte aufrichtig verwirrt. »Es geschieht zum erstenmal, daß Sie mir recht geben«, sagte er langsam. McCoy gab keine Antwort.

»An diesem Punkt besteht Ihre normale Reaktion darin, mir noch hartnäckiger zu widersprechen.«

Der Arzt schüttelte den Kopf, zog die Beine an und stützte das Kinn auf die Knie. »Was soll's? Man wird uns foltern – und dann töten, wenn wir Glück haben.«

Der Vulkanier nickte ernst.

»Ich sehe keinen Sinn darin, es noch schlimmer für Sie zu machen. Niemanden von uns trifft irgendeine Schuld. Wir beide bedauern Anitras Tod. Es ist nur, daß ich ...« McCoy brach ab.

»Sie ... mögen Dr. Lanter«, kommentierte Spock fast freundlich.

»Ich dachte, so etwas fiele Ihnen überhaupt nicht auf«, entgegnete McCoy und blinzelte einmal mehr. Es war zwecklos, es nicht zuzugeben – ihnen standen keine Diskussionen mehr bevor, in denen Spock dieses Wissen als verbale Munition verwenden konnte.

»Sie unterschätzen mich, Doktor«, tadelte Spock erstaunlich sanft. Auf diese Weise hatte McCoy den Vulkanier noch nie zuvor erlebt; er gewährte nun Einblick in Aspekte seines Wesens, die er normalerweise verbarg. »Inzwischen beobachte ich die Menschen schon seit vielen Jahren, und dabei fiel mir mehrmals das Phänomen der Liebe auf. Wie kann man sonst Ihre Reaktion erklären, als Sie sahen, daß ich Dr. Lanters Schlafzimmer verließ?«

»Ach, es ist so verdammt schade.« McCoy war kaum mehr imstande, die Tränen zurückzuhalten. »Wir hätten es fast geschafft, und Anitra stellte unsere einzige Hoffnung dar. Ich wünschte, ich wäre ihr an Bord des Shuttles gefolgt.«

»Es gibt noch immer eine Chance«, sagte Spock ruhig. Er musterte den Arzt, und McCoy glaubte, in seinem Blick so etwas wie Mitgefühl zu erkennen.

»Was für eine Chance?« Er lachte humorlos. »Es ist vorbei, Spock. Die Entitäten haben Jim, die *Enterprise* und wahrscheinlich auch Vulkan in der Hand. Anitra war die größte Hoffnung Starfleets, und jetzt ...«

Er stellte fest, daß ihm der Vulkanier überhaupt nicht mehr zuhörte. Spock sah zur Tür der Arrestzelle, beobachtete den Wächter, der nun reglos vor dem Zugang lag. Das Kraftfeld knisterte leise – und verschwand.

McCoy hob den Kopf und grinste vom einen Ohr bis zum anderen.

»Ihr ruht euch hier aus, während ich die ganze Arbeit erledige, wie?« spottete Anitra. »Kommen Sie.« McCoy wollte die junge Frau umarmen, aber sie trat zur Seite und gab ihm einen Stoß. »Dafür haben wir keine Zeit. Zum Hangardeck.«

»Sie lebt«, sagte McCoy überflüssigerweise, strahlte übers ganze Gesicht und setzte automatisch einen Fuß vor den anderen.

»Offensichtlich«, erwiderte Spock, und für einen Sekundenbruchteil befürchtete McCoy, daß der Vulkanier lächelte.

»He, wartet mal, einen Augenblick!« Zorn kroch in die Stimme des Arztes, und innerlich schwankte er zwischen dem absurden Wunsch, Spock zu küssen oder ihn zu töten. »Sie wußten Bescheid. Zum Teufel mit Ihnen, Sie spitzohriger Bastard! Sie *wußten* es!«

»Doktor McCoy, für heute habe ich genügend Anspielungen auf meine Abstammung gehört ...«

Der Arzt lachte. »Sie lebt.«

»Aber nicht mehr lange, wenn Sie weiterhin so schreien«, warf Anitra mit gespieltem Ärger ein, obgleich sie sich über den Empfang freute.

»Aber wie …?«

»Ich habe den Autopiloten der *Galileo* eingeschaltet und gehofft, daß man auf der Brücke annahm, ich sei an Bord. Die Sensoren im Hangar sind noch immer desaktiviert, und ein zweites Shuttle ist startbereit.«

»Dann sollten wir uns sputen«, schlug McCoy vor und grinste erneut.

KAPITEL 8

McCoy trat in die Nacht Vulkans. Über ihm bildeten Sterne unvertraute Konfigurationen am Himmel und strahlten heller als gewohnt, da es weder Wolken noch einen Mond gab. Vergeblich versuchte er, in den Myriaden glitzernder Punkte bekannte Muster zu entdecken. Ein trockener, kühler Wind wehte über den Sand; der Arzt fröstelte und rieb sich die Oberarme. Die Entfernung zur nächsten größeren Wassermasse im Süden betrug rund tausend Kilometer, und ohne die isolierende Wirkung von Meeren und Wolken strahlte die Wüste ihre Wärme rasch ab. McCoy ging einige Schritte und stolperte fast. Trotz des hellen Funkelns am Himmel hatten sich seine Augen noch nicht an die Dunkelheit gewöhnt.

»Ungefähr fünf Komma sechs Stunden bis zum Sonnenaufgang.« Spock kletterte aus dem Shuttle. »Wenn wir zügig marschieren, erreichen wir die Hauptstadt vorher.«

»Warum die Eile?« fragte McCoy. »Sie rechnen doch nicht damit, daß hier jemand nach uns sucht, oder?«

»Nein«, erwiderte der Vulkanier. »Das Kommunikationssystem der *Enterprise* ist sabotiert. Wir können also davon ausgehen, daß bisher niemand von unserer Landung auf Vulkan erfahren hat. Andererseits dürfte es Ihnen wohl kaum gefallen, die Wüste tagsüber zu durchqueren.«

»Da widerspreche ich Ihnen nicht. Aber ich frage mich trotzdem, warum wir unbedingt fünf Stunden lang zu Fuß gehen müssen.«

Spock seufzte. »Ich habe Sie bereits darauf hingewiesen, wie wichtig es ist, daß wir unentdeckt bleiben, Doktor. Wenn wir in der Nähe eines besiedelten Bereichs landen, besteht die Gefahr, daß wir Aufmerksamkeit erwecken.«

Anitra blickte aus der Schleuse und rümpfte die Nase. »Kühl hier draußen«, sagte sie. »Wäre es möglich, daß Thermoanzüge zur Ausstattung des Shuttles gehören?«

»Sehen Sie im achtern gelegenen Frachtsegment nach«, antwortete McCoy. »Ich weiß allerdings nicht, wann diese Raumfähre zum letztenmal ausgerüstet wurde. Ihr Einsatz war nicht geplant.«

Kurze Zeit später kehrte Anitra mit zwei Thermodecken zurück, die sie Spock reichte. »Mehr konnte ich nicht finden.«

»Keine besonders elegante Methode, um sich vor der Kälte zu schützen«, kommentierte Spock. »Aber sie erfüllt ihren Zweck.« Er gab die Decken McCoy und Anitra.

»He, einen Augenblick«, wandte die junge Frau ein. »Was ist mit Ihnen?«

»Ich bin durchaus imstande ...«

»Sie vergessen etwas – Sir«, unterbrach Anitra den Vulkanier. Sie betonte das letzte Wort, so als sei ihr der Rangunterschied ein Dorn im Auge. »Frauen können niedrige Temperaturen weitaus besser ertragen als Männer.«

»Ich glaube, *Sie* vergessen etwas«, entgegnete Spock steif. »Ich bin Vulkanier. Und was noch wichtiger ist: Ich bin hier der ranghöchste Offizier. Daher treffe ich die Entscheidungen.«

Anitra errötete und schloß den Mund. Wortlos zog sie sich die silberne Decke um die Schultern. McCoy folgte ihrem Beispiel und widerstand der Versuchung, schadenfroh zu lächeln. Unter normalen Umständen war es nicht gerade leicht, Spock zu beleidigen, aber die junge Frau hatte es geschafft. »Ich übernehme die Führung«, fuhr der

Vulkanier fort. »Weil ich in der Dunkelheit besser sehen kann und die Gefahren der Wüste kenne.« McCoy beobachtete Anitra, um festzustellen, ob sie erneut Einwände erhob. Ihr Schweigen enttäuschte ihn fast.

Der weiche Sand gab nach, und kalte Böen wehten ihnen über die Stiefel. McCoy sah nicht einmal, wo seine Füße den Boden berührten, und es fiel ihm schwer, mit Spock und Anitra Schritt zu halten. In der Ferne vernahm er einen krächzenden, metallenen Schrei und schauderte.

»Bei allen Raumgeistern, was war *das* denn?«

»Ein *Le matya.*« Spock drehte den Kopf, so daß ihm der Wind nicht die Worte von den Lippen stahl. »Es besteht kein Grund zu Besorgnis. Der Schrei ertönte dort drüben …« – Spock streckte den Arm aus – »… und da der Wind aus jener Richtung weht, wittert uns das Tier nicht.«

»Das beruhigt mich sehr.« McCoy riß die Augen auf und drehte den Kopf argwöhnisch von einer Seite zur anderen. Doch nur Finsternis und Sterne boten sich seinen Blicken dar. Als nach einer Stunde noch immer kein Angriff erfolgte, konzentrierte er sich ganz darauf, nicht den Anschluß an seine beiden Begleiter zu verlieren. Nach weiteren sechzig Minuten schnaufte und keuchte McCoy, während Anitra und Spock überhaupt nicht außer Atem zu sein schienen.

»Vermutlich hat niemand von Ihnen daran gedacht, etwas zu essen mitzunehmen, oder?« rief der Arzt gegen den Wind und hörte, wie sein Magen knurrte.

Spock sah zu ihm zurück, ließ sich jedoch nicht zu einer Antwort herab.

Plötzlich schlang sich irgend etwas um McCoys Bein und schleuderte ihn mit solcher Gewalt zu Boden, daß ihm die Wucht des Aufpralls die Luft aus den Lungen preßte. Mit einem energischen Ruck wurde er zurückgerissen. Er rutschte auf dem Bauch, spuckte Sand und versuchte verzweifelt, sich irgendwo festzuhalten. Seine

Finger hinterließen tiefe Furchen im Boden, und die Decke blieb zurück.

McCoy war viel zu verblüfft, um sich zu fragen, was mit ihm geschah. Er achtete in erster Linie darauf, das Gesicht vom Sand fernzuhalten, nahm kaum das Glühen des Phaserstrahls zur Kenntnis, der dicht über ihn hinwegzuckte. Das Zerren fand ein jähes Ende. Vorsichtig setzte er sich auf und betrachtete den dicken grünen Strang am einen Fußknöchel. Spock kniete neben ihm und begann damit, die Fasern zu lösen.

»Zum Teufel auch, was ist das?« brachte McCoy fassungslos hervor.

»Eine *D'mallu*-Ranke, Doktor.« Der Vulkanier hob den etwa einen Meter langen Strang. »Sie können von Glück sagen, daß ich in Ihre Richtung sah, als der Angriff stattfand. Sonst wären vermutlich einige Minuten verstrichen, bevor wir Sie vermißt hätten.«

»Herzlichen Dank«, brummte McCoy.

»Einige Meter weiter, und …«

»Sie hätten das Biest sehen sollen«, warf Anitra fröhlich ein. »Es hatte ein riesiges Maul …«

McCoy schauderte. »Schon gut. Ich will es gar nicht so genau wissen.«

»Eigentlich erfolgt dieser Zwischenfall zu einem recht geeigneten Zeitpunkt«, behauptete Spock. »Sie gaben doch zu verstehen, daß Sie Hunger haben, nicht wahr?« Er riß ein Stück von der Ranke ab, bot sie dem Arzt an und ignorierte seinen entsetzten Gesichtsausdruck.

McCoy erblaßte. »O nein!« Er hob abwehrend die Hände. »He, das Ding wollte mich gerade fressen. Ich kenne das Prinzip, Gleiches mit Gleichem zu vergelten, aber dies geht zu weit.«

Der Vulkanier biß in den abgelehnten Happen, kaute geräuschvoll und bedachte den Arzt mit einem herausfordernden Blick.

»Ich bin überrascht, Spock. Ich dachte, Sie achten streng auf rein vegetarische Ernährung.«

»Es ist eine Pflanze«, lautete die Antwort. »Sie sind doch sonst nicht so empfindlich, Doktor. Sie haben schon Dinge verspeist, die zu mehr Bewegungen in der Lage waren als eine D'mallu.«

Er riß ein weiteres Stück von der Ranke und reichte es McCoy, wobei er sich durch ein amüsiertes Glitzern in den Augen verriet. Diesmal gab der Arzt Logik und Hunger den Vorrang, nahm den kurzen Faserstrang widerstrebend entgegen. Er biß hinein und stellte fest, daß die Masse keinen klar ausgeprägten Geschmack hatte; sie war knusprig und ein wenig süß. Er kaute entschlossener und genoß diese besondere Art der Rache.

»Können Sie aufstehen, Doktor?« fragte Spock.

»Natürlich.« McCoy stemmte sich in die Höhe – und biß unmittelbar darauf die Zähne zusammen, um nicht laut zu fluchen. Die D'mallu hatte den Kampf verloren, ihm jedoch einige Wunden zugefügt. Heftiger Schmerz stach im Fußknöchel. Der Arzt humpelte, rang sich ein schiefes Lächeln ab und versuchte, im weichen Sand das Gleichgewicht zu wahren. »Ein paar Kratzer, weiter nichts.«

»Als Schauspieler taugen Sie nicht viel«, sagte Anitra.

»Mit einem verstauchten Knöchel sollten Sie nicht gehen«, meinte Spock. »Ich kann Sie tragen, ohne daß wir dadurch viel Zeit verlieren.«

»Kommt überhaupt nicht in Frage.« McCoy schob trotzig das Kinn vor und marschierte mit langen Schritten davon.

Spock seufzte. »Wie Sie wollen, Doktor. Aber Shanai-Kahr liegt *dort*.« Und er deutete in die entgegengesetzte Richtung.

Schließlich ging die Sonne auf, und schon nach kurzer Zeit wich die Kühle erdrückender Hitze. Anitra und McCoy streiften ihre Thermodecken ab, als das erste Licht des Morgens die Nacht verdrängte. Nach Spocks Angaben trennten sie noch zwei Stunden vom Rand der

Hauptstadt. Weil McCoy es ablehnte, sich tragen zu lassen, kamen sie wesentlich langsamer voran. Spock legte zuerst ein ordentliches Tempo vor und stellte schon wenige Minuten später fest, daß der Arzt nicht mithalten konnte. Der Vulkanier verzichtete darauf, seinen höheren Rang geltend zu machen: Offenbar nahm McCoy lieber ein Kriegsgerichtsverfahren in Kauf, als sich von ihm helfen zu lassen.

Eridani kletterte am Firmament empor, brachte grelle Helligkeit und eine Hitze, die immer schlimmer zu werden schien. Während der Nacht hatte McCoy nichts sehen können, weil es zu dunkel gewesen war. Jetzt blendete ihn das Licht der Sonne. Spock wandte sich besorgt an ihn. »Selbst für einen Vulkanier ist es sehr gefährlich, längere Zeit in der Wüste zu bleiben, ohne Schutz vor den hohen Temperaturen. Ich schlage vor, wir setzen den Weg in eine andere Richtung fort, um Zuflucht zu suchen.«

»Zuflucht?« wiederholte McCoy und blickte sich skeptisch um. Wohin er auch sah: Die Wüste erstreckte sich bis zum Horizont. Er hob die Hand, um seine Stirn abzuwischen, doch in der trockenen Hitze war der Schweiß bereits verdunstet – er berührte nur rauhe, glühende Haut. Das Stechen im verstauchten Knöchel hatte so sehr zugenommen, daß er nicht mehr den Anschein erwecken konnte, keine Schmerzen zu spüren.

Spock musterte seine beiden Begleiter. Anitra erweckte noch immer den Eindruck, in guter Form zu sein. Als junge Frau litt sie unter der Hitze weitaus weniger als McCoy. Während der Nacht war sie mit stummer Entschlossenheit marschiert, ohne ein Wort der Klage. Doch der Zustand des Arztes hatte längst die kritische Schwelle erreicht. An seiner Erschöpfung bestand kein Zweifel mehr. Er schlurfte noch langsamer als vor einer Stunde, und das Gesicht wirkte unnatürlich blaß. Er brauchte unbedingt eine Ruhepause, um den Knöchel zu entlasten und neue Kräfte zu schöpfen – aber Spock wußte, daß nur ein kompletter Narr unter der heißen Wüstensonne gerastet hätte.

»Es gibt eine Möglichkeit, der Hitze zu entkommen«, sagte der Vulkanier. »Vierzig Minuten in jene Richtung.«

»Vierzig Minuten?« McCoy rieb sich müde das Gesicht. »Warum bringen wir nicht die zwei Stunden hinter uns? Dann brauchen wir wenigstens nicht denselben Weg zurückzugehen.«

»Jede Minute in der Sonne bringt den Tod näher«, antwortete Spock ernst. Diese Wahrheit galt zumindest für Menschen. Aber selbst ein Vulkanier, der einen für die Wüste geeigneten Umhang trug und genug Wasser bei sich führte, wäre nicht ohne weiteres bereit, gegen Mittag zwei Stunden lang zu marschieren.

»Wie auch immer.« McCoy fühlte sich zu erschöpft, um dem Ersten Offizier zu widersprechen. Anitra und Spock blieben stehen, musterten den Arzt besorgt, als er sich mühsam weiterschleppte. »Kommt schon«, sagte er verärgert und blickte über die Schulter. »Jede Minute in der Sonne ...«

Seine beiden Gefährten setzten sich wieder in Bewegung, und diesmal schritten sie direkt neben McCoy.

Als der Arzt zwanzig Minuten später das Bewußtsein verlor, griffen Anitra und Spock sofort zu und trugen ihn.

Anitra ließ sich langsam in das dampfende Naß sinken, und es schloß sich um sie, ohne zu plätschern. Nach der Hitze der Wüste überraschte es sie, daß warmes Wasser so erfrischend wirken konnte. Sie tauchte hinab und spürte, wie sich ihr Haar einem weiten Fächer gleich ausbreitete. Lange kupferfarbene Strähnen glitten träge umher. Die Flüssigkeit entfaltete eine starke tragende Wirkung, und deshalb mußte Anitra mit Armen und Beinen rudern, um nicht an die Oberfläche zurückzukehren. Das Wasser zeichnete sich durch einen intensiven, nicht unbedingt unangenehmen Geruch aus, der die junge Frau an Mineralsalz erinnerte.

Nach einer Weile öffnete sie die Augen und blickte in die Dunkelheit. Ein schmaler Felssims begrenzte den kleinen See, der unauslotbar tief wirkte, und einige Meter entfernt erschien das Wasser so schwarz wie die Nacht. Anitra ließ sich wieder nach oben treiben. Das Haar klebte an Nacken und Schultern fest, als sie zu schwimmen begann.

Nach der nächtlichen Wanderung dauerte es nicht lange, bis sie erschöpft war. Einmal mehr schloß sie die Augen und hatte das Gefühl zu schweben. Das Wasser trug sie sanft; die junge Frau seufzte und versuchte, die Schrecken der vergangenen Tage zu vergessen.

Es war ihr fast gelungen, als sie eine kurze Berührung am Arm spürte. Erschrocken hob sie die Lider. Ein kleiner Käfer schwamm direkt neben ihr, und auf der anderen Seite des Sees hatten sich Hunderte von ähnlichen Insekten zu einem anmutigen Wasserballett zusammengefunden. Anitra wölbte die Hände und schuf eine Welle, die den Käfer zu seinen Artgenossen schickte.

Wieder trieb sie, diesmal mit geöffneten Augen. Etwa dreißig Meter über ihr ragten Hunderte von nadelspitzen Stalaktiten aus der Höhlendecke. Es hatte den Anschein, als könnten sie jeden Augenblick herabfallen – wie ein Damoklesschwert –, um unschuldige Schwimmer zu durchbohren. Zweifellos erweckten sie diesen Eindruck schon seit Jahrtausenden, aber Anitra lächelte trotzdem, als sie an die Ironie der Situation dachte: *Habe ich alle bisherigen Gefahren überstanden, nur um hier von einem Stalaktiten erschlagen zu werden?* Sie amüsierte sich damit, die Wahrscheinlichkeit zu berechnen.

Die erhabene Stille in der großen Kaverne verstärkte alle Geräusche, und aus diesem Grund zuckte Anitra unwillkürlich zusammen, als sie Schritte auf dem harten steinernen Boden hörte. Sie breitete die Arme aus, drückte sie nach unten und brachte sich damit in eine senkrechte Position. Spock konzentrierte sich in der kleineren Nebenhöhle ganz darauf, McCoy zu helfen, und deshalb hatte Anitra angenommen, völlig ungestört in der Quelle baden zu können. Aus eigentlich nutzloser Bescheidenheit ließ sie sich tiefer ins Wasser sinken, so daß es ihr bis zum Kinn reichte.

Die Schritte verharrten am felsigen Ufer, und Anitra beobachtete den Besucher. Ein junger Vulkanier – er mochte etwa siebzehn oder achtzehn Jahre alt sein – kniete am Sims. Er trug einen fußlangen Umhang, in dem er wie ein Mönch aussah. In dem markanten Gesicht fehlte ein bestimmbarer Ausdruck, doch die Augen waren weit aufgerissen.

»Wer sind Sie?« fragte er auf vulkan. Seine Stimme klang überraschend tief.

Anitra zögerte einige Sekunden lang und versuchte vergeblich, sich an ihr nicht besonders umfangreiches vulkanisches Vokabular zu erinnern. »Ich spreche kein Vulkan«, sagte sie schließlich und fühlte, wie ihr das Blut ins Gesicht schoß. Taktvoll verschränkte sie die Arme vor der Brust.

»Ich bin Soltar«, stellte sich der Vulkanier auf englisch vor. »Wer sind Sie?«

»Anitra.« Unmittelbar darauf bedauerte sie ihre ehrliche Antwort. Nach der Paranoia der vergangenen Tage befürchtete sie, eine Spur zu hinterlassen, die jemand von der *Enterprise* entdecken konnte. Andererseits deutete nichts darauf hin, daß der junge Mann eine Gefahr darstellte, und sie sah keinen Grund, ihm zu mißtrauen. Sie schwamm etwas näher zum Ufer, dankbar dafür, daß der dort aufragende Felsen sie zumindest teilweise vor dem durchdringenden Blick Soltars schützte.

»Ein recht ungewöhnlicher Name«, kommentierte er. »Ist er terranischen Ursprungs?«

»Ja«, bestätigte Anitra. Sie hielt eine Lüge für sinnlos.

»Wie kommen Sie hierher? Für gewöhnlich halten sich Menschen von Gol fern.«

»Ich könnte die gleiche Frage an Sie richten«, erwiderte die junge Frau. Soltar dachte über diese Bemerkung nach und fragte sich vielleicht, ob sie ernst gemeint war.

Spock befreite ihn aus diesem Dilemma. Er kam aus der kleinen Nebenhöhle, in der er McCoy behandelt hatte, wandte sich an den jüngeren Vulkanier und sprach mit ihm. Anitra beobachtete interessiert, wie sich sein Gebaren auf eine subtile Weise änderte: Er wirkte steifer, wurde förmlicher, und sein Gesicht gewann den gleichen maskenhaft starren Ausdruck, der sich auch in Soltars Miene zeigte. Spock stand auf der anderen Seite des Sees, während Anitra zwischen den beiden Männern im Wasser schwamm. Ihre Nacktheit erfüllte sie mit zunehmendem Unbehagen, doch die Vulkanier achteten gar nicht darauf, unterhielten sich ruhig.

»Ich bin Spock«, sagte der Erste Offizier der *Enterprise.* »Wir benötigen Hilfe. Unser Gefährte liegt dort drüben.« Er nickte in Richtung der kleineren Höhle. »Ein Mensch, der an den Folgen der Wüstenhitze leidet.«

»Ich bringe Sie zum Hohenmeister«, bot sich Soltar an.

»Vielleicht erlauben Sie mir, mich vorher anzuziehen«, warf Anitra ein. Woraufhin die beiden Vulkanier verblüfft auf sie herabsahen.

Soltar führte sie über eine vollkommen symmetrische und in den Fels gemeißelte Treppe. Spock und Anitra folgten ihm und wahrten dabei einen Abstand, der ein privates Gespräch ermöglichte.

»Erstaunlich«, sagte Anitra und deutete auf die Treppe.

»Die Meister wohnen schon seit Jahrtausenden in den Bergen von Gol«, erwiderte Spock.

»Die Meister?«

»Jene Vulkanier, die das Kohlinahr praktizieren – die perfekte Beherrschung des Emotionalen – und andere Personen lehren, wie man dieses Ziel erreicht. Der Umhang unseres Begleiters läßt den Schluß zu, daß er ein Postulant ist, ein neues Mitglied des Ordens. Er hat das Kohlinahr noch nicht erreicht.«

»Trotzdem scheint es ihm recht gut zu gelingen, seine Gefühle zu kontrollieren«, bemerkte Anitra trocken. Sie senkte die Stimme, sprach noch etwas leiser. »Spock, ich habe ihm meinen Namen genannt. Glauben Sie, das war ein Fehler?«

Der Vulkanier zuckte mit den Schultern. »Ich halte es praktisch für unmöglich, daß uns hier jemand findet. Die Meister leben in völliger Zurückgezogenheit und unterhalten keine Kontakte mit der Zivilisation. Normalerweise nehmen sie pro Jahr einen Postulanten auf. Daher halte ich es für unwahrscheinlich, daß sich die Entitäten auch hier ausgebreitet haben.«

Die junge Frau seufzte. »Das beruhigt mich kolossal. Wie geht es McCoy?«

Spock musterte sie. Anitra hatte ihre Frage wie beiläufig gestellt, konnte jedoch nicht die Sorge aus ihren Augen verbannen. »Er hat keine dauerhaften physischen oder psychischen Schäden erlitten.«

»Das freut mich«, antwortete Anitra schlicht und wandte den Blick ab. Spock schwieg.

Soltar blieb vor einer hohen Steintür stehen und drückte sie beiseite. Im stillen, leeren Zimmer dahinter saß der Hohemeister – besser gesagt: die Hohemeisterin. Eine Aura unerschütterlicher Würde umhüllte die alte grauhaarige Vulkanierin.

»Hohemeisterin T'Sai«, sagte Soltar und blieb in einer respektvollen Distanz stehen.

T'Sai öffnete die Augen und sah ihn an.

»Fremde, die unsere Hilfe brauchen«, erklärte Soltar. Er verneigte sich und verließ den Raum.

T'Sais Züge hätten nicht vulkanischer sein können. Sie waren ausdruckslos, offenbarten überhaupt nichts Emotionales, wirkten gleichzeitig uralt und zeitlos. Aber es fehlte die Strenge, die sich in den meisten vulkanischen Gesichtern zeigte, auch die maskenhafte Starre Spocks und Soltars. Die Hohemeisterin zeichnete sich durch eine kindliche Gutmütigkeit aus, die den inneren Kern ihres Wesens widerspiegelte. Andere Vulkanier bemühten sich, ihre Gefühle zu unterdrücken; T'Sai hingegen hatte sie ganz und gar aus sich verbannt.

Der Erste Offizier trat vor. »Ich bin Spock.«

»Spock«, wiederholte T'Sai. Sie sprach langsam, wie in einem Traum. »Diesen Namen habe ich schon einmal gehört. Der Sohn Sareks und Amandas, nicht wahr?«

Spock neigte bestätigend den Kopf.

»Welche Art von Hilfe benötigst du von uns?«

»Wir sind zu dritt«, antwortete Spock. »Wir haben des Nachts die Wüste durchquert, und einer von uns – ein Mensch – wurde verletzt, wodurch wir nicht mehr ganz so schnell vorankamen. Als die Sonne aufging, war die Hitze zuviel für ihn.«

»Wir kümmern uns um den Menschen«, sagte T'Sai. »Was können wir sonst noch für euch tun?«

»Wir brauchen Nahrungsmittel.«

»Die wir euch zur Verfügung stellen werden.« T'Sai musterte Spock aus dunklen, ruhig blickenden Augen. »Ihr tragt Kommunikatoren und Starfleet-Uniformen. Warum fordert ihr keine Hilfe von eurem Raumschiff an?« Die Frage klang keineswegs argwöhnisch. Anitra glaubte, einen Hauch von Neugier darin zu hören, aber vielleicht bildete sie sich das nur ein.

»Unser Schiff befindet sich nicht in Kom-Reichweite. Wir sind also auf uns allein gestellt.«

»Ihr hättet die Frequenz der Kommunikatoren verändern können, um die Behörden der Hauptstadt zu verständigen.«

Spock senkte andeutungsweise den Kopf und überlegte. Nach einigen Sekunden hob er ihn wieder und sagte: »Wir möchten nicht, daß die Behörden von uns erfahren. Die Isolation von Gol hinderte Sie daran festzustellen, daß sich Unheil auf Vulkan ausgebreitet hat.«

Anitra hielt aufmerksam Ausschau, doch sie bemerkte keine Veränderungen in T'Sais Gesicht. »Was für eine Art von Unheil?«

»Es verschlingt Persönlichkeiten, übernimmt Individuen und verursacht Gewalt. Vulkanier bringen sich gegenseitig um.«

T'Sai schloß die Augen. »So wie vor Suraks Lebzeiten.« Sie hob die Lider. »Wie viele sind betroffen?«

»Das läßt sich derzeit kaum abschätzen. Das Fremde erweitert seinen Einfluß ziemlich schnell. Es handelt sich um die gleiche Kraft, die den Hydrilla-Sektor zerstörte. Sie müssen unbedingt Ihre Isolation bewahren; nehmen Sie keine neuen Postulanten auf.«

»Aber was ist mit Vulkan?« fragte T'Sai. Ihre Stimme war so sanft wie ein leises Seufzen. »Sollen wir in den Bergen bleiben, während der Wahnsinn um sich greift?«

»Wir wollen zur Hauptstadt und dort versuchen, dem Unheil Einhalt zu gebieten«, ließ sich Anitra vernehmen. Stille folgte ihren Worten, und Spocks Blick teilte ihr mit, daß sie gegen die vulkanische Etikette verstoßen hatte.

»Wer bist du?« erkundigte sich T'Sai.

»Anitra.« Sie spürte, wie ihre Wangen zu glühen begannen.

»Ich bin nicht vertraut mit diesem Namen. Stammt er von der Erde?«

»Ja.«

»Es ist überaus wichtig, daß wir die Hauptstadt erreichen.« Spock deutete auf Anitra. »Meine Begleiterin hat eine ungewöhnliche telepathische Fähigkeit: Sie kann die Präsenz des Fremden spüren. Darüber hinaus ist sie eine kompetente Wissenschaftlerin. Wir hoffen, mit den Anlagen der vulkanischen Akademie eine Möglichkeit zu finden, unser Volk zu retten.«

»Sie würde sicher von unserer Ausbildung profitieren«, sagte T'Sai anerkennend. »Und der zweite Mensch?«

»Ein Arzt. Als wir die Kontrolle über unser Schiff verloren, gehörte er zu jenen Personen, die den Entitäten entkamen.«

»Was wollt ihr unternehmen, wenn es euch in Shanai-

Kahr nicht gelingt, eine Lösung zu finden?« fragte T'Sai langsam.

»Dann steht Vulkan das gleiche Schicksal bevor wie den Planeten im Hydrilla-Sektor. Und das wäre nur der Anfang. Die Hydrilla-Welten hatten damals erst eine primitive Form der interplanetaren Raumfahrt entwickelt. Den entsprechenden Zivilisationen standen keine Warptriebwerke zur Verfügung, und deshalb konnten sie ihr Sonnensystem nicht verlassen. Heute gibt es zahlreiche Raumschiffe, um den Wahnsinn in andere Quadranten zu tragen ...«

Spock schwieg, als T'Sai die Hand hob. »Du sprichst von der Zerstörung der ganzen Galaxis«, sagte die alte Vulkanierin.

KAPITEL 9

»Fühlen Sie sich besser?« Anitra kniete neben McCoy und schmunzelte.

Der Arzt öffnete die Augen und lächelte, als er die Stimme der jungen Frau hörte. Er versuchte, sich aufzusetzen, und Anitra griff nach seinem Arm, um ihm zu helfen. McCoy wollte die Hand beiseite schieben, aber seine Begleiterin ließ nicht locker. »Ach, Sie sind wirklich eine Augenweide...« Er streckte sich steif.

»Ich schätze, die Steine bilden nicht gerade ein sehr bequemes Bett.«

»Lieber Himmel, diese Felsen sind noch schlimmer als die Wüste.« Unbewußt rieb sich McCoy den verstauchten Knöchel, während sein Blick an Anitra festklebte. Sie trug jetzt nicht mehr ihre Uniform, sondern einen langen, weiten Wüstenumhang. Er schien eine Nummer zu groß zu sein, doch die goldene Farbe des Stoffes verlieh ihrem roten Haar einen noch intensiveren Glanz.

Sie sah ihn an, und der Schelm in ihr wich der Huri. »Sie haben uns ziemliche Sorgen bereitet.«

»Tut mir leid. Vielleicht glauben Sie mir nicht, aber ich bin einmal mit einem Verdienstabzeichen fürs Wandern ausgezeichnet worden...«

»Womit?«

»Einem Verdienstabzeichen«, wiederholte McCoy. »Sind Sie nie bei den Pfadfindern gewesen?«

Anitra schüttelte den Kopf.

»Schade. Sie hätten eine ausgezeichnete Pfadfinderin abgegeben.«

»Wenn das ein Kompliment ist – herzlichen Dank. Haben Sie Hunger?«

McCoy zuckte mit den Schultern. »Ich glaube schon. Aber wenn Sie nur D'Mallu-Ranken anzubieten haben, verzichte ich auf eine Mahlzeit.«

Anitra lachte. »Sie können ganz beruhigt sein. Wie wär's mit echter Hausmannskost – natürlich auf rein vegetarischer Basis?«

»Haben Sie in der Wüste etwas gefunden, das sich für den Kochtopf eignet?«

»In diesem Berg leben etwa fünfzig Vulkanier. Spock bezeichnet sie als Gol-Meister. Vermutlich steckt irgend etwas Religiöses dahinter. Sie bleiben unter sich und wissen nicht einmal, was auf Vulkan geschehen ist.«

McCoy verzog das Gesicht. »Religiöse Vulkanier, wie? Ich wette, Sie haben einen gut ausgeprägten Sinn für Humor.«

»Nicht unbedingt. Der Hohemeister schlug mir vor, an den hiesigen Lektionen teilzunehmen.«

Anitra gab sich so zerknirscht, daß McCoy laut lachte. »Oh, ich verstehe. Und Ihre Reaktion? Haben Sie ihm einen Frosch ins Zeremoniengewand gesteckt?«

»Ihr«, berichtigte Anitra. »Der Hohemeister ist eine Sie.« In ihren Augen blitzte es verschmitzt. »Frösche sind hier zwar recht selten, aber ich finde die Idee nicht schlecht …«

»O nein«, erwiderte McCoy mit gespieltem Entsetzen. »Lassen Sie sich bloß nicht zu irgendwelchen Streichen hinreißen …«

»Keine Sorge.« Die junge Frau seufzte. »Spock würde mir so etwas nie verzeihen.«

»Ach? *Das* wäre ein guter Grund, um nach Fröschen zu suchen. Außerdem: Spielt es für Sie eine Rolle, was Spock denkt? Mit dem Mikrofon in der Kabine des Captains haben Sie ein Kriegsgerichtsverfahren riskiert …«

»Vielleicht ging es mir genau darum«, murmelte Anitra, obgleich sie weiterhin lächelte.

»Oh. Das klingt ernst.«

»Ich bin nie ernst. Ich verabscheue nur strenge Kommandostrukturen, Ränge und dergleichen. Manchmal bedaure ich, mich für den Dienst bei Starfleet entschieden zu haben.«

»Warum *sind* Sie bei Starfleet?« fragte McCoy.

»Die Flotte schien mir eine Menge Spaß zu bieten. Reisen durch die Galaxis, die Konfrontation mit unbekannten Gefahren ...«

»In dem Punkt haben sich Ihre Erwartungen bestimmt erfüllt. Nun, ich glaube, Sie sind noch nicht lange genug im Dienst. Geben Sie Starfleet eine Chance. Vielleicht gewöhnen Sie sich daran.«

»Ich bin schon lange genug bei der Flotte, um Bescheid zu wissen. Zweifellos steht alles in meinem psychologischen Profil: Dr. Lanter ist rebellisch, haßt Autorität ...«

»Da irren Sie sich.«

Anitra musterte den Arzt neugierig. »Im Ernst?«

»Ja. Sie werden folgendermaßen beschrieben ...« McCoy zählte die einzelnen Punkte an den Fingern ab. »Intelligent, kreativ, stur, empfindsam, telepathisch, zu Streichen aufgelegt, stur, optimistisch ... Habe ich bereits die Sturheit erwähnt?«

»Zweimal.« Die junge Frau lachte leise.

»Oh, fast hätte ich's vergessen. Hinzu kommt hinreißende Schönheit.«

»Das behauptet die Psychodatei gewiß nicht«, sagte Anitra und senkte scheu den Blick.

»Ich weiß. Aber es stimmt trotzdem.«

»Ist mir nie aufgefallen.«

»Mir schon.« McCoy beugte sich vor und küßte Anitra.

Uhura brachte Amanda in ihrem Quartier unter, verriegelte die Tür, kehrte zur Nebenbrücke zurück – und stellte fest, daß Kirk fehlte. Die Situation erschien ihr grotesk: Es gab keine Möglichkeit, daß er sich so schnell von der betäubenden Energieentladung erholt hatte, und doch war das ganz offensichtlich der Fall. Uhura hoffte nur, daß er Spock und die anderen nicht daran gehindert hatte, die *Enterprise* zu verlassen – obwohl sie in dieser Hinsicht keineswegs sicher sein konnte. Sie verfluchte sich dafür, Kirk nicht in dem kleinen Aufenthaltsraum eingeschlossen zu haben, bevor sie Amanda in ihre Kabine gebracht hatte. Eine Zeitlang saß sie an der Konsole, überlegte und beschloß, die Sache selbst in die Hand zu nehmen und nach dem Captain zu suchen. Sie ertrug es einfach nicht, tatenlos herumzuhocken und zu warten. Einige Stunden lang sah sie sich auf dem C-Deck um und hoffte, daß sie Kirk dort früher oder später fand. Schließlich gab sie verzweifelt auf und entschied, wieder in der Nebenbrücke Zuflucht zu suchen. Auf dem Weg zum zweiten Kontrollraum bemerkte sie Kirk – er stand vor der Tür. Uhura hielt unwillkürlich den Atem an, wich hastig zurück und preßte sich an die Wand des Notschachtes. Glücklicherweise hatte der Captain sie nicht gesehen. *Vorsicht ist tatsächlich die Mutter der Porzellankiste,* dachte sie und schob sich so weit vor, daß sie sicher sein konnte, das Ziel nicht zu verfehlen.

Sie schoß, und Kirk sank sofort zu Boden. »Tut mir leid, Sir«, murmelte sie mit ehrlichem Bedauern und kämpfte gegen das Empfinden an, daß sie für ihr Verhalten vor ein Kriegsgericht gestellt werden sollte.

Unschlüssig starrte sie auf den Bewußtlosen hinab. Sie durfte ihn nicht im Gang lassen: Kirk wußte, wo sie sich aufhielt; er hatte ganz offensichtlich auf sie gewartet. Wenn er wieder zu sich kam, würde er bestimmt die anderen Übernommenen alarmieren. Außerdem fühlte sich Uhura schuldig bei der Vorstellung, ihn im Korridor einfach seinem Schicksal zu überlassen. Sie gab sich einen inneren Ruck, zog den Captain in die Nebenbrücke und seufzte. Auch hier konnte er nicht bleiben, wenn sie vermeiden wollte, ihn jedesmal ins Reich der Träume zu schicken, wenn er sich zu regen begann. Bei diesem Gedanken zuckte ein schiefes Lächeln in ihren Mundwinkeln, und sie kicherte leise.

Ihr Blick fiel auf den Zugang zum Aufenthaltsraum. Uhura atmete tief durch, schleifte Kirk ins Nebenzimmer und schaffte es nicht ohne Mühe, ihn auf die Couch zu legen. Anschließend begab sie sich in die andere Kammer, verschloß das Schott, lehnte sich dagegen und schloß erschöpft die Augen.

McCoy und Anitra wichen voneinander fort, als in der Tür ein diskretes Hüsteln erklang. Spock kam herein und trug ein Tablett mit Nahrungsmitteln.

Die junge Frau strich eine widerspenstige Strähne zurück. »Ich bin gleich wieder da«, murmelte sie und ging nach draußen.

McCoy glättete verlegen seinen Uniformpulli.

Spock setzte das Tablett ab. »Vielleicht haben Sie inzwischen Appetit, Doktor.«

»Wie? Oh … ja. Danke.« Geistesabwesend betrachtete er den Inhalt des Tellers. »Anitra hat mir gerade erklärt, wo wir sind.«

»Offensichtlich«, kommentierte Spock, woraufhin ihm McCoy einen schuldbewußten Blick zuwarf. Doch das Gesicht des Vulkaniers wirkte völlig gleichgültig.

Der Arzt räusperte sich nervös. »Wie lange befinden wir uns schon an diesem Ort?«

»Erst seit vier Komma zwei Stunden, Doktor. Sie haben sich bemerkenswert schnell erholt.«

»Bitte entschuldigen Sie, daß ich Ihnen Probleme bereitete. Ich weiß nicht, warum mir die Hitze so sehr zusetzte …«

»Das hat nichts mit Ihnen persönlich zu tun. Es ist eine physiologische Angelegenheit. Alle Menschen reagieren wie Sie auf die hohen Temperaturen in der vulkanischen Wüste.«

»Trotzdem. Es tut mir leid, daß ich Sie aufgehalten habe.«

Spock nickte. »Eine Unannehmlichkeit.«

Rote Flecken bildeten sich auf McCoys Wangen. »Sie brauchen nicht gleich so verdammt offen zu sein.«

»Ich habe über unsere Lage nachgedacht«, fuhr Spock fort. »Wir können uns keine weiteren Verzögerungen leisten, und ehrlich gesagt: Ich weiß nicht, wie Sie uns helfen wollen, wenn wir die Akademie erreichen. Es wäre durchaus möglich, daß Sie sogar ein Hindernis darstellen. Aus diesem Grund halte ich es für angebracht, daß Sie hier in Gol bleiben, wo ihnen keine Gefahr droht. Die Meister sind bestimmt damit einverstanden.«

McCoy stemmte sich in die Höhe. »He, einen Augenblick, Spock. Wieso behaupten Sie, ein Arzt sei zu nichts zu gebrauchen? Außerdem bin ich sehr wohl zu der Reise imstande ...«

»Glauben Sie, Doktor?« Der Vulkanier verschränkte die Arme. »Meiner Ansicht nach sind Sie noch immer geschwächt. Und warum sollten Sie riskieren, die Hauptstadt aufzusuchen? Ich schlage vor, Sie denken an Ihre Sicherheit. Selbst wenn unsere Mission fehlschlägt – hier in Gol würden Sie überleben.«

»In der Gesellschaft vulkanischer Mystiker? Was für ein Leben wäre das?«

Spock schwieg einige Sekunden lang. »Wenn Sie mich zwingen, Doktor, befehle ich Ihnen, an diesem Ort zu verweilen.«

»Spielen Ränge überhaupt noch eine Rolle? Wir sprechen schlicht und einfach vom Überleben. Ich setze mich lieber Gefahren aus, indem ich Sie und Anitra begleite, anstatt in diesem verdammten Berg zu bleiben.«

»Solange wir beide zu Starfleet gehören, werden Sie sich an meine Anweisungen halten«, sagte Spock langsam.

»Kommen Sie mir nicht mit so einem Blödsinn«, entfuhr es McCoy. »Ich bin Arzt, kein Soldat, und wir gehen zusammen nach ShanaiKahr – Sie, ich und Anitra.«

»Anitra«, wiederholte der Vulkanier, wölbte eine Braue und nickte.

McCoy errötete. »Ja Und es geht Sie einen feuchten Kehricht an, wenn ich…« Er unterbrach sich plötzlich. »Oh, *jetzt* geht mir ein Licht auf. Es betrifft Anitra, nicht wahr?«

»Ich verstehe nicht ganz, Doktor.«

»Oh, und ob Sie verstehen. Nur zu gut. Sie sind eifersüchtig, stimmt's? Ich bin in Ihr Revier vorgedrungen, und Sie wollen einen Rivalen loswerden, indem Sie mich hier zurücklassen.«

»Das ist absurd«, erwiderte Spock ruhig.

»Wirklich?« zischte der Arzt. »Finden Sie es tatsächlich absurd? Vielleicht glauben Sie tief in Ihrem Innern, es sei unfair. Immerhin haben Sie viel Zeit mit Anitra verbracht. Wahrscheinlich kennen Sie die junge Frau besser als ich. Und warum sollten Sie sie nicht begehren? Sie ist begabt, schön und Ihnen intellektuell ebenbürtig – zwischen Ihnen gibt es sogar eine mentale Verbindung. Was wollen Sie mehr?«

»Sie klammern sich an einem Vorwand fest, Doktor«, sagte Spock gelassen. »Die Wahrheit sieht folgendermaßen aus: Sie möchten nicht zurückbleiben, und deshalb lehnen Sie die Feststellung ab, daß Sie zu einer Last werden könnten.«

»Ausgerechnet Sie erzählen mir was von irgendwelchen Vorwänden?« In McCoys Augen blitzte es. »Ich komme mit, und damit hat es sich.«

Spocks Stimme klang so beherrscht wie die der Meister, aber gleichzeitig kam eine seltsame Schärfe in ihr zum Ausdruck, die McCoy abrupt zum Schweigen brachte. »Sie bleiben hier, Doktor – ich befehle es Ihnen.«

Der Vulkanier verließ die Höhle und sah nicht zurück.

Kirk schlug die Augen auf und sah eine weiße, matt glänzende Decke. Er blinzelte mehrmals und hob den Kopf.

»Zum Teufel auch, wo bin ich?« fragte er laut, doch niemand antwortete ihm. Der kleine Aufenthaltsraum war leer. »Hört mich jemand?« rief er. Wieder blieb alles still. Der Captain erhob sich steif, ging zur Tür – und stieß dagegen, als sie nicht beiseite glitt. Er hämmerte mit der Faust ans Metall. »Öffne dich, verdammt!« Nichts. Keine Reaktion. Enttäuscht kehrte er zur Couch zurück und nahm Platz. Es ergab überhaupt keinen Sinn. Warum befand er sich an diesem Ort? Und wie war er hierhergekommen?

Er senkte die Lider, und vage Erinnerungsbilder zogen an seinem inneren Auge vorbei. Zusammen mit Spock und McCoy suchte er die Nebenbrücke auf. Offenbar saß er jetzt in dem kleinen Nebenzimmer des zweiten Kontrollraums. Aber wie…? Er konzentrierte sich und versuchte, den verschwommenen Reminiszenzen Konturen zu verleihen. Anitra hatte sie begleitet. *Wir entschieden, mit einem Shuttle zu fliehen, und ich sollte die Sensoren im Hangardeck neutralisieren,* dachte Kirk. Er stellte sich selbst im Hangar vor, an einem der Schaltpulte, doch das mentale Bild blieb ohne einen direkten Bezug zu ihm. Irgend etwas mußte ihn aufgehalten haben…

Schaudernd richtete er sich auf. Tomson…

»Lieber Himmel«, ächzte er. Aber aus irgendeinem Grund war er jetzt wieder er selbst. Vielleicht hatten Spock und Anitra ein Gegenmittel gefunden. Erneut schritt er zur verriegelten Tür und trat dagegen. »Spock!« rief er. »McCoy… Seid ihr dort draußen?«

Auf der Nebenbrücke lehnte sich Uhura an die Konsole und gab sich alle Mühe, Kirk zu ignorieren. Der Captain – beziehungsweise das Fremde in ihm – hatte zunächst getobt und geschrien, dann mit zuckersüßer Freundlichkeit versucht, an Uhuras Mitleid zu appellieren. Anschließend folgten wieder stundenlange Tiraden, bis sich das Etwas heiser brüllte. Es war eine ausgesprochen zermürbende Erfahrung für die Frau im Haupttraum, und immer wieder mußte sie sich daran erinnern, daß sie nicht etwa Kirk hörte, sondern eine gespenstische Entität. Am nächsten Tag schwieg der Captain die ganze Zeit über. Uhura verließ die Nebenbrücke, um Proviant aus einem Lager zu holen, und als sie zurückkehrte, reagierte Kirk überhaupt nicht auf sie, gab keinen Ton von sich. Jetzt erleichterte sie es, ihn wieder zu hören; sie hatte fast seinen Tod befürchtet. Andererseits bekam sie es nun mit einer Taktik zu tun, die sie noch mehr belastete.

»Fähnrich Lanter?« rief Kirk. »Um Himmels willen, hört mich denn niemand?« Er spürte einen Anflug von Panik. Hatten sich seine Gefährten mit einem Shuttle abgesetzt und ihn in diesem improvisierten Kerker vergessen? Nein, Unsinn. Er zwang sich zur Ruhe. Spock traf gewiß keine Schuld. Selbst als Übernommenen hätte er ihn nicht einfach so im Stich gelassen. Jemand anders trug die Verantwortung – und die betreffende Person konnte nicht allzuweit entfernt sein.

Er dachte an die Möglichkeit, ein Loch in die Wand zu brennen, groß genug, um ihm Durchlaß zu gewähren, doch der Phaser steckte nicht mehr an seinem Gürtel. Wer hatte die Waffe genommen und ihn in diesem Zimmer eingesperrt? Kirk versuchte vergeblich, sich an die entsprechende Begegnung zu erinnern.

»Ich weiß, daß jemand dort draußen ist!« rief er. »Antworten Sie mir – das ist ein Befehl!«

Uhura hatte sich fest vorgenommen, nicht mit dem Etwas zu sprechen, doch diesmal war die Versuchung zu groß. Die Stimme klang viel zu vertraut. »Das nützt Ihnen nichts.«

»Uhura«, sagte Kirk erleichtert und lächelte auf der anderen Seite der Tür. »Lassen Sie mich raus.«

Sie lachte. »Kommt überhaupt nicht in Frage.«

»Lieber Himmel, Lieutenant, wie lange halten Sie mich hier schon gefangen?«

»Seit ungefähr einem Tag«, antwortete Uhura. »Kaum lange genug.«

»Ich erinnere mich nicht daran, was geschehen ist.« Kirk preßte sich ans Schott. »Warum bin ich hier eingeschlossen?«

»Diese Frage können Sie am besten beantworten, *Captain.*«

Kirk schwieg einige Sekunden lang, und plötzlich fiel ihm etwas ein. »Seit ungefähr einem Tag«, wiederholte er. »Uhura, ich bin schrecklich hungrig. Wenn ich nicht bald Wasser und etwas zu essen bekomme, sterbe ich.«

Uhura spürte Gewissensbisse. Kirk sprach ein echtes Problem an, das sie bisher verdrängt hatte. Wie konnte sie den Körper des Captains am Leben erhalten und gleichzeitig eine Konfrontation mit der Entität in ihm vermeiden? Sie griff nach dem Tablett mit Lebensmitteln, die aus dem Lager der *Enterprise* stammten, und fügte ein Glas Wasser hinzu. Sie balancierte es auf der einen Hand, während sie in der anderen den schußbereiten Phaser hielt, näherte sich dann langsam der Tür.

»Na schön«, sagte sie. »Treten Sie vom Schott fort. Ich warne Sie: Ich bin bewaffnet. Eine falsche Bewegung, und ich mache von dem Phaser Gebrauch, verlassen Sie sich drauf.«

»Ich verstehe«, erwiderte Kirk. Er wich zur Seite und drückte sich an die Wand.

Uhura betrat den Aufenthaltsraum und hob den Phaser, aber für einen Sekundenbruchteil fühlte sie sich desorientiert, weil sie den Captain nirgends sah. Er sprang auf sie zu, und sein Fuß schleuderte das Tablett beiseite. Aus einem Reflex heraus drückte Uhura ab.

Sie verfehlte das Ziel. Einen Augenblick später stieß Kirk sie zu Boden, doch sie reagierte sofort und rammte ihm das Knie in den Schritt. Er fiel zur Seite und stöhnte leise. Uhura tastete nach dem Phaser, mußte allerdings feststellen, daß er unter die Couch gerutscht war und sich nicht in ihrer Reichweite befand. Der Captain biß die Zähne zusammen, kroch auf Händen und Knien zur Liege und griff nach dem Strahler.

»Lieutenant ...«, schnaufte er, stemmte sich hoch, legte mit der Waffe an und preßte den anderen Arm auf die schmerzende Stelle des Unterleibs. »Wenn Sie mich noch einmal auf diese Weise angreifen, so verspreche ich Ihnen, daß ich Sie vor ein Kriegsgericht stelle.«

Uhura musterte ihn unsicher. In Kirks Augen zeigte sich nur Pein. »Sind Sie das wirklich, Captain, Sir?«

»Mein Entschluß steht fest.« McCoy verschränkte die Arme und schob trotzig das Kinn vor. »Ich bleibe nicht hier. Und es ist mir ein Rätsel, warum du gegen mich Stellung beziehst.«

»Davon kann überhaupt keine Rede sein.« Anitra stand vor der heißen Quelle und trug einen langen Kapuzenumhang. Dampf löste sich von ihrem Spiegelbild im Wasser, und das Gesicht der jungen Frau wirkte ernst und beherrscht. Vielleicht ahmte sie unbewußt die Vulkanier nach. »Begreifst du nicht, wie gefährlich unsere Mission ist?«

Spock bemerkte sicher, daß sich McCoy und Anitra duzten, aber er ließ sich nichts anmerken.

»Natürlich. Das ist mir durchaus klar. Ich verstehe nur nicht, warum ihr beide euch gegen mich verschworen habt ...«

»Jetzt wirst du paranoid.«

»Vielleicht gibt es einen guten Grund dafür.«

Anitra seufzte und sah ins Wasser. »Mach dich nicht lächerlich. Es entspricht keineswegs meinem Wunsch, dich hier zurückzulassen. Aber ist dir jemals in den Sinn gekommen, daß Spock recht haben könnte? Es ist schlimm genug, daß wir beide unser Leben riskieren müssen, indem wir die Hauptstadt aufsuchen. Warum willst du dich ebenfalls in Gefahr begeben?«

»Um bei dir zu sein«, erwiderte McCoy.

Die junge Frau lächelte traurig. »Aber das ist nicht logisch.« McCoy setzte zu einem Einwand an, aber Anitra berührte ihn sanft an den Lippen. »Versuch einmal, rein rational zu denken, Len. Wenn du uns begleiten würdest und dir etwas zustieße – das könnte ich mir nie verzeihen.«

Er griff nach ihrer Hand. »Und wenn dir etwas passiert, ohne daß ich in der Lage bin, dir zu helfen...«

»Mach dir keine Sorgen um mich«, sagte Anitra und wandte sich ab. »Spock ist bei mir.«

»Das beruhigt mich keineswegs«, entgegnete McCoy.

»Bitte. Versprich mir, daß du hierbleibst. Es wird nicht lange dauern.«

»Na schön, ich bleibe«, log der Arzt.

»Tut mir leid, daß ich Ihnen einen solchen Empfang bereiten mußte«, sagte Kirk und senkte den Phaser.

»Ich verstehe es noch immer nicht, Sir«, brachte Uhura hervor. »Sie waren übernommen. Was ist geschehen?«

»Darauf wüßte ich ebenfalls gern eine Antwort. Was haben Sie mit mir angestellt, Lieutenant?«

»Nichts, Sir. Mr. Spock hat Sie betäubt. Ich begegnete ihm im Korridor, und er nahm mich zur Nebenbrücke mit. Offenbar verfügt Fähnrich Lanter über ausgeprägte telepathische Fähigkeiten: Bevor wir eintraten, wies sie ihn auf Ihre Präsenz hin. Man schloß Sie im Nebenzimmer ein, Sir, und Spocks Mutter wurde an einem anderen Ort untergebracht. Seit diesen Ereignissen sind ungefähr sechsunddreißig Stunden verstrichen. Ich habe keine Erklärung dafür, daß Sie wieder Sie selbst sind.«

Kirk starrte in Richtung Aufenthaltsraum und schüttelte den Kopf. »Nun, vielleicht müssen wir alle Besatzungsmitglieder nacheinander betäuben, sie ins Nebenzimmer verfrachten und abwarten, ob die Entitäten aus ihnen verschwinden.«

»Das könnte eine Weile dauern, Sir. Immerhin gehören mehr als vierhundert Personen zur Crew der *Enterprise.*«

»In der Tat, Lieutenant. Wie ist der gegenwärtige Status des Schiffs?«

»Wir treiben antriebslos im Raum, Captain. Spock hat das Triebwerk sabotiert.«

Kirk nickte anerkennend. »Gut. Haben sich Spock und die anderen in Sicherheit gebracht?«

»Das weiß ich nicht genau, Sir. Aber wenn es ihnen gelungen ist, die *Enterprise* zu verlassen, so müßten sie jetzt nach Vulkan unterwegs sein.«

»Wie sieht's mit dem Kommunikationssystem aus?«

»Lahmgelegt, Sir. Dafür hat Fähnrich Lanter gesorgt.«

»Ausgezeichnet«, murmelte Kirk. »Ein manövrierunfähiges Schiff, ohne die Möglichkeit, irgendwelche Botschaften zu senden – und an Bord eine wahnsinnige Besatzung. Offenbar wartet eine Menge Arbeit auf uns, Uhura. Schade, daß Spock nicht bei uns ist.«

»Wir schaffen es auch ohne ihn, Sir.«

Kirk lächelte. »Womit sollen wir beginnen, Lieutenant?«

»Ich schlage vor, wir setzen Ihre erste Idee in die Tat um, Sir.«

Der Captain runzelte die Stirn.

»Wir betäuben die ganze Besatzung«, erklärte Uhura und lachte leise.

McCoy räusperte sich, aber der junge Vulkanier rührte keinen Muskel. Er saß vor der heißen, dampfenden Quelle und meditierte mit geschlossenen Augen.

»Entschuldigen Sie bitte.«

Der Vulkanier hob die Lider.

»Ich brauche einige Dinge, um die Wüste zu durchqueren«, sagte McCoy.

»Ein solches Unterfangen ist für Menschen zu gefährlich.« Der Vulkanier schloß die Augen wieder.

McCoy ließ sich nicht beeindrucken. »Darauf bin ich bereits hingewiesen worden. Aber ich mache mich trotzdem auf den Weg. Helfen Sie mir oder nicht?«

Der Vulkanier musterte ihn. »Ihre Gefährten baten die Hohemeisterin um Erlaubnis, Sie hier zurücklassen zu dürfen. Wie ich hörte, breitet sich das Unheil jenseits von Gol aus. Warum möchten Sie trotzdem fort?«

»Ich bin gegen meinen Willen hier.«

»Ihre Freunde versuchen, Sie zu schützen.«

»Aber ich will nicht beschützt werden!« McCoy stampfte wütend mit dem Fuß auf, und eine kleine rote Staubwolke löste sich vom steinernen Boden. »Ich setze mich lieber Gefahren aus, um bei meinen Gefährten zu sein. Sie riskieren ihr Leben, und ich möchte ihnen helfen.« Er beobachtete den jungen Mann aufmerksam. »Das können Vulkanier vielleicht nicht verstehen.«

Soltar bedachte ihn mit einem scharfen Blick. »Ich verstehe sehr wohl. Wie ich schon sagte: Wir zwingen Sie nicht, an diesem Ort zu verweilen.«

»Nein. Aber Sie würden mich in die Wüste gehen lassen, ohne mir die notwendige Ausrüstung zu geben.«

Einige Sekunden lang hatte es den Anschein, als wolle Soltar seufzen, doch er widerstand der Versuchung. »Wenn ich Ihnen helfe, muß ich der Hohenmeisterin Bescheid geben.«

»Dafür bleibt Ihnen noch Zeit genug, nachdem ich aufgebrochen bin.« Der Vulkanier setzte zu einem Einwand an, aber McCoy kam ihm zuvor. »Eile ist geboten. Meine Freunde sind bereits unterwegs. Wenn ich ihre Spur verliere, könnte ich mich in der Wüste verirren.«

Der Vulkanier erhob sich resigniert. »Ich hole Ihnen die Dinge, die Sie benötigen. Bleiben Sie hier. Ich bin gleich zurück.«

»Danke«, sagte McCoy und lächelte. »Vielen herzlichen Dank.«

Sonnenuntergang. Es wurde rasch kühler, aber McCoy schwitzte noch immer in dem weiten Kapuzenumhang. Mit den Stiefeln, die ihm Soltar gebracht hatte, fiel es weitaus leichter, im Sand zu gehen. Trotzdem schmerzte der verstauchte Knöchel bei jedem Schritt. Er hielt es für richtig, daß er gewartet hatte, bevor er Spock und Anitra gefolgt war – wenn er sich ihnen zu sehr näherte, spürte die junge Frau vielleicht seine Präsenz. Er zog einen altmodischen Kompaß aus der Tasche und drehte sich langsam, bis er in die richtige Richtung blickte: Ostnordost. Hinter dem Horizont verbarg sich die Hauptstadt ShanaiKahr. Es beruhigte ihn, im blasser werdenden Licht die beiden Fußspuren zu sehen. Vor einer Stunde hatte ein ziemlich heftiger Wind geweht, doch kurz vor der Abenddämmerung ließ er nach, und die von Füßen stammenden Mulden im Sand waren glücklicherweise noch immer deutlich zu erkennen.

Irgendwo dort draußen gingen Spock und Anitra nebeneinander. McCoy versuchte sich vorzustellen, worüber sie sprachen, und sofort spürte er einen irrationalen Anflug von Eifersucht. Er verdrängte diese Gedanken aus seiner bewußten Aufmerksamkeit. Wahrscheinlich war Anitra weit entfernt, aber es konnte gewiß nicht schaden, vorsichtig zu sein. Der Arzt konzentrierte sich darauf, einen Fuß vor den anderen zu setzen. Wenn er sich nicht beeilte, bestand die Gefahr, daß die Distanz zu seinen beiden Gefährten zu groß wurde, und er wollte auf keinen Fall den Anschluß verlieren. Sicher dauerte es nicht mehr lang, bis der Nachtwind begann und die Spuren im Sand verwischte. McCoy hoffte inständig, daß Spocks Instinkte ebensogut funktionierten wie der Kompaß.

Er marschierte eine Zeitlang und atmete schwerer, während der Himmel dunkler wurde und sich die Wüste in ein diffuses Grau verwandelte. Eine erste, noch sanfte Brise zupfte an McCoys Umhang, brachte Kälte und den schrillen, metallenen Schrei eines Le matya. Er erklang in besorgniserregender Nähe, und McCoy ging noch etwas schneller. Ein bewegliches Ziel hatte bessere Chancen.

Nach einer Weile schrie der Le matya erneut, und der Arzt stellte voller Unbehagen fest, daß sich das Tier ihm weiter genähert hatte.

»Warten Sie.« Anitra versteifte sich und blieb abrupt stehen. Spock verharrte neben ihr und horchte. »Ein Le matya«, sagte er. »Aber nicht nahe genug, um uns zu bedrohen.«

Anitras Gesicht verbarg sich unter der Kapuze des Wüstenumhangs. »Uns nicht. Aber McCoy.«

Spock hob eine Braue.

»Dort drüben.« Anitra deutete in die entsprechende Richtung.

Die junge Frau begann zu laufen, und Spock folgte ihr. Sie brachten einige sanft geneigte Dünen hinter sich – und sahen einen McCoy, der ebenso gekleidet war wie sie. Zwar trug er einen weiten Umhang, aber Anitra bemerkte auf den ersten Blick, daß er alle Muskeln im Leib gespannt hatte. In der einen Hand hielt er das Ahn vahr Soltars, und seine Aufmerksamkeit galt dem gedrungenen Reptil, das sich vor ihm zum Sprung duckte.

Spock wölbte die Hände zu einem Trichter vor dem Mund und gab einen kurzen, heiseren Schrei von sich. Der Le matya drehte sich mit scheinbarer Trägheit um, und seine Zunge tastete aus einem breiten Maul, um Witterung aufzunehmen.

»Doktor!« rief Spock. »Bewegen Sie sich nicht.«

Aber es war bereits zu spät. McCoy lief los, und daraufhin wandte sich ihm das Tier sofort wieder zu. Spock stieß einen zweiten Schrei aus, aber der Le matya achtete gar nicht mehr auf ihn, hatte nur noch Augen für die fliehende Mahlzeit. Er zog die beiden muskulösen Hinterläufe an – und sprang.

»Nein!« entfuhr es Anitra, doch der Wind stahl ihr das Wort von den Lippen.

Spock feuerte, und ein heller Blitz zuckte aus dem Lauf des Strahlers …

McCoy sah ihn überhaupt nicht.

KAPITEL 10

Anitra eilte zu McCoy und ließ sich neben ihm auf die Knie sinken. »Dem Himmel sei Dank«, murmelte sie. Der Arzt saß im Sand; er war benommen und verwirrt, aber bei Bewußtsein.

Spock trat ebenfalls näher. »Ist alles in Ordnung mit Ihnen, Doktor?«

McCoy nickte und schnaufte. »Ja. Ich bin nur ein wenig außer Atem.«

Spock half dem Arzt auf die Beine.

»Ich weiß, was Sie jetzt sagen wollen.« McCoy fühlte sich bereits in die Defensive gedrängt. »Durch meine Schuld verlieren Sie wieder Zeit. Aber verdammt: Es war reines Pech. Ihnen hätte es ebenso ergehen können.«

»Dies wäre ganz gewiß nicht geschehen, wenn Sie sich an meine Anweisungen gehalten hätten«, stellte Spock ernst fest. »Darüber hinaus erstaunt es mich, wie oft Sie sich auf das ›Pech‹ berufen.« Er musterte den Arzt. »Irgendwelche Kratzer?«

»Nein. Ich bin froh, daß Sie so rasch eingetroffen sind.« McCoy sah Anitra an. »Hast du meine Gedanken wahrgenommen?«

»Deine Gefühle.« Sie legte ihm die Hand auf den Arm. »Im telepathischen Äther kann Furcht ziemlich ›laut‹ sein.«

McCoy lächelte. »Dann habe ich bestimmt einen ziemlichen Lärm verursacht. Danke für deine schnelle Reaktion.« Er taumelte.

»Was ist los?« fragte Anitra besorgt.

»Oh, nichts weiter.« McCoy wischte sich kalten Schweiß von der Stirn.

Spock hielt ihn fest, bevor er zu Boden fallen konnte, ließ ihn langsam auf den Sand sinken.

»Stimmt was nicht?« erkundigte sich Anitra nervös.

Spock untersuchte die schlaffe Gestalt McCoys und deutete auf einen kleinen Kratzer am Handgelenk des Arztes. Mehrere winzige Blutstropfen gerannen in der trockenen Luft. »Die Krallen eines Le matya sind mit Giftdrüsen ausgestattet.«

»Wenn wir in der Medo-Tasche nachsehen ...«, begann Anitra.

Der Vulkanier schüttelte den Kopf. »Die toxische Substanz erfordert ein spezielles Gegenmittel. Ohne eine entsprechende Behandlung wird er sterben.«

Anitra zwang sich, möglichst ruhig zu sprechen. »Wann?«

»Es handelt sich nur um eine oberflächliche Wunde. In ein oder zwei Stunden.«

»In ein oder zwei ...« Anitra unterbrach sich und schluckte. »Glauben Sie, daß wir ihn bis dahin zu einem Heiler bringen können?«

»Es wäre möglich. Aber ein Transport ist gefährlich. Er könnte die Ausbreitung des Gifts beschleunigen.«

»Ich gehe zur Stadt und hole jemanden«, sagte Anitra entschlossen.

»Nein. Ich kenne mich in ShanaiKahr besser aus und weiß, wo der Heiler wohnt.«

»Dann beschreiben Sie mir den Weg. Mit meinen telepathischen Fähigkeiten kann ich feststellen, ob der vulkanische Arzt zu den Übernommenen gehört oder nicht.« Die junge Frau zögerte kurz und ahmte den Vulkanier nach, indem sie hinzufügte: »Die Logik verlangt, daß ich gehe.«

Spock sah in das blasse Gesicht McCoys hinab. »Nun gut«, murmelte er. »Aber beeilen Sie sich.«

McCoy fröstelte, als der Wind über ihn hinwegstrich. Spock hatte so Platz genommen, daß er ihn vor den Böen schützte, aber es genügte nicht. Er zog den Umhang enger um die Schultern des Arztes und hob die Kapuze, so daß sie ihm Schutz vor Wind und Sand gewährte. Anitra war inzwischen seit siebenundvierzig Minuten unterwegs, und McCoy blieb die ganze Zeit über bewußtlos. Doch jetzt begann des Delirium, quälte Körper und Geist des Verletzten.

Spock hatte erst zweimal die Auswirkungen des Lematya-Gifts beobachtet: an einem Tier und während der *Kahswan*-Prüfung bei einem anderen Jungen, mit dem er befreundet gewesen war. Weder das Tier noch der Knabe bekamen rechtzeitige Hilfe. Spock wußte, daß die toxische Substanz auf Menschen anders wirken mochte, aber zweifellos litt der Arzt sehr.

McCoys Gesicht gewann eine graue Tönung, und in seinen Muskeln entstanden häufige Krämpfe. Wenn es ihm gelang, sich zu entspannen, schnaufte und keuchte er erschöpft. Die Lider zitterten, hoben sich nie lange genug, um McCoy Gelegenheit zu geben, den Blick auf etwas zu fokussieren. Er murmelte leise, und die Worte waren so unartikuliert, daß Spock sie kaum verstand.

»Anitra«, brachte der Arzt hervor. »Geh nicht. Bleib … hier …«

»Sie kommt bald zurück«, versprach Spock. »Schweigen Sie. Sparen Sie Ihre Kraft.«

»Tut mir leid«, ächzte McCoy. »So leid. Ich … wollte nicht …« Er versuchte sich aufzurichten, aber Spock drückte ihn sanft zurück.

»Es ist nicht Ihre Schuld, daß Sie verletzt wurden«, sagte Spock, obgleich er bezweifelte, daß ihn der Arzt hörte oder gar verstand.

»Meine Schuld«, hauchte McCoy. »Weil ich Anitra liebe …«

Das ist kaum etwas, wofür man sich entschuldigen muß, dachte Spock.

»Sie dürfen nicht zulassen, daß ihr etwas zustößt«, brachte McCoy mühsam hervor. »Wenn Sie Anitra zwingen, zuviel zu riskieren ...« McCoy unterbrach sich, als eine neuerliche schmerzhafte Krampfphase begann. »Es ... ist nicht fair. Alle versuchen ... etwas aus der jungen Frau zu machen ... das ihrem Wesen widerspricht ...«

Spock lauschte in der Finsternis. »Ich werde daran denken, Doktor«, erwiderte er sanft. Noch etwas leiser fügte er hinzu: »Falls es ihr gelingt, hierher zurückzukehren.«

Kirk hockte im Schatten der Tür, hinter der sich das dunkle Schlafzimmer Scotts erstreckte. Schon seit einer ganzen Weile wartete er auf die Rückkehr des Chefingenieurs. Er hatte das Kabinenschloß geschickt überlistet und den Zugang hinter sich wieder verriegelt. Fünfzehn Minuten waren seitdem vergangen. Geduldig saß er im Zwielicht, hielt den Phaser schußbereit in der Hand – und vernahm endlich das leise Zischen der aufgleitenden Tür.

Er schloß die Finger noch etwas fester um den Kolben der Waffe, richtete sich halb auf, legte an und ließ den Strahler wieder sinken, als er die Person erkannte.

Tomson betrat das Vorzimmer. Sie trug einen Phaser – ein Ausrüstungsgegenstand, den man bei der Leiterin der Sicherheitsabteilung erwartete –, aber hinzu kam ein klingonischer Dolch. Diese außerordentlich gefährliche Waffe verfügte über drei mit Widerhaken versehene Schneiden und war in der Föderation streng verboten. Langsam schritt sie durch den Raum, erweckte dabei den Eindruck, daß sie ebenfalls nach einem Versteck suchte. Sie näherte sich Kirk, zögerte ... Und die plötzliche Entschlossenheit, mit der sie sich wieder in Bewegung setzte, wies den Captain darauf hin, daß sie ihn bemerkt hatte. Er betätigte den Auslöser und gab ihr keine Zeit, eine der beiden Waffen gegen ihn einzusetzen.

Tomson sank bewußtlos zu Boden.

Kirk betrachtete die Betäubte einige Sekunden lang und überlegte. Sollte er die Frau in den Korridor tragen, in irgendeiner leeren Kabine unterbringen und hoffen, daß Scott in der Zwischenzeit nicht eintraf? Andererseits: Es bestand auch die Gefahr, daß Tomson wieder zu sich kam, bevor Scott sein Quartier aufsuchte – und ihn gar alarmierte.

Der Captain beschloß, kein Risiko einzugehen. Er warf sich Tomson über die Schulter, und ihre Größe erwies sich dabei als ein besonderes Problem. Der Oberkörper reichte ihm weit den Rücken hinab; das dünne, platinblonde Haar bildete keinen Knoten mehr, sondern strich mit langen Strähnen über den Boden. Kirk taumelte zunächst, doch dann kam er einigermaßen zurecht.

Rache ist süß, dachte er in einem Anflug von Selbstgefälligkeit und lächelte.

Anitra lief – flog – über die Wüstendünen. Sie hatte die Verschlüsse des Wüstenumhangs geöffnet, und der Wind blähte den dünnen Stoff einem Segel gleich auf. Die Kapuze ruhte schon seit einer ganzen Weile im Nacken, und das lange rote Haar flatterte wie ein Banner. Die junge Frau dachte kurz daran, daß sich ihr Luftwiderstand ohne den Umhang verringerte, aber sie nahm sich nicht die Zeit, das vulkanische Kleidungsstück abzustreifen.

Sie brauchte weniger als eine Stunde, um die Peripherie der Stadt zu erreichen. In der Ferne beobachtete sie den trüben Glanz der Kuppeln, die sich auf dem Akademiegelände erhoben. Anitra verharrte kurz, um sich anhand von Spocks Richtungshinweisen zu orientieren.

Es herrschte praktisch überhaupt kein Flugverkehr, und außer ihr war niemand auf den sandigen Straßen unterwegs. Sie winkte den gelegentlichen Schwebern zu, die über ihr dahinglitten, aber niemand landete. Anitra bedauerte es plötzlich, Spock nicht gefragt zu haben, welche Gestensprache vulkanische Anhalter benutzten.

Beim vierten Schweber hatte sie Glück. Der Pilot verringerte die Geschwindigkeit und lenkte sein Gefährt langsam tiefer. In der Dunkelheit sah sie die vagen Konturen eines lächelnden menschlichen Gesichts und senkte die geistigen Schilde lange genug, um eine mentale Sondierung vorzunehmen – ihre telepathischen Ohren horchten vergeblich nach dem Flüstern des Unheils. Daraufhin erwiderte sie das Lächeln und stieg ein.

Die Luke schloß sich, als Anitra Platz nahm und sich zurücklehnte. Die glühenden Anzeigefelder der Konsole spendeten genug Licht, um die Züge des Piloten zu erkennen. Anitra versteifte sich unwillkürlich. Nur der Umstand, daß sie sich bereits dreißig Meter über dem Boden befanden, hinderte sie daran, den Schweber sofort zu verlassen.

»Ich hatte schon befürchtet, Sie nicht wiederzusehen«, sagte Roy. Er schien noch betrunkener zu sein als bei ihrer letzten Begegnung. »Als Sie lächelten, habe ich Sie sofort erkannt. Sie wirken dadurch noch hinreißender.«

Anitra wurde übergangslos ernst. »Roy, nicht wahr?«

Er strahlte, erfreut darüber, daß sie sich an seinen Namen erinnerte. »Ja. Und wie heißen Sie?«

»Anitra.«

»Anitra. Ein hübscher Name.«

Sie wollte widersprechen, überlegte es sich jedoch anders. »Sie könnten mir wirklich helfen, Roy. Jemand, den ich gut kenne, ist in Schwierigkeiten ...«

»Ich hoffe, damit meinen Sie nicht einen Ihrer Begleiter in der Bar.« Roy schnitt eine Grimasse und knurrte leise. »Den Kerlen schulde ich nichts.«

»Nein«, log Anitra. »Es geht um ... um eine Freundin von mir. Sie wurde in der Wüste verletzt. Ich wollte einen Helfer für sie holen.«

»Verletzt, hm? Nicht schlimm, hoffe ich.«

»Es steht ziemlich schlecht um sie«, sagte Anitra. »Wir müssen uns beeilen.« Sie streckte den Arm aus. »Fliegen Sie in die Richtung.«

»Oh, Sie meinen den Stadtrand.« Roy rülpste leise. »Tja, ich schätze, ich könnte diese Kiste tatsächlich dorthin steuern.«

»Danke«, sagte Anitra besonders herzlich.

Roy warf ihr einen kurzen Blick zu. »Ich hoffe, Sie sind mir nicht mehr böse. Die Sache in der Bar... Sie wissen schon.«

Anitra preßte die Lippen zusammen und beschloß, auf Nummer Sicher zu gehen. »Natürlich nicht. Wie ich feststelle, sind Sie noch immer auf Vulkan. Ich dachte, Sie hätten begrenzten Landurlaub.«

»Ich habe beschlossen, ihn ein wenig zu verlängern«, erklärte Roy finster. »An Bord meines Schiffs stimmt was nicht – man könnte sagen, daß dort eine Art Meuterei stattgefunden hat. Nun, auch hier auf dem Planeten geht's recht seltsam zu. Neuerdings bringen sich die Vulkanier gegenseitig um, heißt es. Komisch: Seit Tausenden von Jahren geschieht so etwas zum erstenmal.«

Erneut drehte Roy den Kopf und musterte die Frau. Anitra reagierte nicht, war viel zu sehr in Gedanken versunken.

»Was hat Sie eigentlich des Nachts in die Wüste geführt? Dort draußen ist es verdammt gefährlich.«

»Gerade deshalb brauchen wir Ihre Hilfe«, erwiderte Anitra trocken. »Hören Sie, es ist außerordentlich wichtig, einen Heiler zu finden. Wir können uns später unterhalten.«

»Wie Sie wollen.«

Eine Zeitlang flogen sie schweigend. Anitra lehnte sich zurück und starrte nach draußen, wie hypnotisiert vom Anblick der unter ihnen hinweggleitenden Stadt.

»He, einen Augenblick«, sagte sie plötzlich. »Wir hätten dort drüben landen müssen.«

Roy ignorierte diesen Hinweis.

»Kehren Sie um. Das Haus des Heilers befindet sich hinter uns.«

Der Mann flog wortlos weiter.

»Was soll das bedeuten?« Ärger vibrierte in Anitras Stimme. »Wohin bringen Sie mich?«

Roy grinste breit. »Wir holen Ihren Heiler. Aber zuerst zeige ich Ihnen … das Panorama.« Er beugte sich zur Seite und legte seine Hand auf den Oberschenkel der jungen Frau.

Anitra tastete nach dem Phaser unter ihrem Umhang und entsicherte die Waffe. »Kehren Sie um«, sagte sie und holte den Strahler hervor.

Roys Verblüffung wich Heiterkeit. »Komm schon, Schätzchen, du bist nur ein wenig nervös. Ich weiß, daß du nicht auf mich schießen würdest.«

»Ich gehöre zum Geheimdienst Starfleets, Sie hirnamputierter Idiot. Und ich bin zu allem bereit, um einen Heiler zu benachrichtigen. Wenn Sie nicht sofort den Kurs ändern, blase ich Ihnen den verdammten Schädel von den Schultern und setze mich selbst an die Kontrollen.«

»*Lieber* Himmel!« stieß Roy hervor.

Unmittelbar darauf flog der Schweber in einem weiten Bogen und trug Anitra in die Richtung zurück, aus der sie gekommen waren.

Anitra stand vor der Mauer und klopfte ans hölzerne Tor. Von Spock wußte sie, daß Vulkanier ihre Wohnungen und Häuser nie abschlossen, aber der Heiler bildete offensichtlich eine Ausnahme. Mehrmals rief sie nach ihm – und fragte sich, ob sie der Arzt trotz der fauchenden Böen hörte.

Nach einer Weile quollen ihr Tränen in die Augen, und als sie sich verzweifelt an das glatte, polierte Tor lehnte, vernahm sie eine Stimme auf der anderen Seite der Mauer.

»Gehen Sie fort«, sagte der Heiler. »Lassen Sie mich in Ruhe.«

»Ich stelle keine Gefahr für Sie dar«, erwiderte Anitra. »Sie haben nichts von mir zu befürchten. Ein Freund von mir wurde in der Wüste von einem Le matya angegriffen und braucht Ihre Hilfe.«

»Sie können behaupten, was Sie wollen«, ertönte die Stimme. Sie klang dünn, rauh und alt. »Ich öffne das Tor nicht. Verschwinden Sie!«

»Bitte«, drängte Anitra. »Meinem Freund droht der Tod, wenn Sie ihm nicht helfen.«

»Sie sind wie die anderen. Emotional, gewalttätig ...«

»Ich bin *nicht* wie die anderen. Wenn ich emotional klinge, so liegt es daran, daß ich von der Erde stamme und mein Freund stirbt. Es bleibt nur noch wenig Zeit ...«

»Ich begleite Sie nicht.« Die Stimme des Heilers war kühl und leiser – er entfernte sich bereits vom Tor.

Anitra schluchzte wortlos. Noch immer preßte sie das Gesicht ans kühle Holz und hörte die Schritte: Der vulkanische Arzt schritt zum Haus zurück.

»Halt!« rief sie. »Wenn Sie nicht mitkommen wollen, so werfen Sie das Gegenmittel für das Le-matya-Gift über die Mauer. Mehr verlange ich nicht von Ihnen.«

Stille herrschte auf der anderen Seite, und Anitra war sicher, daß der Heiler fortgegangen war und sie gar nicht mehr hörte. Niedergeschlagen ließ sie den Kopf hängen, doch plötzlich fragte der Vulkanier: »Ihr Freund – ist er ebenfalls Terraner?«

»Ja«, bestätigte sie. Tränen brannten ihr in den Augen.

Sand knirschte leise unter den Schritten des Heilers, als er ins Haus ging. Kurze Zeit später sauste ein kleines Objekt über die Mauer und fiel zu Boden. Der Wind rollte es davon. Anitra lief los und griff nach dem Gegenstand.

»Die Phiole enthält einen kleinen Injektor«, teilte ihr der Heiler mit. »Verabreichen Sie das Mittel Ihrem Freund – er wird überleben, wenn es noch nicht zu spät ist.«

»Danke«, sagte Anitra. »Vielen Dank.«

Der Heiler antwortete nicht, war bereits ins Haus zurückgekehrt.

Der Türmelder summte dreimal – ein Code, auf den sich Kirk und Uhura geeinigt hatten. Der Captain ging zur Tür, lehnte sich daneben an die Wand und berührte die kleine, von Anitra vorbereitete Sensorplatte, woraufhin das Schott aufglitt.

Uhura trat ein, Kirk entspannte sich. Doch die dunkelhäutige Frau kam allein.

»Sie sind spät dran«, sagte er. »Wo ist Sulu?«

»Ich habe ihn ohne Schwierigkeiten erwischt, Captain, aber ich brauche Ihre Hilfe, um ihn hierherzubringen. Als ich versuchte, ihn durch den Notschacht zu tragen…« Uhura unterbrach sich, als die im Aufenthaltsraum eingesperrte Tomson mit einer neuen Tirade aus Flüchen und Drohungen begann. »Sir, das klingt gewiß nicht nach Mr. Scott.«

»Er ist es auch gar nicht«, erwiderte Kirk. »Offenbar hat Lieutenant Tomson ebenfalls eine kleine Überraschung für den Chefingenieur geplant. Ich war nur etwas schneller als sie.«

Uhura musterte ihn unsicher.

»Wo steckt Sulu?« fragte der Captain. »Ich hole ihn selbst.«

»Ich begleite Sie, Sir«, bot sich Uhura an. »Ich möchte nicht, daß Sie allein gehen.«

»Es hat keinen Sinn, wenn wir uns beide Gefahren aussetzen, Lieutenant.«

»Ich weiß, Sir, aber es gefällt mir nicht, allein zurückzubleiben und mir *das* anzuhören.« Sie nickte in Tomsons Richtung.

Kirk schnitt eine kurze Grimasse. »Das verstehe ich, Lieutenant.«

Uhura führte ihn zum Notschacht, der unmittelbar vor dem C-Deck – dort befanden sich die Offiziersquartiere – begann. »Er ist ganz oben im Schacht, Captain.«

Kirk schob sich durch den Zugang, griff nach den Sprossen und kletterte nach oben. Uhura folgte ihm. Es dauerte nicht lange, bis er Sulu weiter oben sah. Er hielt einen Fechtdegen in der Hand und starrte grinsend auf den Captain herab.

»Ausgezeichnet«, triumphierte Sulu höhnisch. »Noch ein unschuldiges Opfer.«

Kirk senkte den Kopf und blickte nach unten. »Er ist wieder bei Bewußtsein. Bringen Sie sich in Sicherheit, Uhura!«

Sie rührte sich nicht von der Stelle.

»Das ist ein Befehl, Lieutenant. Fliehen Sie! Haben Sie mich gehört?«

»Oh, ich höre Sie, Captain«, erwiderte Uhura spöttisch und richtete ihren Phaser auf Kirk.

»Ja, ich höre Sie klar und deutlich. Aber wissen Sie: Sulu hat mir eine Gelegenheit versprochen, jemanden zu übernehmen …«

Spock sah die Positionslichter bereits, als der Schweber noch weit entfernt war, und der Kurs führte genau in seine Richtung. Er hoffte inständig, daß sich Anitra an Bord befand.

Seine Erwartungen erfüllten sich. Ein großer, kräftig gebauter Mann stieg nach der jungen Frau aus und beeindruckte Spock mit einem ausgesprochen unintelligenten Gesichtsausdruck. Der Terraner verharrte neben dem Schweber, und Anitra eilte sofort an McCoys Seite.

»Wie geht es ihm?«

»Seit den letzten fünf Komma drei Minuten liegt er im Koma«, erwiderte Spock. »Vielleicht kommt jede Hilfe zu spät.«

Anitra holte den kleinen Injektor hervor und preßte ihn an den Arm des Arztes. McCoys Gesicht blieb aschfahl, und er atmete kaum.

»Das Mittel wirkt nicht.« Alarmiert sah die junge Frau zu Spock auf.

»Gedulden Sie sich ein wenig«, sagte der Vulkanier. Er hielt den medizinischen Tricorder über McCoy, betrachtete die Anzeigen und richtete seinen Blick dann auf Anitra.

»Sein Puls wird stärker.«

Anitra seufzte und sank in den Sand zurück.

»Sie haben mich belogen«, brummte Roy, der noch immer am Schweber stand. »Sie erwähnten eine Freundin, aber dies ist der Kerl, der mir einige Zähne ausgeschlagen hat.«

Spock wölbte eine Braue. »Das muß ein Irrtum sein.«

Anitra wandte sich an Roy. »Wenn ich Ihnen die Wahrheit gesagt hätte – wären Sie dann mit mir gekommen?«

»Wahrscheinlich nicht«, räumte der Mann ein.

»Nun, ich bin Ihnen sehr dankbar dafür, daß Sie mich begleitet haben«, sagte Anitra.

Roy blickte beschämt zu Boden und murmelte etwas Unverständliches.

»Doktor«, sagte Spock. »Hören Sie mich?«

Keine Antwort. »Doktor ...«

»Ich höre Sie, Spock«, brachte McCoy mühsam hervor. »Sie brauchen nicht gleich zu schreien.«

»Ich habe keineswegs geschrien, Doktor ...«

McCoy stöhnte, als er sich aufsetzte, hob die Hände zum Kopf. »Oh, was für Kopfschmerzen ... Es fühlt sich an, als hätte ich die letzte Woche in einer Bar verbracht. Was ist geschehen?«

»Als der Le matya sprang, haben Sie einen Kratzer davongetragen«, erklärte Spock. »Sie können von Glück sagen, daß Sie nicht tot sind.«

»Nur ein Kratzer? Und ich wäre fast gestorben?«

Der Vulkanier nickte. »Die Krallen der Le matya sind mit Giftdrüsen ausgestattet. Anitra begab sich in die Hauptstadt, um ein Gegenmittel zu besorgen ...«

»Jetzt verstehe ich, warum mir so übel ist«, ächzte McCoy.

»Hmm«, machte Spock. »Offenbar sind Sie nur schwer zufriedenzustellen. Allem Anschein nach finden Sie immer etwas, um sich zu beklagen.«

»Von meinen Injektionen wurde Ihnen nie übel«, entgegnete McCoy trotzig. »Und wenn doch, so haben Sie es sich nur eingebildet.«

»Ich verstehe«, sagte Spock. »Nun, das mit der Einbildung trifft derzeit auch auf Sie zu. Aber ganz abgesehen von den individuell-subjektiven Reaktionen: Anitras Gegenmittel hat Ihnen das Leben gerettet.«

Die junge Frau errötete. »Ich schätze, wir sollten Roy danken. Ohne ihn hätte ich es nicht rechtzeitig hierher geschafft ...«

»Ach du meine Güte ...« McCoy erbleichte, als er an Spock und Anitra vorbeisah und den muskulösen Mann erkannte. »Ich wußte es. Ich bin gestorben und befinde mich in der Hölle. Meine Oma hat mich immer davor gewarnt, aber ich wollte ihr nie glauben ...«

Roy knurrte leise, wich noch etwas weiter zum Schweber zurück und zeigte dadurch, daß er die Empfindungen des Arztes teilte.

»Soll ich daraus schließen, daß Sie diesen Herrn kennen, Doktor?«

»Und ob. Der verdammte Mistkerl hat Anitra beleidigt, und als ich ihn zur Rede stellte, schlug er mir die Faust aufs Auge.«

»Durch Ihre Schuld habe ich einen Zahn verloren«, brummte Roy.

»Eine Prügelei«, stellte Spock mit unüberhörbarer Verachtung fest. »In einer Touristenkneipe ...«

Anitra stampfte mit dem Fuß auf. »Seid endlich still, ihr alle! Und was dich betrifft, Len: Roy hat dir das Leben gerettet, indem er mich hierherflog. Du solltest ihm danken.«

»Ihm danken«, wiederholte McCoy und fluchte halblaut. »Das fehlt mir gerade noch.«

Spock beugte sich vor. »Ich schlage vor, Sie bringen dem jungen Mann mehr Respekt entgegen, Doktor«, flüsterte er. »Er hat einen Schweber, mit dem wir die Akademie erreichen können.«

»Lieber sterbe ich in der Wüste«, versicherte ihm McCoy.

»Ich fürchte, dann sterben Sie allein«, erwiderte der Vulkanier.

»Ich ziehe den Flug mit einem Schweber vor, anstatt den Weg zu Fuß fortzusetzen.«

McCoy dachte kurz über die beiden Alternativen nach, drehte sich dann zu Roy um und erweckte den Eindruck, sich gleich übergeben zu müssen. »Nun, äh ... Roy, nicht wahr? Eigentlich habe ich es gar nicht so böse gemeint. Äh. Vielleicht sollten wir Vergangenes ruhen lassen ...«

Roy brachte sie noch vor Morgengrauen zur vulkanischen Akademie der Wissenschaften.

McCoy stieg unsicher aus. Anitra und Spock stützten ihn. »Nun, wo ist sie?«

Spock bedachte ihn mit einem fragenden Blick.

»Die Akademie«, wiederholte McCoy. »Wo ist sie?«

»Hier, Doktor.«

McCoy beobachtete die hohen, kuppelförmigen Gebäude, die sich in allen Richtungen bis zum Horizont erstreckten. »Dies soll eine Akademie sein? Es handelt sich um eine Stadt.«

»Wenn Sie die hiesigen Forschungsinstitute mit der Starfleet-Akademie vergleichen – sie sind fast doppelt so groß.« Für McCoy sahen die Bauwerke alle gleich aus, aber Spock schien sich hier gut auszukennen. Er führte sie über herrlich festes Gestein, und nach Meinung des Arztes dauerte die Wanderung eine halbe Ewigkeit lang. Schließlich blieben sie vor der Tür eines Gebäudes stehen. McCoy fragte sich, was diese Kuppel von den anderen unterschied. Er hielt vergeblich nach irgendwelchen Markierungen oder besonderen Merkmalen Ausschau und wußte genau, daß er den Weg zurück nicht allein gefunden hätte.

Zwar herrschte noch immer die Dunkelheit der Nacht,

aber die Tür war nicht verschlossen und öffnete sich sofort. Spock und Anitra zogen ihre Phaser. Der Vulkanier trat zuerst ein, dichtauf gefolgt von Anitra, die den Arzt noch immer am Arm berührte.

Nichts rührte sich in den Korridoren. Alles blieb still. McCoy dankte dem Schicksal für den glatten Steinboden, der nicht die geringsten Hindernisse bereithielt. Spock geleitete seine Begleiter zu einer nach unten führenden Treppe. Als sie den ersten Absatz erreichten, sahen sie Licht im entsprechenden Gang; dort standen zwei Vulkanier und unterhielten sich leise. Sie drehten sich um, bemerkten die Neuankömmlinge und wichen rasch in ein Zimmer zurück.

»Es ist alles in Ordnung mit ihnen«, sagte Anitra. »Ich glaube, sie machen sich mehr Sorgen um uns.«

Sie setzten den Weg nach unten fort, bis McCoys Knie zu schmerzen begannen. Am Ende der Treppe wandte sich Spock nach rechts, betrat einen großen Raum und berührte die Wand. Licht flammte auf.

»Dies ist eins der medizinischen Laboratorien«, erklärte er. »Soweit ich weiß, sind hier die modernsten und leistungsfähigsten Anlagen installiert.«

»Das dürfte eher untertrieben sein.« McCoy pfiff leise durch die Zähne. Einige der Geräte kannte er nicht einmal. Im Vergleich mit diesem Labor wirkte die Krankenstation an Bord der *Enterprise* geradezu primitiv.

»Ich möchte Ihnen etwas Interessantes zeigen«, fügte Spock hinzu. Er berührte eine andere Stelle der Wand, und daraufhin schoben sich graue Metallwände heran, bedeckten das alte Gestein. Die Tür hinter dem Vulkanier verschwand.

»Was machen Sie da?« fragte McCoy.

»Das Laboratorium kann mit Hilfe dieser Schaltfläche vollständig isoliert oder geöffnet werden«, erläuterte Spock. »Eine Sicherheitsmaßnahme – falls es bei einem Experiment zu radioaktiver Strahlung kommt. Nach der

Separation gibt es keine Möglichkeit, von außen ins Labor zu gelangen.«

»Was uns gewisse Vorteile bietet«, murmelte McCoy.

»Zu der technischen Ausstattung gehört auch ein Lebensmittelsynthetisierer«, fuhr Spock fort. »Sie finden hier alles, was Sie brauchen.«

»Wollen Sie diesen Ort etwa verlassen?« warf Anitra ein.

»Ohne einen Übernommenen wären unsere Experimente völlig zwecklos.«

»Haben Sie im Ernst vor, allein nach draußen zu gehen und ein Opfer der Entitäten hierherzuholen?« fragte McCoy.

»Sie sind wohl kaum in der Verfassung, mir zu helfen, Doktor«, erwiderte Spock mit einem Hauch Sarkasmus. Der Arzt widersprach nicht. Sein verstauchter Knöchel schmerzte noch immer, und er fühlte sich nach wie vor geschwächt – lag es am Le-matya-Gift oder dem Gegenmittel?

»Das stimmt«, gestand er zerknirscht ein.

»Sie dürfen nicht ohne mich aufbrechen«, sagte Anitra. »Ich bin am besten dazu geeignet, einen Übernommenen zu finden...«

»Ich kenne bereits jemanden, der den Wesenheiten erlag«, erwiderte Spock.

»Aber wer...« Anitra unterbrach sich, als ihr die Antwort einfiel. »Ihr Vater?«

Spock bestätigte Anitras Vermutung, indem er die Frage ignorierte. »Ich werde versuchen, mir einen Schweber zu besorgen, so daß die Reise nicht zu lange dauert. Diesmal möchte ich darauf verzichten, die Wüste zu durchqueren.«

»Das ist doch Wahnsinn!« entfuhr es McCoy. »Ihr Vater wird Sie umbringen, Spock. Wir wissen, wie gefährlich er ist.«

»Wir können nicht zulassen, daß Sie so etwas riskieren«, pflichtete ihm Anitra bei. »Es wäre weitaus vernünftiger, jemanden aus der Hauptstadt zu holen.«

Spock musterte seine beiden Begleiter ruhig. »Erstens: Wir wissen bereits, daß mein Vater infiziert ist. Deshalb braucht sich Anitra nicht in Gefahr zu begeben. Zweitens: Wir kennen seinen wahrscheinlichen Aufenthaltsort, und somit ist es nicht nötig, Zeit mit einer Suche zu verschwenden. Drittens: Er hat enorm großen Einfluß und kann diesem Planeten sehr schaden. Das allein ist ein wichtiger Grund, um ihm Einhalt zu gebieten.«

»Sie wollen den weiten Weg bis zum Haus Ihrer Eltern zurücklegen, um Sarek hierherzubringen?« fragte McCoy. »Lieber Himmel, Spock, ich glaube, Sie haben noch nie zuvor eine so unlogische Entscheidung getroffen.«

Eine subtile Veränderung in den Zügen des Vulkaniers deutete darauf hin, daß er sich beleidigt fühlte. »Mit einem Schweber läßt sich die Strecke innerhalb kurzer Zeit zurücklegen, Doktor. Außerdem könnten unsere Experimente für das Versuchsobjekt gefährlich werden. Wollen Sie wirklich das Leben eines Fremden aufs Spiel setzen?«

»Es wäre eine Chance für die betreffende Person...«

»Ich bin sicher, daß sich mein Vater unter anderen Umständen bereit erklärt hätte, sich den Risiken der von uns geplanten Tests zu stellen.«

McCoy schüttelte den Kopf. »Meiner Ansicht nach ergibt es trotzdem keinen Sinn.«

»Na schön«, sagte Anitra. »Gehen Sie ruhig – aber ich komme mit.«

»Nein«, widersprach Spock. »Wir brauchen Sie, um das Laboratorium vorzubereiten.«

»Darum kann sich McCoy kümmern.«

Der Vulkanier seufzte. »Sie wissen am besten, welche Experimente wir durchführen wollen. Zugegeben, mein Vater ist gefährlich. Aber wir dürfen auf keinen Fall riskieren, Sie zu verlieren, Anitra. Wenn wir beide sterben, liegt das Schicksal Vulkans in McCoys Händen.« Sie drehten sich um und sahen den Arzt an.

Anitra seufzte. »Ich nehme an, Sie haben recht«, sagte sie.

»Oh, *herzlichen* Dank für euer Vertrauen«, erwiderte McCoy.

Spock schenkte ihm keine Beachtung. »Nutzen Sie die mentale Verbindung, bevor Sie mir Zutritt gewähren«, wandte er sich an Anitra. »Verstanden?«

Sie nickte kurz und berührte die Kontrollfläche. Spock trat nach draußen, und hinter ihm schloß sich die Tür wieder.

»Wir sind verrückt, ihn gehen zu lassen«, brummte McCoy.

»Die ganze Sache ist verrückt«, kommentierte Anitra. »Aber ich kenne den wahren Grund, der ihn dazu bewegt, sich auf den Weg zu machen.«

McCoy musterte sie fragend.

»Es handelt sich um eine Familienangelegenheit«, erklärte die junge Frau. »Spock fühlt sich verantwortlich und will Sarek aufhalten, bevor er noch einmal tötet.«

KAPITEL 11

Kirk holte tief Luft und ließ die Sprossen los. Sein Gewicht riß Uhura zur Seite, und sie fiel ebenfalls, stieß einen Schrei aus, als sie unter ihm auf den Boden prallte. Der Captain spürte, wie er mit dem Rücken und der einen Seite an hartes Metall stieß. Einige Sekunden lang blieb er halb betäubt liegen und rang nach Atem, aber dann fiel ihm Sulu ein, und er stemmte sich rasch wieder in die Höhe. Er stand auf, streckte sich – und zuckte zusammen. Eine Rippe schien gebrochen zu sein.

Die bewußtlose Uhura lag im Schachtzugang, und ihr Oberkörper ragte in den Korridor. Kirk beugte sich über sie, wich jedoch sofort wieder zurück, als er hörte, wie Sulu herabkletterte. Er fand Uhuras Phaser im Gang und hob ihn auf; es hatte keinen Sinn, die Waffe dem Steuermann zu überlassen.

Sulu trat über Uhura hinweg, ignorierte ihre möglichen Verletzungen und sah Kirk an. Die lange Klinge des Degens ruhte zwischen seinen Zähnen. Der Captain stellte fest, daß er auch einen Strahler bei sich trug, und er beschloß, seinem Gegner keine Gelegenheit zu geben, die Waffe gegen ihn einzusetzen. Er drückte ab, und Sulu sank besinnungslos zu Boden.

Kirk lehnte sich an die Wand und schnappte nach Luft. Bei jedem Atemzug brannte heißes Feuer in seiner Brust. Er ließ einen wachsamen Blick durch den Korridor schweifen. Dies war das C-Deck mit den Offiziersquartieren, und er hatte außerordentliches Glück gehabt, daß sich keine Besatzungsmitglieder in der Nähe aufhielten. Normalerweise traf man auf dem C-Deck immer jemanden an, doch jetzt herrschte gespenstische Stille. Kirk überlegte, ob sich die Männer und Frauen, deren Kabinen zu diesem Bereich der *Enterprise* gehörten, in ihren Unterkünften eingeschlossen hatten. Ganz gleich, wie die Antwort auf diese Frage lauten mochte: Er war froh darüber, allein zu sein. Die gebrochene Rippe ließ nicht zu, daß er zwei Bewußtlose durch den Notschacht zur Nebenbrücke brachte.

Er beugte sich zu Uhura hinab, schnitt eine schmerzerfüllte Grimasse und richtete sich hastig wieder auf. Mit kerzengeradem Rücken ging er in die Knie. Zwar stand ihm kein medizinischer Tricorder zur Verfügung, aber die Pupillen der dunkelhäutigen Frau waren nicht geweitet; wahrscheinlich kam sie bald wieder zu sich. Sie schien keine ernsten Verletzungen erlitten zu haben, sah man von einem Handgelenk ab, das bereits anzuschwellen begann. Kirk stand wieder auf und ächzte leise.

Er verzog das Gesicht, als er nach Sulus Füßen griff und ihn zu seinem Quartier zog.

Das Sicherheitssystem war noch immer eingeschaltet, doch als Spock den Code eingab, schwang das Tor auf. Er spürte gelinde Überraschung, hatte mit einem neuen Zugangscode gerechnet, aber offenbar fürchtete Sarek nicht, daß sein Sohn zurückkehrte. *Vielleicht erwartet er mich sogar,* dachte Spock düster.

Langsam schritt er durchs Tor und blieb völlig ruhig, als es sich hinter ihm schloß. Vorn öffnete sich wie einladend die Haustür. Die Sensoren identifizierten und erkannten ihn, reagierten ihrem Programm gemäß. Wenn Sarek die Kontrollen im Auge behielt, so wußte er sicher, wer sich dem Haus näherte.

Aber er reagierte nicht. Nach wie vor blieb es still.

Spock trat ein und verharrte, als er das zentrale Zimmer sah. Selbst im Halbdunkel bemerkte er Dinge, die ihm Unbehagen bereiteten. Das Porträt von Mutter und Sohn hing am richtigen Platz an der Wand, aber ein scharfkantiger Gegenstand hatte einen diagonalen Riß darin hinterlassen. Mit den Möbeln schien soweit alles in Ordnung zu sein. Die einzige Ausnahme bildete das weiße Sofa, das Amanda von der Erde importiert hatte: Dunkelgrüne Blutflecken zeigten sich darauf. Spocks Blick folgte der Blutspur auf dem Teppich – sie reichte zu einem der Gästezimmer. Im Zwielicht konnte er nicht erkennen, wie alt die Flecken waren. Er ging zum Sofa und berührte einen. Kühl und trocken. Unbewußt wischte er sich die Hand an der Hose ab, stand völlig reglos und lauschte.

Das Haus schwieg.

Mit leisen, vorsichtigen Schritten ging er zum Gartenfenster, um festzustellen, ob Sarek auf der Meditationsbank saß, doch das war nicht der Fall.

Er dachte an die Möglichkeit, daß die Entitäten seinen Vater umgebracht hatten.

Spock zwang sich dazu, der Blutspur zu den Gästezimmern zu folgen. Sie endete an der Tür des Raums, in dem Anitra geschlafen hatte. Er zögerte und nahm einen durchdringenden, äußerst unangenehmen Geruch wahr, der eine deutliche Botschaft übermittelte. Eine ganze Minute lang blieb er stehen, bevor er sich schließlich einen Ruck gab und eintrat.

Ein Körper neigte sich nach vorn, und Spock sprang hastig zurück.

Die Leiche prallte mit einem dumpfen Pochen auf den Boden. Es handelte sich um einen Vulkanier in mittleren Jahren, der zu Sareks Bekannten in der Akademie gehörte. Die Totenstarre hatte bereits eingesetzt, und die Wärme sorgte dafür, daß sich ein unverkennbarer Verwesungsgeruch bildete. Spock verlor keine Zeit damit, den Mann zu untersuchen, um über die Todesursache Klarheit zu gewinnen – er wußte bereits genug. Er wich von der Leiche zurück, ohne sie zu berühren, doch hinter seiner Ruhe verbargen sich Abscheu und zunehmende Furcht, ein emotionales Summen, das langsam lauter wurde.

Die besorgte Vibration in ihm nahm zu, als er zum zentralen Bereich des Hauses zurückkehrte. Die Tür des elterlichen Schlafzimmers stand offen, und Spock ging hinein. Der Raum schien sich überhaupt nicht verändert zu haben, erweckte den Eindruck, als hätte sich hier seit Tagen niemand mehr aufgehalten. Auf der niedrigen Frisierkommode jenseits des glatten Bettes stand ein Hologramm, das Vater und Mutter zeigte: Sarek in der Galauniform des Botschafters, Amanda, die neben ihm lächelte. Spock betrachtete das Bild eine Zeitlang, fasziniert davon, wie seine Eltern einst gewesen waren.

Er vernahm ein leises, kaum hörbares Geräusch außerhalb des Zimmers, wirbelte um die eigene Achse, zog den Phaser und schlich zur Tür.

Niemand stand im Flur. Das Geräusch stammte aus einem anderen Raum, wahrscheinlich aus Sareks Arbeitszimmer.

Die Tür des häuslichen Büros war geschlossen. Spock näherte sich ihr lautlos und achtete darauf, daß der Sensor nicht auf ihn reagierte. Er hielt den Phaser schußbereit in der Hand, atmete tief durch und trat noch einen Schritt vor. Die Tür glitt beiseite ...

Spock erstarrte förmlich, als er seinen Vater sah. Sarek hockte zusammengesunken vor seinem Terminal, und der jüngere Vulkanier glaubte zunächst, es mit einer zweiten Leiche zu tun zu haben – bis sich die Gestalt vor dem Computer bewegte und zu sprechen versuchte. Sareks Gesicht wirkte völlig farblos. Seine Augen lagen tief in den Höhlen, und dunkle Ringe hatten sich unter ihnen gebildet. Er sah seinen Sohn an, und Spock glaubte zu erkennen, daß es wieder die Pupillen seines Vaters waren. Sie versuchten, ihm etwas mitzuteilen, aber er konnte die Nachricht nicht verstehen. Ja, es handelte sich um Sareks Augen, aber gleichzeitig gab es etwas Seltsames in ihnen. Sie zeigten eigentümliche Gefühle, die Spock nie zuvor bei seinem Vater beobachtet hatte: Furcht und ein stummes Flehen.

Sarek versuchte, den Kopf zu heben, aber die Anstrengung war zu groß für ihn. Er sank wieder zurück. Die Lippen zitterten einige Sekunden lang, bevor sie Worte formten.

»Hilf mir.«

»Vater?« Spock trat näher. Sarek blieb auf dem Stuhl sitzen und bewegte sich nicht.

»Hilf mir«, krächzte Sarek.

»Wie?« fragte Spock.

»Hilf mir auf«, erwiderte der ältere Vulkanier und streckte eine bebende Hand aus.

Spock griff danach – und zögerte. Eine Zeitlang verharrte er hilflos und unschlüssig.

Sarek sprach erneut, mit der sanften, überzeugenden Stimme eines Diplomaten. »Du brauchst mich nicht zu fürchten. Ich stelle keine Gefahr mehr dar.«

Zum erstenmal in seinem Leben gab Spock einer Ahnung nach. Er hob den Phaser und zielte auf seinen Vater.

Sareks Blick bohrte sich in ihn hinein. »Laß die Waffe sinken. Du wirst sie nicht gegen mich einsetzen. Du bist mein Sohn.«

»Nein«, widersprach Spock. »Du bist nicht mein Vater.«

Sarek schloß die Augen und seufzte schwer. Der Sonnenschein begann die Schatten aus dem Zimmer zu vertreiben, und Spock sah die Falten in Sareks Gesicht. »Wenn ich nicht dein Vater bin – wer bin ich dann?« fragte der ältere Mann müde.

»Ich weiß es nicht. Aber mein Vater bringt niemanden um.« Spock sammelte innere Kraft, um den Auslöser des Phasers zu betätigen. Eine Fortsetzung des Gesprächs mit dem Dämon war nicht nur sinnlos, sondern auch gefährlich.

Aber bevor er Gelegenheit fand, den Strahler auszulösen, stöhnte Sarek plötzlich, preßte sich die Hand aufs Herz und krümmte sich zusammen. Aus einem Reflex heraus beugte sich Spock zu seinem Vater vor – und Sarek schlug ihm den Phaser mit einem energischen Hieb aus den Fingern. Spock sah der Waffe nach, als sie durchs Zimmer sauste und zu Boden fiel. Der Stuhl stürzte um, als Sarek seine Schwäche wie durch ein Wunder überwand und aufstand.

Spock erinnerte sich: Bei einer rein physischen Auseinandersetzung konnte er es nicht mit seinem Vater aufnehmen.

Er sprang zur Seite und versuchte, nach dem Phaser zu greifen, aber Sarek trat ihm mit solcher Wucht ans Kinn, daß er zurückgeschleudert wurde. Er schüttelte den Kopf, um die Benommenheit aus sich zu verdrängen, tastete erneut nach dem Strahler. Sarek griff ein weiteres Mal an und zwang seinen Sohn, sich zur Seite zu rollen.

Spock hatte gehofft, daß es nicht zu einer derartigen Konfrontation kam. Er war entschlossen gewesen, Sarek zu betäuben, um ihn – besser gesagt: seinen Körper – vor Verletzungen zu bewahren.

»Vater«, sagte er und senkte die mentalen Schilde, um festzustellen, ob noch etwas von seinem Vater existierte.

Sarek taumelte kurz und blinzelte.

Aber Spock fand nur Dunkelheit und blankes Entsetzen. Er zog sich sofort aus dem Bewußtsein des anderen Vulkaniers zurück, um nicht ebenfalls dem Grauen zu erliegen.

Sarek brüllte und stürmte heran. Spock erholte sich noch immer von dem Versuch, einen geistigen Kontakt zu seinem Vater herzustellen, und deshalb reagierte er einen Sekundenbruchteil zu spät. Er fühlte sich von Sarek gepackt und an die Wand gestoßen. Etwas knackte leise, als Spocks Kopf an den harten Stein prallte. Von einem Augenblick zum anderen verlor er das Bewußtsein und sank zu Boden.

»Wie stehen unsere Chancen?« fragte McCoy.

Anitra überprüfte gerade die Justierung der Dekompressionskammer und sah nicht auf. »Was meinst du?«

»Finden wir einen Ausweg?«

Die junge Frau drehte den Kopf. »Wir sind hier keineswegs gefangen«, erwiderte sie. »Falls du es vergessen haben solltest: Wir können das Laboratorium jederzeit verlassen.«

»Du wirst Spock mit jedem Tag ähnlicher«, bemerkte McCoy verärgert. »Indem du alles wortwörtlich nimmst. Ich meine, ob wir überleben und einen Weg finden, die Entitäten zu besiegen.«

Anitra warf einen gelassenen Blick auf die Anzeigen. »Was ist das für eine Frage, Len? Möchtest du, daß ich wie Spock die Wahrscheinlichkeit berechne?«

»Um Himmels willen, ich wollte nur ein wenig sicherer sein, das ist alles.«

Anitra seufzte und richtete sich auf. »Ehrlich gesagt, Len: Ich sehe keinen Sinn darin, über unsere Chancen zu sprechen. Derartige Erörterungen wären zu deprimierend.«

»Oh«, murmelte McCoy kummervoll.

»Versteh mich nicht falsch. Hier gibt es viele vulkanische Wissenschaftler, und vermutlich sind die meisten von ihnen mit ähnlichen Experimenten beschäftigt. Irgendwann wird es jemandem gelingen, eine Lösung zu finden.«

»Irgendwann«, wiederholte McCoy. »Aber dann ist es vielleicht zu spät.«

»Eben.« Anitra verschränkte die Arme. »Deshalb bemühe ich mich, dieses verdammte Ding zu justieren. Hilfst du mir jetzt oder nicht?«

McCoy hatte zwei Möglichkeiten: Er konnte zornig werden oder lachen und der jungen Frau helfen. Er lachte.

»So ist es schon besser.« Anitras Miene erhellte sich. »Dein bisheriger Aufenthalt auf diesem Planeten war nicht gerade sehr angenehm, oder?«

»Nun, es ist recht interessant, als Besucher hierherzukommen. Aber hier zu leben ...« McCoy schüttelte sich.

Anitra schmunzelte, und dadurch wirkten ihre Züge noch anmutiger. Der Arzt trat auf sie zu und glättete ihr Haar. Sie stieß seine Hand nicht beiseite.

»Wie kann ich dir helfen?« fragte er lächelnd.

»Im medizinischen Labor bist du der Boss«, räumte Anitra ein. »Mein Fachgebiet ist die Physik. Aber vielleicht willst du die Strahlenschilde in der Isolationskammer überprüfen.«

»Einverstanden.« McCoy ging zur Kontrollkonsole. Als er mit der Arbeit begann, bildeten sich dünne Falten in seiner Stirn. Er setzte zu einer Frage an, klappte den Mund dann wieder zu.

»Na schön«, sagte Anitra. »Um was geht's diesmal?«

»Nun, ich möchte nicht unbedingt den Teufel an die Wand malen, aber was geschieht, wenn Spock nicht zurückkehrt?«

»Er wird zurückkehren«, stellte Anitra fest.

»Telepathie ist eine Tatsache«, meinte McCoy. »Aber an Präkognition habe ich nie geglaubt. Du kannst nicht völlig sicher sein, Anitra.«

»Ich kenne Spock«, erwiderte sie schlicht. »Und daher weiß ich, daß er irgendeine Möglichkeit findet, erneut die Akademie aufzusuchen.«

»Und wenn nicht?«

Ein Schatten von Sorge viel auf Anitras Gesicht, und sie wandte sich von dem Arzt ab. »Dann müssen wir das Laboratorium verlassen und einen Übernommenen suchen, Len. Was hast du denn gedacht?«

McCoy stand auf und trat hinter Anitras Stuhl. »Tut mir leid, wenn ich dich verärgert habe ...« Er legte ihr die Hände auf die Schultern.

Die junge Frau lehnte sich zurück. »Ich bin nicht verärgert.«

»Du hast recht, was Spock betrifft. Bestimmt schafft er es zu uns zurück.« McCoy beugte sich vor und küßte Anitra. Erst reagierte sie darauf, doch dann löste sie sich aus der Umarmung.

»He, stimmt was nicht?« fragte er. »Beim ersten Kuß ...«

Anitra drehte sich halb zu ihm um. »Sei mir nicht böse, Len, aber hier *wartet* wichtige Arbeit auf uns. Wir können es uns nicht leisten, Zeit zu vergeuden ...«

»Kein Wunder, daß du an einem Magengeschwür leidest«, spottete McCoy sanft und versuchte, verletzt zu klingen. Er hob die Arme zu einer kapitulierenden Geste. »Kein Problem. Ich nehme mir wieder die Konsole vor und gebe mir alle Mühe, bemitleidenswert zu wirken.«

»Ja, in Ordnung«, antwortete Anitra geistesabwesend und war bereits wieder auf die Anzeigen konzentriert.

Eine Zeitlang arbeiteten sie schweigend, und McCoy empfand die Stille immer mehr als eine Last. Ab und zu beobachtete er Anitra aus den Augenwinkeln. Plötzlich stand sie so abrupt auf, daß der Stuhl nach hinten kippte und umstürzte.

McCoy drehte sich alarmiert um. »Was ist los?«

Furcht schnürte der jungen Frau so fest den Hals zu, daß sie kaum sprechen konnte. »Es geht um Spock.«

»Was ist mit ihm? Wurde er verletzt?«

»Er ...« Anitra schnappte mühsam nach Luft. »Ich spüre ihn nicht mehr.«

»Was soll das heißen, zum Teufel?«

»Vor einer Weile haben wir eine ... mentale Verbindung hergestellt. Auf diese Weise wissen wir ständig übereinander Bescheid. Jeder merkt, wann dem anderen Gefahr droht oder ob er übernommen wurde.«

McCoy griff nach Anitras Hand und versuchte, sie zu beruhigen. »Ja, Spock hat uns davon erzählt ...«

Sie sah zu ihm auf und blinzelte Tränen aus den Augen. »Begreifst du denn nicht? Ich nehme seine Präsenz nicht mehr wahr.«

»Immer mit der Ruhe«, sagte McCoy. »Na schön, vielleicht ist er tot. Aber wäre es nicht möglich, daß die mentale Verbindung aus einem anderen Grund unterbrochen wurde? Was könnte geschehen sein?«

Anitra holte tief Luft und sammelte ihre Gedanken. Sie klang wesentlich gefaßter, als sie antwortete: »Ich halte es für ausgeschlossen, daß er den geistigen Kontakt von seiner Seite aus beendete – dazu braucht er meine Hilfe. Bewußtes Handeln kommt also nicht in Frage. Vielleicht ist er besinnungslos.«

»Möglicherweise schläft er.«

»Nein. In dem Fall müßte ich seine Träume spüren.«

McCoy hob die Brauen, schwieg jedoch.

»Er ist entweder tot oder bewußtlos. Letzteres bedeutet, daß er angegriffen und verletzt wurde.« Anitra zog die Hand zurück, näherte sich der Wand und berührte den druckempfindlichen Sensor. Die metallenen Barrieren glitten beiseite. »Ich habe nicht vor, Spock einfach seinem Schicksal zu überlassen.«

»He, einen Augenblick!« rief McCoy und runzelte die Stirn. Anitra warf ihm einen scharfen Blick zu. *Wag bloß nicht, mich aufzuhalten,* blitzte es in ihren Augen.

»Ich begleite dich«, fügte der Arzt kleinlaut hinzu.

Eine Stunde lang herrschte barmherzige Stille. Tomson schrie nicht mehr, und Kirk war für ihr Schweigen dankbar. Er schlief – bis ihn ein dumpfes, beharrliches Pochen weckte.

»Hört mich jemand dort draußen?« fragte Tomson.

Kirk erhob sich steifbeinig und fluchte, als ihn stechende Schmerzen an die gebrochene Rippe erinnerten. Er ging zur Konsole und sah aufs Chronometer. Die

Leiterin der Sicherheitsabteilung war inzwischen seit rund achtundzwanzig Stunden im Aufenthaltsraum eingesperrt. Der Captain zog seinen Phaser – er hielt es für besser, vorsichtig zu bleiben –, näherte sich der Tür und öffnete sie.

Tomson saß dicht hinter der Schwelle auf dem Boden und wirkte wie ein Häufchen Elend. Ihr Uniformpulli war vollkommen zerknittert, und das Haar – für gewöhnlich bildete es einen Knoten im Nacken – bot sich als eine wirre, zerzauste Masse dar, in der einige Nadeln steckten.

»Sir?« brachte sie überrascht hervor und begann instinktiv damit, Uniform und Haar zu glätten. Diese Reaktion war so typisch für Tomson, daß Kirk seinen Phaser an den Gürtel zurücksteckte und ihr auf die Beine half.

»Bitte entschuldigen Sie, Captain, aber wie komme ich hierher?«

»Es ist eine lange Geschichte«, erwiderte Kirk und lächelte erleichtert. *Jetzt bin ich nicht mehr der einzige Vernünftige an Bord dieses Schiffs,* dachte er. »Es würde eine Weile dauern, Ihnen alles zu erklären.«

»Ich habe Strykers Quartier aufgesucht ...« Tomson begann zu verstehen. »Stryker ... Er stellte irgend etwas mit mir an, Sir. Wahrscheinlich hat er mich hypnotisiert. Stryker ist für al-Baslamas Tod verantwortlich. Ich bin ganz sicher.«

»Daran zweifle ich nicht«, entgegnete Kirk ernst. »Aber ihn selbst trifft keine Schuld.«

»Sir?«

»Es handelt sich um eine Art Infektion, Lieutenant. Eine fremde Entität hat Stryker benutzt. Er kann sein Verhalten nicht mehr selbst bestimmen. Sie und ich waren ebenfalls von den Wesenheiten übernommen.«

Tomson riß die Augen auf. »Sie meinen, ich ...«

»Inzwischen dürften die meisten Besatzungsmitglieder infiziert sein. Wer oder was sie auch sind: Sie kontrollieren die *Enterprise* von der Brücke aus. Wir haben hier im zweiten Kontrollraum Zuflucht gesucht.«

»Umkreisen wir noch immer Vulkan?«

Kirk schüttelte den Kopf. »Wir sind nicht allzuweit von dem Planeten entfernt. Spock hat das Triebwerk sabotiert, und deshalb treiben wir antriebslos im Raum. Das Kommunikationssystem ist ebenfalls neutralisiert. Wir wollten nicht riskieren, daß die Entitäten sich noch weiter ausbreiten können.«

»Mit anderen Worten: Wir sitzen an Bord eines Raumschiffs fest, dessen Crew unter dem Einfluß ...«

»... von *etwas* steht. Ich weiß nicht, *was* es ist, aber eins steht fest: Die Betroffenen entwickeln eine extreme Neigung zur Gewalt.«

Tomson schauderte. »Gibt es irgendeine Möglichkeit, die *Enterprise* zu verlassen?«

Kirk schürzte die Lippen. Daran hatte er noch gar nicht gedacht – weil Spock und die anderen mit einem Shuttle aufgebrochen waren? Es schmeckte zu sehr nach Desertion. »Nein. Der Hangar enthält keine Raumfähren mehr. Und wir sind zu weit entfernt, um uns mit dem Transporter nach Vulkan zu beamen.«

»Haben Sie einen Plan, Sir?«

Kirk zögerte erneut. »Zuerst brauche ich meine Brückenoffiziere. Sobald sie von dem fremden Einfluß befreit sind, nehmen wir uns den Rest des Schiffs vor.«

Tomson sah ihn aus ihren eisblauen Augen an. »Sir, Sie haben noch nicht meine Frage danach beantwortet, wie ich hierhergekommen bin.«

»Ich habe Sie im Aufenthaltsraum eingesperrt, Lieutenant. Eine Art Revanche, könnte man sagen.«

Die Leiterin der Sicherheitsabteilung errötete. »Als ich infiziert war ... Wurde irgend jemand von mir ... verletzt?«

Kirk lächelte dünn. »Nun, Sie haben mir ziemlich zugesetzt.«

»Sir?«

»Schon gut, Tomson. Wichtiger ist im Augenblick, daß wir die Brückencrew befreien.«

»Wie sollen wir das bewerkstelligen, Captain?«

»Nun, ich habe bereits damit begonnen. Und Sie können mir helfen.«

Kirk führte Tomson durch die Notschächte zum C-Deck, und unterwegs verzog er immer wieder das Gesicht, weil ihn die gebrochene Rippe quälte. Laute Stimmen erklangen im Korridor, und sie verharrten eine Zeitlang an der Leiter, bis wieder Ruhe einkehrte. Als die Luft rein war, setzten sie den Weg zu Sulus Quartier fort. Kirk blieb vor der Tür stehen.

»Wenn meine Berechnungen stimmen, um Spock zu zitieren, so befinden sie sich seit etwa achtundzwanzig Stunden dort drin. Soviel Zeit benötigen sie, um wieder zu sich zu kommen. Mit Sulu und Uhura müßte jetzt eigentlich alles in Ordnung sein.«

»Soll das heißen ...«, begann Tomson, »Sie brauchten mich nur für achtundzwanzig Stunden einzusperren, um das Fremde aus mir zu vertreiben?«

»Es scheint so einfach zu sein.«

»*Zu* einfach«, sagte die hochgewachsene Frau.

»Das wird sich gleich herausstellen.« Kirk trat noch etwas näher an die Tür heran. »Uhura? Sulu? Hören Sie mich?« Keine Antwort. Der Captain versuchte es erneut, wagte es jedoch nicht, wesentlich lauter zu sprechen. »Sie sind dort drin«, wandte er sich über die Schulter hinweg zu Tomson. »Sie können unmöglich das Schloß geknackt und die Kabine verlassen haben.« Er preßte das Ohr ans Schott und vernahm das leise Stöhnen Uhuras. Als er sich an ihren Sturz und das angeschwollene Handgelenk erinnerte, öffnete er die Tür rasch. Sein Phaser steckte noch immer am Gürtel, aber Tomson, die alle Sicherheitsprobleme sehr ernst nahm, hielt ihren Strahler in Taillenhöhe – was gewährleistete, daß eventuelle Entladungen der Waffe andere Personen an der Brust trafen.

Uhura ruhte auf dem Bett des Schlafzimmers, genau dort, wo Kirk sie vor einem Tag hingelegt hatte. Als sie Kirk bemerkte, versuchte sie mühsam, den Kopf zu heben.

»Captain«, sagte sie und lächelte freundlich.

»Wie fühlen Sie sich?« Kirk näherte sich ihr. »Der Sturz von der Leiter ...«

Als er das Schlafzimmer betrat, sprang Sulu hinter der Wand hervor.

Tomson konnte erst schießen, als der Captain zur Seite wich. Ein blasser Energiestrahl tastete nach Kirks Gegner, und Sulu fiel zu Boden. Uhura rollte sich vom Bett herunter und ballte die Fäuste, kam jedoch nicht mehr dazu, den Kommandanten der *Enterprise* anzugreifen. Tomson schoß fast beiläufig, und der Kommunikationsoffizier sank direkt vor Kirk auf den Teppich.

»Danke«, sagte Jim. Er atmete schwer und tastete vorsichtig nach der gebrochenen Rippe. »Wirklich nett, zur Abwechslung einmal einen Leibwächter zu haben.«

»Es ist meine Pflicht, Sie zu schützen.« Tomson hakte ihren Phaser an den Gürtel. »Haben Sie sich mit der Zeit geirrt, Captain? Sind wir zu früh gekommen?«

Kirk verschränkte vorsichtig die Arme. »Nein. Es waren achtundzwanzig Stunden, eher mehr als weniger. Irgend etwas hat hier nicht geklappt.«

»Vielleicht hätten Sie den Aufenthaltsraum benutzen sollen«, sagte Tomson. »Möglicherweise stellt er etwas Besonderes dar.«

»Ein Versuch kann gewiß nicht schaden«, erwiderte Kirk.

Tomson warf sich Sulu mit einer geschmeidigen, kräfteschonenden Bewegung über die Schulter und wartete darauf, daß der Captain in Hinsicht auf Uhura ihrem Beispiel folgte.

Kirk stellte sich eine Tomson vor, die gleich zwei Bewußtlose trug, während er ihr selbst mit leeren Händen folgte... Er seufzte innerlich und entschied, sie nicht auf die verletzte Rippe hinzuweisen. Langsam bückte er sich, schnitt eine neuerliche Grimasse und hob Uhura mühsam hoch.

Er versuchte, die heftigen Schmerzen zu ignorieren – und fragte sich, wie er es durch den Notschacht schaffen sollte.

Spock erwachte, als er Wärme im Gesicht spürte. Sonnenschein drang durch das Fenster seines Zimmers und füllte es mit hellem Licht. Einige Sekunden lang kehrte er in die Vergangenheit zurück und wurde wieder zu einem Jungen in ShiKahr, der überlegte, warum ihn seine Eltern an diesem Morgen so lange schlafen ließen. Er wollte nach Ee-Chaya rufen, dem alten Sehlat seines Vaters, doch dann erinnerte er sich daran, daß Ee-Chaya schon seit dreißig Jahren tot war.

Er sah sich im Zimmer um und empfand plötzliche Übelkeit. Das grelle Licht tat ihm in den Augen weh, und er schloß sie. Offenbar hatte er eine Kopfverletzung davongetragen. Aber warum befand er sich im Haus seiner Eltern?

Er versuchte, aufzustehen und das Bett zu verlassen, doch dazu war er nicht imstande. Etwas zwang ihn dazu, in einer sitzenden Position zu verharren, die Hände auf dem Rücken, die Knie angezogen. Erst dann fielen ihm die Leiche im Gästezimmer und der Kampf mit seinem Vater ein.

Zweifellos kehrte Sarek bald zurück.

Spock erwog die Möglichkeit, einen telepathischen Kontakt mit Anitra herzustellen, entschied sich dann aber dagegen. Es widersprach der Logik, sie ebenfalls in Gefahr zu bringen, und deshalb hielt er es für besser, seine Gedanken abzuschirmen. Im medizinischen Laboratorium der Akademie waren Anitra und McCoy in

Sicherheit. *Wenn ich sterbe, wird sie sofort davon erfahren und mit der Suche nach einem anderen Testobjekt beginnen,* dachte der Vulkanier. Er vertraute darauf, daß die junge Wissenschaftlerin eine Lösung für das Problem fand.

Spock bereitete sich auf den Tod vor und schlief prompt ein.

KAPITEL 12

Er lebt!« entfuhr es Anitra triumphierend. »Ich habe gerade ein mentales Bild von ihm empfangen...« Sie saß am Steuer des Schwebers, den sie in einer Straße unweit der Akademie entdeckt hatten. Typisch für Vulkan, daß er unverschlossen gewesen war – es schien überhaupt keine Möglichkeit zu geben, die Türen zu verriegeln. Derzeit versuchte die junge Frau herauszufinden, wie man das Antigrav-Triebwerk einschaltete.

»Wo ist er?« McCoy wandte sich in seinem Sitz zur Seite. »Bei Sarek?«

»Ich glaube nicht.« Anitra runzelte die Stirn. »Ich habe den Eindruck gewonnen, daß er überhaupt nicht weiß, wo er sich befindet. Er macht es nicht gerade leicht für mich.«

»Wie meinst du das?«

»Er bemüht sich, seine Gedanken vor mir abzuschirmen, aber das gelingt ihm nicht vollständig. Oh... Jetzt ist er eingeschlafen.«

»Eingeschlafen?« wiederholte McCoy verwirrt. »Das ergibt doch keinen Sinn. Nun, wenigstens lebt er. Nur darauf kommt es an.«

Anitra lächelte zustimmend und konzentrierte sich wieder auf das kleine Schaltpult des Schwebers. »Ich habe Roy zugesehen, als er die Kontrollen bediente«, sagte sie. »Es ist nicht weiter schwer, diese Dinger zu fliegen.« Sie warf McCoy einen kurzen Blick zu. »Vorausgesetzt, man kennt die Bedeutung vulkanischer Schriftzeichen.«

McCoy gab sich verärgert. »Ich dachte, du bist hier das Genie. Beeil dich und starte den Schweber.«

Anitra strahlte übers ganze Gesicht, als sie einige Sensorpunkte berührte. Die kleine Flugmaschine stieg jäh auf. »Na bitte. Ist ganz einfach.«

»Ja, prächtig. Wenn du das Ding jetzt bitte nach unten steuern würdest, damit ich meinen Magen holen kann...«

»Entschuldige. Von jetzt an werde ich auf abrupte Beschleunigungsmanöver verzichten.« Anitra sah durch die transparente Bugkanzel, beobachtete die Silhouette der Stadt und runzelte die Stirn. »Jetzt brauche ich nur noch festzustellen, in welcher Richtung ShiKahr liegt... Ah, dort.« Der Schweber machte einen Satz nach vorn.

McCoy stöhnte. »Wie wär's, wenn du den Autopiloten einschaltest?«

Anitra musterte ihn schockiert. »Den Autopiloten? Wir wollen doch nicht schummeln.«

»Da sind wir«, verkündete Anitra. Die Tür schwang auf, und sie sprang nach draußen. McCoy folgte ihr weitaus langsamer: Nach einem Flug, den die junge Frau als ›aufregend‹ bezeichnete, schienen seine Knie aus Gummi zu bestehen.

Anitra trat an das Tor von Sareks Haus heran und hielt die Hand vor den Scanner. Nichts geschah.

»Offenbar ist das Sicherheitssystem eingeschaltet«, murmelte sie. »Es würde mich gar nicht wundern, wenn Sarek den Code verändert hat.«

»Wir können das Tor nicht passieren?« fragte McCoy hoffnungsvoll.

Anitra gab keine Antwort. Sie überlegte kurz und berührte die metallene Platte an mehreren Stellen. McCoy bemerkte dabei kein besonderes Muster, doch das Tor öffnete sich.

»Wie hast du das fertiggebracht?«

»Mit einem guten Gedächtnis«, antwortete Anitra.

Sie wollte losgehen, aber der Arzt hielt sie an der Schulter fest. »Äh, haben wir irgendeinen Plan? Ich meine, wissen wir eigentlich, auf was wir uns einlassen?«

Tief in seinem Innern hatte sich McCoy immer vor Vulkaniern gefürchtet. Vielleicht lag es an ihrem strengen Erscheinungsbild oder der kriegerischen Vergangenheit. Hinzu kam eine physische Kraft, die der jedes Menschen weit überlegen war. Was auch immer der Grund sein mochte: McCoy schauderte bei der Vorstellung, daß ihnen eine Konfrontation mit Sarek bevorstand. Er spürte sogar noch größeres Entsetzen als bei der Erkenntnis, daß Jim den Entitäten zum Opfer gefallen war.

Anitra wandte sich ihm zu, und das Licht der vulkanischen Sonne ließ ihr Haar wie erstarrtes Feuer erscheinen. Sie runzelte andeutungsweise die Stirn und wirkte mindestens ebenso kühl und unnahbar wie Sarek.

»Hast du Angst?« Ihr Tonfall war neutral, und McCoy überlegte, ob in ihrer Frage ein Vorwurf oder Mitleid zum Ausdruck kam. Er nickte widerstrebend. »Ich auch«, gestand die junge Frau ein. »Aber du vergißt einen wichtigen Punkt: Spock ist dort drin.«

»Mhm«, bestätigte der Arzt ohne große Begeisterung.

»Wenn du bei mir bleibst, droht dir keine Gefahr. Ich senke meine mentalen Schilde, und dadurch kann ich den genauen Aufenthaltsort aller Personen im Haus feststellen.«

»Klingt gut«, sagte McCoy und verzichtete auf weitere Einwände, als Anitra durch das Tor schritt.

Die Zimmer waren hell erleuchtet, doch McCoy fand sie ebenso gespenstisch, als seien sie in dunkle Schatten gehüllt. An der Seite Anitras wanderte er durch den Flur, erreichte den zentralen Raum – und blieb abrupt stehen, als er das Blut auf der Couch sah.

»Spock?« flüsterte McCoy.

Anitra schwieg, wirkte sehr ernst und schloß die Augen. Als sie die Lider wieder hob, deutete sie zu einem der Gästezimmer. »Spock ist dort. Sarek befindet sich im häuslichen Büro.«

McCoy starrte zum Arbeitszimmer, schluckte und seufzte schwer, als Anitra in die andere Richtung ging. Doch seine Erleichterung war nur von kurzer Dauer. Sie betraten den Korridor vor den Schlafzimmern, und nach wenigen Schritten verharrte die junge Frau. Langsam drehte sie sich zu McCoy um und griff nach seinem Arm, ohne einen Ton von sich zu geben.

Eine der Türen stand offen, und auf der Schwelle lag die blutbesudelte Leiche eines Vulkaniers. »Keine Sorge«, hauchte Anitra. Sie war blaß und erschüttert, faßte sich aber sofort wieder. »Es ist nicht Spock.« Sie hielt McCoys Arm fest und führte ihn an dem Toten vorbei.

Vor Spocks Zimmer zögerte sie erneut. »Hier drin, glaube ich. Allerdings bin ich nicht ganz sicher. Ich empfange nur schwache Signale, als sei er kaum bei Bewußtsein.«

Sie traten ein. Spock hockte in einer Ecke des Raums, direkt vor einem Fenster, durch das heller Sonnenschein filterte. Er ließ den Kopf hängen – das Kinn ruhte auf der Brust –, und die Hände waren auf den Rücken gefesselt. McCoy näherte sich ihm rasch und holte seinen medizinischen Tricorder hervor. Er betrachtete die Anzeigen, und über die Schulter hinweg warf er Anitra einen kurzen Blick zu. Sie beugte sich vor, und ihr Gesicht verriet nun Sorge – und vielleicht auch noch etwas anderes.

Ein Kloß entstand in McCoys Hals, als er den seltsamen Glanz in Anitras Augen sah. Er räusperte sich. »Er braucht dringend Hilfe. Wir müssen ihn zum...« Der Arzt hätte fast *Schiff* gesagt, aber er korrigierte sich rechtzeitig. »... Laboratorium bringen. Er hat eine haarfeine Schädelfraktur erlitten, und hier kann ich ihn nicht behandeln.«

»Wird er sterben?« Anitra schien sich aufs Schlimmste vorzubereiten.

»Wenn wir rechtzeitig die Akademie erreichen, hat er gute Überlebenschancen.«

»Wieviel Zeit bleibt uns?«

»Nicht viel«, sagte McCoy.

Anitra nickte, stand auf und prüfte die Justierung ihres Phasers. »Leider haben wir nur eine Waffe«, meinte sie, und ihr Gesichtsausdruck wirkte wieder neutral. »Aber ich glaube, hier bei Spock bist du gut aufgehoben.«

McCoy erhob sich ebenfalls. »Zum Teufel auch, was hast du vor?«

»Ich hole Sarek.« Sie bedachte ihn mit einem herausfordernden Blick. »Deshalb sind wir doch hier, oder?«

»Ja, aber wir haben uns keineswegs darauf geeinigt, daß du ihm allein gegenübertrittst...«

»Du vergißt schon wieder etwas, Len. Das Überraschungsmoment ist auf meiner Seite. Ich weiß, wo er sich befindet, und ich kann den größten Teil seines Bewußtseinsinhalts wahrnehmen. Sarek hingegen hat keine Ahnung, daß ich zu ihm unterwegs bin. Ich gehe einfach durch die Tür und betäube ihn – ohne ihm Gelegenheit zu geben, irgend etwas zu unternehmen.«

»Ich begleite dich«, sagte McCoy fest.

»Du hast keinen Strahler. Auf welche Weise könntest du mir gegen Sarek helfen? Außerdem: Willst du Spock hier zurücklassen?«

»Die Sache gefällt mir nicht.« McCoy stellte sich der Erkenntnis, daß Anitra recht hatte, suchte vergeblich nach Argumenten, um seinem Standpunkt Nachdruck zu verleihen. Schließlich gab er sich wortlos geschlagen.

Die junge Frau lächelte in dem Bemühen, McCoy Mut zu machen. »Ich bin gleich wieder da.«

Der Arzt erwiderte das Lächeln nicht. Stumm beobachtete er, wie Anitra das Zimmer verließ und sich die Tür hinter ihr schloß. »Viel Glück«, murmelte er.

Spock zitterte und stöhnte, als er versuchte, den Kopf zu heben. Er sank auf die Brust zurück, und die Lider des Vulkaniers vibrierten.

»Spock?« fragte McCoy sanft.

Sareks Sohn formulierte ein Wort und sprach so leise, daß ihn der Arzt zunächst nicht verstand. »Anitra.«

»Sie ist hier, Spock«, versicherte ihm McCoy. »Es wird alles gut.«

Spock öffnete die Augen und richtete einen klaren Blick auf den Doktor. »Sarek«, sagte er plötzlich. »Sie darf nicht zu ihm …« Die Lider senkten sich wieder, und ein Schatten von Schmerz huschte über die sonst so steinernen Züge des Vulkaniers.

»Es ist alles in Ordnung mit ihr«, sagte McCoy in einem beruhigenden Tonfall, aber Spock hörte ihn gar nicht – er war wieder eingeschlafen. *Wenn wir ihn nicht bald zum Medo-Laboratorium in der Akademie fliegen, fällt er ins Koma,* dachte der Arzt.

Wie aus weiter Ferne vernahm er das Zischen einer energetischen Entladung, und seine Vorstellungskraft fügte das dumpfe Pochen eines zu Boden fallenden Körpers hinzu. Er seufzte: Dieses Geräusch verhieß Sicherheit. Er überlegte, wo er die beiden Vulkanier im Schweber unterbringen sollte, als er plötzlich etwas bemerkte. Spocks Phaser fehlte. McCoy wußte ganz genau, daß der Erste Offizier einen Strahler mitgenommen hatte, als er die Akademie verließ, um seinen Vater zu holen. Die Hände des Arztes begannen zu zittern. Er schob sie unter die Achseln, warf sich überschäumende Phantasie vor.

Doch das Zittern hielt an, und nach dem Fauchen schien sich die Zeit zu dehnen. McCoy lenkte sich ab, indem er sich Anitra vorzustellen versuchte: Die junge Frau stand eine Zeitlang vor dem betäubten Sarek, um ganz sicher zu sein, daß er wirklich bewußtlos war. Vielleicht untersuchte sie ihn sogar. Dann griff sie nach seinen Füßen und zog ihn zum zentralen Raum. Bestimmt brachte sie ihn bis zur vorderen Tür, bevor sie umkehrte, um McCoy mitzuteilen, daß er das Zimmer verlassen konnte. Er stellte sich alle Einzelheiten vor, zählte die Sekunden für jede Phase und fügte noch etwas mehr Zeit hinzu. Trotzdem brauchte Anitra zu lange, viel zu lange. *Es liegt an den Nerven,* dachte der Arzt. *Dadurch habe ich den Eindruck, daß bereits eine halbe Ewigkeit vergangen ist – ein vollkommen natürliches Phänomen, Pille.*

Aber es dauerte *wirklich* zu lange. McCoy richtete seinen Blick erneut auf Spock, der noch immer schlief. Selbst wenn sich sein Zustand jetzt verschlechterte – der Arzt konnte ihm nicht helfen. Er nahm seinen ganzen Mut zusammen, stand auf und ging zur Tür, um nach dem Rechten zu sehen. Wenn es Sarek gelungen war, Anitra zu überwältigen, so hatte er keine Möglichkeit, das Blatt zu wenden. Aber er wollte endlich Bescheid wissen und konnte es nicht mehr ertragen, einfach im Zimmer zu sitzen und darauf zu warten, daß etwas geschah.

Bevor er die Tür erreichte, vernahm er leise Schritte im Flur. »Anitra?« fragte er, als sich der Zugang öffnete.

McCoy wich einen Schritt zurück, und seine Knie gaben nach. Sarek kam einem gestaltgewordenen Alptraum gleich: Die Augen glühten in einem eingefallenen, gelblichen Gesicht, und er durchbohrte den Arzt mit einem Blick, der ihn erstarren ließ. McCoy rechnete mit einer Veränderung und horchte in sich hinein, spürte jedoch keine fremde Präsenz, die sich langsam in seinem Innern ausbreitete. Aus irgendeinem Grund bewahrte er sein Selbst. Er nickte in Richtung des Schlafenden und appellierte an das, was von Spocks Vater übrig sein mochte. »Er wird bald sterben, wenn wir ihm nicht helfen«, sagte er brüchig und so leise, daß er seine eigene Stimme kaum hörte.

»Wie bedauerlich«, erwiderte Sarek mit deutlichem Spott.

Er trat durch die Tür und ein wenig zur Seite, so daß McCoy in den Korridor sehen konnte. Der Arzt riß die Augen auf, war viel zu schockiert und entsetzt, um zu reagieren.

Anitra kam ins Zimmer. Die junge Frau entsprach McCoys Erinnerungsbildern, doch als sie lächelte, nahm er einen subtilen Unterschied wahr. »Hallo, Len«, sagte sie.

»Also los«, brummte er. »Bringen wir es hinter uns.«

Ein oder zwei Sekunden lang wirkte Anitra verwirrt. »Was sollen wir hinter uns bringen? Oh, ich verstehe. Du erwartest, übernommen zu werden.« Erneut das falsche Lächeln. »Aber wir brauchen dich nicht, Len – zumindest nicht auf diese Weise. Wir benötigen dich für andere Dinge.«

Sie sah so sehr wie Anitra Lanter aus, daß sich McCoy innerlich hin und her gerissen fühlte. Auf der einen Seite war Liebe und auf der anderen Haß – ein Haß, der dem Fremden in ihr galt. Er versuchte, tapfer zu sein. »Für welche Dinge?«

»Möchtest du wirklich, daß wir ins Detail gehen? Eigentlich spielt es doch überhaupt keine Rolle.« Anitra sah Sarek an.

»Die Frau brauchen wir für uns selbst«, sagte der Vulkanier. »Durch sie gewinnen wir enorme Macht. Was Sie betrifft... Sie sind Nahrung für uns.«

»Oh«, erwiderte McCoy kummervoll und erinnerte sich an die schlechten Science-Fiction-Romane, die er als Kind gelesen hatte.

»Na schön. Vielleicht sollten wir tatsächlich auf Einzelheiten verzichten...«

Anitra lachte. Es klang hart, fast metallisch. »Du bist zu prosaisch, Len. Denk nur daran, was mit den Besatzungsmitgliedern der *Enterprise* geschehen ist. Ich bin sicher, du verstehst, was ich meine.«

»Ihr seid also gekommen, um uns zu töten«, sagte McCoy. »Nehmt mich und laßt Spock in Ruhe. Er stellt nicht die geringste Gefahr für euch dar.«

»Wir lassen euch beide in Ruhe – wenigstens eine Zeitlang«, antwortete Anitra. »In seinem gegenwärtigen Zustand hat Spock gewiß keinen Nutzen für uns. Er muß sich erholen, und du wirst ihn behandeln. Wir bringen dir alle notwendigen Geräte und Medikamente.«

McCoy spürte plötzlichen Abscheu. »Was habt ihr vor? Wollt ihr ihn töten, wenn es ihm besser geht? Dabei spiele ich nicht mit.«

Spock bewegte sich, und McCoy sah auf ihn hinab. Die Augen des jüngeren Vulkaniers waren geöffnet, und sein klarer Blick galt Anitra. Er sprach kein Wort, aber ganz offensichtlich wußte er, was sich zugetragen hatte. Nach einer Weile senkte er resigniert die Lider.

McCoys Tonfall veränderte sich. »Ich schlage vor, wir treffen eine Übereinkunft.«

Anitra musterte ihn amüsiert.

»Ich kümmere mich um Spock, und ihr versprecht, ihm nichts anzutun. Begnügt euch mit mir.«

Einmal mehr ertönte das heisere, rauhe Lachen. »Du vergißt, daß ich deine Gedanken lesen kann, Len. Du hast nicht die geringste Absicht, Spock sterben zu lassen.«

»Was ist mit Ihrem hippokratischen Eid, Doktor?« warf Sarek ein. »Sie sind wohl kaum in einer guten Verhandlungsposition. Zwar ist uns derzeit ein lebender Spock lieber, aber wir sehen in seinem Tod keine Katastrophe.«

McCoy starrte bestürzt zu dem älteren Vulkanier auf. Stammten diese Worte wirklich von ihm?

»Letztendlich macht es keinen Unterschied für Sie oder Spock«, fügte Sarek hinzu.

»Denk darüber nach, während wir fort sind«, sagte Anitra. »Ich bin bald zurück.«

Die beiden Übernommenen gingen.

McCoy kniete neben Spock und legte ihm die Hand auf den Arm. »Es tut mir leid«, flüsterte er und neigte den Kopf. Anitra kannte seine geheimsten Empfindungen, aber diesmal durfte er ihnen nicht nachgeben.

Er mußte Spock sterben lassen.

Anitra brachte McCoy alle erforderlichen Instrumente und Arzneien. Sie nutzte die Gelegenheit, um erneut einige verschleierte Hinweise auf das Schicksal der beiden Gefangenen zu geben, bevor sie das Zimmer wieder verließ. Offenbar ging es ihr darum, Furcht in McCoy zu wecken.

Und damit hatte sie vollen Erfolg. McCoy litt und kämpfte gegen die in ihm emporquellende Panik an. Stundenlang saß er neben Spock und starrte auf den Injektor, der den Vulkanier lange genug am Leben erhalten konnte, bis er eine Möglichkeit fand, ihn zu operieren. McCoy hatte das kleine Gerät noch nicht benutzt, aber die Versuchung wurde immer größer. Zum hundertstenmal holte er den medizinischen Tricorder hervor und hielt ihn über Spock. Der Puls des Verletzten war schwächer geworden, deutliches Zeichen für das beginnende Koma. Es blieb kaum mehr Zeit. Wenn McCoy seine Meinung ändern wollte, so durfte er nicht mehr lange warten.

Er stand auf, verschränkte die Arme und wanderte im Zimmer umher. Es wurde allmählich dunkler, und auf der anderen Seite des Hauses glänzte das letzte Licht der untergehenden Sonne über die Fenster. *Dort sitzt Anitra, wartet und weiß ganz genau, was mir durch den Kopf geht,* dachte der Arzt. Er schloß die Augen und versuchte, sein Bewußtsein zu entleeren, aber das Bild des sterbenden Vulkaniers blieb. Er schuldete es Spock, ihm das Leben zu retten – und er erinnerte sich an den schrecklichen Anblick al-Baslamas auf dem Autopsietisch. *Nein,* teilte er Anitra stumm mit, *ich werde nicht zulassen, daß so etwas auch mit Spock geschieht.* Er drehte den Kopf und sah zum Vulkanier. Der Erste Offizier der *Enterprise* hockte noch immer in der Ecke, den Kopf gesenkt, das Kinn auf der Brust – und McCoy begriff plötzlich, daß er es einfach nicht über sich bringen konnte, seinen Freund dem Tod auszuliefern.

»Nein«, sagte er laut. »Ich bringe es nicht fertig, Sie

sterben zu lassen. Verdammt, Spock, ich kann es einfach nicht.« Erneut kniete er neben dem Vulkanier und verabreichte ihm die Injektion. Irgendwo, wußte McCoy, lächelte Anitra triumphierend.

Etwas sehr Seltsames geschah. Spocks Puls beschleunigte sich, bis er fast wieder normal wurde – und dann setzte das Herz aus. McCoy schloß die Augen. Jetzt brauchte er keine Wahl mehr zu treffen. Spock war tot. Er gab der mentalen Flutwelle aus Zorn und Kummer nach, ließ seine Gedanken von ihr fortspülen. Anitra sollte ruhig wissen, was und wie intensiv er empfand.

Als sie ins Zimmer kam, war er vorbereitet und preßte sich neben der Tür an die Wand. Doch in seinem Bewußtsein wogte einzig und allein Trauer über Spocks Tod. McCoy hatte nur selten Gelegenheit gefunden, sein eher fragwürdiges Geschick im Nahkampf unter Beweis zu stellen – vom medizinischen Personal Starfleets wurden keine derartigen Fähigkeiten verlangt. Aber die Verzweiflung verlieh ihm Kraft und Präzision. Er schlug zu, ohne einen bewußten Gedanken daran zu verschwenden, stieß der jungen Frau den Phaser aus der Hand und griff sofort nach der Waffe. Sarek stand unmittelbar hinter Anitra, und McCoy beschloß, die Erklärungen auf einen späteren Zeitpunkt zu verschieben. Er drückte ab und beobachtete mit grimmiger Zufriedenheit, wie die beiden Übernommenen zu Boden sanken.

»Tut mir leid, meine Liebe«, sagte er. »Du solltest nicht alles glauben, was die Leute denken.«

»Verdammt.« Kirk hieb mit der Faust auf die Konsole, und Tomson zuckte unwillkürlich zusammen. »Warum sitzen wir hier herum und drehen Däumchen? Warten wir vielleicht darauf, daß Spock zurückkehrt und uns rettet?«

»Glauben Sie, er schafft es, Sir?« fragte Tomson niedergeschlagen. Bis vor einigen Augenblicken hatten sie sich unbewußt gegenseitig nachgeahmt: Sie saßen mit nach vorn geneigtem Oberkörper und stützten das Kinn auf die Hände.

Bei Sulu und Uhura war ein Erfolg ausgeblieben. Dreißig Stunden lang blieben sie im Aufenthaltsraum eingesperrt, aber sie kämpften noch immer – aber jetzt gegeneinander, und das mit solcher Entschlossenheit, daß Kirk ins Nebenzimmer gehen und die beiden Streithähne betäuben mußte, um ernste Verletzungen zu vermeiden. Derzeit gaben die beiden Offiziere keinen Laut von sich, aber die Wirkung des Phaserstrahls würde bald nachlassen. Es fiel Kirk schwer, sich damit abzufinden, daß er seine Brückencrew nicht von dem fremden Einfluß befreien konnte. Er war allein, abgesehen von Tomson – und derzeit sah er in ihrer Präsenz keinen Vorteil.

»Er schafft es bestimmt«, antwortete er, und es gelang ihm fast, sich selbst zu überzeugen. »Aber wollen Sie hier in der Nebenbrücke bleiben und hoffen, daß Scott sich keinen Zugang verschafft, bevor Spock eintrifft? Allein der Himmel mag wissen, wie lange es dauert, bis er zurückkehrt.«

»Diese Vorstellung gefällt mir nicht sehr«, gestand Tomson ein. »Haben Sie irgendwelche Vorschläge?«

»Ich weiß, wo Spock den Apparat untergebracht hat, der das Triebwerk blockiert«, sagte Kirk. »Wenn ich ihn desaktiviere, sind wir wieder voll manövrierfähig.«

»Was hätte das für einen Sinn, Sir? Spock hat die Sperrschaltung installiert, um die Entitäten daran zu hindern, sich weiter auszubreiten. Wenn wir durch die Galaxis fliehen, besteht die Gefahr, daß die Wesenheiten neue Wirtskörper finden ...«

»Das Risiko ist nur gering. Immerhin funktionieren weder der Transporter noch das Kommunikationssystem. Außerdem gibt es die Möglichkeit, gewisse Decks zu isolieren.«

Tomson stützte erneut das Kinn auf die Faust. »Und wie bringen wir rund vierhundert Wahnsinnige dazu, ›gewisse Decks‹ aufzusuchen? Wir wissen inzwischen, wie sie sich verhalten, wenn sie irgendwo eingesperrt sind. Sie würden sich gegenseitig umbringen.«

»Genau das ist derzeit der Fall«, sagte Kirk düster. »Verdammt, Lieutenant, wollen Sie jedesmal widersprechen oder mir dabei helfen, etwas zu unternehmen? Wenn Sie Ihre letzten Tage in dieser Kammer verbringen möchten, so liegt das ganz bei Ihnen. Ich finde einen Weg, um Spock zu unterstützen – mit oder ohne Ihre Hilfe.«

Das lange und blasse Gesicht der hochgewachsenen Frau lief rot an, und unmittelbar darauf lächelte sie breit. »Also gut. Ich bin mit von der Partie.«

Kirk grinste. Manchmal fand er Tomson fast sympathisch.

»Willkommen im Reich der Lebenden, Spock.«

Der Blick des Vulkaniers fokussierte sich langsam auf McCoy. »Wo bin ich?«

»In der Akademie«, erwiderte der Arzt. Und als sich Spock aufrichtete: »He, nicht so eilig. Vielleicht stellen Sie fest, daß Sie noch immer an erheblichen Kopfschmerzen leiden.«

Spock bestätigte diese Annahme, indem er eine Hand hob und nach seiner Stirn tastete. »Ich war … zu Hause …«

»Ich habe Sie zurückgebracht.«

Der Vulkanier blinzelte. »Sarek …«

»Er ist ebenfalls hier und befindet sich in der Isolationskammer. Ich habe bereits einige Tests durchgeführt.«

Spock seufzte, schwang die Beine von der Diagnoseliege und taumelte.

»Immer mit der Ruhe.« McCoy griff nach dem Arm

des Vulkaniers, um ihn zu stützen. Spock schob die Hand beiseite.

Er glättete seinen Umhang. »Es ist alles in Ordnung mit mir, Doktor.«

»Aber Sie starben fast an den Folgen einer Schädelfraktur.«

»Die ich einem Mangel an Vorsicht verdanke«, kommentierte Spock reumütig. »Ich weiß es sehr zu schätzen, daß Sie und Dr. Lanter zu meinen Gunsten eingegriffen haben.« Er sah sich um.

»Sie liegt ebenfalls in der Isolationskammer«, erklärte McCoy.

Spock drehte ruckartig den Kopf, forderte den Arzt jedoch nicht auf, seine Bemerkung zu wiederholen. Einige Sekunden lang rechnete McCoy damit, daß die Knie des Vulkaniers nachgaben. Aber Spock nahm nicht Platz, blieb stehen und stützte sich mit der einen Hand an der Diagnoseliege ab.

»Sie wollte Sarek selbst außer Gefecht setzen«, sagte McCoy. »Ich hätte sie nicht allein gehen lassen dürfen.«

Stille folgte. Dann sagte Spock: »Ich bin sicher, daß Sie ihre Übernahme nicht verhindern konnten. Wenn Sie Dr. Lanter wirklich begleitet hätten, wären vermutlich auch Sie infiziert worden. Es ist weitaus besser für uns beide, daß Sie sich Ihren freien Willen bewahrten.«

»Das würde ich gern glauben«, entgegnete McCoy bitter.

Spock straffte seine Gestalt und ließ die Liege los. »Sie haben uns drei hierhergebracht?« fragte er und musterte den Arzt neugierig.

»Mit einem gestohlenen Schweber. Ich darf Ihnen versichern, daß es alles andere als einfach war. Sie kamen mehrmals zu sich und beklagten meine Fähigkeiten als Pilot...«

Spock runzelte die Stirn. »Daran erinnere ich mich nicht.«

»Manchmal neigen die Leute dazu, unangenehme Dinge zu verdrängen«, sagte McCoy und gab sich humorvoll. »Um ganz offen zu sein: Es waren drei Flüge notwendig, um Sie alle an diesen Ort zu schaffen. Zum Glück ist hier in letzter Zeit nicht mehr viel los.« Er rieb sich den Rücken. »Ich fürchte, ich habe mir was verrenkt.«

»Ich bin beeindruckt, Dr. McCoy«, gab Spock zu.

»Das sollten Sie auch. Ich habe bewiesen, daß ich nicht nur Probleme schaffen, sondern auch welche lösen kann.«

»In der Tat.« Spock blickte wieder zur Isolationskammer. Nach einer Weile stand er auf und ging steifbeinig zur anderen Seite des Laboratoriums. Anitra saß im Nebenzimmer auf einem Stuhl, die Arme an den Lehnen festgebunden, das Haar eine wirre, zerzauste Masse. In tiefen Zügen atmete sie durch einen ansatzweise geöffneten Mund. Sarek befand sich im anderen Raum und wirkte sogar im betäubten Zustand würdevoll. Beide erweckten den Eindruck, sich überhaupt nicht verändert zu haben.

McCoy trat an Spock heran und verharrte hinter ihm. »Sie stehen noch immer unter der Wirkung des Sedativs. Ich mußte irgendwie verhindern, daß sie beim Rückflug zu sich kamen.«

»Natürlich«, erwiderte der Vulkanier geistesabwesend. »Es könnte sehr … beunruhigend sein, wenn sie bei Bewußtsein wären.« Er musterte Anitra, und für einen Sekundenbruchteil glaubte McCoy fast, in Spocks Zügen so etwas wie traurige Melancholie zu erkennen. Dann straffte der Vulkanier die Schultern. »Sie erwähnten eben einige Tests, Doktor.«

»Eine routinemäßige Untersuchung.« McCoy sah bewundernd auf den Monitor über Anitras Kopf. »Sie hatten recht mit Ihren Hinweisen auf dieses Laboratorium. Ich wünschte, solche Anlagen stünden mir auch an Bord der *Enterprise* zur Verfügung.« Er wurde wieder ernst.

»Die organisch-physischen Reaktionen sind völlig normal – mit einer Ausnahme.«

»Worin besteht sie?«

»Die Neurotransmitter im Gehirn scheinen ein wenig modifiziert worden zu sein. Ich muß noch einige genauere Analysen vornehmen, bevor ich Art und Ausmaß der Veränderung feststellen kann.«

Spock nickte. »Das klingt vernünftig.« Sein Blick hatte die ganze Zeit über Anitra gegolten, doch nun richtete er ihn auf McCoy. »Wir brauchen nur ein Untersuchungsobjekt. Dr. Lanter wäre die logische Wahl gewesen, da sie den größten Nutzen für uns hat. Trotzdem haben Sie auch Sarek hierhergebracht und sich dabei erheblichen Gefahren ausgesetzt.«

McCoy spürte vages Unbehagen, als er darüber nachdachte, warum er auch Spocks Vater mitgenommen hatte. Es war tatsächlich gefährlich gewesen, ihn ebenfalls zur Akademie zu fliegen, aber nach Anitras Hinweisen auf Spocks Motive brachte er es nicht fertig, ihn in ShiKahr zu lassen. Er räusperte sich. »Spielt das jetzt noch eine Rolle? Sarek ist hier, und wir dürfen keine Zeit vergeuden. Wir müssen sofort mit den Experimenten beginnen.«

»Ich finde Ihre praktische Denkweise interessant, Doktor«, erwiderte Spock. »Offenbar hat der Aufenthalt auf Vulkan Ihren Sinn für Logik geschärft.«

»Das will ich nicht hoffen«, brummte der Arzt.

McCoy war auf der Diagnoseliege eingeschlafen, die ihm vor einigen Stunden als Operationstisch gedient hatte. Irgend etwas weckte ihn – ein Geräusch, Licht, vielleicht ein zu Ende gegangener Traum –, und er setzte sich auf, fühlte sich ebenso betäubt wie die beiden Übernommenen.

Spock saß an der Konsole vor den Isolationskammern, betrachtete die Datenkolonnen auf dem Bildschirm und runzelte die Stirn. McCoy wankte auf ihn zu und rieb sich die Augen. »Hat sich was ergeben?«

Der Vulkanier drehte den Schirm herum, so daß auch der Arzt die Darstellung sehen konnte. »Das Ergebnis einer Blutanalyse. Die chemische Zusammensetzung hat sich tatsächlich geändert. Hinzu kommt eine ausgeprägte Modifikation in den Neurotransmittern. Ihr Atomgewicht ist höher, so als hätten sich andere Partikel daran gebunden und neue Isotopen gebildet.«

McCoy nahm neben Spock Platz. »Und die Neurotransmitter kontrollieren das Gehirn.«

»Offenbar hatte Dr. Lanter recht, als sie annahm, daß die ›Dämonen‹ auf einer subatomaren Ebene existieren.« Spock deutete auf den Schirm. »Sie verbinden sich chemisch mit den Neurotransmittern des Wirts und nehmen auf diese Weise maßgeblichen Einfluß auf sein Verhalten.«

»Aber Neurotransmitter sind chemisch stabile Substanzen; sie binden sich nicht. Und zum Teufel auch: Wie kann ein subatomares Partikel denken – ganz zu schweigen davon, vollständige Kontrolle über die betreffende Person auszuüben?«

Spock schenkte dem scharfen Tonfall McCoys keine Beachtung. »Auf das Wie kommt es zunächst nicht an. Um Ihre eigenen Worte zu wiederholen: Das spielt jetzt keine Rolle. An der Kontrolle kann kein Zweifel bestehen; wir wissen, wie sich die Übernommenen verhalten. Nun, die Partikel binden sich nicht nur an die Substanzen, die für bewußtes Handeln verantwortlich sind. Sie beherrschen auch alle unbewußten Prozesse: Pulsschlag, Atmung, Verdauung ...«

»Was erklärt, warum Ihre Mutter tot wirkte«, warf McCoy ein. »Wie machen wir die Bindung rückgängig?«

Spock seufzte. »Es gibt keine Garantie dafür, daß sie überhaupt rückgängig gemacht werden kann. Zuerst einmal müßten wir jene Substanz finden, die eine chemische Brücke zwischen den Partikeln und den Neurotransmittern bildet. Um dieses Ziel zu erreichen, sind umfangreiche Tests notwendig.«

»Die eine Menge Zeit kosten. Gibt es keine andere Möglichkeit, die Verbindung zu lösen?«

Spock zögerte. »Nun, Sie wissen natürlich, daß es möglich ist, Atome zu spalten. Mit derartigen Methoden ließen sich sowohl die Verbindungen unterbrechen als auch die Partikel zerstören.« Er sah direkt in die trüben Augen McCoys. »Aber das hätte auch den Tod des Wirts zur Folge, was ich vermeiden möchte. Wenn uns Dr. Lanter helfen könnte ...«

»Wir beide schaffen es auch allein, Spock. Mit Ihrer Intelligenz ...«

»Dem Zeitfaktor kommt in unserer Situation eine zentrale Bedeutung zu«, erinnerte der Vulkanier. »Und Dr. Lanter ist Spezialistin auf dem Gebiet der Partikelphysik. Deshalb wurde sie von Starfleet mit dieser Mission betraut. Zweifellos wäre sie imstande gewesen, wesentlich schneller als wir eine Lösung zu finden.«

»Derartige Überlegungen sind müßig«, sagte McCoy. »Wir müssen auf Anitra verzichten und allein mit dem Problem fertig werden. Ich fange sofort damit an, in Frage kommende Substanzen zu testen.«

Er wollte sich abwenden, doch genau in diesem Augenblick summte der Monitor über Sareks Kopf. McCoy beugte sich zur Konsole vor.

»Was ist, Doktor?«

»Ich weiß es nicht. Ich habe ihm keine so starke Dosis gegeben.«

»Doktor ...«, drängte Spock mit deutlicher Ungeduld.

»Die Lebensindikatoren zeigen reduzierte organische Funktionen an. Puls, Atmung, Hirnaktivität – alles wird schwächer. Sieht ganz nach dem Beginn eines Komas aus.«

Spock starrte ebenfalls auf den Schirm. »Und Dr. Lanter?«

»Mit ihr ist alles in Ordnung«, antwortete McCoy. »Normale Werte. Aber sehen Sie sich das hier an, Spock. Sareks Hirnchemie spielt verrückt – die Neurotransmitter nehmen eine positive Ladung an.« Er musterte den Vulkanier. »Wir müssen einen Weg finden, die Verbindung zu lösen. Und zwar schnell.«

»Sonst stirbt mein Vater«, sagte Spock ruhig.

KAPITEL 13

McCoy stand auf, streckte sich und überprüfte Sareks Monitor. Der Vulkanier wurde immer schwächer; nur noch wenige Stunden trennten ihn vom Tod. Er wandte sich Spock zu, der eine Probe 1-Methyldiobromid mit einem Spektrometer untersuchte.

»Was herausgefunden?«

Spock brummte zustimmend. »Diese spezielle Substanz erscheint mir vielversprechend. Sie könnte den gewünschten Zweck erfüllen.«

»Großartig! Testen wir sie an einer Gewebeprobe.«

Spock sah vom Terminal auf. »Es gibt allerdings einen Nachteil.«

McCoy bedachte ihn mit einem fragenden Blick.

»Dieser Stoff ist für Menschen und Vulkanier ein tödliches Gift.«

»Um Himmels willen, Spock, warum haben Sie das nicht gleich gesagt? Mit solchen Substanzen können wir nichts anfangen.« McCoy beugte sich vor, betrachtete die Anzeigen von Anitras Monitor – und sah noch einmal hin.

»Eine allgemeine Verlangsamung der Stoffwechselvorgänge«, sagte Spock. Es war keine Frage.

McCoy nickte bestürzt. »Sie folgt Sareks Entwicklung in einem Abstand von einigen Stunden.« Er wandte sich an Spock. »Wir sollten uns mit der Suche nach einem ungiftigen Derivat beeilen.«

»Wir haben eine Alternative«, sagte der Vulkanier langsam, preßte die Fingerspitzen aneinander und blickte ins Leere. »Zweifellos dauert es eine Weile, bis wir ein sicheres Derivat finden ... Tage, vielleicht sogar Wochen. Soviel Zeit bleibt Sarek und Anitra nicht.« Er holte tief Luft und straffte die Schultern. »Ich schlage vor, wir testen die Substanz in ihrer gegenwärtigen Form an Sarek.«

»Sie wollen Ihren eigenen Vater vergiften?« entfuhr es McCoy zornig. »Und wenn wir das Derivat in nur einer Stunde entdecken? Warum so eilig?«

»In einer Stunde ist es für Sarek zu spät«, erwiderte Spock ruhig und gelassen. »Ich kann die Anzeigen der Lebensindikatoren ebenfalls deuten, Doktor.«

»Und deshalb wollen Sie es einfach hinter sich bringen, stimmt's? Weil Sie glauben, daß er ohnehin keine Chance mehr hat.«

Spocks Stimme klang etwas dumpfer, als spreche er durch nicht ganz zusammengebissene Zähne. »Er stirbt, Doktor. Erlauben Sie mir wenigstens, seinem Tod einen Sinn zu geben.«

McCoy schloß die Augen. »Hören Sie ... Es tut mir leid. Ich weiß, wie schwer es für Sie ist. Aber dies kann unmöglich die Lösung sein. Wie wollen Sie der Bevölkerung dieses Planeten helfen? Indem Sie giftiges Gas in der Atmosphäre freisetzen? Und was ist mit Ihrer Mutter, Jim und allen anderen an Bord der *Enterprise?* Sollen wir die verdammten Partikel triumphieren lassen?«

»Und wenn wir kein ungiftiges Derivat finden ...«, entgegnete Spock leise. »Wollen Sie dann eine weitere Ausbreitung der Entitäten zulassen?«

»Ich bin froh, daß Sie es geschafft haben, Sir«, sagte Tomson, und es kam von Herzen. Der kleine Filter vor Mund und Nase dämpfte ihre Stimme, so daß Kirk sie kaum wiedererkannte.

Er hob die Hand, um festzustellen, ob sein eigener Filter am richtigen Platz saß. Dichte Gasschwaden trieben umher, und Tomson zeichnete sich als vager Schatten in ihnen ab. Sie zog die Offiziere von ihren Posten auf der Brücke und legte sie einfach vor den Turbolift.

»Ich freue mich ebenfalls darüber«, sagte der Captain. Er hob ein kleines Gerät. »Dieser Apparat hier hat das Triebwerk blockiert.«

Die Leiterin der Sicherheitsabteilung beugte sich vor, zwinkerte und hielt nach dem Gegenstand Ausschau. »Kaum zu glauben, daß ein so winziges Ding ... Wann endet die Aufwärmphase des Antriebs, Sir?«

»In dreißig Minuten. Zeit genug, wenn wir uns beeilen.« Er wandte sich den Betäubten zu und zerrte einen von ihnen in den offenen Lift. »Was ist mit den anderen Sektionen?«

Tomson trat mit zwei langen Schritten zur wissenschaftlichen Station und schaltete den Sichtschirm ein. »Die Flutung des C-Decks wird bestätigt. Sie brauchen nicht mit Schwierigkeiten zu rechnen, Sir.«

»Bereiten Sie sich darauf vor, auch das D-Deck zu fluten, Korridore acht bis elf, und das F-Deck in der Nähe des zweiten Kontrollraums. Ich gebe Ihnen das Signal vom Lift aus, wenn ich auf dem C-Deck fertig bin.« Kirk zögerte kurz. Die Atemmaske verwehrte zwar einen Blick auf seinen Mund, aber das Glitzern in den Augen wies Tomson darauf hin, daß er lächelte. Sie grinste von einem Ohr zum anderen. »Gute Arbeit, Lieutenant«, fügte der Captain hinzu. »Nicht jeder Sicherheitschef lernt so schnell, in die Rolle eines Technikers zu schlüpfen.«

Tomson errötete. »Technik war mein Nebenfach an der Akademie, Sir.« Sie holte tief Luft. »Soll ich Sie wirklich nicht begleiten?«

»Jemand muß auf der Brücke bleiben, Lieutenant. Ich möchte, daß Sie den Turbolift versiegeln, sobald ich das Zeichen gebe. Wir dürfen nicht riskieren, daß jemand Verdacht schöpft und mir Knüppel zwischen die Beine wirft.«

Tomson nickte widerstrebend und konnte sich nicht des Eindrucks erwehren, daß sie ihre Pflichten verletzte, indem sie den Captain allein gehen ließ. Sie fand es weitaus schwieriger, sich um die technischen Details zu kümmern und zu warten. Aber Kirk bestand darauf, daß sie sich keinen Gefahren aussetzte, und es blieb ihr gar nichts anderes übrig, als seine Anweisungen zu befolgen. »Ja, Sir«, sagte sie und seufzte. »Ich bleibe und handle unverzüglich, sobald ich Ihr Signal empfange.«

Gemeinsam zwängten sie die letzten Bewußtlosen in den Lift. Bevor sich die Tür schloß, deutete Kirk mit dem Daumen nach oben. Tomson lächelte und erwiderte die Geste.

Wenigstens diesmal setzte sich McCoy durch. Schließlich erklärte sich Spock bereit, nach einem ungiftigen Derivat zu suchen, um es an seinem Vater zu testen – obwohl sie beide wußten, daß Sarek starb. Doch nach einer Weile begriff McCoy langsam, daß Spock wahrscheinlich recht hatte. Trotzdem konnte er sich nicht dazu durchringen, die Verabreichung einer toxischen Substanz zu befürworten. *Himmel, ich darf doch nicht zulassen, daß Spock seinen Vater vergiftet,* fuhr es ihm durch den Sinn. *In Ordnung, er ist nicht mehr er selbst, nur noch eine leere Hülle, in der etwas Fremdes steckt, aber das rechtfertigt noch lange nicht, ihn bei einem Experiment zu töten.* Er schauderte heftig, als er daran dachte, daß Anitra vielleicht eine ähnliche Behandlung bevorstand …

McCoy klammerte sich an der Hoffnung fest, daß Spock nicht erneut darauf beharrte, die Substanz an Sarek auszuprobieren.

Sarek und Anitra befanden sich nach wie vor in den Isolationskammern, waren sehr blaß und atmeten kaum. Sie wirkten weniger als lebendig, aber auch nicht ganz tot. Irgendwie erinnerten sie McCoy an alte Fotos, auf denen wächserne Nachbildungen von Menschen zu sehen waren. Er gewann nun den gespenstischen Eindruck, als stünde er in einem Wachsfigurenkabinett.

Bisher hatte Spock darauf geachtet, nicht in die Isolationskammern zu blicken, und er hielt den Kopf gesenkt, wenn McCoy auf die Monitoren mit den Lebensindikatoren sah. *Entweder konzentriert er sich ganz auf die Arbeit,* dachte der Arzt, *oder er versucht, die Anwesenheit Anitras und seines Vaters zu ignorieren.* Er richtete seine Aufmerksamkeit auf den Bioschirm der jungen Frau – und bedauerte es sofort. Ihr Zustand verschlechterte sich ebenso, wie es zuvor bei Sarek der Fall gewesen war. Bald würde auch Anitra ins Koma gleiten, in das graue Nichts zwischen Leben und Tod. McCoy stählte sich innerlich, bevor er auf Sareks Schirm sah. Hinter der gläsernen Trennwand lag ein völlig regloser Vulkanier, der überhaupt nicht mehr zu atmen schien. McCoy schloß die Augen und erschauerte bei der Vorstellung, daß Sarek schon seit einigen Minuten tot war. *Gleich muß ich Spock sagen, daß ich nicht richtig aufgepaßt habe…* Er hob die Lider und zwang sich dazu, erneut auf den Monitor zu blicken. Einen Sekundenbruchteil später schnappte er hörbar nach Luft, und das leise Zischen brach den Kokon der Konzentration auf, den Spock um sich herum gesponnen hatte. Er wandte sich zu McCoy um, und diesmal wirkte seine Ruhe gezwungen; offenbar erwartete er das Schlimmste.

»Das verstehe ich nicht«, sagte der Arzt. Sein Blick klebte noch immer am Monitor der Konsole fest. »Dieser Mann sollte eigentlich tot sein…«

Spock erhob sich.

»Sehen Sie sich das an.« McCoy starrte weiterhin auf die Anzeigen, als er den Vulkanier heranwinkte und lächelte. »Seine Lebensfunktionen werden stärker.«

Spock blieb hinter dem Arzt stehen und sah ihm über die Schulter. Sarek war tatsächlich nicht mehr im Koma, und sein Pulsschlag hatte sich beschleunigt. Spock sah auf. Hinter dem Glas hob der ältere Vulkanier die Lider und runzelte die Stirn.

»Vater«, hauchte Spock, trat noch etwas näher und berührte die durchsichtige Trennwand.

Die Isolationskammer war schalldicht, aber Sareks Lippen bewegten sich ganz deutlich und formulierten ein Wort, einen Namen: »Spock.«

Kirk brachte die betäubten Offiziere zum C-Deck, und anschließend flutete Tomson auch die Decks D und F. Nachdem der Captain einige bewußtlose Besatzungsmitglieder fortgebracht hatte, riegelte sie die Gänge zwischen Turbolift, Transporter und Nebenbrücke ab. Es herrschte Chaos im Schiff, und deshalb befanden sich in jenen Bereichen nur wenige Personen: Normalerweise hielt sich dort das diensthabende Personal auf.

Kirk schaltete das Interkom ein. »Das wär's, Tomson. Sie können jetzt den Lift programmieren.«

»Und dann versiegele ich die Notschächte«, sagte sie.

»Ich schätze, ich bin Ihnen eine Belobigung schuldig, Lieutenant.«

Tomson beugte sich über Spocks Station – selbst wenn sie im Sessel des Ersten Offiziers saß, mußte sie die Schultern krümmen, um in den Sichtschlitz des Scanners zu blicken – und veränderte die Programmierung des Turbolifts. Von jetzt an trug er seine Passagiere nur noch zum Transporterraum, zur Nebenbrücke und in den ersten Kontrollraum. Der Computer würde alle anderen Rufsignale ignorieren; um den Lift zu benutzen, mußte man eine der drei genannten Sektionen aufsuchen.

Und dazu waren die Übernommenen nicht in der Lage. Tomson lehnte sich zufrieden zurück.

Kirk trat aus der Transportkapsel, und seine Atemmaske baumelte an einem Halsriemen. Tomson trug ihre Filter nicht mehr; sie hatte das Betäubungsgas bereits von der Klimaanlage absaugen lassen.

Der Captain ging sofort zur Navigationskonsole, nahm Platz und betätigte einen Schalter. Als er sich zu Tomson umdrehte, strahlte er übers ganze Gesicht. »Wir sind auf dem Weg nach Vulkan. Herzlichen Glückwunsch, Lieutenant.«

Die hochgewachsene Frau trat an ihn heran. »Sie meinen, wir haben es geschafft, Sir?« Sie grinste so närrisch, daß Kirk sie an den Armen packte und begeistert schüttelte, ohne sich seines Verhaltens bewußt zu sein. Tomson erwiderte die Geste.

»Ja, wir haben es geschafft!«

»Wir haben es geschafft!«

Es dauerte einige Sekunden, bis sie begriffen, daß sie sich umarmten. Tomsons dümmliches Grinsen verblaßte allmählich, und sie versteifte sich. Kirk ließ die Frau verlegen los und wich einen Schritt zurück. Doch keiner von ihnen brachte es fertig, nicht mehr zu lächeln und vollkommen ernst zu werden.

Spock näherte sich dem Zugang zur Isolationskammer, aber McCoy legte ihm die Hand auf den Arm. »Entschuldigen Sie. Zuerst sollten wir Gewißheit erlangen.«

Spock blieb stehen. »Ein logischer Vorschlag, Doktor.« Er trat zurück, während McCoy die Anzeigen des Monitors betrachtete.

»Seine Hirnfunktionen sind wieder normal«, verkündete der Arzt fröhlich. »Und das gilt auch für die chemisch-elektrische Struktur der Neurotransmitter. Es ist alles in Ordnung mit ihm.«

Spock öffnete die Tür der Kammer und löste den Sicherheitsharnisch seines Vaters. Sarek setzte sich auf und rieb sich die Handgelenke. Er war noch immer schwach, kam jedoch schnell wieder zu Kräften. »Was ist dies für ein Ort?«

»Ein medizinisches Laboratorium in der Akademie«, erklärte Spock. »Wir haben dich hierhergebracht.«

»Bin ich krank gewesen?«

Spock mied den Blick seines Vaters. »Du warst nicht… du selbst.« Er führte Sarek aus der Isolationskammer und bot ihm einen Platz vor der Konsole an. McCoy griff nach dem Medo-Tricorder, richtete das kleine Gerät auf den älteren Vulkanier und nickte zufrieden, als es völlig normale Bio-Werte registrierte.

»Meine Frau und mein Bruder«, sagte Sarek. Sein Gesicht wirkte noch immer ernst und streng, aber jetzt weckte es keine Furcht mehr in McCoy, nur noch Respekt. »Sind Sie ebenfalls hier, oder befinden sie sich in ShiKahr?«

Spock warf McCoy einen kurzen Blick zu, bevor er Sarek in die Augen sah. Seine Stimme klang kühl und beherrscht, ganz und gar vulkanisch, aber der Arzt hörte auch etwas Sanftes in ihr, das er nun zum erstenmal vernahm.

»Mutter hält sich an Bord der *Enterprise* auf. Über ihren gegenwärtigen Zustand bin ich nicht informiert. Silek ...« Spock zögerte, fügte dann noch etwas sanfter hinzu: »Silek ist tot.«

Sarek seufzte, sah zu Anitra und schien sich auf ihre Züge zu konzentrieren. »Wie?« fragte er.

McCoy beobachtete Spock aufmerksam, gespannt darauf, welche Antwort der jüngere Vulkanier gab. »Er wurde von fremden Entitäten ermordet. Sowohl Silek als auch Starnn.«

»Amanda«, flüsterte Sarek. »Weiß sie Bescheid?«

»Ja.« Spock legte eine kurze Pause ein. »Sie ist infiziert. Jenes Unheil, das den Hydrilla-Sektor zerstörte, hat sich auch auf Vulkan ausgebreitet. Es betraf erst Starnn, dann dich und schließlich Amanda. Anschließend übernahm es die Besatzungsmitglieder der *Enterprise.* Es sind Wesenheiten, die sich an bestimmte chemische Substanzen im Gehirn binden und auf diese Weise den Wirt kontrollieren, ihn zu einem gewalttätigen, sadistischen Gebaren veranlassen. Du bist jetzt wieder du selbst, und dieser Umstand bedeutet, daß es Hoffnung für Amanda und alle anderen Übernommenen gibt.«

»Wie können die Infizierten von dem fremden Einfluß befreit werden?« erkundigte sich Sarek. Sein Blick galt noch immer Anitra, und er schien zu verstehen.

»Ich bin nicht sicher, welchem Faktor wir deine geistige Freiheit verdanken.«

»Liegt es vielleicht an dem verwendeten Sedativ?« warf McCoy ein. Spock schüttelte den Kopf. »Negativ. Es gehörte zu den ersten Substanzen, die wir gründlichen Tests unterzogen haben.« Er sah auf das Chronometer an der Konsole. »Erinnern Sie sich daran, wann Sie das Betäubungsmittel verabreichten, Doktor?«

»Nicht genau«, erwiderte McCoy. »Seitdem ist mindestens ein solarer Tag vergangen. Warum fragen Sie?«

»Sie wiesen mich darauf hin, daß Anitra und Sarek Ihnen gegenüber von ›Nahrung‹ sprachen«, sagte Spock langsam. »Offenbar ›ernähren‹ sich die Entitäten in regelmäßigen Abständen vom Entsetzen anderer Personen oder müssen neue Wirtskörper finden. Sie benutzten das Pronomen *wir.* Möglicherweise vermehren sich die Wesenheiten ständig und benötigen daher emotionale Nahrung oder Gelegenheit, bisher unbetroffene Individuen zu übernehmen. Wenn sie vom Energienachschub abgeschnitten werden ...«

»Das erklärt die seltsame Veränderung in Sareks Hirnchemie«, sagte McCoy aufgeregt. »Begreifen Sie, was das bedeutet? Wir haben die verdammten Dinger am Wikkel!«

Spock blieb gelassen. »Nicht unbedingt, Doktor. Es sei denn, wir finden eine einfache Möglichkeit, alle Infizierten auf Vulkan zu isolieren.«

Sarek hatte die ganze Zeit über stumm nachgedacht, und jetzt sah er die beiden anderen Männer an. »Die Betäubung hat sich als sehr wirkungsvoll erwiesen. Wenn die Bewegungsfreiheit des Wirts stark eingeschränkt, er vielleicht sogar bewußtlos ist – das hindert die Entitäten daran, sich auszubreiten oder mentale Nahrung aufzunehmen, nicht wahr?«

»Ja«, bestätigte Spock. »Aber in dieser Hinsicht haben wir es mit einem erheblichen logistischen Problem zu tun. Die Frage lautet: Wie sollen wir die Bevölkerung eines ganzen Planeten mindestens einen solaren Tag lang betäuben?«

»Das dürfte tatsächlich nicht ganz einfach sein«, ließ sich McCoy vernehmen.

»Sobald wir ein Sedativ mit genügend langer Wirkung gefunden haben, könnten wir es im Trinkwasser lösen«, schlug Sarek vor.

»In dem Fall hinge die Dauer der Betäubung von der Menge des konsumierten Wassers ab«, wandte Spock ein. »Außerdem gibt es vielleicht Infizierte, die ihr Trinkwasser aus separaten Brunnen beziehen. Noch etwas anderes kommt hinzu: Wie sollen wir ausreichende Mengen des Sedativs zu den Hauptreservoirs bringen, ohne daß jemand Verdacht schöpft?«

»Wie wäre es mit einem Gas?« meinte Sarek.

»Dann blieben die Übernommenen in den Gebäuden unbetroffen«, erwiderte Spock.

»Nur die Menschen«, sagte sein Vater. »Vulkanische Häuser weisen Belüftungsöffnungen auf, die eine direkte Verbindung nach draußen schaffen. Und wer sich in isolierten Zimmern befindet... Du hast selbst erwähnt, daß die Infizierten in regelmäßigen Abständen nach neuen Opfern suchen müssen.«

»Ein Gas, ja«, überlegte Spock laut und zählte die einzelnen Punkte an den Fingern ab. »Es ließe sich vielleicht bewerkstelligen. Wir benötigen ein gasförmiges Betäubungsmittel, das lange wirkt, und zwar auf Vulkanier ebenso wie auf Menschen. Darüber hinaus müßte es mehrere Stunden lang präsent sein. Das einzige Problem besteht darin, ein solches Gas in ausreichenden Mengen herzustellen und es in der Atmosphäre freizusetzen.«

»Ganz einfach«, kommentierte McCoy ironisch.

»Der Kasten!« Sareks Stimme klang drängend. »In der Akademie gibt es mehrere Artefakte, und eins befindet sich in meinem Haus. Meine letzte Erinnerung: Ich sah in den geöffneten Behälter...«

»Es wäre sicher interessant, ein solches Objekt genau zu untersuchen«, sagte Spock.

»Nein. Auf diese Weise wurden die Angehörigen der Hydrilla-Expedition infiziert. Dann brachten sie die Kästen mit, um den Entitäten Gelegenheit zu geben, sich weiter auszubreiten.«

»Faszinierend«, murmelte Spock. »Die Artefakte dienen also dazu, die Partikel unterzubringen. Aber warum benötigen sie solche Gegenstände, obgleich sie leicht jemanden übernehmen können?«

»Die Zerstörung des Hydrilla-Sektors liegt zwanzigtausend Jahre zurück, aber die Partikel überlebten. Vielleicht ließen sie die Artefakte extra zu diesem Zweck von Wirten konstruieren.«

»Als ein Mittel der Hibernation.« Spock nickte langsam. »Aber die Hydriller beherrschten nur die interplanetare Raumfahrt und konnten ihr Sonnensystem nicht verlassen. Was versetzte sie in die Lage, so komplizierte Vorrichtungen zu bauen?«

Sarek zögerte einige Sekunden lang. »Allein waren sie dazu gewiß nicht imstande. Aber vielleicht wurden die Kästen vorher konstruiert, von einer technisch höher entwickelten Zivilisation, jenem Volk, das die Partikel in den Hydrilla-Sektor brachte ...«

»Das spielt jetzt keine Rolle«, unterbrach McCoy den älteren Vulkanier. »Wichtig ist nur: Wir müssen die verdammten Dinger irgendwie loswerden.«

Spock musterte ihn und runzelte die Stirn. »Vielleicht entfalten die Artefakte überhaupt nichts mehr«, sagte er ruhig. »Vielleicht haben alle Partikel in ihnen Wirtskörper gefunden.«

»Das dürfte mit ziemlicher Sicherheit der Fall sein«, pflichtete ihm Sarek bei.

»Ich weiß nicht genau, ob es repariert werden kann«, gab Tomson zu bedenken. Sie saß mit überkreuzten Beinen auf dem Boden, hatte die Verkleidung der Kommunikationskonsole entfernt und betrachtete unsicher das Gewirr aus Mikroschaltkreisen. Nach einer Weile lehnte sie sich zurück – sie brauchte nicht aufzustehen, um über das Pult hinwegzublicken und das Computerterminal zu erreichen. Aber der Bordrechner konnte ihr kaum helfen: Anitra hatte das Kommunikationssystem zu gründlich sabotiert.

»Es *muß* möglich sein«, erwiderte Kirk. Er saß an der Navigationskonsole. »Uns bleibt gar keine andere Wahl – wir schwenken jetzt in die vulkanische Umlaufbahn.«

»Schon?« fragte Tomson kummervoll. Sie drehte den Kopf, beobachtete den großen roten Planeten im Projektionsfeld und konzentrierte sich sofort wieder auf ihre Arbeit. Behutsam stellte sie neue Schaltverbindungen her – ohne Erfolg.

Plötzlich krachte etwas. Die *Enterprise* neigte sich abrupt zur Seite, und Tomson gab einen überraschten Schrei von sich, als sie übers Deck rollte. Direkt vor dem Turbolift blieb sie liegen; der Sensor reagierte und öffnete die Tür. Kirk hielt sich am Navigationspult fest und wartete, bis die automatischen Systeme das Schiff stabilisierten.

»Was zum ...«, begann Tomson.

Der Captain hatte bereits die Deflektoren aktiviert. »Man hat auf uns gefeuert. Schalten Sie die Steuerbord-erfassung ein, Lieutenant.«

Tomson stemmte sich in die Höhe und starrte hilflos auf Uhuras Pult hinab. »Von dieser Konsole aus, Sir?«

»Links von Ihnen, Lieutenant«, sagte Kirk scharf.

Tomson fand den Schalter, und unmittelbar darauf zeigte der Schirm die gewölbten Flanken eines Raumschiffs.

Kirk fluchte leise. »Scheint einer von unseren Kreuzern zu sein. Öffnen Sie einen Kom-Ka ...« Er unterbrach sich. »Vergrößern Sie das Bild.«

Tomson versuchte, diese Anweisung schneller auszuführen als die letzte. Sie betätigte eine Taste, und die

Darstellung auf dem Wandschirm erzitterte kurz, zeigte dann mehr Einzelheiten.

»Die *Surak*«, stellte Kirk fest. »Ein Starfleet-Schiff, dessen Besatzung aus Vulkaniern besteht. Verdammt, warum schießt es auf uns?«

Tomson schnitt eine Grimasse. »Tut mir leid, Sir ... Es ist meine Schuld, daß wir keinen Kontakt herstellen können.«

»Für Entschuldigungen haben wir jetzt keine Zeit, Lieutenant. Ich brauche einen Schadensbericht, und den bekommen Sie am Hauptterminal.« Kirk bereitete die Photonentorpedos vor, als eine neue Salve die Brücke erzittern ließ.

»Es sind keine Verletzten gemeldet«, sagte Tomson.

»Damit habe ich auch nicht gerechnet«, erwiderte der Captain gepreßt. »Was ist mit dem Schiff?«

»Einige geringfügige Strukturschäden im Frachtbereich. Nichts Ernstes.«

»Ich hätte nie gedacht, daß ich einmal zu so etwas gezwungen bin.« Kirk feuerte drei Photonentorpedos ab.

Die *Surak* wich zurück.

»Ins Schwarze getroffen«, stellte Tomson aufgeregt fest.

»Sieht ganz danach aus.« Kirk seufzte. »Falls es Ihnen gelingt, das Kommunikationssystem in Ordnung zu bringen, Lieutenant ... Ich möchte, daß Sie trotzdem Funkstille wahren. Geben Sie niemandem Antwort, nicht einmal der vulkanischen Raumkontrolle. Vielleicht erwartet uns kein freundlicher Empfang.«

Anitra lächelte schief, als sie das breite Grinsen McCoys sah. Ihr Gesicht brachte verwirrte Unsicherheit zum Ausdruck. »Sarek«, sagte sie und runzelte die Stirn. Zögernd beugte sie sich vor und ließ ihren Blick durch die Kammer schweifen. Als sie den älteren Vulkanier bemerkte, zuckte sie unwillkürlich zusammen. »O mein Gott ...«

McCoy hielt die junge Frau zurück, indem er sie beruhigend an der Schulter berührte. »Keine Sorge. Er hat sich ebenfalls erholt.«

»Und ... Spock?«

»Es ist alles in Ordnung mit ihm. Ein solcher Dickschädel hält eine Menge aus.«

Anitra schmunzelte erneut. »Laß ihn das bloß nicht hören. Wir sind im Laboratorium, nicht wahr? Wie ...«

»Ich habe euch hierhergebracht.«

Anitra schloß die Augen. »Es tut mir leid. Ich habe überhaupt nicht daran gezweifelt, allein mit Sarek fertig werden zu können ... Es muß schrecklich für dich gewesen sein.«

»Am schlimmsten war's, Spock wieder zu Bewußtsein zu bringen.«

Die junge Frau lachte. »Wenn Sarek nicht mehr unter dem Einfluß der Wesenheiten steht ... Es bedeutet, daß du die Lösung gefunden hast. Herzlichen Glückwunsch! Erklär mir alles.«

»Nun«, begann McCoy, »offenbar vermehren sich die ... die Dinger so schnell, daß sie emotionale Nahrung oder neue Wirtskörper benötigen. Wenn beides für eine gewisse Zeit fehlt, sterben sie. Das geschah, als wir dich und Sarek einen Tag lang in der Kammer isolierten.« Er deutete auf Spock und seinen Vater. Die beiden Vulkanier saßen an der Konsole und führten ein leises Gespräch. McCoy hoffte, daß sie die Ausführung ihres Plans erörterten. Er räusperte sich. »Vielleicht sollten Sie Dr. Lanter konsultieren, bevor Sie eine Entscheidung treffen.«

Sarek nickte höflich und musterte die junge Frau mit diskreter Neugier. Er schien sie zu erkennen, doch an ihre jüngste Begegnung erinnerte er sich bestimmt nicht.

»Dr. Lanter«, sagte Spock mit einer Förmlichkeit, die einen auffallenden Kontrast zu dem hellen Glanz in seinen Augen bildete. »Es freut mich, daß Sie Ihre geistige Freiheit zurückgewonnen haben.«

»Darüber bin ich ebenfalls froh«, erwiderte sie. »Was diskutieren Sie mit Ihrem Vater?«

»In den medizinischen Dateien des Computers haben wir bereits ein geeignetes Sedativ gefunden«, erläuterte der Vulkanier. »Es müßte möglich sein, eine ausreichende Menge davon herzustellen. Bei unserem Gespräch ging es um das Problem, auf welche Weise wir die betäubende Substanz einem möglichst großen Teil der Bevölkerung verabreichen können.«

»Ein Gas ist die logische Wahl«, sagte Anitra.

»Der Meinung sind wir auch.«

»Gut«, entgegnete die junge Frau. »Dann brauchen wir einige stationäre Antigravbojen in den unteren Schichten der Atmosphäre. Ich halte es für angebracht, sie mit einer Verzögerungsschaltung auszustatten. Noch besser wäre es, wenn sie das Sedativ auf ein Funksignal hin freisetzen. Leider steht uns kein Transporter zur Verfügung, um die Bojen ins jeweilige Einsatzgebiet zu bringen, und deshalb bleibt uns wohl nichts anderes übrig, als einen Schweber zu benutzen. Eine große Höhe ist nicht erforderlich.«

»Kein Problem«, warf McCoy ein. »Du hast bereits Erfahrungen im Diebstahl von Schwebern gesammelt.«

Anitra ging nicht auf seine Bemerkung ein.

»Vielleicht finden wir in einem der Physik-Laboratorien alle für die Bojen erforderlichen Materialien«, schlug Spock vor.

»Großartig«, sagte Anitra. »Also an die Arbeit.«

Plötzlich erklang ein lautes Geräusch, bei dem McCoy zusammenfuhr. Es klang gleichzeitig vertraut und furchterregend, stammte von Spocks Kommunikator auf der Konsole. Der Vulkanier erstarrte.

»Geben Sie keine Antwort«, riet ihm McCoy.

»Wenn unsere Kommunikatoren lokalisiert worden sind, so hat man uns gefunden«, erwiderte Spock. »Daher macht es kaum einen Unterschied, ob ich antworte oder nicht. Darüber hinaus: Vielleicht versucht

Lieutenant Uhura, sich mit uns in Verbindung zu setzen.«

McCoy richtete einen fragenden Blick auf Anitra. Sie hob abwehrend die Hände. »Ich habe dir doch gesagt, daß ich keine Distanztelepathin bin. Daher weiß ich nicht, wer uns sprechen will.«

»Wenn wir auf eine Antwort verzichten ...«, begann McCoy. »Vielleicht glaubt man dann, daß wir gar nicht hier sind.«

Spock sprach so geduldig, als hätte er es mit einem dummen Kind zu tun. »Doktor, ›man‹ braucht nur diesen Bereich zu scannen, um unseren genauen Aufenthaltsort festzustellen. Wahrscheinlich ist das bereits geschehen. Und wenn man uns angreifen will, so hat es keinen Sinn, vorher einen Kom-Kontakt herzustellen.« Er griff nach dem Kommunikator und klappte ihn auf. »Hier Spock.«

»Spock! Ist alles in Ordnung mit Ihnen?«

»Captain?« erwiderte der Vulkanier kühl, fast eisig.

»Ich weiß, was Sie denken, Spock. Uhura hat mich betäubt und eingesperrt. Es klingt verrückt, aber als ich zu mir kam ...«

»Oh, das ergibt durchaus einen Sinn, Captain«, sagte Spock dankbar.

»Das ist Jim, nicht wahr?« McCoy strahlte. »Beim Klabautermann, ich hätte wissen sollen, daß es ihm irgendwie gelingt, die *Enterprise* unter Kontrolle zu bringen.«

»Bist du das, Pille?« fragte Kirk.

Spock reichte McCoy den Kommunikator. »Ich habe eine gute Nachricht, Jim. Wir bereiten hier unten gerade ein Sedativ vor, das allen Übernommenen den Teufel austreibt ...«

Spock nahm das kleine Gerät wieder an sich. »Der Doktor möchte Ihnen folgendes mitteilen, Captain: Betäubung erfüllt den gleichen Zweck wie Isolation.«

»Sind Sie ganz sicher? Wir haben inzwischen den größten Teil der Besatzung ins Reich der Träume geschickt, ohne daß sich irgend etwas veränderte ...«

»Der Zeitfaktor ist dabei von entscheidender Bedeutung. Um betroffene Personen von den Entitäten zu befreien, müssen sie für eine bestimmte Dauer isoliert sein. Unser Sedativ wirkt besonders lange, und daher hoffen wir, daß es den gewünschten Zweck erfüllt. Es müßte eigentlich funktionieren.«

»Wollen Sie ganz allein die gesamte Bevölkerung Vulkans schlafen lassen?«

Spock zögerte. »Sarek, Dr. Lanter und Dr. McCoy helfen mir dabei, Sir.«

»Sie wissen, was ich meine.«

»Im Grunde genommen haben Sie recht.«

»Nun, vielleicht sollten wir Ihre Methode zuerst in der *Enterprise* ausprobieren. An Bord dieses Schiffs befinden sich vierhundert Besatzungsmitglieder, die mir am liebsten den Hals umdrehen würden. Ich wäre für eine Möglichkeit dankbar, die Crew wieder zur Vernunft zu bringen.«

Spock sah McCoy und Anitra an. Sie nickten beide. »Ist Ihr Transporter einsatzfähig, Captain? Sind Sie in der Lage, den entsprechenden Raum aufzusuchen, ohne sich in Gefahr zu begeben?«

»Ja.«

»Nun gut. Wir füllen einige Behälter mit dem Gas. Es wird eine Weile dauern, aber wir geben Ihnen Bescheid, wenn Sie die Kanister an Bord beamen können.« Spock legte eine kurze Pause ein. »Es wäre sicher interessant festzustellen, welche Resultate sich ergeben.«

KAPITEL 14

Tomson saß an Uhuras Station und grinste schief. »Besatzungsmitglieder aus allen Sektionen des Schiffs melden sich, Sir. Sie wollen wissen, was geschehen ist.«

Kirk lächelte. »Was sollen wir ihnen antworten, Lieutenant?«

»Wie wär's mit: *Wir erklären später alles?*«

»Klingt gut.« Kirk drehte den Kommandosessel herum und sah die Leiterin der Sicherheitsabteilung an. »Eine allgemeine Durchsage, Lieutenant. Teilen Sie den Brückenoffizieren mit, daß sie es versäumt haben, ihren Dienst anzutreten. In ihren Personaldateien wird ein offizieller Tadel gespeichert, wenn sie nicht schleunigst hier erscheinen.«

Tomson lachte leise. »Aye, Sir.«

Sie gab den Hinweis des Captains weiter, und ihre Stimme drang aus allen Interkom-Lautsprechern an Bord. Eine Zeitlang beobachtete Tomson die hektisch flackernden Kontrolleuchten auf dem Pult, und dann schloß sie die Augen. »Captain, ich ...« Sie zögerte.

Kirk hob fragend die Brauen.

»Es gibt jemanden, den ich persönlich überprüfen möchte, wenn Sie nichts dagegen haben. Natürlich erst, nachdem die Brückenoffiziere eingetroffen sind.«

Kirk sah sich im Kontrollraum um. »Ich glaube, ich kann hier lange genug die Stellung halten.« Er lächelte. »Gehen Sie nur.«

Tomson errötete angesichts dieser unerwarteten Freundlichkeit. »Danke, Sir.«

Sie verließ die Brücke, und Kirk bemerkte ihre Hast. Verwundert schüttelte er den Kopf. Es fiel ihm schwer, sich jemanden an Bord vorzustellen, der für die kühle, distanzierte Tomson so wichtig war. Aber andererseits: Man konnte nie wissen. Er hatte bereits einen Blick auf das geworfen, was sich unter ihrem Eis verbarg…

Im Turbolift tastete Tomson mit zitternden Fingern nach ihrem Phaser. Schon lange wartete sie auf diese Gelegenheit. Ein echter Glücksfall, daß sich der Mann gemeldet und seinen Aufenthaltsort genannt hatte. Wenn sie ihn allein antraf… Niemand würde Verdacht schöpfen. Bestimmt nahm man an, daß er ebenfalls dem Wahnsinn zum Opfer gefallen war…

Der Lift öffnete sich auf dem D-Deck, wo die Quartiere der Junior-Offiziere lagen. Im Korridor begegnete Tomson einigen Besatzungsmitgliedern und versuchte, ebenso verwirrt zu wirken wie sie. In ihrem gegenwärtigen Zustand schenkten sie anderen Personen bestimmt keine Beachtung.

Tomson wußte genau, wo sich Strykers Unterkunft befand. Sie betätigte den Türmelder, und das Schott glitt sofort beiseite.

Stryker schien ehrlich überrascht zu sein und wirkte kaum militärisch: Ein mehrere Tage alter stoppeliger Bart zeigte sich auf den Wangen und am Kinn. Seine Augen waren gerötet, als hätte er seit einer Woche nicht mehr geschlafen. »Lieutenant! Vielleicht können Sie mir erklären, was passiert ist.«

»Ja, vielleicht«, erwiderte sie. Ihre Hand bebte, als sie den Phaser hob.

»He, warten Sie!« In Strykers farblosen Augen blitzte Furcht. »Zum Teufel auch, was soll das bedeuten?«

»Sie erinnern sich nicht.« Tomsons Stimme klang so monoton wie die eines Schlafwandlers.

»An was erinnere ich mich nicht?«

»Moh ist tot.«

Ein Schatten fiel auf Strykers Züge. »Al-B? Tot?«

»Sie haben ihn umgebracht!«

»Ich? Sie sind ja verrückt! Ich habe überhaupt nichts damit zu tun. Lieber Himmel, ich wußte nicht einmal, daß er tot ist!« Stryker näherte sich der Frisierkommode, aber Tomson winkte drohend mit dem Phaser. Die Botschaft dieser Geste war klar: *Noch ein Schritt, und Sie sind eine Leiche.*

»Sie erinnern sich nicht daran«, wiederholte Tomson mit tonloser, automatenhafter Stimme. »Aber Sie haben ihn ermordet.«

Der Schmerz in Strykers Gesicht war so deutlich, daß sie ihn ebenfalls spürte. Sie empfand die gleiche Pein wie in jenem Augenblick, als sie den toten al-Baslama gesehen hatte. Instinktiv wandte sie den Kopf zur Seite.

Erstaunlicherweise ließ Stryker die gute Gelegenheit ungenutzt. Er griff nicht etwa an, sondern lehnte sich an die Wand und sank langsam zu Boden. Tränen strömten ihm über die Wangen. »Moh ist tot... Gott, wenn das stimmt, können Sie mich ruhig erschießen.«

Tomson hatte sich auf eine derartige Reaktion vorbereitet – aber nicht auf ihre eigene. Sie schluchzte, trat an Stryker heran und schlang die Arme um ihn.

Als Uhura erwachte, fühlte sie sich angenehm ausgeruht und streckte ihre Glieder. Offenbar hatte sie zu lange in der gleichen Position geschlafen. Es dauerte eine Weile, bis ihr zwei Dinge auffielen. Erstens: Sie lag in einem seltsamen Zimmer und erinnerte sich nicht daran, wie sie an diesen Ort gelangt war. Zweitens: Sulu umarmte sie. Bei dieser Feststellung schnappte Uhura so laut nach Luft, daß der Steuermann – nur vier oder fünf Zentimeter trennten seine Nase von der ihren – die Augen öffnete und erschrak.

Die Arme und Beine der beiden Offiziere schienen verknotet zu sein, als sie versuchten, voneinander fortzuweichen. Uhura spürte, wie ihr das Blut ins Gesicht schoß, und sie war für ihre dunkle Haut dankbar. Sulu genoß keinen solchen Vorteil.

»Was ...«, begann er und schien nicht genau zu wissen, welche Frage er zuerst stellen sollte. Schließlich traf er eine Entscheidung. »Wo sind wir?«

Uhura runzelte die Stirn. In ihrem Gedächtnis klaffte eine breite Lücke, so als hätte ihr jemand alle Erinnerungen an die jüngsten Ereignisse geraubt. Sie konzentrierte sich auf die letzten deutlichen Reminiszenzen und begriff plötzlich, daß Sulu den Feind repräsentierte. Rasch griff sie nach dem kleinen Dolch, der einen Meter entfernt auf dem Boden lag. Sie verzog das Gesicht, als sich ihre Finger darum schlossen – Blut klebte an der Klinge –, verdrängte ihr Entsetzen und richtete die Waffe auf Sulu. Er hatte sie stumm beobachtet und war viel zu verblüfft, um zu reagieren. Eine Zeitlang starrte er auf das Messer, senkte dann den Blick zu seiner Brust. Etwas hatte ihm den Uniformpulli zerrissen und auf der Haut darunter zwei lange rote Striemen hinterlassen.

»He«, sagte er, und in seinen dunklen Augen flackerte eine Mischung aus Ärger und Verwirrung. »Immer mit der Ruhe, Uhura. Was haben Sie mit dem Ding vor?«

»Kommen Sie mir nicht zu nahe«, erwiderte die Frau drohend.

»Ich verspreche, mich von ihnen fernzuhalten«, sagte Sulu. Er war zu empört, um sich zu fürchten. »Himmel, warum haben Sie mich mit dem Dolch geschnitten?«

Uhura zögerte und ließ sich auf die Fersen sinken. »Um ganz ehrlich zu sein: Ich weiß es nicht. Ich erinnere mich daran, daß ich das Messer zog und ... Ich glaube, wir waren nahe daran, uns gegenseitig umzubringen.«

»Das ist doch absurd!« entfuhr es Sulu. Erneut betrachtete er seinen Uniformpulli. »Vielleicht haben Sie recht«, räumte er ein. »Aber ich verstehe nicht ...«

Tomsons Stimme erklang aus dem Interkomlautsprecher, und sie hörten zu.

»Was macht sie an meiner Station?« fragte Uhura argwöhnisch.

»Nun, *Sie* sind ganz offensichtlich nicht auf der Brücke«, erwiderte Sulu. »Seien Sie jetzt still.«

Als die Durchsage endete, stand Sulu auf. »Ich begreife noch immer nicht, was hier eigentlich gespielt wird.«

»Ich verstehe es zum Teil«, sagte Uhura. »Und ich erkläre es Ihnen auf dem Weg zum Kontrollraum.«

»Ich hoffe nur ...« Sulu unterbrach sich, als er gegen die Tür stieß. »Was zum ...«

»Wir sind eingeschlossen«, stellte Uhura zornig fest. »Setzen Sie sich mit der Brücke in Verbindung und fragen Sie, was hier los ist.«

Scott lag im Korridor vor dem Maschinenraum. Er gähnte, stand steifbeinig auf und merkte, daß er einen Phaser in der Hand hielt. Die Waffe war voll geladen und auf tödliche Emissionen justiert. Er schnalzte mit der Zunge und stellte sie rasch auf die niedrigste Betäubungsstufe ein. Als er den Kopf hob, fiel sein Blick auf das Schott und die Brandspuren im deformierten Metall.

»Meine Güte ...« Er ging um die Ecke und begegnete Chekov, der sich gerade erhob.

»Mr. Scott«, sagte der Navigator, »offenbar habe ich aus irgendeinem Grund das Bewußtsein verloren.«

»Da sind Sie nicht der einzige, Junge.« Scott half ihm auf die Beine. »Ich lag dort drüben.«

Chekov pfiff leise durch die Zähne und streckte die Hand aus. »Das Schott, Sir!« Auf dieser Seite war die Verkleidung zerstört. Nur noch einige halb verkohlte Kunststoffetzen bedeckten die Schaltkreise. »Wir sollten die Sicherheitsabteilung verständigen. Wer könnte dafür verantwortlich sein?«

Scott bückte sich stumm und griff nach dem Phaser, der dicht neben Chekovs Füßen lag. Auch dieser Strahler war auf tödliche Energieentladungen justiert. Der

Chefingenieur wies Chekov darauf hin und veränderte die Einstellung.

»Allem Anschein nach sind wir die Schuldigen«, brummte er.

Amanda erinnerte sich ganz deutlich: Sie hatte vor der Tür des Arbeitszimmers gesessen und überlegt, was sie Sarek sagen sollte. Sie schloß die Augen und stellte sich vor, wie sie das häusliche Büro betrat... Sarek saß am Computerterminal, und als sie eintrat, richtete er einen ruhigen Blick auf sie. Und dann ließ sie sich zu einer Verhaltensweise hinreißen, die allem Vulkanischen widersprach. Sie gab Zorn und Tränen nach, schlug auf ihren Mann ein, spuckte ihn an, wies mit grausamen, erbarmungslosen Bemerkungen darauf hin, was er Spock und ihr angetan hatte. Sie stellte sich vor, wie sie ihm all die Dinge vorwarf, die sie im Laufe der Jahre nicht vergessen konnte. *Ich habe ein Kind großgezogen, das mich nicht lieben darf,* sagte sie ihm. *Es bricht mir das Herz. Du hast den Jungen verängstigt und dafür gesorgt, daß er sich seiner selbst schämt. Und dann das Leben auf diesem verdammten Planeten. Es ist unerträglich für mich. Es war ein Fehler, daß du mich hierher mitgenommen hast...*

Und als ihr nichts mehr einfiel, um Sarek zu verletzen, schwieg sie, stand zitternd vor ihm und weinte. Ihr Mann blieb stumm sitzen, ruhig, gelassen und gefaßt, musterte sie ernst und gab keine Antwort.

Doch es handelte sich nur um Phantasievorstellungen. In ihrem Traum sah Amanda, was wirklich geschehen war. Sie öffnete die Augen und blickte auf die geschlossene Tür des Arbeitszimmers. Dahinter herrschte Dunkelheit, abgesehen vom sanften Glühen des Terminals. Sarek hob den Kopf und wartete darauf, daß ihn seine Frau ansprach. Amanda störte ihn nur selten, wenn er arbeitete.

Sie faltete die Hände und sagte bedächtig: »Ich muß mit dir über Spock reden.«

Sarek bemerkte natürlich ihren Ärger. Er wußte

immer, was sie empfand, ganz gleich, wie sehr sie ihre Gefühle vor ihm zu verbergen versuchte. »Ich höre«, erwiderte er. Es klang müde, doch die Augen blickten wach und aufmerksam.

»Ich bin immer bemüht gewesen, deinen Erwartungen gerecht zu werden«, begann sie und trachtete danach, ihre aufgewühlten Emotionen unter Kontrolle zu halten. »Außerdem habe ich dich nie um viel gebeten. Aber ich ...« Amanda unterbrach sich und starrte zu Boden. Sarek blieb weiterhin still. »Ich kann nicht zwischen euch beiden wählen. Ich bin außerstande, einen von euch aufzugeben. Bitte zwing mich nicht, eine solche Wahl zu treffen.«

Sarek schaltete das Terminal aus, lehnte sich zurück und schwieg eine Zeitlang. Sein Gesichtsausdruck blieb Amanda verborgen. Schließlich stand er auf und näherte sich ihr. In der Dunkelheit konnte sie sein Gesicht nicht sehen, aber sie bemerkte, daß er die Hand ausstreckte.

»Sarek.«

Sie erwachte, als sie diesen Namen laut aussprach, setzte sich im Bett eines Zimmers auf, das sie nicht kannte. Irgend etwas war mit ihr geschehen, etwas, das in ihrem Gedächtnis eine seltsame Leere hinterlassen hatte ... Amanda schloß die Augen und versuchte, sich zu erinnern.

Sarek. Entsetzen keimte in ihr empor. Ein *veränderter* Sarek, der eine Gefahr darstellte, tötete ... Voller Grauen dachte sie an Silek.

Aber wo befand sie sich jetzt? Dieser Ort erschien ihr vage vertraut, so als hätte sie ihn schon einmal besucht, vielleicht zusammen mit Sarek. Die *Enterprise.* Amanda stand auf, um mit der Suche nach Spock zu beginnen.

»Es hat geklappt!«

Spock wölbte die Brauen, als er diese begeisterte Stimme aus dem Lautsprecher des Kommunikators hörte. Anitra und McCoy lächelten.

»Sind Sie ganz sicher, Captain?«

»Die Brückenoffiziere treffen nacheinander ein und entschuldigen sich dafür, daß sie dem Dienst ferngeblieben sind. Sie scheinen wieder so umgänglich und freundlich zu sein wie vorher.« Kirk schmunzelte und wechselte einen Blick mit Uhura und Sulu, die an ihren Stationen saßen. »Können wir euch irgendwie helfen?«

»Die Bojen sind bald einsatzbereit, Captain. Wir schicken sie zu Ihnen, wenn Sie jemanden haben, der die Kontrollen des Transporters bedienen kann. Anschließend geben wir Ihnen die Koordinaten der jeweiligen Einsatzgebiete.«

»Benachrichtigen Sie mich, wenn Sie soweit sind. Oh, und noch etwas, Mr. Spock ...«

»Captain?«

»Es wird sich gleich jemand zu Ihnen beamen.« Kirk erwiderte das Lächeln Amandas.

Die Stadt begann zu schlafen. Auf den Straßen sanken einige Vulkanier zu Boden und blieben betäubt liegen. Weiter oben erschlafften Piloten und Passagiere von Schwebern in ihren Sitzen, und die Bordcomputer brachten sie sicher zum vorher programmierten Ziel. Doch die Männer und Frauen stiegen dort nicht aus. Eine dünne weiße Wolke sank der Oberfläche des Planeten entgegen, tastete sich in Häuser und Wohngebäude, auch in die Höhlen von Gol, wo T'Sai und ihre Schüler schliefen. Sie trieb durch die Flure der leeren Akademie, füllte alle Zimmer – bis auf einen mit metallenen Wänden abgeschirmten Raum. Kämpfende Wissenschaftler, die versuchten, sich gegenseitig umzubringen, verloren das Bewußtsein und rührten sich nicht mehr.

Vulkan schlief, und das Unheil verflüchtigte sich.

EPILOG

»Ich muß mit dir reden«, sagte Anitra. Sie zögerte in der Tür von McCoys Unterkunft.

»Komm herein, Schatz.« Der Arzt lächelte herzlich. »Was zu trinken?«

»Ja, gern«, erwiderte die junge Frau sofort. »Sour Mash, nehme ich an.«

»Bourbon. Sour Mash kann man hier kaum auftreiben.«

»Meinetwegen.« Anitra blieb stehen und sah sich um, während McCoy zwei Gläser füllte. Sie wirkte irgendwie unsicher, und in ihren großen Augen zeigte sich ein seltsamer Glanz.

McCoy stellte die Flasche zurück und reichte ihr eins der beiden Gläser. »Nein, sag es mir nicht. Laß mich raten. Es hat etwas damit zu tun, daß du den aktiven Dienst aufgeben willst.«

Anitra starrte ihn verblüfft an. »Woher weißt du das?«

»Nimm Platz und entspann dich.«

Sie kam der Aufforderung nach, und McCoy setzte sich auf die andere Seite des Tisches, hob sein Glas zu einem Trinkspruch. »Auf dein Leben als Zivilistin.«

Anitra trank ebenfalls einen Schluck, aber sie schmunzelte nicht. »Du scheinst dich darüber zu freuen.«

»Da irrst du dich. Ich bin todunglücklich. Aber ich möchte das Beste für dich.« Er sprach betont sanft, um keinen Zweifel daran zu lassen, daß er es ernst meinte, nippte dann an seinem Glas.

»Komisch, ich empfinde ebenso.« Anitra beugte sich

vor und erweckte den Eindruck, als wolle sie dem Arzt ein Geheimnis anvertrauen. »Du hast mich nach dem Grund für das Magengeschwür gefragt. Da ich Starfleet bald verlasse, kann ich dir ruhig die Wahrheit sagen. Weißt du, ich eigne mich einfach nicht für die Arbeit im Geheimdienst …«

»Ich dachte, es ginge nur um ein sogenanntes Projekt …«

Anitra schüttelte den Kopf. »Man übte ständig Druck aus, um mich auch für andere Projekte zu gewinnen. Die ganze Sache wurde immer politischer …« Sie trank einen großen Schluck. »Ich fühle mich nicht schuldig. Ich habe meine Pflicht erfüllt. Die Galaxis ist wieder sicher und bereit für die besondere Form der Demokratie, wie sie in der Föderation Ausdruck findet. Aus diesem Grund habe ich meinen Abschied eingereicht und den Leuten gesagt, sie und ihre Projekte könnten sich zum Teufel scheren.«

»Gut gemacht«, lobte McCoy. »Soweit ich weiß, sind die Vulkanier wieder logisch und rational.«

»Ja, aber der Wahnsinn hat viele Opfer verlangt. Spock erzählte mir, daß zwei Kästen mit intaktem Inhalt gefunden wurden.«

»Mein Gott! Was ist aus ihnen geworden?«

»Du kennst die Vulkanier ja. Die beiden Artefakte befinden sich nun in Schaukästen des Akademiemuseums.«

McCoy versteifte sich unwillkürlich. »Sind die Spitzohren übergeschnappt? Wenn sich einer der Behälter öffnet …«

Anitra zuckte mit den Schultern und nippte an ihrem Drink. »Keine Sorge. Ein Dutzend Kraftfelder schirmt die Kästen ab.«

»Nun …«, brummte der Arzt. »Ich halte es trotzdem für zu gefährlich.«

»Wenn die Entitäten noch einmal zuschlagen – schick Vulkan einfach in den Schlaf.«

McCoy lächelte, wurde jedoch schnell wieder ernst. »Wohin gehst du jetzt?«

»Nach Hause, nehme ich an. Ich möchte als private Wissenschaftlerin arbeiten, vielleicht zusammen mit meinem Vater.«

»Wir werden dich alle vermissen.«

»Versprich mir etwas«, sagte Anitra mit Kummer in den violetten Augen.

»Alles«, erwiderte McCoy sanft und gerührt.

»Versprich mir, daß du die anderen daran hinderst, das Mikrofon aus der Duschkabine des Captains zu entfernen. Diesmal habe ich mir *solche* Mühe gegeben.«

»Na, da soll mich doch …«, begann McCoy.

Anitra schmunzelte und war wieder ganz Schelm.

Jenseits des Stadtrands befand sich der kleine Schrein für die Toten ShiKahrs. Es gab dort keine sterblichen Überreste, nur glänzende schwarze Gedenksteine mit jeweils zwei Namen. Der erste bestand aus den Symbolen der modernen vulkanischen Schriftsprache, der zweite aus wesentlich älteren Hieroglyphen. In den letzten Tagen waren viele neue Steine hinzugekommen.

Spock ließ sich auf die Knie sinken und strich Sand von zwei Gedenktafeln. T'Ylles und Sileks Gebeine ruhten nicht an diesem Ort; der Sand war viel zu weich und zu sehr in Bewegung, um Gräber drin auszuheben. Als nächster Verwandter hatte Sarek die Asche der verbrannten Leichen in der Wüste verstreut. Sie gehörte nun zum Wind, der über die Ödnis wehte, zu dem Sand, der die schwarzen Steine polierte, bis sie in der Sonne glänzten.

Spock berührte die Gedenktafeln der Tante und des Onkels, die er nie kennengelernt hatte. Der Planet war ihnen beiden zu Dank verpflichtet, ohne daß sie etwas davon wußten. Doch die Familie würde sich erinnern.

Nach einer Weile stand Spock auf und wanderte langsam in Richtung Stadt. Hinter ihm zischte der Wind und legte ein kleines Objekt frei, das ein Trauernder an Sileks Grab zurückgelassen hatte.

Es handelte sich um einen schweren Kristall, und er enthielt – für immer vor Wind und Sand geschützt – eine kleine gelbe Rose.

QUELLENNACHWEIS

Greg Bear
CORONA/Corona

Aus dem Amerikanischen von Andreas Brandhorst
(Der Titel erschien bereits in der Reihe
›Heyne Science Fiction & Fantasy‹
mit der Band-Nr. 06/4499.)

J. M. Dillard
DÄMONEN/Demons

Aus dem Amerikanischen von Andreas Brandhorst
(Der Titel erschien bereits in der Reihe
›Heyne Science Fiction & Fantasy‹
mit der Band-Nr. 06/4819,
Band 31 der Star Trek Classic Serie.)